九十年代长篇小说研究资料

程光炜　主编
赵卫东　编

中国当代文学史资料丛书

百花洲文艺出版社
BAIHUAZHOU LITERATURE AND ART PRESS

图书在版编目（CIP）数据

九十年代长篇小说研究资料/赵卫东编. — 南昌：百花洲文艺出版社，2017.8
（中国当代文学史资料丛书/程光炜主编）
ISBN 978-7-5500-2185-3

Ⅰ.①九…　Ⅱ.①赵…　Ⅲ.①长篇小说 – 小说研究 – 中国 – 当代
Ⅳ.①I207.425

中国版本图书馆CIP数据核字（2017）第090725号

九十年代长篇小说研究资料

JIUSHI NIANDAI CHANGPIAN XIAOSHUO YANJIU ZILIAO

赵卫东　编

出 版 人　姚雪雪
责任编辑　臧利娟
书籍设计　方　方
制　　作　何　丹
出版发行　百花洲文艺出版社
社　　址　南昌市红谷滩世贸路898号博能中心一期A座20楼
邮　　编　330038
经　　销　全国新华书店
印　　刷　江西千叶彩印有限公司
开　　本　720mm×1000mm　1/16　　印张　22.75
版　　次　2018年4月第1版第1次印刷
字　　数　350千字
书　　号　ISBN 978-7-5500-2185-3
定　　价　46.00元

赣版权登字　05-2017-129
邮购联系　0791-86895108
网　　址　http://www.bhzwy.com
图书若有印装错误，影响阅读，可向承印厂联系调换。

总　序

◎程光炜

一

　　中国当代文学史（1949—2009）有"前三十年"和"后三十年"之分期。后三十年中，又有"七十年代文学""八十年代文学"和"九十年代文学"等不同段落。本丛书的选编对象，是后三十年文学。然而，文学发展脉络除不同段落之外，还应有先后出现的流派、现象和社团将之串联成一个整体。在中国现代文学史上，仅二十年代的文学就有文学研究会、创造社、沉钟社、未名社等大大小小的社团或流派，从这些现象中，既可观察这一段落文学的起伏跌宕、相互排斥与前后照应，也能对它们的纹理组织和贯穿线索有清楚的了解。

　　由于当代文学史的历史沉淀不够，研究者与研究对象之间的历史距离还较短，它作为一个历史河床的激流险滩就来不及显露出来，供研究者做准确的测量、计算和评估。按照我做历史研究的习惯，凡是漂浮在文学批评和各种文坛传说中的文学现象，都不会列入研究目标，我会耐心地等它逐渐沉淀下来，待纹理组织和脉络线索都清楚显露出来之后，才把一个个作家作品这种单位摆放进去，设置一个位置。观察思潮，也应该强调它的历史稳定性，否则宁愿放着不做。但是我们知道，自所谓新时期文学开始运作之后，被文学批评推出的文学现象就层出不穷，例如伤痕文学、反思文学、寻根文学、先锋小说、新写实小说、女性文学等等，而且它们大都被已经出版的许多文学史著作所采用，在大学中文系文学史课堂上讲授了几十年。我没做过统计，关于它们的各种论文不说上千万字，少说也有几百万字。更值得注意的是，有很多研究论文详细讨论它们之间的承传关系①，或者对某现象的内涵外延加以界定②，也分析到某现象在向另一现象转型过程中出现的种种问题③，如此等等。由此说明，当代文学史历史分期、段落传承、概念界定、现象、社团和流派等等的历史化研究，也并不像有些悲观者认为的那样犹如散兵游勇，布不成阵。④

因资料整理和学术研究没有跟上来，从伤痕文学、反思文学、先锋话剧、朦胧诗、寻根文学、先锋小说、新写实小说、女性文学、第三代诗歌、文化散文、九十年代长篇小说到60后作家三十年来的文学史序列，除作家主动提倡、文学批评和杂志组织等推动因素外，是否还有社会思潮的刺激、外国文学的影响和文学圈子的催发，还都没有被认真清理和反思。关于现代文学史上的文学研究会、创造社、太阳社、沉钟社、新感觉派、乡土小说、京派、海派等社团和流派的文献史料，是经过几代学者数十年来默默无闻地爬梳、搜集、辑佚、整理和研究，才逐渐浮出历史表面，最后被确定下来，成为学科的概念、术语、范畴的。而我知道，对当代文学史上这些重要现象文献史料的收集整理，还只是处在启动的状态，更不用说以一所大学之力，几代学者之力，开辟为研究领域了。虽然如上所说，零星的"关系""转型""段落传承"等研究已有不错成果，但与现代文学史如此大规模、长时段和投入几代学者之力的宏大工作相比，远没有提到议事日程上来。这个事实，必须引起学界同人足够的重视。

二

本丛书的编撰是一项进一步充实当代文学史文献史料整理的工作。它分为《伤痕文学研究资料》《反思文学研究资料》《改革文学研究资料》《寻根文学研究资料》《先锋小说研究资料》《新写实小说研究资料》《新历史小说研究资料》《女性文学研究资料》《朦胧诗研究资料》《第三代诗歌研究资料》《先锋话剧研究资料》《文化散文研究资料》《九十年代诗歌研究资料》《茅盾文学奖研究资料》《九十年代长篇小说研究资料》和《外国文学译介研究资料》，总计十六种，基本涵盖了当代文学史后三十年的重要现象。如果按照本文第一部分讨论现代文学史社团、流派、现象的观点，可以将十六种资料略作分类。第一类为文学现象，如"伤痕文学""反思文学""改革文学""新历史小说""先锋话剧""文化散文""茅盾文学奖""长篇小说""外国文学译介"等；第二类为社团，如"朦胧诗""第三代诗歌""九十年代诗歌"等；第三类为流派，例如"寻根文学""先锋小说""新写实小说""女性文学"等。所谓文学现象，是指受到当时社会文化思潮和文学思潮的影响而兴起的一种文学创作现象，集中反映着当时作家、批评家的思想状况、文学观念和审美意识，尤其是文学探索的精神。随着这些思潮的转移、跌落，这些现象也随之弱化和消失。所谓文学社团，按照既定的文学史认知，它一定有社团章程、组织、文学主张和相对固定的文学圈子，有固定的批评家和文学受众，关于这一点，"朦胧诗""第三代诗歌"和"九十年代诗歌"都符合这些条件。

从文学史的角度说，凡文学社团都有社团章程、组织、文学主张和固定的文学圈子，有固定的批评家和文学受众。例如"朦胧诗"，它源于1969年出现于河北白洋淀插队知青中的"白洋淀诗人"，主要成员有姜世伟（芒克）、栗世征（多多）、岳重（根子）、孙康（方含）、宋海泉、白青、潘青萍、陶雒涌、戎雪兰等，在北京工作或在外地插队的北岛、江河、严力、彭刚、史保嘉、甘铁生、郑义、陈凯歌等，也曾与这些诗人有交往。1978年12月，创办了诗歌小说和美术杂志《今天》，而以发表诗歌为主。杂志主编是北岛、芒克，成员有方含、江河、严力、食指、舒婷、顾城、杨炼等。由北岛起草的"发刊词"代表了该杂志的章程、组织和文学主张，他们宣称：该杂志是要"植根于过去古老的沃土里，植根于为之而生、为之而死的信念中。过去的已经过去，未来尚且遥远，对于我们这代人来讲，今天，只有今天！"⑤《今天》这个文学社团从1978年到今天，已经存在了三十七年，是中国当代文学史上存在时间最长、杂志延续至今的一个社团。虽然，它的主编、编委和成员几度变化，该杂志后来还转移到国外，但仍然一直坚持了下来。在我看来，"寻根文学""先锋小说"和"新写实小说"是可以作为文学流派来研究的。首先，它们都曾有自己的"文学宣言"，固定的作者圈子，相对统一的创作风格，不仅影响了后来一代作家的创作，而且通过创作转型，当年的创始者后来也一直延续着当年的文学主张、审美意识和创作风格，例如莫言、贾平凹、韩少功、李锐（寻根），余华、苏童（先锋）等。

鉴于上述社团、流派和现象的史料非常分散，缺乏系统整理，本丛书拟以"资料专集"的形式出版。作为同类著作的第一套大型工具书，我们力图通过勾勒后三十年文学发展的基本脉络，展现大量而丰富的历史信息。同时意识到，这套丛书的出版，将为下一步更为细化、具体的史料整理工作开辟一条新路。如果从当代文学史文献收集、辑佚和整理工作的长远考虑，中国当代文学史的"社团史""流派史"等，也应在不远的未来启动和开展。比如，"白洋淀诗人群"与《今天》杂志的沿革关系，至今还是众说纷纭，有一些模糊不清的诗人回忆文章，但缺乏详细可靠的考证。又比如《今天》杂志编委会在八十年代的改组和分裂，也是各执一词，史料并不可靠。"寻根文学"的发起是1984年12月在杭州召开的那次文学的"当代性"会议，然而这次会议由哪些人发起、组织，具体策划是什么，与会人员名单是如何选择、确定，没有翔实材料予以叙述，零星片断的叙述倒是不少，仍不能令人满足。另外，散会后，韩少功、阿城等是如何产生写作那些"宣言式"文章念头的，具体情形包括活动情况，研究者仍然不得而知。在我看来，如果没有大量的建立在考证基础上的"社团史""流派史"史料丛书的陆续问世，仅凭简单材料写出的同类著作不仅价值不高，历史可信度也很低。这套书的工作，仅仅是为这一长期并意义深远的学术工作，打下一点初步基础而已。

三

在编选体例上，我们在遵循过去文学史史料丛书规则的前提下，也对这次编选提出了自己的要求。

一、每本书的结构，分为主选论文和资料索引两个部分。主选论文是全文收录，资料索引只选篇目和文章出处。在资料索引部分，要求编选者尽量穷尽能够找到的资料，当然非正式出版的报刊不在此列。

二、视野尽量开阔，观点具有历史包容性，强调点与面的结合。主选论文，应以当时文学思潮、论争文章和后来有价值的研究文章为编选对象；突出主要作家作品，一般作家作品可放在资料索引部分，作为对主选论文的陪衬，但也要求尽可能地丰富全面。

三、鉴于每本资料只有三十万字左右规模，这就要求编选者具有"选家"的眼光，用大海淘沙的耐心和精细触角，把对于历史来说，值得发掘和发现的文献史料贡献给各位读者。

由于各位编选者都在大学工作，承担着繁重的教学科研任务，尽管这套丛书筹备了好几年时间，还经过开会商讨和电子邮件的多次协商，但展现在读者面前的丛书，仍有不少遗憾之处，它的疏漏也在所难免，望读者批评指正。

2015年5月11日于北京

注释：

①杨晓帆：《知青小说如何"寻根"》，《南方文坛》2010年第6期。这篇论文运用详细材料，叙述了阿城1984年发表短篇小说《棋王》后，被仲呈祥、王蒙等归入知青小说。1985年提倡"寻根文学"后，更多的批评家开始按照对寻根文学的理解，认为它是这种现象的代表作之一，之后在接受各种访谈时，阿城也有意无意根据采访要求，重新讲述这篇小说是如何寻根的故事。这个案例，一定程度上说明，"知青小说"向"寻根文学"转换过程中的某种秘密。

②旷新年：《写在"伤痕文学"边上》，《文艺理论与批评》2005年第1期。作者力图在五十至七十年代文学和九十年代文学的关系脉络中，分析"伤痕文学"产生的原因，以及它如何在九十年代全球化大潮中逐渐衰老的深层背景。

③吴义勤的《告别"虚伪的形式"》（《文艺争鸣》2000年第1期）论及余华八十年代／九十年代小说的"转型"问题。还有很多学者，都有这方面的论述。

④从事现代文学研究的赵园，一次就曾当面对笔者谈到"当代文学"就像一个"菜市场"。这种认为当代文学史研究状况，始终没有自己的学科自觉和秩序的看法，在现代文学研究界十分普遍，一方面说明当代文学史研究确实存在问题，与此同时，也表明许多学者在耐心阅读已有成果之前就下结论的草率。

⑤《致读者》，载《今天》1978年12月23日《创刊号》。

目　录

《心灵史》的世界（第三讲）

王安忆

今天我们分析张承志的《心灵史》。我现在应该说明一下，从今天开始我们将要分析几部作品，我们只要分析几部作品。在这些作品分析当中，我都是把它作为独立的对象来分析的，我不研究作品和作家的关系，对于作家的背景材料，我不作任何介绍，这些对于我来说无所谓。不管他是男是女，是古是今，都不要紧，重要的是他的作品。我们怎么看他的作品。我就把他的作品作为一个独立的东西来看。我还要解释一下我为什么选择张承志的《心灵史》作为我第一部要讲的作品。我想那是因为《心灵史》是个非常非常极端的作品，拿它来作为我的理论的初步证明，非常合适。它几乎是直接地描绘了一个心灵世界，它非常典型，用我们一般的话来说它极其典型。当我第一次要用一个比较完整的成熟的作品来叙述我的艺术观点的时候，这个典型给了我较大的方便。我想它已经非常鲜明地挑起了一个旗帜，就是它的题目：心灵史。它已经告诉我们他的这部小说要写什么，他就是要写心灵。可是有一个非常奇怪的事情，你打开这本书你所看到的是什么呢？你打开就看到一个伊斯兰教的支教叫哲合忍耶的教史，张承志却为这部书命名"心灵史"。这本书我不知道大家看过没有，读起来会感到很困难，因为它里面牵扯到非常多的历史问题和宗教问题，而我觉得作为搞文学甚至一些搞人文的同学应该把这本书读一下，我觉得它有非常大的价值。当这本书出来的时候，正是文学暗淡的时期，它带来了光芒，大家可说是奔走相告。山东的作家叫张炜的说过一句话我觉得很有意思，他说文学搞到这个份上才有点意思。说明什么呢？说明这本书已经触及了一个文学的本质的问题。它非常彻底地而且是非常直接地去描述心灵世界的情景，它不是像将来我们会再分析的一连串的作品那样，是用日常生活的材料重新建设起来的一个世界，它直接就是一个心灵世界。它是一个非常奇怪的东西，是一个可以使我们叙述和了解方便的东西。我为什么还是把它作为小说呢？抛开它的名字不说，它写的是一部教史。有很多人否定它是一部小说，觉得怎么是小说呢，觉得很奇怪，根本无法把它作为小说的对象去研究。甚至于宗教局也出来反对，他们觉得它煽动了一种宗教的狂热。就是说大家都不把它看作一本小说，可是我确实认为它是小说，后边我会说明我的观点的根据，我说它为什么是小说。顺便再说一句，这本《心灵史》并没有在刊物上发表过，这也是比较少的情形。它是直接地出了一本书，就是说没有找到一个愿意发表它的刊物。一般来说我们都是在刊物上先发表，然后再出书，但它没有，这也看出它不被理解的遭遇。

　　《心灵史》有一个序言，题目叫《走进大西北之前》，这个序言很重要，可以帮助我们解读这本书。一方面是解读，一方面可以证明很多我们的猜测。它对于我站在这里向你们谈这本书有两点帮助，第一它证实了我的一个猜想，它就是在寻找一个心灵的载体，这使我更加有信心证明《心灵史》确实是个心灵的世界，它并不是一本教史。序言里面有一段话是这么写的，非常激昂，它说："我渐渐感到了一种奇特的感情，一种战士或男子汉的渴望的皈依，渴望被征服，渴望巨大的收容的感情。"接下来还有一句话，说："我一直在徘徊，想寻找一个合我心意的地方，但是最终还是选中了西海固，给自己一个证实。"第二，序言还证实了我对作品的一个结论，就是关于《心灵史》这本书所构造的心灵世界的一个特征，这特征是怎么样的呢？它说："我听着他们的故事，听着一个中国人怎么为着一份心灵的纯洁，居然敢在二百年的光阴里牺牲至少五十万人的动人故事，在以苟存为本色的中国人中，我居然闯进了一个牺牲者的集团。"这里面我们首先要有一个概念，这本书里充满了对"中国人"的批判，它老是说"中国人"苟活，但是我们绝对不能这么狭隘地去看它，它绝对不是对某一个国家、某一个政体之中的人的反抗，它只是对一种普遍性的、在主流社会里的生存状态的离异和自我放逐。所以我很怕对它的评价陷入一个非常政治化的、具体化的狭隘的批评中去，它的视野实在是非常广阔的。因此，我们可以发现这故事具有一种不真实性，这恰是心灵世界的一个重要特征。

　　从今天开始就来分析作品。我想我的分析方式是这样的，首先我把这个故事以我的认识来叙述一遍，然后我要解释一下，这个故事与我们现实世界的关系，我不是强调它是一个心灵世界吗？那我就要解释一下这个心灵世界和现实世界的关系，而这个关系其实就是我们写小说的毕生要努力解决的东西，这是非常非常重要的，我们毕生的努力方向就是要找到这种关系。

我想这个故事主要是写哲合忍耶的历史。我们现在完全撇开宗教，因为我是个没有信仰的人，不仅对伊斯兰教，我对什么教都不了解，我只是从《心灵史》这本书里接受它所交给我的所有信息，我的所有分析都来源于这本书。我是绝对把它当作一本小说书来分析的。那么"哲合忍耶"是什么呢？从这本书中我知道的是什么呢？我知道它是伊斯兰教的一个分支，这一个教派是神秘主义的，它在什么地方流传呢？它的教民分布在什么地方呢？大西北，前面所说的西海固，非常非常贫困，贫困到什么程度呢？小说里有一句话描绘他们，就是"庄稼是无望的希望"。书里面写到贫困的情景，一个小孩子到地里去挖苦子菜，一种野菜，他跑到地里，连挖开地皮的力气都没有了，就在苦子菜旁边死了，当旁边的人奔回来告诉他的母亲，说你的儿子死了，饿死了，他母亲怎么了？他母亲正从左邻右舍讨来了一碗面糊糊，准备给她儿子吃的，一听她儿子死在地里了，她接下来的动作是马上把这碗面糊糊喝下去了。还有一个父亲，他要去很远的地方谋生打工，前途茫茫，全家都在送他，哭哭啼啼的，而这个孩子他心里在想什么呢？他心里一直在想他父亲的包裹里面有一块馒头，一直在想这个馍，最后他到底是把这块馒头偷了。就这么一个贫苦的地方，寸草不长，非常贫瘠，这就是哲合忍耶的生存环境。在这种地方，人的欲望落在了最低点，是最适于信仰生长的地方。它有什么呢？只有信仰。人生的目的都是非常虚无的。那边盛传的一个故事就是千里背埋体（埋体就是尸体的意思），是说在一次教争中，有兄弟两个，弟弟关在监狱里被打死了，然后这个哥哥花了十五年的时间，长途跋涉，历尽艰辛，跑到监狱里，把他弟弟的尸体偷出来，背着回家。白天背尸体的人不能走大路，只能藏在荒草丛中躲着，等到天黑以后上路，就这样又走了十五年，把弟弟的尸体背回来，埋到拱北——哲合忍耶的圣德墓。为什么呢？为了把他弟弟送到真正的归宿里去，这就是他们的信仰。哲合忍耶还充满了神秘主义的精神。他们相信奇迹能够发生。小说里怎么描写神秘主义这种所谓的苏菲主义的产生原因呢？它说"这种肃杀的风景是不能理解的，这种残忍的苦旱是不能理解的，这种活不下去又走不出来的绝境是不能理解的，大自然的不合理消灭了中国式的端庄理性思维"。于是，神秘主义来临。他说的苦旱，是什么样的呢？家里的富裕程度是以拥有几窖水衡量的。他们挖地窖，把雪水铲在里面，等雪水化了以后，全家一年的吃和用全都在这窖里了。所以谁家富裕，他家的窖水就多。哲合忍耶就是存在于这么一个生存绝境，远离物质主义的俗世，精神崇拜便不可止挡地诞生和发展壮大。现在我们大约可以看出哲合忍耶是怎样一个世界。这个世界我们是否可以下这么一个断言，就是绝对的没有物质，绝对的没有功利，绝对的没有肉体欲望，绝对的反自然规律（因为一切自然规律都是推动着人们生产，而在此地人们无能为力），因此是绝对地虚无，而且绝对地痛苦受罪，它和人的本性、本能都是背道而驰的，人的本性、本能总是趋乐避苦，总是趋向快乐，而避免苦难的，可是这里面苦难扑面而来，你躲都躲不开，你必须违反你的人性，要创造另一种人性的方式和内容，那就是受苦，受煎熬，流放，牺牲。

张承志怎么描写这个世界呢？他给它两句话："他们热爱的家乡永远是他们的流放地，他们的流血像家乡的草木一样一枯一荣。"这就是张承志给哲合忍耶家园的一个定义。这本书读起来的时候，会感到困难，我劝你们不要太去追求里面的情节、人物，你们要注意它的文字。它的文字非常激昂，它是很好的诗歌，很华美，张承志一直追求美的文字，但这种美决不是空虚的，都有着重要的意义。所以当你一旦进入文字，便也进入了内容。

那么哲合忍耶的哲学内容是什么呢？就是有两句话，一句话就是"伊斯兰的终点，那是无计无力"。没有办法，也没有力量。这是一个非常茫然的终点。它第二句话叫"川流不息的天命"，好像接近循环论的意思，但是我不敢断言，因为我对宗教确实没什么研究，我现在所具备的所有认识都是从这本书来的，而我们今天只谈这本书。另外就是这个哲合忍耶宗教有着非常非常严格的仪式，它的仪式非常简单，但是它非常非常地严格，这个仪式叫打依尔。这个打依尔就是大家围坐成一个圈子，中间是一张矮桌，一个专门的单子蒙着，上面烧着香，然后大家摊开了《穆罕麦斯》（《穆罕麦斯》是他们的经书），然后开始念，必须经过洗澡才能来念。只要说一个例子就能证明它的严格性，就是它永远不中断，如果哲合忍耶碰到了巨大的灾难——灭教，譬如说同治十年，同治十年的灭教对哲合忍耶来说是非常非常惨痛的，大家全都潜入地下，无论是中断多少年以后再坐到这里，就一代人一代人地回想，回想当时我们最后一次打依尔说到哪一页上，再顺着它往下念。所以它永远不会中断，它总是连着的，因为这个缘故，全国各地的哲合忍耶都是在同一天里读着同一页，因为每天规定是读五页。它永远不会错的，不是说今天你读到这他读到那儿。巨大的凝聚力，就是以打依尔这种形式造就的。

这本书的结构很奇怪，它不像我们通常所说的第一章、第二章、第三章，也不是第一卷、第二卷，它是用"门"。哲合忍耶的内部的秘密抄本的格式，一共是七门，就是人们通常小说里的七章，或者七卷，它是七门，每一门叙述了一代圣徒。它一共叙述了七代圣徒，从它的创造者到第七代，从无教到复兴，几起几落，它一共是七代。我们简单地把这七代圣徒叙述一下，基本上可以了解哲合忍耶的历史，也就是这本书的我们所说的故事的情节是怎么样的。

我想他们的第一代也就是创教人，他的名字叫马明心。他不是如我们所了解的佛教的释迦牟尼，是一个王族的家庭背景，他则是一个出身非常模糊的孩子，一个孤儿，没父没母的，童年非常苦。他九岁那年跟着叔父去寻找圣地，去到阿拉伯的世界，也就是伊斯兰的真理家乡。穿过大沙漠，涉过九条河流，到最后同去的别的亲戚都失散了，只剩下他和叔父，一老一少就这样跋涉在沙漠里，没有地图，没有指南针，也不识字，完全是凭着本能，后来的圣徒们所说的一种前定，他们喜欢用"前定"这个词，也就是我们所说的命运这样的意思。就这样茫茫然地寻找，最后他和他叔父也失散了，只剩下他一个人。经历了九死一生，好几次昏过去又醒过来，但突然之间奇迹出现了，沙漠里有个老人过来送了他一串葡萄，然后就给他指点了一个方向，一个什么方向呢？一个也门道场，这是一个伊斯兰教的苏菲派的传道所。他就顺着老人的指点去了那个传道所，在这个传道所里他兢兢业业地学习，非常用功，苦修了十五年。这时候他已经是个二十五岁的青年了，他在路上花掉一年的时间。二十五岁的那一年，他们的导师就指点他要回到中国的甘肃，给他指定了一个方向，去传道。然后他就回到了甘肃，就是那个我先前所描绘的极其穷苦的地方。马明心他行的是一种苦修。他有一个教徒，穷得简直没法再穷了，有一天这个人的亲戚遇到他，实在是看不过去，说我已经够穷了，你比我还穷，我们就带你去化缘吧。这个亲戚也是一个神职人员，是个阿訇，带他募捐到很多衣服和吃的回来。马明心知道后就非常愤怒，他说你要入我的教，你就不能这样，最后他只能把东西全都退回去，送给穷人。所以这个教派和别的教派有一点不一样，他不求施舍的，基督教讲奉献，和尚讲化缘，而他们不，他们就穷到底算数。在此之前并没有哲合忍耶，哲合忍耶是在马明心手里逐渐形成的，他给予它的第一个，最基本的要义就是受苦受穷，他把人的肉体上的欲望约束到最低点。马明心终生只穿一件蓝色的长袍，羊毛长袍（因为"羊毛"这个词在阿拉伯语里正好是"苏菲"的意思）。他这个教义显然是太适合生存在绝望的贫瘠之中的人们了，真是落到他们心坎上去了，他们用一句话来给它命名：这是我们穷人的教。在很短的时间里马明心争取到很多教徒，甚至于引起了教争，这也是为他们此后的灭顶之灾埋下了祸根。和他引起教争的是花寺教派，花寺教派的圣徒也是和马明心一起在也门教场里受洗礼，一起修行，但是这一个教派比较物质主义，它搜集财物，求布施，募捐，所以它积累起一定的财富，而且有文化积累，比如彩画的创作，所以说比较贵族气，慢慢它就脱离了受苦受穷的民众。它的很多教徒都跟随马明心。逐渐马明心就形成了自己的教派，自己的教徒，他的势力就大了起来。他使穷人的心里有了一种安慰，饥饿的穷人得以在精神上富有起来，有了一点生存的勇气。然而花寺教派毕竟是个比较大的教派，这个教派和清朝政府有一定的关系，所以说最后的结果是官府介入了他们的教争。官府一旦介入后，就开始对马明心教派进行弹压。在乾隆四十六年一次大规模的血战中，马明心被捕了。马明心被捕的时候，教众简直是疯狂了，举行了无数次起义，要求把马明心放出来。最后，官府把马明心押到兰州的城门上面去，要斩首了。他的身影一出现，下面满满的群众全都疯了，齐声欢呼，叫喊，他包头的白头巾扔下去了，一下子就被下面的人分抢成丝丝缕缕。最后马明心在城楼上被杀了。这就是哲合忍耶的第一代教主。

接下来是第二代教主，名叫平凉太爷，这是个尊称，他们称他为平凉太爷。他继承马明心的衣钵也是很神秘的事情，马明心曾经很微妙地对他说了这么一句话，他说："我的有些门人拿得起，放不下，有些能放下，却拿不起，仅仅只有这个人，他能够拿得起，也能够放得下，这个人现在他不知道他，人也不知道他，托靠主！两三年后他也会知道他，人也将知道他。"这个宗教是非常神秘的，话都不直接说的，是用一种非常隐晦的语言来说的，而且非常符合他们那种前定的观念。其时，平凉太爷自己并不知道自己在接受传位，但他心中有一种宗教的激情，所以说当有人向他传教，要带他走的时候，他不顾母亲、妻子的阻拦，去一个官传道堂，离他家乡非常远的一个道堂里做一个普通的教职人员，就是洒洒水，扫扫地，同时潜心于修炼。所有的宗教的任务都是怎么去和主接近，那么他这个平凉太爷怎么去和主接近呢？在道场后边，有一口井，他老在井边坐着，坐着坐着他就能看见井里边浮现起一个形象，他认为这就是主的形象。在哲合忍耶可歌可泣的历史上，这名教主所经历的和他所担任的任务以及他的结局就是一个隐藏。因为在马明心被杀死的时候，哲合忍耶的力量已经非常薄弱了，不可能像马明心开创时候那样四处都有他们的念经僧，布道传教。现在不能了，平凉太爷所做的事情就是隐藏，他把自己隐藏起来，维持这一脉生息，把这一脉生息传递给下一个圣徒。他是一个传递火种的人。马明心死后的数年是一个非常困难的时期，一方面官府对哲合忍耶开始注意，视其为异端；另一方面，因为马明心的死，激起教众的反抗，不断造反和起义，结果是一次又一次的弹压、血洗，整个形势是非常恶劣的。在这种情况下，这个平凉太爷的主要任务就是隐藏自己，而且他把自己隐藏得非常好。他曾经有过一次入狱，在一次著名的底店惨案中。就在乾隆四十九年，清政府在底店实行了一次大屠杀，1268名十五岁以上男丁全部杀掉，剩下2500名儿童、妇女全给清官兵为奴，其中近半数流放到江苏、浙江、福建、广东，到南方沿海这一带。在这个背景下，平凉太爷入狱了，但他也是悄悄的，没有暴露哲合忍耶的身份，所以他又生还了。他在监狱里除了忍受严刑拷打，还忍受着另一种更为残酷的刑罚，这是种什么刑罚呢？就是眼睁睁地看着别人壮烈牺牲而自己苟活。哲合忍耶的最大理想就是牺牲，如果不能够去牺牲，他就没有价值，他存在没有意义。所以平凉太爷是非常痛苦的，他眼睁睁地看着别人赴汤蹈火去牺牲，而他却不能牺牲，为什么呢？因为马明心把教传给他了，他有责任，他必须把哲合忍耶的火种传下去，这是他的任务，他不能忘记，他必须隐藏下来。他最终是病死的，就死在修行的井旁边，几十天的不睡觉。张承志对他的评价中有一句话是说得很悲壮的，他说："由于命定的悲剧，圣战和教争都以殉死为结局，留下来的事业永远选择了心灵痛苦的生者来完成。"他把死者说成是幸福，而生者是心灵痛苦，就此我们可稍稍窥见这个《心灵史》的心灵世界的面貌。

　　然后就是第三代圣徒出世，第三代圣徒叫马达天。这位圣徒维持大业的时间非常非常短，一共才六年，但是在哲合忍耶历史上是很重要的，它是一个承前启后的时期。这时候的哲合忍耶没有公开的寺，没有庙，没有一个他们可以做礼拜聚集的地方，看起来哲合忍耶已经完了，已经被斩草除根了，但是有两件事情表明哲合忍耶没有死，还活着。第一件事情是什么呢？就是当平凉太爷病重时，他们开始实行了一种新的规定，原来教徒们都是要留须的，他们认为这是一种圣徒给予他们的圣形，很神圣的一种形象，而这一次大惨案，则正是被诬告为"耳毛为号"而以其标志捕杀镇压他们的。所以一方面是为了保护自己，另一方面是要把这种仇恨铭刻下来，他们从平凉太爷将死时，开始把须全部剃掉，光脸。在他们来讲是很痛心的，因为把圣须剃掉了，所以他们称作"剃须毁容"，他们觉得人的容貌就毁掉了，可他们必须这样。这个"剃须毁容"是在马达天的时代正式流行、保留了下来。第二件事情则是他们还在悄悄地做着打依尔，没有地方，也不能公开号召大家，他们就立出一个暗号打梆子。在那些偏僻贫困的村庄里，夜深人静的时候，你听到了梆子的声音，千万不要以为是在敲更，那是在召集教徒们去做打依尔。不能大声地诵念，就默默地坐着。在马达天的时期，这两件事情证明着哲合忍耶没有死。这一个教主是很谨慎、很忍让的，他能委曲求全，看起来他比较软弱。这时候比较平静了，最残酷的事情已经过去了，大家有点乐而忘忧，说咱们应该盖房子，应该盖寺庙了，没有一个寺庙集合嘛。马达天觉得这样做太兴师动众了，会招来大祸，心里感到很不安，但因为呼声非常高只能同意。大兴土木造房子，果然惊动了官府，结果把马达天抓进去了。马达天的入狱，却有一个美妙的民间传说。是说在新疆那儿有一个人，他挑了两个非常非常大的哈密瓜，从很远的新疆就往甘肃过来了，一路上过了很多关卡，其中一个关卡的两个清兵说，你这瓜那么好，能不能给我，他说不行，我有用，清兵说你这瓜要干什么，他说我的瓜要敬上，清兵说你的上是谁，他说我的上是教主，一下子就暴露了马达天。这是个民间传说，但哲合忍耶到今天为止好像更认可这个民间传说。我觉得这个传说反映了一种安定和平甚至兴旺的背景，走那么远的路，一个教徒，扛着两只瓜送给马达天。但是他给马达天带来的是厄运，马达天被捕了。对马达天的判决是流放，将他流放到黑龙江。他的十二个门徒，自愿地陪着他上路，带着他们的家属。于是壮烈的一幕诞生了。马达天乘着木笼囚车，他的十二个门徒以及他们的家小步行尾随着他走向了黑龙江。

第四代圣徒名为马以德，因其归真于四月初八故称为四月八太爷。他是马达天的长子，他在父亲的流放途中，接受传位。这一辈的光阴是三十二年，是哲合忍耶历史上的第一个大发展时期，称为"第一次教门的复兴"。

马以德是一个积极于行动的人，他四处奔走传教，将失散的民众再集合起来。由于前两辈圣徒的隐忍，哲合忍耶保存了一定的人数，这是他所以能集合起教徒的基础。并且，因为血统的关系，他也具有先天的号召力。同时，为要使民众更信任他是"真的"，他极其重视自身修养，施行严格的苦刑。他强化了许多宗教细节，比如说严格宰牲规定，哲合忍耶用于祭祀的鸡羊牲畜，宰前必须拴养喂食保证洁净与肃穆。他就这样一个村庄一个村庄地进行复教，渐渐恢复了信仰，并且重新建立了完整的哲合忍耶体系，比如导师"穆勒什德"，地区掌教者"热依斯"，村坊中的清真寺开学"阿訇"，教众"多斯达尼"，这样一级级的组织。他有所创见地把"打依尔"的形式化进日常的劳动，使真主与人们无时不在一起，无处不在一起。例如打麦的劳动，书中摘录了一段史传的原文："在打麦场上，他们排成两行，面对面地打。一行人整整齐齐地，把连枷打在地上，同时就高声念'俩依俩罕'。脚也随着移动。另一行人又整整齐齐地打一天，同时念'印安拉乎'。脚又动一动。"

马以德为哲合忍耶做了许多富有建树的工作，但同前三辈导师相比，他没有得到那种完美的牺牲的结局。他是哲合忍耶第一位寿寝善终的导师。如书中所说："他没有获得殉教者的名义和光荣，而哲合忍耶获得了全面的复兴。"以此种观念来看，马以德则是以另一种方式作出了牺牲。

第五代尊师马化龙，即十三太爷，可说是生而逢时，他经历了一个壮烈的时期。在这一个时期里，哲合忍耶的奋斗与牺牲是在前所未有的宽阔的背景之下，照张承志的话说，便是："哲合忍耶第一次不孤独。"在太平天国的革命之中，涌现了三位回族之子，这三人是云南的杜文秀，陕西的白彦虎，还有哲合忍耶的十三太爷。起义的烽火遍地燃起，回民如同潮水一般涌来涌去，潮起潮落，最终总是以牺牲为结局。同治年间金积堡的战斗是一场残酷的决战，据称，清军使用了"机关炮弹"，作者猜测大约是左宗棠用四百万外债采买的欧洲新式军火。这一场战斗持续数年，城被围困，饥饿中已经有人相食者，并且时刻面临着血洗的屠城之灾。同治九年十一月十六日，十三太爷自缚走出金积堡东门，请以一家八门三百余口性命，赎金积堡一带回民死罪。在这株连殉身的三百余族人之中，却奇迹般地保留了一条性命，那就是他的妻子，人称西府太太。似乎也是一个神秘的前定，要为哲合忍耶留一线命脉。这位太太是一个汉人，在一次回民进攻武城时，十三太爷在逃亡的人群中，与一个女人撞了个满怀，后来便娶了这女人，唤她作西府太太。当哲合忍耶退守金积堡时，十三太爷对她说："你把所有传教的凭证都带上，金积破了，你就说，当年是我依仗势力霸占了你。"最后，西府太太果然被释放，她带走了八个箱子，其中有四个传教的"衣扎孜"——衣钵。

同治十年正月十三日，左宗棠下令，将十三太爷提出官营，凌迟杀害。"十三太爷"这个尊称，便是由正月十三日殉教的日子而来。至此，十三太爷在狱中整整受酷刑折磨五十六日。从此，当教徒念词到"万物非主，只有真主"这一句时，要连诵五十六遍。同时，"同治十年"也成了一个教内的代词，专指灾难的极限。而你们要注意，这恐怖血腥的一门，却被张承志命名为"牺牲之美"，他极其激昂热烈地书写这一篇章，使人感觉，一个被压抑几辈的理想，终于到了实现的时候。我们从中可以了解《心灵史》的心灵世界的内容。

第六代圣徒马进城，尊称汴梁太爷，是在死后被追认教主的。他是马化龙第四子的儿子。同治十年，他只七岁，跟随受株连的族人走上流放的道路。他们是走向北京内务府，在那里将接受阉割的酷刑，再发往边地为奴。当流放的队伍走到平凉时，有官吏有心想开脱他，问他究竟是不是马化龙的孙子，他一连三遍回答："我就是马化龙的孙子！"此时此刻，他便不可脱卸地承担了他的命运。有一位在北京做官的教友，多方设法，到底无法使他免受阉割。后来，只能设法使他来到汴梁，在一个姓温的满人小官吏家做仆人，免于流放边地。温家待他很仁厚，甚至让他与自家孩子一起读书，在他死后，还为他缝了一件袍子送终。这是一个沉默而短命的少年，据温家的子侄说，他夜间不睡觉，不知在做什么。他的经名为西拉伦丁，阿拉伯文中意即弦月，是转瞬即逝的新月。他身体衰弱，且心事重重，但却不肯从他的命运中脱逃。

哲合忍耶稍事养息之后，曾由西府夫人策划并实施过一项营救的行动。西府夫人乘一辆骡车进城，让一名教徒去温家带他。可是当马进城走到骡车前，一见是她，转身就走，营救就此落空。为了在暗中保护照顾他，哲合忍耶在温家附近开了一个小店铺，每见马进城进店，便把一叠钱放在案子上，他有时全部拿走，有时只取几枚。过了几年，他不再来了，人们便知道他死了。这是光绪十五年，马进城二十五岁，是一代受辱受难的教主，张承志写道："由于有了他，哲合忍耶便不仅有了血而且有了泪。"他还写道："由于他的悲剧故事，哲合忍耶终于完成了牺牲和受难两大功课。"这就是在他死后追认的教主马进城对哲合忍耶的贡献与作为。人们至今没有忘记他默默承受苦难的日月。如今，每年都有从各处山沟走出来的哲合忍耶回民，走进开封，当年的汴梁城，在人声鼎沸的公园里，找一个地方，跪下，脱了鞋，点香，致礼，诵经悼念，然后，摘掉头上的六角白帽走进人群。哲合忍耶是在第七代教主马元章，即沙沟太爷的光阴里步入了近代史。在同治年间的起义中，云南东沟出了一个叛徒，名叫马现，率领清军灭了大东沟。东沟寨子里有一条七里长的地道，一位回民将领便由此实施了出国逃离的计划。马元章就是在此逃离的行动中，换了汉族装束，率领亲从们成功地逃出的一例。从此教内便有了著名的故事："十八鸟儿出云南。"十八是指当时马元章正是十八岁。出了云南，再出四川，最后进入张家川谷地，开始了复教的大业。在汴梁开店保护马进城的，也是他，他一共守了十三年。同时，他还主持营救马化龙家族的另一名男孩马进西，在流放途中，打死解差，背着孩子穿过青纱帐，渡过黄河，最终在杭州藏身。就这样，马元章以张家川一隅为根据地，悄无声息地在一切哲合忍耶旧地展开了秘密的复教活动。他壮大了势力，以他的权威，将这个见惯鲜血的被迫害教派劝导上和平的宗教道路，使之发展到了它的全盛。它谨慎地对待外界，虔诚于苏菲功课，严格教派组织，与官府达成默契礼让，双方放弃暴力。此时马元章在张家川道堂，可说广交三教九流，迎送八方来客。而在这盛世的顶点，便是震惊西北的"沙沟太爷进兰州"。在一篇教文《进兰州》里，描绘了这个壮丽场面："官员百姓上万人，众人踏起的尘土遮盖了太阳的光辉。"

然而，我们必须注意到这一门中的微妙的矛盾。张承志在以极大的热情写下马元章的业绩和哲合忍耶的盛况时，他并没有忘记对马元章向官府的妥协作一点辩解，他写道："哲合忍耶可以放弃暴力但决不放弃自己对于官府的异端感。"他也没有忘记在这民国初年的政府，也许是将哲合忍耶作为排满反清的盟友而接纳了他们。但他还是强调："这里确实含有不可思议的神秘。"于是，不管怎么着，张承志是不能放弃进兰州这个宏大的场面，它使张承志的心灵世界有了最高扬，用他的语言说，就是"上限"的景观和完成。一句话："人道，就这样顽强地活下来了。"现在，我想我可以回答先前的那个问题，就是这一部彻头彻尾叙述教史的书为什么不是历史，而是小说。我的理由有这样几条。

第一，是因为作者处理历史这一堆材料的偏狭的方法论。如张承志自己坦言的："正确的方法存在于研究对象拥有的方式中。"所以，他又接着说："我首先用五年时间，使自己变成了一个和西海固贫农在宗教上毫无两样的多斯达尼。"他认为这是历史学的前提，并且强调这在学院里是不被认可的，从而，确立了他反学院的立场。他提出，真正的历史学，"它与感情相近，与理性相远"。他强调对待历史应以感性的、个人的、心灵的方式，他甚而更进一步地否认"历史"这门学科，说："回民们在打依尔上，在拱北上，一次又一次地纠正着我，使我不至于在为他们书写时，把宗教降低成史学。"那么他对宗教的定义是什么呢？"宗教是世界观，更是人，人性和人的感情的产物。"同时，我们也已经看到，张承志在《心灵史》中正是这样言行一致地，将他情感的方式贯彻到底。

第二，是他极其个人化的价值观。讲述完这七门教主的历史，我们大约可以基本了解张承志的这个心灵世界的内容，那就是对牺牲的崇尚，对孤独的崇尚，对放逐世俗人群之外的自豪，以异端为自豪，以与主流世界疏远甚至对立为光荣……这使他选择了被称为"血脖子教"的哲合忍耶为他小说的故事。并且，使他醉心的场面都是牺牲。他将哲合忍耶的魂定为"悲观主义"，他还将哲合忍耶的信仰的真理定为"束海达依"，就是"殉教之路"。哲合忍耶的被弹压，被排斥，所占弱势位置都是被赋予强烈的精神价值。"手提血衣撒手进天堂"——是为其最肯定、扩张、发扬的情状。他在哲合忍耶的历史上寄托了他纯精神化的价值观，完全无视无论历史也好，宗教也好，其存在的现实内容，他说："几十万哲合忍耶的多斯达尼从未怀疑自己的魅力，他们对一个自称是进步了的世界说：你有一种就像对自己血统一样的感情吗？"

《心灵史》所以是小说的最后一条理由是由叙事者——"我"的存在而决定的，我宁可将"我"看作是一个虚构的人物。这个"我"，不仅讲述了哲合忍耶的故事，还讲述了他讲故事的情景。他虽然笔墨不多，但却没有间断刻画描绘"我"。他描绘"我"是"久居信仰的边疆——北京城里的我"；"我偏僻地远在北京"，等等，都是将"我"描写成一个边缘人，然后如何走入信仰的中心——哲合忍耶。这就是在关于哲合忍耶的全部叙述之后的叙述，也就是"心灵史"命名的由来。

现在，我想我已经说明了我的理由。那么，大约我们也可以了解，《心灵史》的心灵世界与现实世界的关系是怎么的一种关系，我以为是一个较为单纯的关系。哲合忍耶几乎原封不动地成为创作者的建筑材料，而终因创作者的主观性而远离现实，成为一个不真实的存在。我的"不真实"里绝对没有贬义，如同以前说过的，它是心灵世界的特质。

原载《小说界》1997年第3期

非虚构——抒情历史小说

——《心灵史》文体论

黄忠顺

虽然有关张承志的《心灵史》的评论已经较多了，但这部作品在中国现代长篇小说文体发展史上的意义，似乎还没有得到应有的重视。在《心灵史》代前言中，张承志说，他这本书所专注的对象是"任何旧文学的手段都无法奏效"。所以在"酝酿《心灵史》之际，我清醒地感觉到，我将跳入一个远离文学的海洋。"[1] 这里所谓"远离文学"，主要是指远离既有的长篇小说文体形式。

一

从叙述学的角度看，与我们读过的所有长篇历史小说大相径庭的是，《心灵史》作为一部讲述中国历史上鲜为人知的一支回教教派200多年来为了信仰哲合忍耶而经历的逆境与厄运的作品，在叙述方式上大量采用了说明性概述方式，而不是场景叙述。

由于场景叙述要求叙述者尽可能地避免将自己对所叙之事的理解、推断、分析、判断直接介入到叙述中来，以便给读者一个亲临现场、直击事实的生动感，而这又恰恰需要叙述者对所叙之事具有一种全知全能无所不知的视野来为所叙之事提出最大限度的信息，这样，从历史叙述的立场来看，场景叙述方式便不能不是一种虚构的叙述方式，因为这种叙述方式赋予了叙述者本质上的无所不知，而事实上作者对其所叙述史实却无法做到真正的无所不知。这当是《心灵史》尽可能不采用场景叙述，而采用说明性概述的原因。

而且，《心灵史》所大量采用的说明性概述常常不是一般性的说明性概述，而是一种务求准确有据而杂以大量文献征引的说明性概述。例如：

> 形势对于花寺教派已经显得严峻。三月，花寺派已死的韩户长之侄韩哈拉乌等前赴兰州，向甘肃总督衙门控告。
>
> 总督勒尔谨及其部下曾经受贿偏袒。毡爷著《曼纳给布》称："花寺又邀请了名叫尕黑龙的异教徒。这个人只要人给他钱，他写的状子没有告不准的。"其它钞本传说也都称有个"举人"在其中出力。但勒尔谨及甘肃省官的介入，使这次教争骤然变质。三月十七日，总督勒尔谨饬令兰州知府杨士玑前往循化查办，并派河州协副将新柱出兵弹压。三月十八日，清兵抵达循化白庄塘。事态骤然一变。

如此叙述读起来佶屈聱牙，但为了追求严格的史学意义上的可信性叙述，文笔的流畅飞扬，读者的阅读快感，作者在这里似乎已无力顾及了，他能够做的只是在叙述中不止一次地发出"我请求旧文学形式打开大门，让我引入概念、新词和大量公私纪录"之类的吁请。

如果说，务求准确有据而杂以大量文献征引的说明性概述方式是一种严格的史学叙述方式的话，那么，这部作品不仅大量采用了这种叙述方式，而且在其叙述中还不时夹杂着十分学术化和专业化的历史考证。例如，在"耻书"一章，作品以长达近7页篇幅的严谨缜密的考证，推翻了乾隆和他的御用文人们修订的《钦定石峰堡纪略》为掩盖其残忍本性所伪造的石峰堡陷落那一天的原始记录，使历史的真相在200多年后大白于天下。而这段考证文字则完全可以独立出来作为历史考据论文发表于学术刊物之上。

虽然亚里士多德说过：历史学家"叙述已发生的事"，诗人"描述可能发生的事"，但事实上，历史资料总是不够用的。历史学家有时候为了讲清事情的来龙去脉，或是为了突出某一种意义，也不得不依据可能性原则来叙述，尤其是在一些历史叙述的关键之处，又恰恰是史料阙如之处。只是历史学家与诗人（文学家）在叙述"可能发生的事"时，在叙述方式上有所不同而已。诗人（文学家）是将"可能发生的事"假定为"已发生的事"来叙述，而历史学家则是将"可能发生的事"作为叙述者的一种推断来叙述，总是清楚地交代出这只是一种合理的推测、推想。这是它不同于文学叙事的求实之处。在这一方面，《心灵史》不取诗人（文学家）的叙述方式，而采用历史学家求实严谨的推断性叙述。例如，《心灵史》叙述华林山血战，官军彻底断了哲合忍耶的水源之后，写了这样一段：

> 当年的苏四十三，在渴死的边缘上挣扎时，又做了些什么呢？
>
> 据《兰州纪略》：他在那个时刻里，曾经把一线希望寄托给主——"念经祈祷"。
>
> 除此"念经祈祷"四字之外，教内官家都再也没有留下任何一笔。但是我坚信，如果谁能够看见当时的情形并把它描述出来，那一定是人类历史上最感人的一幕。苏四十三阿訇一定进行了土净，干焦的黄土洗净了他男儿之躯的每一寸。苏四十三念出首句——"以慈悯世界的真主的名义"时，他一定喑哑得几乎发不出声。导师死了，事情骤然压在他的两肩，伴着如河流淌的血，伴着恐怖凶险的干渴。他一定屏神宁息，竭性命之全力，一直念完。
>
> ……
>
> 苏四十三阿訇在濒临渴死之际念经祈雨后，真主的奇迹为他降临了……

在我们通常所见到的据史家文本而创作的历史小说中，甚至像《史记》那样的非虚构文学作品，只要有了"念经祈祷"一句，叙述者总是会依据可能性的逻辑，展开艺术的想象，创造出令读者身临其境的历史情景，在给出最大限度的场景信息的同时，极力降低叙述者的作用，即叙述者尽可能地避免将自己对所叙之事的推断直接介入到叙述中来。而像《心灵史》这样为了在叙述上追求精确信史不惜抛弃艺术的真实幻觉，采用求实严谨的推断性叙述，在小说叙述中是极少见的。当然，《心灵史》中也有少量采用场景叙述的地方，比如哲合忍耶第七代圣徒马元章的追随者老何爷等营救灵州系统哲合忍耶圣徒家族残存男孩马进西的故事。在讲完这一个故事之后，作者作了这样的交代，"这个故事是哲合忍耶内部脍炙人口的一个故事"，并说："西海固的粗悍农民喜欢它，因为正中他们下怀；新疆和云贵的信徒喜欢它，因为它的主人公是他们的同乡；山东北京散居的游子喜欢它，因为它能够默默地给自己的心以鼓舞。这个故事的叛逆、违法、勇猛、简单，合成了一种古怪的魅力，第一次听到它我便被俘虏了。暗杀路劫尚在其次；令我震撼不已的是那面对大陆的流浪。莽莽太行山，两个壮汉背着一个男孩在崇山峻岭中闯荡，狼虫为伴。茅津渡，孟津渡，我总猜测着他们怎样跨过了黄河。"由于有了这样的交代和说明，这一故事即使免不了存在添枝加叶的虚构，它也不损于《心灵史》叙史的真实性，因为在这里作为信史的叙述的真实性，要求的已不是流传故事的真实性，而是教内是否确实流传着这一故事。《心灵史》采用场景叙述方式叙述哲合忍耶教史的地方，基本上都属于这种情况——是一种对于已经存在的叙述的转述。当然，这种转述不限于流传的故事，有时候是哲合忍耶的后代直接向张承志讲述的。

张承志曾谈到当他"举意"写这部书的时候，不仅披阅了大量历史文献，而且历时六年，八次深入西海固。在那里，哲合忍耶回民将他们一直珍藏的几部秘密的用阿拉伯文和波斯文写下的内部著作向他公开，并为他译成了汉文（那是曾经深入回民聚居地的顾颉刚、范长江都未曾得到的），同时，哲合忍耶回民还悄无声息地协助他展开了大规模的调查。"近一百六十份家史和宗教资料送到了我手里。一切秘密向我洞开，无数村庄等着我去居住。清真寺里的学生（满拉）争当我的秘书，撇下年轻的妻子陪着我寻觅古迹。"[2]8《心灵史》就是在这样一种扎实的历史资料的基础上，又充分发挥了作者作为一个训练有素的民族史学者的专业功底，在叙史方式上主要采取上述种种严谨缜密之史学著述方式而写成的。并且张承志强调说，他的这部书"全部细节都是真实的"[2]219。那么，这不应该是一部典型的历史著作吗？怎么会成了小说呢？

二

在西方，自亚里士多德以来的本质论诗学中，判定叙事文学的文学性的根本标准无疑是虚构性，小说则是现代虚构叙事文的代表。在中国的小说史研究中，鲁迅得出"唐人始有意为小说"之结论的根据也是作家虚构意识的自觉。而《心灵史》不仅不有意去虚构，而且在叙述方式上绝然地毫无保留地排斥了虚构性。那么，面对这样的信史文本，指认它为小说的依据何在呢？

在笔者看来，对这部作品文体归属发生决定性影响的是它的叙述者"我"的姿态。从历史著作的叙述规范来看，这部作品的叙述者实在是太过于张扬自己了。用王安忆的话说："这个我，不仅讲述了哲合忍耶的故事，还讲述了他讲故事的情景。"[3]通过这种情景，"我"作为这部作品中的一个重要的艺术形象跃然纸上。这一形象具有张承志的读者所熟悉的那种极具个人化的价值观。他崇尚的是牺牲，他向往的是孤独，他心仪的是逆境和厄运。他以放逐世俗人群之外，摒弃物质享受，追求心灵自由而自豪，他将哲合忍耶的魂定义为"悲观主义"，他还将哲合忍耶信仰的真理定为"束海达依"（即殉教之路），哲合忍耶的被弹压、被排斥及其弱势位置，全被他赋予了强烈的精神价值，哲合忍耶的"手提血衣撒手进天堂"，更是令他痴迷心醉的情状。于是，面对由无数充满血性、奋勇赴死的个体构成的哲合忍耶的英雄史事，他"满脸都蒙上了兴奋激动造成的皱纹。静夜五更……独自醒着，让一颗腔中的心在火焰中反复灼烤焚烧。"[4]这就使他不能不倾诉，而"倾诉在本质上只能是诗。"[5]

于是，我们看到这部作品一方面像真正的历史著述那样，有着严谨的学术著作的行文；另一方面，它又处处洋溢着诗情。随着哲合忍耶那悲壮历史的牺牲之美、刚烈之美、阴柔之美、圣洁之美逐一展开，叙述者由最初比较克制的态度越来越忘情于斯倾倒于斯，不仅在每一门的尾章都以诗作结，而且，作品越到后来，叙述者直接站出来抒情倾诉的文字量越来越多地盖过了其叙史的文字，甚至出现了像其中的《致统治者》这样以整章篇幅来展开叙述者的纵意倾诉。而这部作品的终章——"后缀"更是长达20页的抒情长诗。事实上，作者也确曾称自己的《心灵史》为"诗"[2]227。这部作品中有多处涉及作者对文体形式的看法。在该书第七门，一开篇有叙述者"我"的一段倾诉，表达了《心灵史》的创作主体基于自我之心灵史的文体可能性：

> 轮番巡回着四季，巡回着奔波和写作。在今夜我的笔临近了终章，像游子临近了终旅。放浪于哲合忍耶这片粗犷的大地，我迅速地蜕变着。先使人震撼再渐渐习惯，后来只觉得莫名的感动在涌漾——黄土高原的这一角像一片突然凝固、突然死于挣扎中的海洋。我是一片叶子，一只独木船，恋着这片旱荒不毛的死海。一年一年，不问西东，不存目的。

放浪如此魅人，景色如此酷烈，秘密如此漆黑。一分一毫的感受像以前啮咬过多斯达尼心灵一样，如今如触电的指尖如沉下的砂粒，控制了我的这颗心。

我不该是一个学者一个作家，这个词和哲合忍耶概念中的阿訇太密切了。

西海固不该这样赤贫千里荒凉至极，它和它的多斯达尼总使我错觉到一种责任感。

其实，我只适合写一首长长的抒情诗。

形式如魔症一样逼我答复。

但是，正如作者在《走进大西北——代前言》中所说："用诗么？在我创作的末期，我曾经一泻千里地抒情，让意识纵横流淌，渲染我喜爱的那种图画。但是大西北交付给我的，又是一种复杂的过程；只有这复杂的过程才是抒情的依据。"这里所谓"复杂的过程"，即哲合忍耶教史。

由此看来，这部作品的创作来源有两个：一个是"大西北（哲合忍耶）交付给我的"使命，另一个发源于久居信仰边疆（北京城里）的叙述者"我"走进大西北，走入信仰的中心——哲合忍耶而产生的强烈的抒情倾诉欲望。这两个创作来源造成了《心灵史》文本的两个层面，即叙史与抒情。前者是哲合忍耶的心灵史（信仰史），后者表达了叙述者"我"的心灵史。前者是后者的"依据"。

那么，为什么这"复杂的过程"一定要以那样一种非文学化的信史之笔来叙述呢？《心灵史》写了如下一段：

随手检索比如《日本基督徒殉教史》，后来的编纂者简直使用不尽他收集的资料。笔记、书信、秘密记录、墓志、甚至文物和文学作品，都保留到了信教自由的时代。我翻阅着这本书，难言内心的感慨。那些为着信仰渡过大洋而牺牲的传教士们都是文化修养丰厚的人。甚至我认为唯他们才是真正的学者。人死了，书活着，后来的人因为读了他们的遗书，便相信了确实有灵魂（即我们回民讲的卢罕）还活着。

……

我的前方只有几位老阿訇。他们用神秘的阿拉伯文写下的内容，只是神秘主义。克拉麦提，是他们写作的支撑也是他们写作的对象。他们不重视过程。但是，过程不能湮灭，否则将无人相信。

这就是说，叙述复杂的过程，不仅是为抒情提供依据，也是为了世人的"相信"，为了后人的"相信"，这是张承志"举意""做一支哲合忍耶的笔"的使命。这结果是《心灵史》的形式既"背叛了小说也背叛了诗歌，它同时舍弃了容易的编造与放纵。它又背叛了汉籍史料也背叛了阿文钞本"[2]227。

三

当《心灵史》在文体上作了这些背叛之后，其文体究竟应该如何定位呢？我们在前面说过，在亚里士多德以来的本质论诗学中，判定叙事文学的文学性的根本标准无疑是虚构性，但在中国的文论传统中，在艺术虚构范畴、在文学的虚构性标准迟迟未能诞生的时候，其非虚构的文本——抒情类体裁，尤其是抒情诗一直稳居于文学的正宗。西方自意大利和西班牙的文艺复兴时期开始，其诗学虽然在总体上忠实于虚构论的原则，但也开始将一些非虚构的抒情类文本巧妙地纳入到"抒情诗"的名下，从而在文学性的判断标准上形成了虚构性和抒情性这样两个标准。据热拉尔·热奈特讲，在凯特·汉伯格的《文学体裁的逻辑》一书中，于文学领域，它仅承认两大基础"体裁"，即虚构类体裁和抒情类体裁[6]。有了这样的知识背景，我们便可以说，《心灵史》虽然在叙述历史的层面上，即在叙述哲合忍耶心灵史的层面，为了世人与后人的"相信"而拒绝了小说笔法，不仅在题材上，而且在叙述方式上拒绝虚构，从而使它远离了文学，缺少一般历史小说的特点，但它在著史之笔中不仅裹挟着叙述者"我"的抒情倾诉，而且它那"全部细节都是真实的"历史叙述，更为其充沛的抒情倾诉提供了依据。也就是说，它在表达叙述者"我"的心灵史这个层面，又使这部作品具有了抒情诗的品质，使它又回到了文学，并且入围于茅盾文学奖的初选名单，甚至被张炜称为"有可能是50年来中国最好的长篇小说之一"。

作为一部优秀的长篇小说，《心灵史》属于中国长篇小说文体发展史上从未有过的由非虚构的历史叙述与抒情诗式的倾诉相结合而构成的新型文体，我们可以将它初步定义为"非虚构—抒情历史小说"。如果说，20世纪90年代以来，中国现代长篇小说进入了自19世纪末20世纪初由古典向现代的转型以来在文体艺术上空前的变革与多样发展的时期，那么，这一时期可以说是从《心灵史》开始的。

参考文献：

[1]张承志.美则生，不美则死[G]//萧夏林.无援的思想.北京：华艺出版社，1995：105.

[2]张承志.心灵史[M].广州：花城出版社，1992.

[3]王安忆.心灵世界——王安忆小说讲稿[M].上海：复旦大学出版社，1997：77.

[4]张承志.离别西海固[G]//萧夏林.无援的思想.北京：华艺出版社，1995：38.

[5]张承志.《错开的花》自序[G]//萧夏林.无援的思想.北京：华艺出版社，1995：86.

[6]热拉尔·热奈特.热奈特论文集[G].天津：百花文艺出版社，2001：93.

原载《中南民族大学学报（人文社会科学版）》2006年第1期

张承志与鲁迅和《史记》

程光炜

据我考察，张承志读鲁迅的札记最早见于1988年7月的一篇文章。他少年时代也曾接触并痴迷《史记》。集中精力读鲁迅和《史记》则在1991年至1996年之间。他在《静夜功课》中说："近日爱读两部书，一是《史记·刺客列传》，一是《野草》。可能是因为已经轻薄为文，又盼添一分正气弥补吧，读得很细。"他的体味是："今夜暗里冥坐，好像是在复习功课。黑暗正中，只感到黑分十色，暗有三重，心中十分丰富。秦王毁人眼目，尚要夺人音乐，这不知怎么使我想着觉得战栗。高渐离举起灌铅的筑扑向秦王时，他两眼中的黑暗是怎样的呢？"又说："鲁迅一部《野草》，仿佛全是在黑暗下写成，他沉吟抒发时直面的黑暗，又是怎样的呢？这静夜中的功课，总是有始无终。慢慢地我习惯了这样黑夜悄坐。我觉得，我深深地喜爱这样。我爱这启示的黑暗。我宁静地坐着不动，心里不知为什么在久久地感动。"①张承志在文章里反复提到了"黑暗"两个字，这使我想到，了解一个作家的秉性、气质、文风和著述的特点，观察他的读书情形大概是一个路径。

一

对鲁迅作品，张承志读得最多的是《野草》。1988年夏，他在《芳草野草》这篇文章中说："翻开鲁迅先生的《野草》，他写尽了苍凉心境，但是他没有写他对这草的好恶。他说自己的生命化成泥土后，不生乔木只生野草。他还说自己这草吸取人的血和肉。"他承认，"我读了才觉得震惊"，"原来在中国，人心是一定要变成一丛野草的。我第一次不是读者，而是将心比心地感到了他的深痛"。②鲁迅"野草"的比喻含蓄复杂，包含着心绪烦乱、生命原生态、孤独和自我怀疑等多重矛盾的成分。但令人不解的是，1988年的张承志，刚发表《北方的河》《黄泥小屋》和《金牧场》等名作，文学事业正处在高歌猛进的阶段，他因何也会"心绪烦乱"，对鲁迅的"苍凉心情"这般欣赏，而且在一种野草般无法理清的感觉中将心比心地警觉到他的"深痛"呢？这种情绪，与当时新时期文学青春勃发的情绪氛围确实不够合拍，分外地离奇。彼时的青年作家假如要眷顾鲁迅，应该是热血的《呐喊》而非《野草》。直到三年后的1991年4月，他才在《致先生书》中对自己之所以变成"鲁迷"作出了解释：

> 我的心灵却坚持这个感觉。先生特殊的文章和为人，实在是太特殊了。对于江南以及中国，他的一切都显得格格不入。
> ……先生血性激烈，不合东南风水。当然，这仅仅是少数民族对当代汉族的一种偏见，我只是觉得，他的激烈之中有一种类病的忧郁和执倔，好像在我的经历中似曾相识。

从张承志的自述看，他与鲁迅的相遇并非做足了功课，书房里没有几本这位受尊敬的前辈作家的著作，也不是每日必读的状态，这多少给人愕然的感觉。当时正红的青年作家张承志应该忙得一塌糊涂，他大概正陷于文坛各种琐事的旋涡中。也就在这种情况下，我注意到他手里只有可怜的一本小册子：

> 我手头只有一薄册《野草》。它是在一九七三年的中国印成的精美的单行本，定价只有两毛钱。三万字，两毛钱，这些数字都有寓意……③

于是在我看来，"寓意"这两个字可能是今天理解张承志与鲁迅关系的一个诗眼。他一定感觉到秉性气质中的一部分被鲁迅"特殊的文章和为人"吸引了，被什么东西深深触动了，否则要张承志这种自负的作家佩服什么人真的很难。我更愿意相信，他对鲁迅肯定不单是出于佩服，而且已经觉察到因这中介的触发内心世界与当时文坛已然出现的某种距离感。像鲁迅在五四群体中一样，自己也是新时期文学的一个孤独者。其实，在八十年代崛起的一代青年作家中，张承志一开始就给人一点不合群的印象。他似乎更乐意特立独行，与潮起潮落的文学思潮是一种貌合神离的关系。他在文章中多次谈到擅长写草原的哈萨克小说家艾特玛托夫和有孤侠气质的法国作家梅里美对自己创作的影响，但我注意到，张承志对正被文学界追捧的加缪、马尔克斯、略萨、卡夫卡、川端康成，美国黑色幽默小说、法国新小说却只字未提。他的文学气质是古典主义的，他对盛行一时的现代派文学显然没什么好感，更谈不上文学亲缘关系。也应该提到，由于文学界"崇外"思想占据主流，我们很难这么注意到张承志与这个主流之间微妙的差异。即使我们看到张承志的这些材料，也很难将它们与这种差异性具体联系起来。由于这层关系，再仔细阅读他点评《野草》的文字，会感觉作者欣赏的不是《野草》的现代主义技巧，而是鲁迅激烈的"血性"气质，是他与周围一切都"格格不入"的孤傲性格。在六七十年代，尤其是在九十年代后张承志的孤傲性格和激烈血性是给世人留下过难以忘怀的印象的。不愿意随波逐流，不肯跟随文学思潮，更愿意按自己的秉性追求文学理想和思想信仰，已昭然显示于张承志三十年的心路历程之中。所以，他与鲁迅貌似偶然的相遇，实际是一种必然性的结果。

读《野草》前后，张承志文章中高频率地出现了"无援的思想""荒芜英雄路""清洁的精神""高贵的精神"等字眼。这些字眼不是鲁迅而是张承志自己的创造。在九十年代语境中，读者不难想象他是在描述自己的艰难处境，他一定在万舟竞发的时代浪潮中觉出了孤独，这使他心理上靠近了五四落潮后那个孤立前行的鲁迅。他对社会转型的失望，对文学市场化趋势的厌恶，以及性格气质的过分敏感，都在加剧这种主观色彩强烈极强的无援的状态。不过我希望指出，这种状态并非所有遭人诋毁的人都必然具有，某种程度上此状态与其说是社会强迫于他的，还不如说是他给自己添加上去的。他的文风里渗进了鲁迅的杀气和阴气。"两年前，当最终我也安静下来时，我满心杀意却手无寸铁，突然想起了这个画面"——"当我沉默着的时候，我觉得充实；我将开口，同时感到空虚""他的文章是多么不可思议啊，眉间尺行刺不成，人变成鬼"。他又谈到自己多年来孜孜以求的一个参照："十余年来我一直寻求参照，但大都以失败告终。"当张承志终于抓住鲁迅，进入他一个人的神秘的《野草》世界时，才感到了"对自己的'类'的孤立和自信和无力感，便在每一夜中折磨灵魂"[④]。但张承志深知，只因不肯在社会思潮中随风逐浪，选择走上孤旅，这种自我折磨也就在所难免。因此，他把这感受描绘为"黑夜"的情景。在家人酣睡的静夜，他读《野草》的真切感觉是："有生以来第一次看见了真正的黑夜。我惊奇一半感叹一半地看着，黑色在不透明的视野中撕絮般无声裂开，浪头泛潮般淹没。"然而，"我看见这死寂中的一种沉默的躁力，如一场无声无影的角斗"。他隐约感到，"鲁迅一部《野草》，仿佛全是在黑影下写成"，于是他坚信，"墨书者，我冥冥中信任的只有鲁迅"。⑤他觉察自个文章的风骨，正一步步接近，至少已经形成与鲁迅文章的某种复杂同质的关系。借此我们就可以理解，张承志为什么在自己创作的高潮期突然倾心于鲁迅呢？大概是他在朝气蓬勃的文学浪潮中警觉到浮泛之气，看到一些人盛名之下内心显露的贫弱，他是要把《野草》作为自己的"参照"，把它作为自己精神的立足点了吧。1995年，他在《三舍之避》中用《野草》式暧昧晦暗的语气自喻，这是他对自己孤独处境的真实披露：

> 如今阴暗的矛盾又如雨后春笋般出现着。不仅仅在长幼之辈，而且在"同代人"中，在貌合而神离的同行同道之间。⑥

这种思想的变化是一个缓慢隐晦的过程，是一丝一缕无形地发生着的。尤其是当指出自己与文学界"同行同道"之间，已然是一种"貌合而神离"的关系的时候就更是如此。对1985年的文学转折，人们看到的多是文学流派的分道扬镳，却很少有人像他这样表示已经"貌合神离"。我们对八十和九十年代文学的研究，迄今没有注意到这种"同代人的代沟"的现象，而是过多地强调了那一代作家思想和文学的高度同质性。张承志身上出现的这种微妙变化告诉我们，这种貌合神离不只是文学观念的分离，而是思想的分离，是一代人思想的告别。也是基于这种看法，我觉得张承志之"重读鲁迅"，就变得非常有意思了。

与此同时，我们还应留意张承志对鲁迅其他著作的阅读。例如，他认为鲁迅没有写成一部代表作，如果长篇小说可以称作作家创作的一个标志的话，那么鲁迅并不合格。也由于如此，他觉得鲁迅的几篇小说，例如《药》《伤逝》《故乡》和《狂人日记》显示了作家作为现代文学开创者的"现代主义能力"。但应该指出，张承志是把鲁迅放在小说家中的"思想家"和"个人主义者"这种层次上来看待的，而非放在一般作家层次上来看待，也正因为这样，除《野草》外，他最认可的不是这些作品，反倒是经常被学术界忽视的历史小说《故事新编》：

> 人最难与之对峙的，是自己内心中一个简单的矛盾……
>
> 先生很久以前就已经向"古代"求索，尤其向春秋战国那中国的大时代强求，于是只要把痛苦的同感加上些许艺术力气，便篇篇令人不寒而栗。读《故事新编》会有一种生理的感觉，它决不是愉快的。这种东西会使作家自知已经写绝，它们的问世本身就意味着作家已经无心再写下去。[⑦]

有意思的是1991年的张承志遭逢了1935年的鲁迅。他们都是那种要把一种东西"写绝"的作家。也因为如此，他们的文学世界中有一个"春秋战国"这样一个共同的"大时代"，这个大时代所诉诸的慷慨悲歌，壮怀激烈，思想者的孤独，文化烈士的情怀，都在他们写绝了的《故事新编》和《心灵史》中留下极深极深的烙印。在阅读中，张承志显然是把《故事新编》的《铸剑》当作鲁迅的"遗书或绝笔"来看的，他以为这正是作者"最后的呐喊与控诉"，"也是鲁迅文学中变形最怪诞、感情最激烈的一篇"，同时更是"鲁迅作品中最古怪、最怨毒、最内向的一部"。在本书中，张承志看到了鲁迅"思想的漆黑、激烈的深处"。为此他评论道，"司马迁此篇的知音只有鲁迅"[⑧]。这篇题为《击筑的眉间尺》的文章后来收于张承志《鞍与笔》一书中。从他1968年插队内蒙古草原在鞍上纵马奔驰，到1978年投身文学生涯，"鞍与笔"无意间勾勒了他所仰慕的春秋战国侠客士人们的真实形象，由此我们也可以称他为《野草》和《故事新编》当代作家中的知音。我们看到的鲁迅的孤独、郁愤、阴暗、激烈和决绝，似乎在1988年这位青年的身上悄悄地复活，这让人留下了难以磨灭的印象。

二

1983年5月，张承志只身赴日本东洋文库进修，在东京外国语大学旁听著名历史学家小泽重男的《元朝秘史》。之后，他从中国社会科学院民族研究所调海军政治部创作室，不久辞职专事文学创作，其间多次赴新疆、宁夏和甘肃西海固回族乡村考查居住。1989年9月开始创作长篇小说《心灵史》，校订回族宗教典籍《热什哈尔》。1993年4月到日本爱知大学法学部任教，为学生开"六十年代的世界与青年"讲座。在此前后，卷入国内知识界关于人文精神讨论的论战。我们现在还不知道，作家这段"个人秘史"映现着他怎样一段心路历程，但隐约感觉，他这一时期反复读司马迁《史记》，尤其是其中的《刺客列传》，并撰写阅读笔记，想必与心路历程不会毫无关系。他说：

> 如今重读《逍遥游》或者《史记》，古文和逝事都远不可及，都不可思议，都简直无法置信了。⑨

作者此文忆起多年前在河南登封一个名叫王城岗的丘陵上，对二里头早期文化进行考古挖掘的时候，突然顿悟到"古代"这个词，"就是洁与耻尚没有沦灭的时代"。他遥望"箕山之阴，颍水之阳"，缓缓想到，"在厚厚的黄土之下压埋着的，未必就是王朝国家的遗址，而是洁与耻的过去"。他感慨万端地说：《史记》注引皇甫谧的《高士传》，有一个"许由洗耳"的故事，谈到尧禅让时期一个品行高洁叫许由的人。许由因为帝尧以王位相让，感到无地自容，便跑到箕山深处隐姓埋名。但尧执意让位，且对之追踪不止。后来当尧再次找到许由，请他出任九州长的时候，许由依然坚辞不就，以为这是个人的奇耻大辱，跑到河边，急忙用水来清洗被弄脏的双耳。

经这个"耻"和"洁"的故事，他接着联想到刺客荆轲。散文集《清洁的精神》修订版1996年出版，其中内容涉及荆轲的《清洁的精神》一文应该写作于1994年到1995年之间，这是中国知识界面临八九十年代社会转型出现分化和论争纷起的一个时期，是一个敏感年代，张承志写此文的针对性和个人思想一目了然。文章详细叙述了《史记》中"荆轲刺秦王"的来龙去脉，分析了这位中国历史上著名剑客的个性气质，为人处世之道，荆轲与燕国太子丹交往的始末和矛盾，以及荆轲刺杀秦王的动机等等。张承志对自己阅读和评价《刺客列传》的初衷也供认不讳，声称中国需要荆轲这种正义的态度，"管别人呢，我要用我的篇章反复地为烈士传统招魂，为美的精神制造哪怕是微弱的回声"。他认为从这则故事可以窥见，荆轲当年也像面对九十年代社会转型手足失措的一些知识者一样，曾因不合时尚潮流而苦恼，与文人无法谈书，与武士不能论剑，他被逼得性情怪僻，整天赌博嗜酒，以至远赴社会底层寻求解脱。在此过程中，他与流落市井的艺人高渐离结识，于是终日唱和，相交深厚。荆轲后来被长者田光引荐给燕太子丹，按照三人不能守秘、两人谋事而一人当殉的古典规则，田光在引荐荆轲之后当即自尽，这样荆轲走进了太子丹府邸。

荆轲在付诸刺杀秦王的行动之前，每天被太子丹用车骑美女的方式引诱纵容，恣其所欲。此刻秦军已逼近易水，燕亡国迫在眉睫，所以太子丹苦请荆轲赶紧行动。在张承志看来，太子丹与荆轲的关系并非天衣无缝，而是早有裂隙，由于荆轲的队伍动身较迟，太子丹起了疑心，但他的婉言督促，引起了荆轲的震怒。张承志认为司马迁这么着笔，是为了凸显荆轲的忠义和君王无情的对比，借此衬托这位刺客舍生取义的崇高精神。张承志指出：

28

> 这段《刺客列传》上的记载，多少年来没有得到读者的察觉。荆轲和燕国太子在易水上的这次争执，具有很深的意味。这个记载说明：那天的易水送行，不仅是不欢而散甚至是结仇而别。燕太子只是逼人赴死，只是督战易水；至于荆轲，他此时已经不是为了政治，不是为了垂死的贵族而拼命；他此时是为了自己，为了诺言，为了表达人格而战斗。此时的他，是为了同时向秦王和燕太子宣布抗议而战斗。

作家的观点是，荆轲在蒙受委屈的情况下将诺言置于生命之上的"清洁精神"，实际来自春秋战国环境的滋养，他是忠义烈士群体中站起来的一个人。因此，他用非常体贴的语气写到了荆轲赴死前的真实心情：

> 那一天的故事脍炙人口。没有一个中国人不知道那支慷慨的歌。但是我想到荆轲的心情是黯淡的。队伍尚未出发，已有两人舍命，那是为了他此行，而且都是为了一句话。田光只因为太子丹嘱咐了一句话"愿先生勿泄"，便自杀以守密。樊於期也只因为荆轲说了一句"愿得将军之首"，便立即献出头颅。在非常时期，人们都表现出了惊人的素质，逼迫着荆轲的水平。

张承志不肯就此收笔，继续用浓墨重彩写荆轲的死，和高渐离前仆后继的刺杀：

> 风萧萧兮易水寒，壮士一去兮不复还。荆轲和他的党人高渐离在易水之畔的悲壮唱和，藏着他人不晓的含义。所谓易水之别，只在两人之间。这是一对同志的告别和约束，是他们私人之间的一个誓言。直到后日高渐离登场了结他的使命时，人们才体味到这誓言的沉重。
>
> 就这样，长久地震撼中国的荆轲刺秦王事件，就作为弱者的正义和烈性的象征，作为一种失败者的最终抵抗形式，被历史确立并且肯定了。
>
> 图穷匕首见，荆轲牺牲了。继荆轲之后，高渐离带着今天已经不见了的乐器筑，独自接近了秦王。他被秦王认出是荆轲党人，被挖去眼睛，阶下演奏以取乐。但是高渐离筑中灌铅，乐器充兵，艰难地实施了第二次攻击。⑩

从叙述中可知，张承志读书札记采用的是夹叙夹议的传统行文形式，这种形式在古往今来的文章中屡见不鲜，并非他的创造。不过，我们不妨从中捃出张承志的一个思路，观察他对春秋战国剑客精神的基本看法。这个思路就是由"许由洗耳"到"荆轲刺秦王"这个环节，中国古代侠客完成了一个由知耻到清洁的自我蜕变和提升的精神之路。这是1990年代的张承志在"借古喻今"，以古史来重新审视和督促自己，同时批判抵抗九十年代文学猛烈汹涌的世俗化浪潮。但有心读者注意到，张承志这种"以笔为旗"的极端文化姿态即使在暗中同情他的读书人看来也属过分固执偏激，他在文学界确实响应者寥寥，作者内心世界的孤愤悲凉由此可见端倪。

1994年初冬，张承志撰写《击筑的眉间尺》一文再次评说历史。他由长沙发掘的一座汉墓遗物，联系到荆轲和高渐离所代表的古代刺客情操，并结合鲁迅《故事新编·眉间尺》一文，加以敷陈、阐释和发挥。他认为长沙古墓开掘发现的三件木器，就是司马迁写过的在世间久已失传的古乐器筑。一般人可能会对它们无动于衷，而自己之所以由此"心惊手战"，是因为仿佛从这无声的乐器中隐约听到了来自两千多年前"高渐离送别荆轲时的演奏"，"至易水之上，高渐离击筑，荆轲和歌，为变徵之声，士皆垂泪涕泣"。他尽情发挥地说道，这里面透露出的是"不可遏制的蔑视"，"是一种已经再也寻不回来的、凄绝的美"。经此他把荆轲、高渐离与《眉间尺》的主人公联系起来，继而又把眉间尺与处在人文精神争论旋涡中的自己的处境联系起来，他说："在《眉间尺》里，他创造了一个怪诞的刺客形象'眉间尺'，还有一个更怪诞的黑衣人。在鲁迅的描写中，眉间尺和那个突然出现的黑衣战友断颈舍身，在滚滚的沸水中追咬着仇敌的头，直至自己的头和敌人的头在烹煮之中都变成了白骨骷髅，无法辨认，同归于尽——不知这算不算恐怖主义。"张承志在九十年代论争中被人讥讽为"恐怖主义""原教旨主义者"，这是造成他孤立无援处境的主要原因，这段文字可以看出他对司马迁和鲁迅的评论，实际变成了辩护性的自评。他同时也用自嘲的口气为自己开脱："礼赞牺牲，歌颂烈士，时时会使人不高兴。"在他心目中，自古以来的思想者从来都是极端的，也都是孤独的吧。带着写文章而未了结的心绪，张承志决定重走一遍烈士的"长征路"。在当年肃杀的寒风中，他先从北京乘车去河北易水。接着一路南下，转赴楚天湖南。立于湘江侧畔，这种重温使他郁闷的心情陡然敞开，不由得写道："冬季里心情和工作都会正常，只要沐着寥廓南国的长风，只要看见茫茫北去的湘江，你的身心会为之一震。"⑪

在其他文章中，他不忘记对这个观点继续扩充和延伸。例如，在《再致先生》中，说到虽然五四时"名士如云"，鲁迅仍然对义士鲜血之被"蘸馒头"的轶事耿耿于怀。⑫例如，《满山周粟》讲到周灭商时伯夷叔齐二人不食周粟宁肯饿死的事情。⑬又例如在《墨浓时惊无语》中，他解释自己所以写作了一批与中国古代精神有关的散文，是要强调"中国古代文化中的'耻'、'信'、'义'关系着中国的信仰，是文明的至宝"⑭。他还多次提到徐锡麟、秋瑾这些清末民初的刺客，肯定他们在生死关头的所作所为，乃是古代侠客士人精神的再现。

三

像大多数鲁迅研究者一样，在鲁迅《野草》《故事新编》等作品中，张承志读出的是一个经历了辛亥革命失败和五四落潮的"孤独者"的形象。他坦率承认，最吸引自己的是这位文学前辈"特殊的文章和为人"，鲁迅的苍凉、黑夜感都由时代之变和"血性的激烈"所造就；而更重要的是，鲁迅不想成为郁达夫那种弱不禁风的自怨自艾的文人，所以他要让"眉间尺和那个突然出现的黑衣战友断颈舍身，在滚滚的沸水中追咬着仇敌的头，直至自己的头和敌人的头在烹煮之中都变成了白骨骷髅，无法辨认，同归于尽"，借助一个也不原谅的猛烈的复仇故事来完成人生的使命。他还把《故事新编》当作鲁迅的"遗书或绝笔"来看待，以为这大概是作者"最后的呐喊与控诉"，"也是鲁迅文学中变形最怪诞、感情最激烈的一篇"，同时更是"鲁迅作品中最古怪、最怨毒、最内向的一部"。鲁迅"特殊的文章和为人"的意义在于，他没有止于书斋里的思想革命，而是告诉了世人"反抗的办法"，用眉间尺这种永不言败的精神，与那些制造了自己内心"苍凉""黑暗"的东西做绝望的和无休无止的抵抗。因此，与大多数鲁迅研究者的学者生涯有所不同，鲁迅这种"特殊的文章和为人"被强烈深刻地植入了张承志的内心世界，把他秉性气质中某些原本沉睡着的，至少并不自觉的成分唤醒了，丰富和复杂起来了，它被极大地激发出来，张承志因此以他远比一般研究者能量更大的作家的方式，从而在九十年代的中国社会造成了很大的文化影响。

张承志之读《史记》与他的考古工作有一定的联系。从他八十年代以降创作的小说看，"独行侠""刺客"的影子与他作品的主人公差不多是如影相随或这样那样地暗合着的，《北方的河》的主人公，明显就不同于那个年代文学作品中的主人公，他自傲孤侠的姿态非常少见，那种凌然于普通人的言谈话语令人一时难忘，当然这个问题要留待以后来研究。在河南洛阳和登封之间二里头早期文化的发掘工地上，小说家兼学者的张承志，实际在追寻着许由、荆轲和高渐离的历史踪迹，以"烈士情怀"聊以自况，隐隐已把"生于苏杭，葬于北邙"视为自己人生的最高境界，早把它收藏于个人的精神图书馆中了。借此他从许由、荆轲和高渐离的"忠""信""义"中，梳理和总结出了"知耻"而"清洁"的精神标准。张承志不避荆轲刺秦王过程中故事和命运的曲折复杂，他欣赏荆轲并没有被燕太子丹的误解和政治功力性所损伤，反而为了更具超越性的诺言义无反顾地去完成自己的使命，尤其是当荆轲牺牲、高渐离被秦王识破计谋刺瞎眼睛之后，慷慨激昂的高渐离继用灌满铅的筑，向秦王发起了第二轮的攻击。我认为，张承志在详细描写这些细节的《清洁的精神》一文中，采用了"借古讽今"的一唱三叹的丰富笔法，他把自己完全摆了进去，想象成其中的某一个人物，他把自己的爱与恨全部投注到自己的文章里了，所以，他才会有这般见识：

> 箕山许由的本质，后来分衍成许多传统。洁的意识被义、信、耻、殉等林立的文化所簇拥，形成了中国文化的精神森林，使中国人长久地自尊而有力。
>
> 后来，伟大的《史记·刺客列传》著成，中国的烈士传统得到了文章的提炼，并长久地在中国人的心中矗立起来，直至今天。⑮

正如我们前面已经读到的，在《击筑的眉间尺》中，张承志将鲁迅的《故事新编》与《史记》做了历史的联系，认为欣赏刺客和赞美烈士是两位作家精神血肉相连的共同特质。⑯

在阅读札记中，张承志可能都没有意识到他为九十年代文学整理出了一个小小的"孤独者"和"刺客"的文学传统。这个传统在五十至七十年代的当代文学中已经绝迹。在八十年代文学中也没有什么影响。它在九十年代的悄然回归，也许只能在张承志身上找到一个孤证。但这不妨碍我们进一步确认了张承志的秉性气质和文章风格。虽然这只是一些微不足道的点滴所得。

2013年8月27日于北京亚运村

2013年9月6日修改

注释：

①⑤张承志：《静夜功课》，《无援的思想》，湖南文艺出版社1999年版，第26、25、26页。

②张承志：《芳草野草》，《荒芜英雄路》，中信出版社2008年版，第11页。

③④⑦张承志：《致先生书》，《无援的思想》，湖南文艺出版社1999年版，第98、97、98、93、94、96页。

⑥张承志：《三舍之避》，《无援的思想》，湖南文艺出版社1999年版，第126页。

⑧张承志：《击筑的眉间尺》，《鞍与笔》，中信出版社2008年版，第21页。

⑨⑩⑮张承志：《清洁的精神》，《求知》，花城出版社2007年版，第328—331、225—228、332页。

⑪⑯张承志：《击筑的眉间尺》，《无援的思想》，湖南文艺出版社1999年版，第115—120，117页。

⑫张承志：《再致先生》，《无援的思想》，湖南文艺出版社1999年版。

⑬张承志：《满山周粟》，《无援的思想》，湖南文艺出版社1999年版。

⑭张承志：《墨浓时惊无语》，《无援的思想》，湖南文艺出版社1999年版。

原载《中国现代文学研究丛刊》2014年第4期

《白鹿原》：隐秘岁月的消闲之旅

孟繁华

90年代的文学将是"平民文学的节日"，平民文学将在这一时刻举行隆重的庆典。我们看到："严肃文学"正在经历由中心向边缘的滑动过程，平民文学在大众的欢呼声中正长驱直入，以胜利者的姿态肆无忌惮地横扫当代中国文坛。在这一情势下，"严肃文学"作家在迅捷地部分组织撤退，他们放弃了坚持已久的精神高地，舒展了"哈姆雷特"沉思而忧郁的眉头，以半是忸怩半是热望的姿态纵身跳入了黑压压的人群，实现了与大众的结合。他们以训练有素的捕捉能力，在短时间里轻而易举地击溃了各路捷足先登的野路子的杂牌军，使大众读者再度倾倒，他们的名字也被各种大众传媒，炒得红极一时。其代表性的作家便是来自陕军的两员骁将：贾平凹与陈忠实，代表性的作品便是《废都》和《白鹿原》。前者携带着现代西门庆和潘金莲们纵情放荡过后，然后弹奏了一曲40余年来不曾有过的悲凉绝响；后者则统领了"白鹿原"上的白、鹿两门老少，在荒寂空旷的西北高原搭起了一座奇特的较量场，上演了50余年"较力比赛"，两败俱伤之后方鸣锣收兵。两部作品共同以"严肃文学"为包装，理顺了供求关系，极大地征服了大众文化市场，创造了90年代以来公开发行的长篇小说的最高数额。这里主要谈论的是《白鹿原》。

《白鹿原》在开篇的扉页上首先向我们递上了一张老巴尔扎克的名片："小说被认为是一个民族的秘史。"这种权威使我首先产生了直觉的警惕。巴尔扎克的话含有部分真理性。他为我们认识或阅读小说毕竟提供了一个切入的视角。但是，秘史也好，正史也好，史实本身是静止的，在不被触动的时候它如同尘埃，只有被史家调动出来之后才纷纷扬扬具有了活力和意义。问题是，一个民族有那样多的隐秘过去和史实，但作家为什么单单选择了这样一些事件或材料，而排除或忽略了另外一些东西？除了作家对一个民族全部秘史的了解与把握的不可能之外，我们能考虑的只能是作家对材料与秘史主体占有的兴趣。"白鹿原"的秘史被作家陈忠实揭示了出来，在这部"历史"演义小说中，性与暴力成了它的主能指，白鹿原为这双重欲望所驱动，作家在叙述这一双重欲望时，抛弃了遮掩，在生理与本能的层面施展了表象描述的全部才能，生命欲求的满足与宣泄使最起码的过程都得到了简约或省略，一切都服从于欲望的震荡，细琐的日常生活经验取代了审美意味，这是大众通俗文学惯用的手法。

《白鹿原》被冠以"雄奇史诗"发行于世，这里确实不乏"正剧"的内容：大革命、日寇入侵、三年内战、国共两党合而又分等等。白、鹿两家孙子辈们似乎也因与时代风云而牵扯不清，但这些内容在作品中均已退居到了次要位置，它仅仅成了舞台的一个布景，布景的变幻预示的仅仅是剧情仍在发展，除此之外别无功用。而这些情节我们在现当代描述革命战争的小说中早已屡见不鲜。《白鹿原》中作为布景的"正剧"写作显然是失败了，它让人感到作者在这方面的感性积累是明显欠缺的。尽管在这条线索上作者有意打破了白鹿原上白、鹿两家暗中较劲的格局，有意让白、鹿两家国、共掺杂，企望让人物性格更趋于复杂，但遗憾的是这一弄巧成拙的手法不仅使人物性格支离破碎，同时我们看到了作者对历史判断无所适从的迷向面孔。介入历史的男男女女都是些变幻无定的人，正义与非正义、高贵与卑贱，都失去了界限。

既然作为一部秘史，小说绝大部分篇幅自然写的是白鹿原上鲜为人知的隐秘过去。这些隐秘的过去是极富刺激性的。由于历史沉积掩埋的深远，它们一旦被发掘出来后，散发出的气味就更加混浊不堪。白鹿原仿佛成了一座漂浮不定、语焉不详的马尔克斯笔下的马孔多镇，既无从把握又充满了感性刺激，它正好处于"人、鬼、兽"的边缘。

性，是作者描写得最为精细部分，它的直观性几乎可与《废都》称为姊妹篇。主人公白嘉轩是白鹿原的实际统治者，也是中国传统家族宗法制度的正宗传人。他傲视世事巨变，是叙事人情感倾斜得为数不多的几个人物之一。一开篇写了他就以男性伟大的气魄连续娶了七个女人，这成了主人公后来"引以为豪壮"的事。白嘉轩明媒正娶了七房女人之后，所有的故事情节与这偶然事件就再也没有关系，它仅仅是作为一个"噱头"而孤立的存在。此后，相继发生的各种性行为便此起彼伏地弥漫开来。性，在这里已不仅仅是感官刺激的手段，同时它是驱动小说"秘史"情节发展的主要缘由；鹿兆谦出走、鹿子霖乱伦、白孝文沉沦、鹿三老汉血刃田小娥，无一不是由"性"的推动而发展，白鹿原陷入了巨大的性的情结之中，性成了一个伟大的神话，逃出劫数的人在白鹿原已屈指可数了。

"正剧"与"秘史"就这样交替展示在我们面前。"正剧"有如用纵向时间临时搭起的话剧舞台，所有的人物基本是以外部的动作表演，性格的转化完全随情节的演进而发展，人物本身已无须再思考，全知的叙事人早为他们支付了一切，这正好符合话剧创作的基本要求。戏剧性是作品"正剧"部分的主要特征。"秘史"则突出渲染了人被压抑的双重欲望，欲望的每次释放都成为情节发展的主要驱动力。因此性与暴力在这里不仅对读者说来具有接受功能，对作者说来又具有调节叙事节奏的落差、制造情节起伏的功能。因此读完这部"雄奇史诗"之后，获得的第一印象就是做了一次伪"历史之旅"，左边的"正剧"随处都在演戏，右边的"秘史"布满了消费性的奇观，这些戏剧与奇观你可看可不看，随心所欲，在久远的"隐秘岁月"里你意外地获得了消闲之感，早有戒备的庄重与沉重可以得到解除，因为你完全可以不必认真地对待这一切。这使我联想到了时下各种商业性的通俗文学。《白鹿原》虽然以秘史的形式出现，但它随处都留下了"当代"的印痕，它是时下消费主义在秘史的隧道中发出的嘹亮回响，这一回响很快溶解于当代大众的娱乐消费中。

一些文学作品在面对现实束手无策，他们便把目光投向了历史，企图对历史进行总体观照来救赎或掩饰迷乱和焦虑的心境。但是，对历史的观照却使自身迎合了文化市场的商业性需求。它们在20世纪末共同参与制造了"末世心态"，当代中国文学在这些作品中又一次集体发出了愁怨的呻吟。文学批评有必要去抽打这种缺乏独立性的软弱，并让他们学会鼓起勇气，在"末世心态"的中挺身而出，走上寻找终极关切的艰难之旅，而不是随波逐流，起伏于流行时尚的旋涡中。在这个意义上，我赞同朱大可说的这些话："作为一个追求其伟大性的作家，终极信仰正是作品的伟大性的标志。文学不能径直说出这种信仰，但它将被赋予一种辉煌的气质，使所有的灵魂在它里面得到安息。"（朱大可《燃烧的迷津》，上海学林出版社，第115页。）我们还没有产生具有这一"伟大性"的作品，我们正在经历的是一场致命的文学危机，颓丧与绝望正在流行。批评大概无法阻击这一流行的漫衍，但批评有义务揭露它的危机。

原载《文艺争鸣》1993年第6期

评《白鹿原》

朱　寨

陈忠实的《白鹿原》虽然是一部近五十万字的长篇小说，却使人不能不细读。因为它的重要关节和旨意都是不可预测和外露的。作品的叙述描写文字，浸润着作者思想感情的洗练，人物的语言也都是经过斟酌筛选的，没有现成大路"水货"。因而也就不能粗略跳读，而与作品的频率同步。谢永旺同志在作品座谈会上发言说：对于这部作品你可以说有的部分写得强，有的部分写得弱，但你找不出一处败笔。说得很中肯。这对一部长篇巨制来说是很难得的。而这种苦心孤诣的艺术追求，更加值得赞赏。

《白鹿原》给人的突出印象是：凝重。全书写得深沉而凝练，酣畅而严谨。就作品生活内容的厚重和思想力度来说，可谓扛鼎之作，其艺术上杼轴针黹的细密又如织锦。

作品描写的生活内容是：从一九一一年清王朝末代皇帝"退位"到一九四九年中华人民共和国成立前夕，这近半个世纪的现代历史在"白鹿原"上的风云变幻。白鹿原地处西部内地关中，远离历史风暴中心，时代的激流来到这里往往已成余波。一些政治敏感的浮游人物，仓促换装响应迎合，所表演的"不过是可怜的模仿剧"（马克思语）。但是在时代的烽火下，难免引燃地方自身社会矛盾的积薪。这更加关系到社会各方的直接利害，乃至于身家性命，因而矛盾斗争更加激烈复杂。加上那些模仿者夸张歪曲的表演，给历史的正剧带入了残酷笑闹的成分。作品虽然具有超越的历史视野，囊括社会的襟怀，但并不是用白鹿原的人物故事演义这段历史过程和关于这段历史的既定概念，而庖丁解牛般游刃于白鹿原社会的"这一个"的肌体，写出了其历史递变，社会风情，生活血肉，特别是写出了由各种不同人物命运交织的纵横人生。

作品中的人物，从社会类型来说，都不使人觉得陌生，而且在不少作品中似曾见过，然而由于这些人物身心经历的曲折复杂，际遇命运的诡谲多舛，以及独特的个性，丰满的性格，都非同凡常，未曾相遇。有些人物情节的设构也是罕见。如白、鹿两家本系同族同宗之间的明争暗斗；白嘉轩与鹿三之间的主仆"义交"；黑娃与小娥的悲惨生死恋；白灵与鹿兆海、鹿兆鹏兄弟的并非三角的爱变婚恋；以及直到作品结尾还给人留下悬念的白孝文的反复一生……诡异跌宕，蕴意深邃。一些人物情节结局的奇突警拔，令人震惊心悸。如单纯的青年雇工黑娃，却身经人生种种坎坷磨难，最后才清醒地委身革命。而在解放后的镇反运动中，由于他曾经是匪伙的"二拇指"、县保安团营长被镇压。其实就在那时他已与地下党有联系，曾掩护过革命部队突围，救出过被俘战士，处决了投降告密的叛徒。解放前夕也是由于他首先起义而迫使保安团长白孝文投诚。在镇反中却被宣判与革命死敌国民党书记长姜维山、"乡总约"田福贤同罪，处以极刑立即执行。他唯一的要求"我不能跟他们一路挨枪"也来得到"搭理"。他突然被绳捆入狱的时候，他正在自己"副县长"的办公室里起草申请恢复党籍的报告。能够为他辩白证明的县长白孝文却闭口不言。真正了解其原委的只有地下党负责人鹿兆鹏，却不知其去向。当妻子携儿探监时，他殷殷嘱咐"一定寻找到鹿兆鹏，你寻不着你死了的话由儿子接着寻"。一声"爸爸"，使他寻声从监牢的洞孔看见了"酷似自己的眉眼"的儿子。实际上他从儿子的眉眼中看到了自己，想到了自己一生坎坷磨难的悲剧，他"像一棵被齐地锯断的树干一样栽倒下去"。这怎不震撼人心？又如书中的白灵，为革命叛离封建家庭，在白色恐怖中出生入死，因为难以藏身才被转移到革命根据地，却在一次根据地的清党肃反中被怀疑是潜伏的特务被捕入狱。同案的还有二十位青年学生。她在狱中"象母狼一样嗥叫了三天三夜"。当面痛斥这一"内战"的煽动者以"冠冕堂皇的名义残害革命"。这怎不令人感慨万千？一生反复的白孝文直到作品结束他的最后结局仍不可卜，给人留下了意味深长的悬念。作品结束了，并不因此而给生活也画上一个句号。

作品人物的社会阶级属性并不模糊，但都不是某种社会阶级属性的简单化身，而是多种社会因素的复合。所谓它艺术上没有败笔，也主要是指它没有可有可无的多余人物，没有符号化概念化的人物，或临时应急设计登场的道具式人物。每个人物都有自己独立存在的意义，都有自己出没的生活逻辑和性格逻辑，他们在人物关系和情节网络中都是一个不可缺少的结。作品主人公白嘉轩的性格更是多种现实和历史的社会因素的凝聚复合。他既是一个封建家族的代表，又是正直宽厚的长者。他是雇主，而与雇工平等相处，情义深厚。他对传统族规的恪守和维护严格到残酷的地步。他亲自执刑鞭笞违反族规的儿子，拒爱女于家门之外。但他秉公无私，为人宽厚，"敬神打鬼"，卑视投机钻营，与作品中另一族长鹿子霖形成强烈的对照。当他的儿子成为县长，别人都投以羡慕眼光，为他引为荣耀，他却淡漠处之，讽刺鹿子霖"官瘾比烟瘾还大"。他跟长工一起耕作饲养，过着俭朴勤苦的生活。对于长工父子都是当自己家人看待。他给自己两个儿子上的人生启蒙第一课，就是让他们跟上长工鹿三去背粮磨面，启示他们如何磨炼做人。当鹿三对他的关爱表示感谢和歉意的时候，他"生气地"批评说："你吃的是你下苦力挣的嘛！咋能是我养活你爷儿俩？"他们之间的友谊不是"主慈仆忠"，而是建立在共同的人生态度上：对劳动的酷爱，为人的宽厚，都有一种"忠诚刚烈坚毅直朴的灵光神韵"。他们之间是"义交"。当黑娃蒙冤投狱，别人都唯恐避之不及，他却敢于探监说情。他出于维护族规和顽固的封建男女观念，确实亲手制造了黑娃和黄小娥的爱情悲剧，小娥的惨死，以及把爱女驱逐出家门，而这何尝不是他对自己的残忍？小娥冤魂的反复出现实际是人们错觉幻觉，是小娥的惨烈之死在人们心灵上留下的阴影创伤，白嘉轩也在经受着自造悲剧的精神惩罚。他本人也是自献于封建男女观念祭坛下的牺牲，也是个悲剧人物。小说开篇所写他"引以为豪壮的是一生娶过七房女人"。但六房都是短命的失败，没有给他留下一个后代。虽然第七房女人与他结伴终身，生男育女，没有使他落下"无后为大"的不孝罪名。但是他始终昧于性爱和情爱，而酿造了别人和他自身的悲剧。

从白嘉轩身上可以突出地感到，中国封建文化传统和道德观念的积厚恒远。虽然他并没有受过传统文化典籍的正式教育，而与那位程朱理学的关中学派代表人物朱先生却有一种精神上的默契，处事论世一拍即合。因为久远的传统文化已"物化"为宗教礼俗，生活习惯，"俗化"为偶语口歌，这样的文化氛围和家教，自觉不自觉地形成人的近乎先天的品格观念。传统文化既有消极的成分，也有积极的因素。作者在批判描写白嘉轩封建落后观念的同时，也肯定地描写了他的传统美德。特别是他与鹿三之间的"义交"所体现的勤劳俭朴、重义轻利、达观宽容，对于权势物欲的贪婪追求，无疑是一种消解抵制，对于历史的盲目倾斜是一种制衡，而且是民族的维系纽带。尽管白嘉轩在白鹿原的政治舞台上默默无闻，但却是威慑维系白鹿原民心的中心。这也是白嘉轩这个人物性格丰厚深刻的地方。

作品通过丰富的情节，写出了历史过程的曲折，历史变革的复杂。正如恩格斯说的历史运动的必然是"通过无穷无尽的偶然事件向前发展"的。这些偶然事件的内部联系看来"如此疏远或者是如此难于确定"。创作不是生活照相。从作品的情节脉络中却可以看到历史运动的脉络。历史事变是由"无数互相交错的力量""无数个力的平行四边形"产生的结果。而在作品对历史"总的合力"描写中，却看出重力的所在和拉力的趋向，揭示出历史的逻辑和人生的哲理。而这一切都微缩在方圆不大的白鹿原，集中在白鹿家族两代人身上。因而写出了历史人生的纵深。我们又常说"文学是人学"。而对于"人是社会关系的总和"这一关键的理解和阐释，常常是简单片面的。马克思说："社会——不管其形式如何——究竟是什么呢？是人们交互作用的产物。"[①]我们往往把社会了解得黑白分明。对于人的本质是"在其现实性上，它是一切社会关系的总和"总是省略了"在其现实性上"的指定范围，因为人还有自然属性；省去"一切社会"的"一切"，把社会关系等同生产关系。而对社会关系单一的理解上，又常只着眼于现实物质的方面，而无视历史文化的积淀。因而造成人物性格刻画上的单薄。恩格斯在批评费尔巴哈关于人的本质的观点时，却肯定他的这一名言："人是人、文化、历史的产物。"《白鹿原》在这方面提供了有益的经验。

《白鹿原》不论在作者个人的创作上或是在当前长篇小说创作上，都认为是一个巅峰，甚至带有突起的奇迹性。因为在此以前五年多的时间里，作者从文坛上销声匿迹。其实他带着时代巨变的思考和文学新潮的冲击，返回故土，沉潜入《白鹿原》创作准备和写作中。他从当今时代巨变去宏观超越地反顾历史，借用小说中的语言说，从"一些单一事件上超脱出来，进入一种对生活和人的规律性思考"。对于历史进程中的政治派系"争鳌子"的争权夺利，亲族间的"窝里咬"，革命队伍的"内戕"，给予了痛斥的或针砭的描写。作品的乡土气息格外浓郁。对于乡土气息的描写不是外在的，而是渗透在日常生活的细节中，所以格外沁人心脾。

作者采取的创作方法是现实主义的，是契诃夫所说的"无条件的真实"的现实主义。同时看得出来对现代主义也有借鉴，因而作者在手法上给人以大胆新颖之感。性的描写是现代主义文学作品的一个重要内容，目前在国内创作中也成为一种时尚。《白鹿原》也用了相当的篇幅，描写了性爱和性行为。但都不是孤立的描写，而与刻画人物性格、展开主题、推演情节密切相关，不但写得严肃，而且揭示出人物性格中深隐的美或丑。作品最光彩照人的女性形象田小娥，就是通过对她性爱描写表现出她惊世骇俗的反叛精神，义无反顾、忍屈受辱的执着追求以及她的朴野恣肆，妩媚动人。鹿子霖灵魂的丑陋卑下，也是通过对他性行为的描写，暴露无遗。

五年多的沉潜执着，作者终于实现了创作的誓愿："写出一部死后可以放进棺材当枕头的作品。"作者更应该欣慰的是：给孕育和哺养自己的母土和人民，奉献了赤子的回报。

注释：

①马克思恩格斯的话均见《马克思恩格斯选集》第四卷书信。

原载《文艺争鸣》1994年第3期

九十年代长篇小说研究资料

神谕中的历史轮回

——论《白鹿原》

董之林

自80年代中期开始，文化批判的浪潮一浪高过一浪。其中一个有趣的现象：飞速旋转的文坛令人再也无暇更多地驻足于文化反叛的内容；引人注目的反叛行为本身似乎可以说明一切。因此，重新关注反叛旗帜下包含的内容，就成为一个值得探讨、有意义的话题。

从文学在新的历史时期高扬起文化批判的旗帜，到长篇小说《白鹿原》的问世，历史仿佛正经历某种轮回。以儒学为中心的传统文化，终于听到久违了的来自本土的呼唤，而且竟然与"先锋"意味的思潮分享着反叛者的角色。从反叛到复归意义上的对反叛的反叛，文学似乎陷入了永动难返的怪圈。如果说，对文坛现状进行宏观角度的文化分析比较抽象；那么，《白鹿原》恰恰将这种历史的轮回浓缩在具体的本文叙事中，建立起某种本土与外界相互交错，却又循环往复的话语空间。

一、叙事反叛性的契约

读《白鹿原》的感受，是那段发生在本世纪初年渭河平原农村的历史相距现实并不遥远。的确，发生在中国农村的土地革命战争的历史经过建国后无数教科书的大书特书，已构成规定性的指令，并输入这类题材的文学写作。《白鹿原》的叙述表明，历史题材的小说创作已经意识到教科书式的结构框架束缚了文学创作固有的活力，成为与读者的文学接受相悖的因素。因此，作品对历史事件的重新编码，对这段模式化的历史重新言说，就使自身能够在现实的意识形态背景下，与重述历史的阅读期待发生共鸣。

作为一部采用现实主义表现手法的小说，这种写作是符合既定规范的。现实主义的叙事必然将改换历史形态的责任肩于一身。真实性的效果，实际上不过是本文的叙述策略开启了与以往叙事不同的新的、陌生化的功能，而且这种功能本身能够与现实对历史的思索发生暗合。就一般社会心理而言，人们既不会对司空见惯的事，也不会对完全与己无关的事感兴趣。正是在陌生化与似曾相识的疆界之间，才不约而同地聚集在运用写实表现手法的屏幕之下。这是当今小说叙事学对现实主义的一种解析。这种解析，也可以说是对以往作家与读者视为神圣的"真实性"的一种亵渎，因为"历史"变得"不具备特有的主题；历史总是我们猜测过去也许是某种样子而使用的诗歌构筑的一部分"。正是在此意义上，《白鹿原》与叙事的反叛性达成某种契约。

作品中农民与地主的阶级矛盾的化解便是突出的一例。主人公白嘉轩与长工鹿三的关系情同手足。阶级的差异完全消融在春种秋收，主仆共赴稼穑之劳：田头舍下，扯不完的儿女家务的话题。阶级对立的消隐，通过黑娃的渭北帮工之行，构成带有普遍性的农村历史生活背景。例如郭举人"很豪爽，对长工不抠小节，活由你干，饭由你吃"，直到他的两个侄儿暗地"来拾掇"因"通奸"而辞工的黑娃，黑娃才消除了对郭举人的"负疚感"。在这里，传统伦理与个人之间的情仇恩怨，远远胜过阶级矛盾对人际关系的决定因素。

顺沿黑娃的足迹，读者可以充分领略自给自足的小农经济带来的安宁的乡村生活景象。一方面是庄户人从自然耕耘中攫取更多的收获；另一方面是他们娶妻生子，繁衍后代，以保证家庭的香火世代绵延。作品通过这两条线索，表现一种自在的、未加附累的乡村原生状态。与此同时，以往教科书中地主与农民那种如干柴烈火的紧张关系，化作一种真正的虚构与天方夜谭。封闭的小农经济显示出无限生机，正如白嘉轩为父亲迁坟后一帆风顺的光景，以至将一切构成乡土内在的破败与反抗的因素消解其间。例如，即使让黑娃最不堪忍受的吝啬的黄老五"其实也是个粗笨的庄稼汉，凭着勤劳节俭，一亩半亩购置土地成了小财东"，他完全可以得到同是在一样的生活轨道上运行的黑娃的理解。乡村在小说的前半部分真正成为一个自在的生命整体，尽管乡下人也有磨难。但饥渴时，总能凭劳动挣得"蒸馍"，等而下之，还可以"循着甜瓜的气味摸到沙滩岸上的一个瓜园里，摸了儿个半生不熟的甜瓜"……

在历史上，把那些身着破衣烂衫，被乡绅称为"痞子"的农民视为依靠力量与历史发展的动力，这既是对文化传统的反叛，也是带有实际政治意义的反叛。《白鹿原》则是通过重新书写那段历史，构成阅读期待中对原有的话语模式的反叛，这种现实性因素不容忽视，因为历史不可能重新经历，却可以重新言说。当历史跨入本世纪的门槛，战争、流血、动荡不定的生活构成的"残阳如血"、战马嘶鸣的人生景观逐渐退入背景，人们以不同的视角反观历史便势所必然。而且，《白鹿原》构筑的这个消解了阶级矛盾的内部的话语空间，不仅只是为了顺应阶级矛盾已不再成为现实生活的基本线索的流行趋势，而更强调的是为现实的这一结论寻找历史的依据。换言之，它试图在昨天向今天转换之间，构成一条个性化的逻辑线索，从而与叙事的反叛性效果达成契约。

然而，尽管《白鹿原》建构的话语的反叛性可以赢得读者，但是如果将其内容放在20世纪的人文背景来看，却是向传统的复归。因此，我们与其盛赞作品在话语反叛上的胆识，不如去认真分析叙事本身为现实展现的是怎样的历史空间。

二、"秘史"在衰败中永存

"小说被认为是一个民族的秘史。"这是《白鹿原》开篇引述的巴尔扎克的话。从《白鹿原》讲述的近乎跨越大半个世纪的白、鹿两姓的家族史来看，这里也包含作家指涉整个民族生命力的隐喻。

从作品的表层叙述来看，一旦外力与他者闯入了白鹿原这块小农经济的乐土，固有的内部的整体和谐在数次政治斗争的矛盾激化下，便无可挽回地衰败与破碎了。从本文的叙述意向来看，它的确对历史上那片未经外力侵扰的土地，怀有无限的留恋之情。无论白嘉轩还是朱先生，作为一种封闭的小农经济的代表与文化偶像，他们都无法抵挡自国民革命以来，国民党与共产党的斗争在白鹿原搅起的一场接一场的"风搅雪"。如果说，在小说的开始部分，朱先生能把白嘉轩"正在开花的罂粟苗连根撬起，埋进土里"，维护县令"查禁烟苗"的指令；冷先生能说和白嘉轩与鹿子霖不再为李家寡妇的六分水地大打出手，使白、鹿两家化干戈为玉帛，迎来"仁义白鹿村"的石碑与名分；如果说，由白嘉轩起事的"交农事件"，最终罢免了滋水县长史维华；那么，自

"交农事件"之后，黑娃在鹿兆鹏的带领下，先以"白狼"为掩护烧粮台，后又在白鹿原搅起农民革命的"风搅雪"，随着国共两党的分歧加剧，以白嘉轩为族长、鹿子霖为"乡约"的白鹿祠堂，不仅禁不住黑娃与田小娥的婚事，也解决不了鹿、冷两家徒具其名的婚约，而且白、鹿两家的明争暗斗与各自的日渐破败也愈加明显。当作品结尾，鹿子霖说着疯话冻死在他家的柴火房；白嘉轩用拐杖支撑着被土匪砸断的腰，用唯一的左眼对鹿子霖悲惨的结局做内心忏悔的时刻，本文似乎在做无言的阐释：随着现代革命思想的传播，随着村社以外的势力渗透到白、鹿两姓家族，以"仁义"为纲常的这片乐土就再也无法抑制衰败的命运了。

然而，衰落与破败仅仅是故事的表层结构，作为这一乡土社会的内在结构，历经纷争的劫难却未被时代的浪潮裹挟而去，而是沉淀下来，固守着它的领地，而且悄无声息地把握着人物的命运，显示出顽强的生命力。例如，尽管白嘉轩、鹿子霖都曾采用不同手段显示自身的力量，在家族争斗中各有胜负。但是，白嘉轩作为叙事褒扬的对象却是无可置疑的。他们的区别在于，白嘉轩对外来势力始终采取从内心到行动的排斥与抵制。从白嘉轩对"乌鸦兵"犹如"眼里钻进了砂粒儿一样别扭"，到他因白孝文处死黑娃而"气血蒙目"栽倒在地，他既没有屈服过史维华、岳维山、田福贤之流的淫威，也没有顺应过鹿兆鹏、黑娃和白孝文等人造成的时势，而是在白鹿原念着他的仁义经、循着他的庄稼人的本分，享有他的那一份人生。

于是，屈从外力与固守本土就通过人物的命运结局展示出来。白嘉轩在作品结尾得到了这样的承认与赞许："他的气色滋润柔和，脸上的皮肤和所有器官不再绷紧，全都现出世事洞达者的平和与超脱，骤然增多的白发和那副眼镜更添加了哲人的气度。"喻示着本文通过白嘉轩这个代表人物对小农经济生活模式所具有的生命力的展示。同时，这种展示在本文中又是随处可见、俯拾皆是的。例如，白嘉轩购置轧花机一节虽然占篇幅很短，却决非虚设。它意味着小农经济的土地所有者，在开发生产力的过程中所具有的见识。而且作品中白嘉轩在村里率先剪去发辫，反对仙草给白灵缠足，似乎都在阐释本文的意向，这位本土的代表人物并非食古不化，或者说，自给自足的小农经济通达、顺应时势的生命力远未达到自我囿制、奄奄一息的地步。因此，白家的中落固然由于无法抗拒的外力的侵入，令人产生"生于末世运偏消"的叹喟，但就这种经济与文化方式自身而言，它并未丧失存在的活力。只是由于外力与他者的气势嚣张，才使它不得不偃旗息鼓。因此，只要白嘉轩固守的那片土地尚在，作为历史的见证人和他代表的那种文化观念就不会动摇；而一切影响过这片土地，甚至使它发生过震颤的外来势力，终究无非是过眼烟云，而不会成为这片土地的真正持有者。

正是出于对这种本土的生命力的坚信，人物的命运在本文叙述中便展开了周而复始的轮回，黑娃（即鹿光谦）无疑是本文着力抒写的人物。他给郭举人帮工时与田小娥相识相爱，结果他们婚姻得不到家族的承认。他本想做上辈人那样的殷实农户，但受鹿兆鹏的鼓动参加农运，在白鹿原掀起一场阶级斗争"风搅雪"，斗争失败后他当了土匪。黑娃的前半生经历与白鹿原的"仁义"之风相悖相逆，因此他闯荡半生的结局是浪子回头。他与高玉凤成婚时对自己前半生忏悔：思绪像"潮水一波又一波漫过的尽是污血与浊水"，"我以前不是人，是个……"本文至此不仅完成了一个浪子回头的形象，而且证实了白嘉轩这个"腰杆挺得太直"的族长的感慨："凡是生在白鹿村炕脚地上的任何人，只要是人，迟早都要跪倒到祠堂里的。"

白孝文是白嘉轩的长子，他在白、鹿两姓的家族争斗中遭鹿子霖暗算，抽大烟成瘾，造成白嘉轩在家族势力纷争中的一次惨败。然而，惨败的过程本身是耐人寻味的。白孝文作为这场阴谋的受害人，意外从中获得性满足，使他与妻子的关系竟成了现代人的"没有爱情的婚姻"。同时，这的确也构成本文对现代人生的隐喻。因为白孝文此时内心闪过的那一丝追逐人性的火化，伴随他日后衣锦荣归、携新妇拜谒祖宗引起的轰动而永远地淡漠了。本文似乎展示出人对人性极致的追求，与本土的生命存在方式难以兼容。于是，白孝文的精神最终导向对后者的臣服："好好活着！活着就有希望！"

鹿兆鹏、鹿兆海和白灵与黑娃和白孝文相比更游离本土的生活轨迹，而与革命的历史发生更密切的联系。因此他们有时是家族延续的载体，但更多是作为某种外部力量的符码，而不与家族的纷争发生直接的联系。他们之间的三角恋情，似乎也暗示他们对本土人生的疏离。然而，他们又都以不同的表现方式最终获得家族的认可或接纳。鹿兆海是本文中少有非议的人物，尽管对他的死因存在歧义，但是隆重的丧葬仪式，已将他为国捐躯的精神推崇为本土最高的境界。鹿兆鹏是本文叙述中形象比较苍白的一个无可挑剔的正面角色。但在此，他的革命生涯忽隐忽现，本人行踪不定，与白嘉轩在"交农事件"中的表现相比，他似乎是一个很难为自己引发的事件承担责任的人。特别是鹿光谦解放后被枪毙的冤案关键缺少他的证明材料，使本文在对鹿兆谦的同情中不乏对鹿兆鹏贬抑。然而他的失踪，也为白孝文的结局留下伏笔，预示着白、鹿的家族之战将会以新的方式在历史进程中复萌。作品对白灵的描写更像是一个家族的寓言。她出生时，"一只百灵子正在庭院的梧桐树上叫着"，预示一个白鹿般的精灵的降生，待她后来投身革命，似乎扯断了与家族的联系。但她在陕北根据地受诬陷被活埋时，白嘉轩梦见："咱原上飘过来一只白鹿，……我看见那白鹿的脸变成灵灵的脸蛋，还委屈哭着叫了一声'爸'。"她最终魂归白鹿原，在家族生息的乡土找到归宿。

特别意味深长的是作家鹿鸣的形象，他在作品中出现已是80年代中期，白嘉轩已不在人世。但是，冥冥中仿佛血缘的纽带最终要把他和家族的命运联系起来，他终于发现他是白灵与鹿兆鹏之子的身世。这简短而富有深意的一笔并不仅在于表现家族的延续，而更在于本文表述后代误读或者根本不了解历史的意图。正如鹿鸣在长篇小说《春风化雨》中把他的外公白嘉轩作为"顽固落后势力的一个典型人物的原型"来描写。本文借对鹿鸣的描写，进一步认定白鹿原的历史生活将始终构筑着后代的人生，它像基因、梦魇一般使人看到历史轮回中的足迹。因此，鹿鸣对他后来知道的一切"没有惊诧而陷入深沉的思考，更令他悲哀的是，在他年过五十的今天，他才弄清楚，白灵是他的亲生母亲……"与其说，这是鹿鸣的不幸，不如说这显示了本文重构历史的初衷：尽管历史经过大的阶段性跳跃，但它终究要回归到故土人生的现实。无论我们是否意识到并且揭示出个人与家族、故土相系的纽带，它都将永存于我们命运的路途之中。

三、神谕中的"文化保守主义"

《白鹿原》的确时时传递出历史对现实发出的回声。然而，问题的关键在于，本文构筑的历史空间是否是一个"天不变，道亦不变"的超稳定系统，而且历史的轮回究竟是一定之规还是本文一厢情愿的假想。如果说，白鹿原自给自足的封闭的小农经济的梦想，已然被半个多世纪以来的革命与战争击得粉碎；那么，无论白嘉轩还是朱先生以及他们的后人，都不可能再顺沿传统的"耕读之家"的模式继续生活下去。既然历史不可能按照个人或家族的意愿发展，那么家族带给个人的宿命感，或者始终在白鹿村上空回旋着的"仁义"之声又意义何在呢？

历史是现实的历史，任何本文都不可能脱离现实的人文语境去构筑所谓纯粹客观的历史。如前所述，就现实主义的表现手法而言，《白鹿原》的叙事需要完成写实规范所需要的反叛性内容，但是就内容自身而言，它倾向一种传统的保守心态。以作品中的性描写为例，《白鹿原》中每一对青年男女的性生活几乎都有大段的铺衍，但这种描写的文化内涵与近几年文坛有关性描写的题目迥然相异。与80年代以来小说创作突破性描写的禁区，提倡个性解放，反对束缚个人的题旨相比较，它所形成的是在大段性描写中提倡节制甚至压抑欲望的悖论。比如白孝文的奶奶与父亲白嘉轩对他的性生活的干涉，并没引起本文叙述的强烈不满，反而是以"孝文脸上的气色果然好了"，众人皆大欢喜为结果。

与此种文化内涵的性描写相辅相成的是对女性的贬抑。《白鹿原》中的女性大致分为两类：一类以白嘉轩的妻子吴仙草为代表，对男人一味温柔顺从，在传统女性规定的角色中不敢越雷池一步；另一类是以黑娃的前妻田小娥为代表，是勾引男人的"祸水"。阅读中稍不留意就会产生这样的错觉：田小娥敢于冲破封建婚姻的束缚，最终被封建势力摧残至死。然而，本文的叙事并没依照这样的思路演进，鹿兆谦后来"浪子回头"的形象，彻底否定了他的前半生，而那正是他因田小娥起，逐渐成为传统生活的叛逆的经历。甚至鹿兆谦最终成为白孝文手下的冤魂，都令人不能不考虑到田小娥在他们二者之间扮演的角色。田小娥显然是白嘉轩所憧憬的乡村牧歌中的不和谐音，是威胁祠堂戒律与道德准则的不安定因素。因此任何出自本文对白嘉轩精神的褒扬，都可以说是对田小娥的贬抑。因为作为秩序化与反秩序化的两种象征，他们注定会成为对立的双方。

70年代末、80年代初开始的思想解放运动，其总体倾向是打破旧有的规范、消除束缚人的个性的种种禁忌。伴随现代主义与后现代主义思潮在文坛相继兴起，"现代社会是一个日益非人格化的社会，还是一个日益自由的社会"，已经成为知识界越来越关注的问题。《白鹿原》似乎正在从事这样的选择，而且不惜牺牲以往人文主义的命题来确定传统规范的价值体系。本文看来，由于外力与他者的介入，白鹿原这块自耕自食、仁义传家的净土，正在成为一个"日益非人格化的社会"，像"勺勺客"起家的鹿子霖这一脉有发展起来的机会，就是一个明证。

当代著名的美国学者丹尼尔·贝尔（Daniel Bell）曾针对现代主义对秩序的反抗造成的世上"没有任何神圣"的文化断裂，提出一个"冒险的答案"，即整个社会"重新向某种宗教观念回归"。这种新的宗教或文化崇拜包含"对人类巨大灾难的预感和提醒，以及对现代人无限制的扩张和实现自我所持的怀疑和克制态度。很难说《白鹿原》是否受到这种新文化保守主义的影响，但是显然它们都对人所关注的自我救赎以及突破禁忌的行为持怀疑态度，而且在《白鹿原》，这种文化保守主义是借一种非现实性的神谕的力量来完成的。它不仅为作品染上一层浓重的宿命色彩，构成这部写实性小说格外引人注目的一笔，而且也是将文化保守主义的思潮与富于传统迷信色彩的村社文化胶合为一体，使其成为在大众场合更具有诱惑力兼说服力的一种策略。

作品中朱先生是秉承神谕的代表者。当然，与朱先生恪守同一规范且性格底蕴近似的还有冷先生、徐先生等这一班乡间懂医术、通文墨的人。但他们大抵像冷先生那样可救眼前一时之急，却不知天命，从而衬托出朱先生对时事洞若观火，了似神明。譬如，他三言两语为白嘉轩解开白鹿之谜；预言镇嵩军残部"见雪即见开交"也果然灵验；从白嘉轩说梦推算出白灵的死……朱先生的诗文来看，他倒不像是才华横溢、诗书传家的一介书生，却像是深谙民俗民风，并采取秘而不宣的方式博得民众喝彩的巫医神算。如果他真正是一个身处乱世的旧式读书人，也许就不会活得如此潇洒超脱，否则旧中国无以计数的知识分子的苦闷与苦难又做何解释呢？更值得深思的是他获得白鹿原实际上的"精神天子"的最高礼遇，其实质性内容在本文中表现为：他是以孝悌为纲常的家族势力的第一维护者。例如，他收下迷途知返的黑娃做学生，并亲自带领黑娃回白鹿原进祠堂祭祖；他是对外力和他者的绝不兼容者，例如，甚至他死后，只有当朱白氏换下灵灵送给他的"白洋红袜子"，他弯曲的双膝才"立时不再打弯，平展展地自动放平了"；他又是镇压家族叛逆的主谋，例如，他建议白嘉轩将田小娥的骨灰"封严封死"，"再给上面造一座塔。叫她永远不得出世"。从而完成了白嘉轩设计的最后也是最重要的一笔。

至此。由朱先生代表的封建文化的神谕，已将外来者杀得一败涂地，从而本文能够为完成人物精神上的轮回做有力的铺垫，构成鲜明的文化保守主义的倾向。但是，正如历史是现实的历史，本土与他者不可能永远运行在界限分明的轨道，所以本文叙述中那种彻底的轮回也就令人质疑。日本学者曾把日本比作"保存亚洲思想与文化的宝库"，认为它既"生活在昔日理想的空间，同时也生活在新旧并存充满活力的岛国意识中……东洋（指亚洲）思想不断掀起的每一阵浪潮，都在这里的海滩留下一层沙粒，都在这个民族的意识中留下它们的痕迹"（冈仓天心《东洋的理想》）。当然这是仅就日本与亚洲文化关系而言，但是它表明，即使本土的文化也并非一成不变，当外力以不可避免的方式进入本土的生活，或者说，它们在本土的生活中获得了生成的理由，难道我们还可能，或有必要再将它们一一剔除，将本土海滩上的沙粒一一分捡，将那些外来的"妖孽"统统镇压在"六棱塔"下，以维护原有的"净土'吗？

《白鹿原》构筑的、在神谕笼罩下的历史轮回的话语空间，向我们展示了这样一幅图景：自推翻皇帝到国共纷争，世事变迁，由于这些外力强加在这片小农经济的乐土，造成了"礼崩乐坏"的结果。但这种损坏不过是过眼烟云，正如白鹿家族的存在，他们后代的忏悔已表明他们修复乐土的愿望。然而，后人是否还会相信朱先生富于传奇色彩的神谕？家族的命运随着历史的发展，是否还会出现从黑娃到鹿兆谦的精神轮回？在现实的条件下，强调不现实的轮回，《白鹿原》由此显露出某种虚妄的色泽。

但无论如何，《白鹿原》还是向我们展示了一段家族的或民族的历史，而且它或许还会从一个曲折的角度向世人宣告，本文所憧憬的挂有"仁义白鹿村"匾额、水深土厚、民风淳朴的封闭的乐土已一去不复返。无论梦想还是现实中的历史轮回，都不会是"天不变，道亦不变"的转世，而将汇入外来者的不和谐音，化为新的本土的现实。

注释：

① 〔美〕海登·怀特《作为文学虚构的历史本文》（张京媛译），《新历史主义与文学批评》，北京大学出版社1993年版。

②③ 〔美〕丹尼尔·贝尔《资本主义文化矛盾》（赵一凡等译），三联书店1989年版。

原载《文艺评论》1994年第2期

文化的尴尬

——重读《白鹿原》

南　帆

一

《白鹿原》的巨大声望周围，异议始终存在。褒贬毁誉的分歧迄今仍在持续。有趣的是，人们时常可以从诸多肯定和赞誉之中读到这种形容：这是一部大书，分量非凡，具有史诗的品格，如此等等。这种感觉从何而来？追溯这个问题的时候，人们不由地联想到题写在《白鹿原》扉页上的一句话："小说被认为是一个民族的秘史。"这似乎是小说价值的证明。许多人的词汇库中，再也没有什么比"历史"和"民族"更为重要的了。

相当长的时间里，历史成为小说——尤其是长篇小说——的主宰。历史是正统，是典范，小说仅仅是一种附庸，承担拾遗补阙的功能。小说的生动有趣并不能改变"街谈巷语、道听途说"的卑下身份。文学的独立意义得到认可之前，小说始终必须为虚构而羞愧。人们仿佛觉得，只有在历史的庇荫之下，小说才可能心安理得地生产各种故事，推出一个又一个英雄。历代统治阶级对于修史的高度重视表明，历史拥有非凡的意义。所以，尽管历史的记载可能大幅度地压抑作家的活跃想象，小说还是从历史之中承袭了特殊的分量。长篇小说所赢得的至高荣誉就是"史诗"的称号。史诗是文学与历史的结合。史诗之中，神或者英雄背后是一个民族、一个国家的命运，气势磅礴的史诗风格象征了汹涌无尽的历史洪流。虽然《白鹿原》仅仅叙述了两个家族的起伏沉浮，但是，白鹿两家几代人的命运深深地卷入一系列重大历史事件，上演一幕幕背景深远的悲剧和喜剧。所以，人们更多地读到的是风云际会，而不是儿女情长。壮观的历史波澜撼人心魄，这就是史诗的宏大叙事。

一部史诗式的长篇小说之中，民族的命运时常是一个无可逃避的主题。当然，这个主题远在《白鹿原》之前开始。一百多年的时间里，众多志士仁人不得不在帝国主义的炮口之下痛苦地思考民族的未来。如果说，经济与军事的自强从未引起异议，那么，传统文化与民族的兴衰存亡隐含了种种矛盾和悖论。五四时期，引入西方文化曾经被视为振兴民族的重要策略，一批五四新文化主将竞相向腐朽的传统文化表示了决绝的姿态。打倒孔家店是一个一呼百应的口号。尽管如此，从那个时候开始，这种顾虑始终萦绕不去：西方文化的全面覆盖会不会危及民族的生存？无论如何界定"民族"这个概念，文化传统始终是一个民族区别于另一个民族的标志。"传统"和"民族"的分裂会带来什么，这是"现代性"所无法释怀的疑虑。二十世纪二十年代之后，这种疑虑卷入了更为复杂的历史形势，激进的革命话语声势浩大，民族问题退到了阶级问题的背后，民族必须烙上阶级的印章才能通行。无产阶级、资产阶级、剥削、压迫、武装革命、夺取政权、社会主义历史时期、无产阶级专政下继续革命——诸如此类的概念不仅导致传统文化的式微，同时还有效地阻止了西方文化的弥漫。马克思主义学说之外，多数西方文化均被划入"资产阶级"范畴予以抛弃。这种状况一直持续到八十年代，直至又一个开放的时代来临。然而，多少有些意外的是，开放带来的并不是激动的拥抱，也没有温情脉脉的邀请。人们惊异地发现，进入全球体系的方式是无情的竞争。强势的西方文化业已占据了居高临下的竞争位置，这是全球化语境事先认定的文化构图。文学迅速地察觉到文化领域的不平等，"寻根文学"无疑是维护文化身份的一次漂亮的努力。现在看来，"寻根文学"隐含了一个意味深长的秘密转换：革命话语以及阶级范畴丧失了昔日的理论火力之后，民族、历史和传统文化开始成为阻击西方文化的桥头堡。如今，这个文学运动仅仅残存一些余波微澜，但是，许多作家的观念之中，民族的历史和传统业已成为不可放弃的文化维度。这是全球文化竞争的必然结局，也是文学放弃了"阶级"主题之后转向的另一个丰富的想象资源。

当然，反顾历史和传统的时候，作家分散到了各个角落：莫言的《红高粱》向往"我爷爷""我奶奶"的血性、刚烈和自由自在；阿城的《棋王》

既有世俗的饮食男女，又有庄禅之道的自然无为；王安忆的《小鲍庄》试图涉及隐藏在村夫野老身上"仁义"的天性；还有许多作家热衷于在庞杂的宫廷文化之中搜索帝王家族的秘密，或者利用江湖文化构思神奇的武侠故事。《白鹿原》力图从文化与历史演变的关系上介入这个问题——《白鹿原》力图表明，儒家文化不仅是历史上一个遥远的传统；更为重要的是，这个传统还活在今天，而且进入了人们的日常生活。这部小说是从一个乡土气十足的罗曼史开始的：白嘉轩不屈不挠地娶了七房女人。白鹿的传说，移坟，修祠堂，书院和一本正经的圣人朱先生，"耕读传家"的匾额——这种乡土气弥漫在小说的前半部，甚至产生了一种迷惑，以至于人们迟迟察觉不到隐藏在《白鹿原》背后的历史高度。或许人们应当说，这就是《白鹿原》竭力要说出的事实：儒家文化不仅是一批经典，并且还是乡土生活的日常哲学。白鹿原上白家与鹿家的故事反复证明，无视儒家传统训诫的人不可能修成正果，鸡鸣狗盗之徒怎么也成不了大器。饱读儒家经典的朱先生对于天下大势做出了高瞻远瞩的预言，圣人任何时候都将走在历史的前面。总之，贸然地宣称儒家文化已经过时肯定是一种历史的短视。

显然，这种主题再度维护了传统文化的威信。历史从一批时髦的现代词汇之中拉了出来，重新回到了儒家文化的范畴之中。虽然五四新文化运动对于孔孟之道的讨伐锐不可当，但是，儒家文化仍然作为一种文化无意识顽强地存在。无论是"耕读传家"的祖训还是铭刻在祠堂墙上的"乡约"，人们立即会察觉到一种久违的熟悉。然而，这种主题是否可信？不可否认，儒家文化提供了一整套异于西方文化的范畴，尤其是与西方文化之中的个人主义话语格格不入。可是，人们不得不怀疑的是，儒家文化与现代性话语可能存在的深刻矛盾。历史的脚步有没有可能从现代性的门槛上缩回去？儒家文化有没有能力评价乃至主宰近现代历史？《白鹿原》似乎无法解除这些质疑。毋庸置疑，陈忠实对于儒家文化信心十足。然而，对于文学说来，仅有信念是不够的。信念与经验的分裂时常在文本之中形成致命的伤口。这个意义上，《白鹿原》的文本特征即是深刻矛盾的表征。《白鹿原》的文本分析表明，叙事结构的脱节恰恰源于儒家文化与现代社会的脱节。

二

我曾经在《姓·性·政治》一文之中指出，《白鹿原》内部包含了三种势力：宗法家族的势力，叛逆者的势力，政治势力——这三者简称为"姓""性""政治"。令人遗憾的是，这三者在情节的意义上并不平衡：

> 一旦重新将《白鹿原》回想一遍，我们就会发现，政治势力这支线索与其他两支线索之间出现了游离与脱节。如果说宗法家族权威与叛逆者之间的搏斗形成白鹿原上一系列戏剧性故事，那么，政治势力与这两者却没有一座相互衔接的情节拱桥。这两批人物所以撮合在一起，更多是由于时间、空间或者血缘关系——他们之间并未通过真正的性格冲突联系起来。我们甚至可以设想，即使将政治势力线索这条线索上的故事抽掉，小说的完整性并未受到明显的损害。这恰好从反面证明，《白鹿原》的叙事话语出现了破裂。①

文学史的回溯可以发现，《白鹿原》对于革命运动的描写与《青春之歌》《红旗谱》或者《红岩》大同小异。地下活动、学生运动、接头、策反、叛变与盯梢、包围与突围——这些片段无不似曾相识。更为刺眼的是，这些片段显得凌乱破碎。鹿兆鹏时隐时现，县长换了一任又一任，种种小规模的战事此起彼伏，军阀走马灯似的往来——这些片段无法组织在一个清晰的因果网络之中。如果没有教科书的辅助，人们很难从这些片段背后察觉历史事件的脉络。相对于白、鹿家族内部的故事，这些片段仿佛是一些外围的资料，没有来龙去脉，也没有从开端发展到高潮的情节能量。《白鹿原》的叙事特征似乎表明，作家的视域范围仅仅局限于白鹿原内部。这个视域由儒家文化统辖。一整套儒家文化的观念负责解释、评价白鹿原上的各种故事，然而，一旦这些故事的尾巴拖到了白鹿原之外，这一套观念立即就丧失了解释能力而显得不知所措。

很大程度上，可以将"现代性"视为一条边界——儒家文化无法有效地进入现代社会。白鹿原仿佛是历史边缘的一个角落，暂时游离于现代性话语的覆盖区域。儒家文化的统治表明，这时的白鹿原还没有接受"现代性"的改造，这个区域仍然与现代历史格格不入。

朱先生是正统的儒家弟子，因此也是白鹿原上的圣人。他在评价白鹿原国民党与共产党的拉锯战时使用了一个著名的比喻：鏊子。鏊子是烙大饼的工具，一边烙焦了翻过来再烙另一边。如果将漫长的国共之争形容为翻来覆去的折腾，显然是抽掉了具体的历史内容。国民党和共产党各自拥有特定的政治主张，双方都曾经为不同的历史图景浴血奋战，共产党全面地夺取政权终于为这个历史段落画上了句号。然而，在朱先生眼里，势不两立的双方并没有太大的差别："我观'三民主义'和'共产主义'大同小异，一家主张'天下为公'，一家倡扬'天下为共'，既然两家都以救国扶民为宗旨，合起来不就是'天下来公共'吗？为啥合不到一块反倒弄得自相残杀？"无论朱先生概括得如何，这肯定是一种局外人的目光。如果说，激烈而复杂的国共之争是现代史上最有分量的一幕，那么，朱先生的儒家文化根本没有进入情节。三民主义和共产主义相互冲突的平台上，儒家的"修齐治平"找不到发言的席位。这个意义上，朱先生的视域是超然的，同时也是冷漠和抽象的。站在这种超然的抽象高度，人们甚至可以将全部历史形容为"鏊子"——即使在儒家文化的鼎盛时期。

当然，所有的怀疑都无法否认儒家文化治理白鹿村的效力。族长、祠堂、乡约形成的理念和制度保证了白鹿村秩序井然，甚至文质彬彬。但是，对于白鹿村之外的世界，儒家文化能够做些什么？现代意义上的民族、国家以及政治和经济体系拥有迥然相异的运行轨迹，儒家文化所提供的理想和管理技术已经远远不够用了。《白鹿原》之中，白嘉轩仅有一次成功地运用儒家文化的思想资源对付村子之外的陌生世界——"交农事件"。面对县长分派的"印章税"，白嘉轩决定率众抵制。他的最后一丝犹豫是在与私塾先生对话之中打消的。在私塾先生的启示之下，白嘉轩在儒家的"忠""孝"的观念中找到了自己行为的依据：

> 白嘉轩接着说："你是个知书识礼的读书人，你说，这样弄算不算犯上作乱？算不算不忠不孝？""不算！"徐先生回答，"对明君要尊，对昏君要反；尊明君是忠，反昏君是大忠！"……

私塾先生用"苛政猛于虎"作为"鸡毛传帖"的第一句话，这种源远流长

九十年代长篇小说研究资料

的号召深入人心。然而，白鹿村愈来愈多地接触外部世界，儒家文化的声音愈来愈微弱。白嘉轩不明白堂堂的县长为什么不穿七品官服而愿意披一件"猴里猴气"的制服，更不明白白灵为什么被自己的战友活埋，或者白孝文为什么陷害改邪归正的黑娃；朱先生也不明白报纸传媒所制造的现代政治和军队内部派系的钩心斗角，他与七个老先生奔赴抗日疆场的慷慨激昂最终成了一个无法兑现的空洞姿态。至于白、鹿两家子弟之间悲欢离合的原因远远超出了儒家文化的仁义道德。的确，这是一个无情的事实：现代社会的崛起也就是儒家文化渐行渐远的历史。三纲五常或者克己复礼逐渐成为怀旧的谈资，这些范畴愈来愈少地进入现今的历史叙事。

尽管如此，《白鹿原》并没有给这个无情的事实敞开足够的空间。这部小说的叙事聚焦显然是白嘉轩。这个拄着拐杖的老族长终于艰难地完成了自己的人格和道德：耿直而古板，坦荡磊落而保守迂呆。然而，这仅仅是一幅档案鉴定式的静态肖像。《白鹿原》的全部故事表明，历史给予白嘉轩的活动范围愈缩愈小，最终只能局限于白鹿村，从而定格为一个不合时宜的乡村遗老。

三

白鹿村内部，白嘉轩是当之无愧的统治者。从祭拜祖宗、管教子弟到修建祠堂、订立乡约，白鹿村的各个方面治理得井井有条。毫无疑问，儒家文化的三纲五常是白嘉轩遵循的人生纲领。在他那里，儒家文化不是深奥的典籍，也不是空洞的高头讲章，儒家文化是一种朴素的为人之道，一种日常的修养。更为通俗地说，儒家文化的意义就是"学为好人"。因此，以身作则、率先垂范是白嘉轩享有威信的基础。修身齐家治国平天下，这是一个阶梯式的递进。朱先生解释说："读书原为修身，正己才能正人正世；不修身不正己而去正人正世者，无一不是盗名欺世。"所以，即使在治理一个小村庄的时候，内圣外王的古训也得到了证明。

与《红旗谱》《暴风骤雨》或者《古船》不同，人们没有在白鹿村看到严重的阶级对立，匆匆掠过的革命风暴也没有彻底摧毁种种既定的陈规。白鹿村村民的经济地位悬殊。白、鹿两家拥有大片土地，其他人多半靠扛活打工维持生活。荒年歉收，当然是那些穷人首当其冲。然而，无论什么时候，穷人与富人都各安天命，因为财富不均而发生的大规模冲突十分罕见。换一句话说，白鹿村的阶级划分仅仅是经济学的描述而没有政治意义。

作为穷人与富人和睦相处的标本，《白鹿原》反复描写白嘉轩与鹿三之间融洽的主仆关系。鹿三是由白嘉轩的父亲白秉德老汉雇用，主仆之间的交谊这时已经奠定。白嘉轩与鹿三亲如手足，这个长工如同一个家庭成员。因为干旱田里没有农活，鹿三不愿意白吃主人的口粮打算辞工回家，白嘉轩冷下脸说："三哥你听着，从今往后你再甭提这个话。有我吃的就有你吃的，我吃稠的你吃稠的，我吃稀的你也吃稀的；万一有一天断顿了揭不开锅了，咱兄弟们出门要饭搭个伙结个伴儿……"白嘉轩的心目中，财富的悬殊并不能破坏二人的深厚交谊。他甚至当面交代两个儿子：下一代人必须始终善待鹿三。鹿三——"这个白鹿原上最好的长工"——是古典文学之中"义仆"形象的持续。他一生的心愿就是自尊自信：尽心尽意地为主人打工，堂堂正正地挣回粮食和棉花。这是天经地义的事情——鹿三从来没有意识到"剥削"或者"压迫"，更不可能从理论上追究财富积累的不平等历史。显然，白嘉轩与鹿三的主仆关系始终维持在某种超阶级的良知之上。可悲而又必然的是，这种良知毁于他们的下一代手中。当然，下一代人的关系仍然是对于正统阶级理论的悖反。经济地位的差异并不能说明白孝文、黑娃或者鹿兆鹏、鹿兆海、白灵之间的恩怨情仇。

当然，白鹿村仍然存在种种社会矛盾。赌博，抽大烟，买卖纠纷，土匪的洗劫或者神秘的白狼进犯，族长有责任料理一切难堪的局面——包括白家卷入的纠葛。白嘉轩的基本策略是秉公执事，"以德报怨以正祛邪"。归还李家寡妇的田地，代人受过吊杆子，罢免白孝文的族长，白嘉轩治理白鹿村的能力一天比一天成熟，得到了愈来愈广泛的拥戴。

尽管如此，白嘉轩始终意识到一个强大的对手——力比多。按照精神分析学的描述，禁锢在人们无意识之中的性本能沸腾不已；这些力比多随时可能冲决理性的防线夺路而出，进而摧毁现实秩序。很大程度上，儒家文化的"修身"即是压抑欲望，封锁力比多的出口。白嘉轩时常用沉重的体力活计磨砺儿子们的张狂本性，敦厚、稳重、少年老成、讷于言而敏于行都是掊灭内心火焰的有效训练。尽管如此，白嘉轩的部署还是被田小娥——一个外来的妖娆女子——打乱了。田小娥是白鹿原的一个尤物。她用一副温热光洁的躯体扰乱了家族与阶级之间的所有谱系，白鹿村的几个男性头面人物轻而易举地被拉下水。田小娥曾经是郭举人的小妾。她引诱了当长工的黑娃，最终与黑娃落户在白鹿村边的一口窑洞里。黑娃与郭举人的关系无法成为鹿三与白嘉轩关系的翻版，田小娥显然是罪魁祸首。畸形的性别关系终于酿成了阶级对立，"万恶淫为首"的格言又一次得到了证明。对于儒家文化的道德纲纪，性本能不啻洪水猛兽。即使死在鹿三的锋利梭镖之下，田小娥仍然阴魂不散——她的亡灵召来了瘟疫残酷地将白鹿原变成了一个大坟场。

"唯女子与小人为难养也"——儒家文化对于女性的轻视是《白鹿原》始终不肯放弃的一个观念。朱白氏、鹿惠氏或者白赵氏这些称谓已经显示了女性的轻贱地位。从朱先生到白嘉轩，女性的意义无非是相夫教子。朱先生看中了朱白氏的原因是："即使自己走到人生的半路上猝然死亡，这个女人完全能够持节守志，撑立门户，抚养儿女……"白嘉轩倾家荡产地不断续弦无非是避免"不孝有三，无后为大"的古训，黑娃的第二个妻子温柔庄重，刚柔相济，而且知道用"朝闻道夕死可矣"的圣人之言劝诫丈夫，这才像秀才女儿拥有的儒家风范。至于姣好妩媚的田小娥肯定是惹是生非的祸水，无论是朱先生、白嘉轩还是鹿三都一口一个"婊子"的詈骂。对于白嘉轩说来，治理白鹿村的成败在于平定田小娥所制造的性别骚乱。这种女人轮不到享受他的"以德报怨"。白嘉轩可以和村民一起到关帝庙祈雨而决不允许给田小娥的亡灵修庙祛除瘟疫——屈服于女人无疑是一辈子洗不清的奇耻大辱。制造一座六棱砖塔镇在田小娥死夫的窑洞之上，这种阳具式的象征物喻示了朱先生和白嘉轩对于女性居高临下的强硬姿态。

从家规、祠堂、乡约到以德报怨的策略，白嘉轩治理的有效半径究竟多大？换言之，离开白鹿村之后，白嘉轩还能走多远？如果说，白嘉轩在铲除田小娥的战役之中胸有成竹，甚至力挽狂澜，那么，他对于白、鹿两家生活在城市的下一代懵然无知。现代社会推出了一套完全不同的政治、经济、文化和法律观念，传统的良知以及道德维持的社会关系再也支撑不下去了。白嘉轩无法解释，三民主义或者共产主义为什么具有超出家规、乡约以及儒家先哲训示的巨大力量，以至于鹿兆鹏、白灵、鹿兆海这些下一代的子弟愿意为一个遥不可及的理想背井离乡，甚至抛弃生命。现代社会是一个什么魔鬼，竟然能够支使那么多无君无父的家伙远离土地，依靠花言巧语或者舞枪弄棒讨活？白嘉轩百思不解。白孝文枪毙了黑娃之后的一个月，白嘉轩架上一副眼镜回到白鹿村，平和的神情显出了一副哲人气度。他一手拄着拐杖，一手拉着黄牛到坡上放青。这时，他肯定已经不打算弄清如此深奥的问题了。

四

"耕读传家"是白嘉轩奉行不渝的格言。农耕社会，种田与读书代表了两种最为基本的活动。种田表明了人与土地的联系，读书意味了儒家文化的教化。物质与精神，世俗与超越，二者的平衡制造了一种稳定的结构。然而，这句格言之中，"家"是一个十分重要的范畴。"家"与"国"相对。抽象的"国"之下即是形象的"家"，"治国"与"齐家"相提并论，并且是"齐家"的延伸。现代社会对于私人空间与公共空间的分割形成之前，二者之间存在共同的结构。党派、阶级、民族只能在现代社会演变为控制政治运作的团体和组织，"家"是农耕社会最为稳定的联盟单位。"家"的范畴——包括家族、姓氏以及姻亲关系——包含了巨大的动员能力。"打虎必须亲兄弟，上阵还是父子兵"，这些俗谚表明了人们对于家族联盟的信任程度。另一方面，"家"是经济乃至政治利益的共同体，家族或者亲戚的一荣俱荣、一损俱损的例子屡见不鲜。这个意义上，儒家文化的孝悌观念以及"父为子纲""夫为妻纲"的规定均是维持家族稳定的意识形态。《白鹿原》之中，争夺白鹿村统治权的不是阶级理论描述的"地主"与"贫农"，而是白、鹿两个家族。换一句话说，家族之争远比阶级搏斗重要。

这说明了白嘉轩为什么花费如此之大的精力治家。他对于儿子严格管教，从来没有因为家境富庶而有所娇宠。一旦白孝文触犯家规，白嘉轩当机立断地分家，决不肯姑息养奸。白嘉轩认为，白家的兴旺得益于先人所创造的族规纲纪，尤其是一个祖先的木匣子典故。在他看来，家风门风至关重要。白家之所以牢固地占据了族长的位置，鹿家的人之所以屡屡身败名裂，一切都源于家风："家风不正，教子不严，是白鹿家族里鹿氏这一股儿的根深蒂固的弱点。"鹿氏赖以发家的祖先是一个厨师，他靠出卖男色学到厨艺——因此，他的后代不可能从性格中抹掉低贱的本性。白嘉轩的意识中不存在党派、阶级这些概念，他不可能从革命和战争所形成的历史风云之中解释鹿家的遭遇。这个意义上，白嘉轩的见识远不如鹿家的人。鹿子霖、鹿兆鹏、鹿兆海父子三人分别参加了国民党和共产党的政治角逐。尽管兄弟反目，父子陌路，但是，他们至少和现代历史打过交道。相反，白嘉轩一辈子的最大舞台仅仅是祠堂。用鹿子霖嘲讽的话说，"过来过去就是在祠堂里弄事！"这不奇怪。祠堂供奉着列祖列宗，上有族谱，下有乡约，认祖归宗者可以进入祠堂跪拜，不肖子孙必须在祠堂接受惩罚。总之，这是一个以祖先、姓氏为轴心的空间，"家"的政治意义在这里扩张到了最大限度。对于白嘉轩来说，祠堂的围墙之外的政党、公民、人权、个性以及独立的人格统统是天方夜谭；至于为什么出现"公司""机关""政治部门"这些没有人伦孝悌关系的社会团体组织，甚至出现一个神秘莫测同时又无所不能的"市场"，这一切远远不是祠堂内部的运作方式所能解释的了。

　　"凡是生在白鹿村炕脚地上的任何人，只要是人，迟早都要跪倒到祠堂里头的。"这就是白嘉轩最大的历史远见。白嘉轩生活在二十世纪上半叶。他所接触的各种现象远远超出了儒家文化的解释范围，然而，他从来没有想过，这些现象可能共同属于另一套文化秩序。这个白鹿原上出类拔萃的人物为什么丝毫没有察觉到现代历史的临近——哪怕仅仅是模糊地察觉一种巨大的历史冲动？这无疑必须归咎于朱先生。朱先生和他的白鹿书院是白鹿原上唯一的思想库，也是白嘉轩的精神导师。这个"白鹿原上最好的先生"是儒家文化的正统传人。他对于儒家文化之外的思想资源"非礼勿视，非礼勿听"，即使在一个大翻地覆的时代。在他那里，五四新文化运动仿佛从未发生过。生逢乱世，无力回天，朱先生只能在诵读儒家的经典之中励志守节，独善其身。因此，白嘉轩决不可能从朱先生那里听到下一代人在新学堂里听到的内容。朱先生的反复训诫促成了白嘉轩的基本判断：白鹿村以外的世事毫无章法。礼崩乐坏，人心不古，兵荒马乱，脱轨的历史陷入了一个巨大的混乱；这个意义上，坚守白鹿村的质朴生活隐含了一种文化的骄傲。

　　然而，不屑于历史不等于能够回避历史。白鹿村不是桃花源。"不知有汉，无论魏晋"只能是一个自欺欺人的幻梦。现代性所包含的全部历史冲突汹涌地卷过白鹿原，猛烈地摇撼这个小村庄。白鹿村的儒家文化与现代性之间发生了激烈的交锋，败北的结局显而易见。现代性拥有强大的改造能力，白鹿村无法避开现代性话语的吞并而踞守特殊的一隅。

如果说，"交农"事件是宗法家族势力对于县政府的一次成功对抗，那么，这也是最后一次。一批被形容为"白腿乌鸦"的士兵闯入白鹿村征粮时，传统的抗争已经完全失效。"白腿乌鸦"的一场快枪射击表演打掉了所有的反抗企图，封建意识形态在工业机械的力量面前暴露了全部的可怜和软弱。相对地说，革命与祠堂之间的较量更为复杂。革命风暴的呼啸声中，黑娃手执一柄铁锤砸掉了"仁义白鹿村"的石碑和墙上的乡约——"一切权力归农协"。若干年之后，黑娃主动回乡祭祖，一身布衣虔诚地匍匐在祖宗灵前。黑娃走过的人生圈子仿佛表明，儒家文化的感召终将无可抗拒。然而，"学为好人"的黑娃竟然以刑场作为人生结局。换一句话说，儒家文化的道德修养并不能有效地转换为相宜的政治鉴定和法律语言。后者从属于现代性话语体系。作为"交农"事件的尾声，鹿三和徐先生等七人被捕。白嘉轩赶到法院力陈义理，但是，他的申辩与法律语言格格不入。由于朱先生的面子和贿赂的银钱产生了作用，白嘉轩始终没有意识到，他是操持着陈旧的话语与另一个陌生的社会进行无效的交涉。到了黑娃事件，白嘉轩的担保请求已经成为一个无知的笑话。他无法理解，为什么法律审判代替了远为直观的道德评价。对于复杂、精密、机器一般冷漠的现代社会制度，除了"气血蒙目"之外，白嘉轩再也做不出什么了。

儒家文化的白鹿村如何被现代性话语包围，肢解，重组，白嘉轩的孤傲形象如何演变为一曲历史的挽歌，这些主题都使《白鹿原》拥有了史诗的品格。《白鹿原》不仅再现了一段失败的历史，而且再现了失败的悲剧感。白嘉轩就是在屡屡失败之中完成了英雄形象。然而，这肯定不是陈忠实乐意见到的事实：儒家文化的节节败退是历史的必然。如何挽回儒家文化的历史地位——哪怕部分地挽回？作家可能动用的仅仅是叙事的权力。这个时候，《白鹿原》请出了关中大儒朱先生登场。

五

《白鹿原》之中活跃了一些神秘的因素。白鹿精魂的传说，吓人的白狼和天狗，白灵临死之前蹊跷地托梦，白嘉轩关帝庙祈雨，田小娥的亡灵魔住了鹿三，法师捉鬼以及塔镇妖孽，如此等等。这并不奇怪。前现代社会，一个未经启蒙和"祛魅"的历史时期，诸多神秘因素本身就是社会文化的组成部分。这些因素与血缘、家族、宗祠等概念均是农业文明的产物，并且共同在一个巨大的意识形态结构之中运作。

尽管如此，人们对于朱先生身上的神秘因素仍然感到诧异。这位白鹿原上最好的先生不仅忙于晨诵午习，传道授业解惑，而且，他的言行之中还显出"多智而近妖"——借用鲁迅对于诸葛亮的评语——的一面。从预知天象、打卦占卜到设计一座六棱砖塔镇压田小娥的亡灵，这些情节既包含了一个儒家知识分子特立独行的风范，也包含了巫术的神秘主义传统。朱先生临死之前的一系列表现显然更为接近后者。根据国旗预测天下属于"朱、毛"，预知自己的死期提早写好遗嘱交代后事，甚至几十年之后的红卫兵还从朱先生的墓里发现他的谶言："天作孽，犹可违，人作孽，不可活"以及"折腾到何日为止"，这时的朱先生已经是一个异人。考虑到"子不语怪力乱神"的儒家传统，朱先生的形象多少有些出格。在我看来，与其把朱先生视为儒家子弟的另类，不如考察作家在这个形象之中寄寓了什么。

儒家文化成为封建社会的正统之后，古代知识分子通过"学而优则仕"进入主流社会，建功立业。但是，进入二十世纪，熟读经典的朱先生已经没有这种机会。印刷文明正在制造种种前所未有的"想象共同体"，大众传媒带来了一个民主与开放的社会，新学堂拥有一整套闻所未闻的现代科学知识，朱先生的"子曰诗云"不得不撤退到郊野的书院。"耕读传家"是朱先生为白嘉轩题写的匾额，可是，"家"的围墙再也圈不出一块与世无争的小小乐园。这时的朱先生如同涸辙之鱼日益衰竭。可以从《白鹿原》之中发现，朱先生一步一步地从情节之中撤出，成为游离分子。朱先生牵牛犁掉白嘉轩种的罂粟，这是一种凛然的义举；至于屏退二十万清军，逞口舌之利而已；朱先生与七位同僚的抗日宣言成为一纸空文，这表明口舌之利隐含了欺世盗名的危险；当朱先生闭门在白鹿书院修县志的时候，他已经彻底断绝了经世致用之念。这种遭遇是历史的必然，但是，这种故事满足不了作家对于儒家文化的期待。找不到朱先生重新驾驭现实的依据，构思一些夸张离奇的神话成为某种无奈的补偿——陈忠实终于在朱先生临死之际把他提拔为一个半人半神的形象。

朱先生的形象表明了一种文化尴尬。首先，儒家文化的式微是一个无可否认的事实。如果说，汉代以来的独尊儒术逐渐将儒家文化送上了统治思想的地位，那么，进入晚清，随着庞大的封建帝国无可避免地败落，儒家文化也逐渐耗尽了自己。狂飙式的五四新文化运动标志了另一套阐释历史的理论模式崛起，另一批与朱先生格格不入的五四知识分子集体登场。不久之后，革命话语迅速成为主导，并且以高调的姿态维持了大半个世纪。这是一个不断革命的历史时期。这个历史时期既源于五四知识分子的开创之功，也造成了五四知识分子及其继承者的坎坷沉浮。二十世纪的最后二十年，一系列业已僵硬的理论预设终于遭到了深刻的质疑。持续不懈的阶级斗争图景逐渐撤出了历史叙事——历史开始寻找另一个时代的文化。革命的激进和摧毁性产生了令人惊骇的副作用之后，传统文化及时出面，劝诫人们退回一个安宁、和谐、"天人合一"的境界。这个时期，尽管重提五四知识分子的功绩成为一个解放的标志，但是，复古几乎同时成为保守主义的一个重要内容得到了肯定的评价。封条刚刚揭开，禁锢已久的儒家文化立即苏醒了过来，积聚力量，跃跃欲试。如果说，二十世纪八十年代中期的"寻根文学"可以视为文学对于儒、释、道的第一波试探性接触，那么，九十年代的《白鹿原》义无反顾地皈依于儒家传统。从三纲五常到仁义道德，朱先生走出白鹿书院，指点历史迷津。鲁迅的《狂人日记》之后，这大约是儒家文化最为隆重的文学亮相。显然，儒家文化不仅期待一个复兴的历史机遇；更深刻的意义上，儒家文化正在力图成为后革命时代的历史叙事。这时可以说，朱先生半人半神的身份是文化尴尬的恰当隐喻：某些时候，儒家文化可能演示出现实主义情节，儒家文化烙印在许许多多日常细节之中；另一些时候，儒家文化已经退化为遥远的传说，成为一种脱离现实的想象性虚构。《白鹿原》没有绕开这种文化尴尬，但是，这部小说试图引出了一个历史悬念——不久的将来，这些传说会不会神奇地返回，儒家文化会不会再度成为统治思想？

如果仅仅将儒家文化的中兴解释为复古主义者一厢情愿的期待，那的确太简单了。初步的分析即可发现，这种期待包含了三个方面来源：首先，普遍的民族主义情绪和维护传统的信念竭力支持儒家文化的复出。相当多的人对于数典忘祖的文化倾向深为忧虑。对于他们说来，五四新文化运动的激烈反叛已是陈年旧事，文化上的不肖子孙才是令人痛心的现状。这时，民族、历史、传统文化以及儒家的仁义道德往往混为一谈，续写汉唐气象成为一个模糊同时又激动人心的号召。必须承认，多数复古主义的主张仅仅在这种水平之上活动。认为全盘否定儒家文化是激进主义思潮的产物，展示儒家文化在现代社会所具有的活力，这是第二方面的来源。一些理论广泛地搜集论据，竭力论证儒家文化对于市场或者商品经济的意义。亚洲几个国家——例如韩国、新加坡——时常被视为有力的例证。这些国家置身于儒家文化圈，经济与文化之间产生了一种东方式的互动。从"儒商"到"儒家资本主义"，这些称谓均是二者互惠互利的证明。显然，这是最具吸引力的一个方面，也是最具争议的一个方面。第三方面的来源是后现代式的文化多元主义。后现代主义认为，"宏大叙事"已经解体，唯一的中心不复存在，各种类型文化无不拥有自己的价值观念作为旋转的轴心。后现代主义彻底放逐了主宰一切的上帝，丰富的文化个性是世界丰富的前提。进入文化多元主义的时代，儒家文化必定拥有一席之地。

正如许多人所发现的那样，人心不古的感叹是一个周期性的症状，情绪型复古主义并没有强大的历史依据。那么，后现代式的文化多元主义是不是恰逢其时？在我看来，乐观的时刻远未到来。各种类型文化并没有形成彼此宽容的气氛。这种状况来自现代社会的内在紧张。现在，"进化论"已经很大程度地从生物学理论转换为意识形态，"物竞天择，适者生存"仿佛是一个不言而喻的原则。无论是民族国家的扩张、抗衡还是市场环境制造的社会关系，"竞争"成为所有的人都耳熟能详的概念。激烈的竞争意味了吞并、破产和淘汰，竞争就是驱逐弱者，强者垄断。竞争崇拜赢家，个性没有价值。由于强者优胜的示范作用，后继者必将群起而效仿，甚至亦步亦趋。这可以清晰地解释，为什么多数后发现代国家总是以某些发达国家的模式为蓝本。这个意义上，竞争时常会走向多元主义的反面——文化竞争亦然。人们已经看到，文化竞争与文化同质化之间存在必然的联系。一个相互角逐如此紧张的时代，超越的文化只能是一个奢侈的幻象。

到目前为止，各种类型文化已经愈来愈明显地陷入"竞争""垄断""效仿"的圈套。欧洲文化，亚洲文化，基督教文化，伊斯兰文化，白人文化，黑人文化，古典文化，现代文化——总之，一系列对抗关系正在各种类型文化之间形成。从意识形态的角逐、综合国力的全面认识到文化产业的兴起，文化深刻地卷入民族国家的竞争，卷入市场的利润争夺。无论是民族性格特征、时代精神的描述还是地域文化展示、企业文化设计，"适者生存"成了一个衡量文化价值的普适信条。这可以解释，为什么声光化电、坚船利炮无情地打破了儒家文化的大一统意识形态；这也可以解释，为什么指控"吃人"的礼教、批判国民性、倡导革命运动一次又一次地摧毁儒家文化的三纲五常——与其将这一切形容为哗众取宠的文化激进主义表演，不如说是文化对于民族拯救的迫切表态。如今，传统的空间壁垒正在全球化洪流之中分崩离析，文化的全球性交汇再度演变为全球性竞争。强势文化对于不发达民族国家的倾销和包围引起了种种反弹。后殖民理论以及"文化研究"亮出了批判的锋芒，这仅仅是一批人文知识分子的学术动作；更大范围内，强势文化的认同和模拟正在形成声势浩大的时尚。宁静、玄妙的古典文化一去不返；后现代主义的零散、碎片、自由拼贴还是一个理论模型。后革命时代并未修正现代性话语设定的竞争逻辑，儒家文化并未改写竞争失败者的身份。《白鹿原》里的朱先生被现代性话语阻隔于历史之外，无奈地生活在人造神话之中。朱先生不屑于趋炎附势意味的是愤世嫉俗，独善其身；历史不屑于朱先生表明，现在远未到儒家文化东山再起之时。没有人可以否认儒家文化曾经拥有的高度，但是，这不能证明现在。的确，《白鹿原》的叙事竭力为朱先生谋求一个举足轻重的位置，但是，历史叙事无意给予证实。无论存有多少遗憾，到目前为止，这还是一个难以改变的事实。

注释：

①南帆：《姓·性·政治》，《文本生产与意识形态》，第136页，广州，暨南大学出版社，2002年版。

原载《文艺理论研究》2005年第2期

城镇、文人和旧小说

—— 关于贾平凹的《废都》

吴　亮

由一部旧文人小说的最新翻版对今日历史境遇进行的迟到访问——这就是《废都》和围绕着它的一连串话题对我们文化状况的矛盾揭示。在社会尚未开始注视这部小说的时候，有关它的言论已经先期展开，这足以表明我们文化现状充满好奇、急不可耐、粗率从事、夸大其词的疏于深究的诸特征。当人们普遍认为文化正在下滑，对史诗不再抱有希望，写作陷于困境，精神价值完全不被提起的历史隙缝中，突然出现这样一部渗透着旧式颓废感，将窥视镜伸进文人圈层，指涉他们的轶事、丑闻、隐私乃至床帏秘戏；闪烁其词地也是蜻蜓点水式地提及政经背景，用搜集来的人们早已耳熟能详的街头谣辞来替代社会景观的如实描述；过分自恋，沉溺于一己的虚无主义；以狎妓心态对待女人，以神秘的定数论迷雾来消解世间的知识理性从而使旧文化糟粕大行其道；用传统乡村和民间语汇来记述一个20世纪末的"小城故事"，让人们从一面乡土折射镜中去了解一群新时代的旧文人——这种种自命不凡同时又自我封闭的倾向所构成的长篇小说，的确是耐人寻味的。

《废都》当然不是一部城市小说。在那儿我们看不到城市景观。我们只是被通知，故事的发生地点是一个被称为"西京"的古都，而今是一个衰败的、缺乏现代性的"大城镇"，一个几乎被遗忘，对我们时代不构成文化影响力，它的意义正在全面失效的"大城镇"。在小说的第一页，我们依次读到的是这样一些词：贵妃墓、黑陶盆、花籽和花工、孕璜寺和智祥大师、卜卦以及测字。这些语码，已经预示了小说的整个构架和剧情的演进，同时也表明了它的想象力资源——它们分别来自历史传说、民间故事、国学经典、章回小说以及内倾型的私人经验；它们没有一项是关系到现代城市的。不错，它们是"废都"的词，乡镇的词，也是区域性的词，过去的词，旧小说的词。

与此相对应的是《废都》中的人物，没有知识分子，只有坐井观天的旧文人：画家、作家、演员、书法家和文史专家。这些古老的职业，以及由这些古老构成的"西京文化中心"，不仅说明"西京"的文化停滞性，也证实了《废都》的视野完全囿于文人圈层中。而这种视野，导致了《废都》的"非城市化"和"非知识分子化"。只有把城市描述为城镇，只有把知识分子的身份改造成文人身份，《废都》的叙述才能驾轻就熟地展开。

词的落后性质（《废都》中的人名、形容词、物的名词及心态语词都弥散着一种陈旧的趣味）在这儿并非是作为对抗现代文明的乌托邦语汇出现的。相反，它们是封闭文化环境中的自我哲学所决定的。问题不在于这种自我哲学有没有自主权（这是毋庸置疑的），而在于这种自我哲学的落后性质与我们的文化情境有着相当的距离。在这里，距离不具有美学的意义，只具有心理的意义——抵触、褊狭性、故步自封、内陆文化妄想以及"不知有汉无论魏晋"。

由于这种不可克服的距离，视野的褊狭就成了《废都》的显眼病症。它"挪用"了公开的传闻、街谈巷议、剪报消息、流行案例、尽人皆知的谣辞，拼贴成这个城镇的"时代背景"（它无关痛痒地迎合了人们潜在的政经阅读的需求，同时又在对政经一窍不通的批评家那儿赢得赞誉）。但是，这种拼贴式的"挪用"，并没有掩盖《废都》的狭隘视野。"谣辞"的煽情性很快被耗尽（这是一些信息量很低的句子），"忧患"的假象很快被大量浮现的旧文人趣味所冲淡。而这种旧文人的趣味，就集中表现为文人隐私和程式化的床帏秘戏。由窥视和裸露为动力的性描写，在《废都》中构成了重要的阅读单元。

在那些直接展布男女性事的阅读单元中，不管是完整的段落还是故意被搞得残缺不全的行文里，我们既没有看到性关系中的时代的痕迹也没有看到单纯的自然本能，我们看到的只是过去时代的、旧文人的狎妓，它作为一部参与到我们这个时代文化中来的小说的核心叙事，却是一个苍白的历史回声。而且是病态的、游离的、微不足道的历史回声。男性中心、女人作为性附庸、乡村文人眼中的性赞美，所有这些具有性别歧视的倾向，使《废都》的性关系展布显得如此陈腐，成为这部"奇书"中最为畸形的核心部分。

在一切价值关系都在剧烈升降尚未最终定位的时期，出现这样一部陈旧之作是不足为奇的。围绕着《废都》的各种声音，肯定比《废都》本身更有价值：正是这些迥异的声音，揭示了我们的文化矛盾和裂缝。批评当然并不握有真理的钥匙，但是，批评是一条道路，我们必须行走其上，才能免陷文化的泥沼之中。没有一部作品能享有批评的豁免权，尽管它有理由为它的历史权利进行辩护。

1993年8月23日

原载《文艺争鸣》1993年第6期

废墟上的狂欢节

——评《废都》及其他

陈晓明

1993年这个毫无诗意的年份将在中国文学史上留下别开生面的篇章。在这个所谓文明的一片废墟上，文学居然在它的末日行将到来之际迎来了盛大的狂欢节，最精彩的片段当推《废都》。它以惊人的销量迅速覆盖祖国各地的书摊，这是一次对纯粹的阅读欲望的最成功的煽动。来自社会主义各个行业的文字爱好者，贪婪而快速吞噬每一个章节，咀嚼微言大义，在□□里漫步、舞蹈、疯狂扭动。这真是一次阅读的盛会，一个关于阅读的狂欢节。当然，它首先是书写的狂欢节，一种狂欢式的写作。在这一意义上，《废都》确实是一个伟大的文本，一部百科全书式的文化溃败史，一个全景式的后现代的精神现象学空间。贾平凹，这位"纯文学"的最后一位大师，确实功力非凡，《废都》是这样一个多重的、超级的、开放的文本，它可以在任何一个位置上来读解：它可以被看成是一部传统式的经典，一部现实主义式的心理自传，一部现代主义式的精神病史，一部后现代主义式的赝品总谱……如果用利奥塔德的眼光来看，"后现代时代是一个文化稗史的时代"，那么《废都》则是一次对文化稗史进行的一次稗史式的书写。《废都》真是应有尽有：它有这个时代的精神焦虑；有个人的白日梦；有对欲望的革命性放纵；有最古雅的文化活动和最时髦的投机倒把，有对床笫的迷恋和对字画的品味；有吸毒和打油诗；有对古籍的模仿和对现代政治学的愚弄，甚至还有东方特有的□□——一种古典的和解构主义式的符号……《废都》把这些混乱不堪、奇形怪状的东西强制而又巧妙地缝合在一起，制作了我们时代最快乐的文本——后现代式的狂欢节传奇。

一、回归与流放：性欲的神话

贾平凹无疑是新时期以来的重要作家，他长期隐居于西北一隅，却名声在外。三毛的一纸遗言，更使贾平凹身价倍增，作品畅销于海内外。事实上，贾平凹并非不闻世事，只作圣贤文章。只要稍加浏览一下他近十年的作品，不难看出他是个正宗的主流派作家，只不过贾平凹姿态做得好，弄得神秘兮兮。似乎他的那些描写"山野风情"的作品，不食人间烟火、远离现实而别有格调。事实上，贾平凹不过是在保持"寻根"的流风余韵，正是对"寻根"的眷恋，贾平凹一味在中国本土（尤其是商州本土）上下功夫，这不仅决定了贾平凹的美学期待，而且决定了他的意识形态幻想：贾平凹一直没有忘却80年代中期作为历史主体的叙述人的角色，经过一段时期的遮蔽隐匿，他面对着文化主潮（现实）——溃败的文化现状，试图重新确认"自我"（知识分子）的历史位置，于是就有了《废都》。如果在这一意义上来读解《废都》，那未免过于抬高了贾平凹的文化自觉性。不错，贾平凹确实企图完成一次"自我确认"，然而，他不是对我们的文化现实作出客观的、合乎实际的深刻解剖，对知识分子的历史地位给予恰如其分的揭示，相反，贾平凹把这次"自我确认"当成一次重返历史主体的虚假满足，变成一次毫无节制的精神意淫，变成一个自欺欺人的性欲神话。

是否真如传闻所言，这部作品写作的是作者个人的生活秘史，是真实的精神自传，尚无从断言；也许如作者的声明所说："情节全然虚构，……唯有心灵真实……"如果这样的话，主人公庄之蝶身上投射作者的心理幻想乃是理所当然。庄之蝶，这个由"庄生梦蝶"这句古语来命名的大作家，他显然沟通了中国传统文化的命脉，这是有古典士大夫遗风的现代文人。他在文化上的暧昧性（古典的，还是现代的？），给文本超时空的拼贴提供了足够的余地——这是后话。重要的是庄之蝶是个名人，桀骜不驯，不修边幅，有意蓬头垢面，穿双拖鞋，喝酒，题字，玩画，何其潇洒。就连暴发户黄厂长，这个当今最有气势的人物，见到他也是点头哈腰，为求他的一则短文作尽媚态。庄之蝶不仅在文化界呼风唤雨，而且在政坛上占据一席之地，诸如人民代表、政协委员之类，与市长直通热线等等。他的风度、气势、做派以及社会影响，俨然是这个社会至高无上的人物。以庄之蝶为首的四大名人几乎占尽西京城的风光，书法、绘画、歌舞加上文学，四个撮堆就高度概括了西京城的文化风情。这几个文化名人目空一切而无所不能，人们仰着脸瞻仰他们，顶礼膜拜，这就是贾平凹设想的历史位置——期待已久的（知识分子的）自我确认，80年代中期知识分子自我设计的虚幻镜像。

贾平凹当然不仅仅是简单重温那个时期的集体镜像，他的"心灵的真实"来自"自我意识"，来自精神自恋。重温历史的动力学乃是自我夸大的精神病理学，名人欲超越了现实条件，远离知识分子实际的历史状态，80年代的那个巨大的历史主体自我反射的镜像早已破碎，残余的碎片被贾氏拾掇珍藏。与其说个人的白日梦在这里找到了它的历史起源，不如说破损的历史在这里开始了它的衍生行程。然而，这个历史主体重新崛起的神话，其实不过是一个性欲焦虑者的心理补偿。这个叫作庄之蝶的惊天动地的"名人"，在整部作品中我们实际上读不出任何激动人心的光辉业绩，他那显赫的名声除了偶尔被人利用一下，并没有人对此当一回事，那个尊崇他的文学爱好者，却也不过把他题名的书当作废品卖掉。他被搅进一场莫名其妙的官司手足无措，任人摆布，终至于一败涂地。他唯一值得称道的地方是为人捉刀写情书，如此做法看不出任何必要，也与情理相悖，这显然不是一个名人做派。他开书店本想在商海中捞一把，却做了赔本买卖，为学生所骗。当然这个品格高尚的名人也偶尔骗人，乘人之危却也驾轻就熟，收买龚靖元的字，到底是在救他，还是在趁火打劫？说龚靖元就是庄之蝶谋害致死也不为过。庄之蝶最后一败涂地，连市长也对他失去信心——这不过是政治家对知识分子鄙视的暗喻，这个西京城里风云一时的名人无所作为，以至于没落潦倒。事实上，四大名人加上孟云房，没一个活得像样，瞎的瞎、死的死，再不就是流落街头。

重返历史主体位置的梦想终至于破灭，如果说贾平凹是有意识全面书写知识分子的精神颓败史，书写这个时代的文化溃败史，那倒是值得赞赏的伟大举措。然而，这个破败的主体却在破败的文化现实中找到了恰当的支点——女人（性欲）。他一开始就没有打算也不可能打算在社会现实中给予主体以新的历史定位，贾平凹当然不可能如此糊涂，两眼一抹黑到不顾基本的现实状况。现在，这个重新确认的主体，虽然不再是一个文化英雄，但却是个欲望的英雄，他无须在社会现实中，或者说无须通过重建历史表象来确认，而是在一套欲望的话语中复活。那一片乱糟糟的外部文化现实，不过是一种遮蔽物，一种借口。那个主体是否在文化现实中死去或破败，这无关紧要，重要的是他在欲望的倾诉和满足中得以确认。正是在这一水平上的确认，贾平凹既似是而非地讲述了知识分子破败的故事——这个故事使他获得"严肃文学"的合法性和堂而皇之的外表，而且使他可以无所顾忌地倾注全部笔墨去表达对性欲的渴求。性的话语使那些在历史的、文化的水平上的集体镜像的辨认，改变为纯粹的个人化的自我确认，对个人秘史的温习，对个人欲望的神往。正是在这一意义上，那些商业主义操作和商业主义式的叙事笔法才显得顺理成章而无所畏惧。

庄之蝶这个文化名人慑服的唯有女人，在妇人那里他获得充分的肯定，这使他成功地确证了自己的存在。这个性焦虑者（早泄患者）那故作潇洒状的名士风度，其实是性焦灼者恰如其分的外观。现在唐宛儿这个美艳风骚的妇人如期而至，他们一拍即合，这个文化名人迅速成为一个欲望的英雄，到处是他们交媾的场所。庄之蝶把他的那个寻欢的去处称之为"求缺屋"，与其说他在"求缺"，不如说在"补缺"，他的缺失正是性欲，他的姿态一开始就摆在那里，只有女人能填补这个"缺失"。这个填补乃是双重错位的结果：这些女人出身低微，唐宛儿是个与人私奔的妇人，柳月是个保姆，阿灿则是个削价处理品。她们都对文化名人有着奇怪的渴慕之情，她们通过献出身体而从庄之蝶那里夺取文化，正如阿灿在交媾时所说的那样：她不仅是获得身体的满足，更是"整个心灵的满足"。对于庄之蝶来说，他需要的是妇人的身体，他交出"名声"，而获得身体。他是个欲望的焦虑者，而女人则把他误读为文化名人；那些女人不过是文化膜拜者，而庄之蝶则把她们读解为淫妇。贾平凹也许设想运用这个双重误读来获取双重意义：它既肯定了庄之蝶文化名人的主体地位，又顺利完成了性欲话语的表达。实际上，这些女人在文化上对他的肯定是十分可疑的，这些私奔者、保姆和劳动妇女，她们对文化以及对文化名人的渴慕不过是贾平凹的假想和强加。如果说庄之蝶在文化上的意义仅只是由这些妇人来确认，那么这是肯定还是嘲弄？庄之蝶重返历史主体的凤愿是彻底落空了，他不过只是个性欲焦虑者，一个假想的欲望英雄，一个从历史主体位置上跌落到（流放到）性欲沟壑里的纵欲者。他对于我们的文化并没有多少真实的概括意义和批判意向，作为个人欲望化的表达，作为意淫式的写作，庄之蝶的形象也只能扎根于"心灵真实"之中。

这种用女性来确证男性回归自我（性、主体、历史等等）的做法，并非贾平凹首创，张贤亮早在80年代中期就已经滥用过。如果说张贤亮把女人作为个人自我忏悔的依据，由此放大为反省历史主体的现实神话，那么，在贾平凹这里，那种意识形态的冲动已经全然丧失，剩下的是纯粹的交媾。它所遗留的再也不是文字的和心理的意义，而仅仅是一些□□，这不在的（absence）符号引发的是长长的关于性的话语的无穷遐想，它所沟通的乃是古典时代的记忆，关于性的各种本文构筑的文化稗史。

二、复古的妄想症：拼贴文化稗史

《废都》是一种移位式的写作，它为诸多的假象所遮蔽，在每一个插入点上它都似是而非。那些观念、姿态和动机，在写作的推进运动中不断退化、逃避和萎缩，宏伟的所指空间在自行瓦解，只有能指的辩证法倔强挺立。集体的无意识冲动退化为个人的欲望表达，文化英雄蜕变为欲望英雄，女人确证缝合了（颠覆了）这两种角色。然而，观念域（所指域）的确证，在写作的冲动中再次被颠倒。个人的性幻觉，它从"心灵真实"的隐秘世界获取了多少养料呢？这个所谓的"心灵真实"被偷换了，因为心灵根本就没有真实，或许，根本就没有"心灵"，它的翻版不过是几本典籍。正如作者在"后记"中所说的那样：

> 中国的《西厢记》、《红楼梦》，读它的时候，哪里会觉它是作家的杜撰呢？恍惚如所经历，如在梦境。好的文章，圆圆圈圈是一脉山，山不需要雕琢……这种觉悟使我陷于了尴尬，我看不起了我以前的作品，也失却了对世上很多作品的敬畏，虽然清清楚楚这样的文章究竟还是人用笔写出来的，但为什么天下有了这样的文章而我却不能呢？！

对古典文本（text）的渴求构成了写作的原始动机，因而，庄之蝶这个文化破败时代的虚假主体，与其说他的真实欲望为一群文化膜拜者——一群反文化的妇人所补充，不如说为一堆古典文本所填补。庄之蝶，这个早先被阉割了性机能的文化名人，现在找到了他的欲望复活的依据——唐宛儿——这个古典文化记忆保留已久的原型女性（邪恶的、祸水式的），她最标准的母本就是潘金莲。而《废都》当然也就在《金瓶梅》那里找到了模本。那个性低能儿，那个文化不孕者，自从接触了唐宛儿一切都复活了，他甚至令唐宛儿怀孕。这正如贾平凹在古典珍本、野史笔记里不仅找到了写作的源头，而且给出了文化延续的承诺（从此知道"好文章"怎么做了）。

然而，贾平凹在这些古典文本中（提到《红楼梦》《西厢记》）唯独遗忘了（还是有意回避了）《金瓶梅》？事实上，只有《金瓶梅》才是《废都》的母本，贾平凹"心灵真实"的源泉盖出于此。庄之蝶活脱脱是西门庆的化身，只不过披了一层"文化"的外衣。至于那些喝酒行令，又是从《红楼梦》那里兼收并蓄；而"那妇人……"的笔法则与《金瓶梅》及古典话本小说如出一辙。那些□□，不折不扣是《金瓶梅》的照搬，它当然不仅仅是为了躲避检查制度而遗留空缺，也不仅仅行使商业广告的职能，它公然表示了与《金瓶梅》的文化和文本的姻亲关系。然而《废都》到底从中吸取了多少古典文化的精华呢？古典艺术作品永远只能属于那个时代，属于那种文化。《金瓶梅》以及那些野史笔记小说随着那个时代的死亡，徒然留下了一些文化记忆，留下一些文本。正如那些伟大的悲剧事件重复出现则成为喜剧一样，那些被称之为"经典"的文本被重新模仿，也就成为"稗史"。事实上，贾平凹兴趣所在又何尝是那样一种文化气质呢？他站立在现代商业主义的地盘上，翘首远眺，透过那些蛊惑人心的□□，他除了看到更为翔实的交欢场景还能看到什么国粹呢？诱惑着贾平凹的，不过是那些所谓"实录"笔法，所谓房中秘史。在他的注视下，那些经典名作的神韵早已消失得无影无踪，它们徒然剩余一些传说和故事的断简残骸，它们不过是一些文化稗史的堆积和拼凑。文化经典并不是在任何时代对任何个人都具有同样的意义，这取决于这个时代、这些自称文化创作者的人们是否有能力承受这些遗产。没有任何理由认为人们以经典文本为范本，就是在"弘扬"，就是在本民族文化中找到了活的源头。与其说贾平凹在膜拜那些经典珍本，不如说是祈求古典时代的野闻稗史来充实他的写作。

这些经典名作和暗喻着经典文化的符号，不仅给贾平凹讲述的男欢女爱的故事提供原始素材，给那些引人入胜的场景提供句式笔法，而且它们直接构成了那些场合的背景和道具。在寻欢做爱的时刻，那些妇人经常手持《红楼梦》之类的书籍阅读，诸如《浮生六记》《翠潇庵记》《闲情偶寄》之类的古籍读本使唐宛儿获益匪浅。这些女人也自觉跨越时代界限，等同于古典时代的淑女妇人（如董小宛），这到底是这些女人的错觉还是作者的预谋？对于贾平凹来说，这些女人本来就从那些古典读本中脱胎而来，甚至连阿灿都谙熟"所有古典书籍中描写的那些语言"，他们在做爱中"把那些语言说出来"，所有曾在《素女经》中读过的古代人的动作"都试过了"。这是一次奇怪的交媾，一次模仿式的交媾，对古籍的模仿成为交媾的动力和快乐的源泉，正如他的写作，他对这些交媾场面的描写，乃是那些古典文本的任意拼贴。他试图表现一个文化破落者向欲望英雄的转变，然而，他的欲望也是不真实的，不过是对古籍读本的温习和模仿，不过是野史笔记的勉强拼贴，不过是复古的妄想症。

对古籍的崇拜也并非贾平凹潜心修炼而有所悟，事实上，这不过是投合了近年来文坛学界的时尚而已。1989年以来，中国学界似乎形成一股势力，那就是崇尚国学，标榜"中国人只能做中国之学问"。作为一时学风，本无可非议，然个中情理却大有暧昧。有的确实献身于学术，经过80年代的风潮跌落而恪守学术之纯粹，以国学为正路，其志可嘉。然而多数人则是看风使舵，借用权威意识形态倡导"弘扬传统"之类的招牌，整理国故，搜集古董，摆出学富五车、博览古今的架势，装神弄鬼，表面上对"国学大师"顶礼膜拜，骨子里却是投机取巧、逢迎投合。更有雄心者，似乎从此就能代表中国与世界对话，那肩上扛的一堆古籍是唬洋人的，还是向洋人兜售？其实对话、抗衡是假，招徕发达资本主义买主才是真。那些兜售字画的、作流浪状的、卖艺的、拍电影的……已经做足了"东方神秘主义"的媚态，莫测高深的"国学"当然还得慢慢来，待价而沽。显然，贾平凹深谙个中道理，在《废都》中，不仅那些交欢场面浸透着"传统"味道，而且随处可见算命打卦、烧香念佛、研读《易经》、揣摩"神数"，弄得东方文化玄机四伏、妙不可言。对于我们这些生长于这种文化中的人们来说，觉得不伦不类，然而对于发达资本主义国家和地区的看客来说，这却是"东方神韵"的佐证。

贾平凹数年前就以"山野风情"——西北的地缘文化特征而别具一格、引人注目，不仅在国内文坛独树一帜，而且在国际文坛小试锋芒。1992年作家出版社出版了他的自选集，扉页上的简历写有："长篇小说《浮躁》曾获第八届美国美孚飞马文学奖，……十部作品先后被改编成电影、电视及舞台剧上演。在海外被翻译出版的有英、法、日、德及港台繁体字等多种文本。"那点地缘文化就弄得港台和老外晕头转向，自以为碰到中国文化的传人了。这回干脆要

九十年代长篇小说研究资料

把那点"山野风情"放大为古国文明的文采风骚，得中国文化之全部精粹，足以让发达资本主义国家和地区的买主和看客喝彩叫好。

要诱惑第一世界，当然不仅仅依靠古旧的"东方神秘主义"，涂抹上一些政治色彩乃是必不可少的。《废都》里不时穿插一些收破烂老头唱的民谣、口头禅，显然不是对古籍的简单模仿和直接糅合进当时的风土民情。讽喻政治，似乎使这个关于男欢女爱的模仿古籍的故事具有了当代性的意义，并且拥有了政治上的挑战姿态。甚至连那些诱惑人心的商业广告□□，也不单纯是对古籍的抄袭，它同时具有政治上的迷惑性，它是对现行的检查制度进行的一次根本不存在的抗议的符号。作为这一意义上的象征符号，混合那些似是而非的民谣，给第三世界文化的"东方神秘主义"打上了政治标记。正是由政治／写作／文化构成的三边关系，使《废都》成了纯粹的第三世界话语。作为一次对发达资本主义文化霸权的下意识认同，《废都》并不仅仅是拼贴了古代的文化稗史，它同时是当代文化稗史的拼贴，一种纯粹的、不折不扣的后殖民主义话语。《废都》正是以这种独特的写作姿态，完成了一次文化和政治的弥天大谎。《废都》如果能使发达资本主义国家（和地区）的看客上当受骗，也扛回来一个"金熊""银熊"之类的奖状，那也不失为一次杰出的文化报复。

三、无可挽救的颓败与狂欢时代的来临

80年代中国文化（和文学）历经的变化是如此巨大，以至于我们只要稍加浏览一下这一历史行程，就感到触目惊心。70年代末至80年代初，当代中国文学充当思想解放运动的马前卒，反省"文革"，审视伤痕，塑造惊天动地的改革者的形象。在"人道主义"和"人性论"的纲领下，人们开始寻找个人的感情生活。那时人们谈论起爱情来尚且犹抱琵琶、秀色可餐。张洁的《爱，是不能忘记的》，写得朦朦胧胧、铭心刻骨而虚无缥缈，却如同匕首投枪扔进道德领域。数年之后，张洁写下《方舟》，那种优雅美丽的爱恋，已经变成几个怪戾女人的性苦闷。尽管如此，它依然可以在"人性解放"的纲领下来读解。80年代中期，张承志的《北方的河》令一代青年倾倒，那种奋斗意志夹杂着至高无上的"爱情"，成为一个时代的生活教义。几乎是在同时或随后不久，张贤亮以描写在一片芦苇丛中窥视一个赤裸的女人而越过禁区。一个男性的性能力

的丧失到复归的故事，尽管被注入了过多的历史理性思考，也依然没有使这部作品改变它成为一代青年的性知识导读手册的命运。解放了的人们已经不再需要进行启蒙主义教育，对于这个时代的革命性巨变，文学企图跟上它都显得力不从心，人们有了自己的想法、趣味和游戏规则。

80年代中期，"现代派"和"寻根派"耗尽了文学构筑意识形态的热情和想象力。当民众不再从文学那里获取生活教义时，文学的衰落命运也就注定了。80年代后期，是民众与文学（知识分子）互相遗弃的年代。这个时期有一批青年作家步入文坛，他们几乎是怀着愤懑去进行一次形式主义革命的。他们拥有了自己的文学话语，同时也使这个时代的文学话语成为文学的话语——这是一种拒绝的话语，一种自我祈祷的话语，文学在拒绝大众和逃避社会的时刻，获得了它从未有过的纯粹本质。蛰居于象牙塔内的纯文学当然无力（也不屑）去构筑时代的意识形态，事实上，这个时期社会的中心化价值体系正趋于解体，旧有的信念体系正面临"合法化危机"，而新的价值准则却还远未形成。文学如果不是在形式主义的栈道上匍匐前行，那就得去咀嚼生活现实中那些最简单的事项和粗浅无聊的快乐——八九十年代之交的文学正是在这两个方面切中了时代的命脉。

谁还能指望这个时期的文学写作者去充当历史主体呢？个人化的写作又如何会有重筑集体乌托邦的冲动呢？时代的共同想象关系解体之后，笼罩于我们生活之中的那层温情脉脉的面纱也消失得无影无踪，我们的生活露出了它全部的粗陋事实和狰狞面目。毫不奇怪，80年代后期以来，我们的文学——处在我们文化前列而保持历史敏感性的文学和那些随波逐流、取悦于大众的文学一样，不再讲述温馨美丽的爱情故事。池莉的宣言是"不谈爱情"，王朔的准则是"过把瘾就死"，孙甘露在"请女人猜谜"，余华认定"难逃劫数"，刘震云则在"一地鸡毛"里寻求快慰……这就是我们时代最精彩的文学景观，它恰如其分地道出文化溃败时代人们的生存态度和内心感受。于是，在"爱情"破败之后，性却极其凶狠地从生活的底层暴露出来。并不仅仅是那些媚俗的通俗读物以拙劣的笔法赤裸裸地刻画那些刺激性的场面，就是纯文学，那些精心雕琢的笔法也从容不迫、兴致勃勃地描述一些似是而非的性爱故事。在爱情的浪漫情调和理想主义色彩褪去之后，"性"在纯文学的叙事中仅仅被当作某种生活的原材料，当作人们返回生活的纯粹状态的必要通道，甚至当成生活绝对破损的证据。

　　"性"被如此醒目地置放于文明解体的祭坛上，成为这个时代的文化宗教，它预示着个人的感性需求和快乐原则占据了优先地位。也许如福柯在《性史》中所说的那样："在我们迫切要从压抑的角度来谈论性的焦灼背后，无疑有一种支柱，那便是我们有这样的机会能无拘无束地出口反对现存的种种权力，说出真理，预言极乐，将启蒙、解放与多重的快感联系在一起，创出一种新的话语，将求知的热情、改变法规的决心和对现世快乐的欲望紧密结合起来。这也许不仅能解释对性压抑所说出的东西何以具有市场价值，而且能说明仅仅侧耳倾听一下这些志在清除压抑影响的人们说了什么何以也具有市场价值。"也许在我们这种文化中，"性"承载着过多的象征意义，也许像福柯理解的那样，"性"经常是政治的转喻形式。如果说在人们最初向"性"禁忌发起挑战时可能是那样的话，那么，解放的人们早已无所顾忌，也无所希冀，"性"已经露出它纯粹的面目，它只与感性原则和快乐原则相联系。对于一个丧失了"中心化"价值体系的文化来说，"性"的象征意义已经所剩无几。在我们这个谎言泛滥的时代，"性"的话语也许是唯一真实的话语，它经常是那些谎言的终极所指，它甚至是我们这个时代最高的美学原则。人们似乎已经发疯，他们潮水般涌进歌厅舞厅，他们在街头书摊前流连忘返，他们反复咀嚼电线杆上那些杂乱字句的暧昧含义，他们对南方的城市心驰神往——当然不仅仅是在脱贫致富的意义上。我们的传媒把那些号称"东方风情"的女性打扮成十足的商业性感女郎；那些歌唱爱情的"纯真少女"总是以轻装上阵而博取喝彩；娱乐文化同时创造出高仓健式的勇猛男性和郭富城式的纯情少年以满足不同女性群落的口味……性感和性幻想已经渗透到大众文化的每个细胞中去，并且以各种暧昧的形式（形象）给予这个时代幸福的承诺。

　　从意识形态高空跌落到生活"原生态"低谷和形式主义险境中的纯文学，还试图以"性"作为尖锐的长矛来抵御生活危机，它终于发现手中操持的是过时的武器。人们根本就不压抑，生活这架风车旋转得十分欢快，它的轴心就是欲望。退到生活最后区域的"纯文学"还有什么作为呢？这是一次无可救药的殊途同归，纯文学当作文明颓败之终极症结的"性"，大众把它作为新生活快乐的起点，这个文明的尽头却预示了远大的前景。当生活的最根本内容被简化为"性"时，这种生活及其写作所表征的文化也无法摆脱它颓败的命运。这也是个绝妙的转折和理所当然的延续，不再甘心寂寞地蛰居于象牙塔内的"纯文学"，从这里找到与大众趣味相通的接合部，填平鸿沟、越过界线、媚俗、取悦大众、同流合污，甚至更彻底地到中流击水——纯文学在当今时代不是绝望地被大众拖着走，就是无耻地领着大众走，它当然选择了更加悲壮的后者。实际上，从"爱情"演化到"性"，不过是一个表征，尽管其中隐含着非常尖锐的、富有挑战性的历史意识。然而，作为一种文学，一种文化的致思趋向和美学格调，则表明这种文化离自暴自弃已经为期不远。

　　1992年到1993年，种种迹象都表明当代中国文学已经完成了它的历史转型，再也没有几个人死抱住所谓"纯文学"观念而负隅顽抗。"现代性"的焦虑和偏执；随着几个诗人的象征性死亡，已经耗尽了它的最后一点真实含义。后现代主义式的狂欢态度正在广泛为各种文学写作者、推销商和庞大的阅读群体所采纳。"暴露癖"与"窥视癖"终于使写作者与阅读者共享欢乐，"性"成为"填平鸿沟"的临时通道。事实上，《废都》是一次拙劣的总结，又是一次伟大神启。连我们时代"最后一位大师"都无力修复"纯文学"（美文）的历史，它最终不得不变成对古籍、禁书、淫书的拼贴，那么，"纯文学"的破败确实是无可挽回了。一个虔诚的文化守灵人，却又不得不高唱纵欲者之歌，以此来祭奠经典文化的死亡和招徕街头书摊的匆匆过客——这本身就是一幅令人触目惊心的末日景观。仅此而言，贾平凹虽然不值得称道，却无疑令人肃然起敬。

　　也许"末日""破败"这种说法现代性的意味过于浓重，其实失败的不过是"精英文化"或"高雅文化"，破败的也不过是古典性的"纯文学"梦想。这个时代的文化还在旺盛生长，成批量制作，疯狂地传播，依然——甚至更加贪婪地被人们阅读。我们处在一个文化大规模扩张的时代，这是文化工业的胜利。固执精英主义的文化立场不合时宜，而且注定了要失望。人们生活得很快活：他们嚼口香糖、戴博士伦、穿超短裙、他们与KTV包厢融为一体；他们看连续剧，办出国护照，或者逛跳蚤市场；他们读《废都》或《白鹿原》……文化的边界被拓宽了，界限也被抹平了，文学已经变成大型娱乐场的一辆碰碰车或者电子游戏机，快乐比思想更实惠，也就变得更重要。马尔库塞当年不就呼唤过"感性解放"吗？这个"解放"的革命前景可能会令他本人脸红，但是人们确实都很快乐。在这个意义上，苛责《废都》显然是多余的。

当代中国文化已经迎来了它的狂欢时代，每个人都不由自主地被卷入这场声势浩大的狂欢节。正如巴赫金所言："狂欢式的生活，是脱离了常轨的生活，在某种程度上是'翻了个的生活'，是'反面的生活'。"我们已经无法在常规的意义上固执文学很久以来抱有的梦想，"纯文学"和"严肃文学"已经是昨天的事情，它只具有符号和招牌的功能，像一只娇媚的羊头，挂在狂欢节的入口处。而杀死"纯文学"这个俄狄浦斯式的父亲，正是当今的文学写作者在这个狂欢节上表演的拿手好戏，贾平凹不过以他尤为麻利的刀法而令人不堪忍受罢了。

原载《天津社会科学》1994年第2期

"人"与"鬼"的纠葛

——《废都》与八十年代"人的文学"

　　如果我们为"八十年代文学"的"终结"寻找一个标志性的"文学事件"，《废都》及其引发的争论或许是最为重要的参照。《废都》这一"转型期"的代表文本，与当时的知识界构成了颇为复杂的对峙与紧张关系。如研究者指出的，"《废都》的销量如此之大，影响如此之广，引发的争论如此之剧，这可能是上个世纪末最大的文学事件。"[①]对《废都》的批判与围剿，某种程度上，堪称八十年代文学成规的最后一战。此役之后，"共识"渐次瓦解，知识界迎来了大分流的历史宿命。

　　正是在这个意义上，本文试图回到"八十年代文学"终结的历史现场，细读《废都》及其引发的争论，反顾八十年代文学的前世今生。笔者尝试追问的是，《废都》与八十年代文学传统是一种怎样的关系？就对《废都》的批判而言，八十年代文学预设下了怎样的"成规"？其所揭示的在"八十年代"形成的"宰制"知识分子共同体的"共识"是什么？正如程光炜所说，"《废都》酷评"是当代文学史中的一桩"公案"。在八十年代文学的狂飙突进与人文精神大讨论的焦虑之间，围绕着《废都》的各种声音，或许比《废都》本身更有价值。[②]

一、百鬼狰狞

　　如研究者所指出的，"废都"是一个"鬼魅横行的舞台"[③]。小说由反常的天象写起，盛夏的"西京"，拥堵混乱的街头，行人忽而发现自己的影子不见了，天上现出四个太阳：

> 人们全举了头往天上看，天上果然出现了四个太阳。四个太阳大小
> 一般，分不清了新旧雌雄，是聚在一起的，组成个丁字形。过去的经验
> 里，天上是有过月亏和日蚀的，但同时有四个太阳却没有遇过，以为是眼
> 睛看错了；再往天上看，那太阳就不再发红，是白的，白得像电焊光一样
> 的白，白得还像什么？什么就也看不见了，完全的黑暗人是看不见了什么
> 的，完全的光明人竟也是看不见了什么吗？④

小说就在这样大乱将至的烦躁不安中开始叙述，作为主人公，西京四大名
人之首、大作家庄之蝶的生活笼罩着深深的鬼气。他的岳母习惯睡在棺材里，
"尽说活活死死的人话鬼语"，有着"人一老，阴间阳间就通了"的本领，能
够和周遭"鬼的世界"交流。在老人的眼中，"废都"似乎显露了它的真相，
某种程度上，"废都"是一座"鬼城"：

> 柳月说："现在街上有什么人？是鬼看的？！"
> 老太太却说："是鬼，满城的鬼倒比满城的人多！这人死了变鬼，
> 鬼却总不死，一个挤一个地扎堆儿。"⑤

颇具象征意味的，小说开端，"呜呜如夜风临窗、古墓鬼哭的埙声"，深
深吸引了庄之蝶。作者进一步暗示，庄之蝶喜欢的是"哀乐"：

> 庄之蝶参观过许多葬礼场面，但今天的乐响十分令他感动，觉得是
> 那么深沉舒缓，声声入耳，随着血液流遍周身关关节节，又驱散了关关节
> 节里疲倦烦闷之气而变成呵地一声长吁。他问店主："这吹奏的是一支什
> 么曲子？"店主说："这是从秦腔哭音慢板的曲牌中改编的哀乐。"⑥

"鬼气"直抵庄之蝶的内心深处。毕竟，对于所面对的生活，庄之蝶无
法克服内在的苦闷与颓废，"感到自己活得太累，太窝囊，甚至很卑鄙了"。
然而，庄之蝶不同于"魏连殳"式的"孤独者"，或是"罗亭"式的"多余

人"，他在这座"鬼城"里，熟稔地逢迎着鬼魅的伎俩。如当时的评论者分析的："庄之蝶在'名士风度'的幌子下，也会为了金钱答应给卖假农药的黄厂长写东西，也可以为了古董字画百般逼迫龚小乙，还可以假借挽救龚靖元的冠冕堂皇的理由而巧取豪夺，并实际上成为置龚靖元于死地的凶手；为了高攀市长，他可以不假思索地将柳月许给市长的跛足儿子而在柳月和柳月的原情人赵京五面前，又换另一种说法，虚伪地两面讨好，八面玲珑。"⑦庄之蝶逼死龚靖元的一幕，尤其暴露了他的狠毒与虚伪：

> 庄之蝶说："赵京五你都是好脑壳，怎么这事不开窍？龚小乙是败家子，我哪里能借他这么多钱？咱为开脱这么大的事，争取到罚款费了多大的神，也是对得起龚靖元的。既然龚小乙烟瘾那么大，最后还不是要把他爹的字全偷出去换了烟抽，倒不如咱收买龚靖元的字。"⑧

深谙世故的孟云房们，不会不明白这对龚靖元意味着什么。然而，他们一副浑然不觉的样子，拍手称赞着庄之蝶主意高明：

> 赵京五和孟云房听了，拍手叫道："这真是好办法，既救了龚靖元，又不让他的字外流。说不定将来龚靖元家存的字画没有了，龚小乙也就把烟戒了。"⑨

毫不意外，龚靖元因此精神失常，自杀身亡⑩。西京的其他名流，也没有一个得以善终：孟云房练气功瞎了一只眼睛，魔怔般地以为儿子是气功大师，一起远走新疆；阮知非被抢劫犯刺瞎了眼睛，换了一双"滴溜溜地闪着黑光"的狗眼；汪希眠伪造字画，面临牢狱之灾。庄之蝶百般腾挪，难逃同类的命运——和景雪荫的官司最终以败诉告终，牛月清提出离婚，经历了唐宛儿、柳月、阿灿的性爱，依然无处安放他破碎了的灵魂。

诚如当时的评论家所分析的，整部小说密布着"古寺重建、天书自观、鬼神仙佛、谶纬宿命、气功巫医……"⑪，展示了一副鬼气弥漫的社会画卷："毒不死人的农药，名作家的风月官司，庸市长的政绩努力，危墙塌死了顺子娘，王主任强奸了设计员，清虚庵监院打了胎，潼关工人性虐待老婆，还有与主人性交的小保姆，吸大烟的败家子，神道道的文史馆研究员。"⑫如研究者的概括，"这是一部'关于城市的小说'，但全书充满了陵墓的气息"⑬。

不难发现，百鬼狰狞的《废都》，与"八十年代"所塑造的美学风尚有巨大的差异。在寻思人文精神的话语场域里，《废都》一度被视为基于文化市场、"百万稿费"的怪胎，甚或是抄袭《红楼梦》《金瓶梅》的"装神弄鬼"之作。然而，某种程度上，《废都》的"鬼魅叙事"，恰恰是八十年代文学传统合乎逻辑的伸延。在余华、莫言这一时期前后的作品里，锋刃抵骨，血气淋漓，混沌中一样人鬼难辨。诚如研究者的疑问："残雪及韩少功早期即擅处理幽深暧昧的人生情境，其他如苏童、莫言、贾平凹、林白、王安忆及余华，也都曾搬神弄鬼。新中国的土地自诩无神也无鬼，何以魑魅魍魉总是挥之不去？当代作家热衷写作灵异事件，其实引人深思。"⑭

"鬼魅叙事"一个重要的向度，就是对抗、消解"社会主义现实主义"的叙述成规，以及其所推重的正气、崇高、雄浑的革命美学。正如贾平凹的夫子自道："二十多年来，我认为主要是思维变化，当然现在文学思维还没有彻底变过来。现在出版者、写作者、读者、文学管理者，对文学的观念变化得各种各样，最基本的还是五六十年代的看法：时代的镜子呀、社会的记录员呀、人民的代言人呀、文学的几大要素呀、典型环境中的典型性格呀，这种对文学的看法，形成集体无意识的东西。这二十年来基本上是在改变这一方面做的斗争特别大。"⑮作为新时期的"贯穿性的人物"，贾平凹看得清楚，"新时期文学"念兹在兹的，尤论是"文明与愚昧的冲突"，或是"启蒙与救亡的双重变奏"，始终是在二元对立的格局中，指认"社会主义现实主义"及其联系的一系列阴暗的历史记忆为假想敌。

一般来说，"鬼魅叙事"与八十年代知识界的规划是契合的，至少是亲密的"同路人"。在宽泛的意义上，我们能列出纠葛于这一概念的近似的能指："寻根文学""现代派""先锋派"等等——就八十年代获得相对自足性的知识场域而言，"现代"始终像一个巨大的航标，牵引着知识界"走向未来"。然而，作为契合的"前提"，知识界有意无意地忽视了作为现代派的"鬼魅叙事"所包含的"反现代性"的面向。诚如研究者指出的，八十年代特定的理解"现代"的方式，是在"现代派"与"现代化"之间建立直接的关联。在八十年代的语境里，"这种'悲观'、'玩世不恭'、'颓废'和'荒诞感'，在一些作品那里，被纳入'人'与'非人'的启蒙主义叙述结构当中，作为控诉当代政治暴力的一种手段，比如宗璞的《我是谁》和王蒙的《蝴蝶》。而在《你别无选择》和《无主题变奏》中，'颓废'的表达被纳入'秩序'与'反秩序'的结构，成就一个有关'主体'反叛或皈依的故事。一方面，小说的主人公尖刻地嘲笑着启蒙主义的观念和价值，而另一方面他们通过这种'嘲笑'和'叛逆'使自己成为一个'反文化英雄'。可以说，恰恰是'现代派'的'反现代性'的呈现，使其表达出一种与新启蒙主义构成张力但又被其包容的声音"⑯。

　　并不意外，近乎误会的蜜月难以持久。随着"八十年代"以悲剧性的方式终结，历史语境发生了剧烈的变化，"现代化"的叙事与想象，逐步丧失"包容"内部"杂音"的力量，二者的"张力"渐次绷紧。《废都》在这样一个敏感的历史时刻，大张旗鼓地讲述了"知识分子之死"，淘空了这一知识谱系的政治性⑰。悲凉之雾，遍被华林，刚刚经历沉重打击的知识界，能否在压抑与愤懑中，接受一份颇富象征意味的"知识分子"的房中秘史？

二、知识分子之死

　　诚如研究者对贾平凹的分析："平心而论，他确实抓住时代潮流，九十年代初的问题就是知识分子问题，这是一九八九年的历史后遗症。"⑱《废都》之所以激起知识分子的暴怒，某种程度上，在于它在这样一个过于敏感的历史时刻，讲述了"知识分子之死"。我们熟悉的八十年代知识分子的形象，接近于萨义德所谓的"为正义、公理、自由而奋斗"的"文化英雄"；但是，《废都》撕裂了这一层温情甚或悲情的想象，如评论者指出的："小说主人公是一个作家，一个中国社会的'知识分子'。然而，他跟五四以来所谓的启蒙者、人民的良心和'灵魂的工程师'的知识分子相距甚远。"⑲或可以说，在八九十年代的社会转型中，《废都》近乎"刻薄"地叙述了"知识分子"从"巨人"到"病人"的转变。

　　细心的读者自会发现，小说的叙事时间从闷热难耐的盛夏开始，于萧索荒凉的秋天结束。⑳在万物骚动的季节里，庄之蝶反讽式地以"病人"的形象登场，面临着内在的焦虑——他在妻子牛月清面前，几乎丧失了男性的性能力，被迫服用王婆婆的密药甚或从亲戚家领养一个孩子。在景雪荫那桩名誉官司的表层线索下，庄之蝶沾惹起鬼气森森的风月孽债的自我救赎，构成了小说真正的线索。

对庄之蝶而言，唐宛儿提供了焦虑已久的救赎的可能。庄之蝶与唐宛儿发生第一次性关系的场景，酷似一场"复活"的仪式：

> 妇人说："你真行的！"庄之蝶说："我行吗？！"妇人说："我真还没有这么舒服过的，你玩女人玩得真好！"庄之蝶好不自豪，却认真地说："除过牛月清，你可是我第一个接触的女人，今天简直有些奇怪了，我从没有这么能行过。真的，我和牛月清在一块总是早泄。我只说我完了，不是男人家了呢。"唐宛儿说："男人家没有不行的，要不行，那都是女人家的事。"庄之蝶听了，忍不住又扑过去，他抱住了妇人，突然头埋在她的怀里哭了，说道："我谢谢你，唐宛儿，今生今世我是不会忘记你了！"㉑

"性"既然不是单纯的肉体之欢，而是重新确立"主体"的仪式，那么并不意外，作为"客体"的女性难以奢求性关系中的平等，势必沦落到被狎玩的地位。甚至于，这种"狎玩"越是将女性不断下压到"物化"的地步，越有助于主体病态的满足。恕冒犯读者，在这里笔者将引用两段不堪的性描写予以说明，比如庄之蝶对"脚"的迷恋：

> 看那脚时，见小巧玲珑，跗高得几乎和小腿没有过渡，脚心便十分空虚，能放下一枚杏子，而嫩得如一节一节笋尖的趾头，大脚趾老长，后边依次短下来，小脚趾还一张一合地动。庄之蝶从未见过这么美的脚，差不多要长啸了！㉒

尤为不堪的，是庄之蝶轻浮的文人做派。所谓"无忧堂"，倒也清楚点名了"性"的象征性：

> 末了，一揭裙子，竟要在妇人腿根写字，妇人也不理他，任他写

了，只在上边拿了镜子用粉饼抹脸。待庄之蝶写毕，妇人低头去看了，见上边果真写了字，念出了声：无忧堂。㉓

饶有意味的是，庄之蝶身边的女人们，不仅甘于供其狎玩，而且无比仰慕庄之蝶的"四大名人"的身份。一个近乎隐喻的细节是，庄之蝶结识唐宛儿后，先后送了两件礼物：鞋与镜。如果说"鞋"意味着一系列狎玩的程式的话，那么"双鹤衔绶鸳鸯铭带纹铜镜"近乎一面引导着女性文化想象的魔镜，唐宛儿等女性迷失在重重镜像之中㉔。就此我们似可理解，为什么《废都》的"性"有一股古怪的"文化"气氛，"妇人"们常常沉浸在"我在屋子里听下雪的声音，庄之蝶踏着雪在院墙外等我"等烂俗的意境里，按着董小宛的样子想象自己，动辄征引"所有古典书籍中描写的那些语言"，等等。作者甚至为唐宛儿开列了一张与"作家"做爱的"必读书目"：

> 书是一本叫《古典美文丛书》，里边收辑了沈三白的《浮生六记》和冒辟疆写他与董小宛的《翠潇庵记》。还有的一部分是李渔的《闲情偶寄》中关于女人的片断。㉕

正是基于"作家"或"名人"的文化想象，庄之蝶在唐宛儿、柳月、阿灿等心中有惊人的魅力：

> 阿灿却又扑起来搂了他躺下，说："我不后悔，我哪里就后悔了？我太激动，我要谢你的，真的我该怎么感谢你呢？你让我满足了，不光是身体满足，我整个心灵也满足了。你是不知道我多么悲观、灰心，我只说我这一辈子就这样完了，而你这么喜欢我，我不求你什么，不求要你钱，不求你办事，有你这么一个名人能喜欢我，我活着的自信心就又产生了！"㉖

"狎玩"与"仰慕"的缠绕，引向了文本的秘密：知识分子的身份与想象，成为"性"的支点与动力。唐宛儿比较三个男人的内心独白倒是说得清楚，对理解《废都》颇为关键：

在以往的经验里，妇人第一个男人是个工人，那是他强行着把她压倒在床上，压倒了，她也从此嫁了他。婚后的日子，她是他的地，他是她的犁，他愿意什么时候来耕地就得让他耕，黑灯瞎火地爬上来，她是连感觉都还没来得及感觉。他却事情毕了。和周敏在一起，当然有着与第一个男人没有的快活，但周敏毕竟是小县城的角儿，哪里又比得了西京城里的大名人。尤其庄之蝶先是羞羞怯怯的样子，而一旦入港，又那么百般的抚爱和柔情，繁多的花样和手段，她才知道了什么是城乡差别，什么是有知识和没知识的差别，什么是真正的男人和女人了！[27]

近乎戏谑地"有知识和没知识的差别"甚或"城乡差别"[28]，暴露出《废都》中"性"与"知识分子"融会贯通的真相。正如当时的评论家的看法，"性"在《废都》中是一个转喻，庄之蝶的"自我确认"的过程，某种程度上象征着"知识分子"在社会转型期渴望重返历史主体的虚假满足："与其说个人的白日梦在这里找到了它的历史起源，不如说，破损的历史在这里开始了它的衍生过程。然而，一个历史主体重新崛起的神话，其实不过是一个性欲焦虑者的心理补偿。"[29]在这个意义上，如研究者指出的："废都的确是一本显示了九十年代文化的特色的小说。它最好地表现了知识分子在文化话语中地位的沦落以及对这种沦落的极度的恐惧。"[30]

既然"性"作为知识分子重建历史主体的转喻，从"行"再次回落到"不行"，预示着知识分子最后的失败。庄之蝶与唐宛儿的关系被牛月清发现，两个人在苦楚中借着柳月婚礼的机会最后一次约会，近乎报复，唐宛儿选在庄之蝶与牛月清的卧室里。然而，"家"似乎不是一个合适的地点，庄之蝶的"老毛病"犯了：

□□□□□□（作者删去六百六十六字）但是，怎么也没有成功。庄之蝶垂头丧气地坐起来，听客厅的摆钟嗒嗒嗒地是那么响，他说："不行的，宛儿，是我的老毛病又犯了吗？"妇人说："这怎么会呢？你要吸一支烟吗？"庄之蝶摇着头，说："不行的，宛儿，我对不起你……时间不早了，咱们能出去静静吗？我会行的，我能让你满足，等出去静静了，

中国当代文学史资料丛书

咱们到'求缺屋'去，只要你愿意。在那儿一下午一夜都行的！"③

作为日常生活与秩序的象征，"家"对知识分子虚弱的意淫而言，代表着无比坚硬的现实世界。诸神归位的后新时期，仓皇失措的知识分子，在徐徐展开的庸常生活面前早已脆弱不堪。"性"的象征性的征服之旅逼近"现实世界"的时刻，势必面临着被粉碎的命运。并不意外，小说的结尾重启了我们熟悉的模式：庄之蝶离家出走。然而，如果说巴金的"家"意味着封建制度与腐朽的历史，别处的生活是"现代性"的美丽新世界；《废都》的"家"则是窒息的日常生活与现实秩序，"历史"已然终结为无限的创痛，往昔"我以我血荐轩辕"的激情与抱负，换来的是"现代性"以知识分子瞠目结舌的方式展开。世纪末的重复，不再是青年五四的悲情大戏，而是知识分子人到中年的仓皇出逃，暮色里牛皮大鼓神秘自鸣，为另外一个自己鸣咽送葬③。充满象征色彩的，庄之蝶在"车站"溃然倒下，知识分子以"中风"的方式谢幕：

> 周敏就帮着扛了皮箱，让庄之蝶在一条长椅上坐了，说是买饮料去，就挤进了大厅的货场去了。等周敏过来。庄之蝶却脸上遮着半张小报睡在长椅上。周敏说："你喝一瓶吧。"庄之蝶没有动。把那半张报纸揭开，庄之蝶双手抱着周敏装有埙罐的小背包，却双目翻白，嘴歪在一边了。
>
> 候车室门外，拉着铁轱辘架子车的老头正站在那以千百盆花草组装的一个大熊猫下，在喊；"破烂喽——！破烂喽——！承包破烂——喽！"③

基于此，堪称"心灵的真实"的《废都》，在"八十年代"的终点，第一次讲述了"知识分子之死"。如果说，贾平凹以挽歌或史诗的方式，按照知识界的自我期许，讲述一个忧伤的普罗米修斯之死的故事，《废都》或许将是别样的遭遇。然而，诚如贾平凹在若干年后所追述的，"《废都》没有顺从和迎合，它有些出格，也就无法避免灾难"③。当时评论家的看法，直接揭示了双方的抵牾，"重返历史主体位置的梦想终至于破灭，如果说贾平凹是有意全面书写知识分子的精神颓败史，书写这个时代的文化溃败史，那倒是值得赞赏的伟大举措。然而，这个破败的主体却在破败的现实中找到了恰当的支点——性欲（女人）"㉟。重建历史主体的努力，是通过女性来实现且失败的；主体的自我迷恋表现为阳具的迷恋，形而上的"再造中国"的理想与悲情，化约成男性性能力的"行"与"不行"——这对知识界无疑是一个巨大的反讽与冒犯，甚或是向"文化市场"献媚的更为严重的亵渎与背叛㊱。"八十年代"可以接受"失败"的知识分子，无法接受"堕落"的文人，一场天怒人怨的大批判，已然可以预见。

三、"人的文学"

《废都》的出版及其激起的强烈的反响与批评，成为一九九三年令人瞩目的文学事件。"中国当代文学史中事件频仍，但只有《废都》是文学界自发性的事件，其他的力量不过推波助澜而已。"㊲经历八十、九十年代的巨变，失语中的知识界，某种程度上因为对《废都》的共同批判，完成在九十年代的集结与再次出发。

对《废都》的批判，基本上是我们熟知的"道德"批判，集中在《废都》的"性描写"以及向"文化市场"献媚㊳，多维主编、撰稿人以北京大学中文系文学博士、硕士为主的《〈废都〉滋味》堪为代表。试翻开评论集的目录，标题已经说得极为直接：

> "湿漉漉的世纪末"、"真'解放'一回给你们看看"、"除了脱裤子无险可冒"、"看哪，其实，他什么也没穿"、"女人果真纷纷上床？"、"认钱不认'文'，笑贫不笑娼"、"搔搔读者的痒痒肉"……

在序言里，李书磊认为《废都》"压根就没有了灵魂"：

> 文人们陷入了一种可耻的麻木之中，鲁迅所代表的现代文人的人格成就已经忘却：既没有那种体现社会责任感的呐喊，也没有那种体现个人丰富性的彷徨。文人们的情感、意象和语言已经失去了对人们的感召力和感染力，只能在没光荣的、小市民的市场上卖个好价钱。《废都》及其

作者的状态使我们如此强烈地印证了这一切认识。[39]

多年之后，撰稿人之一的陈晓明对当年的批判有了不同的看法，"整个九十年代上半期，人们对贾平凹的兴趣和攻击都有一定程度的错位，其主导势力是道德主义话语在起支配作用，那些批判不过是恢复知识分子话语的自言自语"。陈晓明颇为坦率地承认，"因为贾平凹唤起的是道德记忆，道德话语是知识分子最熟悉的话语，是在他牙牙学语时就掌握的语言。贾平凹不幸中又是万幸，这样的攻击其实太外在，并没有抓住贾平凹的实质。那时对贾平凹的批判集中于露骨地写了性，而批判者也无法自圆其说"[40]。毕竟，姑且不论陈晓明例举的《金瓶梅》等等"经典"，欲望化的书写在八十年代本来就被认为是"人的文学"的题中应有之义。比如《男人的一半是女人》，"这种用女性来确认男性回归自我（性、主体、历史等等）的做法，并非贾氏首创，张贤亮早在八十年代中期就已经滥用过"[41]。然而，就八十年代"预设"的文学"成规"而言，知识界"消化"了这一文本的异质性，将其纳入'人'与'非人'的启蒙主义叙述结构当中："张贤亮的中篇小说《男人的一半是女人》不仅写了章永璘对女人的渴望，而且写了这个性饥渴者面对女人活生生的裸体而产生的性欲冲动，甚至写了他性功能丧失时的窘态和性功能恢复时的兴奋。小说的主题仍然是反思文学中已多次表现的中心主题——对极左政治路线的控诉与批判，不同之处是它为这种控诉提供了一个新的生命视角。"这一语境中谈论"道德"其实是不合时宜的，往往被轻蔑地指认为"道学家"。"在一大批作家的笔下，使道学家们惶惶不可终日的情欲之火成了健全人性中不可缺少的珍贵元素，因为它常常是与生命力的自由状态连在一起的。"[42]

某种程度上，知识界对《废都》的批判，争论的核心并非"什么是好的文学"，关键点在于"谁是'知识分子'"。所谓"性描写"带来的道德沦丧等一系列巨型能指，提供了情绪的宣泄与对精英立场的自我印证；究其根本，作为八十年代这"第二个五四时期"的"历史之子"，知识界不能承认庄之蝶这样的一个"典型形象"，无法接受"知识分子之死"。并不意外，知识界熟稔地以"新/旧""人/非人"等"五四"的框架，划清彼此的界限，指认对方为"他者"。有的研究者表述得颇为清楚："废都中的人物，没有知识分子，只有坐井观天的旧文人。"[43]"文人"与"知识分子"显然联系着不同的姿态、立场、价值观、话语方式，把"庄之蝶"写成"知识分子"，贾平凹的视野是有"局限"的，"而这种视野，导致了《废都》的'非城市化'与'非知识分子化'"④。基于此，《废都》被认为是旧小说，《废都》的趣味是旧文人的趣味，不过是苍白的历史回声，不属于我们这个"时代"。在这里，"知识分子"尤其是"现代"意义上的"知识分子"，无疑是一个压抑、排斥"他者"的概念。如当时的评论家的看法，"活动在《废都》中的也并非现代意义上的知识分子，他们只是传统社会所遗留下来的'文人'，甚至也不是'王纲解纽'时代那种以天下为己任的'士'，而只是苟活在一统、承平时代的某类帮闲、清客。更要命的是，在他们身上，甚至也找不到几千年士大夫文化涵养出来的那种风雅气节，而只剩下一些来自市井社会的鄙俚的趋时附势"⑤。

知识界对"文学"与"知识分子"的"规定"，隐含着我们并不陌生的排斥与压抑的机制。《废都》与知识界的决裂，值得我们再思八十年代知识界所预设的"文学成规"以及宰制知识界的对"文学"的"共识"⑥。对于知识界而言，穿越八十年代的众声喧哗，"人的文学"成为统治性的"成规"。作为对五四传统的"挪用与重构"（贺桂梅语），李泽厚的感叹颇为代表：

> 一切都令人想起五四时代。人的启蒙，人的觉醒，人道主义，人性复归……都围绕着感性血肉的个体从作为理性异化的神的践踏下要求解放出来的主题旋转。"人啊，人"的呐喊遍及了各个领域，各个方面。⑦

借用坚守"启蒙"的文学史家所描述的文学史图景，"以科学、民主为核心的'五四'启蒙精神的回归，以个性解放、文学自觉为要义的'人的文学'的复兴，随着大陆思想解放与改革开放的大趋势，始于七十年代末，至八十年代达到高潮"⑧。在这一脉络里，研究者曾不无沧桑地追本溯源，"从周作人的'人的文学'到钱谷融的'文学是人学'，再到刘再复的'文学主体性'，真可谓一路风雨、几经沉浮"⑨。就此，如研究者指出的，"一九七六年以前的'当代文学'被统统抽象为'非人化'的文学历史"。"新时期文学"以"断裂"的叙述策略赋予自我"人的文学"的内涵："如果说'当代文学思潮史'是要修复'五四文学'——'左翼文学'在当代文学历史过程中的'正宗'地位，'新时期文学'则是通过对'当代文学'的替代赋予其'人的文学'也即'世界文学'的新的内涵。某种意义上还可以说，'当代文学'的'错误'（一九七九年以前），正是为'新时期文学'提供了新的生成机遇和发展的空间"⑩。

值得申明的是，笔者所关注的"人的文学"，不在于这一概念的内涵、外延或是演变，而在于这一"统治性"的概念所内在的"知识分子"与"文学"二者之间"合谋"与"紧张"的权力关系。自《废都》论争回顾"八十年代文学"的"终结"，就内在于"人的文学"这一概念的"话语／权力"的关系而言，"人的文学"或可以被更准确地表述为"知识分子的文学"。在"现代"的"知识分子"的标准下，规定了什么是"人／非人"或者说"人／鬼"⑪。合乎逻辑的，在这样的等级秩序中，"知识分子"所规定的特定的"思想""意义"与"立场"高于"文学"的"艺术形式和表现技巧"："一九八〇年代文学知识分子话语回归的过程，同时也是一个重返'人的文学'的过程。一个畸形的时代结束之后，文学呈现的新光彩首先并不在于它的艺术形式和表现技巧，而是在于它以空前的热忱呼唤着人情、人性、人道主义，呼唤人的价值、尊严与权利。"⑫

不无吊诡的是，基于"新时期"对抗"社会主义现实主义"的语境，呼唤"纯文学"反而成为"人的文学"的内在冲动；但是"纯文学"被结构在"现实主义"的对立面上，"将'反现实主义'作为了文学的非意识形态化过程的意识形态"⑬。就这一问题而言，笔者并不是再一次呼吁"纯文学"，重弹"自主论／工具论"的老调——在坚持本质化的"八十年代"的评论者那里，"自主论／工具论"是分析文学现代化进程的重要框架，但这一框架是值得反思甚或无效的⑭。一个不容遮蔽的事实是，宰制这一个框架的思维方式，是"政治／文学"可疑的"二元结构"。如研究者的分析，"文学／政治的对立固然宣判了'纯文学'反叛的对象为非法，不过同时它也以'政治'的方式返身定义了自身。可以说，'纯文学'的强大历史效应并不在于它如何表述自身，而是在于它替代自己所批判的对象而成为新的政治理想的化身"⑮。在这个意义上，笔者所谓的"知识分子的文学"，尝试超越"自主论"与"工具论"这一"八十年代"式的分析框架。就"知识分子的文学"而言，其既是"文学"的，也是"政治"的，只不过说，不是我们所熟悉的"社会主义现实主义"意义上的"文学"与"政治"。但是，和"社会主义现实主义"惊人或

九十年代长篇小说研究资料

并不意外的一致是，同样是一个包含着等级、压抑、排斥机制的"现代性装置"。

毫不奇怪，作为"新时期"所"喂养"出的"不肖之子"，以《废都》为代表的"文学"的"失败"，必然激起这一机制的反思与调适。合乎逻辑的，《废都》之后随即兴起的，是"人文精神大讨论"。如研究者指出的，"《废都》成为'人文精神的危机'最精确的文学见证。'人文精神的危机'的讨论，是九十年代初期最为热烈的全国范围的论争。似乎没有哪部重要作品比《废都》更好地契合了这场全国性论争的主题：知识分子的边缘化、英雄主义和理想主义时代的终结、价值的混乱和精神的困惑"⑯。"在'新时期'的'现代性'话语中，知识分子始终扮演着代言人的角色，居于话语的中心地位，陶醉于掌握话语的力量之中。"⑰然而，如佛克马、蚁布思指出的，历史语境的更迭，意味着"经典"的变动与"成规"的转移，"新的历史环境会产生一个新的协作问题而且需要一个新的成规性的解决方案"⑱。作为"八十年代"与"九十年代"一场充满焦虑的对话，"人文精神大讨论"恢复"知识分子"历史主体地位的尝试，意料之中地以失败告终。诚如王晓明在后记中转引他人看法时所透露的无奈："'人文精神'的讨论竟然弄成了这个样子，知识界也太让人失望了。"⑲是终结的时刻了，"鬼的文学"霍然撕破了"人的文学"天鹅绒一般的帷幕，决绝地独自面对欲望横流的旷野。在剧烈的围剿后，知识分子无奈地向学院撤退，"知识分子"自此与"文学"断裂；昔日的同路人，从此自说自话，两不相望。回首八十年代的理想抱负，谁人不是梦蝶的庄生，栩栩然，戚戚然，只落得白茫茫大地一片真干净。

注释：

①陈晓明：《本土、文化与阉割美学——评从〈废都〉到〈秦腔〉的贾平凹》，《当代作家评论》2006年第3期。

②借用吴亮的说法，参见吴亮《城镇、文人和旧小说——关于贾平凹的〈废都〉》，《文艺争鸣》1993年第6期。

③王宏图：《后"文革"时代的欲望复苏》，《当代作家评论》2003年第6期。

④⑤⑥贾平凹：《废都》，第2、200、64页，北京，北京出版社，1993。

⑦陈旭光：《一锅仿古杂烩汤》。收多维编：《〈废都〉滋味》，第115页，郑州，河南人民出版社，1993。

中国当代文学史资料丛书

⑧⑨《废都》，第403页。

⑩尤为讽刺的是，龚靖元临死前大骂儿子龚小乙："你这是在救我吗？你这是在杀我啊！"庄之蝶吊唁的时候，却似乎忘记了龚靖元的死因："庄之蝶用手拍龚靖元的脸，也掉下泪来，说：'龚哥，你怎么就死了！怎么就死了！'"详见《废都》，第407页。

⑪李炜东：《蝼蚁之歌——〈废都〉印象》，刘斌、王玲主编：《失足的贾平凹》，第56页，北京，华夏出版社，1994。

⑫成官泯：《雕琢的艺术和死亡的性》，《失足的贾平凹》，第62页。

⑬孟繁华：《拟古之风与东方奇观》，《失足的贾平凹》，第50页。

⑭王德威：《魂兮归来》，《现代中国小说十讲》，第356页，上海，复旦大学出版社，2003。

⑮贾平凹、谢有顺：《最是文人不自由》，郜元宝、张冉冉编：《贾平凹研究资料》，第11—12页，天津，天津人民出版社，2005。

⑯贺桂梅：《后冷战情境中的现代主义文化政治——西方"现代派"和80年代中国文学》，《上海文学》2007年第4期。

⑰王德威在八十年代中期曾指出"鬼魅叙事"在美学上的考虑之外，反政治的政治这一主要面向："此一崭新的创作姿态扩大了作品及读者视野，其政治颉颃的用意更不容忽视。以现实及想象的丑怪对抗毛记'太虚幻境'的伪美，谁曰不宜？而由惊吓读者来造成经疏离再确知的美学效果，尚犹其余事。"参见王德威《畸人行——当代大陆小说的众生"怪"相》，《众声喧哗——30到80年代的中国小说》，第209页，台北，远流出版公司，1988。

⑱陈晓明：《本土、文化与阉割美学——评从〈废都〉到〈秦腔〉的贾平凹》，《当代作家评论》2006年第3期。

⑲鲁晓鹏：《世纪末〈废都〉中的文学与知识分子》，季进译，《当代作家评论》2006年第3期。

⑳"冷""热"的季节变换与人物的盛衰聚散在中国古典小说中常常以"反讽"的方式编织在一起，呈现出中国古典小说独特的美学。诚如浦安迪对《金瓶梅》的分析，"激发人们狂热行动之冷与给人以冷落之感的热，不断交替变换终于形成一种鲜明的讽嘲，使小说含义深远，意味无穷。"张竹坡也就此称《金瓶梅》为"炎凉书"。参见浦安迪《明代小说四大奇书》，沈亨寿译，北京，生活·读书·新知三联书店，2006。

㉑㉒㉓《废都》，第86、53、179页。

㉔有趣的是，唐宛儿与庄之蝶的最后分别，是在"电影院"。唐宛儿被丈夫设计引出"电影院"，塞进车里绑回了潼关。唐宛儿幻想中的纷繁镜像，被现实重重击碎，自此和庄之蝶天各一方。

㉕㉖㉗《废都》，第144、244、116—117页。

㉘某种程度上，《废都》的性确实存在着另一个层面的"城乡差别"，庄之蝶"性征服"的过程，内在地受阶级地位所制约，包含着颇为微妙的权力关系。如江帆指出的："在小说中，两个女人没有和庄之蝶发生性关系，她们对庄之蝶来说是可望而不可即的一类女人。她们都是大学毕业生，景雪荫又是高干子女。庄之蝶只能得到小县城来的唐宛儿、农村来的小保姆、下层人阿灿。"参见江帆《性爱与自卑》，收《失足的贾平凹》，第62页。

㉙陈晓明：《废墟上的狂欢节——评〈废都〉及其他》，《贾平凹研究资料》，第182页。

㉚易毅：《〈废都〉：皇帝的新衣》，《文艺争鸣》1993年第5期。

㉛㉝《废都》，第467、518页。

㉜《废都》中的"哲学牛"绝非闲笔，与"庄之蝶"其实是"一体两面"，小说多处有清楚的暗示："阮知非喜出望外，当下就从墙上要揭了牛皮，庄之蝶去帮忙，牛皮哗啦掉下来，竟把庄之蝶裹在了牛皮里，半天不能爬出来。"（第511页）牛的悲哀与庄的悲哀一致，丧失了往昔的生命力，在"现代性"的城市里不断变得虚弱，最后沦为歌颂甜腻腻的"大熊猫"的一面牛皮大鼓。

㉞贾平凹、黄平：《贾平凹与新时期文学三十年》，《南方文坛》2007年第6期。

㉟陈晓明：《废墟上的狂欢节——评〈废都〉及其他》，《贾平凹研究资料》，第183页。

㊱作为"新时期"的代表作家，贾平凹因《废都》被视为叛徒，当时的诸多批评，"背叛"这个词频频出现。当时一个中文系女生的看法，颇为代表被八十年代所"喂养"的读者的判断："读《废都》使我强烈地感到贾平凹作为一个作家对社会良知的遗忘与背叛。"参见夏林采访《贾平凹"废"了自己》，见《失足的贾平凹》，第72页。

㊲陈晓明：《本土、文化与阉割美学——评从〈废都〉到〈秦腔〉的贾平凹》。

㊳笔者深知，就《废都》这一文学事件而言，本文的一大盲视就是缺乏对大众文化乃至文化市场90年代的崛起与《废都》生产之间的精密梳理。某种程度上，贾平凹"作者／删者"反讽的统一的"□□□□□□"，未必意味着"空白"，是否可以看作是特殊的商业书写，值得思量。正如鲁晓鹏在《世纪末〈废都〉中的文学与知识分子》中指出的："小说商业上的成功也得益于精心的销售与包装策略，它被市场定位为事关禁忌话题（比如性）的作品。大街的书摊上都标上了诱人的标贴'当代《金瓶梅》'。读者都被引诱去一睹为快。《废都》成为九十年代初期印刷媒体的通俗文化大获成功的典型案例。"限于篇幅及论述的侧重，本文搁置了对此的分析。从另一个侧面，笔者想提示的是，对《废都》的批判其实也深深镶嵌在文化市场的逻辑中，《〈废都〉滋味》等评论集"十博士直击当代文坛"的运作方式以及大众化的、夸张的、戏剧性的文体风格，在近来批判"于丹《论语》心得"等事件中反复出现。

㊴李书磊：《序：压根就没有灵魂》，见多维主编《〈废都〉滋味》，第2—3页。

㊵以上两段引文见陈晓明《本土、文化与阉割美学——评从〈废都〉到〈秦腔〉的贾平凹》。

㊶陈晓明：《真“解放”一回给你们看看》，见多维主编《〈废都〉滋味》，第36页。

㊷以上两段引文见李新宇《重返“人的文学”——1980年代中国文学的知识分子话语之四》，《吉林大学社会科学学报》2005年第6期。

㉝㊹吴亮：《城镇、文人和旧小说——关于贾平凹的〈废都〉》。

㊺邵宁宁：《转型期现象与无家可归的文人——关于〈废都〉的文化分析》，《甘肃社会科学》2004年第1期。

㊻当然，这一追问的前提不容回避，我们在追问“谁”预设的成规，或者说，在讨论“谁”的“共识”？限于论述的侧重，笔者暂且搁置对主流意识形态预设并且失效的以“社会主义新人”为代表的这一成规的分析，也粗略地回避知识界与主流意识形态基于“现代化”这一同一的“国族想象”的互动与密约，将八十年代获得相对的自足地位的知识界作为分析的对象。

㊼李泽厚：《二十世纪中国文艺之一瞥》，《中国现代思想史论》，第209页，北京，东方出版社，1987。

㊽董健、丁帆、王彬彬主编：《中国当代文学史新稿·绪论》，北京，人民文学出版社，2005。

㊾(52)李新宇：《重返“人的文学”—— 1980年代中国文学的知识分子话语之四》。

㊿以上两段引文参见程光炜《历史重释与“当代”文学》，《文艺争鸣》2007年第7期。

(51)作为“新时期”所指认的“五四之父”，周作人在《人的文学》起首就说得清楚，“我们现在应该提倡的新文学，简单地说一句，是‘人的文学’，应该排斥的，便是反对的非人的文学”。而在胡适那里，以颇能“捉妖”“打鬼”自负，以“国故”为代表的“现代性”的“他者”，被叙述为“无数无数的老鬼”。诚如王德威在《魂兮归来》中的分析，“为了维持自己的清明立场，启蒙、革命文人必须要不断指认妖魔鬼怪，并驱之除之；传统封建制度、俚俗迷信固然首当其冲，敌对意识形态、知识体系、政教机构，甚至异性，也都可附会为不像人，倒像鬼”。

(53)贺桂梅：《先锋小说的知识谱系与意识形态》，《文艺研究》2005年第10期。

(54)董健、丁帆、王彬彬主编的《中国当代文学史新稿》认为：“‘当代文学’这一文学时段，是‘五四’启蒙精神与‘五四’新文学传统从消解到复归、文学现代化进程从阻断到续接的一个文学时段。文学史走了一条‘之’字形的路。”在这个复杂的过程中，文学工具化与文学自觉的对立，成为贯穿始终、影响巨大的三个问题之一。参见董健、丁帆、王彬彬主编《中国当代文学史新稿·绪论》。

(55)贺桂梅：《“纯文学”的知识谱系与意识形态——“文学性”问题在1980年代的发生》，《山东社会科学》 2007年第2期。

㊶鲁晓鹏：《世纪末〈废都〉中的文学与知识分子》，季进译。

㊼易毅：《〈废都〉：皇帝的新衣》。

㊽佛克马、蚁布思：《文学研究与文化参与》，第128页，俞国强译，北京，北京大学出版社，1996。

㊾王晓明编：《人文精神寻思录》，第274页，上海，文汇出版社，1996。

原载《当代作家评论》2008年第2期

故乡寓言中的权力质询

——刘震云故乡系列小说的主题解读

姚晓雷

就当代作家刘震云的创作而言，一方面不乏20世纪以来知识分子启蒙主题里所倡导的国民性批判的内容；另一方面还总有一股溢出精英知识分子单纯的国民性改造主题之外的味道。这恰是刘震云的独特之处。批判国民性的主题无疑是20世纪中国文学史上最有意义的事情之一，它以历史和文化的视野敞亮了许多过去积淀在我国民族灵魂深处不为人知的东西，但它的一个严重缺陷就是虽然也承认和同情民间被侮辱被损害者的弱势处境，却有把受害者和迫害者在责任问题上混为一谈的倾向。这对那些真正民间底层出身且对民间悲苦有深刻同情的作家来说，事实上往往很难完全接受，刘震云即如此。正是基于对批判国民性一类主题所容易强化的民间的不公正处境的警惕，他更愿意侧重对那些貌似庄严的权力游戏规则进行层层剥笋式的考察，看它们如何扭曲和异化民间正常的、不无合理的求生本能，从而把民间人格缺陷的原因，归结为所有那些压迫他们的权力机制。或者说，他更习惯地由一种从国民性主题对人格批判的强调转向强调一种对人格之外权力机制的批判。这一点在他的由《头人》《故乡天下黄花》《故乡相处流传》《故乡面和花朵》等几个在同一题材和主题基础上反复摹写、反复延伸的中、长篇小说构成的故乡系列里，表现得尤为突出。

所以称这四部小说为故乡系列寓言，是因为这四部小说不仅具有明显的故乡背景；而且基本上沿同一题材和主题反复摹写，都有一种社会历史的寓言特征。无疑它们在刘震云的小说创作中占有举足轻重的地位；单是就作家本人肯于从上一世纪80年代到90年代这一漫长的时间跨度，不避雷同之嫌，对同一题材和主题加以反复关注，本身就意味着什么。也许可以这样说，正是借助于这四部同一题材和主题基础上反复摹写、反复延伸的寓言化的故乡故事，刘震云才成功地构筑起了一个对笼罩在民间真实生存利益之上的一种权力话语进行解构的完整叙事。而且在这组故乡寓言系列里，作者还依托民间浑然原始的苦难生存状态，提炼出了一种可伸可缩的民间姿态：既接纳着那种民间本能的弱肉强食的血腥气，也包含着那种民间生命藏污纳垢中的原始正义；既自甘卑微又不无骄傲；既胆小怕事又肆无忌惮；既自毁自虐又顽强不屈；既玩世绝望又真挚逼人。作者以之做叙事策略来向着压迫在自己头上的虚假光环进行解构，出色地完成了由民间立场上发出的意义质询。

创作于1989年的中篇小说《头人》作为这类寓言化了的故乡系列的第一部，揭开了作者对罩在民间头上权力形态质疑的序幕。由《头人》发出的质疑是从对乡土权力形成过程的考察开始的，它要探索的即造成乡土民间苦难的权力统治到底是怎么来的，"我并没有让你们来做我的官，你们这个官是怎样做上去的呢？"①所以以之做出发点，不仅因为乡土权力在中国历史上从来是国家权力体制的基础，而且也因为它和作者所最关注的民间的命运休戚相关。小说把故事的背景放到一个叫"申村"的小村子上，叙述了这个小村庄从近代到当代半个多世纪七个"头人"的历史。小说所揭示的统治村人们的乡土权力形态的形成至少有以下三个特点：第一，乡土权力形态不是民间本身固有的，而是外来权力入侵形成的。申村原本不是一个村了，是一片白花花的盐碱地，靠刮盐土、卖盐为生的祖上最先在这里定居下来，后来又陆续搬来了一系列他姓人家，村子已有一百多口人初具规模了，但还没有所谓的谁统治谁。只是县上乡上见盐碱地上平白起了一个村庄，觉得需要收田赋，收田赋就需要有人来负责，于是才产生了村长。第二，这里村长的最初被任命也是极具荒诞性的，不是村民意志的反映，也不需要任何法定程序，只缘于与上边某人很偶然的相识，祖上所以成为这个村子的村长，是托一个乡公所里做饭的伙夫的福。伙夫是乡里最早委派的来村子里收粮的人，新来乍到，村里的人都弄不明白是怎么回事，后来祖上把他领回家吃了顿饭，就被他委派为这个村子的村长。第三，乡土权力产生之初，还受到民间固有的淳朴道德方式的制约，只是对上对下的服务性质，权力者本人也没有那么多的特权意识。小说中写道，祖上刚当村长，八月十五日以前，挨门挨户收田赋道："大哥，上头要收田赋。"口气很气馁，像求人家。不仅别人幸灾乐祸，祖老娘也埋怨他"给人当下人"。乡土权力是受到上边权力的浸染才开始变质为特权和地位的象征的。祖上在八月十五日一个人把收来的田赋用独轮车推到乡公所，被伙夫批评为不会当村长，并传授他该如何做；他也渐渐接触了乡长和其他村长，见了世面才学会的。他找了村丁当下手，断案时也有了威风，并且有了热饼可吃，不完全是当初了。乡土权力演变成特权和地位的象征后，也便成为人们想方设法争夺的目标。

《头人》算得上刘震云小说创作中的神来之笔，作者企图通过对这里民间自然状态与外来权力形态利益上的背离，来完成对外来权力形态合理性的质疑。小说里设置的在外来的权力进入之前各人都自私自利，各过各的日子，但也彼此相安无事的民间场景，虽然从现代理性的角度看很难成立，因为乡土社会的权力形式应该是基于其生产方式而自然派生的，即便在外来权力进入之前它也应该会以自己的形式存在，外来权力形式和乡土社会的权力来源最初很难说真有那种互为先后的关系，但作者所企图突出的权力话语对民间利益的背离主题则是深刻的。

1990年出版的《故乡天下黄花》，这部二十五万字的著作和《头人》类似的题材，类似的故事，甚至还有个别人物也互相关联，但它以更多的篇幅，更生动的细节，强调了乡土权力和主流社会的一体化特征。小说特意选取民国、抗战、土改、"文革"四个最能代表中国现代史上风云变幻的特殊历史时期来进行表现。它使我们看到，乡土权力向国家权力机制的靠拢是必然的，因为它本来就和时代环境密切相连，或者说是国家权力更迭在乡土民间的派生物。这部小说一开始，就没有了《头人》开始那种自足的民间原始场景，展现给人的直接是和国家权力变更纠结在一起的权力斗争。新村长孙殿元上台，是因为到了民国，县上乡上闹革命，新任乡长信仰三民主义，老村长对此不予理睬犯了忌讳，而他又故意投其所好的结果。过了一段新村长孙殿元又被人暗杀，暗杀竟是前任村长李老喜主使的，原因便是想夺回村长的位置，但这里暗杀也不再是单纯的暗杀，也是和国家权力更迭的大环境密切相关的。因为袁世凯复辟，乡长又换成了原来的周乡绅，李老喜觉得终于等到了可以恢复权力的好时机。以后的每一次大的政治运动，像土改、"文革"，都直接以国家权力的变更影响到这里的乡土基层的权力变更，每一个应运而出的头人都巴结、投靠一个代表着上级权力的主子。这样就使对乡土权力的批判，顺理成章地上升到了对国家权力的批判。

在对权力机制的批判上，承接《头人》中的有关探索，这里又进一步揭示，作为与国家权力机制一体化了的乡土权力形式，也不可避免地具有中国传统的社会体制的唯权力崇拜的最严重缺陷：当所有行为的出发点都成了为权力而权力、不去考虑至少也是不必考虑这种权力到底应该为民众负多大责任时，它在运作中实际上鼓励的只能是人性中最卑鄙、最恶劣的那部分私欲。它注定了那些在权力运作中能浮出水面的胜利者，通常必然是那些敢于冒天下之大不韪，敢于强梁民众和欺世盗名之徒。在小说里边，孙殿元、李老喜、许布袋、赵刺猬、赖和尚、卫东、卫彪这些从古到今的头人们，无一不是利欲熏心的卑鄙无赖之徒。这些人能先后成为村子里的头人的一个重要原因，就在于他们的无赖性格。其无赖性格，一方面使得他们背离了一般农民来源于土地的忠厚的品质；一方面使他们滋生了不择手段为自己捞取好处的胆大妄为。所以在上边出于权力目的而需要做出某种行为，而一般老百姓又出于自己的民间良知无法做出这种行为时，他们肯于和敢于出来不顾事实地曲意逢迎。赵刺猬就是明显的例子。在土改刚开始范工作员需要有人出头揭发地主罪恶来激起民愤，赵刺猬明知道他的母亲和已死的老地主是通奸，被人撞见后又被丈夫打了一顿觉得没法活而自杀的，但他还是主动按照范工作员的安排，把它修改成一个地主如何强奸他母亲，他母亲如何想不通含冤而死的故事；并在以后的行动中做出了一系列过激的行为，从而赢得了范工作员的青睐。这些人依靠自己的无赖性格获得权力的过程，也是他们在实践中自觉领悟中国社会传统政治文化同样无赖本质的过程。他们上台之后也运用这种无赖本性来横行乡里，鱼肉百姓，在百姓遇上大荒无饭可吃的情况下经常在一块吃"夜草"，还用挑拨是非、钩心斗角，甚至是直接借权力排除异己的手段来维护权力。因此这种社会基层的权力斗争也不再是民间的意气之争，而顺理成章地拥有了传统国家机制的全部狡诈和血腥。这种和国家权力机制完全一体化了的民间权力不仅从物质上剥夺民间，而且从精神上摧残民间，是造成民间苦难的罪魁祸首。

读这部小说，民间社会在各种权力的制约下更加苦难重重和满目疮痍。各种权力相互角逐构成的历史，同时也是民间的苦难史。例如在抗日战争时期那一章里，小小的马村成了各派倾轧的场所，每一派势力都有资格要求这里为他们提供供给，有的用维持治安的名义，有的用抗日的名义。民间对他们的要求都不敢不予满足，可是却没有向他们中任何一派势力提出维护自身生存安全的权利。抗日队伍的孙屎根为了露脸和在家门口显威风，策划了一次对来此收粮的日本人的伏击，却陷入了和闻讯赶来捡便宜的国民党队伍的倾轧，最终导致日军对这儿的百姓的疯狂报复，民间成了苦难的最终承受者，一下子被杀死几十口人。有一个需要特别值得我们注意的地方是，百姓在这里表现得出奇地麻木，出奇地丧失了个人的自我意识，如一个批评家所指出的，"乡丁来了他们就等待着挨鞭子，县令来了他们就等待着挨板子，司令来了他们就等待着挨刀子"②。他们似乎全无意志，全无主宰，全无辨别能力，日本鬼子要对他们进行屠杀，机枪架起来了，他们还不知道是怎么回事；两派斗争需要他们当炮灰，他们就义无反顾地冲了上去。这表现上似乎和作者的创作主旨是矛盾的。因为作者本来是出于批判国民性的主题里容易出现的把民间视为群氓的倾向的不满，而换一种立场的，到了这里怎么又这样了呢？其实，这并不是作者立场的倒退，而是一种以退为进的策略，以民间受虐造成的斑斑伤痕来控诉施虐者手段的残忍之极。当统治者的权力，把民间压制成了一个贫困愚昧、完全丧失自己独立的物质利益追求和独立精神意志的傀儡时，这种以退为进、故意强化民间消极面的策略，便起到了恰如其分的效果。

1992年出版的《故乡相处流传》里，刘震云又在前者基础上进行了对故乡故事的第三度书写：把它的近现代史叙述空间，又扩展到从古代三国时期到现在的整个历史过程。全书采取的仍是截取横断面的手法，叙述了三国时期曹操、袁绍在这里的厮杀，明初太祖皇帝朱元璋向这里的大移民，太平天国时期的陈玉成与清廷在这里的相争四个民间片段，且由写实形态完全转化成了一个个看似荒诞不经的寓言故事。在这部小说里，作者把对权力的批判开发到一个具有直接针对整个历史上由国家建构出来的话语系统功能的新阶段。我们更清楚地看到：第一，历史上所有权力者对民间的统治都不仅仅是通过简单的压迫来实现，还要不断地为自己制造统治话语。他们制造话语都出于各自的自私动机，是为了实用，为了给自己的卑下行为罩上一个光彩的外衣。好比作品中曹操和袁绍的闹翻，本是争一个沈姓的小寡妇，但他偏偏要把自己的一己私欲上升到一个关系到大局的政治高度。再者，权力采取的方式都是虚构、歪曲和欺骗，是文过饰非地掩盖真相。曹操、刘表、袁绍他们相互开战，都要丑化对方的队伍为吃人魔鬼。明初太祖皇帝强制进行的大迁徙，由于准备不周，在路上遇到各种灾害，民间损失惨重；但到了朱皇帝那里却能够把它总结为一件好事，说什么我们民族"人多容易闹矛盾、扯皮、相互推诿、相互拆台。现在我们十成人死了七八成，这令我们悲伤，但也没什么，我们可以化悲痛为力量，干出更多更好的事情"③。其三，统治阶级让人们相信他们制造出来的话语的策略，永远是"谎言重复一千遍就是真理"。他们总是在不厌其烦的重复中把他们的理论强加给老百姓。这实际上是一种反复强行灌输的心理学手法，利用人们掌握的信息的有限和在不知不觉中总会放松对谎言警惕的弱点，诱导人们成为他们这种话语圈套的牺牲品。如曹操在联合袁绍打刘表的时候，故意把刘表说成是个红眉绿眼的魔头，他手下都是些妖魔鬼怪，过来就杀我们的小孩子，奸淫我们的妇女。本来老百姓也不知道刘表是怎么回事，但每日这么讲，几个月下来，大家也都真恨上了刘表。最后，由这种权力话语制造出来的历史是一笔糊涂账，没有任何真理性可言。历史总是由掌握权力的人书写的，像曹、袁相争都互相打击对方，60年代的"左"倾政策造成的饿殍遍野被下级官员向上级汇报为一切都好、粮食丰收等，由权力者书写出来的这种历史又有几分可信性呢？

为了更有效地实现对整个由权力建构出来的历史话语的解构，作者的民间姿态也发展了一些新的东西。比起《故乡天下黄花》里那种任人宰割、毫无自我意识的个性描写来说，这里的新特点在于，苦难深重、看似麻木不仁、死水一潭的民间，其实也潜在着以他们的食色本能对统治阶级制造出来的虚假话语穿透的可能性。曹、袁相争时期，虽然曹丞相用大英雄、大事业的道理来愚弄大家，虽然大家从总体上也上当受骗，然而遇到了春荒，大家竟然也能产生"是曹丞相重要还是春荒重要"的质疑，因为"当我们饿着肚皮的时候，我们对宰相、刘表、敌人、政治都失去了兴趣，从本质上讲，我们毕竟还是见利忘义的小人啊"④。这种所谓的见一己之"利"，忘统治阶级给他们灌输的道理大"义"，本就是民间对抗苦难最基本的求生之道。这种起码的生存本能，也是民间不可能完全沉沦为漆黑一团的证明。不仅如此，关键是作者让民间那种看似愚昧混沌的生存里，也包含着对统治者用来欺骗自己的荒诞话语的觉悟，包含着一种会使统治者显得分外尴尬因而不愿承认的真相：其实民间的心理底层，根本就不存在对统治阶级权威的绝对迷恋，只不过迫于形势而已。从大槐树下的迁徙开始，作品借白蚂蚁之口发出的一番高论很典型地说明了这一点。已沦为草民的曹、袁二人由于历史上的渊源这时颇为亲密，招人忌恨，有人就想派历史上他们曾争夺过的沈姓小寡妇到他们中间去离间。但这时沈姓小寡妇已嫁给小说中的另一主人公瞎鹿为妻，于是有人担心这样会造成沈姓小寡妇和曹、袁二人萌发旧情，但白蚂蚁认为绝对不会，因为过去沈所以和二人有牵连是由于那时二人丞相的丞相、主公的主公；现在二人沦落到和大家一样，沈现在也只会奚落他们一顿。这绝不是在指责民间的世态炎凉，恰是民间对权力者的本质的认识：他们只不过是凭机缘凑巧爬到高位的人，人们依附他不过是依附权力，并非他本人在某方面有超出大家的神圣之处。所以一旦他们失去权势，民间也会马上弃之如敝屣了。

　　从1991年就开始创作，直到1997年才完成的《故乡面和花朵》这部长达二百万字的巨著，无疑为刘震云最难解读的一部作品。浩瀚的篇幅固然是一方面原因，关键还在于它主题的复杂性。这是和中国当代复杂的文化环境相关的。众所周知，进入20世纪90年代的中国社会是个充满话语的喧哗的时代，一方面是社会向市场经济转轨，一方面思想文化界却在一片后现代的喧嚣中丧失了提出和解决本土问题的能力，忽视了民间的本真生存。借助于"同性关系者寻故乡"的这一荒诞的文化意象，来影射一些和民间利益严重脱节的后现代话语在中国现实中的虚妄性，即便不能说是这部小说的唯一主题，至少也是这部小说所有主题中最重要的一个。特别在小说前两卷里它体现得非常明显。小说仍沿用着由故乡系列发展来的荒诞手法，在一个虚构的"丽晶时代"展开。小说里的人物主要有两类：一些在前面小说中出现的故乡人物，如孬舅、白石头、小刘儿、曹操、袁绍、六指、瞎鹿等，他们依然保持着传统的心理和个性粉墨登场；另外还新加上了一些老根在中国（上辈子或上辈子以前曾是故乡人），但眼下具有新的国际文化身份的后现代人物，如世界名模冯·大美眼、黑人歌星喀丝·温布林、苏格兰混子牛蝇·随人、瑞士的要饭花子横行·无道。两类人物分别有了代表当代中国社会的现实生存意象和蜂拥而至的后现代文化意象的功能。我认为这一主题呈现和前边对权力形态的批判是一致的，是对前者的丰富。因为小说中并没有把这些寻故乡的同性关系者作为文化现象来考察，而是从它和固有的权力体制相表里的角度来考察它的本质的。

　　准确地说，《故乡面和花朵》里对权力的批判主题，正表现在它剥离出了这些看似前驱的后现代话语，实则无法脱离权力，并作为权力的变形的本质。我们看到：第一，这些以解放民间自居的所谓的后现代前驱，是与民间生存的真实需要完全隔膜的。"一边是异性关系还没有搞够的同胞，光棍的光棍，寡妇的寡妇，见了异性就口渴、就眼中带血；一边是代表西方文明、决定社会和我们精神想象能力的世界级大腕——世界名模、黑歌星、时装大师、电影大明星、球星——要搞同性关系；一边穷，穷得临死还想吃口干的；一边富，富得搞同性关系之前都用牛奶和椰子汁洗身子"⑤，闹剧结果显而易见。第二，任何在权力机制中流行的思潮文化，如果不是从最广泛的现实生活的需要中派生的，无论打着多么先驱的口号，也无论表面上看起来和固有的权力机制有多少矛盾，都在本质上对这种机制有某种依赖性。小说里象征后现代文化身份的"同性关系"本来是一个非常复杂的人类现象。在漫长的历史文化过程中它由于偏离了生殖的初始目的一直被视为一种邪恶。只是到了现代社会，它才作为一种个人的性倾向逐渐获得部分人的谅解。至于发展成一种向社会公开呼吁他们和其他人一样平等权利的思潮，特别是被人们普遍看作后现代的一种社会文化特征，更是最近这些年的事。不过这里所要关注的不是同性关系本身，而是作品中这种后现代的思潮和权力之间的关系。这里的同性关系者不仅要求的是单纯的同性关系，而且还是以一种民间解放者的姿态出现的；更重要的是他们虽然摆出了这种解放者的姿态，却依然是依靠向这里最高权力的化身——世界恢复礼仪与廉耻委员会秘书长孬舅请愿，甚至不惜利用他的夫妻生活中性无能进行施压，使之对他们这项要求认可，来寻找自己的家园。而孬舅一旦同意给他们家园，他们就立刻变得对孬舅感恩戴德。既然他们是依靠现有的权力机制来实现自己的理想，这就表明他们只不过依然是权力操纵下的玩偶而已。孬舅所以同意给他们家园，也无非是看穿了他们不足以对自己形成挑战，可以使其自生自灭的本质。第三，作品中那些在当代背景下打着先驱招牌和呼着解放民间口号的所谓的后现代者，由于和现实民间的极度隔膜，他们在一旦获得恩准去实践他们的主张时，面对民间对他们的不理解、不合作，以及自发的反抗，所采取的态度竟然和他们所挑战的权力体现出惊人的一致性：都是极端的施暴。后来这群同性关系的乌合之众到了故乡，就以这里的主子身份来支配乡民，镇压民间的骚乱，强行推行自己的主张，颁布自己的法律，把所有的异性关系蛮横地视为非法，根本不把老百姓当人看待，一度还要割掉老百姓身上的男性特征以及女性特征的部分实行交叉移植，以防患于未然，彻底根除人们的异性关系的愿望。

在这部小说的民间意象上，作者几乎集中了前边和民间卑下地位及其苦难处境相联系的所有嬉笑怒骂的解构品格。这里有被苦难异化了人性的民间人士，故作愚钝地向这些吃饱了没事干的后现代主义者的嘲弄，甚至包括游荡的鬼魂。如生前因为穷娶不起老婆、没有接触过女人的郭老三曾迫于无奈拿自己的小母牛发泄被哥嫂看见，被认为丢人，偷偷药死了他的母牛，他也因此伤心而死；这时见到同性关系也来到这里，就说自己过去搞的是生灵关系，彼此也没有多大差别，要和他们引为知音。吕伯奢、曹成这些历史上曾有过同性关系的人，也要他们承认自己的先驱地位。同性关系者的主张和现实民间生存状态的极端差异还遭到来自民间本能的嘲笑。他们"把回故乡的同性关系者当成了一群贫困地区的被拐卖妇女"，"看着一拉溜可怜的蓬头垢面的妇女在墙根站着，我们心里能不冲动吗？我们的火憋了这么久，现在见了一群逃难的妇女，能不像扑向山泉一样趁火打劫吗？"⑥发动一场打麦场上的骚乱。尽管在许多地方，这里的民间缺少桃花源式的田园意境，夫妇之间、父子之间都充满着自私自利的斗争；这里的民间仍然是极端地贫困，极端地愚昧，民众多是一些有世俗的生存经验却没有是非，没有理想，容易受人左右，受人摆布的势利之徒，有逆来顺受、任人宰割的一面，——在小说中，作者还不遗余力地夸大了这些方面，但民间也始终以自己本能的非圣无法和玩世不恭的方式对抗着。在小说里，作者还大量采取了变形的方式。但不管他们被变成狗，变成狼，这种潜在的对抗权力压迫的求生本能也都生生不息。

总之，由《头人》将矛头指向乡村权力，到《故乡天下黄花》将乡村权力放在和社会权力机制的位置一起审视，再到《故乡相处流传》把对权力的批判向权力话语系统推进，最后到《故乡面和花朵》对那些压制着民间利益的、本质上与权力有极其暧昧关系的其他文化形态的考察，作者运用不断调整民间姿态的方式，终于完成了在民间和权力机制的互动视角上对那些笼罩在民间生存之上，并作为民间生存苦难主要根源的权力形态的全面质疑。尽管我们也可以从其他角度来作出分析，但我觉得这种民间和权力机制互动的视角，不能不是我们在考察刘震云这一故乡系列里应该特别注意的东西。当然也毋庸讳言，刘震云这里为强化民间的解构功能而对民间扭曲变形时，总的趋向是将民间缺陷过于放大，缺少正面呈现。不过我们也要清楚的是，虽然作者特意强调民间固有的种种病疾，但这并不意味着他对民间的全面评价，也不等同于单纯的国民性批判主题那样让民间承担太多的责任。例如同在《故乡面和花朵》的后两卷里，还突然明显地转化为另一个主题：无可遏制的对乡土的情感回归。第三卷一开始，作者突然回忆起他刚刚去世的姥娘。他的姥娘一生经历了漫长而艰难的日子，但过得自尊、自强，从来没有被苦难所压倒，从来没有给世界制造过任何麻烦。在第四卷里，作者干脆连叙述的主人公也换了，由玩世不恭的小刘儿换成了正经起来的白石头，不无深情地回忆着故乡一段艰难生存的历史，回忆走进他生命里的人们，在生存的污泥中不断泛出的人性的光辉。这也就充分说明了在他的前两卷里，是出于对权力机制批判主题的需要，在一定程序上让民间化了妆的。他所以要对那些虚假的、和民间利益相对立的权力机制进行如此尖刻的、不留余地的攻击，难道不正是因为他心底有深深埋藏的、真正值得珍惜的关于民间的东西吗？不正因为他心底深深埋藏着的值得珍惜的关于民间的东西，在生活里经常受到无情摧残吗？

注释：

① 刘震云《草木、人及官》，见《中篇小说选刊》1989年第2期。

② 摩罗《刘震云，中国生活的批评家》，见《当代作家评论》1997年第4期。

③④ 分别见刘震云《温故流传》，江苏文艺出版社1996年版，第111页，第28页。

⑤《故乡面和花朵》卷一，北京，华艺出版社1998年版，第111—212页。

⑥《故乡面和花朵》卷二，北京，华艺出版社1998年版，第523页。

原载《文学评论》2002年第1期

告别“虚伪的形式”

——《许三观卖血记》之于余华的意义

吴义勤

随着《一个地主的死》《活着》《我没有自己的名字》等小说的陆续面世，我们看到，作为中国80年代新潮作家代表的余华已悄悄开始了他个人艺术道路上的“转型”。在这次“转型”中，余华似乎正在从文学观念和文学实践的各个层面对自己的创作道路进行反思，而对自己“先锋时期”极端性写作的全面“告别”则是此次“转型”的典型标志。在中国八九十年代的作家中你可能还找不到另一个作家能像余华这样在短短的时间内完成反差如此之大的两类创作。现在回头来看，余华90年代初创作的长篇小说《呼喊与细雨》可能是他对自己先锋写作的最后总结，也可视其为他个人先锋写作的巅峰之作。其后，他就义无反顾地踏入了一片新的艺术领地，并在“转型”的阵痛中完成着对于自我和艺术的双重否定与双重解构。在我看来，标志着余华艺术“转型”最终实现的正是他发表于1995年的长篇小说《许三观卖血记》。这是一部奇特的文本，从纯文学的意义上讲它的巨大成功是90年代任何一部其他文本所无法企及的。不仅在国内读书界声誉斐然，而且在世界文坛上也被大为推崇。在法国，《读书》杂志称它为“一部精妙绝伦的小说，是外表朴实简洁和内涵意蕴深远的完美结合”。《目光》杂志则称“在这里，我们读到了独一无二的、不可缺少的和卓越的想象力”。而在比利时，《南方挑战》杂志盛赞其“是一个寓言，是以地区性个人经验反映人类普遍生存意义的寓言”。《展望报》则更是认为“余华是唯一能够以他特殊时代的冷静笔法，来表达极度生存状态下的人道主义”的作家。对余华来说，即使在他先锋写作的鼎盛时期，这样的评价也是可望而不可即的。而对我们来说，《许三观卖血记》究竟体现了余华怎样的小说理想？在90年代的中国文学格局中它究竟应获得怎样的定位与评价？它所标志的余华的"转型"契机和背景究竟是什么？我们应如何认识和评价余华"转型"的意义和价值？……这些问题，将是我们今天重读《许三观卖血记》所必须回答的。

一、"人"的复活与"民间"的发现：《许三观卖血记》的主题学转型

1989年余华在《上海文论》上发表了题为《虚伪的作品》的带有先锋文学宣言性质的论文，在这篇文章中他以决绝的态度倡导文学创作对常识、秩序和日常生活经验的反叛，强调小说对"本质性真实"的发现，其对现实世界的反叛激情溢于言表。而到了1995年在写完《许三观卖血记》之后，他则说："我过去的现实更倾向于想象中的，现在的现实则更接近于现实本身"，并提出"写的越来越实在，应该说是作为一名作家所必须具有的本领，因为你不能总是向你的读者们提供似是而非的东西，最起码的一点，你首先应该把自己明白的东西送给别人"。这里，我们清楚地看到了余华对小说与现实关系的不同理解，这种不同理解也正是决定余华90年代艺术"转型"的逻辑前提和思维基础。

在80年代，"先锋作家"余华在形式探索的热情之外对现实世界的反叛主要表现在两个方面：其一是对于苦难和死亡的展示；其二是对于暴力与罪恶的偏嗜。而这两者都以对于日常经验世界的背离为特征，以对于人性之恶以及世界之夜的"本质真实"的揭示作为基本的"深度模式"。这样的写作对于中国文学的传统和现实的主流文学形态来说无疑是异端的、革命的，其创新求变的艺术思维对中国文学来说也是迫切而必需的。但现在回过头来重新审视余华等人的先锋文学创作，我们发现他们的"革命"背后其实也暗藏着深刻的矛盾和致命的局限。从认识论上看，一方面他们反叛长期主宰中国文学的源于黑格尔而完善于马克思主义的本质论世界观和历史观，另一方面在对世界的反映方式上他们的思维习惯却仍是与传统的本质论思维殊途同归的，只不过是试图以一种"本质"代替另一种"本质"而已。这就从根本上导致了其文本理念化、观念化和形而上学倾向的不可避免；从文学话语层面上看，余华们虽然以对叙述和形式的热情对抗和消解着文学的意识形态性，但是对世界和现实的极端化的

理解和处理，又使他们重新陷入了非此即彼的思维怪圈，并在对世界和现实丰富性的简化与遮蔽中重建了新的意识形态；从人学的角度看，余华等对"人"的"恶"的本质的揭示，常常是以对"人"的抽象化与符号化为代价的，这就使文学背离了"人学"的传统，使文学作品流失了"人"的血肉与生气。从余华90年代创作的一系列小说来看，他显然已经对自己的创作局限有了清醒的反思。反思的信息最初是从他的长篇小说《呼喊与细雨》中透发出来的，在这篇小说中余华开始了对于小说与世界和现实关系的全面修复，叙述上所传达出的对人生和世界的温情也令读者深为感动。其后，经由《活着》到《许三观卖血记》，余华完成了对于自我的艺术"否定"。令人高兴的是，余华在《许三观卖血记》中所体现的这种"否定"姿态与其80年代所张扬的"革命"已有了本质的区别。此次的否定体现为一个"否定之否定"的过程，不是极端的推翻，而是致力于艺术的重建。如果说，80年代的"革命"是一个排除或剔除的过程的话，那么90年代的"否定"则是一个艺术的"增殖"或丰富的过程。我觉得，从主题学层面上考察，《许三观卖血记》所代表的艺术转型至少为余华的小说创作增加了如下崭新的内涵。

其一，"人"与"生活"的复活。在《虚伪的作品》中，余华以和其他先锋作家一样的"创造"与解释世界的冲动表现出了对于世界的狂妄与自大，而在《活着》的前言中，他却以"高尚的写作"替换了"虚伪的作品"，"对一切事物理解之后的超然，对善与恶一视同仁，用同情的眼光看待世界"成了他新的写作理想。世界变得神圣和重要，余华认识到只有对世界的理解而不是构造才是"高尚"的。可以说，正是这种对世界的虔诚造就了余华的《许三观卖血记》，而在《许三观卖血记》中，作家对世界的理解又集中体现在对"人"和"生活"的理解上。正因为有了这份虔诚和理解，"符号化"的人才被重新贯注了生命的血肉，抽象化的世界图景才重新拥有了"生活"的感性力量。

许三观这个人物的成功塑造应该是余华对90年代中国文学的一大贡献。许三观毫无疑问是90年代中国文学所创造的不多的几个成功的文学典型之一（在这些典型中也包括余华笔下的另一个典型人物福贵）。这对于在80年代以反典型化作为自己"革命"目标的余华来说，尤显难能可贵。在小说中，余华并没有赋予许三观激烈的外部性格冲突，也没有对许三观的生存心理进行直接剖析。而是让许三观平凡的人生、朴实的话语"自动"地在小说时空中呈现，但在这种呈现中许三观的丰富、复杂、深厚却被无限地放大了。作家对许三观的塑造主要聚集在三个维度上：一是对于许三观顽强、韧性的生命力的表现；一是对于许三观面对苦难的承担能力和从容应对态度的表现；一是对于许三观的伦理情感生存思维的表现。许三观从小就成了孤儿，一生与苦难相伴。有人称他是"半疯半傻"的人物，有人称他为阿Q或"阿甘"，但其实他更像一个儿童。余华在小说中几乎没有表现许三观性格的"成长"或发展，而是赋予他一个单纯的不变的性格。他仿佛是一个生活在现实世界之外的人，他以自己的朴素和单纯对抗苦难，保护着自己。他的十二次卖血既是小说的主要情节线，也是他人生的全部价值和意义之所在。对许三观来说，他对付世界的唯一方式就是"卖血"，但每一次卖血在余华笔下却又有着不同的风貌、不同的人生内涵和不同的文本意义。本质上，血是"生命之源"，但许三观恰恰以对"生命"的出卖完成了对于生命的拯救和尊重，完成了自我生存价值和生存意义的确认。他的血是越卖越淡，但他的生命力却越来越强盛，他的血是为家庭、为子女、为妻子而卖的，他的生命自然在他们身上得到了延续。当小说最后，许三观想为自己卖一次血时，卖血实际上已经升华成了一种人生仪式和人性仪式。

与"人"的复活相一致，在《许三观卖血记》中，"生活"本身也得到了有力的呈现。与80年代改写世界、寻找"本质"的热情不同，在这部小说中余华完成的是对世界"活生生"一面的再现。而为了突现生活的"活生生"的一面，余华有意避免了生活被时代或历史遮蔽的危险，有意在小说的现实中不对具体的时代语境和时代关系作更多的交代，而是直接让他们融入小说的叙述，与人物的生命存在发生最直接的关系。因为人虽然必然地生活在时代与历史之中，但时代与历史也是由人的生活构成的。在"历史／个人"的关系中，悬搁"个人"将导致历史对个人的湮没与掩盖，生活的"活生生"就会被历史的宏大本质所覆盖；而悬搁"历史"则会极大限度地呈现生活的感性和人生的感性，同时亦能"通过对'历史场景'的'为什么'的悬置，达到对于'人类生存'的'为什么'的思考和呈现"。①在《许三观卖血记》中，我们虽然也能品味和体会到历史场景的残酷性，像"文革"中许玉兰的被批斗，许三观被迫召开对许玉兰的家庭生活会，以及许三观为了招待二乐的生产队长而卖血喝酒的场景等等，都具有鲜明的历史批判意味。但更多时候，作者是把这种批判性淡化了的，他努力表达的是对现实的一种理解，而借助这种理解，丰满而生动的生活细节与人生情境就成了历史与现实的主体，"生活"本身也以自在自为的方式"复活"，并呈现出了其感性的力量。在我看来，这是中国小说不着痕迹地消解意识形态叙事最为成功的一种方式。

其二，"民间"的发现与重塑。早在80年代的先锋写作中，余华等作家就已经开始了对"民间"的表现。但那时，"民间"更多地凸现为一种与"官方"或主流相对的文化立场，有时甚至只是一种"革命"手段或姿态。比如土匪、黑社会等极端边缘性生存景观也一度视作"民间性"而被加以表现。80年代是一个极端的年代，自然，"民间"在先锋作家手里也被极端化了，这种极端的后果就是导致了民间日常性的被覆盖以及民间的"非民间化"和向意识形态的重新归附。而在《许三观卖血记》中，余华对民间的发现与表现，无论对他本人还是对先锋作家来说都有着不同寻常的意义。

首先，《许三观卖血记》重建了一个日常的"民间"空间。如我们前面所说的，《许三观卖血记》有意地悬置了"历史"，这种悬置既"复活"了人与生活，又为"民间"的登场创造了条件。在小说中，作家对民间温情、民间人性、民间伦理结构、民间生活细节和民间人生世态的展示构成了小说艺术力量的重要根源。小说没有尖锐的矛盾冲突和情节线索，而是以民间的日常生活画面作为小说的主体，民间的混沌、民间的朴素、民间的粗糙甚至民间的狡猾呈现出了它的原始的生机与魅力。在许三观让一乐为何小勇喊魂的场景里，我们读到的是民间的宽容与善良；在许三观向方铁匠和何小勇女人借钱的情节里，我们目睹的是民间的人性与人情的纯净；在许三观赴上海沿途卖血的经历中，我们体味和感受的是民间的温情。而在许三观应对苦难的人生历程中，我们更是感动于他所代表的那种民间的生活态度和人生境界。正如作家在其中文版自序中所说："这本书其实是一首很长的民歌，它的节奏是回忆的速度，旋律温和地跳跃着，休止符被韵脚隐藏了起来。作者在这里虚构的只是两个人的历史，而试图唤起的是更多人的记忆。"

其次，从作家主体角度来看，《许三观卖血记》体现了先锋作家从贵族叙事向民间叙事的真正转变。80年代先锋作家在发动"文学革命"时，对于人道主义、伦理主义甚至启蒙主义都是持消解和反叛态度的。人的破碎、主体的破碎成了先锋文本的一个重要特征。但是在消解对象主体的同时，先锋作家却不自觉地建构了一个关于强大的作家自我主体的神话。第一人称叙事的风行以及作家真实姓名在小说文本中的频频出现是这个作家主体神话的突出表现。与此相适应，先锋作家也就确立了一种高高在上的贵族化的叙事立场和写作姿态。他们由对政治意识形态的反叛，进而过渡到了对整个世界的反叛，最后的恶果就是文学与现实和生活关系的彻底撕裂。余华在《许三观卖血记》中对这种贵族化叙事立场和叙事方式的抛弃是坚决的，这也是文本能够具有巨大的民间涵蕴和民间魅力的原因。在我看来，这是一部真正贯彻了民间叙事立场的小说，余华有意让民间的人生和民间的场景自主地呈现，叙述者几乎被谋杀了。正如作家在该书的单行本《自序》中所说的：“在这里，作者有时候会无所事事。他从一开始就发现虚构的人物同样有自己的声音，他认为应该尊重这些声音，让它们自己去风中寻找答案。于是，作者不再是一位叙述上的侵略者，而是一位聆听者，一位耐心、仔细、善解人意和感同身受的聆听者。他努力这样去做，在叙述的时候，他试图取消自己作者的身份，他觉得自己应该是一位读者。事实也是如此，当这本书完成之后他发现自己知道的并不比别人多。”正因为余华在小说中坚持了这种民间叙事的立场，我们在《许三观卖血记》中既不会遭遇知识分子启蒙立场所张扬的那种批判性传统，也不会遭遇贵族叙事所抛洒的那种高高在上的怜悯，而只会感动于那种源于民间的人道主义情怀对于人生与现实的真正理解。

二、对话与叙述：《许三观卖血记》的艺术转型

余华曾是一个对形式和技术极度迷恋的作家，但随着艺术观念的变化，在90年代的小说创作中他对形式和技术产生了高度的警惕。而到了《许三观卖血记》，余华更是呈现出了返璞归真的艺术追求。这种追求显然得之于余华对于写作技术的反思，在《叙述中的理想》一文中，余华说：“叙述上的训练有素，可以让作家水到渠成般地写作，然而同时也常常掩盖了一个致命的困境。作家拥有了能够信赖的叙述方式，知道如何去应付写作过程中出现的一系列问题的时候，信赖会使作家越来越熟练，熟练则会慢慢地把作家造就成一个职业的写作者，而不是艺术的创造者了。这样的写作会使作家丧失了理想，他每天面临的不再是追求什么，而是表达什么。所以说当作家越来越得心应手的同

时，他也开始遭受到来自叙述的欺压了。"②

本来，在80年代，对"叙述"的发现曾是新潮小说、先锋小说的一大成熟。"叙述"带给中国当代文学的巨大冲击至今仍余波未了。但我们也应该看到，对"叙述"的重视有时恰恰成了某些作家玩弄形式、逃避生活的借口。而且，由于"叙述"方式主要是从西方引进的，有些作家沉迷于这种模仿性写作中，试图以叙述形式的翻新花样来掩盖自己艺术创造力的缺乏和艺术能力的不足。这样，先进的技术反而成了艺术的枷锁。余华能反思到这点，并主动改变自己的艺术路径，其艺术勇气是值得肯定的。

对比余华80年代的作品，《许三观卖血记》无疑是一部繁华灿烂之后趋于平淡的作品，是一部艺术上被高度简化了的作品。余华在这部小说中完成了叙述上的拨乱反正，这表现为三个方面，即从暴露叙事向隐藏叙事的转变；从冷漠叙事向温情叙事的转变；从叙述人主体性向人物主体性的转变。作家剔除了一切装饰性的、技术性的形式因素，不再苦心经营小说的形式，但这部小说却并不是一部没有形式感的小说，相反作家"无为而为"，成功地构成了一种全新的形式感。从这部小说中，我们也许能理解到什么是真正的"无技巧的技巧"，什么是真正的"大音希声""大象无形"。

首先，叙述人的虚化。余华在《许三观卖血记》中最大限度地缩减了叙述人在小说中的功能，他的话语权几乎被剥夺了，他成了一个听客或看客，"听"与"看"而不是"说"构成了他在文本中的存在方式。他不再喋喋不休地营造氛围，描摹心理或传达理念，对人物与情节的交代也至为简单。换句话说，《许三观卖血记》是一部凸现"声音"的小说，但这声音主要来自主人公而不是叙述者。小说以这样的叙述开头："许三观是城里丝厂的送茧工，这一天他回到村里来看望他的爷爷。"这一句简单的交代所蕴含的无限多的可能性，此后全部由人物本身的发言和外在的行动来表现。现代小说中常有的叙述人介入或干扰人物的因素几乎都被放弃了，人物获得了极大的自主性和自足性；他说他行动，他用全部可听可见的举动表现他自己。正是这种叙述方式使小说具有朴素单纯中蕴含丰富的古典意味，而这种方式恰恰也是我们面对现实世界时最原始也是最"真实"的体验和感知方式③。

除了让主人公自己发言之外，小说还尝试了一种复数的"群口"的话语方式，并据此造成了一种众声喧哗的戏剧效果和心理效果。如在小说第八章中对一乐砸破了方铁匠儿子的头这一事件的叙述，余华就用了"他们说""有人说"的方式在不同人物的"语言"中交代事情的进展。而在第二十三章对何小勇被车撞了后病情演变，小说也是用"他们说"的方式来叙述的。这种复述第三人称叙述方式的引入不仅丰富了小说的叙事视点，弥补了叙述的盲区，更快地推动了小说情节的演进，而且把对于事件的叙述突入到了心理层次，由不同的声音传达了主人公们的心理冲突和情感态度。

与对于"声音"的凸现相一致，《许三观卖血记》对人物的外部行动的描写也是高度简约化了的。在小说中，我们几乎看不到静止的行动描写与心理描写。人物的所有行为都是可听可见的，"说"与"走动"是《许三观卖血记》提供给主人公们的两个基本的行为方式。而"流泪"也是主人公们共同而唯一的表达情感的动作。小说中多次出现人物激烈情感的流露场景，但主人公们的行为几乎都是重复或程式化的。比如小说写许一乐吃不到养父的面条又得不到亲爹的承认的悲伤，与许三观最后一次卖血失败而又遭讥笑的酸楚，作家就用了相似的方式去表现，这就是赋予他们两个共同的动作："走"与"流泪"。"走过城里的小学，走过电影院，走过百货店……"，"混浊的眼泪涌下眼眶，沿着两侧的脸唰唰地流，流到了脖子里，流到了胸口上……"。这样的描写与叙述是外在的，但是其中饱含的情感冲力却比直接进入人物内心世界更为令人震撼。这也是《许三观卖血记》"心理戏剧化""心理动作化"追求所独具的艺术魅力的体现。

其次，对话的多重功能。《许三观卖血记》还是一部以"对话"为主体的小说，某种意义上，它似乎更近似于一个话剧剧本。对"对话"功能的充分挖掘显示了余华的追求，也显示了他的才华。在这部小说中，对话不仅是人物的发言，同时还具有叙述情节、结构作品、交代人物经历、描绘现实场景、创造心理与想象世界等众多的艺术功能。甚至"时间"，在余华这里也是由对话呈现的。比如第十八章中，通过五段"许三观对许玉兰说"的话语段落，以"说"的方式让1958年人民公社、大跃进、大炼钢铁、办食堂等历史事件的"时间性"自然地从日常话语中流淌出来了。对余华来说，对于"对话"的"发现"，不仅直接造成了小说戏剧化的效果，创造了自觉简约的叙述形式，而且也使语言间的力量得到了充分的展现。通常来说，对话的过多运用是小说写作中的一个忌讳。如果处理不好就会造成故事与叙述的断裂。但余华在此充

中国当代文学史资料丛书

分展示了他的语言才华和功力，他甚至有意取消和混淆叙述语言与主人公语言，以及不同身份主人公语言间的差异，而是以一种共同的语言风格去构成对话文本。作家似乎自己把自己逼上了险途与绝境，然而小说偏偏就在这种单一和简单中获得了语言自身的力量。我相信，在当今的中国作家中具有如此语言能力的人为数不多。

再次，重复与节奏。前面我曾讲过，《许三观卖血记》是一部形式感很强的小说，这种形式感很大程度上来自于小说的语言，来自于小说的"对话"。说起来奇怪，余华似乎在故意轻慢"叙述"，但这种朴实简约的文本却天籁般地具有自然的韵律和节奏。这种节奏我们曾在孙甘露的文本里感受到过，但那是孙甘露苦心经营出来的文本效果，对比而言，余华无为而为所带来的这种文本的魅力更值得我们珍视。在反思自己的创作时，余华曾说："我发现自己所掌握的叙述很难接近到活生生之中。……这让我苦恼了一段时间，显然用过去的叙述，也就是传统的叙述可以解决这样的问题，可是同时我又会失去很多，这样的叙述会使我变得呆板起来，让我感到叙述中没有音乐，没有了活泼可爱的跳跃，没有了很多。"④那么，余华是如何使《许三观卖血记》拥有了"音乐"，拥有了"活泼可爱的跳跃"的呢？除了我们刚才讲到的语言本身的魅力之外，对于"重复"的营造也是这部小说节奏感的一个重要根源。十二次"卖血"是重复的，但这种重复是一种有变化的重复，变化和重复是融为一体的，拿许三观卖血后吃爆炒猪肝和二两黄酒的情节来看，每次重复就都有新的情感内涵。而在小说的结尾则达到了高潮。"三盘炒猪肝，一瓶黄酒，还有两个二两的黄酒"，许三观说，"我这辈子就今天吃得最好"。再比如：许三观给全家人精神会餐吃红烧肉，在一般作家看来，描述一遍就够了。但余华却让许三观重复了四遍。通过重复，吃红烧肉本身反而变得不太重要了，而文本的抒情性旋律和情感节奏却被凸现了出来，并由此形成了一种特殊的叙述效果。

三、可能与启示：《许三观卖血记》之于余华的意义

《许三观卖血记》作为90年代中国文学的一个重要文本，无论对于余华本人，还是对于转型期的先锋作家群来说都具有重要的意义。在我看来，《许三观卖血记》标志着先锋作家在文学观念和审美趣味上已经完成了由浓向淡的转

型，这种转型可以视作先锋作家自80年代以降所掀起的文学观念革命的终结。它提供了先锋作家告别极端和炫技式写作的成功范例，它以对简单和朴素的追求显示了作家们艺术自信心的增强、艺术能力的提高和艺术心态的逐渐成熟。余华通过《许三观卖血记》这样的文本回击了文学界对于先锋作家所谓现实失语和玩弄形式的指责，确证了自己的能力和价值。如果说在80年代初余华等人对形式的迷恋可以视作他们艺术上不够自信，以及试图以夸张的形式掩盖艺术能力不足的证据的话，那么此时的余华已经可以用《许三观卖血记》理直气壮地去向文学界挑战：传统的形式我同样可以得心应手地运用，而即使抛却所有的技术写作因素，我的文本同样也能获得巨大成功。这也就意味着余华可以拥有这样的自信：你们所做到的我同样可以做到，而我可以做到的你们却未必能够做到。

从这个意义上说，我们不能把余华的艺术"转型"简单地看作一种妥协或媚俗的行为，实际上它不是盲目的慌不择路的逃亡，而是一种自觉的艺术选择，是一种艺术的自证行为。另一方面，艺术回到它的单纯和朴素状态，不是艺术的退化或撤退，而正是作家走向自由境界的一种标志。因为，对作家来说技术滞后的焦虑固然是一道枷锁，而为技术所困同样也是一道枷锁。《许三观卖血记》这样的文本对于技术的远离实质上是同时抛弃了束缚作家的二重枷锁，作家此时才真正感受到了主体解放的快乐。在此，我们也应看到，余华的转型并不能简单地看作是对于"技术"的否定与抛弃，也不能看作是对于"先锋前"艺术形式的复辟，实际上这是一个"否定之否定"的过程。正如余华自己所意识到的，叙述、技术、形式对中国作家绝不是可有可无的，他说过，"对现代叙述的了解和慢慢地精通，是我自己的叙述得以完善的根本保证，也使我最大限度地获得了叙述上的自由"，"我感到今天的写作不应该是昨天的方式，所以我的工作就是让现代叙述的技巧，来帮助我达到写实的辉煌"。⑤如果没有了先锋写作阶段，余华对于现代技术的"精通"与实践，我们很难想象他会有《许三观卖血记》所代表的艺术转型的巨大成功。同时，余华的"转型"并没有与他从前的写作一刀两断，如果说他先锋时期的写作出于对文学可能性的追求的话，那么他的"转型"也正是挖掘艺术可能性的一种方式。也就是说，"转型"对于余华也同样只是一种可能性，只是一种艺术探索的阶段性尝试，它不应该也不可能是艺术的终点。我们不能把它绝对化、神圣化，不能把它视为艺术发展的唯一方向。如果我们，从余华"转型"的成功形而上地得出对80年代文学实验全盘否定的结论，那可能就是中国文学的真正的灾难。因为，至少在我看来，中国作家"技术补课"和"形式补课"的任务还远没有完成，中国文学局面的真正改观离不开艺术的、语言的和技术的"大换血"。

注释：

①周亚琴：《寻求内在经验平衡的写作》，《当代文坛报》1997年5～6期。

②余华：《叙述中的理想》，《当代文坛报》1997年5～6期。

③贺桂梅：《小说与现实：从反叛到理解》，《当代文坛报》1997年5期。

④余华：《叙述中的理想》，《当代文坛报》1997年5～6期。

⑤余华：《叙述中的理想》，《当代文坛报》1997年5～6期。

原载《文艺争鸣》2000年第1期

从十八岁到第七天

王德威

余华新作《第七天》在媒体热烈炒作下千呼万唤始出来，接踵而至的却是一片批评声浪。面对这样的反应，余华应该不会意外。因为他上一部作品《兄弟》在二〇〇六年上市时，就曾经引起类似褒贬两极化的热潮。《第七天》顾名思义，宗教（基督教）隐喻呼之欲出。但这本小说不讲受难与重生，而讲与生俱来的灾难、天外飞来的横祸，还有更不堪的死无葬身之地。

平心而论，《第七天》写得不过不失。但因为作者是余华，我们的期望自然要高出一般。余华一九八三年开始创作，今年（二〇一三年）恰巧满三十年。除开小说文本的分析，他如何出入文本内外，处理创作与事件、文坛与市场之间的关系，一样值得注意。《第七天》所显现的现象，因此很可以让我们反思余华以及当代大陆文学这些年的变与不变。

九八七年 月，《北京文学》刊出短篇《十八岁出门远行》。故事里十八岁的叙事者在父亲的鼓励下背上红背包，离家远行，却遇到一系列怪诞的人和事，最后以一场暴力抢劫收场。小说没有明确的时空背景，叙述的顺序前后逆反，但最让读者困惑——或着迷——的是主人公那种疏离怠懒的姿态，以及不了了之的语境。

《十八岁出门远行》的作者余华当时名不见经传，却精准地写出一个时代的"感觉结构"。长征的壮志远矣，只剩下漫无目的的远行。新的承诺还没有开始实现，却已经千疮百孔。天真与毁坏只有一线之隔，跨过十八岁的门槛的另一面，是暴力，是死亡。

我们于是来到先锋文学的时代。评论家李陀曾以"雪崩何处"来形容那个时代一触即发的危机感与创造力。毛时代语言解体，革命叙事不在，然而历史的幽灵如影随形。余华曾是先锋文学最重要的示范者。他的文字冷冽残酷，想象百无禁忌。他让肉体支离破碎成为奇观（《一九八六》《古典爱情》），让各种书写文类杂糅交错（《鲜血梅花》），让神秘的爆炸此起彼落（《此文献给少女杨柳》），让突如其来的死亡成为"现实一种"（《现实一种》）。究其极，余华以一种文学的虚无主义面向他的时代；他引领我们进入鲁迅所谓的"无物之阵"，以虚击实，瓦解了前此现实和现实主义的伪装。

九十年代的余华开始长篇小说创作，风格也有了明显转变。叙事于他不再只是文字的嘉年华暴动，也开始成为探讨人间伦理边界的方法。《活着》里的主人翁从旧社会到新社会，从人变成鬼，从鬼又变成人，兀自无奈却又强韧地活着。好死不如赖活，余华仿佛要问，什么样的意志力让他的主人翁像西绪弗斯（Sisyphus）般地坚此百忍，成为社会主义社会里的荒谬英雄？

《许三观卖血记》则思考宗族血缘迷思和社会主义家庭制度间的落差，以及"血肉之躯"与市场的劳资对价关系。余华的原意也许仅是诉说一场民间家庭的悲喜剧，但有意无意的，他以"卖血"的主题点出中国社会迈向市场化的先兆。鲜血不再是无价的牺牲，而是有价的商品。如果这桩买卖能够改变家庭经济学，也就能够改变家庭伦理学。

而到了《呼喊与细雨》，余华深入亲子关系的深层，写成长的孤寂、伤逝的恐惧、生命无所不在的巧合与错过。一切都是那么地不可恃；所谓成长的意义，只不过像是细雨中隐隐传来的凄厉的呼喊。

无论如何，余华世纪末的叙事被家庭化或驯化（domesticated）了。他的创作似乎也来到一个盘整阶段。到了新世纪，蛰伏后再次出马的余华又有惊人之笔。《兄弟》以上下册形式出现，借一对没有血缘关系的兄弟的冒险故事，侧写共和国三十年来的历史。上册写社会主义"文化大革命"的怪现状，下册写后社会主义市场革命的怪现状；上册充满歇斯底里的泪水，下册充满歇斯底里的爆笑。相互抵触却又互为因果。禁欲与变态，压抑与回返，"革命"的暴力与"市场"的暴利，发展兄弟一般的关系，难分难舍。以此，余华写出了他个人版的"两个不能否定"。（习近平二〇一三年在中央党校学习班开班的讲话："不能用改革开放后的历史时期否定改革开放前的历史时期，也不能用改革开放前的历史时期否定改革开放后的历史时期。"）

余华写后社会主义怪现状就算再嬉笑怒骂、诡异耸动，无非是向一个世纪以前的晚清谴责黑幕小说致敬。想想《二十年目睹之怪现状》《活地狱》这类小说，可以思过半矣。然而《兄弟》又必须得到重视。"文化大革命"四十周年了，在"和谐社会"里，《兄弟》所夸张的社会喧嚣和丑态，所仰仗的传媒市场能量，所煽动的腥膻趣味，在让我们重新思考共和国与"当代文学"的互动关系。支持者看到余华拆穿一切社会门面的野心；批评者则谓之辞气浮露，笔无藏锋；他的小说已经是他所要批判的怪现状的一部分了。

《第七天》写的是个"后死亡"的故事。主人翁杨飞四十一岁一事无成，老婆外遇离婚，罹癌的父亲失踪，某日在餐馆里吃饭，竟然碰上爆炸，死得面目全非。这只是故事的开始。死去的杨飞发现自己还得张罗自己的后事，原来人生而不平等，死也不平等。在寻寻觅觅的过程里，他遇到一个又一个横死枉死的孤魂野鬼，都在等待殡仪馆、火葬场的"最后"结局。

用文学批评术语来说，余华的叙事是个标准的"陌生化"（defamiliarization）过程，他借死人的眼光回看活人的世界，发现生命的不可承受之轻：毒水毒气毒奶泛滥，假货假话假人当道；坐在家中得提防地层下陷，吃顿饭小心被炸得血肉横飞；女卖身男卖肾，不该出生的婴儿被当作"医疗垃圾"消灭，结婚在内的一切契约关系仅供参考。到处强迫拆迁，一切都在崩裂。余华的人物都不得好死，他们只有等待火葬前，爆出片刻"温馨"的想象，想象他们的安息之地没有污染，没有欺骗，没有公害。

对《第七天》感到失望的读者纷纷指出这本小说内容平淡，仿佛是微博总汇，没有"卖点"。这是相当反讽的批评，可以有两解：一方面，余华过去的作品已经把读者的胃口养大，新作自然需要更恐怖，更令人哭笑不得的点子；另一方面，诚如余华夫子自道，我们的社会无奇不有，早已超过小说家想象所及，他只能反其道而行，告诉我们日常生活点滴就是灾难，就是"现实一种"。即使如此，摆荡其间，余华似乎还没有找到新的着力点；他不免像他笔下无处可栖的杨飞那样，写着写着也显得体气虚浮起来。

有没有别的方式阅读《第七天》？我在这本小说里看到余华和以往风格对话的努力。他显然想摆脱《兄弟》那种极度夸张的奇观式书写；《第七天》既然暗含《圣经》的时间表，其实有相对工整的结构。余华回到先锋时期的那种疏离的、见怪不怪的立场，他告诉我们生命一如残酷剧场，我们身在其中，只能善尽刍狗的本分，承受暴力与伤痕。然而，如果先锋时期余华写暴力和伤痕

中国当代文学史 资料丛书

带有浓厚的历史、政治隐喻，《第七天》的暴力与伤痕基本向民生议题靠拢，而且是大白话。同为批判，这代表了余华对当下现实的逼视，还是对先锋想象的逃逸？

与此同时，《第七天》又上通余华九十年代的伦理叙事。最耐人寻味的是他对杨飞身世之谜的处理。杨飞和他的养父还有照顾他长大的邻居夫妇之间的亲情，我们读来不感动也难。这不是社会主义版的"老吾老以及人之老，幼吾幼以及人之幼"吗？相形之下，杨飞妻子的见异思迁，不免让我们联想市场化所暴露的人性丑陋面。余华又花了大量篇幅写一对社会底层的罗密欧与朱丽叶，因误会而殉情。他们一无所有，却义无反顾地为所爱而生，为所爱而死。

从（鲁迅论晚清小说所谓的）"溢恶"到"溢美"，余华使尽力气来完成他对当代的批判。但按照《第七天》的逻辑，一切批判还没有展开，就成为后见之明。这样的吊诡部分来自余华试图经营的"后死亡叙事"。一般的鬼魅小说沿着"死亡后叙事"发展。不论伤逝悼亡，还是轮回果报、阴阳颠倒，叙事在前世与今生、肉身与亡灵的轴线中展开，其实有一定的意义连贯性。"后死亡叙事"则视死亡如"无物"，不但架空生命，甚至架空死亡。生死和叙事在这里不再形成互文关系。余华暗示我们生活得犹如行尸走肉，死后也不能一了百了。死亡本身成为一种诡异的"中间物"，既不完结什么，也不开启什么。在这样的意义体系里，连传统的"死亡"也死亡了。

《第七天》里弥漫着一种虚无气息，死亡或后死亡也不算数的虚无。我以为这是余华新作的关键。相对于小说标题的宗教命题，《第七天》逆向思考，原应该可以发挥它的虚无观，甚至可以带来鲁迅《野草》式的大欢喜，大悲伤。但我们所见的，仅止于理所当然的社会批判，催泪煽情的人间故事，还有熙熙攘攘的、无坟可去的骷髅。与此同时，我们也见到传媒的精心包装，甚至强没有（上市）的东西以为有，形成市场幽灵宏观调控的最新成果。

这不禁让我想到《十八岁出门远行》。如前所述，余华在彼时已经埋下虚无主义种子，而且直指死亡和暴力的暧昧。当年的作家笔下更多的是兴奋懵懂，是对生命乌托邦／恶托邦的率性臆想。到了《第七天》，余华似乎有意重振他的先锋意识，却有了一种无可如何的无力感。以往不可捉摸的"无物之阵"现在以"爆炸——爆料"的形式呈现在我们眼前；很反讽的是，爆出的真相就算火花四射，却似没有击中我们这个时代的要害。

剩下的问题是，我们如何解读《第七天》里的虚无主义。十八岁的红色背包青年出门远行，陷入危机处处；四十一岁的杨飞则被日常生活炸到血肉横飞，在后死亡的世界无处可归。虚无曾是余华的叙事之矛，冲决网罗的矛，虚无现在是他的叙事之盾，架空一切的盾（引用南京大学黄发有教授的观点）。从一九八三来到二〇一三，三十年的余华小说也来到一个新的临界点。

原载《读书》2013年第10期

论余华《许三观卖血记》的"重复"结构与隐喻意义

李 今

"重复" [①]是《许三观卖血记》一个突出的文体现象，尽管作者和不少文章都已从事件、声音、对白、细节、叙述的重复等诸多方面进行过探讨，但从整体上由纵横交错的重复编织而成的内在结构，由此结合而衍生的丰富意义，以及由这些重复所决定的与文本外部的多层面关系，仍有待进行更深入的读解。

一

显而易见，《许三观卖血记》（以下简称《卖血记》）是一个关于重复的故事。它的中心情节从题目就可一目了然。围绕着卖血，作者竟让许三观重复同一行为十二次，这就不能不说是刻意为之，甚至可以说是到了椎心泣血的程度了。这还仅仅是许三观一个人的卖血重复史。小说开端所写爷爷一再错把孙子当成儿子，追问是不是常去卖血；许三观终在村里人阿方和根龙的带领下走上卖血的道路；后来，他又引导来喜和来顺两兄弟加入这续续不已的队伍的情节线索，又构成了一个重复复重复的故事。许三观重复着父辈的人生，他和阿方、根龙则是同辈间的重复，来喜和来顺的出现又预示着这一重复仍在继续。这一系列的重复事件，如同敲在一个点上的重锤，逼迫着你不能不朝向一个方向去思考：许三观们为何不得不重复卖血？他们为什么走不出"底层"的命运？

这个问题的提出很有些无产阶级文学的味道，在某种程度上，也可以看作是对这一文学类型主题的重复。但与控诉阶级的剥削和压迫，鼓动底层人民起来造反的革命文学传统不同的是，许三观们身边没有让他们仇恨的地主、资本家；与"翻身解放""当家作主"的延安文学和十七年文学的宏大叙事也不同的是，生活在共和国时期的许三观仍重复着父辈的人生方式。而《卖血记》也不是一部仅提问题的小说，更是自我阐释的例证。它凝聚了作者试图超越"对事实框架的模仿"，而去探究现状世界背后"一个无法眼见的整体的存在"，或也可称为"世界的结构""世界自身的规律"的发现与思考。

余华在被看作先锋文学宣言的《虚伪的作品》中认为，由于这个"事先已经安排好"的结构，或也可称为"必然的前提"的存在，人、现实，甚至包括房屋与街道、树木与河流都"不由自主"地"仿佛是舞台上的道具"，在这种"隐藏的力量"指使下展开其运动，"如同事先已确定了剧情"。这个"世界的结构"不仅赋予人的命运，人与人的命运，人与自然的命运，"世界自身的规律便体现在这命运之中"②。如果说，他在《世事如烟》《此文献给少女杨柳》等先锋作品中，分别以小说空间的并置、错位和时间的分裂、重叠的结构作为他理解和把握世界的框架，那么在转型后的《卖血记》中，我以为，余华并未因为题材的现实性而转向现实主义的对事实框架的模仿，他仍承续着对那个"事先已经安排好，在某种隐藏的力量指使下展开其运动"的世界结构的追寻。只不过《卖血记》的现实题材，让他把这种探究有意无意地伸向了赋予人社会命运的"社会的结构"。

那么，《卖血记》中让以阿方、根龙为代表的农民，和以许三观为代表的工人一再卖血，甚至因此而丧生的"社会的结构"，"隐藏的力量"是什么？作者让根龙似乎是不经意说出的一句话全盘抖出："我们娶女人，盖房子都是靠卖血挣的钱，这田地里挣的钱最多也就是不让我们饿死。"③这句话实在具有四两拨千斤的效力！它启动了全部"不由自主"地卖血的人生以及为卖血而建立的社会结构。根龙所说不过是就事论事的自家小账，借用余华的话来说，"对其内在的广阔含义则昏睡不醒"④，但恰恰是这一小账控制着卖血重复行为与人生的中心，沿着它才能进入其"广阔含义"的深处。

一直受着马克思主义教育的中国人一定记着马克思说过的这句话：一种社会形态在进行生产活动的同时如不进行生产条件再生产的话，就一年也维持不下去。马克思所揭露的资本主义劳动力再生产的最低保证虽说残酷，起码它还有个长远的观点，能够考虑到传宗接代所需要的抚养和教育子女问题，甚至能够超越"生物学的"最低保证，慷慨地念及一种"有史可循"的最低限需要。如马克思注：英国工人需要啤酒，而法国无产者需要葡萄酒，多少有那么点奢侈的享受。

然而，在许三观们寄寓的世界，他们的劳动力所挣来的仅仅是不让自己饿死的保证，如果还想娶女人、盖房子，就得靠卖血。作者从小说开始就埋下了以桂花为代表的女人命运的谶兆，相对于"在这地方没有卖过血的男人都娶不到女人"之男人的命运，女人也找不到"没有卖过血的男人"。无论桂花妈妈的心有多细，她能及时退婚，以免让女儿嫁给因卖血而"身体败掉了"的男人。但桂花最终还是早早做了寡妇，她另嫁的男人根龙因卖血而丧命。小说写到的另一位卖血人阿方则是把尿肚子撑破，命虽保住而身体败掉了。至于像英国工人和法国无产者有些许享受的话，中国无产者们想喝黄酒也只能在卖血之后自己吃自己的犒劳中。他们已经一无所有赤贫到如许三观所说"我现在除了身上的血，别的什么都没有了"⑤的地步。单是为了"活着"，一家人活下去，"不由自主"地都要走上以对生命（血）的出卖养生命的循环路。

我想，这就是《卖血记》核心情节循环重复的所指。作者揭示的不仅是许三观们这一代无产者，起码是20世纪代代相传不变的底层人生及其不变的"社会之结构"。许三观父亲的早逝与根龙因卖血而丧生遥相呼应，他显然死在左翼文学所控诉的旧社会。但经过人民公社、"大跃进"、大炼钢铁的社会主义，许三观以自己的生存经验一针见血地指出："从今往后谁也没有自己的田地了，田地都归国家了，要种庄稼得向国家租田地，到了收成的时候要向国家交粮食，国家就像是从前的地主。"⑥

向谁租田地的变化并没有改变"社会的结构"，底层劳动力的价值被给予"最多也就是不让我们饿死"的价格才决定着底层不变的人生。马克思早就以对价值与价格的区分，揭穿了资本家剥削剩余劳动力的秘密，《卖血记》也一再以精确的数字告诉读者，卖一次血能挣三十五块钱，相当于在地里干半年的活才能顶上。当来喜兄弟因他们运送一船蚕茧，也就十来天工夫就能每人挣到三元钱而得意扬扬向许三观炫耀时，一听说卖血的价格，也马上加入了卖血的行列。可见，卖血故事的发生，要有两个必要的前提：一是劳动力价格的低微，卖血者不能靠出卖劳动力养家糊口；二是卖血价格的高昂，能够一举解决卖血者（如许三观所说）的"大事情"。许三观们庞大卖血队伍的存在，正说明着他们生存的社会不仅剥削其劳动力，更残忍到剥削他们的生命。处于这种为了活着本身而活着都要以"命"去换的生存境遇，还能想象他们为了活着之外的事物而活着吗？

《卖血记》所揭示的"事先已经安排好"的"社会之结构"，"隐藏的力量"还表现在"血头"被社会结构赋予的"权力"，即阿方所说的"李血头就是管我们身上血的村长，让谁卖血，不让谁卖血，全是他一个人说了算数"。[⑦]这个替代性的隐喻本身也是一种重复，它显示了社会结构中主宰一切的权力作用。卖血的人尽管做的是损命的事，却还要巴结贿赂血头，"谁和他交情深，谁的血就卖得出去……"，也就是说，许三观们卖血还要有前提，需要经过血头的选择和允准。在《卖血记》中，余华所熟悉的血头与他所不熟悉的毛主席同样被赋予"全是他一个人说了算数"的权力。于是"文化大革命"来了，工厂就停工了，商店关门了，学校不上课了，有人被吊在了树上，有人被关进了牛棚，有人被活活打死。而接着毛主席又反过来说"要文斗，不要武斗""要复课闹革命""要抓革命促生产""知识青年到农村去""身边只留一个"，一系列指示无论怎样颠三倒四，却都决定着许三观们及其子女的命运，同样的权力也赋予了二乐下乡地方的生产队长。

余华的创作谈透露出，他写作的初衷本是血头的故事给他留下的深刻记忆。虽然他所熟悉的那个血头，在医院里的地位不及最普通的护士，但每个卖血人竟都须"求他"，甚至把他奉为"救世主"，争先恐后地加入他领导的一次近千人"辉煌的集体卖血"活动。尽管最终余华写成的不是这个血头的故事，而是卖血的故事，我想还是这个令他"着迷"的血头引导他去探究和发现了"社会的结构"，为他卖血故事揭示出背后隐藏的"不由自主的"力量。

《卖血记》的叙述虽然充满黑色幽默，但他写出了底层人民的"疼痛"。他对底层的关怀不是浅薄的同情和感叹，而是深入底里的探究与追问。所以，首先我想强调《卖血记》不仅仅是寓言，它严肃地指向历史、现实和社会，具有强烈的底层意识形态性。它所隐示的重复不变的社会结构使它能够超越左翼文学传统的个别历史与个别意识形态，而彰显出没有历史的轮回的底层命运。《卖血记》的结尾，虽然没有暗示许三观的儿子们是否会像他那样重复父亲的卖血人生，但来喜、来顺的加入仍指示着社会底层的延续。

二

我以为两两对立又对称的图式是《卖血记》建构人物谱系关系的一个显在规则。许三观和许玉兰无疑处于这成双成对图式的中心,他们都犯了生活错误,因这个错误,又勾连出另外两个家庭。特别是围绕着许玉兰与何小勇的孩子一乐的纠结,在许三观一家与何小勇一家之间又构成了一组对立又对称的关系。许三观和一乐的关系,在某种程度上可以看作是许三观与血头的隐喻性关系,这同样是一个两两对立又对称,而进一步与平行层面相错综的组合,从而使文本的家庭层面和政治层面在此会聚。

余华在韩文版自序中,曾开诚布公地宣称《卖血记》"是一本关于平等的书"。这是一句很费解的话,前面分析大概反而可以说明,它是一本关于不平等的书。但这是《卖血记》故事的潜在内涵,或者说是内在的聚焦核心。小说揭示的不平等的"社会的结构",其形式正如其"隐藏的力量"之性质一样,它"隐藏"在卖血故事的背后,也隐藏在卖血阶层的认识视域之外。如果说《卖血记》纵向编织的重复,是引导读者进入社会结构深处的线索,它横向设置的重复则成为展现许三观们寓居社会方式的舞台。许三观及其邻居们所信奉的是"另外一种对平等的追求"。如余华所说,就是"和他的邻居一样,和他所认识的那些人一样"[8],他所斤斤计较,争来斗去的"平等"只限于同一阶级的"邻居们"。

余华对人物的刻画向来不注重性格,而更关注其欲望,因为他认为"欲望比性格更能代表一个人的存在价值"。《卖血记》从始至终充斥着人物的掏心直白,每个人物都要清楚交代其动作的理由和动机正出于作者的这一考虑。由此可以发现,与平等相关的公平意识是被许三观们所认同的价值原则。但问题是,每个人都在这一公共原则下为实现自己的欲望打着小九九。许三观们的平等是买卖式的公道,用"算计"来衡量。虽然他们在"社会的结构"中吃了大亏,却从来没有想过为什么是他们要卖血?反而津津乐道于"卖血"买卖的划算,但与自己的邻居们打交道却是分毫不让,并由此生出"人不欠我,我不欠人"的公平规则。许三观花掉八角三分钱请许玉兰吃饭,就有理由让她嫁给他。而何小勇拒绝没结婚就替许玉兰还这八角三分钱的债,也成为他失去许玉兰的理由之一。为追求许玉兰,何小勇可以经常给其父买酒;一旦失败,马上白吃白喝，许玉兰父亲也甘心忍受，直到两相扯平后宣布"戒酒"。本来是一乐为帮三乐打伤了方铁匠的儿子，但许三观却拿一乐是何小勇的儿子做文章，让许玉兰找何小勇去要钱，还理直气壮地认为"我要是出了这钱，我就是花钱买乌龟做"，白养了一乐九年，已经便宜那个何小勇了。大饥饿时期，许三观为让全家人吃上一顿饱饭去卖血，也因为计较让一乐和自己的儿子一样去吃面条，就是"太便宜那个王八蛋何小勇了"，而使一乐委屈痛苦到离家出走，饱受折磨。

在许三观一生中，最让他感到耻辱的，当然是莫过于老婆和别人生了野种，但他为了心理平衡也重复许玉兰的错误一回，甚至两人面对彼此出轨的反应都相互重复，以家务罢工作为报复的手段。"文化大革命"中，许玉兰被打成妓女批斗，许三观相当真诚地说"我和她是一路货色"，一再重复"其实都一样"。

许三观一家与何小勇一家相当对称：一方是两个儿子，一方是两个女儿，一乐则是两家成为冤家对头的纠结。不必说许三观对何小勇恨之入骨，视其为恶人，而自认是善人，但他却与何小勇如出一辙，被林芬芳的丈夫骂为"禽兽不如"，使许玉兰怒斥"你怎么去学那个王八蛋何小勇"。面对一乐闯祸，许三观与何小勇同样因怕花钱而拒绝为方铁匠儿子付医药费。许玉兰与何小勇的女人更是旗鼓相当，一报还一报。先是许玉兰去找何小勇为一乐闯祸买单被其羞辱一番；后因何小勇被撞，其妻求告一乐去喊魂，又被许玉兰讽刺挖苦，甚至两人之间的相互谩骂都是对偶句。

这些家庭闹剧一再被作者安排在家庭之外的广场，由此进一步建立起许三观与他邻居们的关系。小说纷至沓来的"他们说""×××说"，不仅仅是制造节奏、调节叙述语调的形式因素，对于许三观来说，实为事实和真理。他不仅亦步亦趋地重复"他们说"来为自己行为寻找支持和辩护，甚至"他们说"往往决定了他的思想和行为。《卖血记》中一再浮现的模糊而实在的邻居们，与鲁迅的"看客"们可看作是文学史上文本互文的重复变异现象。但《卖血记》建构的不是"看客"与先觉者、革命者，或狂人的对立，而是许三观与邻居们的同质性。在许三观们的世界没有启蒙者，他们在现实中相互愚昧着，也相互启蒙着。许三观们都不是一般喜剧中的傻角，但他们的不吃亏，精于算计却往往是犯糊涂，搬起石头砸自己的脚。正因为他们过于斤斤算计公平，反而使公平的意义丧失殆尽，于己于人都造成极大的伤害。表层较真儿的平等与效果的适得其反，无声地反讽了许三观们与世界打交道方式的悖谬。

《卖血记》中的不平等关系主要在许三观与一乐，许三观们与血头之间体现出来。虽然两者分属于家庭和社会的不同层面，却是一种有差异的隐喻性重复。一乐与许三观的非血缘性使他能不能被这个家庭所接受，在家庭中居于何种地位，完全要看许三观的态度。这正与血头握有卖血者的允准权关系类似，谁与血头的交情深谁的血才被接纳，许三观之于一乐正与血头之于许三观相当。为偿还方铁匠的医疗费将家具赎回，许三观用一家五口人一年的糖票买了一斤白糖去贿赂血头，一再讨好说是为了"孝敬"。大饥荒时期，为让家里人吃上一顿饱饭，许三观第三次求血头买他身上的血，而血头竟以"恩人"自居，还体贴地让许三观不必滴水之恩，涌泉相报，"就滴水相报吧"，将卖血钱的零头给他就可以了。无论是"孝敬"之举，还是"恩人"身份，同是小说描写一乐与许三观关系的重笔之处。许三观要上房，一乐就扶梯子；许三观干活，一乐就准备脸盆、毛巾和茶水；许三观把桶掉到井里了，一乐就奋不顾身打捞上来。虽然一乐曾因许三观不带他去吃面条，赌气找何小勇认亲爹，但他最终还是以孝敬和忠诚之举赢得了许三观的认可，甚至是超越自己亲生儿子的爱。三个儿子和许三观的关系，多少也有些卖血者阿方、根龙、许三观和血头关系的投影。根龙因为孝敬血头最多，获得最大的面子，直到他命丧黄泉，许三观还要央求血头看在"根龙死了没多久，他尸骨未寒"的面子上，允许他再卖一次血。许三观也同样以一乐的恩人自居，用白养了一乐九年去说服方铁匠，让何小勇"滴水之恩当涌泉相报"。

但小说设置的这组重复关系又显然在性质上截然不同。许三观对一乐是绝对的恩人，鞠躬尽瘁，死而后已。血头对卖血者实际上是依附者，只因卖血者群体的存在，才会有管理者血头，甚至毋宁说血头是被卖血者养活的。但血头在社会结构中所处的权力位置，却不仅让血头，而且让卖血者都对其恩情确信无疑。可见，这两对有差异的重复关系事实上是一组强烈对比的修辞：许三观对一乐的恩越大，血头自居为卖血者恩人的话语和姿态就越荒谬。如果进而考量这一组文本内部的重复关系与文本外部的政治伦理传统——父母官与百姓，大救星与人民的平行对应，其重复隐喻就更是叠中叠了。

《卖血记》中的血头与卖血者，尽管在社会结构中对立，但从行为方式上还是相互重复着的一种关系。不管是李血头，还是许三观去上海一路卖血所面见的血头，其体貌特征都一样。就像许三观初识李血头后惊奇地发现：根龙、阿方吹嘘的李血头怎么就是经常到我们厂里来买蚕蛹吃的李秃头？他们同属许三观们中的一员。小说结尾接替李血头的那个李傻子的儿子，甚至让知根知底的许玉兰瞧不起，说"他妈是个破鞋，都不知道他是谁的野种"。许三观犯的错误，血头也犯；许三观遭遇的尴尬，血头也有。许三观说他和许玉兰是"一路货色"，也完全可以再引申到血头。作者对官与民、男与女、老与少、好与坏"异貌同质"人物关系的配置，进一步反证了并非是人的性质、能力之不同，而是人与人处于"事先已经安排好"的社会结构中之位置不同，决定了他们不同的身份和命运，从而深入到了许三观们身份与命运的实质。

余华声称他在创作中"寻找的是无我的叙述方式"，但"无我的叙述方式"并不等于作者的缺失。上述对重复现象的分析正显示了作者本人的存在，因为他是这一切设置的创造者。作者以纵向编织的重复，引导读者进入没有历史的不平等之社会结构的深处，又以横向设置的重复展现了许三观们"另外一种对平等的追求"。作者对社会结构本身就不平等，而人们却汲汲于"平等"的"理解世界并与世界打交道的方式"之两相看透，令他对平等的普适价值意识与现实的反差啼笑皆非，这从根本上决定了《卖血记》中叙述与现实的反讽关系。

三

余华特别重视小说的开始部分，甚至认为"如果在第一页没有表达出作家叙述的倾向，那么很可能在第一百页仍然不知道自己正在写些什么"⑨。卡夫卡、霍桑、福克纳对他最重要的启示即一开始就"简洁明了"地确立叙述与现实的关系。《卖血记》中那个开头登场，之后便了无踪迹的爷爷形象正可以看作是作者与现实签订的合约。他总是错把孙子当成儿子，不合常理地认为不卖血就意味着身子骨不结实，被许三观说成是"老糊涂"的观点，正暗示了作者所要确立的一种叙述方式。这是一份貌似精明，实却"糊涂"的合约。只有意识到社会的结构不平等这一"隐藏的力量"，我们才能读出作者"重重地去写"许三观"一生追求平等"⑩，却"一生卖血"之反讽的结构。而且作者与现实签订的这份合约，又并非一成不变。这是我们读解《卖血记》过程中，不得不加以辨析的。

《卖血记》从发表至今已近二十年了，关于许三观形象，及其作者对于许三观态度的评价，一直存在着两种相当对立的意见。肯定者称其为"英雄式的父亲"，闪耀着"人性的光辉"，"以对'生命'的出卖完成了对于生命的拯救和尊重"，表达了作者"对现实的一种理解"；否定者则斥之为"蒙昧"，"既不直面'人性之恶'，同时亦放弃指控'人世之厄'"，认为作者赋予了许三观过多的喜剧，以"'温情地受难'来麻醉'痛处'"，从而卷入了九十年代"制造人民的'遗忘'"的大潮。

且不说这些批评观点所蕴含的与当下知识界相关联的指向问题，仅从文本来看，我感觉随着许三观为救何小勇的命，劝说一乐为亲爹喊魂；为救一乐的命，一路卖血去上海所奏响的那一章悲壮的最强音，逐渐游移了作者在开篇就设立，并准备笼罩全篇的叙述与现实关系的倾向。重读余华的诸多创作谈时，我的感觉多少得到了印证。因为，这一叙述高潮是作者跟着人物走的结果，本来余华是计划"重重地去写"，"充分渲染"许三观因卖不了血而"绝望以后的悲哀"的。或许这就成为歧义（复义？）的一个来源？

从文本中的一个细节可以看出，余华原本是计划把许三观们作为阿Q一族来写的。许三观如同当年阿方、根龙教他卖血一样，向来喜、来顺传授卖血规矩时，他告诉这哥俩血型都是外国字，他不会写，"我只会写第一种O，就是画一个圆圈，我的血就是一个圆圈"。来喜和来顺验血之后，也一再重复："我们三个都是圆圈血。"[11]显然，作者在指涉着另一文学人物前辈，许三观们与因为不识字，被判死刑画押只能"画一个圆圈"的阿Q出于同一血脉。

阿Q的精神胜利法也同样延续到他们身上，卖血阶级世代相传的信仰（迷信）是：人身上的血"跟井里的水一样，你不去打水，这井里的水也不会多，你天天去打水，它也还是那么多……"，甚至竟然相信在卖血前多喝水，"人身上的血也会跟着多起来，水会浸到血里去的……"，因而，不惜喝水撑得膀胱比女人怀孩子的子宫还大。小说一开始就通过人物之间口口相递经验的传授，展示了一个流行着人人信以为真却荒谬绝伦（糊涂）的信念世界。在这个世界中，是否卖血竟成为身子骨是否结实的一个指标，"在这地方没有卖过血的男人都娶不到女人"[12]。反过来，另外一条"身子骨要是不结实，去卖血会把命卖掉"的信条，就如第二十二条军规的逻辑陷阱所示：你卖血才能证明你身子骨结实，你若卖血把命卖掉了，那又因为你的身子骨不够结实。所不同的是第二十二条军规是外在强加的规定，而卖血的第二十二条军规却是精神胜利法的自欺。在这自圆其说的死循环中，排除了任何事实揭破谎言的可能性。因而，在这荒诞糊涂的地方，男人们都重复着卖血的人生形式，正如作者的描写所暗示的，天空、庄稼、河流、小路、树木、茅屋和池塘都笼罩在和血一样"通红"的世界中。⑬可见，小说开始的叙述并没有将本来带有悲剧性的卖血故事定位在同情和控诉，而是戏谑和嘲讽的语调上。

这一语调一直持续在许三观第一次卖血不仅完全不必要，反而是自作自受，恶果环生的情节设计中。他凭着卖血钱从何小勇的手中将城里最漂亮的女人豆腐西施许玉兰抢到手，后来却发现做了乌龟。这一果报又由于一乐打伤人，进一步陷许三观于不仅是"花钱"，更是"卖血买乌龟做"的人生窘境。心里的不平衡与欲望让他犯了生活错误，导致第三次去卖血，以报答情人林芬芳，而送礼的过度又引发自己奸情的泄露。

如果这种叙述倾向一直持续到许三观老了，因卖不了血而无声地流泪不止，大悲不已，按照原有计划"重重地去写"许三观因卖血而不能的悲恸，将这一章作为小说的最高潮，势必会把其中的荒谬与糊涂揭示得尖锐而可笑。

不过，小说开篇所埋下的这些伏笔走势并未得到充分的展开和贯彻。许三观的卖血故事一旦与人民公社、"大跃进"、大炼钢铁、"文化大革命"、上山下乡等一系列政治、历史事件建立起因果联系，就被赋了了合理性。虽然作者仍以戏谑的态度展示许三观一家应对一场场运动的精明策略，但其尖锐嘲讽的锋芒已转移到荒谬的政治。围绕着何小勇出车祸这一情节事件，作者又进一步赋予许三观们与世界打交道方式的底线，即"做人要有良心"，"只要是人的命都要去救"。这一对底层人民朴素人道主义情怀的"积极和乐观的态度"，使作者对许三观们的戏谑进一步受到节制。即使如此，其叫魂的无效方式与其救人的郑重努力仍然延续着反讽的语调，但反讽形态出现了亦庄亦谐的分裂。直到"文化大革命"中，许三观批斗许玉兰的形式也是谐，帮助家庭共渡难关则为庄。

但小说发展到为帮助下乡的两个儿子早点回城，许三观又两次卖血时，显然，面对"我现在除了身上的血，别的什么都没有了"⑭，哭着求血头才能卖上血的许三观，作者再也嘲讽戏谑不起来了，而代之以无限的悲悯。他让许三观儿子下乡的生产队长睁开了眼睛，看见了因连续两次卖血而身体大伤的许三观的变化："隔上半年、一年的，我倒是经常见到有人瘦了，隔了不到一天，人就瘦了，我还是第一次见到。"⑮更为残酷的情境设计是队长不知道，酒桌上"宁愿伤身体，不愿伤感情"的夸张辞令，在许三观却是真实的写照。与他痛快淋漓喝酒两相对比的是，许三观要陪上"为了二乐，哪怕喝死了也要喝"的受难。

不用说，行笔至许三观为了给生命垂危的一乐筹措医疗费，一路卖血去上海的壮举，作者更深深地被他的人物感动了。尽管他仍然保持着沉默，延续着让人物自己表现自己的戏剧性"展示"的叙述方式，但加重了描写。在《卖血记》前面部分，作者一直试图保持着"置身事外"的冷静叙述语调，以铺排的人物对白，群口合唱诉诸听觉层面，仿佛是聆听这台人生悲喜剧的记录者。但从许三观卖血去上海，明显让人感觉"苍天有眼"了。作者开始"感同身受"地与许三观一路同行。他们一起感受着"冰冷刺骨的河水进入胃里时"，许三观的浑身哆嗦；看到走在百里街道上的许三观，脸已"被吹得又干又硬，像是挂在屋檐下的鱼干"；仅隔三天又卖血的许三观，"在街道中间抖成一团，他的两条腿就像是狂风中的枯叶一样，剧烈地抖着，然后枯枝折断似的""倒在了地上"。作者以一连串的鱼干、枯叶、枯枝的视觉形象，将许三观被榨干的生命状态揭示得淋漓尽致。同时作者又调动起冬天温暖的阳光、蒸腾的热气、茶水一路跟随，其同情与抚慰溢于言表。读解许三观卖血一生的故事，的确可以深深体会到作者从嘲讽到更悲悯更感佩的精神历程和情怀，尽管余华说他要写出"国家的疼痛"，我倒觉得他真切地写出了底层人民的"疼痛"。

尽管许三观为救并非自己亲生的一乐，"就是把命卖掉了，我也要去卖血"的精神是伟大而充满英雄气的，但作者并未打破人物的性格逻辑和贯穿性动作。许三观不顾卖血常识，一路卖血本身仍属荒谬糊涂之举，而他要拼命救一乐的想法也出于一贯的算计。他对旅馆同住的卖猪也曾卖过血的老头说，"我就是死了也可以说赚了"，"做人是什么滋味，我也全知道了"，但一乐"连个女人都还没有娶，他还没有做过人，他要是死了，那就太吃亏了"。⑯而他因为卖血昏倒，被医院抢救过来后，竟不依不饶让医生把输给他的血再收回去。余华所追求的"叙述中的理想"，的确在《卖血记》中达到了"含着泪笑”之“写实的辉煌”。

读解至此，可以进一步概括小说中那些以隐喻方式出现的隐蔽的重复了。小说结尾描写许三观因自己的血卖不出去而大哭不止，被儿子们训斥“丢人现眼”的时候，许玉兰说了一句激愤的话："你们的良心被狗叼走啦"，"你们是他用血喂大的"。联想到《卖血记》创作与发表的年代，正值大批弱势群体下岗待业，更不用说《卖血记》纵横交错的重复所衍生的象征体都会使我们强烈感受到，这句话指涉的已不仅仅是儿子们对许三观的负心，而是让所有在社会结构中处于许三观底层人民之上的阶层扪心自问。许三观在丝厂做了一辈子送茧工也不是一随便的身份，李商隐寄情诗的名句"春蚕到死丝方尽，蜡炬成灰泪始干"可以很现成地套用到许三观对家庭的态度上，只不过它在文本中还衍生出另一层意蕴，即除了忠贞不渝、无私奉献的谕旨，还有作茧自缚、自掘坟墓的一层含义。真所谓伟大与糊涂同在，或者说是伟大的糊涂。《卖血记》中的双高潮，即余华事先设计与文本呈现的高潮正把这一对矛盾性质推向极致。许三观不管是出于欲望还是责任，从卖力到卖血，最终卖血而不能的发自绝望的悲伤，不仅表现了人寄寓社会的最一般的人生方式及其恐怖，也反映了作者既赞其伟大，又叹其糊涂的双重态度。就此而言，哪一个社会人不是程度不同的许三观？

余华在《卖血记》中承续（重复）了左翼文学的阶级意识和底层关怀，但他对"事先已经安排好"，不曾改变过的社会结构的探究，使他不可能站在个别政治的意识形态立场，许三观一生卖血的故事震撼人心地揭示了一系列的政治运动折腾已让社会底层赤贫到了只能以生命养生命的生存极限状态，从而消解了左翼文学宏大叙事的正剧悲壮风格，而代之以日常叙事的喜剧戏谑。同时，余华也承续（重复）了鲁迅的启蒙观点，清醒地看到底层群体的精神愚昧，但他对底层为养家糊口而卖血卖命精神价值的肯定，消解了鲁迅早期式嘲讽的沉痛与尖刻，许三观们不是没指望的国民，也不是吃人的看客，不过就是"以食为天"之众生，但许三观们为此所承受的苦难又反过来消解着民间理论的狂欢色调。这也是用左翼的底层话语来谈《卖血记》会感觉太沉重，而以民间话语来说《卖血记》又会显得太轻飘的原因。

许三观们的世界没有启蒙者，也没有拯救者，或者毋宁说是他们自己对自己的启蒙，自己对自己的拯救。叙述者也并不站在高于许三观们的位置提供思想和评判。许三观只是从自己及邻居们的经验出发，以自己及邻居们的良心寻找事理，对人民公社、"大跃进"、大炼钢铁、"文化大革命"说出了老百姓的真话、实话。最终，一生追求平等，却一生卖血的许三观到头来才发现，就是长在自己身上的"屌毛出得比眉毛晚，长得倒比眉毛长"的天生不平等。从而，让他道出了作者对"事先已经安排好"的社会结构，如同"屌毛"与"眉毛"一样天生不平等的认识与戏谑。到头来我们也才发现，原来是许三观对我们做了一次启蒙，而这个生理性的隐喻内涵却正与"人人生而平等"，这一被奉为不言而喻的普世真理之人权宣言恰恰相反。

《卖血记》的两个核心隐喻："屌毛"与"眉毛"的天生不平等、"卖血"与"春蚕吐丝"的暗合，分别又与文本之外的社会结构和寄寓在这个社会结构中的人生方式建立起"重复"性的指涉联系；而这两者之间又进一步从内在逻辑上构成了一个具有反讽性和因果关系的结构。《卖血记》对社会与人生之结构与形式的透视就是如此直达底里，简单明了。说白了社会就是那么点事，人生也就是那么点事，这也就难怪余华要回归到最朴素而单纯的"民歌"节奏及其技巧——"重复"了。虽说他追求的是艺术上的音乐性，但正因为这一认识上的"透视"在，"重复"才有魂。

"重复"是将隐喻升华为象征的一个重要途径，《卖血记》的结构性重复使这部作品成为一个"无处不洋溢着象征"的存在。我们完全可以脱离历史、社会和现实来阅读它，但余华对象征之半透明性质的适度调控，又迫使我们难以一无挂碍地穿越它的历史、社会和现实性。作者对象征之个体代表与整体现实的把握，在这部作品中达到了单纯与丰富、具象与抽象、个性与人性、悲剧与喜剧、超然与真切之"殊途同归"的绝妙平衡。有感于当代评论对普适性和人类性价值的推重，而倾向于把文本的阐释拉向抽象与世界，我想从中国及其特定的社会历史层面做些读解，从而使余华这部堪与世界优秀小说相比肩的作品，其价值与意义获得双重视野下的呈现与释放。

注释：

①本文的"重复"概念借鉴〔美〕希利斯·米勒的定义，它不仅指语词、句式、场景等，一部作品与其他作品在主题、动机、人物、事件上的重复现象。他总结重复的两种基本形式：一种称之为"柏拉图式的重复"，"以处于循环游戏之外的某个原型

为基础"，强调真实性上与模仿对象的吻合一致，从而使文学与历史之间有一种模仿、再现、断言、因果的关系；另一种为"尼采式的重复"，假设世界建立在差异基础上，"相似以此'本质差异'为背景而出现"，强调这个世界不是摹本，而是"幻影"或"幻象"。详见《小说与重复》。

②④参阅余华《虚伪的作品》，《上海文论》1989年第5期。

③⑤⑥⑦⑧⑪⑫⑬⑭⑮⑯余华：《许三观卖血记》，南海出版公司1998年版，第14～15，132，115，8，4，246，248，254，5，4，2，132，208，236页。

⑨余华：《长篇小说的写作》，《当代作家评论》1996年第3期。

⑩余华：《韩文版自序》，《许三观卖血记》，第4页。

原载《中国现代文学研究丛刊》2013年第8期

逃逸"战争"的谵语

——读陈染的《私人生活》

丁　帆

　　有理论家预言，未来二十一世纪的战争不再是先进的核战争、电子战争，而是两性之间爆发的大战。其实，在中国的九十年代，已有一批致力于女性文学和女权话语批评的作家与批评家拉开了这场战争的序幕。或许，在中国这个根深蒂固的以男性话语为权力中心的大舞台上，这种呼喊的细语显得十分孱弱而苍白，被那庞大的主流法话语（亦为男性权力机器的象征）挤出了话语中心，成为几个凤毛麟角的女性觉醒者的谵语与绝望的哀号。显然，这种不公平的话语权力分配，给那些觉醒者带来的是心灵的愤懑和发自灵魂的痛苦呐喊。相形之下，近乎百分之九十九点九九的那些在男性话语压迫之下自得其乐的精神麻木的女人，她们是幸福的，因为她们如阿Q一样，寻觅到了一条足以满足自我生存的精神逃路。我十分敬佩那些敢于举起女权主义大纛的女作家们所作出的不懈努力，因为这些边缘女人的话语给这单调枯燥的世界带来了不仅仅是葱绿的生机，而且是一片辉煌的理性虹霓。

　　孤独的思考带来的并不是痛苦的磨难，它爆发出的思想碎片所形成的绚烂光芒，是照彻人类世界的一束圣火，是理性世界中不可或缺的深刻火花。这种伟大的孤独感，往往源于极少的男性作家和思想家，仿佛"两间余一卒，荷戟独彷徨"只有像鲁迅这样冷峻的成熟男人才具备，倘使出现于一个年轻女人的大脑，则似乎是绝无可能的。然而，陈染的小说《私人生活》却改变了我的这一男性文化视域。

　　若论陈染的"国学"根柢，以及她的小说描写技巧，我以为是大可不必赞扬的。她以往的小说给我的印象只是主体思维的偏激和意识流的泛滥。尤其是读了她在《钟山》杂志上发表的那篇在英国的演讲，我对她的观点颇不以为然，遂发表了批评她"人类的最高情感在同性之间"的言论，我以为，目前中国绝大多数的女性尚未有觉醒，女性意识仍很稀薄，争取平权的任务尚未企及，两性同构的话语体系远未建立，却在这里高扬同性之恋，这简直是一种精神的奢侈。我不知陈染读过那篇文章会有什么想法，但从她一本接一本地给我寄来她的长篇创作来看，我似乎感觉到她不同一般女人的气度，尤其是看到她在《私人生活》的扉页上题写的"盼望读到您关于这本小书的文章"的充满着稚气的字迹时，更使我感触万分。也许，陈染作为一个作家，一个形而上的孤独思考者，她并不介意你的观点是褒是贬，她更看重的可能是你与她的沟通和理解。在一个独语者面前，作为批评者，当我再一次进入陈染的"私人生活"时，我被这位思考的女人震惊了。读完这部小说后，我断言，在二十世纪的中国女作家之中，陈染的思想阵痛是最为猛烈的，因而她胎生出的思想故而亦是最为深刻的。无疑，在卓然不群的一批女作家中，她那形而上的哲理思考是惊世骇俗的，从"五四"到如今，几乎没有一个女作家能在这一方面与之比肩。尽管她的偏狭近乎精神分裂，尽管她的深刻不及其余，尽管她的诗意充满着丑恶……，然而，我确实被这灵魂的洗浴所深深感动着，渐而感受出她之巨之大来。

倘使《私人生活》是一部"女性成长史"，它的叙述存在仅仅停顿在女性话语权的争夺上，那么陈染的写作过程则是一种低质的重复：如果仅仅是在揭示"自我之像，永远映照于'他人'之镜"真谛，那么《私人生活》只能是重蹈"女权主义"宣言式的普泛女性自觉的旧窠。《私人生活》之所以在哲理的层面超出了一般女权主义的思考，就在于它以充分个人化的思考，揭示了这场战争的最终无望，因而作者的价值指向则永远游弋在深深的"自恋"之中。值得注意的是，作者表现的并非是为徐坤所言"实际上也许是无数个'我们'的共有生存经验的一种最具个性、也是最普泛化的表达"（《智者的心语》，《中华读书报》1996年4月24日）。恰恰相反，作者在消解"我们"和普泛的生存经验（包括一般女性自觉者）的过程中，塑造了完全臆想中的"私人生活"，即完全"我"式的（区别于任何异性与同性的）独语世界。

在倪拗拗的视界（一个成长着的、对世界进行着冷峻剖析和观察的视角）中，构成了几组人物关系，而最终，这种对应的几组关系都不可能与之进行

中国当代文学史资料丛书

哲理层次上的沟通。倪拗拗所面对的男性世界是残酷卑下的，小说塑造的父亲和男教师丁先生作为倪拗拗的天敌，似乎从正面展开了这个世界两性之间的搏战，在这里，弗洛伊德失灵了，"恋父情结"变成了"弑父恋母情结"，这种倒错是与生俱来的，因为倪拗拗作为一个女人的诞生，就意味着要与这个男性话语霸权作永无止境的战斗。父权的专横与卑劣是构成倪拗拗对这个世界仇恨不断增长的重要因素；同时在卑鄙外衣笼罩下的那颗充满着无限膨胀欲望的丁先生，不正是代表着这个世界男性心理的极度萎缩吗？尽管倪拗拗在丁先生的强奸过程中表现出了她的性本能冲动，但这与生俱来的仇恨是不可消解冰释的，因为在性的过程中，倪拗拗只把丁当作一个"物"的存在，他只能是一个面目不清的泄欲工具而已。因而，在倪拗拗的理性世界中，男女的性交只能是生理层次的，而在心理层次上达到高度和谐与美感的只能是同性恋。在这里，须得强调的是，如果将倪拗拗和尹楠之间的热恋看成是纯洁崇高的爱情，却是个误读。穿过表象世界的时空，这层男女之间的"爱情"只不过是一种虚幻世界给定的假象，作品震撼人心之处就是在于通过这个虚幻世界的假象揭示出了陈染领悟出的人类情感的最可靠的极限——自恋。和尹楠的交合美感并不能如大理石那样被永久固定下来，关键的描述在于：蓝天之下的"浮游之物"并非罗曼爱情的"他者"，"奇怪的是，那个人也并不是尹楠。那个大鸟一样翱翔的人，原来是我自己！"由此而断言，尹楠是生活在倪拗拗虚幻记忆中的历史人物，虚假的历史回忆，造就了虚假的美感，虚假的美感又充实了倪拗拗式的美丽回忆。现实生活中不可能存在的尹楠，只能是"我"的臆造。

当我读到陈染不仅把费里民的《八又二分之一》又一次提出，并不厌其烦地将《野草毒》和《第七封印》的幻象推到你面前时，我才又一次领悟到"自我"在这个世界上的荒诞。

陈染曾一再宣称过人类最高的情感是同性之恋，但这在《私人生活》中却又有所颠覆。倪拗拗面对的女性世界难道是真实的吗？如果仅仅把"私人生活"上升概括到揭示同性恋的女性隐私的地步的话，小说离罗伯·格里耶的"窥视"又有何异呢？然而，使我惊异的是，作者否定了她一度沉迷的这种爱恋（当然我不再对这种恋爱观作简单的否定性价值判断），提出了人类最高情感的范式只能是自恋的结论。这无疑是一个惊世骇俗的判断，但我冷静下来思考，却感到了小说的真谛就在于阐扬那已被男性话语世界彻底消解颠覆了的人类个性化思维特征，在一个被群化驯化了的世界里，发出这恐怖的呐喊，它的意义就在于拒绝世俗的思维，引导人们走进个性化的哲学思考领地。我们这个民族可能太缺乏德意志民族的那种形而上的思辨性思考，这亦是造成我们民族浮躁之风的本源，更是使我们这个民族缺乏思想巨子的重要缘由，难怪倪拗拗在呼唤着柏林式的思考。我以为小说所塑造的倪拗拗的女性对应物应是三个，而非大家认为的只是母亲和禾两个。还有一个作为潜性的存在物，一直游弋徘徊在小说的字里行间，她，就是那个永远抹不去的"自我"影像。这就是小说的"自恋"线索。对母亲的依恋，以及和禾的同性之恋，是发生在这个畸变时空中的正常情欲和性欲的结果，在"他者"世界里，它可能是畸形的，而在拗拗的情感世界里，它都是无可非议的。把它说成是由于外部世界压迫所造成的情感倒错的"恶之花"，只能是"他者"视域；在"自我"的视界里，它却是充满着美感的火红玫瑰。但"母亲"终究"死去"，而禾却永远生活在虚幻缥缈的世界里，唯有"自我"是可靠的，因此，小说最终宣告了"零女士的诞生"！零女士面对外部世界的进攻，只能依靠"自我"，因而，"一个人身处在一个破碎的外部世界中，如果她不能及时地调整内在的和谐与完整，她就会和外部世界一同走向崩溃，她自己也会支离破碎。每一种精神状态，都是人体内在的现实与外部的现实发生强烈冲突的产物，就像生理疾病和症状一样，都表现了健康人格抵抗损害健康人格的影响的斗争"。《私人生活》打破了现代小说无高潮的程序，我确确实实感到了小说的高潮就在倪拗拗面对一扇大镜子的浴缸前的那段精彩的"自恋"描写，那充满着美丽迷幻的色彩和绸缎般的感觉，可谓使人心旌摇曳，不能自已。"熟睡的美丽，死亡的美丽"激活了人的潜在欲望。而那段手淫的描绘完全摆脱了伦理道德的羁体，深层的心理体验揭示了"自我"世界的完美与安宁。"审美的体验和欲望的达成，完美地结合了。"

世界颠倒了，因此在"常人"看来，陈染和倪拗拗患的是同一种病，即"幽闭症"或"思维障碍"。亦为"狂人"和鲁迅所害的"迫害狂症"一样。我们有几多知识者觉悟到了"自我"失落的痛苦呢？因此，这种孤独是伟大的，面对人类的精神的灾难，陈染亦只能如鲁迅那样用充满着反讽、调侃、揶揄的语调来诅咒这个世界，小说末尾拗拗给医院医生的信，在一片黑色幽默的语境中完成了作者对当下世界的哲学思考。

我庆幸陈染不再迷恋于同性恋；我更庆幸陈染并不流连于两性战争的硝烟；我钦羡的是她那种形而上的哲理思考（不独是女性自恋式的思考），将我们领入了对外部世界的新的诘问——人类情感世界的群化意识能否改变？个性张扬的存在价值在哪里？倘使我们这个民族，这个时代能有更多的人患上"思想障碍症"，我们这个民族和它的文化就更有希望。倘若正是倪拗拗（陈染代言人）所言"我相信患上此症的肯定还大有人在，会越来越多，它将成为世纪末的流行病（原文用黑体字）。"二十一世纪的中国将是一个思辨的文化世界。

　　我愿与你同行，做一个"可耻的"孤独者。因为未来的战争不是两性之间的大战，而是人类战胜自我精神残缺的疗救，逃逸"战争"是同性共同的目标，《私人生活》的美丽谵语并不是暗陬里的"独语"，因为"可耻的孤独者"将会愈来愈多，那时，孤独的精神漫游不再寂寞，我们将在人类情感的花园里漫步。

千言万语　何若莫言

莫言自谓"莫"言，笔下却是千言万语。不论题材为何，他那滔滔不绝、丰富辗转的词锋，总是他的注册商标。这大约是小说家自嘲或自诩的游戏了。也因为这千言万语，又引来文学批评者千百附丽的声音。谈论莫言的种种，从女性主义到国族论述，这几年还真造就了不少会议及学位论文。但学院里的众声嘈杂，莫言似乎一概"默"言以对，纸上文章才是小说家的最后寄托。我们对莫言的种种"说法"，必须建立在这层自知之明上。

莫言出身于山东省高密县一个农民家庭。高密偏处胶东半岛一隅，土地贫瘠、民情朴陋，不曾以文风知名。莫言小学读到五年级，因"文化大革命"爆发而辍学。从十一岁到十七岁，他成了真正的农民。之后他进入工厂做临时工，几经辗转，终于离开家乡，加入军队。行伍生涯之余，年轻的莫言却独对文学发生兴趣，而启动莫言创作的最大灵感，不是别的，正是他故乡高密的一景一物。

莫言从事创作的动机及经历，很使我们想到三十年代乡土文学大师沈从文。沈来自闭塞落后的湘西，少小从军，转战西南。尽管客观环境动荡不已，这位湘西少年对文学依然一往情深。在二十岁那年，他离开军队，远赴北京。再经过几年锻炼，他要凭着对故乡风物的追溯，倾倒一辈新文学读者。我们今天论现代乡土文学的茁壮，也必自此始。

或有识者要指出，莫言的小说瑰丽曲折，与沈从文那样清淡沉静的作品，其实颇有不同。的确，谈论沈从文的当代传人，汪曾祺、阿城、何立伟，乃至早期的贾平凹才更有可资比照之处。但我却以为尽管莫言与沈从文的风格、题材大相径庭，两者在营造原乡视野，化腐朽为神奇的抱负上，倒是有志一同。

湘西原是穷乡僻壤，在沈从文的笔下竟能焕发出旷世的幽深情境，令人无限向往低徊。而面对高密的莽莽野地，莫言巧为敷衍穿插，从而使一则又一则的传奇故事于焉浮现。

更重要的是，沈从文写湘西，总以意识虚构与现实、遐想与历史间的微妙互动。在他的《边城》一侧，《长河》之畔，早有无限文学地理的传承；湘西相传是《楚辞》屈原行吟放歌的所在，更是陶潜桃花源的遗址！原乡的情怀与乌托邦的想象，不能再分彼此。无独有偶，莫言写高密东北乡，不曾忘记他的神思奇想也是其来有自。离高密数百里路的淄川，就是《聊斋志异》作者蒲松龄的故乡，而我们都知道《水浒》英雄的忠义事迹，起源自南宋山东。就此来看《红高粱家族》中的铁马金戈，或《神聊》系列中的鬼怪神魔，莫言私淑前人的用心，可以思过半矣。现代中国文学有太多乡土作家把故乡当作创作的蓝本，但真正能超越模拟照映的简单技法，而不断赋予读者想象余地者，毕竟并不多见。莫言以高密东北乡为中心，所辐辏出的红高粱族裔传奇，因此堪称当代大陆小说提供了最重要的一所历史空间。

我所谓的"历史空间"，包括却不限于传统那种时与空、历史与原乡的辩证话题。"历史空间"指的是像莫言这类作家如何将线性的历史叙述及憧憬立体化，以具象的人事活动及场所，为流变的历史定位。巴赫金（Bakhtin）早就告诉我们，小说中时空交会的定点，往往是叙述动机的发源地。以莫言的高密东北乡为例，评者可说莫言凭此又建立了一套城与乡、进步与落后、文明与自然的价值对比。但这种主题学式的类比有其限制。我要强调莫言的纸上原乡原就是叙述的产物，是历史想象的结晶。与其说他的寻根作品重现某一地理环境下的种种风貌，不如说它们展现又一时空焦点符号，落实历史辩证的范畴。

于是在《红高粱家族》里，那片广袤狂野的高粱地也正是演绎一段现代革命历史的舞台。我们听到（也似看到）叙述者驰骋在历史、回忆，与幻想的"旷野"上。从密密麻麻的红高粱中，他偷窥"我爷爷""我奶奶"的艳情邂逅；天雷勾动地火，他家族人物的奇诡冒险，于是浩然展开：酿酒的神奇配方，江湖的快意恩仇，还有抗日的血泪牺牲，无不令人叹为观止。过去与未来，欲望与狂想，一下子在莫言小说中，化为血肉凝成的风景。

在过分架空历史（宿命）意义的环境里，莫言将历史空间化、局部化的做法，不啻肯定了生命经验本身的重要性。另一方面，莫言敢于运用最结实的文字象征，重新装饰他所催生的乡土情境，无疑又开拓了历史空间无限的奇诡可能。像中篇《大风》里那场惊天动地的狂风，《狗道》中五彩斑斓、争食人尸的野狗，《红蝗》中铺天盖地而来的蝗祸，《秋水》及《战友重逢》中的滚滚洪水，既幻亦真，皆是佳例。

相对于《红高粱家族》所创造的炫丽空间，莫言另一类小说如《爆炸》《枯河》《白狗秋千架》《欢乐》等，似乎执意回到现实泥沼，显现乡愁不足为外人道的一面。这两种类型的原乡想象已自展开了互相辩证的力量。《白狗秋千架》一作尤其具有强烈文学史嘲讽意图。故事中的叙述者是个受过教育、抽暇返乡的年轻人。故乡贫瘠伧俗依旧，并不能带给他任何美好印象。唯有在高粱地边巧遇儿时玩伴时，方才勾起他一些青梅竹马式的回忆。只是当年的婷婷少女自秋千架跌下，瞎了一只眼，委屈嫁了个哑丈夫，生了三个不会说话的孩子。面对年轻返乡者的似水乡愁，她的回答是："有甚好想的，这破地方……高粱地里像他妈×的蒸笼一样，快把人蒸熟了。"《红高粱》里的激昂浪漫视景，哪里还能得见？

近年莫言将历史空间的构筑，更延伸至其他面向。在《十三步》中，故事的主角是个关在铁笼中的疯子，靠观众（听众）喂食粉笔，吐出一段段不可思议的故事。莫言的用心在此不言而喻。牢笼之中的尺寸之地，是主角无可奈何的限制，但吊诡的是，牢笼的禁锢使他匪夷所思的狂想，有了"出路"。作为听众的"我们"，置身牢笼之外，却深为笼内人的故事所吸引，而不自觉的成为他的传声筒。这场奇异的叙述过程，代表莫言思考语言与空间相对关系的极致。诚如香港学者陈清侨所言："在昏乱的逻辑与逼人的形势下，我们无法不抓住眼前最锋利的刀刃或者最稀奇古怪的粉笔，在千篇万卷的故事中杀出一条生路，去涂上一幅让自己可以站得住脚的幻象，一个铁笼。"我们都是（历史的、语言的）笼内人。

《十三步》的情境荒诞无稽，每每使读者有不知伊于胡底的危机感，但莫言正要借此拆散我们安身立命的阅读位置。

莫言作品同样值得注意的是历史记忆与时间叙述的问题。面对滔滔史话，《红高粱家族》中的叙述者回溯"我爷爷""我奶奶"那一代的人物在红高粱地里奠下基业，豪情壮志，何等地风流气魄。随着故事发展，家史与国史逐渐合而为一，以抗战时期"我爷爷""我奶奶"游击歼敌为高潮。莫言似乎有意向《吕梁英雄传》《新儿女英雄传》，以迄《林海雪原》的一脉革命历史小说传统致敬，但他的革命历史并不承诺任何终极意义。作为家族传人，《红高粱家族》的叙述者只遥想当年父祖的英勇行径，或追记他们日后在种种革命运动中的磨难。莫言有能力把我们带回历史的现场，甚至深入人物的内心意识；但他又提醒我们，历史原来是可以不断改写的，时间叙述的线索原来是可以前后错置、主客交流的。《红高粱家族》纵横三代家史，俨然为现代主流叙事的时间表背书。但莫言真正要写的，恐怕恰恰相反。"文化大革命"后，"大叙述"逻辑掩退，莫言凭独特的文字所形成的狂纵演义，本身就是一种新的历史力量。如果当年的历史叙述以雄浑炫美（subilme）是尚，那么莫言所执着的，应是一种丑怪荒诞（grotesque）的美学及史观。

类似的问题在《十三步》里有了极不同的表达方式。所谓的"十三步"在书中并没有明确指涉，它可以代表了生命中的不可测变数，叙述逻辑上的逆反，或如陈清侨所谓，历史意识中的黑洞。小说中的听众围着笼中人，猜测后者痴言疯语的"意义"，欲罢不能。"你也被他拉进了故事之中，你与他共同编织着这故事，……你预感到自己没有力量与这故事的逻辑抗争，……你的命运控制在笼中人手中。"在倾听叙述及重述的过程中，我们与笼中人撕扯、拉锯彼此所占的语义、知识及权力位置；或欲言又止，或意犹未尽，或言不及义。而就在种种语言难尽其妙而又不知所云的时刻，"历史的味道，涌上心头"。

到了《酒国》，莫言又另辟蹊径。书中侦探缉凶的情节，隐约透露了一种追本溯源、找寻真相的诠释学（hermeneutic）意图。但莫言一路写来，横生枝节。他所岔出的闲话、废话、笑话、余话，比情节主干其实更有看头。像写农户竞销"肉孩"的怪态，像相传为猿猴所造的"猿酒"由来，活灵活现，真假不分。不仅此也，书中安排叙述者莫言与一个三流作家书信往还，大谈文学创作的窍门。好人与坏人、好文学与坏文学、历史正义与历史不义的问题，一起融入五味杂陈的叙述中。恰如书中大量渲染的排泄意象一样，小说的进展越往后越易放难收，终在排山倒海的秽物与文字障中，不了了之。莫言的叙述是在刻意模拟从清醒到迷醉的过程吗？或正如希腊神话中的酒神巴库司（Bacchus）般，挑起了纵欲狂乱的欢乐，却也在欢乐中惨遭肢解分食的命运？

在书写大块文章的同时，莫言在一九九三年又推出了一系列名为《神聊》的短篇。这些作品短小精悍，有的讲奇人异事，有的讲鬼怪玄狐，很有点笔记小说信手拈来，自成篇章的姿态。像《铁孩》写大炼钢铁时期，两个小孩靠"吃"破铜烂铁为生的怪事；像《渔》写渔人夜遇艳鬼，转世重生的鬼话；又像《神嫖》写一个寡人有疾的乡绅，召众妓寻欢，竟发乎情止乎礼的高级嫖经。莫言自承此期作品"鬼气"愈重。徘徊大历史的缝隙边缘，他也只有全做聊胜于无的神聊吧——三百年前的同乡蒲松龄到底是阴魂不散。"太平之世，人鬼相分；今日之世，人鬼相杂。"《神聊》系列看似无所为而为，莫言的感喟自在其中。《红耳朵》以一个败家子散尽家财的荒唐事为经，以他那对有如性器官的招风大耳为纬，侧写一段现代轶事。阴阳怪气，荒诞不经，基本上仍承继了《神聊》式的趣味。

《丰乳肥臀》是莫言一九九六年的力作，名称耸动，分量也十分庞大。这本小说近五十万字，写一位中国北方农村妇女如何在最艰困的情形下，拉拔大九个孩子。故事始自抗战前夕，终于九十年代中，这些年的风风雨雨，皆尽涵括在内。借母爱来颂扬"感时忧国"的块垒，是"五四"以来作家最拿手的好戏；"大地之母"型的人物，在现代小说史中怕不早就人满为患？但莫言别有用心。他的母亲"集中华民族传统美德于一身"，可是所生的孩子个个都是野种，长大了又乱成一团，绝不成龙成凤。

《丰乳肥臀》的叙述者上官金童应是莫言小说中，最令人难忘的人物之一。金童是妈妈的独子，爸爸是瑞典来的神父，横死于抗战。金童的一辈子见证了中国天翻地覆的每一刻，但天下大事哪里比得上他母亲的姊妹的爱人的乳头重要？看莫言写天上万乳攒动，地下摸奶盛会的几章，足以令人叹为观止。莫言一向以行文奇诡瑰丽为能事，如今看来，当年的《红高粱家族》倒是牛刀小试了。

八十年代以来的"寻根"与"先锋"运动，莫言都躬逢其盛，而且游走其间，不拘一格。进一步说，莫言的角色，也是出虚入实，难以概括。从早期《透明的红萝卜》中的少年叙述，到晚近《丰乳肥臀》中恋乳狂患者告白，莫言的人物已再显示世人的面目千变万化，既不"红、光、亮"，也不"高、大、全"。他（她）们不只饱含七情六欲，而且嬉笑怒骂，无所不为。究其极，他（她）们相互碰撞、变形，遁世投胎，借尸还魂。这些人物的行径当然体现魔幻写实（magic realism）的特征，而古中国传奇志怪的影响，又何尝须臾稍离？

莫言许多作品中的"我"，形貌各异，思路婉转，颇可一观。例如《白狗秋千架》中，巧遇儿时玩伴的大学生，在乡愁回忆与丑陋现实中进退两难；在《红蝗》中的年轻人先有艳遇，随后见识铺天盖地的蝗祸；在《枯河》中受到委屈、无从发泄的小男孩，最后以非常手段对成人社会作非常的控诉；又像在《爆炸》中，困于婚姻及家庭陷阱中的青年男子，恓恓惶惶，终以爆炸性的肢体动作，暂求解脱。莫言小说中的"小我"以他们卑微古怪的方式，重新定义做人的代价，也重新召唤一己想象欲望的能力。

莫言有意调侃"我"们这一辈风云涣散，何复父祖当年所经过的大风大浪。中篇《父亲在民夫连里》写一九四八年间，父亲（即《红高粱家族》的父亲）率领一队民夫为解放军赶运粮草，出生入死，完成任务。"农民英雄"的范本与江湖侠义的情境合而为一，读来果然精彩。大队民夫寒冬裸身运粮渡河的一景，既亲切又雄壮，尤其可见莫言说故事的魅力。但另一方面，他们为了任务，忍饥挨冻，甚至不惜枪杀围堵的女性饥民，所牵涉的道德两难，不禁启人疑窦。但为国献身，毕竟是他们一辈的无上律令。

由此再回溯到《红高粱家族》"我爷爷""我奶奶"开垦红高粱家乡的往事，草莽英雄儿女，江湖恩仇血泪，色彩斑斓，炫人耳目。识者可以指出，莫言写民初侠情故事，其实可以和台湾的司马中原相提并论。司马的《荒原》《狂风沙》《路客与刀客》等系列作品，早成中国乡土传奇的经典。不同的是，司马所恃的是个"说书人"般的叙事主体，世故老到，充满乡愁，对往事殆无所疑。莫言以第一人称回溯"我爷爷""我奶奶"的历险，却穿插自身的思绪评论，时有忧疑矛盾之处，他因此建构也同时解构了对家史及国史的幻想与信念。

识者也可指出，莫言对女性角色的塑造想象，不如男性角色有力。莫言小说的阳刚趣味的确胜过其他，女性就算容有一席之地，也以母亲、奶奶形象制胜。但部分作品还是看得出他勉力为之的痕迹。《白狗秋千架》的高潮是叙述者匆匆离乡他去时，赫然见到一个村妇挡路。我们都还记得这名村妇与叙述者幼年的情谊及长大后的不幸遭遇。她对叙述者的要求无他，就是到高粱地里苟合一次：她与哑巴丈夫已经生了三个不会说话的孩子，她要一个"能说话"的孩子。莫言以一个女性农民肉体的要求，揶揄男性知识分子纸上谈兵的习惯。当鲁迅"救救孩子"的呐喊被"落实"到农妇苟且求欢的行为上时，"五四"以来那套人道写实论述，已暗遭瓦解。

在中篇《白棉花》里，我们则看到"文革"中期一个棉花厂女工方碧玉为爱情抗争，死而后已。在那些晦暗的日子里，方和她的心上人不畏外力，夜夜棉花垛中暗筑爱巢，落得身败名裂也在所不惜。这篇小说原为张艺谋电影企划所作，难免凿痕处处；写方碧玉的一身武功及神秘下落，尤嫌过于造作。但莫言向女性致敬的用心，总算点到为止。

莫言国度中的子民，充满活力，而且绝不拘于一端。他（她）们为国家主义，或为兄弟义气，赴汤蹈火，万死不辞，但他（她）们追求人之大欲，一样锐不可当。《红高粱家族》之所以出手不凡，正在于叙述者追溯家史，追到了"我爷爷"如何强抢了"我奶奶"，在高粱地中强暴了她，从此展开了惊天动地的故事。但随着历史的演化，中国（男人）的欲望却每下愈况。在《天堂蒜薹之歌》这类的作品中，被压抑的情欲仍然四处找寻出路，引得危机四伏。到了《酒国》，"食色性也"的教训，以最古怪的方式，和盘托出。但真正集欲望大观于一炉的还是《丰乳肥臀》。如果《酒国》夸张现代中国人狂吃暴饮的恶形恶状，《丰乳肥臀》更进一步，渲染（男性）又一种官能的震颤——触觉的欲望与变奏。我们的男主人翁一生大志无他，对着女性乳房毛手毛脚而已，而且一视同仁。莫言这样地写男性对乳房的依恋，已近器官拜物狂。女性其实已彻底被物化为身体的一种性征。但在恋乳癖之余，我们知道，他根本是个性无能患者。丰乳与肥臀代表性的图腾，也何尝不是性的禁忌。

生也有涯，身形是我们存在的开始，也可成为种种礼教政治及欲力角逐的战场。莫言因此看到太多器官象征的可能，大肆发挥，成就了一出出巴赫金式身体嘉年华的闹剧场景。《幽默与趣味》中的男主人翁活着活着，退化成了猴子；《父亲在民夫连里》，父亲与他的驴子居然也能眉目传情，更不用说《酒国》中的鱼鳞少年、妖精少年、肉孩，还有《神聊》中的铁孩了。

但还有什么比《十三步》中的移身换头、大变活人、尸恋还魂等情节，更让人意识到生理身体的脆弱无助，与主体意识的游移暧昧？被肢解的身体，已经崩裂的语言，不断位移的人际关系，形成令人晕眩的叙事网络，直指历史意识本身的断层，就在理论家觅觅找寻"失落的"主体时，莫言版的"变形记"

已暗示我们人／我关系的扑朔迷离，哪里是一二乌托邦的呐喊就可正名归位？从文体到身体、从身体到（历史）主体，谈笑之间，莫言已自展现一位世纪末中国作家的独特怀抱。

莫言企图重组回忆、落实往事，但他的方法何其令人醒目或侧目。他荤腥不忌、百味杂陈的写作姿态及形式，本就是与历史对话的利器。正经八百地评论莫言——包括本文在内——未免小看了他的视野及潜力。明乎此，我们又怎能不油然而兴"千言万语，何若莫言"之叹？

原载《读书》1999年第3期

论《丰乳肥臀》的生殖崇拜与狂欢叙事

谭桂林

一

1996年是作家莫言的又一个亮点年，这个亮点就是长篇小说《丰乳肥臀》的出版。在80年代中期的"红高粱"家族系列名声大噪以后，莫言虽然颇为多产，但基本上是对自己早期作品的一种同一层次上的重复。重复包括艺术风格，也包括主题叙事。一个比较长的时间内莫言创作的风格，主要表现为出色的感觉捕捉、斑驳陆离的意象堆砌，在主题叙事上则集中表现为对原始生命力与酒神精神的赞颂。"我爷爷""我奶奶"之类的叙事模式，使莫言的小说具有一种独特的艺术魅力。当然，在这期间莫言也确实想突破自己，如他为靠拢现头主义所作的《天皇蒜薹之歌》。这部作品的失败说明，每个真正有天赋的作家对于题材都有自己独特的兴奋点，离开这个兴奋点，作家才华与思想的发挥就会受到极大的限制。所以，作家对自我的重复其实是并不可怕的，因为重复本身也是一种积累。可怕的是作家找不到自己，或者在一种没有意义的情况下丢失自己。在这种意义上，1996年1月出版的《丰乳肥臀》，对莫言的创作生涯来说乃是一件划时代的作品。一方面，这部小说一如既往而且非常典型地体现了莫言在艺术风格与题材兴趣方面的特点，另一方面这部小说深厚的文化意蕴与大胆的主题创意，也说明莫言在确证自我的同时又一次完成了对自我的超越。如果概括地来说，莫言在其"红高粱"时代侧重于写男性的生命力的勃发与雄强，那么，《丰乳肥臀》仅从字面上就可以体味到这是一部侧重于写女性的作品。小说以这么两个扎眼的词作为标题，有不少批评家痛斥为故意用挑逗的字眼来哗众取宠，诱引读者。我认为这是批评者没有真正读懂这部作品的文化内蕴，没有真正理解作者在这部作品中倾注的文化苦心。这两个扎眼的词当然包含着性的意义，容易促成性的联想，但是，这两个词的本质含义并不是性，而是性殖。肥臀象征着生产的繁衍不息，丰乳象征着哺育的绵延不断。生殖来源于性，却比性更为宽泛、更为博大。在这里，"丰乳""肥臀"这两个最俗的字眼表达出来的无疑是一种最深刻的意念，一个最古老的仪式，一段最原始的情感，这就是人类已经暌违许久的生殖崇拜。

以人类学的眼光来考量，生殖崇拜应该说是在人类懂得怎样赓续文明之前就已经具有的一种精神与情感活动。在生产力十分低下的原始社会中，人还只是使用着十分简陋的工具来获取自己的生命补给。面对大自然的有期而至的灾害，面对比人凶猛十倍的走兽，人的生命是十分脆弱的，恐惧种族灭绝的原始本能使人类将生育看作至高无上的事情。于是，从事生育的女性在原始社会中具有很高的社会地位，而掌管生育的神往往最容易成为人的崇拜与敬畏的对象。原始社会中大都出现过的母系制度，无疑就是以这样一种生殖崇拜的情绪为基础。但是，随着人类生产力水平的逐渐提高，人在抵抗与征服自然方面的能力的逐渐加强，人不再为种族灭绝的担忧而恐惧时，男性就凭借着自己的体格方面的优势颠覆了原始社会的母系制度，将女性变成了男性的私有财产。父权中心社会的建立当然标志着人类的文明进步，但同时它彻底遮蔽了生殖在人类原始生存中的诗性意义。在父权中心的宗法家长制度下，生殖降格为仅仅只是一种保持私有财产承袭的手段。这样一种降格在民族的文学中也有所反映，在远古时期的神话中，中国有抟土造人的女娲，印度有在大地上舞蹈以生殖万物的湿婆，古希腊有大地之母该亚，但是一旦父权中心得以建立，女性的地位就一落千丈，贵如西王母也被俗世的皇帝召来挥去。在印度教中，十月怀胎是人尚未出生就在水深火热之中的有力证据；而在基督教文化中，分娩则不幸成了女性因原罪而获致的惩罚。古今中外父权中心话语写作的文学中，鲜有例外地都对生殖本身表现出了相当地冷漠与忽略。

正是在这一文学史状况下，《丰乳肥臀》生殖崇拜的主题创意是独特而有价值的。小说中的主人公之一上官鲁氏也就是小说中的"母亲"是一个多产的妇女，她一共生下八个女儿，一个儿子。为了表现生殖崇拜这一主题，小说突出地描写了上官鲁氏那深厚博大的母性。这种母性当然包含着具有人文意味的牺牲精神，而且这种精神在父权中心文化中被强调到了无以复加的地步，父权文化以这种牺牲精神将女性定位在生育工具的地位上。在《丰乳肥臀》中，最有深意的是作者并没有像通常一些作品写母爱时那样侧重写女性的牺牲精神，而是突出地表现她作为一个母亲的本能意义上的舐犊之爱。她不仅用自己硕大的乳房哺育了自己的儿女，而且在非常的时刻也用乳汁哺育了自己女儿的儿女们。这样做并不单纯是因为这些小家伙与自己有血缘的关系，也不单纯是出之于做母亲的一种义务，而是出之于一种母性的舐犊本能。大女儿来弟在随丈夫沙月亮投奔日本人时，将刚出生的女儿交给了母亲；后来五女盼弟在被司马库的军队赶出高密东北乡时，也把刚出生的女儿强塞给了母亲。从理性的角度来看，母亲是极不愿意接下这些婴儿的，因为前者正是自己拖家带口逃难之时，多了一份累赘就少了一分生存的希望；而在后者，母亲在心里从来就没有接受过鲁立人作为自己的女婿。母亲最初是将沙枣花弃在教堂的门口，将盼弟与鲁胜利关在门外，但最终还是接纳了她们，这就是母性的舐犊本能战胜了理性的思考。后来，来弟在一个深夜带着一帮卫兵偷偷地来到被鲁立人监视了的老家，希望把女儿接走，母亲绷出来的话却是："我只知道枣花是我养大的，我舍不得给别人。"来弟被捉后对母亲说："娘，要是他们枪毙我，这孩子就要靠您抚养了。"母亲回答说："他们不枪毙你，这孩子，也得由我抚养。"对女儿的这种态度，确实有点不合常情，只有从母性的舐犊本能来理解，母亲与来弟的拼抢情节才真正显示出它的意蕴。值得注意的是，小说中的母亲与女儿虽然同属女性，但她们明显地构成一种意义对比。母亲和女儿们由于血缘的联系，都具有冲动、激情、不顾虑后果的性格特征，但母亲是一个典型的旧式女人，小脚曾在方圆几十里都很闻名，一次又一次的生殖给她带来的是一次又一次的痛苦与侮蔑，她依然无怨无悔地、专心致志地养育着自己的孩子们。她的女儿们秉承了她的特性，具有强旺的生殖功能，但她们显然已被异化，宁愿为着一些本属男人的事情东奔西走，也不会将生殖与养育当作女性的责任来担承。这是时代的变化使然，更是现代女人母性本能的退化所致。这个对比性的意义结构，潜隐着作者的一种文化焦虑：现代的女人总想撑起那半边本为不属于她们的天空，但到头来得到的结果则是本来属于自己的那半边天空也失落殆尽。也许正是这种思考促使莫言狠心地为这些体态优美的上官女儿们设置了一个又一个的悲剧，上官家的女儿们没有一个得到善终，而母亲则活到九十五高龄。因为母性的发扬实际上是女性本质力量的显现，是一条自然欲望随意显现的渠道，母亲的一生是顺其女性本性的一生，其高龄也就不足为奇了。当然，在目前的文化语境中，莫言的焦虑未必符合时尚，但这种焦虑的意义不在于它的正确与否，而在于它的发人深省，在于它用一种独特的表达方式揭示了民族可能要面临的问题。

小说以抗日战争与国共内战为主要背景。这是一个苦难的年代，生命就好像风中的蒿草那样脆弱，那样没有价值。一个莫须有的罪名，一次偶然的不巧遭遇，一种本来不由自己决定的血缘关系，都可能使一次性的生命不幸毁灭。既然生命不再珍贵，既然生命的价值不再为人重视，生殖的诗性意义就不可能被人们所认识。所以，小说中的生殖是与苦难紧密联系着的。小说一开始就在一片兵荒马乱中尽力地描写了母亲的第八次分娩，这是一对双胞胎，也是一次难产，婴儿的脚已经先拱出了母腹。母亲在"一阵急似一阵地号叫"，赤裸的身体"陷在血泥中"。极具讽刺意义的是，与此同时上官家的驴子也发生了难产，兽产师樊三正在那里忙活，上官家的男人都围在那边帮助，而同样难产的上官鲁氏却独自躺在血泥中痛苦地煎熬。当小骡驹终于生下来后，婆婆上官吕氏竟要请樊三又过去给难产的儿媳接生，直到樊三坚决拒绝，上官吕氏才想着应去请接生婆孙大姑。如果说日本人的入侵与杀戮给中国千万人极大的苦难与灾害，那么，人的生殖意义在人的心中竟然不如兽的生殖意义，这就是小说的开头昭示给我们的另一种民族不幸。作者让这两条线索平行（上官家的几位女儿躲在河沿上看游击队与日本人的交火）、交叉（上官寿喜与孙大姑被日本人杀害，日本军医为上官鲁氏接生）地进展，其目的就在于将人类的生殖活动置于一个苦难深重的环境中，以此来突出地展现作者对于生殖的崇拜。

一方面是屠戮生命，一方面是养育生命，屠戮生命者因为他们并不承担生殖的痛苦，并没有尝到过在生殖新的生命过程中的生命丧失的恐惧，所以他们能够为了主义、理想或者某个荒唐的意念，而抛出自己的生殖的艰辛。亲身体验过生殖过程中的生与死的脆弱的界限，亲身体验过流血的恐惧与剥离的伤痛，所以她们在一种母性的强烈本能上珍贵生命，不管这个生命有着什么样的阶级印记，不管这个生命有过什么样的功勋或劣迹，她们都一视同仁，无偏无袒。从个人的遭遇来看，母亲确实是命运悲惨的，她养育的那些女儿除了盲女八姐，一个个都离开了她，在这个动乱流离的年代里各自选定自己的道路，挥霍着自己的青春、美丽与生命。同胞成了对头，亲戚变为仇敌，大女婿沙月亮死在五女婿鲁立人的圈套中，而鲁立人与二女婿司马库的斗法则演绎了高密东北乡十几年的血泪史。作为母亲，她十分地痛苦，因为她的心被一次又一次的悲剧与死亡所刺伤，但她也无比地坚毅与博大，她超然于女儿女婿们的纷争之外，她想做的只是用自己的母性的胸怀，尽可能地保护每一个受到威胁、遇到危险的生命。在她的意识中，生命是第一位的，其他的纷争并不重要，各种时事的纷争有输有赢，你来我往，今天是仇敌，明天又可能是朋友，时来运转，轮回不已。而生命对每一个人都只有一次。珍惜自己的生命，同时也珍惜别人的生命，这才是生殖崇拜的真正含义，也是作者通过母亲形象母性本能的发扬所要表述的主题。

二

生殖包含着生产与养育两个互相联系的环节，有生殖就必然有成长。在人的生命过程中，生殖只是提供种族血缘的趋向，而成长则必然地有历史、文化与地理环境等等因素的参与，因而，生命的成长过程也就是种族血缘基因与历史、文化、地理环境等因素的碰撞和渗织的过程。在现代长篇小说中，成长是一个很常见的主题，因为长篇小说是必须精心构筑情节的，而从19世纪批判现实主义的文学理论以来，小说中的情节一直被视为人物性格成长与发展的历史。但是，由于意识形态对文学的制约，血缘这一生理问题被视为唯心主义观念，因而在现代长篇小说的成长主题中，历史、文化及时代风尚的因素往往是作者所着重展示的，血缘则有意无意地被忽略。其实，随着现代生物科技的日益发达，血缘的观念已经有了相当大的变化。过去人们只是隐隐约约地感觉到在一个家族中间似乎有一种相同的东西在控制着家族成员的命运，而今天的生物科技已经能够通过实验告诉我们，这个血缘其实是一种非常微妙却有形状的物质，也就是人类基因。基因当然是可能发生变异的，但是，人在自己的成长过程中可以拒绝或者逃离历史、文化与地理环境等等外在的影响，却没有可能拒绝也拒绝不了血缘的制约。人常常是在血缘的命运之井中呼号扭动，无力自救。《丰乳肥臀》中的另一个主人公上官金童就是这样一个无力自救者。如果说小说中的母亲的形象是从正面的刻画来表述生殖崇拜的主题，那么，上官金童的形象则是从血缘与历史文化的碰撞中来展示生殖崇拜中的精神异化的问题，这就是形上的生殖崇拜向形下而具体的乳房崇拜的降格性转变。

生殖的行为完成不仅在于怀胎、分娩，而且包括了养育的过程，因而，生殖崇拜的图腾在远古的神话与造像中不仅有女性的外生殖器，而且包括女性的乳房。随着人类文明的逐步发展，生殖从纯粹的生理性逐渐增强了它的人文含义，生殖崇拜的图腾也就呈现出了由女性乳房逐渐取代女性外生殖器的趋势。正是在这个意义上，《丰乳肥臀》对生殖崇拜在女性的性征方面主要表现为乳房崇拜。从全书的意义结构来看，小说是采用两种手段来表现乳房崇拜的，一种手段是直接描写、刻画与礼赞女性乳房，一种手段则是写上官金童的恋乳癖，这两种手段经常混在一起。恋乳，这是上官家唯一一个男孩上官金童唯一的嗜好，这种嗜好的养成是与上官家的血缘相关的，正如上官家被人领养后来以乔其莎的名字出现的七女儿所说的，上官家的人都透着一股"邪气"。这股"邪气"看来就是上官家的血性使然，在上官家的女儿们身上体现为敢作敢为，不计后果，激情迸发不能自已，在上官家的儿子身上则体现为恋乳癖。这种癖好深深地渗透到了上官金童的血液中，就好像毒深深地渗透到了瘾君子的血液中，一有机会，一到时候就会自动爆发。上官金童的恋乳癖有三种表现，一是以乳为食，金童到了十岁的时候仍然叼着母亲的奶头过日子，对五谷菜蔬全没有兴趣。成年之后，金童因罪坐了十四年牢。出狱的头月即大病一场，所有的方法都使用过了，病却越来越重。最后还是母亲懂得儿子的品性，将五十岁又生儿子的独乳老金请来救命。果然一旦嘴里含着老金的独乳，吸着老金的乳汁，金童就病体康复了，所谓的病不过是在牢房中未能吸乳，郁积而致，又岂能是一般的药物所能治？二是以乳为性，金童在成长过程中，所有的性冲动、性幻想都是对着女性的乳房而发的。三是以乳为美，小说构思了一个名叫"雪集"的风俗仪式，以此来刻画金童对乳房有不同寻常的艺术感觉。在这样一种仪式中，金童是把它作为一种美的欣赏来进行的，没有任何性的欲念。正是因为他对乳房的这种审美的态度，所以他对那糟蹋、蹂躏乳房的行为充满着厌恶与仇恨。

在当代小说中，北村《施洗的河》也写到了主人公刘浪的恋乳，他十四岁以前必须叼着母亲的乳头、捂着母亲的乳房才能睡觉。如果说刘浪的恋乳来之于他对自己可能被父亲阉割的恐惧，所以一旦他已长大成人，这种恐惧感不再存在，恋乳癖也就不治自愈了。金童的恋乳癖也与童年时代的饥饿情结有关，在这个动乱的时代里，母亲不仅要哺养自己的孩子们，而且还要哺育女儿们扔下的"野种"，所以二女婿司马库杀回来的时候，母亲只是叹了一口气说，"你给我囤儿担粮吧，我是饿怕了"。上官金童生下来（他还有一个孪生姐姐）就处于一种竞争状态中，他一直担心别的小孩会抢走母亲的乳汁。这种饥饿的恐惧感长期地积压在童年时代的精神深处，当然会对他的恋乳癖的形成与保持造成影响。不过，更深层的原因无疑是来之于上官家的血性。在阅读《丰乳肥臀》的时候，我曾经长时间地思考着一个问题：上官家的血性究竟是什么东西？读完最后的第七章与补记，我终于相信上官家的血性基因就隐藏在上官家里的那个秘密中。上官家的儿女们在血缘上原来没有一个是婚生，虽然法定的父亲上官寿喜是一个十足的窝囊汉，但这些女孩们的血缘上的父亲，如于大巴掌、高大健壮的赊小鸭的外乡人、以打狗肉为生的高大膘子、鹰嘴鹞眼的江湖郎中等等，却都是一些强梁。正是这些强悍的血缘与私生子的出身赋予了上官家的女儿们一种充满激情的生命形式与人格特征。相反，如果从血缘的角度来看，上官金童的血缘父亲马洛亚牧师却是一个弱者。他虽然是一个洋人，但他在高密东北乡已经生活了几十年，他能够说一口地道的高密东北乡的方言，他的血性实际上已经发生了变异。既不是纯粹的洋人，也不是纯粹的中国人。马洛亚的死起因于与鸟枪队员发生的冲突。马洛亚抗议鸟枪队员对他的侮辱和侵占他的教堂时的理由是"我是洋人"，而这一理由马上就遭到了鸟枪队员的嘲弄："洋人？你们听到了没有？洋人还会说高密东北乡土话？我看你是个猴子与人配出来的杂种。"作者在为上官家的女儿们寻找血缘父亲时，个个都是精悍强梁，为什么偏偏为金童设计了一个是洋人又不是洋人、不是中国人又是中国人的马牧师呢？而且，作者特地在作品文本中将马牧师的这一特点突出出来，我认为其中意图就在于通过马洛亚的血性变异来揭示出金童的恋乳癖最深层的原因。

强调家族的血缘承继，呼唤雄强阳刚的男儿血性，这是莫言从《红高粱家族》系列以来就一直着意表现的一个主题。在《丰乳肥臀》中，这一主题有了进一步的深化。因为在此前的一些作品中，莫言侧重从正面来刻画阳刚雄强的男儿形象，强调这种形象的民间文化渊源。而《丰乳肥臀》中着力刻画的上官金童则是一个在精神与人格方面没有长大成人的恋乳者。在上官家的子女之间有一个潜隐的对比结构，上官家的个个优秀的女儿的血缘父亲有农民、流浪汉、打狗的、和尚、郎中，包括溃败的大兵，可就是没有一个读书人，几乎都是来自民间，而上官家的这位男性的血缘父亲却是一位洋牧师。这位洋牧师的血性变异造成了金童成长中的障碍，这是莫言在作品中精心构筑的一个文化寓言。马牧师作为一个传教士，将西方文化带入高密东北乡并且力图让上帝之光普照中国。但是，正如所有西方文化进入中国之后的命运一样，由于中国本土文化的巨大的同化力，进入中国的西方文化要想在中国这块领地上扎下根来，都必须同中国本土文化取得一种妥协，一种迎合，而这种妥协与迎合的发生，也就必然导致西方文化自身的畸变。马洛亚就是这样一种文化畸变的典型例子。现代语言学的理论告诉我们，一个人的言说方式往往决定了说什么。"洋人？洋人还能说高密东北乡土话？"鸟枪队员的质问确实一针见血，马洛亚虽然有着洋人的血统，但他只有在十分危急的情况下才会记起他的母语，他已经习惯了说高密东北乡土话，也就说明他已经习惯了高密东北乡人的思维方式与文化习俗。文化的认同逐渐酿成血性的变异，所以，即使是西洋血统与中国血统的杂交，从优生学的角度来看是一种最为理想的远距离杂交繁殖，但得出的结果却是令人沮丧的。上官金童徒具一副西洋人的体形模样，西洋文化中的好胜勇斗、积极进取的精义，在上官金童那里异化成为对母亲乳房的自私占有。这是上官金童的悲剧，也可以说是中国社会在现代化过程中引进西方文化所遇到的一个最大的尴尬。

在这个文化寓言中，我们还要特别注意到作者对中国文化传统的一种暗讽。中国文化传统是建立在宗法家族制度上的文化传统，中国文化对于生殖行为的重视出之于一种实用功利主义的考虑，即承袭家族利益。所以在这种文化传统中，不孝有三，无后为大，生殖的目的归根到底是使家族有后代代代相传。并不是所有的生殖活动都被视为神圣的，而只有生下男婴的生殖活动才备受家族关注。而且，西方文化是一种幼者本位文化，倡导个人的自由与独立，因而每一个年轻人都在自己的成长过程中梦想着能够早日离开家庭过上自主的生活，仰仗父母的荫庇在这种文化传统中被视为耻辱。相反，中国的文化是老者本位文化，倡导群体的融洽与和谐，父母辈含辛茹苦，总希望儿孙满堂，绕膝而欢。而年轻人则将有家族的荫庇与眷顾视为骄傲与幸福。上官金童可以说是这种文化传统的一个牺牲品。他的恋乳癖，一方面与他的血性本身有关，另一方面则是这种文化传统养成的结果。他是上官家唯一的男孩，所以他有吃母奶的特权，鲁胜利与沙枣花甚至同胞出生的上官玉女也只有吃羊奶的份。而他也就在母亲的这份纵容与溺爱中，永远地将精神人格定位在自己的童年。

三

无论东方文化还是西方文化，生殖与创造的主题总是充满活力、充满生机，就像春苗在淋漓的春雨中破土而出一样，没有拘束，没有阻拦。在西方古希腊神话中，生殖是与酒神狄奥尼苏斯联系在一起的，他的醉态，他的迷狂，展示着人类与万物的生殖活动冲毁一切人世间规矩习俗的巨大魔力。在印度神话中，宇宙万物的生长乃是在梵的舞蹈中生生不息的，而梵的舞蹈本身就是一种生命创造的狂欢。由此可见，生殖崇拜本质上是酒神精神的发露，是人类狂欢情景中的基本主题。我认为，莫言的小说创作一开始就表现出对酒神精神的极大热忱，正如有的批评家所指出的，莫言在他的"红高粱"系列中，"一方面，他仍怀抱着文化启蒙的热忱与责任感，另一方面，他又致力于用尼采式的'酒神精神'对民族传统进行重新发现和文化重构，扬弃了传统中那些'日神'意味的道德理性因素，而对那些具有感性和非理性生命冲动的因素加以放大"①。如果说莫言的早期作品对酒神精神的赞颂还比较单纯，其主旨与时代的启蒙主题结合在一起，体现着作者对民族传统进行重新发现与重新构建的文化理想与激情，那么，到《丰乳肥臀》时，小说的内涵已经复杂多了。生殖崇拜母题的意义建构已经远远超出了一般性的文化启蒙思考，它深入到了人类生命流程中最隐秘的河道，触及了人类生命结构中最隐秘的内核。与这种意义的深化相联系，小说的叙事在过去的感觉集束爆炸的基础上，实现了狂欢化叙事的风格建构。

所谓狂欢化叙事，按照巴赫金的界定，主要是指用诙谐的文体来把握一种独特的生命体验，在言语方式上则是逻辑颠倒，不拘形迹。用中国自己的诗学语言来说，就是戏谑的方式，寓庄于谐，亦庄亦谐。巴赫金说："狂欢节不需要虔诚和严肃的调子，也不需要命令和允许，它只需要发出一个开始玩乐和戏耍的简单信号。"②我认为《丰乳肥臀》对这种狂欢化叙事是理解得很透彻的，如小说开头写鸟枪队与日本人的作战，这是一个很悲壮的事件。莫言对这场战争的描写是通过上官来弟的眼睛来进行的，一个刚刚成年的女孩子面对这样残酷的、危险的场面，无疑会有许多的迷惑、许多的惊惶，反映在她眼睛中的战争场面也就被涂上了一些魔幻的色彩。"她的眼睛枯涩，眼皮发粘，眼前模模糊糊地出现了许多稀奇古怪的、从来都没看到过的景象，有脱离了马身蹦跳着的马腿，有头上插着刀子的马驹，有赤身裸体、两腿间垂着巨大的马屌的男人，有遍地滚动、像生蛋母鸡一样咯咯叫着的人头，还有几条生着纤细的小腿在她面前的胡麻杆上跳来跳去的小鱼儿。最让她吃惊的是：她认为早已死去的司令竟慢慢地爬起来，用膝盖行走着，找到那块从他肩膀上削下来的皮肉，伸展开，贴到伤口上。但那皮肉很快地从伤口上跳下来，往草丛里钻。他逮住它，往地上摔了几下，把它摔死。"这些描写中，落地的人头在咯咯叫，脱离马身的马腿在蹦跳，人把身上削下来的皮肉摔死等等，都是一种戏谑式的描写，亦庄亦谐，颠倒逆反，既写出了战争的残酷，也讽刺了人类行为的荒谬可笑。这种写法，就是巴赫金所指出的"把历史过程视为游戏的狂欢节式的接受方式。"③小说在写鲁立人主持的斗争大会也是运用的戏谑手法，斗争大会是替穷人申冤报仇的大会，过去的写革命斗争历史题材的小说无不把这种场面写得慷慨激昂，正义凛然。莫言在这部小说中表面上似乎也是要把这种场面写得轰轰烈烈，但小说在更深层次的意义揭示上运用了戏谑的方式，用张德成的小题大做（控诉秦二先生给他取了个"瞎头虫"的绰号使他娶不上老婆）、徐仙儿的具有报复意义的胡搅蛮缠（请求枪毙司马库的小儿女）将这个轰轰烈烈的场面变成了一个闹剧。在这样一种小题大做与胡搅蛮缠面前，鲁立人愈是把自己装扮得大义凛然，愈是把自己装扮成正义的化身，就愈是显出了他的滑稽与荒谬。这就是戏谑手法的艺术效果，就好像狂欢节里人们喜欢在一个弱小的身躯上带上一个硕大的面具，或者将一个人装扮成稀奇古怪的野兽一样，突出的是内容与形式的滑稽对比。

狂欢节是西方文化中的一个重要节日，在很多地方，这个节日是为纪念酒神狄奥尼苏斯而创设的。狂欢节上人们被允许打破一切的等级界限，毁弃一切的日常生活中的道德规范，率性而行，不拘形迹，让人们暂时地从各种人为的规矩法则中解放出来，自由自在地展露自己的人性本能。这是狂欢节的真实含义。在这种意义上，我认为小说中的狂欢叙事不仅是指戏谑化，而且应该包括小说叙事中的对于世俗道德与法则的背叛与突围。

小说中的乱伦描写也是狂欢化叙事的一个典型例子。也许是出自母亲的血统的影响，上官家的人几乎都具有一种乱伦意向。小说对乱伦倾向的兴趣，我认为主要是来自这两方面的思考：一方面，乱伦行为是最具有冲击力的，最能够体现出狂欢节庆对于世俗道德规范的叛逆性质，也最能够体现出人的本能欲望在冲决理性约束方面的力度。世界各民族的具有狂欢化叙事意向的小说，几乎都会涉及乱伦的描写。另一方面，乱伦意向是人类的一种集体无意识。在基督教文化中，人类的始祖就是在兄妹的乱伦中繁殖了人类，所以乱伦本身也与人类的生殖相关，是人类最初始的生殖活动中不可或缺的行为。在世俗文明的意义上，乱伦是被法律与道德所禁止的，但在诗学的意义上，只有写出人的乱伦意向、写出人类最隐秘的这块无意识黑暗大陆，才能真正体现出生殖崇拜的热情，揭示出生殖崇拜的诗性本质。

　　最后要指出的一点是，母亲生下的八女一子没有一个是合法婚生子，这也是小说狂欢叙事的一个最富意蕴的情节。如果说母亲的第一次婚外生育还处于一种被动状态，那么，生下来弟之后的一次次婚外生育几乎都是在主动状态下完成的。母亲之所以要这样做，一方面是自行证实，她要让人们认识到她作为一个女性具有值得骄傲的健康完整的生育功能，不仅能生育女儿，而且能生育男孩。另一方面则是一种反叛，当宗法家族制度下的男性中心权力在自己已经丧失生育能力的情况下，却将不能承袭香火的责任强加在女性头上时，母亲索性用婚外生育、偷梁换柱的方式解构这个家族，这种反抗无疑是诗性的，狂欢性的。值得注意的是，当婚外生育获得了许多成果时，这个家族的血缘模式实际上已经发生了巨大的异变。被封建宗法家长制规定的男性血缘主干被女性主干所替代，在血缘的意义上，父亲只剩下一个虚名，真正维系着这些子女们的是母亲的血统。这种血缘模式似乎回到了人类原始社会中的母系制度，而那时，恰恰是人类对生殖无限崇拜的时代。无论莫言是否已经意识到了这一意义，《丰乳肥臀》确实用母亲婚外生育的情节把狂欢叙事同生殖崇拜紧密联系起来，以此完成了对中国传统的宗法家族血缘体制的解构，对人类一种最原始、最古老也最深刻的情感方式的呼唤与契应。

注释：

①张清华：《中国当代先锋文学思潮论》，第111页，江苏文艺出版社，1997年。

②巴赫金：《弗朗索瓦·拉伯雷的创作与中世纪和文艺复兴时代的民间文化》，见《巴赫金文论选》第217页，中国社会科学出版社，1996年。

③同上，第201页。

原载《人文杂志》2001年第5期

《丰乳肥臀》是一部"近乎反动的作品"吗?

——评何国瑞先生文学批评的观念与方法

易竹贤　陈国恩

何国瑞先生在《武汉大学学报》1999年第6期发表《歌颂革命暴力、爱国主义和国际主义的文艺——社会主义文艺本质论之二》一文,在联系当前文艺创作实践时,严厉指责莫言的长篇小说《丰乳肥臀》是一部"近乎反动的作品"。这样的批评方式,近年已属罕见。但作为一种曾经广泛流行过的僵化观念与方法,如果不加批评,还是有相当危害性的,因而特予以辨析。先引原文如下:

> 莫言的《丰乳肥臀》更是颠倒黑白,对革命极尽丑化之能事。共产党人(鲁立人等)、贫农革命功臣(哑巴孙不言等)、人民政府的干部(上官盼弟等)被描写得极端残忍、丑陋。土改时县长鲁立人在坐着轿子下乡搞土改的"大人物"的示意下,竟把司马库的两个不满十岁的儿子[引者按:实为双胞胎的女儿]枪杀了。而地主维持会长(司马亭)、地主国民党反动军官(司马库)等则成了仁爱、正直、果敢、英俊的男子汉。哑巴兄弟宰吃了司马家一头大骡子,司马库反倒奖给五块大洋。同一母亲所生,投奔了革命的五姐的乳房是"凶悍霸蛮"的"宛若两座坟墓","头发粗得像马鬃";而先与土匪汉奸沙和尚私奔,后与司马库私通的大姐的乳房则是"清秀伶俐"的"上等品","闪烁着玉一样的滋润光泽"。这样的近乎反动的作品居然得到一些教授、评论家的极力称赞,在人民大会堂举行仪式奖给10万元。这真是令人难以理解的咄咄怪事!

我们无意对《丰乳肥臀》作全面的评价，也不认为这部小说无可挑剔。我们只想指出，何先生的立论和判断基于僵化的观念，显示了自己的谬误。

《丰乳肥臀》的时间跨度近一个世纪，主要故事情节以"母亲"为中心展开，从20世纪30年代末到90年代初期，描写了上官家三代十几个人在风云变幻中各自不同的坎坷命运。作者的一个重要意图，是突破简单地把人分为好人和坏人、革命者与反革命者的创作模式，充分展示人性的复杂性和具体性，就像作品中后来被打成"右派"的七姐上官求弟说的："穷人中有恶棍，富人中有圣徒。"因此，我们看到，很难用好与坏、革命与反革命的框子来套他笔下的人物：沙月亮曾奋勇杀敌，是一个抗日英雄，因为军事上坚持不住竟投敌当了汉奸，后来又由于要救女儿枣花，冒死突入共产党军队的伏击区当了俘虏，上吊自杀。司马库把自家的酒倒在桥头上放一把火，与日本人狠狠干了一仗，然后拉起一支队伍成了国民党军队的一个支队长。抗战胜利后，他先是在家乡缴了共产党部队的械，不久又受共产党军队的奇袭被俘获，在押送途中逃跑，最终听说他的岳母等人因他而受刑，就毫不犹豫地从藏身处主动投案，被处死。司马亭当过维持会长，在日寇进入村子前的紧要关头，他却登高报信，让乡亲们赶快逃命。鲁立人，知识分子出身，是共产党军队的一个政委，为纪念牺牲的战友而改姓鲁。土改时，贫农徐瞎子为泄私愤，编造人命谎言要挟时任县长的鲁立人枪毙司马库不满10岁的双胞胎女儿，他始则拒绝，继则为避嫌（他与司马库、沙月亮是连襟），违心地下达了执行死刑的命令。解放后，鲁立人仕途不顺，三年困难时期已被贬为农场场长，后在洪水中猝死。五姐上官盼弟，在抗战时期参加革命，曾与丈夫鲁立人一起参与捕获沙月亮、司马库的战斗。在徐瞎子无理纠缠要枪毙司马库的女儿、她的外甥女时，她十分愤怒，但又无能为力。"大跃进"时期，她与丈夫一起被贬到农场，改名马瑞莲，为制造"头条新闻"，搞起了荒唐的驴猪、马牛、羊兔的人工杂交试验。"文化大革命"中，她受到冲击，自杀身亡，留下遗言："我是上官盼弟，不是马瑞莲。我参加革命二十多年，到头来落了个如此下场，我死之后，祈求革命群众把我的尸体运回大栏镇，交给我的母亲上官鲁氏。"母亲上官鲁氏养了9个儿女，她的女婿中有不少风云人物：敌伪时期沙月亮得势，国民党时代司马库吃香，共产党得天下后，鲁立人、上官盼弟当了官。三女婿哑巴孙不言也是革命功臣。她的几个女儿也很不平常，其中大女儿来弟先为反抗包办婚姻与沙月亮私奔，成了寡妇后帮母亲拖儿带女逃避战乱，像一头牛，承受着重负。当鲁立人下令枪毙司马凤、司马凰时，她用自己的躯体挡住孙不言的枪口，企图拯救孩子。后来，她违心地嫁给载誉归来却失去了双腿的三妹夫孙不言，而又不堪忍受其疯狂的性虐待，打死了丈夫，被判处死刑。不言而喻，上官鲁氏谈不上什么政治觉悟，可她以母亲的朴素感情和博大胸怀容纳了女儿们的反叛；又常常拒绝女儿们在得势时的关照，却在落难时节为她们撑起了一个遮风避雨的"家"。她不是一个完美的人，首先在道德上就不合先贤的遗教（受婆婆和丈夫的折磨，被迫向许多男人"借种"），甚至打死了发疯的婆婆，可是她的确又是一个不平凡的母亲，就像作者在书的封底的题词中说的："谨将此书献给母亲与大地。"她像大地一样朴素无华，像大地一样受人践踏，承受着人间的苦难。

介绍这些人物，目的只在于跟何国瑞先生的判断进行对照，看看他到底出了什么问题。显然，莫言写鲁立人、孙不言、上官盼弟，并没有把他们当作纯粹的阶级抽象符号来写，他们是具体的存在，不能简单地等同于标准意义上的"共产党人""贫农革命功臣""人民政府的干部"。他们参加了革命，立下不少功劳，但也犯过许多错误，甚至在人格上存在着或多或少、这样那样的缺陷。在特定的历史条件下，这些缺陷造成了相当严重的后果，给革命带来损失，也给他们自己制造了悲剧。这样的人，在历史上是存在过的。上官盼弟式的人物（追求理想，却在政治运动中自我异化，最终用生命的代价回复到本来的"我"），在建国后，尤其是在"文化大革命"中难道还少见？他（她）们的命运，折射出中国革命的曲折道路，反映了革命过程中所付出的沉重代价。更不用说有些人格和政治品质极为恶劣的野心家钻进了共产党的队伍，在后来干下了许多祸国殃民的事情，对这样一些"共产党人"，还能说他们是共产党人？只要是历史唯物主义者，就应该勇于承认人的复杂性。对于历史的教训，遗忘或者采取故意回避的态度，都是对于历史的背叛，于当下现代化建设毫无益处。可是，在何先生看来，鲁立人就是"共产党人"，孙不言就是"贫农革命功臣"，上官盼弟就是"人民政府的干部"，并断定作者把他们写得"极端残忍、丑陋"，为此竟不顾作品其实把鲁立人写得颇为英俊：一个白面书生，连母亲上官鲁氏都断定，他的才干识见远在沙月亮之上，并以朴素的人生经验预言沙月亮一定会败在他的手里。鲁立人下令处死司马库的双胞胎女儿，内心也并非毫无斗争，相反，他展开了人情与已被扭曲了的"阶级觉悟"之间的尖锐冲突。这一切，只能说明人的复杂性。作为一个革命者，鲁立人有比较高的政治觉悟，可是他不是一个完人。他有时也无法抗拒历史的定命，无法抗拒某种错误路线的压力。只要看看"文革"中出了那么多大小野心家，那么多人成为现代迷信的牺牲品，而这些人大都受过党的教育，经历了革命战争岁月的严峻考验，知道这点，就不难明白人有时真的是一个斯芬克司之谜！同样的道理，还有哑巴孙不言，先天性的生理缺陷，加上缺少家庭温暖，从小心理发育不健全，打仗勇敢，可也比较残忍，而且性变态。这本不奇怪，难道仅仅因为他机缘巧合参加了革命，立了功，就不应该有"这一个"具体的人，就应该把他写成一个英俊多情的白马王子？明眼人至此已经可以看出，何先生的意思原来是，"共产党人""贫农革命功臣""人民政府的干部"，一经在作品里出现，就必须是完美无缺的，否则就是对共产党、对革命、对人民政府的恶毒攻击！在世纪之交的今天，还有这样的逻辑，倒真的是"令人难以理解的咄咄怪事"！

　　不过即使是按照何先生的观点，事情恐怕依然难办。最主要的一点，就是你很难给这些人划定成分。母亲上官鲁氏，究竟是富农、贫农、抗属、汉奸家属、革命家的母亲，还是大贪污犯的姥姥（她外孙女鲁胜利在20世纪90年代初当上了某市市长，因贪污巨款而被判处死刑）？鲁立人，难道何先生就能保证他没有历史问题，说不定他的"残忍"或者动摇，正是他本性的暴露，那样一来，不正好是作者揭露了一个暗藏的阶级敌人，为"革命"立了一功？五姐上官盼弟，不知何先生应算她受母亲的哪一种角色定位的影响，或许她继承了母亲"反动"和"作风不正"的一面，投机革命，那么，她的乳房像"两座坟墓"，也无不可！她后来落得个可悲下场，而且向母亲表示忏悔，就是她的自我暴露，是不是说明她本来就不配有更好的命运？哑巴孙不言，强奸了三姐，差一点被鲁立人枪毙，何先生能不能戴他一项"坏分子"的帽子，他还算不算"贫农革命的功臣"？大姐上官来弟迫于情势违心嫁给孙不言，受尽残酷的性虐待，在眼看她心爱的鸟儿韩要被哑巴卡死的紧急关头，在救助无效的情况下从旁打死了行凶的丈夫，这算不算正当防卫，理该罪减一等？罢，罢！这些大都是极无聊的罗织罪名的把戏，是"资产阶级的反动血统论"，然而这也正是可以从何先生的逻辑中推导出来的结论。

其实，何先生的理论并不新鲜，不过是"一个阶级一个典型"论的重现，形而上学的写"本质"论在当前的复活罢了。按照20多年前曾经广泛流行过的这套理论，文学作品中，人必须截然划分成好与坏、革命与反革命。革命者高大完美，反革命者要想方设法让他头上长疮脚底流脓。换言之，就是把具体的人抽象化，把作为"全部社会关系的总和"的人，看作是某一阶级本质特性的符号，好像古希腊神话中的那张魔床，按照它的尺寸，把活生生的人长的截短，短的拉长，务必使之合乎先验的标准，似乎唯有这样，才能充分表现出一个作家严正的革命立场。可是这样写出的作品成败如何，相信只要不是患了遗忘症者，就不难从中国现当代文学史中找到答案。

我们还要指出，何先生受这种理论的影响是比较深的。因为他看到莫言把"投奔了革命的五姐的乳房"写成"凶悍霸蛮"的"两座坟墓"，而"先与土匪汉奸沙和尚私奔，后与司马库私通的大姐的乳房则是'清秀伶俐'的'上等品'"，就感到义愤。这是基于同样的但无疑又是更趋极端的逻辑：参加革命的，本应该有上等的乳房；嫁给坏蛋的，乳房必须是"两座坟墓"。可是，何先生没有看仔细：大姐与沙和尚私奔时，沙和尚还没有当汉奸，也不是通常意义上的"土匪"，恰恰相反，他是"黑驴鸟枪队"——"抗日总队的别动队"的头儿，专打日本人，此前此后还干过一些轰轰烈烈的事业。正因为他当时是一个男子汉，大姐才抗拒母亲的包办婚姻，死也不肯嫁给哑巴（后由鲁立人取名为孙不言），要跟着他私奔。如果说沙和尚抢来许多珍贵的毛皮大衣送给上官家的女儿，就说他是"土匪"，何先生恐怕也会因此承担混淆阶级阵线的"罪责"。因为很显然，沙月亮此时所抢的肯定是地主老财的家，这样的农民革命的"壮举"，何先生怎能丧失"革命"立场指其为土匪行为？其实，作者写大姐与五姐的乳房，是从一辈子吊死在女人奶头上的小弟上官金童的视角出发的，显示的只是人的个体差异。世上毕竟也不会有"好女人"须有美丽的乳房、"坏女人"只配长丑陋的乳房这样的道理，更何况大姐与五姐，并非一般意义上的"好女人"与"坏女人"。如若再按照何先生的这套逻辑推论下去，结果可能竟是任何过来人都会感到不寒而栗的，因为何先生写道："这样的近乎反动的作品居然得到一些教授、评论家的极力称赞，在人民大会堂举行仪式奖给10万元。这真是令人难以理解的咄咄怪事！"这无疑是在暗示，这些教授、评论家居然称赞这样的"近乎反动"的作品，他们也难辞"近乎反动"

之嫌。是不是还要追查一下中央国家机关事务管理部门有没有暗藏的"近乎反动"分子，因为他们居然把庄严的人民大会堂出租给举办者进行颁奖仪式，而且奖金有10万之多！至少他们要对此承担重大的政治责任！

这样的罗织罪名方式，人们曾经耳熟能详。所幸它现在已失去了存在的时代条件和社会基础，否则倒真的会把一大批人置于死地。这说明一个道理：观念陈旧，思想僵化，对历史的进步怀着疑惧和抵触的情绪，就会导致一个人判断力的扭曲。

其实，描写革命战争的历史题材可以有多种写法。《保卫延安》《红日》和比较通俗化的《铁道游击队》，建构了一个正面描写敌我双方战斗，歌颂英雄主义、表现革命者豪迈气概的叙事模式。到新时期的《西线轶事》，有所突破，开始把战争转为背景，重点写战争中的平凡战士的内心世界。事实表明，这些战士同样是真正的英雄，是新时期"最可爱的人"。这实际上也是对于20世纪40年代以《荷花淀》为代表的反映战争题材的短篇小说创作风格的继承和发扬。到李存葆的《高山下的花环》，进一步突破了传统的关于英雄的固定模式，塑造了梁三喜这样朴素而伟大的英雄、靳开来这样没能评上"英雄"的英雄的光辉形象。莫言的"红高粱"系列和这部长篇小说《丰乳肥臀》，则走了一条非传统的写实路子。他既无意展示战争的过程，也不表现传统意义上的英雄人物。他很大程度上是把小说寓言化了，使生活成为对于人性善恶的一次拷问，来展开我们苦难民族的浸透血泪的历史。这种关于战争题材的创作风格的变迁，这种关于英雄人物的观念的转变，是符合现实社会的发展规律和历史辩证法精神的。对历史题材的把握当然要体现出当代性，反映当代人在现实情势的制约下对历史的审视角度和认知结果的独特性。可资比较的是，中国的这一趋势与苏联文学中战争题材小说的风格演变是大体一致的。在苏联，前有《毁灭》《静静的顿河》，后有《这里的黎明静悄悄》等。这种变化的实质，是从正面表现战斗英雄逐渐过渡到表现人性的丰富性（当然也必然包括人的阶级性）；它淡化了硝烟味，却增加了展示人的内心世界的深刻性。这中间不能说毫无问题，比如莫言的这部《丰乳肥臀》，就写得粗野一些。这些问题都是可以探讨的，但不能重复历史的错误，用政治批判代替学术讨论，扣一顶"反动"的政治帽子把作家和作品一棍子打死。如果只允许存在一种战争题材的创作模式，即使它绝对的"正确"，我们认为也是要不得的。因为历史经验已经证明，一花独放只能断送社会主义文艺的前途。

还需要指出的是，莫言的小说至多是不符合何先生的个人标准，但显然不能因此就说它不配成为社会主义文学。社会主义文学，应该是风格多样，生动丰富的。只要有助于人们了解历史，增加对人的认识深度，丰富人的精神生活，净化人的感情，使人变得高尚起来、成熟起来，哪怕这人一辈子成不了英雄豪杰，只是平头百姓一个，这文学照样也有意义，有它存在的理由。另外，文学的社会作用一般是间接的，它联系着作者和读者，中间有很复杂的心理过程和接受机制。高腔大调未必能激发人的斗志，伤感的作品未必会使人堕落，欢快的未必深刻，令人痛苦的未必没有价值。许多时候，情况往往正好相反——人们看过悲剧，热泪盈眶，内心却得到了净化，像一碧万里的晴空，感到世界的光明，生活的美好，人道和正义的永恒，这只会激励他为更加美好的未来而奋斗。换言之，判断一篇文学作品的价值，应该基于比较宽泛的正义立场和美的标准，考虑到主观和客观之间的各种复杂的因素，而不能简单化、教条化。至此，有必要再引用鲁迅在《中国小说的历史的变迁　第六讲　清小说之四派及其末流》中的一段话，鲁迅说："至于说到《红楼梦》的价值，可是在中国底小说中实在是不可多得的。其要点在敢于如实描写，并无讳饰，和从前的小说叙好人完全是好，坏人完全是坏的，大不相同，所以其中所叙的人物，都是真的人物。总之自有《红楼梦》出来以后，传统的思想和写法都打破了。——它那文章的旖旎和缠绵，倒是还在其次的事。但是反对者却很多，以为将给青年以不好的影响。这就因为中国人看小说，不能用赏鉴的态度去欣赏它，却自己钻入书中，硬去充一个其中的角色。……满心是利害的打算，别的什么也看不见了。"[1]（第338页）《丰乳肥臀》当然不能与《红楼梦》相提并论，但鲁迅指出的"从前"小说的模式化的缺点和《红楼梦》"如实描写，并无讳饰"的优点，是很有启示性的，他对一些中国人"满心是利害的打算"提出的批评，更值得大家认真反思。

总观何先生文章在批评上的问题，我们认为，一是主观性：把具体的人当作某种类型的抽象符号，用先验的标准要求作品里的人物，而不是从作品所揭示的客观实际社会关系出发分析人，研究人物塑造的成败得失。二是片面性：只根据自己的需要，截取作品里人物的某一阶段的表现，把他们与特定的环境割裂开来，与他们的整个人生道路割裂开来，加以曲解。三是教条化：抱着一套20多年前曾经流行的理论，用政治批判代替实事求是的学术批评，甚至上纲上线，把问题简单化、绝对化。这三个方面的问题又是相互联系的，其总的思想根源不外乎一种流行过的文学观念。这种观念把人当作实现某种政治目的的手段，抹杀了人的具体性、丰富性和复杂性；同时把文学当作为具体的政治任务服务的工具，抹杀了文学自身的价值和特点。用这种工具论的文学观来指导创作，毫无疑问，丰富多彩的生活会失去光彩，活生生的人会变成一些毫无生气的木偶。在批评中贯彻这种工具论的文学观，则批评家的理性判断力和审美判断力就有可能被扭曲，从而得出违反生活法则和艺术法则的结论。我们钦佩何先生的钻研精神，他在退休后依然笔耕不辍，时有论著发表，但他对《丰乳肥臀》的批评受这种工具论的文学观念的影响是比较深的。有鉴于沉痛的历史教训，我们觉得对这种理论和思想方法的危害性不可掉以轻心，所以严肃地提出来，以期引起人们的重视和思考。

要克服这种理论和思想方法的局限性，最关键的一点是把大家的认识统一到邓小平的文艺思想上来。邓小平文艺思想是当代的马克思主义文艺观。邓小平同志在保证文艺的社会主义方向的前提下，强调要"坚持百花齐放、推陈出新、洋为中用、古为今用的方针，在艺术创作上提倡不同形式和风格的自由发展，在艺术理论上提倡不同观点和学派的自由讨论"；作家"写什么和怎样写"，"不要横加干涉"；"要防止和克服单调刻板、机械划一的公式化概念化倾向"。[2]（第182—185页）这既继承了毛泽东同志的《讲话》精神，同时又克服了《讲话》的某些历史局限。今天，我们在文艺创作中提倡主旋律和风格的多样化，就是在吸取历史教训的基础上自觉贯彻邓小平文艺思想的结果。拿邓小平同志的文艺观点和党在新时期实施的"两为"文艺方针，与何国瑞先生对《丰乳肥臀》所作的政治批判式的文艺批评对照，何先生在文学观念和批评方法上存在的问题就比较清楚了。

参考文献：

[1] 鲁迅. 鲁迅全集：第9卷 [M]. 北京：人民文学出版社，1981.

[2] 邓小平. 邓小平选集：第3卷 [M]. 北京：人民出版社，1983.

原载《武汉大学学报（人文社会科学版）》2000年第5期

"里比多"释放的悲歌和欢歌

——细读莫言《丰乳肥臀》有所思

朱德发

在现代启蒙思潮的激荡下，五四新文学曾出现郁达夫小说创作大胆暴露，因"里比多"（即性欲）遭受压抑而发生的性苦闷和性变态的主题，丁玲的《莎菲女士的日记》又从女性视角深化了这一主题；随后在左翼文学或工农兵文学中这一主题被遮蔽或被禁忌，周作人提出的塑造灵肉一致的完全人的美学理想也被批得体无完肤。即使郁达夫、丁玲笔下五四时期所描写的"里比多"释放的主题也是囿于人性与伦理道德不可调和的内在冲突中，人性释放往往难奏凯歌而大多只能以悲剧告终，这是时代的局限更是创作主体的局限。逮及20世纪90年代，莫言的《丰乳肥臀》问世，则以长篇小说审美形式把五四文学推出的"里比多"释放主题，升华到空前的美学境界。就是今天重读这篇巨著，仍有深切的感受和不易言明的体会；似乎感到知识装置里所储存的人学理论、性爱观念或美学范畴，面对《丰乳肥臀》所蕴含的感性的人学内涵、体验性的里比多描写、陌生化的审美感受，显得那么地苍白无力，丧失了阐释功能。莫言小说并非顾彬先生所认为的"没有思想"，而是我们所持有的既成思想观念或思维范式对其小说世界潜隐的别开生面的含而不露的思想意识发现不了或言说不清；尤其是那种丰盈玄秘的"里比多"潜意识的非理性描写更是妙不可言、神不可掬。也许这正是莫言小说创作的独特思想深度和独特美学意蕴。

人类文明史上总是生成这种主义那种思想，或者制定这种伦理那种道德，来管控或压抑"里比多"，仿佛允许"里比多"自由释放就会导致祸殃而破坏了人类文明，实质上这是以昌盛文明为招牌对人性施行无情的扼杀。如果说五四文学表现人性释放的母题对"里比多"的描写挣脱不出文明或不文明的道德纠缠；那么莫言在《丰乳肥臀》中"里比多"的书写完全以"离经叛道"的颠覆精神和叛逆思维，既不忌惮那种禁教主义的政治教条又不忌惮什么传统的道德文明，切断了罩在"里比多"上的各种清规戒律所编织的网络，撕破了蒙在"里比多"上的形形色色的所谓的遮羞布，理直气壮地名正言顺地坦荡无惧地真率无遮地把"里比多"作为一个有魅力有神力有强度有深度的审美对象来描写来赞扬，这不仅改变了以往传统审美法则对"里比多"书写的规约且冲决了人们对"里比多"的审美习惯或心理堤坝，自由洒脱地谱写了一曲曲"里比多"释放的悲歌和欢歌。诚然，当人们欣赏着这些悲歌和欢歌时，见仁见智的体认是会有的，批评其有所"越轨"的声音也会出现；然而读者却不能不敬佩莫言超常的艺术胆识、无畏的创造精神及其竭力建构崭新审美规范和艺术王国的天才，人们也不能不承认在灵魂深处与其对"里比多"的审美情趣发生了某种程度的对位感应。

一

　　在小说世界里，作者着力塑造的上官鲁氏（乳名璇儿）这位现代中国文学史上罕见的母亲形象，她是位"丰乳肥臀"的平凡女性；而"丰乳肥臀"既喻指她有非凡的生育能力又象征她的"里比多"充沛饱满。然而璇儿却在姑母的一手包办下嫁给了缺乏生育能力的铁匠儿子上官寿喜；被逼进婚姻牢笼三年她没有生育，这本来不是丰乳肥臀的璇儿不能孕育而是丈夫的无能，反而却遭到婆母上官吕氏的臭骂和无情丈夫的毒打，这使璇儿的人格受到无端的辱没、肉体忍受非人的摧残，更使她的丰盛的"里比多"遭到压抑。在姑母的用计和姑父的施行下，璇儿不情愿地借姑父之种生下了大女儿来弟和二女儿招弟。以传统观念视之，虽然这是一种不道德的乱伦行为和背离婚姻的出轨行为；但是作者笔下的上官鲁氏既没怨恨其姑父又没有从良心上责备自己，也没有那种一般女性难以忍受的羞辱感，坦然自如地与其姑父一次又一次地生下两个女儿。对此，可以看成她是惧怕婆母的咒骂与丈夫的毒打不得不这样做，不过也可以认为这是丰乳肥臀的鲁氏的"里比多"寻找释放的内在需求，不然很难解释她从不情愿到无所顾忌地与姑父频繁交往的行为。虽鲁氏生下二女"总算开了腔"，但婆母却"求菩萨保佑，明年送我家个孙子吧"；这种重男轻女唯有男性才能"传宗接代"的根深蒂固观念，不仅在婆母吕氏的头脑里牢不可破，而且也使生了两个女儿的上官鲁氏"认识到一个残酷的真理：女人，不出嫁不行，出了嫁不生孩子不行，光生女孩也不行。更想在家庭中取得地位，必须生个儿子"。①这是她从血的经验中在中国传统家庭结构里所悟出来的男尊女卑的男权意识，虽吻合了唯男性方可传宗的古今未变的观念，却也是驱使她冲破传统"妇道"去寻找性侣的内在动力之一。凭着"丰乳肥臀"生不出男孩她能甘心吗？这固然内含她作为健全女性的自尊感与自信心，然而她却没有意识到这种"动力"不是源于现代思想，尽管能使她在追求性侣的过程中"里比多"得到一定的释放，却难能把她引导到女性真正获得人性解放的现代道路；即使其"里比多"得到释放能享受"快乐"，也很难把这种"高峰体验"升华到现代审美理性。正如瓦西列夫所说："人的性欲在这种情况下（即必须生儿子，笔者按）已经不再受直接快乐原则支配，而是受现实原则支配，这个原则从根本上讲也是以获得快乐为目的的，只不过它照顾到现实的要求。"②

上官鲁氏在必生男性的所谓"现实原则"支配下，"里比多"迸发出的力量是巨大的，且带有一定的盲目性，推动她冲出了地狱般的家庭和牢笼式的婚姻而在围城之外的人生旷野里自由自在地无明确目标地寻觅性对象；只要能实现"生儿子"的现实原则，进入她视野里的男人没有什么民族、阶级、党派、贫富、贵贱、中外之分，不管他是土匪密探（上官领弟的生父）、江湖郎中（上官想弟的生父）、杀狗屠夫（上官盼弟的生父），还是天齐庙智通和尚，都可以作为暂时的性伙伴。若说她与姑父的性事开始有点不情愿有点被动，那么与江湖郎中、智通和尚发生的性事却情愿多了，主动多了；尤其对待杀狗屠夫高大膘子，她是主动"送上门"，而且不止一次，完全是心甘情愿的。虽然她的生儿子的"现实原则"没有落实，但是她的"里比多"的无拘无束地甚至淋漓尽致地释放且实现了"快乐原则"，即使第七个女儿上官求弟是败兵强暴所生，也没有使她产生强烈的反感。然而她最忍受不了的是婆母吕氏的暴怒狂骂与丈夫上官寿喜用烧红的铁块烙在她的两腿之间，几乎要了她的命。这样惨无人道的令人发指的摧残施暴，既没有动摇上官鲁氏寻性伴生儿子的坚定意志，又没有摧毁其实现里比多"快乐原则"的梦想。如果说她与婚外的男人产下的七女并没有兑现里比多的"现实原则"，使她的生育史所写下的多是悲歌；那么她同时所获得的性的"快乐"则证明其里比多的"快乐原则"得到一定实现，使她的性史上所谱写的多是欢歌。尤其上官鲁氏在教堂里遇见瑞典米的牧师马洛亚，可以说，一见钟情，灵犀相通。这次她寻到的不是性伴而是爱侣，"里比多"的现实原则与快乐原则都得到了实现，既生下男性金童又生下女性玉女；而且鲁氏与牧师在稠密的槐树林里心心相印地谱写了"里比多"尽情地自由地释放的狂欢之歌，作者极尽赞美之词作了动人的描写③。

二

丰乳肥臀的上官鲁氏是在极其严酷的环境下生了一子八女，除了儿子金童患上了严重的"恋乳症"没有在灵与肉统一上得到健全发育成长外；八个女儿大多像其母一样"丰乳肥臀"，"里比多"丰盈勃发，性格刚毅倔强，原始生命力旺盛，自由自主地选择性伴爱侣，并且穷追不舍地追求下去，哪怕为之付出生命也在所不惜。幸运的是，她们并没有被迫走进包办婚姻的牢狱，像母亲那样在围城内吃尽非人之苦而到围城外去寻求"里比多"之乐；而是摆脱了政治的禁锢、道德的羁绊，可以不管意中人的政治身份是土匪、游击队、爆炸队、投降派、抗日军、国军、共军、左派、右派等，又可以不顾他们在道德上是善人、恶人、好人、歹人，完全由自己的主观意愿或感受体验来决定。即便作为母亲的上官鲁氏偶尔有所规劝甚至加以干预，她们也当成耳旁风，如痴如狂地去钟爱所选择的性爱对象，即使与其"私奔"或同居也不在乎；因此她们的性爱生活在敌我友混战的动乱格局中仍然过得轰轰烈烈，"里比多"释放也是生气勃勃，孩子照样地生，快乐照样地享受，就是性侣因战乱而死也不为其守节，旋即追求新的性伴。

在鲁氏的八女中，表现得最突出的最耀眼的也最具代表性的是大姐上官来弟。且不说大姐与"恋爱受到障碍的抗日英雄"沙月亮如何"私奔"的，也不说沙月亮降日当了"皇协军旅长"，他们如何疯狂地释放"里比多"而生下了沙枣花；这里只谈沙月亮战败自杀后来弟成了寡妇又怎样痴迷地爱上了"抗日别动大队"巴比特、司马库与传奇式民间英雄鸟儿韩的。来弟痴爱巴比特、司马库或者鸟儿韩，但并没有落入"英雄美人"的传统情爱模式，也没有受到传统"贞节"妇道观的束缚；也就是说她的性爱观不是以政治、道德甚至情感为基础，而是以"里比多"为基础的。也许来弟缺乏这种自觉地现代性爱意识，完全出于一种本能的性冲动；然而它却从人性的必然趋向与内在需求上印证了现代情爱观的正确性。性欲固然是一股强大的力量，如果失去控制，它有可能铸成灾难；因此这就要求以性欲为基础的情爱获得精神与肉体、梦想与现实的有机结合，不能把"性欲基础绝对化"。但是也必须看到，"一旦心把情欲的大旗高举入云并擂响疯狂的战鼓，那么理性卫士便无计可施，只能忍受奇耻大辱，对这位君主的武士们退避三舍，因为他们在疆场上是强悍的勇士"；况且，"疯狂的爱情的标枪所留下的创伤，用蘸着理性油膏的棉球是无法愈合的"，④唯有借助"里比多"的适度释放方可奏效。来弟是带着疯狂与沙月亮相爱而后他又离她死去的深刻创伤，首先痴迷地所爱上的性侣是司马库的"福将"巴比特，而不是司马库本人。小说是这样描述大姐来弟火辣辣地迫不及待地盯着巴比特的痴态："她的体态动作是那么焦灼，被尿逼着一样。她扭扭捏捏地走了几步，扔掉花球儿，扑到巴比特身上，搂着他的脖子身体紧贴到他身上，嘴里呢呢喃喃地，像高烧呓语'……死了呀……熬死了……'"⑤"里比多"的熊熊之火快把来弟烧死了，她实在是熬不住了，若是抓不住释放"里比多"的性伙伴，她真的要害相思病，她真的要烧死；然而巴比特这个洋人却残酷地回绝了她，"我爱的不是你，而是你妹妹上官念弟"，这如同一瓢冷水把她的欲火浇灭，使她的旧伤之上又添了新伤，从此她成了精神恍惚的"情痴"。对此情此景，情场老手司马库看在眼里动在心上，作者这样描写："司马库脸上是盖不住的兴奋表情。他的眼睛盯着大姐裸露的脊背，呼哧呼哧喘着粗气。他的双手不停地搓着裤子，仿佛他的手上粘上了永远擦不掉的东西。"⑥这时的来弟并没有意识到司马库对她的动情已经达到难以自控的程度，因而也没有把他当成最能释放"里比多"的性侣；但是司马库的这种强烈的性冲动却转化为"色胆包天"的力量，既不管在家庭伦理上来弟是他妻子上官招弟的亲姐，又不顾在"教堂看电影"的岳母鲁氏与其妻坐在身边的监视眼光，更没有察觉小舅子金童对他暗中的窥探，他便"悄悄溜走"与关在家中厢房的被里比多之火烧得"浪死了呀，熬死了呀"的大姐来弟发疯似的偷情约会。"来弟尖声叫喊，是疯狂的，冲破房顶的"；司马库欢快地说："他大姨，你浪我是船，你旱我是雨，我是你的大救星。"⑦他俩的酣畅淋漓地狂欢腾跃地释放"里比多"，从传统观念上看是无法无天的，法律上是不承认这种"奸情"的，道德上是谴责这种乱伦的；但是非理性的性欲疯狂所形成的盲目的黑暗的巨大力量，并非一般的法律理性或道德理性所完全能够征服的，即使为此触犯传统法律犯了罪或者受到传统道德的斥责也不算什么。因而这无疑是从潜意识层次在呼吁，不论法律或道德都应该人性化或具有维护隐私的功能。司马库确实是来弟的"大救星"，不只治好了她的"相思病"，挽救了其生命，且使她在"里比多"释放过程中享受了莫大的"快乐"与"性福"；所以后来当她得知司马库的死讯时，真的把他视为丈夫，想以传统的"守节"方式以表"忠诚"。不管来弟怎样如痴如狂地爱上巴比特，也不管她与司马库的"里比多"释放多么狂欢；然而他们的性追求或性行为都没有达到现代情爱的高度，这不仅因为巴比特并不爱来弟、司马库也只是把她作为发泄的工具，也因为"爱情的根源在本能，在性欲，这种本能的欲望不仅把男女的肉体，而是把男女的心理推向一种特殊的、亲昵的、深刻的相互结合"。⑧

不过，来弟与鸟儿韩的相爱相恋却升华到至少接近了现代情爱境界。对于来弟这样一个"丰乳肥臀"的女性来说，在不同的时代"经历过沙月亮、司马库、孙不言三个截然不同的男人"，她与沙月亮的私奔虽在炮火硝烟的岁月，却享受了荣华富贵与性福快感，特别是深切感受了"司马库式的登峰造极的性狂欢"，这应似自由纵情地演奏出的一首"里比多"释放的欢歌；然而来弟与哑巴孙不言的相结合，给她带来的却是"卑鄙透顶的性虐待"，所奏出的是惨无人道的令人窒息的悲歌。这是因为来弟根本不爱孙不言，尽管他是"老革命"、"抗美的英雄"、失去双腿的荣誉军，这些政治上的光环却丝毫没有吸住来弟的眼球，也未打动她的芳心，更没有触发她的"里比多"的激情；所以她与哑巴孙不言的所谓婚姻完全是"政府包办"的，这并不是以性欲为基础的情爱。况且孙不言又在合法婚姻的保护下肆无忌惮地兽性大发地对她施行性虐待，把她摧残得遍体鳞伤，折磨得死去活来。正当来弟呼天天不应喊地地不灵的生命危急之际，"传奇英雄鸟儿韩"从天而降，闯进了上官鲁氏家中。原本鸟儿韩与上官领弟深深相爱，鸟儿韩被日寇抓劳工逃出监狱而在日本深山密林与鸟兽混居在一起苦斗了十五年，这期间领弟嫁给爆炸大队战士哑巴孙不言，因忍受不了性虐待，神经错乱而跳崖自尽；此次鸟儿韩九死一生地返乡深受区长与民政局长的关爱，"他已经无家可归，对这样一个从地狱里逃出来的人，他的一切要求，都应该得到满足"。于是上官鲁氏便把鸟儿韩安排在鸟仙领弟住过的东厢房，为在苦海里遇到慈航的来弟同如饥似渴地来寻求性爱侣的鸟儿韩提供了难得的相爱良机。正是小说里所描写的："大姐与鸟儿韩的奇异爱情，像沼泽地里的罂粟花，虽然有毒，但却开得疯狂而艳丽。"所谓"有毒"是因为大姐来弟被逼与"革命英雄"孙不言结成合法夫妻，而与鸟儿韩相爱必定犯法；不过这时被"里比多"烈火烧红眼睛的痴男痴女什么都不顾，在"里比多"凝成的非理性力量驱动下必然会碰撞出熊熊之火。对此上官鲁氏心知肚明："上官家的女儿一旦萌发了对男人的感情，套上八匹马也难拉回转。"试看，来弟被"里比多"冲动得毫无羞涩之感，在鸟儿韩面前，"坦然地脱光了衣服，指点着身上被哑巴虐待过的累累伤痕，哭着抱怨：'鸟儿韩，鸟儿韩，你看吧！他把我妹妹折腾死了，现在又来折腾我，我也完了，我被折腾得连一点劲儿也没有了。'"这是对性暴力的控诉也是对生命的呼救，不仅燃起了鸟儿韩的同情之火与复仇之火，更燃起他"被苦难生活压抑了十五年的青春激情像野火一样慢慢地燃烧起来"，这就使他们干柴烈火般的"里比多"释放获得了具有理性意味的深切感悟："鸟儿韩感恩戴德的抚摸使她得到父爱的满足，鸟儿韩对性的懵懂无知使她得到了居高临下的性爱导师的满足，鸟儿韩初尝禁果的贪婪和疯狂使她得到了性欲望的满足，也得到了对哑巴报复的满足。所以她与鸟儿韩的每次欢爱都始终热泪盈眶、泣不成声，没有丝毫的淫荡，充满了人生的庄严和悲怆。"可见两心相印相悦所奏响的"里比多"释放的欢歌是以悲怆为基调的，比起那种纯粹追求"快乐"的性爱欢歌更感人。尽管"母亲自觉地担当了来弟和鸟儿韩非法恋爱的保护人"，⑨然而好景不长，来弟与鸟儿韩的无所畏惧的贪婪疯狂终于被性虐待狂哑巴孙不言亲手抓住。在他们的欲火冲天的、你死我活的厮打中，来弟顺势抓起一根柞木门闩砸向哑巴头颅致其死亡；法律以杀人罪判了来弟死刑和鸟儿韩的无期徒刑（也死在赴刑路上）。从社会学来看，这种无视法律存在而肆意放纵"里比多"致人之死所遭到的严惩是罪有应得的；而从情爱学视之，他们确实是为建立在性欲基础上的轰轰烈烈悲悲壮壮的真正情爱而死，所以他们并没有后悔，勇于承担罪责去赴刑。这种社会性甚至政治性的情爱悲剧的造成，究其根源难道仅仅归罪于这对苦命的恋人吗？这使人们不能不向"政府包办婚姻"、令人致死的残酷性虐待的"革命功臣"孙不言、现代法律的量刑和判决是否公平提出质疑。

三

总之，细读《丰乳肥臀》所感受到的是文化思想与审美意蕴的极为丰富、复杂而深邃，及其体悟、阐释空间的巨大而广博，既可以把它作为寓言小说、象征小说、写实小说、浪漫小说、现代小说来解读，又可以将其作为家族小说、历史小说、生命小说、存在小说来理解；而它独特的美学创新在于，广纳博取古今中外文学艺术精华，联系沟通自己对历史与人生的独特感受与体验，通过主体审美心理的整合熔铸而建构起的只属于莫言的艺术殿堂。其中最诱人最精彩的亦最具人情味人性美的篇章，乃是对艺术小庙里供奉的男女"里比多"释放的大胆无畏且有适度控制的诗性描写；它所富有的突破性超越性的思想意义和审美价值，既体现于小说将习见的"低俗色情"的东西作为最人性化的最具有生命力的审美对象来描写，这应是文学史或美学史的真正的"拨乱反正，正本清源"，更体现于作家是怎样冲破禁区来描写"里比多"及其所产生的审美的社会效应。虽然上述仅选取小说的几个人物作了简单剖析，但是由此也能窥探其不可低估的审美效应与社会效果，乃至世界性的人类意义。

《丰乳肥臀》不同于那种仅从生理层面展览品赏男女性欲喷射的色情小说，也有别于那种只从肌体层面绘声绘色地描写性技巧的庸俗文学；它完全是从审美体验层面或精神感受层面或社会伦理层面来谱写"里比多"释放的悲歌和欢歌，以强大的感性美学力量印证着检验着马尔库塞所著《生命本能和文明》一书对"里比多"富有深度和创意的论述：人的原始本性获释放的时代将会到来，本能从压抑它的理性的暴虐解放出来之后，渴望实现自由而牢固的关系，本能产生着新的现实原则，与千百年的"压抑性升华"的理性文明相对立的是本能不受压制的、生命本能自由地独立发展的文化；人的肉体将变成生理上最完善的享受快感的工具，里比多将具有实现自由的、道德和精神上不受压抑的自我升华的无限可能性，人在内在动机的驱使下将摆脱作为必要性和压制力而发号施令的理性，过渡到自发的享乐，这后者乃是人的内在本性最高度文明、最高度审美的实现。因此，在马尔库塞看来，"被压制的欲望领域中所产生的空想式思维和幻想在人类社会中逐步形成抗议的根源。这种空想式的思维和幻想导致作为不可压抑的内在力量的生活本能的胜利，导致个人自由"。[10]从解读上官鲁氏一次又一次地坚韧不屈地无所顾忌地冲破非人性的封建婚姻家庭或社会伦理寻求性侣来释放"里比多"所演奏的或悲或欢的人生曲，特别是上官来弟与鸟儿韩如痴如狂地释放"里比多"所谱写的悲欢交织的性爱曲的深刻感悟中，我们便会认同马尔库塞的某些富有真理性的见解，也会敬佩莫言在小说中对"里比多"描写所达到的思想深度和高度，尤其赞叹作者对"里比多"释放的诗性描写已臻至诗化的审美境界：鸟儿韩"坐在来弟身旁，他身上蓬勃如毛的野草味道和清凉如水的月光味道被来弟贪婪地吸食着，令她清醒令她迷醉，令她舒适令她猖狂。在等鸟儿上套的时间里，在这远离村庄的温暖棚里，女人的衣服是自己脱落的，男人的衣服是被女人脱落的。鸟儿韩与来弟的这一次欢爱是对高密东北乡广天阔地的献礼，是人类交欢的示范表演，水平之高高过钻天的鸟儿，花样之多多过地上的花朵。他们简直不要命了，眼睛昏花的月亮嘟哝着钻了一团白云中休息去了"。[11]这不禁令我想起了瓦西列夫的精妙论述，"爱情总是男女关系的热烈而激动人心的审美化"，"它的奔腾激昂，它追求幸福的轻盈步伐，就是血液的流动节奏；它的语言就是高尚的诗篇，是美妙的音乐；而爱情的月光就是明媚的光辉"。[12]在莫言笔下，"里比多"可以作为相对独立的审美直观对象来颂扬，它不能冒渎人的思想又不能激发人的欲望，而给读者的审美心理以崇高的享受；故而他如同薄伽丘一样将以性欲为基础的"爱情看得高于人的一切其他本性，他歌颂爱情的伟大力量、爱情的绚丽多彩、爱情的疯狂和离奇、爱情的神圣权利"，[13]这无疑是对古今中外的形形色色禁欲主义的挑战。如果说薄伽丘的《十日谈》在文艺复兴时代是一篇关于性爱自由的美学宣言，那么莫言的《丰乳肥臀》则是当代中国文艺启蒙时期试探"里比多"解放的动人诗篇。

况且，"里比多"是个体生命之根，是人类繁衍生命之源，莫言深晓此理并以小说这种审美形式的优长给予充分呈现，且以各类人物形象的塑造使读者深切地感悟到："里比多"充沛并能得以畅快的释放，正是灵肉一致的人健全发育成长的重要标志，亦是人之所以成为人的内在的根本权利诉求，尊重生命敬畏生命首先应尊重和敬畏人的"里比多"，不要丑化它更不要压制它，也不要肆意地放纵它而应该适度地引导它，或有意识地调节它；虽然小说对后者的描述不充分却也没有作纵欲式的挥洒，对"里比多"的描述还是有分寸的重含蓄的。此其一。"里比多"的释放总是渴求着最大的自由，不论社会的政治、伦理、道德等意识形态都应对其"自由通道"提供有限度的支持；否则，若长期把"对性的诅咒和对再造生命的自然规律的禁欲主义的、市侩的假惺惺依然笼罩在人们头上",或者长期节制所谓"下流"的性生活,那就"会使人智力停滞,精神受到创伤,如果再有其他因素,就会引起神经官能症及其他神经心理病症"。所以"越是受到压抑的东西就越是拐弯抹角地寻找出路"⑭,而这个"出路"乃是必须为"里比多"释放提供"自由的通道"。小说中龙青萍与金童交往所谱写的"里比多"悲歌,深刻地揭示了上述真理。此其二。莫言所抒写的性爱伴侣及其"里比多"释放的悲歌与欢歌,都具有超越性,它彻底颠覆了以阶级论为基础或以政治革命为原则的情爱观,彻底突破了性爱选择或"里比多"释放的阶级的党派的民族的国家的界限,乃至贵贱、贫富、善恶、美丑的二元对立,也不顾及何种社会制度建立了何种政治原则、法律原则、伦理原则、道德原则与经济原则,似乎自觉或不自觉在遵循着一切原则之上还有个人道主义最高原则,这正吻合了恩格斯所肯定和赞赏的雨果《九三年》小说表现的在革命原则的上面悬着一个最高的人道主义原则。也正如有的研究者所深刻指出的,以性欲为基础的"爱情,这是对意识的屈从、对私有制、对阶级专利、对人剥削人、对社会压迫的否定。爱情自古以来就是人道主义的宣言书"⑮。此其三。

也许正是因为莫言在独创的小说世界里,通过对性爱及其"里比多"释放的坦荡而真实的描写,在人性的最深层次剖析了人类奥秘心理共同相通的东西,对人性的发掘或提升到了相当的广度、深度和高度,具有了人类相互共鸣相互认同的思想意义与审美价值;故而诺贝尔文学奖颁给莫言便顺理成章,并非"照顾"亦非"运气",实乃必然。

注释:

①③⑤⑥⑦莫言著:《丰乳肥臀》(增补修订本),中国工人出版社2003年9月版,第410、422、140、141、152页。

②④⑧⑩⑫⑬⑭⑮[保]基·瓦西列夫著,赵永穆、范国恩、陈行慧译:《情爱论》,三联书店1984年10月版,第123,111—112,42,126—127,283,247,8—12,392页。

⑨⑪以上引文均见莫言著:《丰乳肥臀》(增补修订本),第277—279,436页。

原载《中国现代文学研究丛刊》2013年第4期

找寻消失的记忆

——对王安忆《长恨歌》的一种疏解

罗　岗

去年春天，王安忆的《长恨歌》开始在《钟山》上陆陆续续连载着①，我也断断续续地读着。本来，对王安忆，特别是对《长恨歌》，我并没有感到有什么特别的话好说的，这只是一部有趣的小说而已，一些人物，一些情节，一些议论……看过就忘似的从眼前流淌过去。可是，这一次的阅读经历却有些不同，因为是读连载，自然不可能一气呵成，间隔的几个月里，随手乱翻其他的杂志，没料到竟然好几次和这小说相遇了：回答来访者的提问，王安忆自然要谈到新近完成的长篇小说，"是一部非常非常写实的东西。在那里面我写了一个女人的命运，但事实上这个女人只不过是城市的代言人，我要写的其实是一个城市的故事"②；而在一篇关于"上海女性"的文章中，她则强调："要写上海，最好的代表是女性，不管有多么大的委屈。上海也给了她们好舞台，让她们伸展身手……要说上海的故事也有英雄，她们才是"③；王安忆甚至在写"穿一身女式人民装的苏青"，"那人民装也是剪裁可体，并且熨烫平整，底下是好料子的西裤"，亦要特别点明："苏青是有一颗上海心的，这颗心是很经得住沉浮，很应付得来世事"④……一次次的邂逅使我的阅读变得方向不明，莫衷一是。很显然，作者先入为主的种种说法往往会改变我们对作品的期待，最终我们将按照某种预定的方式或准则去阅读它，评判它。遗憾的是，我并非一个轻易能被驯服的读者，如果说上述种种说法标识出一条条通向小说文本内部的通路，我倒愿意花更多的时间在这条条通道上游荡闲逛，而不想匆匆忙忙地直奔作者老早就预设好了的目的地。因此，当我用笔将阅读中散漫的思绪记录下来时，我发现，这不是一次慢条斯理的细读，像罗兰·巴尔特

（Roland Barthes）在S／Z中那样，用两百多页的篇幅去分析巴尔扎克的一部短篇小说⑤，而是一场杂乱无章的对话，各种各样的"先入之见"纷涌而至，来自作者，来自叙述者，来自小说文本，甚至来自我自己……从这里不难看出认同的趋向，离开了这些对话伙伴，我必将哑口无言。但更多的是搏斗的痕迹，众声喧哗中如何才能发出自己的声音？作为一名读者，我只是把自己百感交集的阅读体会告诉你，也算是对《长恨歌》的一种疏解吧。

传　闻

据说，这部长篇小说的动机来源于一件街头传闻：一位昔日的上海小姐被一个不明来路的青年谋杀了，当然，最大的可能是因为钱。这类谋财害命的事情常常遮遮掩掩地出现在晚报某个不起眼的角落，成为单调乏味的城市生活的一个点缀，是人们茶余饭后最有趣的谈资之一：

> （长脚）说着时下流行语和街头传闻，天外奇谈一般，叫人目瞪口呆的……王琦瑶却大开了眼界，真不知道在这城市夜也平常昼也平常的生计里，会有着烧杀掠抢，刀光血影的。心中半信半疑，就当故事来听。一顿饭有声有色的结束……
>
> ——《长恨歌》342页

即使因了"上海小姐"的缘故，也不过平添几分香艳和诡秘，倒是编三流侦破小说的好材料。可王安忆偏偏相中了这个故事，要用它来写一部小说，一部关于"城市"的长篇小说："我是在直接写城市的故事，但这个女人是这个城市的影子。"⑥

想来也不奇怪，小说和传闻本来就有着天然的联系，所谓街谈巷议之语，凡夫庸妇之言，便是"小说"了，不登大雅之堂的。以前的勾栏瓦肆，说的便是烟粉灵怪、朴刀棍棒之类，直到本世纪，报刊还常用"含无数掌故、学理、轶事、遗闻"或"……一切琐闻轶事，描写尽情"之类的语言为小说作广告⑦。这里面自然有市民趣味在起作用，但王安忆的选择却不止于"趣味"。像那部描写良家妇女堕落成妓女的《米尼》，故事够"趣味盎然"了，可她一开篇就是"这一天里，其实布满了征兆"，谁也逃不过去似的，都被命运捏在了掌心⑧。"上海小姐"的故事是一场繁华旧梦，即使再落英缤纷，也不免落了窠臼。王安忆的用心处其实并不在故事，她更醉心于故事后面的情态。吃着饭，说着传闻，这顿饭便吃得"有声有色"了。触动王安忆的是这些"声"和"色"，至于传闻说的是什么，她听过就忘了。她以为，这城市实打实的生活是由无数个"声"和"色"作底子的。于是，常常逸出故事的轨迹，径自去写这个城市，追摹着那些流淌在城市空气中，游荡在城市街道上的"声"和"色"。

这"声""色"也是上不了台面的。它不是江山易手、山河变色的一类，倒有些像程先生为王琦瑶照的相片："每一张都是有一点情节的，是散乱不成逻辑的情节，最终成了成不了故事，也难说。"（《长恨歌》81页）若说有情节，也不是柳敬亭说书式的"纵横撼动，声摇屋瓦"，而是苏州评弹咿呀呢哝的儿女琐事。可莫要小看这琐屑细微的儿女事，多少繁华热闹都如过眼云烟，待尘埃落定，屹立不倒的仍是这细末人生。一座城市，不过百把年的历史，由荒凉的渔村而繁华的都会，天翻地覆的变化该由历史学家记录在案，他们要完成的是一部真正的"大说"。小说家不画通衢大道，专绘弄堂闺阁；不修正史官书，专录流言蜚语；不写大人先生，专描女儿小姐。那小说也就成了"流言"一类的东西："流言是混淆视听的，它好像要改写历史似的，并且是从小处着手。它蚕食般地一点一点咬噬着书本上的记载，还像白蚁侵蚀华厦大屋。它是没有章法，乱了套的，也不按规矩来，到哪算哪的，有点流氓地痞气的。它不讲什么长篇大论，也不讲什么小道细节，它只是横着来……"（《长恨歌》10页）

将小说说成"流言"，并没有贬低它的身价，而是想让小说重新找回自己的源头。当年张爱玲不就把自己的一个散文集命名为"流言"吗？她说：

　　《流言》是引一句英文——诗！Written on Water（水上写的字），是说它不持久，而又希望它像谣言传得一样快。⑨

小说其实是那"声""色"的一部分，有小说可读，人们在阅读中让各自的目的、需求和欲望获得想象性的满足，生活不也变得"有声有色"了吗？可惜很多人不懂这道理，难怪张爱玲要疑惑："我自己常疑心不知道人懂不懂，也从来没问过人。"⑩

时　代

多说几句小说与"流言"的关系，很容易让人联想起所谓"背对历史的写作"，小说似乎一下子与家国大事（grand narratives）脱了干系。可以一心一意在日常生活的细枝末节中摸爬滚打了。《长恨歌》也确实将"国家兴亡""男女平等"之类的言论说成是"文艺腔的""是左派电影的台词"（58页）。然而，就是流言蜚语也不会空穴来风，何况小说，中国人常将它读成"稗官野史"，用来"补正史之阙"。王琦瑶是上海平常人家的女儿，可这上海就已在风雨飘摇之中，个人往往是无可奈何地被带入时代，"个人即便等得及，时代是仓促的，已经在破坏中，还有更大的破坏要来"⑪，翻开小说，几乎是触目地看到一个个年头被标识出来：

> 1946年的和平气象就像是千年万载的，传播着好消息，坏消息是为好消息作开场白的。（48页）
> 这是1948年的深秋，这城市将发生大的变故，可它什么都不知道，兀自灯红酒绿。（120页）
> 这是1957年的冬天，外面的世界正在发生大事情，和这炉边的小天地无关。（179页）
> 1960年的春天是个人人谈吃的春天。（221页）
> 1965年是这城市的好日子，它的安定和富裕为这些殷实的日子提供了好资源，为小康的人生理想提供了好舞台。（247页）

这些强行揳入叙述过程中的年头，它的背后是一个波诡云谲的时代，一段不为人知的秘史，一节个人的悲欢离合、劫后重逢。如果说小说只写了弄堂，那弄堂一拐弯便到了灯火通明的大街；如果说小说只写了闺阁，这闺阁也是"八面来风的闺阁"（《长恨歌》15页），后窗对着别人家的花园洋房；如果说小说只写了女儿，这女儿已被摄成照片，登在《上海生活》的封二，成了"沪上淑媛"……个人、城市、时代和历史就是这样不由分说、不加择别地被"杂糅"在一起，连李主任那样的大人物都无能为力，何况王琦瑶这样的弱女子呢？先前的岁月只能算是天边偶尔飘过的一片云彩，远远地在她身上洒上了几点阴影；往后的日子却是窗前越来越茂密的树荫，探头探脑要伸进屋里来似的，连叙述者想挡也挡不住："程先生是1966年夏天最早一批自杀者中的一人"（257页），时代吞没了她的老情人。"薇薇出生于1961年，到了1976年，正是十五岁的豆蔻年华"（265页），时代却又将她的私生女带大。时移境迁，临末了剩下的仍是孑然一人："屋角里坐着一个女人，白皙的皮肤，略施淡妆，穿一件丝麻的藕荷色套裙……当屏幕上的光陡地亮起来，便可看见她下眼睑略微下坠，这才显出了年纪。但这年纪也瞬息即过，是被悉心包藏起来，收在骨子里。是蹑着手脚走过来的岁月，唯恐留下痕迹，却还是不得已留下了。这就是1985年的王琦瑶。"（331页）

时　　间

　　好在王琦瑶不是风头浪尖的人物，"蹑着手脚走过来的岁月"，是掐着手指可以算计出来的。大动大荡的时代背后，是时间分分秒秒地在流逝。《长恨歌》唱的是一曲时代与时间的挽歌："唱的是复调、赋格，不变中进行，不知不觉就走远了。唱的是对位，众口一曲中你应我合。唱的还是卡侬，一浪追过一浪的。"（366页）与那些生硬的插入叙述的年头不同，随便翻看几页，便能遇见对时间伤感而温柔的慨叹：

　　　　海关大钟传来的钟声是两下，已到了午后。这是个两心相印的时刻，这种时刻，没有功利的目的，往往一事无成。在繁忙的人世里，这似是有些奢侈，是一生辛劳奔波中的一点闲情，会贻误我们的事业，可它却终身难忘也难得。（81页）

　　　　四十岁的人，哪个是心上无痕？单单是时间，就是左一道右一道的刻划。（85页）

　　　　她想："光阴"这个词其实该是"光影"啊！她又想：谁说时间是看不见的呢？分明历历在目。（115页）

下午三点的阳光都是似曾相识，说不出个过去、现在和将来，一万年都是如此，别说几十年的人生了。（228页）

　　一个人坐在陡地安静下来的房间，看看春天午后的阳光在西墙上移动脚步，觉得这时辰似曾相识，又是此一时彼一时的。那面墙上的光影，她简直熟进骨头里去的，流连了一百年一千年的样子，总也不到头的，人到底是熬不过光阴。（286页）

　　分分秒秒的时间不像岁岁年年的时代来得那样突兀，嘀嘀嗒嗒的钟声响成一片，倒让人忽略了那转瞬即逝的刹那。1948年爱丽丝公寓的两人世界，1957年平安里民居的四人派对，仿佛逸出了时代／时间的轨道，成为悬浮在历史深处的幽闭空间。"那公寓里，白天也须开着灯，昼和夜连成一串，钟是停摆的，有没有时间无所谓。"（122页）"这小天地是在世界的边角上，或者缝隙里，互相都被遗忘，倒也是安全。窗外飘着雪，屋里有一炉火，是什么样的良宵美景啊！……雪天的太阳，有和没有也一样，没有了时辰似的。那时间也是连成一气的。"（179—180页）可惜，这海市蜃楼般的景象老早就消散在真实的时间和空间里，"载着时间漂"的王琦瑶是再也回不去了。多少年后，她到爱丽丝参加舞会，密匝匝的影子吞没了她，黑暗中可以随心所欲地缅怀过去的好时光，可她心里却清醒得很："爱丽丝却是另一个爱丽丝，她王琦瑶也是另一个王琦瑶了。"（301页）

　　偏偏有人要拾起那旧梦，是"老克腊"式的"怀旧"（326页）。什么是怀旧（nostalgia）？一般说来是对过去的缅怀渴望，或从西方词源学的角度解释，怀旧是想家、思乡病的意思⑫。若从字面上直截了当地说明，便是一个问题：是否有"旧"可"怀"？王琦瑶自然是有，"她站在灶间窗前，守着一壶将开未开的水，眼睛望着窗外的景色。也是暮色将临，有最后的几线阳光，依依难舍的表情。这已是看了多少年头的光景了，丝丝缕缕都在心头，这一分钟就知道下一分钟"（338页）。"物是人非"的感念，是一种痛彻心肺的伤怀，环境稳定不动，人生变幻无常，四十年前的日子还能从头再来一遍吗？最奇怪的是老克腊，二十啷当岁的小青年，转世投胎似的，"他自己也成了个旧人，那种梳分头、夹公文皮包、到洋行去供职的家有贤妻的规矩男人。"（334页）拼命也要拽住那见也未见的旧时光景。"有时他走在马路上，恍惚间就好像回到了过去，女人都穿洋装旗袍，男人则西装礼帽，电车'当当当'地响，'白兰花买哦'的叫声莺啼燕啭，还有沿街绸布行里有伙计剪布料的'嚓嚓'声，又清脆又凛冽的……"（334页）可怜他耳边听来的是打桩声，"那打桩声好像也是要将这城市砸到地底下去的……天上有了星辰，驱散了幻觉，打桩声却更欢快激越，并且此起彼伏，像一支大合唱。这合唱是这城市夜晚的新起的大节日，通宵达旦的"（340页）。这城市已被改变得面目全非。试想，在一个宣称要"大变样"的城市里，人的感官不停地被拆楼、钻土、打桩、造屋……种种噪音轰击，又如何能够产生怀旧的情绪呢？假如科技缩短了空间的距离，使人不用再因为分隔而引起哀伤离愁，那么这同时也意味着，由于稳定空间前所未有的分崩离析，人们与过去的关系也随之剧变。怀旧之情亦因此全然改变，再不是对空间缺失（"桃花似旧，人面全非"）的投射，而是纯然对时间的操控（"穿越时间隧道的"，"越过时间的激流"）（326页）。要搜寻或追忆过往，现在只可以用时间作为幻想对象，在不同的压缩形式中进行。

旧 物

老克腊面前的王琦瑶，便是一件"旧物"，时间变幻的化身。在他的眼里，王琦瑶是饱经沧桑，"看那王琦瑶，再是显年轻也遮不住浮肿的眼睑，细密的皱纹。他想：时间怎么这般无情？"（340页）可又没有年纪，"我从来不拿你和我妈妈比……因为你是没有年纪的"（337页）。他的眼光，不是青年看老年的那种，像当年王琦瑶看自己的外婆："望着蒙了烟雾的外婆的脸，想她多么衰老，又陌生，想亲也亲不起来。她想'老'这东西真是可怕，逃也逃不了，逼着你来的。"（134页）而是观赏的，宛如人在看戏却又恍惚身在戏中，四十年前的上海小姐便栩栩如生地到了眼前：

> 他想，"上海小姐"已是近四十年的事情了。
> 再看王琦瑶，眼前便有些发虚，焦点没对准似的，恍惚间，他看见了三十多年前的那个影，那影又一点一点清晰，凸现，有了些细节。但这些细节终不那么真实，浮在面上的，它们刺痛了老克腊的心。（333页）

"刺痛"也是一种刺激，他停下脚来，想把那"细节"背后的"真实"看个究竟，不知不觉便成了这出戏的主角。转世投胎的说法成了戏剧的开头，"以后的话题往往从此开始，大体按着好莱坞的模式，一路演绎下去，难免是与爱情有关的，因是虚拟的前提，彼此也无顾忌。一个是回忆，一个是憧憬，都有身临其境之感"（336页）。连李主任当年送给王琦瑶的那只西班牙风的木雕盒子也成了道具，"盒子上的图案，还有锁的样式，都是有年头的，是一个好道具，帮助他进入四十年前的戏剧中去"（339页）。

　　聪慧、清醒如王琦瑶也不免把这戏当了真，她却忘了老克腊的"轮回转世"其实是一场"时间游戏"，年轻人才玩得起的"游戏"。他时时提起自己的前生前世（"人是今人，心却是那时的心"）（334页），仿佛生命的意义就在于这不断的重复循环当中，而不是从某一点起到某一点终的。时间给人往返来回的感觉——今昔交叠，如在梦中，旧日的情债今日偿还，来世的情缘也待今生续清（"既有今生，何必来世"）（341页）。这一切伴随着老克腊在时间的隧道中来去自如。王琦瑶说他："你倒说去就去了"（334页），本该加上一句："说回就回了。"可她加不上这一句话，因为自己是四十年前的人，想回去也回去不得。王琦瑶不是来去自如的，她老早就懂得了时间的分量。"有谁比王琦瑶更晓得时间呢？别看她日子过得昏天黑地，懵里懵懂，那都是让搅的。窗帘起伏波动，你看见的是风，王琦瑶看见的是时间，地板和楼梯脚上的蛀洞，你看见的是白蚂蚁，王琦瑶看见的也是时间。星期天的晚上，王琦瑶不急着上床睡觉，谁说是独守孤夜，她是载着时间漂呢！"（318页）。那是有去无回，一去不复返的。可这一次她却乱了方寸，想把四十年前的戏剧搬演到今天，她在戏中可以挽留住老克腊，连手法都是四十年前的。王琦瑶拿出了那只西班牙风的木雕盒子，不是用作道具，而是要亮出里面的货色，真正的四十年前的"旧物"，四十年的罗曼蒂克。就像李主任当年把这只木盒放在她的枕边，她又把这只木盒放在了老克腊的面前。没想到，这沉甸甸的"旧物"竟然吓跑了老克腊。"他是用力挣脱了走出来的。短短一天里，他已经是两次从这里逃跑出来，一次比一次不得已。"（374页）

　　说起来，这"旧物"也该算是件"信物"了，像所有的信物一样，它代表两人的誓约和信任；但也像所有关于过去的寓言一样，"信物／旧物"象征着它所纪念的人和物的消散。王琦瑶这四十年前的上海女儿，回到她的"旧地"才发现它早已瓦解，更发现伴着她四十年的"旧物／信物"，不过是一件时间的残骸。她的"戏"不是老克腊的"戏"。老克腊是即兴表演，兴致没了也就没戏了；她却不同，人生如戏，王琦瑶的一生也就是这出戏了。

消　失

　　老克腊的"怀旧"其实是"叶公好龙"式的。怀旧不是企图真正回到既定过往，而是一种时间上的错位——一种在时间中某些东西被移位的感觉。老克腊本来喜欢的"旧物"并不是实物，如沉甸甸的木雕盒子，而是老唱片里的爵士乐，"老爵士乐里头的时间，确是个好东西，它将东西打磨得又结实又细腻，把东西浮浅的表面光泽磨去，呈现出细密的纹路，烈火见真金的意思"（333页）。然而，歧义纷呈、转瞬即逝的音乐似乎意味着人们与过去的联系脆弱短暂，而且方向不明。这种怀旧趋向里充溢着强烈的缺失感：人们对过去的记忆正在消失，所以"怀旧"才成为一种时尚。

　　"恢复记忆"是作家创作的一种基本动力，书写是和"遗忘"在比赛，面对历史经验的流失，无奈中只能有一种努力，借对破碎、片断经验的书写与记录来赓续那势必被湮没的文化记忆。在《小鲍庄》中，王安忆为捞渣建了一座高出于"村东头的柳树"的纪念碑，"碑的意象以挺拔于空间的实体铭刻历史，企图超越时间主流，汇聚事实、价值和权威的永恒性。然而，铭记便是一种书写，一种神话的诠释，它不仅被语言的洪流所播散，而且被时间的雨水所侵蚀"⑬。可在这城里，她连一块雨打风吹的碑石也树不起来，因为她与这城的关系是不言自明的。王安忆是带着"同志"的背景进城的，"同志"是这城的解放者，征服者，可也是这城的"外来者"⑭。要想做城市的主人翁，便需要重新确立自我与城市的想象性关系。老克腊式的"怀旧"自然不行，但缺失的记忆从哪里找回？王安忆想从时间的激流中挽住几颗不变的水珠，是被称为这座城市的"心"或"芯"的东西：

　　　　这种黄昏，即便一千年过去，也是不变，叫人忘记时光流转。这一条茂名路也是铁打的岁月，那两侧的悬铃木，几乎可以携手，法国式的建筑，虽有些沧桑，基本却本意未改。沿着它走进去，当看见那拐角上的剧院，是有些曲终人散的伤感。但也是花团锦簇的热闹之后，有些梦影花魂的。这一路可真是永远的上海心，那天光也是上海心。（295页）

说这"心"不变，可信。但和这"心"倚着、傍着的女人想不变也得变。"如花美眷、似水流年"，痛在心里的，不就是红颜易老吗？"原来姹紫嫣红开遍，似这般都付与断井颓垣。"我们目睹了时间对一个女人的残酷剥夺，"这时他看见了王琦瑶的脸，多么丑陋和干枯啊！头发也是干的，发根是灰白的，发梢却油黑油黑，看上去真滑稽"（383页）。可死亡唤醒的是沉睡的记忆，"在那最后的一秒钟里，思绪迅速穿越时间隧道，眼前出现了四十年前的片厂"（384页）。恢复记忆的王琦瑶终于回到了故事的起点，而我们却被孤零零地搁置在文本之外，眼睁睁地看着她消失……

1996年1月24日改毕于上海

九十年代长篇小说研究资料

注释：

①王安忆的《长恨歌》连载于《钟山》1995年2、3、4期，作家出版社1996年2月出版了单行本，以下引用该小说，均据作家版单行本，不再另外注明。

②齐红、林舟：《王安忆访谈》，《作家》1995年第10期。

③王安忆：《上海的女性》，《海上文坛》1995年第9期。

④王安忆：《寻找苏青》，《上海文学》1995年第9期。

⑤参见芭芭拉·詹森（Barbara Johnson）：《批评的差异：巴尔特／巴尔扎克》，载《批评的差异：当代阅读修辞学论集》，巴尔的摩和伦敦，霍普金斯大学出版社，1980年。

⑥齐红、林舟：《王安忆访谈》。

⑦录自《孽海花资料》134页，魏绍昌编，上海古籍出版社，1982年。

⑧王安忆：《米尼》，载《芙蓉》1991年第3期。

⑨⑪张爱玲：《〈红楼梦魇〉自序》，载《张爱玲散文全编》324页，来凤仪编，浙江文艺出版社，1992年。

⑩张爱玲：《〈传奇〉再版的话》，载《张爱玲散文全编》186页。

⑫"怀旧"一词，即nostalgia，从希腊的字源看，nostos是"回家"的意思，algia是痛苦的状态，联结起来便是指渴望回家的痛苦。十七世纪后期，作为病理学的用语。"怀旧"又指"思乡病"（homesickness），包含沮丧、抑郁，甚至倾向自毁等情绪

的毛病；至十八及十九世纪，"怀旧"又变成单用的术语，泛指士兵离乡在外打仗的精神及心理状态。及至近代，"怀旧"的定义已逐渐远离医学和军事的应用范畴，而是指向个人的意识和社会文化趋势。参见Fred Davis: yearning for yesterday: A Sociology of Nostalgia. London: Collier Macmillan Publishers, 1979, pp.1-7。

⑬黄子平：《语言洪水中的坝与碑——重读中篇小说〈小鲍庄〉》，《北京文学》1989年第7期。

⑭参见王安忆：《纪实和虚构——创造世界方法之一种》，收在《父亲与母亲的神话》中，浙江文艺出版社，1994年。特别是"岸"和"第一章"。

原载《当代作家评论》1996年第5期

海派文学又见传人

王德威

在王安忆八十年代的作品中，已隐约托出她对上海的深切感情。流徙四方的知青，原来是无数上海穿堂弄巷出身的儿女。这座老旧阴湿的城市，包含——也包容——太多各等各色的故事。九十年代的王安忆，则越来越意识到上海在她作品中的分量。她的女性是出入上海那嘈杂拥挤的街市时，才更意识到自己的孤独与卑微；是辗转于上海无限的虚荣与骚动间，才更理解反抗或妥协现实的艰难。

由于历史变动使然，王安忆有关上海的小说，初读并不"像"当年的海派作品。半世纪已过，不论是张爱玲加苏青式的世故讥诮、鸳鸯蝴蝶派式的罗愁绮恨，或新感觉派式的艳异摩登，早已烟消瓦灭，落入寻常百姓家了。然而正是由这寻常百姓家中，王安忆重启了我们对海派的记忆。在如此新旧夹缠、混乱逼仄的世界里，上海的小市民以他们自己的风格恋爱吵架、起居行走。他们所思所做的一切，看来再平庸琐屑不过，但合拢一块，就是显得与其他城市有所不同。这里或许有"奇异的智慧"？套句张爱玲的名言："到底是上海人！"

王安忆这一海派的、市民的寄托，可以附会到她的修辞风格上。大抵而言，王安忆并不是出色的文体家。她的句法冗长杂沓，不够精谨；她的意象视野流于浮露平板；她的人物造型也太易显出感伤的倾向。这些问题，在中短篇小说里，尤易显现。但越看王安忆近期的作品，越令人想到她的"风格"，也许正是她被所居住的城市所赋予的风格：夸张枝蔓、躁动不安，却也充满了固执的生命力，王安忆的叙事方式绵密饱满，兼容并蓄，其极致处，可以形成重重叠叠的文字障——但也可以形成不可错过文字的奇观。长篇小说庞大的空间架构及历史流程，丰富的人物活动诉求，真是最适合王安忆的口味。张爱玲也擅写庸俗的、市民的上海，但她其实是抱着反讽的心情来精雕细琢。王安忆失去了张爱玲那种有贵族气息的反讽笔锋，却（有意无意地）借小说实践了一种更实在的海派生活"形式"。张爱玲的长篇不如短篇精彩，岂是偶然？

由此我们回顾王安忆有名的写作"四不"政策，才更觉会心一笑：一不要特殊环境特殊人物；二不要材料太多；三不要语言的风格化；四不要独特性。这是王安忆的自我期许，还是自我解嘲？这些年来她的创作量惊人，有得意的时候，但也有失手的时候。生活在上海这座城市，看得太多，最特殊的事物也要变成寻常生活的插曲。而鸡毛蒜皮的小事，是每天必得对付的阵仗。这样大剌剌的四不政策，颇有点见怪不怪的自得，一种以退为进的世故，也只有见过世面的作家有本钱说出。这是海派的真传了：王安忆是属于上海的作家。

王安忆的创作有三个特征：对历史与个人关系的检讨；对女性身体及意识的自觉；对海派市民风格的重新塑造。这几项特征在她作品中一再交错出现，但一直要到《纪实与虚构——创造世界方法之一种》，才形成恢宏紧凑的对话关系。在这部小说里，王安忆意图为自己家族的来历，找寻根源。但与我们熟悉的"家史"小说不同，王安忆舍父系族裔命脉于不顾，转而抽丝剥茧，探勘早已佚失的母系家谱。这使她的女性视野，陡然开朗。然而王安忆的野心尚不止于此。她创作及寻根活动的据点是上海，一个由外来户汇聚而成的都会，一个不断迁徙、变易、遗忘历史的城市。

在《纪实与虚构》的后记里，王安忆提起她对小说命名的踌躇。这本书最初被名为《上海的故事》；她对上海的依恋，不言自明。但基于它"有一股俗世的味道"，"容易使人堕入具体化的陷阱"，此书名终被放弃。王安忆之后又拟用《茹家溇》——小说寻根的终点——为名，同样不觉满意。再如《诗》《寻根》《合围》《创世记》等，则更等而下之。几经周折，她选定了《纪实与虚构——创造世界方法之一种》作为书名。她的犹疑其实不难理解；这本小说本身讲的就是个"命名"的故事。命名"命""名"，名为物之始，意义流淌，自此发端。这里有世界肇始的神秘契机，也有无中生有创作冲动。王安忆要讲的，正是她为自己、为母系家族、为上海寻根命名的经过。作为一个作家，命名是她的游戏，也是她的志业。

王安忆对"我从哪里来"这样的问题，从来就有兴趣；早在八十年代，她就曾写下像《自己的来历》这样的作品。不过那是点到为止，不当回事。这回她可是玩真的。小说的结构浩浩荡荡，共分九章。单数章讲述作者（叙述者）在上海成长的经过。双数章则追踪母系家族在中华民族史上的来龙去脉。第九章里，家史在民族史中的线索，与个人在共和国史中的成长纪录，终于合而为一，并归结到作者对创作活动的反省与反思。纪实与虚构果然是创作一体之两面，所有的历史与回忆不过是书写的一种变貌。

谈历史的虚构性或记忆的权宜感，好像已是明日黄花的事。该讲的、该写的不早都已讲完写完了吗？大陆重写家史的风潮，从莫言的《红高粱家族》一炮而红后，历经苏童、李锐、余华、格非、叶兆言等推动，已经不再新鲜。这些人的作品敷衍传奇、演义历史，的确各有千秋。但读多了"妻妾""高粱""细雨""迷舟"，难免令人不耐。王安忆搭的虽是家史小说的最后一班车，岂真是又晚走一步？

与当年写《小鲍庄》亦步亦趋、复制寻根神话相比，王安忆现在从容多了。她是"又"写了一部家史小说，《纪实与虚构》是部"总结、概括、反省与检讨"家史小说的作品。它夸大了前此作品的优缺点，也另有其他作家所不及的眼见。男作家（如莫言）只写"我爷爷""我奶奶"，家史推到清末民初就得收摊打烊；王安忆豁了出去，"她的"族谱故事是要上溯到隋唐魏晋的。男作家（如苏童）写烟雨江南、罗愁绮恨，好不愁煞人也；王安忆大笔一挥，夹议夹叙，一派头角峥嵘的面貌。她那种冗长枝蔓、天南地北式的写法，势必要招致"好大喜功"之讥，但我们绝不应忽略作者的自信与跋扈。何况谁规定好看的小说就一定得精致细腻的？

小说中最令人注目的部分，是双数章的母系家族历史。王安忆刻意弃父从母，已是一种女性铭刻历史策略。更为有趣的是，她的"考证"显示母亲的血缘绝非汉室正统，而有北方蛮族渊源。王安忆从母亲的姓，"茹"字下手，寻寻觅觅，查出这稀有姓氏原来起于北魏的蠕蠕族——这不仅是异族，简直是异类了！由此开始，她自谓遍历史书档案，刻画出一条家族兴亡涣散的经过。王安忆的想象驰骋在历史荒原上，历经木骨间、车鹿会、成吉思汗、乃颜等辉煌时代，堪称"考证"细密，臆想淋漓。但是在一个泥泞的雨季里，王安忆来到一个平庸的江南小镇——茹家溇，见证了民族最后的落脚点，最后的传人。

加西亚·马尔克斯《百年孤独》式的历史视景，当然可在此找到印证，但与绝大多数处理类似题材的大陆男作家不同，家族涣散、往事湮没的现实并不是王安忆作品的结局。恰相反的，她心有不甘，从而有了写作的冲动。与千百年前，那位开始茹家神话的母亲相呼应，王安忆以女作家之笔，产生（或生产？）又一文字结晶。是她选择、排比她的祖先故事，再"创造"了历史。更进一步，王安忆不仅写作品如何再生历史；还写历史如何滋生（conceptualize）抽象意念。由是类推，她滔滔不绝的议论，就算无甚高见，却要以丰沛的字质意象，填补男家史作家留下的空虚匮乏。

在评论《纪实与虚构》时，有些论者曾分别指出王安忆的这本小说缺乏"灵气"，或沾染了过多"物质性"，不够流转易读。我倒以为王安忆总算摆脱了以前的"灵气"，变得泼辣实在，真是谢天谢地。至于"物质性"，其实可能正是她所要努力的方向，即是高蹈抽象的理念，王安忆写来，也变成叠床架屋、厚厚实实的"东西"。这一倾向，自修辞至造境，无不可见，好像有了这些基础，她才能占住地盘，把故事说下去。

所有的问题，越来越明确地指向王安忆自觉的新海派意识。《纪实与虚构》尽管虚构得天马行空，基本讲的是个上海女作家与她的城市的故事。虽然大半辈子在这里度过，王安忆开宗明义地说，她的家庭是迁入上海的外来户。她们没有亲友、没有家族。这种无根的感觉，促使她萌生寻根的欲望。在小说双数章节虚构家史、玄乎其技之际，单数章节却是一步一印地白描一个女作家在上海生长、写作的细节。百年来的沪上繁华沧桑，其实就是一页页的移民史。王安忆自谓是外来户，但是落地生根，这座没亲没故的城市早成为她的第二故乡了。家史渺不可得，上海的一切却是亲昵自然的；在不断借想象舍弃上海的同时，小说家坐在上海家中的书桌前，感觉从没有如此安稳实在。

《纪实与虚构》是王安忆写上海，或上海"写"王安忆的一个重要阶段。这是本野心庞大的历史小说，却充满琐碎支离的个人告白；大量玩弄后设的趣味，却总也摆脱不了写实主义"原道"说教意味。在它驳杂百科全书式的架构下，兀自夸示着感伤的演出。但合而观之，这本小说则以其强劲的（女性）叙述欲望，夹着千言万语，一路挥洒到篇末。王安忆的创作潜力，不可小觑。而《纪实与虚构》后，她的另一长篇——《长恨歌》——证明了这一点。

王安忆的《长恨歌》出手便是与众不同。她细写一位女子与一座城市的纠缠关系，历数十年而不悔，竟有一种神秘的悲剧气息。

现代中国小说写上海与女性的关系，当然不始自王安忆。早在一八九二年，韩邦庆就以《海上花列传》打造了上海/女性想象的基础。三十年代左翼作家茅盾，曾以烟视媚行的女性喻上海，写成《子夜》有名的开场白。新感觉派作家更塑造了艳异妖娆的"尤物"意象，附会上海的摩登魅力。而鸳蝴派的遗老遗少，则在上海现代化之际，就开始缅怀旧时风月了。这种种有关上海与女性的书写，在四十年代达到高潮。张爱玲、苏青、潘柳黛、凤子等，不只写上海女性，更以女性写上海。

在这样一个传统下写《长恨歌》，王安忆的抱负可想而知。然而王安忆的努力，注定要面向前辈如张爱玲者的挑战。张的精警尖诮、华丽苍凉，早早成了三四十年代海派风格的注册商标。《长恨歌》的第一部叙述早年女主人公王琦瑶的得意失意，其实不能脱出张爱玲的阴影。但《长恨歌》既名"长恨"，主人公的感情历险这才刚刚开始。

一九五二年，张爱玲辞离上海，以后寄居异乡，创作亦由盛而衰，但借着王安忆的《长恨歌》，我们倒可想象，张爱玲式的角色，如葛薇龙、白流苏、赛姆生太太等，继续活在黄浦滩头的一种"后事"或"遗事"的可能。小说的第二部及第三部分别描写王琦瑶在五十、六十及八十年代的几段孽缘。王安忆俨然把张爱玲《连环套》似的故事，从过去的舞台搬到今天的舞台。一群曾经看过活过种种声色的男女，是如何度过她（他）们的后半辈子？张爱玲不曾也不能写出的，由王安忆作了一种了结。在这一意义上，《长恨歌》填补了《传奇》《半生缘》以后数十年海派小说的空白。

《长恨歌》的第二部应是全书的精华所在。王安忆曾写道："张爱玲笔下的上海，是最易打动人心的图画，但真懂的人其实不多。没有多少人能从她所描写的细节里体会到这城市的虚无。正是因为她是临着虚无之深渊，她才必须要紧紧地用手用身子去贴住这些具有美感的细节，但人们只看见这些细节。"善哉斯言。而王安忆显然有意地承袭此一风格，以工笔描画王琦瑶的生活点滴。《长恨歌》中的写实笔触，有极多可以征引的片段。王安忆的文字其实并不学张爱玲，但却饶富其人三昧，关键即应在她能以写实精神，经营一最虚无的人生情境。

而又有什么情境比追逐爱欲，更能凸显王安忆笔下人物的虚无寄托呢？王琦瑶命犯桃花，首当其冲。她与康明逊交游，由饮食而男女，竟怀有身孕。这

样的惊险，却由小女子一人毅然，也夷然地扛负下来。与她有过恩情的男人，
一一为她所（利）用：这是上海女子的本能了。

王安忆处理王琦瑶及康明逊间由情生爱、由爱生怨的过程，高潮迭起。
五十到六十年代的上海，何能容忍昔时游龙戏凤式的情爱苟合。王、康两人
却要化不可能为可能。他们有了情愫。但这感情却是极不安稳的，也是极自私
的，"他们也不再想夫妻名分的事，夫妻名分说到底是为了别人，他们却都是
为了自己。他们爱的是自己，怨的是自己，别人是插不进嘴去的"。张爱玲
《倾城之恋》里的爱情观，于焉浮现。只是王安忆走得比张爱玲更远。她俨然
要以上海的缓慢倾圮，来衬托又一对乱世男女的苟且偷欢。而这一回，他们再
无退路。王琦瑶爱过怨过，却不能有白流苏般的妥协结局。新社会绝容不下她
这样的行径；她与所爱仳离，原是再自然不过的定理。王安忆对人世的大破坏
大威胁，因而有了不同于张爱玲的见解。

王安忆自称多受张爱玲语言观的教益："张是将这语言当作是无性的材
料，然而最终却引起了意境。"但她对张的"不满足是她的不彻底。她许是生
怕伤身，总是到好就收，不到大悲大恸之绝境。所以她笔下的就只是伤感剧，
而非悲剧。这也是中国人的圆通"。王安忆也许不能理解张爱玲"参差对照"
的美学；对张而言，人生"就是"哭笑不得的伤感剧。她的不彻底，正是她以
之与五四主流文学对话的利器。但王安忆对张爱玲的反驳，毕竟别有所获。
《长恨歌》第三部情节急转直下，应与王安忆探寻另一种情色关系有关。

八十年代的上海又成繁华都会，遥望当年风貌，岂真是春梦再生？像王琦
瑶这样的前朝"遗姥"，熬过三十年的波折，终得重现江湖。她既新且旧，不
古不今，兀自成为小小奇观。王安忆借王琦瑶热衷时尚风潮，点出三十年风水
轮流——政治的起落不过是服装的几进几出罢了。张爱玲的服装神话，依稀可
见。

《长恨歌》最后一部分写王琦瑶的忘年之恋，贯彻了王安忆要"写尽"
上海情与爱的决心。王琦瑶一辈子所托非人，到了最后，不惜放手一搏。这一
回，她才是全盘皆输。当王安忆写到王琦瑶捧出珍藏四十年的金饰盒收买（或
讥讽）小情人的心意时，真是情何以堪。这是王安忆不同于张爱玲之处了。张
爱玲的人物，包括那视财如命的曹七巧，才是"更彻底"的悲剧人物。王安忆
的王琦瑶闯不过情关，她所有的精于算计，透露着世俗男女的谨小慎微。而当

她妥协时，没有（如白流苏者）看穿一切的犬儒，而有别无退路的尴尬。

　　我也要说，这样的安排至少在《长恨歌》的架构中，有其作用。张爱玲小说的贵族气至此悉由市井风格所取代。小说最后的关目，归结到那金饰盒。这是王琦瑶生命最"实在"的部分，连她的女儿都无缘得享。《金锁记》中的曹七巧靠累积财富来移转她受挫的情欲；王琦瑶一辈子从未大富大贵过，只有出，没有进，金钱的意义截然不同。金饰盒确是她的命根子，不能与她的情人相提并论。小说最后，王琦瑶为了保护钱财，而非爱情，死于非命。要强调的是，在处理情欲与物欲的纠缠上，王安忆的路数与张爱玲起点相近，但结论颇有不同。所引出的"大悲大恸"其实更留给我们一丝不值的遗憾与怅惘。

　　《长恨歌》有个华丽却凄凉的典故，王安忆一路写来，无疑对白居易的视景，作了精致的嘲弄。在上海这样的大商场兼大欢场里，多少蓬门碧玉才敷金粉，又堕烟尘。王琦瑶经选美会而崛起，是中国"文化工业"在一时一地过早来临的讯号；但她的沉落，却又似天长地久的古典警世寓言。是在巧妙地糅合了既旧且新的叙事技巧与人物造型中，王安忆有意证明自己作为"上海""女"作家的自觉与自恋——她何尝"不可能"成为又一个王琦瑶？王安忆选择了王琦瑶作为自己的前身，向幻想／记忆中的上海告别。

原载《读书》1996年第6期

城市的肖像

——读王安忆的《长恨歌》

南 帆

一

如同人们所发现的那样，越来越多的作家将他们的小说托付于一个固定的空间；他们的所有故事都发生在一个相对封闭的独立王国里面，这里的人物互相认识，他们之间有着形形色色的亲缘关系，作家笔下所出现的每一幢房子、每一条街道或者每一间店铺都是这个独立王国的固定资产。有趣的是，这样的独立王国多半存留了乡村社会的遗迹，作家所喜爱的固定空间往往是一个村落，一个乡村边缘的小镇，如此等等。通常，乡村社会拥有更为严密的社会成员管理体系，宗族、伦理、风俗、礼仪、道德共同组成了乡村社会独异的意识形态。对于许多作家说来，乡村社会的文化空间轮廓清晰，版图分明，相对的封闭致使他们的叙述集中而且富有效率，这些作家的心爱人物不至于任意地出走，消失在叙述的辖区之外。

与众不同的是，王安忆更乐于为她的小说选择城市——一个开放而又繁闹的空间。这至少某种程度地源于她的女性立场。在她看来，作为一个人造的自然，城市更为适合于女性生存。她们卸下了农业社会对于体魄的苛刻要求，这个崭新的场所更多地接纳了女性的灵巧和智慧。①可以看到，城市是王安忆持久地注视的一个主题，《长恨歌》终于为她的兴趣提供了一个理想的舞台。王安忆曾经坦率地表示，《长恨歌》企图写出一个城市的故事："城市的街道，城市的气氛，城市的思想和精神。"②当然，王安忆的心目中，女性是这个城市的代言人。

然而，至少在相当长的一段时间内，城市在中国文学之中成为一个令人反感的符号。许多人已经形成了这样的共识：乡村是革命的发源地，乡村的简朴、穷困、贫苦、辛劳均成为先进思想的保障；相反，城市天然地具有反面含义，城市在灯红酒绿和纸醉金迷之间布满了邪恶的诱惑，城市的商业气氛、拜金主义以及各种享乐场所无一不是滋生剥削意识的温床。显而易见，王安忆彻底地将城市从这样的文学传统之中解放出来。她把城市视为现代文明的一个必然阶段。王安忆似乎不愿意沉湎于遥远而悠扬的田园牧歌，她毫不掩饰对于城市的好感。《长恨歌》不时体现出鉴赏城市的眼光和趣味，王安忆深知咖啡厅气氛、花团锦簇的窗帘以及街上当当地驶过的电车之间隐藏了何种迷人的性质。她甚至善意地体谅了城市所难以回避的庸俗、奢靡和工于心计。王安忆的城市不仅仅是一个宏伟的景观，不仅仅是一些方形、柱形、锥形以及球形建筑物在地表上的聚合；同时，王安忆潜入城市的纵深，用文字提供了一个个城市局部的速写。《长恨歌》的第一章别出心裁地写到了几种典型的城市片段：弄堂，流言，闺阁，鸽子，王琦瑶式的女人——这几个方面共同组成了一个城市的初步肖像。也许，"肖像"并不是一个比喻的用法，王安忆的《长恨歌》的确是将城市作为小说之中一个活灵活现的主人公。

除了王琦瑶和外婆乘船回邬桥所走的水道，《长恨歌》将大自然一刀切出了小说之外。《长恨歌》之中的所有人物都走动在一个巨大的人工世界里面。这里有一些喧闹而又豪华的大饭店，也有像平安里这样油烟弥漫的弄堂；侍应生穿行的咖啡厅是城市之中优雅的热闹之处，爱丽丝公寓却是用身份和经济实力在热闹之中强行辟出一份寂静；这里有过一些枝形吊灯下面的"派推"，甚至有过无数的康乃馨堆砌出来的选美晚会，另一方面，这里也有雪天的午后三五个人围炉而坐，说一些闲话，啜一杯热茶。某些时候，人们可以到高层建筑之上，透过窗口看到闪动的江面，某些时候，人们又只能在屋子里面，看着一个方格一个方格的阳光从五斗橱边上的地板上慢慢地滑过。就在这些层层叠叠的景象之中，一个偌大的城市徐徐地展开了。

但是，人们很快就能够从《长恨歌》之中察觉，王安忆不仅企图绘制城市的图像；同时，王安忆的叙述还竭力诱使这些城市图像浮现出种种隐而不彰的意义。这种意图甚至击穿了通常的故事框架，《长恨歌》的文本出现了某种奇异的特征：散文式的抒情和分析大量地填塞于人物动作的间隙。人们不妨想象，这部小说即是由人物的命运和一系列以城市为主题的散文、随笔连缀而成。王安忆信心十足地投入这种叙述的冒险。她肯定相信，种种机警而精彩的辨析将有效地抵消缓慢的故事节奏而导致的沉闷。的确，人们从《长恨歌》之中读到了许多对于城市的想象，譬如说"上海的弄堂是性感的，有一股肌肤之亲似的"；说流言"是那黄梅天里的雨，虽然不暴烈，却是连空气都湿透的"；还说上海弄堂里面的闺阁已经变了种，贞女传和好莱坞情话并存，阴丹士林蓝旗袍下是高跟鞋，又古又摩登。这些城市的想象既抽象又具象。这些想象之中的城市没有具体的时间和空间坐标，种种弄堂、流言、闺阁仅仅是一种概括；另一方面，这种概括又十分感性——它不仅包含着油烟气味、墙壁裂缝和背阴处的绿苔这些可感细节，而且还包含着一系列极为个性的比拟。在这里，抽象与具象的奇特协调致使种种散文式的片段产生了足够和故事相互匹敌的诱惑魅力。

这些散文式的抒情和分析之中，人们不时可以遇到这种类型的句式："……是……的意思"。这种句式是城市图像意义解读的某种诱导，甚至是某种强制的锁定。某种程度上可以说，这种句式暗示了文学对于城市的陌生。历史与美学之间常常存在了巨大的差距。脱胎于农业文明的美学意识并不能立即适应崛起于工业文明的现代城市，因此，城市图像并不能像"远村""小桥""渔歌""野渡""扁舟""茅屋"这些来自农业文明的意象一样立即产生美学意义。这个意义上，王安忆使用"……是……的意思"这样的句式更像是一种经验的命名。成功的经验命名将使相对的城市图像全面进入文学的语汇系统，甚至成为富有诗意的固定意象。这是文学对于城市的正式接纳——这样的接纳仪式甚至是从叙述的一个句式开始的。

二

不难看出，《长恨歌》的城市是一个女性视域之中的城市。

这个城市曾经被称之为"冒险家的乐园"。这里居住了三教九流的人物，演出过种种传奇故事。从租界、码头到帮会首领、要员政客，这个城市云谲波诡，深浅难测。这个城市的背景下面曾经出现过诸如《子夜》这样的名著：金融界的风云，铁腕人物，股票交易所里面的角逐，警笛声笼罩之下的罢工……即使几个交际花式的人物穿行其间，人们仍然感到，这是一个雄性的世界。

然而，《长恨歌》却保持了另一种温婉的语调。小说的每一个角落都回旋着种种女性对于这个世界的小感觉。这些小感觉是女性对于这个城市细部津津有味地咀嚼和反刍：旗袍的式样，点心的花样，咖啡的香味，绣花的帐幔和桌围，紫罗兰香型的香水，各种各样的发髻，化妆的粉盒，照相的姿态，燃了一半的卫生香，一扇扇后门之间传递的流言，大伏天打开衣服箱子晒霉，舌头灵巧地磕开五香瓜子，略微下坠的眼睑和不易觉察的皱纹，一盘小磨磨糯米粉，灶间炉子上的开水扑扑地响，一伙小姐妹勾肩搭背地从商店的橱窗面前走过……这个城市就是在这些小感觉之中缓缓地浮现出来，肌理细密，纹路精致。人们可以细腻地品味勾勒这个城市的一笔一画，但是，人们找不到一个精神的制高点纵览这个城市的历史风云。

的确，《长恨歌》里的女性视域同波澜壮阔的主流历史疏离了。那些有权有势的人物——诸如蒋丽莉的父亲、李主任或者严家师母的丈夫——都仅仅是一些不太清晰的背影，他们在那个雄性世界里的纵横征战只能影影绰绰地投射到这个女性视域之中。这些男人和女人并没有处在同一条战线之上，相反，他们彼此将对方视为自己的后院——他们不过是彼此提供经济的资助和情感的慰藉。也许，那个电影厂的导演曾经想改变甚至左右这个女性视域。他用文艺腔开导王琦瑶，劝她退出"上海小姐"竞选，然而他的理论却在餐桌上被干脆地拒绝了。这样的女性视域我行我素，不知不觉地护住了一方主流历史之外的女性生存空间。这些女性对于外部世界的政治湍流懵然无知，她们如同多数市民一样，自认为是落后于时代的人："共产党在他们眼中，是有着高不可攀的印象。""对于政治，都是边缘人。"他们又都是生活在社会芯子里的人，埋头于各自的柴米生计，对自己都谈不上什么看法，何况是对国家，对政权。恰是由于无知而远离政治，她们的方舟竟然平安地闯过了1949、1957、1966这些不同寻常的年份，缓缓地靠上了彼岸的码头。这些女性从来未曾到主流历史的花名册上报到，但她们也从来未曾感到惆怅或者遗憾。相反，女性的本能致使她们进入宁静的一隅，有滋有味地经营了一个色香味俱全的小天地。这个温情脉脉的小天地无意之中产生了某种拒绝的功能——用温柔拒绝政治的权术和血腥：

这是一九五七年的冬天，外面的世界正在发生大事情，和这炉边的小天地无关。这小天地是在世界的边角上，或者缝隙里，互相都被遗忘，倒也是安全。窗外飘着雪，屋里有一炉火，是什么样的良宵美景啊！他们都很会动脑筋，在这炉子上做出许多文章。烤朝鲜鱼干，烤年糕片，坐一个开水锅涮羊肉，下面条。他们上午就来，来了就坐到炉子旁，边闲谈边吃喝。午饭，点心，晚饭都是连成一片的。雪天的太阳，有和没有也一样，没有了时辰似的，那时间也是连成一气的。等窗外一片漆黑，他们才迟疑不决地起身回家。这时气温已在零下，地上结着冰，他们打着寒噤，脚下滑着，像一个半梦半醒的人。

当然，介入这一小天地的不仅仅是王琦瑶或者严师母这样的女性。这里还有程先生、康明逊、萨沙和。不过，人们似乎有理由同样将后面这一批人称之为阴性的人物。这不仅因为他们温文尔雅，瘦弱而且苍白；更重要的是，他们由于种种理由而不参与那个雄性世界的竞技舞台。这样，他们就有时间而且有兴趣投入这个小天地的种种让人着迷的游戏：闲话，试探，眼色，悄悄地搓麻将，制作精致的点心，盘算下一回聚会的花样，短暂的怄气，轻微的钩心斗角，如此等等。这个环境里所出现的爱情同样像捂出来的豆芽菜一样柔弱。如果不是意外的怀孕打破了这样的局面，这个小天地似乎将成为一个逃避外部世界的安全巢穴。只有女性视域才能够在这个城市之中找到这样的巢穴。

可是，这个巢穴里面的杯水风波已经远远地离开了那个时代的宏大叙事。人们习惯了这样的传统：文学没有必要为主流历史的剩余物耗费篇幅。对于《长恨歌》说来，这是一个难以回避的问题。也许，王安忆的意图恰恰是，运用女性视域打捞这个城市历史的另一些维面，这些维面的存在将证明主流历史之外的另一些文化向度。这即是那些琐碎的叙事所包含的价值。然而，在我看来，这些维面与主流历史之间的特殊紧张同样耐人寻味。《长恨歌》确实能够给出一个女性的小世界吗？这时，我想回到我曾经使用的一个概念："女性的本能。"

女权主义批评已经对一个基本观念取得了共识：所谓"女性的本能"不是天生。这种"本能"毋宁说是训练出来的。相夫教子，操持家政以及厨房之间的种种手艺更多的是男权社会对于女性的标准设计。为了推行这样的标准设计，"女性的本能"成了一个掩饰男权主宰的概念，当然，这样的训练包含了漫长的历史。不断的重复和积累完全可能使这种标准设计成为女性代代遗传的技能和爱好。相当长的时间内，"家"就是历史为女性指定的社会位置。女性丧失了参与主流历史的权利，她们的智慧和精力只能集中地转向持家。"家"是一个狭窄的天地，这是女性的悲哀；"家"又使女性避免了各种场合残酷而凶狠的厮杀，这是女性的幸运。这样，女性的历史从男权社会的主流历史之中分裂出来，她们的悲哀和她们的幸运形成了她们独特的历史，这里所包含的温柔和母性明显地对雄性世界的残酷形成一种拒绝的姿态。

可是，更为深刻地说，女性拥有的宁静一隅本身即是男权的分配。事实上，只有得到了男性欣赏的女性才可能避开外部世界的腥风血雨。王琦瑶的一生衣食无虞，美貌和一匣子的金条是她的基本依靠。不言而喻，这样的基本依靠建立于男权社会的逻辑之上。选美无疑是男权社会制造出的游戏，金条是女性美貌的战利品——女性之美可以根据一定的比率兑换成赖以生存的物质。因此，即使在李主任死后，王琦瑶并没有遇到像莫泊桑《项链》之中女主人公那样的重大转折。她仍然可以维持自己的生计，抚养私生子，并且在年迈的时候风韵犹存。的确，外部世界浊浪滔滔，但是，男权社会的怜香惜玉仍然为美貌的女性留下了一条通行的缝隙。这个意义上，女性的独特历史并不是通过反抗而获得；相反，这样的历史同样是男权社会的一个副产品。如果女性无意地踏入雄性世界的角逐场地，那么，她们并不拥有一争短长的资本。王琦瑶那一匣子金条的诱惑超出了她迷人外表的时候，男性之间的残暴就会毫不犹豫地降临到她身上——王琦瑶因此付出了生命的代价。这样的结局如同一个象征，虽然女性拒绝了男权社会的主流历史，但是，男权社会却有可能随时掐断女性的独特历史。

这是《长恨歌》的叙述背后存在的一个隐蔽的框架。

九十年代长篇小说研究资料

三

《长恨歌》具有一种坚实的风格。按照王安忆的自述，这种坚实是从《纪实与虚构》——王安忆的另一部长篇小说——所产生的某种玄虚之中返回。的确，人们可以在《长恨歌》里面遇到许多散发出世俗气息的细节：白色滚白边的旗袍，糟鸭掌和扬州干丝，柚木家具和打蜡的地板发出幽暗的光泽，弄堂里夹了油烟和泔水气味的风，几个姨娘切切磋磋地说东家的坏话，隔壁的留声机哼唱着四季调，叫卖桂花粥的梆子扑扑地调敲起来，厨房的后窗上积着油垢，女人们抱了一捆衣料坐在三轮车上，理发店里飘出了洗发水、头油和头发焦煳味……这种世俗的气息得到了女性视域的体认，同时，这种世俗气息也包含了对于女性的期待。事实上，王琦瑶所获得的"三小姐"之称即是这种世俗气息的概括："她的艳和风情都是轻描淡写的，不足以称后，却是给自家享用，正合了三小姐这称呼。……三小姐则是日常的图景，是我们眼熟心熟的画面，她们的旗袍料看上去都是暖心的。三小姐其实最体现民意。……是使人们想到婚姻、生活、家庭这类概念的人物。"

这些世俗细节的密集堆积让人们感到了殷实和富足。这是一个城市的底部，种种形而上的思想意味和历史沉浮的感慨无法插入这些世俗的细节。王琦瑶是一个十足的世俗之人。她的命运就在这种殷实和富足之中穿行，种种情感的挫折并未将她真正抛出相对优裕的日子。于是，王琦瑶的故事就在这样的气氛当中日复一日地延伸，一直到了难以为继的某一天。那个时候，人们才会突然醒悟：其实这个人物已经风干了；王琦瑶的气数已经耗尽，旁边的人伸出一根手指头就能够把她轻易推倒。王琦瑶死于一次偶然的谋杀，这更像是为一场不动声色的悲剧补上一个耸人听闻的收场。

什么使王琦瑶的日子逐渐枯黄了？这样，人们可能追溯到了这个城市的时尚，时尚通常是城市之中的某种大规模运动。时尚的潮汛可能体现在城市人的服装、发型、言辞、社交礼仪、娱乐形式、偶像崇拜以及消费观念之中。时尚仅仅拥有隐蔽的、微不足道的理由，但时尚却可能在极大的范围之内主宰了城市人的趣味。当然，对于王琦瑶这样的人物来说，时尚的来源并不重要，重要的是如何在时尚的潮汛之中成为先锋。她们在时尚之中发现了一个竞技的舞台，并且为之倾入了所有的心血，王琦瑶从来不会为人生的意义或者国家与革命这一类重大问题伤神，世俗的荣誉不在于时尚又在哪里？"这是一个女人的风头，淮海路上的争奇斗艳的女孩，要的不就是她？那一代接一代的新潮流，推波助澜的，不就是抢上一个风头？"的确，王琦瑶的搏斗场所就是在种种"派推"、照相馆或者选美晚会之上。十九岁的王琦瑶功成名就，顺利凯旋。

然而，这样的荣誉能够维持多久呢？

通常，时尚的先锋具有两种类型。他们或者标新立异，主持潮流，或者标榜传统，维护往昔的荣耀，相对地说，前者体现出欢乐、肤浅但同时又生气勃勃的风格，这种类型更多地以躯体活力、容颜和现钞为依据；后者却是怀旧的，体面的，精雕细琢同时又渊源悠久的，这种类型更多地以血统、家族历史和门户为依据。某种意义上可以说，这两者的差别类似于新生的暴发户与老派贵族之间的差别。王琦瑶无疑是作为第一种类型当选为"上海小姐"，镁光灯、堆纱叠绉的衣裳和姣好的面容身段将她推到了万人瞩目的位置上；然而，她成功得太早了——这使她在后来的岁月里不得不竭力维持她的荣誉巅峰。这个时候，她已经不知不觉地从第一种类型转换为第二种类型。八十年代之后，她已经没有条件加入那些时髦的"白领丽人"；她只能稳稳地守住当年的风韵和美学趣味，将这一切作为抵制时下流行风格的正统。这个时候，王琦瑶已经没有耀眼的形象，在形形色色的"派推"上，她是靠深藏而久远的魅力慢慢地折服了周围的人，尽管她的女儿薇薇从来不把她放在眼里，但是，诸如张永红或者"老克腊"之类人物终于意识到了她的分量。她的得体、优雅、沉稳终于在怀旧的气氛之中显出真正的华丽，那些浮光掠影的漂亮在这样的华丽面前毫无分量。

然而，这同样是悲剧的开始。王琦瑶这种深藏而久远的魅力很大程度地植根于记忆。许多人并不是被她的美艳惊动了，她的得体、优雅、沉稳必须连同她当年所制造的盛况才能够得到人们的认可。否则，那些心浮气躁的人不会察觉到她的存在——"有时候，人们会从始至终地等她往临，岂不知她就坐在墙角，直到曲终人散"。可是，记忆仅仅是记忆，记忆仅是当下怀旧心情的消费品；如果记忆企图成为一种现实的号召，那么，王琦瑶必须拥有高贵的身份和显赫的家族背景作为后盾。这个时候，王琦瑶突然暴露了孤单无依的真相——她的身后一无所有。她是一个走不到现实之中的人物："她就像一个摆设，一幅壁上的画，装点了客厅。"回到了今天，美人迟暮是一个无法掩盖的事实。一旦"老克腊"从自己短暂的炽热之中退却，王琦瑶的畸恋就成了一个可笑的痴想。

这样，人们终于发现，那些世俗的细节同样如同流水一样从手指缝中间消失。世俗的虚荣转瞬即逝。时尚的本质是反历史，时尚从来不想为昔日的功臣树碑立传；如果传统的荣誉无法依附于当下的权势，时尚将毫不客气地予以抛弃，时尚就是过眼烟云，繁华如梦；一切都在再创造，没有什么需要保留下来。王琦瑶无意地将生命的赌注押在了时尚上面，她终究将成为时尚的弃儿。的确，王琦瑶的一切姿态都表明，她尽力想将她所创造的时尚挽留住，可是，又有谁能够阻挡时间的流逝？那些最为真实的时刻，王琦瑶能够清晰地听到时间经过身边的脚步；那些世俗的细节同样正在时间之中磨损、散佚、朽烂——

　　……她收起烟还得再坐一时，听那窗外有许多季节交替的声音。都是从水泥墙缝里钻出来的，要十分静才听得见。是些声音的皮屑，蒙着点烟雾。有谁比王琦瑶更懂得时间呢？别看她日子过得昏天黑地，懵里懵懂，那都是让搅的。窗帘起伏波动，你看见的是风，王琦瑶看见的是时间。地板和楼梯脚上的蛀洞，你看见的是白蚂蚁，王琦瑶看见的也是时间。星期天的晚上，王琦瑶不急着上床睡觉，谁说是独守孤夜，她是载着时间漂呢！

　　时间是一个无敌的对手。时间是一往无前地伸展，不断地制造新的良辰美景；王琦瑶和她曾经拥有的时尚一同老去，成为不合时宜的老式布景。"老克腊"企图超越数十年时间的剥蚀，重新将自己想象成那种梳分头、夹公文皮包去洋行供职的老式男人，平安里的邻居也曾忘记王琦瑶的年纪，将她当成了无日无月的常青树。但是，这样的幻觉经不起现实棱角的触碰，时尚仅仅尊重当下。如果衰老的背后没有历史业绩的支持，那么，除了销骨的感伤，还能留下什么？

　　这种感伤的积聚，终于使《长恨歌》的后半部分断断续续地流露出难言的悲凉。

四

　　《长恨歌》的叙述节奏相近，速度均匀。人们的阅读时常像闯入了一个语言生产基地。许多句子似乎正在不断地就地繁殖，分裂，扩张。只要一个感觉或者一个细节的触动，密集的辞藻蜂拥而来，不可遏止。某些微妙、琐细的感觉一晃而过，但丰盛的语言却及时地将这些感觉加以放大，给予定型。许多时候，语言围绕某一个中心不断地膨胀，故事却不知不觉地停顿在这里。这样，语言的空间代替了故事进度。

这很快令人想起了爱·缪尔对于"人物小说"和"戏剧小说"的著名区分。在他看来，戏剧小说的情节不断保持着向前疾驰的紧张，反之，人物小说却会产生某种静止的感觉——人物小说的情节扩充仿佛具有某种原地不动的感觉。[③]显而易见，《长恨歌》更接近于缪尔心目中的人物小说。这种小说之中，人物独立存在，情节仅仅附属于人物。它不像戏剧小说那样使人物和情节紧密地融为一体，也不像戏剧小说那样将焦点调到人物关系之间，让一切枝丫的情节持续地向一个轴心趋赴；人物小说的叙述从容不迫，松弛和散漫之中含有某种即兴的意味。可以看到，《长恨歌》放弃了那种一泻如注、间不容发的气势。王安忆更乐于从小处落笔，东拉西扯，左右盘旋，甚至不在乎絮絮叨叨所导致的琐碎。在我看来，这显然是有意为之——用王安忆自己的话解释，小说形式也就是"人和人、人和自己、人和世界之间关系的形式"[④]。

也许，没有戏剧性也就是没有那些撼动了历史的惊涛骇浪。人们在《长恨歌》里遇到了许多现实的碎片，遇到了许多小感觉，小风波，小事件以及一批小人物。这是一个声名卓著的城市，可是，人们很少从《长恨歌》之中看到这个城市的宏大景观。相反，人们不时进入的是这个城市的许多小小的局部：这里的所有故事几乎都发生在弄堂、闺阁和公寓里面。《长恨歌》的叙述潜心于这种"小"，这使小说具有了某种类似于流言的性质：如水泻地，无孔不入。这时，《长恨歌》不由地让人想到了古人曾经为小说这一概念所作的注释：残丛小语，道听途说，然而，将这样的叙述风格同"长篇小说"联系起来的时候，许多人表示了疑惑。

对于许多人说来，长篇小说肯定存在了一个特殊的结构，他们倾向于认为，长篇小说的标志决不是巨大的篇幅，字数的堆积并不是长篇小说的理想；长篇小说的内在容量依靠它的特殊结构予以实现，尽管这种结构的公认模式尚未得到清晰的描述，但是，许多人有意无意地提到了"历史"这个字眼——历史结构仿佛是长篇小说的结构范本。

这无疑暗示了文学对于历史的崇拜，历史一词在现实之中分量非凡，文学时常没入历史的光辉，分享历史的威望。考虑到话本之中"讲史"的家数，人们可以在很大程度上认为，长篇小说攀缘于历史叙述的躯干逐渐地成熟。这不仅奠定了长篇小说的叙事模式，同时还规约了长篇小说的故事来源：帝王将相，英雄豪杰，整顿河山，匡扶社稷——在人们心目中，这是历史的正当内容。换言之，那些家长里短的凡夫俗子没有资格进入历史——这同样是长篇小说拒绝他们的理由。不难看出，这个文学传统的延续始终得到了主导意识形态的支持。我曾经在另一个场合证明，历史叙述不仅仅是一种知识，一种学术，一种陈年旧事的无聊考证，乃至一种村夫野老茶余饭后的谈资；"历史"是一个举足轻重的能指，修史时常明显地同现实权势联系起来。这是历史叙述最为接近政治话语的时候，有时就是政治话语。这个意义上，将长篇小说指定为历史叙述的别一种形式，这无疑包含了文学与意识形态之间某种隐蔽的呼应。

当然，这个文学传统不时遇到另一批长篇小说的挑战——例如《金瓶梅》，或者《红楼梦》。按照伊恩·P. 瓦特对于笛福、理查逊和菲尔丁长篇小说的考察，文艺复兴以来个人主义的崛起是长篇小说的另一个重要源头。中世纪一统的世界图景解体了，特定的时间、空间和个人经验得到了前所未有的重视。这种文化氛围为长篇小说带来了一个巨大的飞跃，一种新的传统形成了。这即是瓦特所认为的现实主义。个人利益、尘世的乐趣和独异的心理体验涌入小说，并且酿成了新的叙述模式。⑤在我看来，王安忆的《长恨歌》更像是这一脉支流的后裔。当然，王安忆强调了空间和性别的经验——这即是已经反复提到的城市和女性视域。

对于二十世纪的文学来说，两种长篇小说的传统均是已然的存在。然而，相当的时间内，中国的长篇小说无不自觉地皈依第一种传统——皈依于历史叙述。从《青春之歌》《林海雪原》《保卫延安》《红岩》到《烈火金刚》《红旗谱》《暴风骤雨》《创业史》，长篇小说自觉地承担了历史叙述的义务。这意味了主流历史与长篇小说之间的可靠联盟。无论是时代背景、史料的考辨和剪裁还是人物的臧否、事件的分析，历史叙述与长篇小说彼此呼应，相互证明。两者都不惮于以主导意识形态传声筒的面目出现。八十年代之后，情况发生了变化——长篇小说与历史叙述之间出现了微妙的分离，某些时候，人们不是通过战争和革命描述历史，而是借助服装式样和椰子鸡的烹调方式感叹世事。这样，一些长篇小说游离出历史叙述的传统框架，另一些长篇小说甚至游离出历史叙述的传统视野。这可能暗示了某种不同寻常的历史理解。或许，王安忆的《长恨歌》即是一个例证，除了王安忆个人的兴趣转移，人们还有理由从一个更大的范围予以考察：当今的文化语境之中，昔日的帝王和英雄隐没了，宏大的叙述正在分解，种种闲言碎语登堂入室，女性和城市走向现实的前台——这一切难道不是在召唤一个深刻的解释吗？

注释：

①王安忆：《男人和女人 女人和城市》，见《中国当代作家面面观》，时代文艺出版社1991年版。

②齐红 林舟：《王安忆访谈》，《作家》1995年第10期。

③参见爱·缪尔：《小说结构》，《小说美学经典三种》，上海文艺出版社，1990年版。

④同②。

⑤参见伊恩·P.瓦特：《小说的兴起》，三联书店1992年版。

原载《小说评论》1998年第1期

九十年代长篇小说研究资料

在历史的"阴面"写作

——试论《长恨歌》隐含的时代意识

陈晓明

文学作品与现实的关联是多面且形式多样的。固然那些直接反映现实的作品，所有的表象和经验都具有可还原性；但能够切进现实内里的，能表达一个时期的更为内在的心理意识的文本，往往不是那些直接表象，而是文学作品的一些情绪，故事性的逻辑结构，讲述故事的方式，甚至一些修辞性的描写。这些东西并非具有现实的直接性，但却可能是真正印下一个时期的精神纹章，隐藏着作家这个叙述主体的心理意识。由此可以让我们把握住这样一些时期的精神实质，这些时期的历史主体的"心情"。

也是因为带着这种认知文学作品的观点，本文去读解王安忆的《长恨歌》，试图发现一些与时代特殊关联的蛛丝马迹，去解开这个时期文学作品与现实关联的方式，也去解开这个时期作家（这个特殊知识分子群体）具有的精神状态——或者说时代意识。当然，我承认我的这种理解方式是被逼无奈，像《长恨歌》这样的名著，已经被经典化，研究谈论它的文章汗牛充栋，谁还有能力有胆量去碰王安忆这样的"海上传人"呢？除了走旁门左道，外埠人如何能走进海上生动奥妙的胡同呢？

因此，本文选择从"历史的阴面"进入《长恨歌》这部不凡的作品，以期能进到文本的深处，进到那个时期文学的深处，或许也能触碰到当下中国文学的一些难言之隐，这当然是奢望了。文学批评，对于我来说，只是尝试接近作品的一种方式，我相信文学，它会敞开一个世界以及一个逝去的时代。

中国当代文学史资料丛书

一　阴面、暗处，何以成为一个问题？

王安忆在《长恨歌》开篇里对上海的描写，那是与外滩完全不同的上海弄堂的景观：

> 站一个至高点看上海，上海的弄堂是壮观的景象。它是这城市背景一样的东西。街道和楼房凸现在它之上，是一些点和线，而它则是中国画中称为效法的那类笔触，是将空白填满的。当天黑下来，灯亮起来的时分，这些点和线都是有光的，在那光后面，大片大片的暗，便是上海的弄堂了。那暗看上去几乎是波涛汹涌，几乎要将那几点几线的光推着走似的。它是有体积的，而点和线却是浮在面上的，是为划分这个体积而存在的，是文章里标点一类的东西，断行断句的。那暗是像深渊一样，扔一座山下去，也悄无声息地沉了底。那暗里还像是藏着许多礁石，一不小心就会翻了船的。上海的几点几线的光，全是叫那暗托住的，一托便是几十年。这东方巴黎的璀璨，是以那暗作底铺陈开。一铺便是几十年。如今，什么都好像旧了似的，一点一点露出了真迹。①

就这部小说的开篇来说，王安忆对"暗"——阴面的、隐性的上海城市面向的描写，实则就是对老弄堂（或者说老上海弄堂）的描写，充满了眷恋和欣赏。她几乎是要拨开光明、亮堂来感知和触摸那些暗影和阴面，也几乎是在这样的时刻，她欣慰地触摸到老上海的魂灵，它真正生生不息的命脉。另一方面，我们也不难体会到，王安忆对新上海——点和线、光和亮的新上海掩饰不住的揶揄。这是执拗地要把两个历史时期重叠在一起的表意方式，是对逝去、再现、到来的应急的思索。

一个是暗的、阴面的、隐藏在光亮底下的逝去的上海，它是有根底的、有历史的、有内涵的上海；因为它不在明处，实则也是幽灵化的上海。王安忆如此坚定执着地要把那个老旧的上海，已经被光亮的华美的上海所遮蔽的旧上海呼唤出来——她知道这不是一件轻松的事情，她几乎是运足了底气，要从那"深渊般的"暗处把它召唤出来，这如同是在召唤一个逝去的幽灵。当新上海正在兴起（欣欣向荣）时，王安忆却有些眷恋这个幽灵般的隐藏在暗处的上海。20世纪90年代中期，这样的怀旧是何种心理？老旧的上海是如此让人难以释怀？

《长恨歌》出版于1995年，写作时间应该在90年代初的几年。时间正值上海开发浦东进入如火如荼的阶段，上海大有压倒深圳成为中国经济起飞的龙头之势。但是社会的心理意识变化却远比经济发展来得更为缓慢和复杂，文学作品显然是时代情绪直接的也是微妙的表达。在时代的深刻变化与上海的发展机遇重叠的时空中，敏感的王安忆当然有自己的领悟。

90年代初，王安忆在她的一次谈话中表白说她的"世界观、人生观和艺术观已经很成熟了"②。陈思和先生据此再加上王安忆"一系列既密集又重大的小说创作"，从中读解出中国当代精神领域一个不容忽视的信息："在九十年代文学界的知识分子人文精神普遍疲软的状态下"，"仍然有人高擎起纯粹的精神旗帜，尝试着知识分子精神上自我救赎的努力"③。按照陈思和先生的看法，90年代初王安忆完成的三部曲《叔叔的故事》《歌星日本来》《乌托邦诗篇》，是在营造"精神之塔"，"及时包容汇集了社会转型过程中各种最主要的或者次要的声音，使这座精神之塔成为个人精神的纯净性与时代精神的丰富性紧密结合在一起的艺术表现对象"④。陈思和先生是在90年代后期写下这些文字，他对"精神之塔"的向往，也寄寓了当代相当一部分知识分子对重建时代意识的期许。

一个作家的"精神之塔"的建构无疑是依赖长期持续的创作来完成的，也是由其全部作品的丰厚思想内容、艺术创造和美学风格来呈现的；但所有的整体都是由局部一点点来形成的，某些代表作品无疑更为充分地体现了作家精神性的重要内涵。也是基于此种认识，我试图去看《长恨歌》这部作品对"暗"、对"阴面"的书写，对于这部作品的精神性价值意味着什么？对于王安忆的"精神之塔"的建构起到什么样的作用？对于王安忆与90年代的社会（现实）又有什么样的关联意义？

《长恨歌》发表后有一段沉寂，随后口碑暗暗传颂，好评的高潮在2000年第五届茅盾文学奖到来。《长恨歌》的获奖评语如是写道："体现人间情怀，以委婉有致、从容细腻的笔调，深入上海市民文化的一方天地；从一段易于忽略、被人遗忘的历史出发，涉足东方都市缓缓流淌的生活长河"；"一种具有普遍意义的人间情怀洋溢在字里行间，渐渐地浸润出了那令人难以释怀的艺术的感染力"⑤。这里有几个关键词读来颇为值得玩味："被人遗忘的历史"当指王琦瑶当年寄居于"桃丽丝公寓"的旧上海年代，那段历史已经被新中国的雄健历史所遮蔽；"弄堂文化"也为轰轰烈烈的革命的上海和变革的上海所放逐，故而远离"时代主潮"。这样的"旧上海"只能是从生活长河"缓缓流淌"而来，其美学效果也只能表述为"渐渐地浸润出……"尽管王琦瑶从"旧社会"的上海到了新社会的上海，但她始终是表征着旧上海的生活，她根本就是，一直就是躲在暗处（阴面），若隐若现，不见天日。她怎么能不被遗忘呢？现在，王安忆以她敏感的天性，以她对文学特有的视角，看到了历史的暗处／阴面，以她"委婉有致、从容细腻的笔调"，呼唤"人间情怀"，呼唤王琦瑶出场。

这个出场困难且有顾忌。王安忆除了站在高处看上海的"低处"，看到那隐藏在弄堂里的暗，看到被光遮蔽的阴面，这才能看到历史深处的王琦瑶。要把她召唤出来，那就是要让她从历史的暗处复活，随之复活的是全部的老上海的生活。《长恨歌》有一段描写王琦瑶到电影片场，看到一幕拍电影的场景，小说叙述说："王琦瑶注意到那盏布景里的电灯，发出着真实的光芒，莲花状的灯罩，在三面墙上投下波纹的阴影。这就像是旧景重现，却想不起是何时何地的旧景。"于是，王琦瑶再把目光移到灯下的女人，"她陡地明白这女人扮的是一个死去的人，不知是自杀还是他杀"，"奇怪的是，这情形并非阴森可怖，反而是起腻的熟"⑥。关锦鹏执导改编的电影，也是选取这个场景作为电影的开场，可见其暗示与伏笔的功能。这一段叙述反复强调"熟"，甚至"起腻的熟"，固然这是王琦瑶的视点和感觉，但王安忆何以要把这个场景给予王琦瑶，并要让她觉得"起腻的熟"呢？王琦瑶的"熟"，无疑是王安忆埋下的伏笔，王琦瑶在四十多年后临死时才又想起这个场景，这才明白她当年觉得"熟"的缘由，但这就是宿命论或者神秘主义了。这一套路数并不是一向的唯物论者王安忆所擅长的，与其说这里是要说服王琦瑶觉得"熟"，不如说王安忆是要说服她自己觉得"熟"。这样的场景只是听说过，只是在传言里或老画报上瞭过一眼，何曾能到"熟"的地步呢？王安忆多少有些故作惊人之论：这是"起腻的熟"的啊，何以我们都遗忘了呢？现在王安忆要讲述的这个故事，绝不是虚构的，而是上海人耳染目睹、耳熟能详的往昔。

这样一个暗示了王琦瑶命运的叙事，被忧郁地描写成是阴影里重现的故事，虽然这里出现了光亮，但光亮是在阴影里面敞开的，三面墙上都是阴影，可想那样的光亮实则是被阴影包围的光亮。那是什么样的光亮？只能是"旧景重现"！王安忆在小说开场就要暗示王琦瑶终将死去，这本来是一个人的必然结果，但她要让小说一开始就笼罩在宿命论的氛围里，王琦瑶在那个表演死者的女人身上看到自己未来的命运，而王安忆则在王琦瑶身上看到逝去的（已死的）上海的模糊身影。要让王琦瑶来复活旧日上海，那早已销蚀的往昔的华美绮丽。这实在是一次关于复活、招魂的书写，是一次在暗处、阴面的书写。

二 "海上旧梦"在阴影里的顽强复活

王安忆知道那是隐藏在暗影里的人物和城市，按她的说法，她写了一个女人的命运；然而，"事实上这个女人只不过是城市的代言人，我要写的其实是一个城市的故事"[⑦]。一个女人和一座城市，一个女人就可以代表一个城市，通过写一个女人就可以写出一座城市，这是什么样的女人？除非这个女人就是这个城市的魂魄，或者她是这个城市的幽灵。这个女人的复活，就是这个城市的复活。显然她不是革命的、现代化的、工业主义的、人民性的上海城市的代言人，她是什么样的上海的代言人？她是已经消失的上海，一个过去的弄堂闺阁或现代资本主义兴盛的上海，那其实也只是现代上海的某一片区域。因为它消失，或者只留下痕迹，在那些老街旧弄里还可见一点当年风情。而那曾经浮华绮靡的海上排场早已萎缩成一个精灵，蛰伏于城市的深处？或者蛰伏于城市的梦中？很显然，它在90年代初以来的关于上海的想象中显灵，虽然远没有复活，但一段一段的高光闪回的灵异现象，足以构成隐约可见的旧上海的肖像。

一个人和一个城市，一个人能代表一个城市，那这个人就只是城市的幽灵，是那个／那种城市的幽灵了。这个城市不是别的，甚至不是过去的，只是海上旧梦，只是旧梦重温中被拼贴起来的城市（想想茅盾《子夜》的上海，想想周而复的上海如何不同就足够了）。

这就可以理解，王安忆为什么花费那么多笔墨，几乎反复不厌其烦地去描写上海城市，尤其是弄堂。令人感到蹊跷处还在于，她在叙述中强调这个城市的"暗"，那些阴面的暗影。因为，这个人和这个城市隐藏于此，它／她一起隐藏于此。它／她不能被光亮照彻，不能在明处显现，只能半明半暗，影影绰绰，若有若无，这才真真切切，是更为致命的本质。这个城市被缩小为弄堂——因为它是这个城市的内里的魂灵（它托住它），王安忆对上海弄堂的描写可谓是匠心独运："街上的光是名正言顺的，可惜刚要流进弄口，便被那暗吃掉了"；"上海的弄堂真是见不得的情景，它那背阴处的绿苔，其实全是伤口上结的疤一类的，是靠时间抚平的痛处。因它不是名正言顺，便都长在了阴处，长年见不到阳光。爬墙虎倒是正面的，却是时间的帷幕，遮着盖着什么"⑧。王安忆笔下的弄堂，总是被阴影笼罩住，即使有阳光或亮光，她也宁可写那些阴影或暗处。"暗"所具有的无穷性，如深渊般的不可测定性，那才是真实和虚无，才是历史之幽灵隐身的去处。只有阴面才有历史，才有可把握的生民的、日常的、活生生的历史。或许如陈思和所说，那是"民间的"、"潜在的"、生生不息的历史。它是如此吊诡：它在暗处，在阴面才有历史的生动性，才能自我显灵。

而弄堂进一步缩小为闺阁，前者本来就在暗处，要命的是，闺阁还在弄堂的阴面。关于闺阁，小说一触及这个处所，马上要给予其定义："在上海的弄堂房子里。闺阁通常是做在偏厢房或是亭子间里，总是背阴的窗，拉着花窗帘。"这阴面的窗还嫌不够，王安忆要赋予这个海上旧梦的闺阁更多些的梦幻色彩："梦也是无言无语的梦"，在后弄的黑洞洞的窗户里，"恍惚而短命"，"却又不知自己的命短"⑨。上海的闺阁隐蔽得如此之深，但它距离海上的浮华只有一步之遥，这才是它的魅力之处。王琦瑶的故事就是如此，小家碧玉，摇身一变成为海上美人。王琦瑶成为一个桥梁，连接起旧上海弄堂与浮华海上的关系，这或许是旧上海的自发现代性的特征之一，也是商业资本主义的上海始终具有平民性的缘由。这与老北京老南京的官场权贵建构起城市上层或中心的文化明显不同。也因此，所有关于旧上海的想象，都具有某种平民性或日常性，其回归因此具有更加普遍的可能。90年代，所有城市的怀旧，都不如上海具有魅力，其历史具有魅力固然是一方面，另一方面，它能把弄堂与浮华连接起来也不无关系——因为它与90年代蓬勃昂扬的上海构成了一种隐喻映射关联。

王安忆把上海的弄堂和闺阁这道布景描画得精细微妙，做旧得极其充分时，才让王琦瑶从历史深处款款走来。先是吴佩珍，后是蒋丽莉，她们与王琦瑶卿卿我我地制造青春往事；弄堂、学校、片场、照相馆；上海小女子的友情、小心眼、心气、烦恼；等等，都被王安忆写得如歌如画且淋漓尽致。如此微妙，又如此坚韧；如此善解人意，又如此捉摸不定；似梦似幻，又如此清晰逼真。

这个从海上旧梦中走出来的女子，历经了20世纪的沧桑，然而，王安忆此番的书写却有着她的独特之处。她并不是让她的故事深深地嵌入20世纪的历史动荡之中，而是让她置身于历史的边界，让历史在她身上投下一道阴影。与其他对20世纪历史控诉性或颠覆性的书写不同，20世纪的历史暴力在她身上划下几道伤痕——这当然是不可避免的，但她却能规避历史的强大暴力，她的故事几乎是完好无损地保持了旧上海的故事。王琦瑶的故事不是与历史冲突的故事，而是与男人的故事，准确地说是与旧式的上海男人的故事。看看那些历史变故的支撑点——李主任、程先生、康明逊、萨沙、老克腊，这几个在王琦瑶肉体上留下印记的男人，都是老上海的传人。这是用情爱包裹历史的做法。中国当代的历史叙事习惯于用历史牵引家族争斗，而王安忆用情爱来覆盖历史，这倒是她的独到贡献。这确实是有些蹊跷，当然更是巧妙。李主任自然不用说，他是旧上海集白道黑道于一身的大佬式的人物，旧上海所有的社会关系的复杂性通过这个人物得到了高度概括。后来的康明逊，那是旧上海工厂主家里的花花公子，革命竟然未能去掉他的旧上海的派头，当年的西装革履，现在换成了一身蓝卡其人民装，但"熨得很平整；脚下的皮鞋略有些尖头，擦得锃亮；头发是学生头，稍长些，梳向一边，露出白净的额头。那考究是不露声色的，还是急流能退的摩登"。懂得时尚风情的王琦瑶"去想他穿西装的样子，竟有些怦然心动"[⑩]。

王琦瑶虽然生活于新中国，但她的生活小天地却还是旧上海的延续。然而，"外面的世界正在发生大事情，和这炉边的小天地无关。这小天地是在世界的边角上，或者缝隙里，互相都被遗忘，倒也是安全的"[⑪]。他们是"半梦半醒的人"，因为他们活在旧上海的时光里。王琦瑶家的一方小饭桌，承接了旧上海昔日浮华和家长里短的流风余韵。再加上严师母和萨沙，这样就全了，旧上海的日常生活、娱乐、浮华、心思、记忆都有了。这就可以理解，在那样充满历史暴力，足以使人颠沛流离的40年代末到80年代初，王琦瑶虽然心灵上伤痕累累，但她基本上（从外形上来看）还是完好无损的，那个小盒子竟然也完好无损。因为藏着那个小盒子，她的现在始终和旧上海的历史联系在一起。

王琦瑶与其说和这几个男人发生情感和肉体的纠葛，不如说始终在和旧上海发生关系，这样的纠葛让旧上海一点点复活，历史在变，但都有旧上海的男人在场，革命的强大的历史反倒是背景，旧上海情爱与生活反倒始终在场。

王安忆显然并不是有意识地设想，在革命的光天化日之下，另有一道阴影是革命的亮光不能照彻的地方，有那种历史隐藏在这个世界的阴面，它总是会隐约显现。这就可以理解，在讲述王琦瑶的故事中，所有关键的时刻，所有最为吃劲的时刻——要建构起当下性的时刻，那道阴影总是如期而至。因为这样的时刻要归属那个历史谱系。借助康明逊的视点去破解王琦瑶的秘密，从她身上看出昔日的华美。王琦瑶的一举一动都有一种时光倒流的意味："灯从上照下来，脸上罩了些暗影，她的眼睛在暗影里亮着，有一些幽深的意思，忽然地一扬眉，笑了，将面前的牌推倒。这一笑使她想起一个人来，那就是三十年代的电影明星阮玲玉。"康明逊在琢磨王琦瑶是谁的追忆中，就感受到"这城市里似乎只有一点昔日的情怀了"，有轨电车的声音也使康明逊伤感满怀。"王琦瑶是那情怀的一点影，绰约不定，时隐时现。"⑫所有当下发生的情感与事件，都归属于历史，归属于旧上海。

康明逊的怀旧有着弗洛伊德意义上的童年经验，这个二妈所生的工厂主的独生子，从王琦瑶身上竟然看到了二妈的背影。对二妈的怜悯和嫌恶，如今都转化为对王琦瑶的眷恋。康明逊带出了旧上海生活的创伤性的内里，它与王琦瑶过往的浮华表面相映成趣，实则也成为王琦瑶的故事的另一种说法，延续下来的还是旧上海的故事。故事到了50年代，新中国退居到了幕后，连隐约的面目都没有，旧上海的故事则是演绎得有滋有味——"那样的场景里，总有着一些意外之笔，也是神来之笔"⑬。这些场景就是那些阴影漂浮情境，都是"神来之笔"。屋里的灯光投下的不是亮，而是暗，影比光多。于是两人偎在沙发上，"看着窗帘上的光影由明到暗"，房间里黑下来，他们也不开灯，"四下里影影绰绰，时间和空间都虚掉了，只有这两具身体是贴肤的温暖和实在"⑭。王琦瑶和康明逊都罩在暗影里，也就是罩在旧上海的影子里，他们两人如此心心相印，惺惺相惜。只因为他们共同生活在旧上海，他们与眼下的现实无关，也与未来无关（王琦瑶说想都不用去想）。在康明逊眼里，王琦瑶就是过去时代的复活，他的二妈的背影重现。王琦瑶那个小屋里，复活的是旧上海的生活，情爱方式和全部的心理，都属于过去的时代。

康明逊的这一页历史翻过去了，到了老克腊的时代。按王安忆的说法，王琦瑶已经是寄居在别人的时代里，那是张永红、女儿薇薇、长脚的时代，但实际上何尝真的是如此呢？老克腊年纪轻轻却有着浓重的怀旧情绪，他其实是一群时髦朋友中的默默无闻的一个，看来老克腊的怀旧和寂寞的分量不轻，要不是这做旧有底色，那些新潮一钱不值。也是有这新潮做背景，老克腊的做旧才有古董一样的价值。在小说叙事的推进中，老克腊实则承续了康明逊的角色，但康明逊是自然的恋旧，他有着二妈的童年记忆做底，老克腊却是要靠想象。他把自己想象成四十年前的冤死鬼，"再转世投胎，前缘未尽，便旧景难忘"⑮。他走在上海的马路上，恍惚间就像回到了过去，"女人都穿洋装旗袍，男人则西装礼帽，电车当当地响"，"他自己也就成了个旧人"。

正是通过老克腊的态度和视点，王安忆把八九十年代改革开放的新上海再一次做成了背景，就是在这样的时期，上海真正有魅力的是旧上海的遗迹。老克腊习惯在上海西区的马路常来常往，有树荫罩着他。"这树荫也是有历史的，遮了一百年的阳光"，"他就爱在那里走动，时光倒流的感觉"。如此怀旧的老克腊穿越时光恋上四十年前的上海小姐，这就变得不那么荒谬了，甚至演绎成这个时代最为动人的故事。老克腊的怀旧，那还只是对街景、旧物、老音乐的抚物追昔，王琦瑶的出现，这才让他的怀旧有了更为清晰的对象。"她就像一个摆设，一幅壁上的画，装点了客厅。这摆设和画，是沉稳的色调，酱黄底的，是真正的华丽、褪色不褪本。其余一切，均是浮光掠影。"⑯老克腊看到王琦瑶就看见了三十多年前的那个影。然后，"那影又一点一点清晰，凸现，有了些细节"⑰。当然，这才触及旧时光的核，穿越时光的爱才能使老克腊的怀旧刻骨铭心，也才能使王琦瑶带着旧日的魅力在她寄居的时代显现价值。一个是回忆，一个是憧憬，"使得他与王琦瑶亲近了"。

怀旧的叙述从容典雅，但是情爱的经验却糟糕透顶。小说叙述说，又有一夜，老克腊来找王琦瑶，他们俩上了床，后来，"月亮西移了，房间里暗了下来，这一张床上的两个人，就像沉到地底下去了，声息动静全无。在这黑和静里，发生的都是无可推测的事情"⑱。小说临近结尾几乎是急转直下，王琦瑶露出老态，老克腊的怀旧并不彻底，更不纯粹。王琦瑶终至于被长脚掐死，这一悲剧性的结局对前此的怀旧的美好，围绕王琦瑶的三四个男人的深情眷恋来说，实在是破灭了海上旧梦。既然编织了一个美妙诱人的怀旧之梦，何以又要让它破灭？那道阴影不只是在做旧，标示着海上旧梦的模糊与不可能，同时始终给予怀旧以宿命论的意味。一个复活海上旧梦的故事，与一个女人的一生的悲剧纠缠在一起，最后是一个女人的故事压制了怀旧的叙事，怀旧终将露出不可能的底色，除了那道阴影，还有什么样的内涵？

三　重复的阴影，历史与修辞

王安忆对海上旧梦的书写，何以在那些关键时刻总是要笼罩一片阴影？这些阴影、暗处或阴面反复出现，它们肯定是有意为之的修辞，或是不得已为之的修辞。固然，任何小说在叙事中都可能出现对阴影、阴面、阳光、光线、昏暗等之类的描写，但像《长恨歌》这样如此明显、刻意、详尽地描写阴影、阴面或暗处，还不多见。问题同样在于，它在文本中占据着某种中心化的位置，它在那些关键性的、重要的时刻出现。如果做些简单归纳推论，"阴影""阴面"或"暗处"或许可以归结出以下一些要点：其一，它们制造了一种怀旧气氛，给予了一种历史的距离感。其二，它们暗示了一种宿命论的意味，它表明这样场景注定要转向悲剧性。其三，它们包含着欲望与已死的本性，那些场景总是散发着情欲感，情欲具有向死的本性，它们连接着死亡。其四，幽灵化的本性。为什么要在阴面出现，为什么那些故事总是要从阴影里出来，又在阴影里消失？

固然围绕分析阴影的修辞性表述，我们也可以建立起一套关于这部小说的丰富多样的文本组织结构，但本文的目标不在于此，更愿意去读解它（及其作家）与时代的关系。或者如米勒的《小说与重复》做的那样，"向熟悉的文本提出当代问题，来重新激发它们的活力，如是澄清文本，深化它们的神秘内涵"[19]。

这样我们也试图去提问："阴影"与王安忆书写《长恨歌》的90年代构成什么关系？为什么王安忆在90年代中期讲述这个故事，会有意识地描写阴影？王安忆对"阴影"表征的叙事持何种态度？

当然，阴影首先笼罩在王琦瑶身上，构成了王琦瑶存在的氛围，这使王琦瑶的形象代表了旧上海这个城市的记忆。这就应了王安忆的说法，她是想通过一个女人来写一座城市。有王琦瑶在，就有阴影在，她的身影投在这个城市上面，让城市显出昔日的幽暗，也透出昔日的内涵。这道阴影其实就是一道纽带，把王琦瑶和城市捆绑在一起。王琦瑶带来的是旧上海，在阴影底下复活的旧上海。其根源则在于90年代初开始的怀旧文化，在这场没有方向感的怀旧运动中，只有上海有方向感，它要作为怀旧运动的领头羊，因为上海的怀旧才有历史依据。它的怀旧可以与新上海连接起来，甚至可以说，上海的怀旧是因为新上海的崛起。

何以王安忆也卷入怀旧？这是令人奇怪的。从王安忆过去的创作来看，她并不倾向于怀旧，甚至她不会／不能怀旧。90年代初的《叔叔的故事》《乌托邦诗篇》《纪实与虚构》，可以看作历史反思，其思想资源和动力可以在当代思潮中找到依据。其对革命史的关注，依然可以纳入革命／后革命叙事的范畴之内。但是《长恨歌》在王安忆的所有创作中很特别，不只是她讲的故事，而是她讲述故事的态度，她讲述的故事的面向——她并不反思历史，她愿意欣赏做旧的历史；她的故事可以面向败落的已死的历史。这在王安忆其实是很例外的。

"阴影"的本质就是时间，就是历史距离感。王琦瑶在18岁时就领悟到这一点。在等待李主任的日子里，"她不数日子，却数墙上的光影，多少次从这面墙移到那面墙。她想：'光阴'这个词其实该是'光影'啊！她又想：谁说时间是看不见的呢？分明历历在目"[20]。这里写的是寂寞，却道出了"光影"（其实也是阴影）表征的内涵。这种时间感不只是王安忆赋予王琦瑶的，也是王安忆赋予自身的，她要与那种历史拉开距离，她不愿意身陷其中，用阴影遮住、保持距离，不失为一个聪慧的策略。在这样的时刻，叙述人王安忆变成了一个旁观者，阴影把历史他者化。她想强调那是历史本来的面目，历史就是包裹在阴影中，只有阴影中的历史才是苏醒过来的历史。她想藏得更远些，让他者的历史从深处走来，但又总是在远处，在别处。他者的历史不能靠近看，始终不能清晰地看，阴影总是如期而至。终至于结尾处，王琦瑶要以悲剧了结，就像老克腊和王琦瑶，他们两人在床上，"沉到地底下去了，声息动静全无"。

王安忆何以要对王琦瑶最后的结局施以厄运？一直美艳动人的王琦瑶，最后就像一张旧报纸一样被揉成一团而后废弃。在长脚的眼里，王琦瑶又老又丑，守着那个木盒子，她就该死。王琦瑶和海上旧梦在老克腊和长脚的介入下破灭了，这只能说王安忆对于"海上旧梦"并无真正的眷恋，对于王琦瑶这样的人物也没有发自内心的喜欢，她只是看这个人物，她更愿意把她"他者化"，就这一点而言，王安忆显然没有女性主义的姐妹情谊。王琦瑶勾起的不过是与当时的怀旧心理有可能契合的旧上海的生活。一个作家对历史和现实要把握住的坚实性，只有把自己全部投入进去，只有全部的情感才会完成这个人物的生命完整性。王琦瑶后来被掐死，她想起的是早年片场的电影拍摄现场那个死去的女人，随后的叙述是："再有二三个钟点，鸽群就要起飞了……"似乎王琦瑶是注定了要被到来的时代抛弃的，她本来就不属于她所寄居的时代。

当然，并不是说在小说结尾女主人公死去就是作家对她不同情，缺乏爱或悲悯。安娜·卡列尼娜最后也卧轨自杀，苔丝（哈代《德伯家的苔丝》）也被施以死刑，包法利夫人也死去，凯瑟琳（《呼啸山庄》）也不得善终……所有这些，其实是可以从字里行间透示出叙述者的情感、态度和悲悯的程度的。王安忆曾谈到过这部小说的结局，她说道："女主角的结局十分不堪，损害了她的优雅，也损害了上海的优雅，可是倘没有这结局，故事就将落入伤感主义，要靠结局来拯救，却又力量单薄，所以，略一偏，就偏入浪漫爱情小说，与时尚合流。"这是王安忆后来解释她当时创作时的经验，她想用悲剧来给予这部作品以命运的重量，她不愿意落入"感伤主义"，这是因为她对复活王琦瑶和"海上旧梦"不信任，故而才有她对结局的如此处理。

事实上，对于王琦瑶这样的人物，对于怀旧，王安忆后来的怀疑和反思更为彻底。十多年后，她甚至全盘否定《长恨歌》。2008年，李安根据张爱玲的小说《色·戒》改编的同名影片在大陆热映，有媒体报道，王安忆在与法国龚古尔文学奖得主葆拉·康斯坦一次文学对话时说，她在获得茅盾文学奖的小说《长恨歌》中，写了上世纪40年代的老上海，招致很大的误解和困扰。"由于对那个时代不熟悉不了解，这段文字是我所写过的当中最糟糕的，可它恰恰符合了海内外不少读者对上海符号化的理解，变成最受欢迎的"，王安忆抱怨说，"《长恨歌》长期遭遇误读，几乎成了上海旅游指南"[21]。一个作家如此批评甚至否定自己的作品，还不多见。其勇气固然可嘉，但里面还有什么奥妙？在2008年为出版的《白玉兰文学丛书》作序时，王安忆详细解释自己对《长恨歌》的看法，她对第一部王琦瑶的"沪上淑媛"的那一章的描写表示了"不如人意"的看法，认为是"想当然"的结果，觉得它被"安在潮流的规限里，完全离开小说的本意"，她认为重要的情节发生在第三部，去写王琦瑶如何与下一辈人邂逅，"在人家的时代里，就好比寄人篱下"。她同时表示，第二部虽然是一个过渡，但是却是写得最为称心的部分，她认为这和感性有关。她说道："六十年代，在我是知觉初醒，人和事渐渐浮向水面，轮廓绰约，气息悠然弥散，无处不至。这一部，一旦开头便从容而下，就像自己会生长一样，枝叶藤蔓盘错。这是写作中最好的状态，所有的人物都在自由活动，主动走向命运。我被自己所感动。"[22]

当然，这是作家对自己作品的解释，但作家理解自己的作品未必十分准确。第二部写得确实好，邬桥的故事，平安里的故事，与康明逊的情爱，这些都写得有声有色，自然舒畅，委婉有致。但第三部写得未必理想，尽管王安忆认为它重要，下了大气力。寄居在别人时代的王琦瑶只是一个摆设，无所适从，却不是王安忆要把握的自觉的"无所适从"，王安忆并不清楚在这个时代王琦瑶这样的人物会干什么，会是如何生活，她甚至也并不能看清这个到来的时代究竟意味着什么。她只是想让王琦瑶重复和康明逊的情爱，却没有什么起色。再次出现的怀旧人物老克腊也显得十分勉强，老克腊与王琦瑶的爱情就很做作，上床及其那么糟糕的后果也是刻意为之，长脚掐死王琦瑶的意外事件也做得不漂亮，王安忆只是强行要把王琦瑶推向悲剧的结局，去呼应开篇片场看到的那个死去的女人的宿命论，当然，也是为了表明对王琦瑶及其怀旧的历史否弃。

王安忆对《长恨歌》复活王琦瑶和海上旧梦有着矛盾的态度：一方面，她怀旧、欣赏去写旧上海的生活，去写有旧上海品性韵致的王琦瑶；另一方面，她不愿意全身心投入海上旧梦，她骨子里不能全盘接受王琦瑶这种人，她们不是一路人。尤其是事过境迁，王安忆看到自己描写的海上旧梦被作为怀旧的典型，甚至被作为海上旧梦的导游手册，这让她十分不满。实在是既有今日，何必当初？王安忆则认为是读者对她的这部作品的误读，虽然她自己也承认她有对那段历史的想当然之嫌，但被"安在潮流的规限里"，是谁来安放？王安忆自己难道没有对90年代初方兴未艾的怀旧潮流有意接近吗？

王安忆一直有着对潮流的敏感，虽然她未必是潮流的领路人，但她决不会落下80年代以降的哪一拨潮流，因为她是一个有现实感的作家。这没有什么不好，这恰恰是她的优势。但问题在于，90年代初的中国的思想情境是一个不置可否的空场，知识分子全体实际上是失去了方向感。虽然1992年之后有一些知识分子的声音还是很响亮，例如，批王朔、批《废都》，重新倡导启蒙，张扬人文精神，等等。但整体上来说，这一时期中国思想界没有未来的方向感，也没有明确的现实肯定性。比如：强调放弃思想史而重建学术史、回归传统、整理古籍，总算与主导意识形态的"爱国主义"并行不悖；娱乐文化在重新建构红色经典叙事，等等。所有这些，顺理成章就培养起全社会的怀旧情绪。90年代初中国社会弥漫着怀旧情绪，这与80年代的实现现代化、团结一致向前看完全不同。然而，90年代初再难有中心化的和整合性的思想意识。事实上，社会已然分化为三元格局：主导的思想意识、知识分子的文化立场、民众的当下利益选择。1992年似乎是一个分界线，以经济建设为中心成为中国现实发展的道路。对于民众来说，当下已然清晰，无须往前看——因为未来普通人左右不了；90年代初刚滋长起来的怀旧情绪则成为人们乐于保持的心态。不再有宏大的观念性的询唤，也没有对未来的执着期许，怀旧或许是填补空洞情怀的恰当材料。90年代初的知识分子张扬学术史而贬抑思想史，认为80年代崇尚思想史导致了激进主义盛行，此一思想脉络可以追寻到现代以降的激进革命理念[23]。这些情绪和思想意识都延展到90年代上半期。

　　90年代初民众向后看的怀旧情绪[24]，知识分子的转向传统和整理学术史的保守性立场，所有这些都铸造了90年代上半期的文化情境——其本质是缺乏现实坚实性和未来面向的彷徨场域。王安忆身处这样的场域，她当然不能超出历史，她在1995年出版的《长恨歌》里在一定程度上要重构"海上旧梦"，也并不奇怪。但这并非王安忆所愿——如前所述，那道反复降临的暧昧的阴影可为佐证，这是时代情境使然；一旦事过境迁，王安忆必然醒悔，因为她是"共和国的女儿"。

四　"正当性"的焦虑或阴面的历史寓言

　　2004年，王安忆和张旭东教授进行了一场十分深入的对话，话题涉及文学创作和当代文化的诸多方面，见解鲜明犀利。其中谈到高行健自诩是"纯粹的、普遍的、自由的个体"，王安忆则认为，自己并没有那么纯粹，"我恐怕就是共和国的产物，在个人历史里面，无论是迁徙的状态、受教育的状态、写作的状态，都和共和国的历史有关系"。据王安忆披露，台湾的媒体或知识界给她起的外号就叫"共和国的女儿"。王安忆不无赞同地表示："'共和国'气质在我这一点是非常鲜明的，要不我是谁呢？"张旭东高调赞许说："你的文学也是一种共和国的文学，共和国的政治、文化、日常生活经验在文学里面的一个结晶。"㉕

　　显然，这里不能过度阐释，这里有高行健和台湾的语境，王安忆只是强调在中国不能抹去"共和国"的影响，她并不是要自我标榜为"共和国的女儿"。但是她承认她身上有鲜明的"共和国"气质。什么是王安忆的"共和国气质"呢？首先，那就是承认自己是共和国的产物，按张旭东先生的看法，"产物就是成果"，这一定义在张旭东先生的论证中向着政治认同转发，张旭东先生说："在文化史的意义上，对正当性是一个印证，正当性就是这样建构起来的。"这个"正当性"的概念相当复杂，我以为这几个层面是需要厘清的：其一，因为产生了王安忆这样的作家，共和国的存在是正当的，因为王安忆必然是共和国的成果。其二，王安忆这样的作家认同共和国是正当的，既然是其成果，岂有成果不认同母体之理？其三，正当性是唯一性的，正当性的根源是正义，而正义具有绝对性。对于一种历史存在来说，对于王安忆认同共和国这一政治选项来说，认同是正当的，不认同是不正当的。其四，也是基于这一逻辑，张旭东先生以法国作家与共和国的关系为参照，批评了那些不敢承认自己是共和国产物的作家，那些企图撇清自己与共和国关系的作家，以及那些试图标榜自己是自由个体的作家。

　　很显然，在以法国作为参照标准这一点上，王安忆还是有些犹豫，对话语境出现了一点小小的分歧，这里可以看到王安忆的审慎。但是张旭东先生的理论语境起了支配作用，在政治认同这一点上，王安忆几乎是宣誓般地表达了她的立场："别人说，因为我父母都是南下干部的关系。我不晓得。我不敢说，但其实我很想说，我是人民的作家。像张承志就可以说，他是伊斯兰教的作家，还有李锐，他们有更多的权力，因为他们对这个国家有更自觉的关怀。还有莫言，他肯定敢说，他是农民的作家。我觉得，莫言的小说始终坚守农民的立场，这个立场将他与其他同是农村出身的作家，有力地区别开来。"㉖

　　尽管张旭东先生说的"正当性"的逻辑自恰性还可再讨论，但他第一次把一个严峻的问题提到了作家面前，让作家无可回避。当王安忆说出自己是"人民的作家"时，不能说是张旭东先生的理论语境促使她做出这种抉择，她溯本求源，在她自己的血脉（家庭伦理）里找到这种依据。在"共和国"和"人民"这两个概念之间，王安忆选择了后者这个更为习惯的"低调的"概念。

这就可以理解，多年之后，王安忆对于被定位于上海怀旧指南的《长恨歌》表示了不满，对倾注笔墨书写王琦瑶这种分明是资产阶级文化遗产的人物表示了反省。问题的实质在于，并不是"怀旧"让她有一种被误读的不快，根本上是"怀旧"和王琦瑶的历史／政治属性与她潜意识中政治认同有分歧。王安忆说出"人民的作家"肯定不仅仅是在与张旭东教授对话的语境中形成的，她的潜意识中一直就有如此抱负。

这样对小说叙事中重复出现的"阴影"就可以有更深一层的理解。阴影当然不只是怀旧，不只是要与怀旧拉开距离，还有在本质上的不认同。那种旧上海、那种上海的女人，王安忆骨子里是不能完全欣赏的。根本在于，那是没落的、已死的、被历史压抑的过去，或者说，那是在历史的阴面的写作。王德威先生据《长恨歌》第一部分的叙述十分精当地指出"不能脱出张爱玲的阴影"，试图认定王安忆为张爱玲的"海派传人"㉗。王安忆如何能甘心罩在"阴影"里？她有更大的抱负。

90年代初及整个上半期，其实知识分子看不到历史的肯定性，也不能全部认可"正当性"，他们更愿意选择对历史的反思与怀疑。陈忠实创作《白鹿原》，那是对革命历史叙事进行深度改写，企图寄望于乡土中国传统文化，却又在乡土的宗法制文化中看不到希望，甚至是更深的绝望（例如，鹿三杀死田小娥，也杀死了她肚子里的白嘉轩的长子白孝文的孩子）。贾平凹的《废都》对90年代的知识分子精神状况作了一个极限性的反映，固然我们可以说庄之蝶未必是现代知识分子的典型代表，他更像是传统中国文人在当代的替身。但不管如何，《废都》相当深入地反映了90年代初的文学对现实的极度迷惘的态度。再如莫言的《酒国》《丰乳肥臀》，对现实的喜剧性的揭露与对乡土中国历史的悲剧性再现，都带有彻底性，那是基于一种无望的情绪才可能有的决绝态度。或者如王朔和王小波，前者宣称"千万别把我当人"，以表示另类姿态；后者则以完全逃离的方式寻求消极自由。尤其是那篇《我的阴阳两界》，王二只有在阴面才能感受自己的自由，这就与现实化作出截然的区分。直到1998年，刘震云还出版四卷本的《故乡面和花朵》，这是90年代绝无仅有的关于未来的作品，然而，它对未来却极尽嘲讽之能事，除了混乱的变了质的流窜到城市的乡土盲流，哪里有什么未来呢？90年代上半期的中国文学，不再能像80年代的那样，站在所谓"思想解放"的前列，"团结一致向前看"。至少在整个90年代上半期，中国当代文学与现实有着深刻的裂隙，失去现实肯定性的中国作家当然不会去打开未来面向，而是在"无地"彷徨，站在历史的阴面，去审视历史，回避现实。

即使敏感如王安忆，在90年代上半期，也把自己"安在潮流的规限里"。在那个时候她并没有心悦诚服这一潮流，王琦瑶悲戚地死了，而且是被长脚掐死了。长脚何许人？这个号称去香港继承遗产的人，实际上是坐人家的三轮车去洪泽湖贩水产的小贩。但是，谁能保证日后的一些个体户，再往后的民营企业家（如马云、俞敏洪、潘石屹们）不是从他们里面诞生的呢？长脚们难道不是市场经济的先驱吗？何以是长脚们在道德上被审判呢？固然，长脚只是小说中一个随意的个别人物，但是，为什么不是老克腊弄死王琦瑶？或者不是王琦瑶自杀了结呢？再或者，不是谁谁（如程先生）偶然误杀了王琦瑶呢？比如过马路的车祸之类？但是长脚——这是小说中唯一与90年代跃跃欲试的个体经济相关的人物，这个群体后来创造了中国50%以上的GDP产值。某种意义上，90年代乃至于新世纪，这个群体创造了中国新经济的神话，他们顽强地从"共和国"的企业的残羹剩汤里面发掘出国民经济的活力，这未尝不是现实的和未来的肯定性。在王安忆的笔下，长脚不幸只是扮演了一个骗子无赖瘪三的角色。

在90年代中期，中国作家，乃至于中国知识分子群体，都不可能从"长脚们"的身上看到现实的肯定性，也看不到历史的正当性，更不可能看到未来。大多数人到历史中去表达迷惘，王安忆却试图面对现实，但她并没有看清现实的未来面向。因为看不起长脚，于是也看不到未来，至少是将一种最有活力的未来丢弃了。事实上，自90年代以来，长脚们就充当了中国知识分子批判"非正义"/"非道德"/"非正当性"的主要对象。在当代文学中，这些人从来没有扮演过正面角色，它们的历史永远被滑稽化/污名化。王琦瑶的历史与长脚的现实几乎同归于尽。确实，1995年写作《长恨歌》的王安忆也被那些"阴影"遮住了聪慧的目光，因为她也站在历史的阴面。也正因为此，王安忆不甘于被阴影遮蔽，她要去除阴影，她在寻找历史中具有未来面向的正能量，那就是从四十年前繁衍至今的鸽群吗？它们是历史的见证，生生不息，永不中断。

王琦瑶死了，"鸽群就要起飞了"。它们从四十年前飞到今天，他们的名字叫"人民"吗？谁解其中味？

事实上，这没有什么奇怪，自现代以来（姑且只推到这个时间段），文学就在阴面书写，所谓审美的现代性就是"反现代性"，就是对现代性的前进性的质疑。正如张旭东先生所说的，左翼文学实际上是"小文学"，它在文学史中只是很小的一个段落，甚至是一个特例，因为它书写前进性和肯定性的心理，书写未来性。但是随着乌托邦的终结，无限的前进性也无法再被书写，只有回望历史，反省／改写或荒诞化。90年代初，中国作家几乎是初次面对非前进性，不是向前看而是向后看。王安忆的《长恨歌》也几乎是初涉"非前进性"的区域，80年代直至90年代初的作品，王安忆实际上都是在"前进性"的意义上来书写的，即使如《叔叔的故事》和《乌托邦诗篇》，反思／批判也并未掩映住她急切地寻求肯定性的心理，她的困扰在于，为什么"叔叔们"的那种前进性遇到挫败？经历了如此这般的困扰之后，她确实有着不可排遣的迷惘，否则她不会呈现那么浓重的反复呈现的阴影，那种可见的甚至可触摸的过去／非前进性。当然，这只是暂时的，如果是有内在性的"非前进性"，可能并不一定需要那些可见的表象和氛围。因为并没有非前进性的自觉意识，或者说思想底蕴，这就需要可见的图像志，把稍纵即逝的思想固定住。

在历史的阴面，王安忆并不能心安理得，对于她来说，还是要回到人民中间，还是要一种"正当性"作底气。正当《长恨歌》获得第五届茅盾文学奖不久，2000年9月，王安忆出版《富萍》，这次是写一个苏北农家女孩，她并没有坚持在弄堂做保姆，而是去到了梅家桥，那是一片建在垃圾场上的破旧的棚屋，这里的居住者是收破烂的、磨刀的、小商贩、糊纸盒子的，以及残疾人……总之是来上海讨生活的社会最底层的外地人，这是大上海城市边缘的另一番景象。《富萍》中大部分篇幅并不在梅家桥，但梅家桥却是富萍后来寻求生活的归宿，她在这里"心境很安谧"。富萍站在锅台边，这时，"房间里暗下来，门外却亮着，她的侧影就映在这方亮光里面"。关键在于，王安忆还是喜欢这种光亮，在光亮里她才踏实。

以敏锐著称的王晓明先生在分析《富萍》时，提出一个问题："《富萍》一共是二十节，梅家桥的故事只是到最后三节才开始，为什么作家要改变那已经覆盖了小说大部分内容的叙述态度，不惜从多面走向单一，从深刻走向浅描？"㉘提问很有见地，回答也很直接。王晓明认为：这就在于王安忆要凭感性和诗情去深入"生活"、摆脱"强势文化"的决心，自然要处处与那新意识形态编撰的老上海故事拉开距离。所谓新意识形态是指"资本主义""现代化""发展""全球化""新经济"，"顶着上述名号的势力沆瀣一气，席卷世界的时候，当它们不但控制了物质的生活，而且深入人心"㉙。不过要对抗如此强大的"沆瀣势力"，只凭借"感性""诗情"或者"浪漫主义"显然是不够的，需要坚定的立场，需要更加强大的、更具有历史背景和当下正当性的思想意识。

关键还是要看站在历史的哪一个侧面。在王晓明先生看来，"她的用力甚苦的长篇小说《长恨歌》里，不也有一些部分没能避免那怀旧风的洇染，依然可以在一定程度上被人看成是那些老上海故事的巨型分册吗？"㉚现在，即使"王安忆把她描述淮海路时的敏锐和洞察力统统收起来"，凭着《富萍》这部17万字的薄薄的小长篇最后三节关于"梅家桥"的内容，却"清楚地显示了她对现实变化的敏感、她因此而生的悲哀、她对这悲哀的反抗、她这反抗的'浪漫主义'的情味，都已经远远超出上海，超出城市，也超出了中国广阔的大陆。与十五年前比，甚至与写《长恨歌》的时候相比，她都明显是变了，我想说，她真是有一点大作家的气象了"㉛。这"梅家桥"的三小节意义何其重大！如果没有某个意义上的"正当性"，没有强大的时代意识作为后盾，我以为这样高的评价和结论是较难做出的。

显然，这些思想背景在历史的另一侧面，或许是在历史的阳面。关于底层、贫困、压迫、反抗、人民、大众、正义、启蒙、民族、共和国……这些概念也有一个漫长的谱系，在中国现代以来的文学传统中，它比那些"新意识形态"或"沆瀣势力"要长久得多，也强大深厚得多。虽然在90年代以后出现歧义，"被压抑的现代性"沉渣泛起，但中国文学并不习惯被压抑在阴面，一有机会，有足够的理由，它更愿意选择到光天化日下——也就是说，具有"前进性"的那种存在；并且在今日中国语境中，可以冠冕堂皇说出的语言，具有响亮的公共性的、历史化的、超越文学的语言。

王安忆在《富萍》时期，还有另一部作品《上种红菱下种藕》（2001年），也要写出某种纯朴单纯的乡村生活。2007年的《启蒙时代》可能是王安忆要完成的一个夙愿，她要通过这一群干部子弟，去写出一种历史的起源论，只有站在历史的高处才能如此回望历史，才能看清发生、成长与流向。这部作品的历史感和观念性似乎太重了些，以至于故事和人物显得有些"磕磕绊绊、拖拖沓沓"[32]。

有意识地站在阳面写作，即指要有一种历史的前进性，要代表和体现一种批判性的历史意识，这无疑是一种强大的写作，在现代以来的文学中一度占据主流，在中国90年代以来的文学中渐渐式微。王安忆试图重新去建立这种写作的素质和态度，无疑是极其可贵的努力；况且她历经了《长恨歌》创伤式的阴影，她要寻求更加明亮的东西无可厚非。不停息地探索，寻求突破自己的创新之路，这正是王安忆的创作生命所在。然而，她面向历史阳面的姿态和路径是否真的正确，这或许还是要考究的；或者，她建造自己"精神之塔"的历程是否真的那么明确和明晰也是值得探讨的。

不管如何，遭到王安忆自己和她的上海同人否定的《长恨歌》，目前可能还是最受读者和研究界欣赏的，虽然这不是王安忆所愿意接受的，但这是一个事实。这究竟是因为围绕《长恨歌》的经典化工作更为充足，还是因为这部作品本身包含了某种文学品相？至少在我看来，在90年代初历史歇息的时期，写作《长恨歌》的王安忆没有那么明确的历史意识，没有强烈的要给历史下论断的企图，没有那种把握住现实走向的信心。她呈现阴面，加不了那么多的东西，想不了那么多的大是大非的问题，她只专注于她的"感性和诗情"，故而有某种气质散发出来。固然，阴面并非什么永久的正当的栖息地；但是站在阳面，面对八面来风，作家就果真能够保持明晰、确定的现实意识了吗？这就是中国当代文学的难题所在。

注释：

①⑥⑧⑨⑩⑪⑫⑬⑯⑰⑱⑳王安忆：《长恨歌》，第3页，第25页，第6页，第11—12页，第145页，第159页，第168页，第174页，第294页，第294页，第319—320页，第103页，南海出版公司2003年版。

②参见陈思和：《营造精神之塔——论王安忆九十年代初的小说创作》，载《文学评论》1998年第6期。陈思和此说据王安忆的一次谈话记录稿，参见王安忆：《轻浮时代会有严肃的话题吗？》，载《理解九十年代》，第48页，人民文学出版社1996年版。

③陈思和：《营造精神之塔》，《文学评论》1998年第6期。

231

九十年代长篇小说研究资料

④《长恨歌》评语由吴秉杰撰写，《第五届茅盾文学奖评委会委托部分评委撰写的获奖作品评语》，《文艺报》2000年11月11日。

⑦参见齐红、林舟：《王安忆访谈录》，作家出版社1995年版。

⑭可参见《长恨歌》第174—177页关于王琦瑶和康明逊颇为细腻冗长的情爱过程描写。

⑮老克腊想象自己四十年前在电车上被追杀重庆分子的汪伪特务所误杀，这几乎就是在暗示他是李主任的转世。而李主任这个重庆方面的人，也几乎就是汪伪特务的翻版，既想暗示又想刻意回避胡兰成的汪伪身份，这使人疑心《长恨歌》未尝不可能是写张爱玲的故事。常德公寓与"桃丽丝公寓"未尝没有几分相像，等待李主任与等待胡兰成有多少区别呢？张爱玲解放后如果不是去了香港美国，何尝就不是王琦瑶的结局呢？《长恨歌》最后要如此了结王琦瑶的故事，这或许就是"海上传人"不得不表现出的拒绝姿态。

⑲这段话为《纽约书评》登载的评价米勒的《小说与重复》时文章所言，参见J．希利斯·米勒《小说与重复》封底，中文版，天津人民出版社2008年版。

㉑参见王安忆：《〈长恨歌〉是我最糟糕的作品》，载《北京青年报》2008年3月25日。

㉒王安忆：《七月在野，八月在宇》，《长恨歌·序二》，"白玉兰丛书"，第26—27页，上海东方出版中心2008年版。

㉓有关这一论述可以参见陈晓明：《反激进：当代知识分子的历史境遇》，《东方》1994年第1期。或参见余英时：《再论中国现代思想中的激进与保守》，香港《二十一世纪》1992年4月号。

㉔关于90年代初的怀旧情绪，可参考陈晓明：《重唱革命歌曲》，载台湾《中国论坛》1992年第20期（总第381期）。另可参见陈晓明《怀旧的年代：1994年的精神症候学》，《上海文化》1995年第3期。

㉕㉖张旭东：《纽约书简：随笔、评论与访谈》，第184页，第185—186页，上海书店出版社2006年版。

㉗王德威：《海派文学，又见传人》，《如此繁华》，第197页，天地图书2005年版。

㉘㉙㉚㉛王晓明：《从"淮海路"到"梅家桥"——从王安忆小说创作的转变谈起》，原载《文学评论》2002年第3期。

㉜张旭东：《"启蒙"的精神现象学》，载《开放时代》2008年第3期。实际上张旭东高度评价王安忆这部作品，但他也不得不承认有些地方并不流畅。

中国当代文学史资料丛书

《马桥词典》：敞开和囚禁

南　帆

词　典

　　"如果可能的话，每个人都需要自己特有的词典"——马桥也需要一本自己的词典。马桥，全称马桥弓，它的隐秘历史被一个叫作韩少功的作家分解为一个个词条，张榜公布，集而成书——这就是《马桥词典》的来历。

　　不知道什么时候开始，表现某一个地域的山川人文已经成为许多作家经久不灭的梦想。巴尔扎克在《人间喜剧》的前言里面自诩为法国社会的书记；福克纳尽心尽意地描绘"邮票般"大小的约克纳帕塌法县；那个称之为马孔多的小镇子则是马尔克斯梦魂萦绕的地方。这些作家凭空创造出一个个独立王国，并且有声有色地为这些王国撰写历史。我时常想了解，作家为什么如此痴迷呢——他们想分享上帝的光荣吗？

　　当然，这个梦想设置了一个叙事的难题——什么是组织历史的最好形式？这时，每个作家都必须调集全部的知识和想象，殚精竭虑，尽可能交出一份圆满的答卷。可以从过往的美学角逐之中发现，众多小说——尤其是长篇小说——积极提交了种种不同的历史叙事形式。通过这些小说，人们可能结识一批过目难忘的性格，每一个性格都衔含不同的历史故事片段；人们还可能看到种种奇异的风情、建筑和地貌，这喻示了某一个时代不褪的烙印；当然，还有神话、传说以及种种庆典仪式，这一切曾经就是历史的记载。然而，《马桥词典》利用一个个词条组织历史，树碑立传，这显然是一个罕见的实验。不难想到，在词典与文学之间抛出一条联结的索道，这需要不拘成规的想象力。

可以肯定，韩少功在《马桥词典》的写作之中获得了自如的舒展。这里包含了考证，解释，征引，比较，小小的叙事，场景，人物素描，如此等等。词典形式为韩少功的多方面才能提供了足够的活动空间。他的理论兴趣和表述思想的爱好得到了这种形式的宽容接纳。当然，这种形式还可以看作一种怀疑的产物。韩少功对于传统小说所习用的表意单位——诸如故事、情节、因果、人物、事件——颇有保留。在他心目中，这些表意单位的人为分割可能遗漏历史的某些重要方面。《马桥词典》毁弃了传统小说所依循的时间秩序、空间秩序和因果逻辑，宁可将历史的排列托付给词典的编写惯例——按照词条首字的笔画决定词条的先后顺序。这是将偶然还给历史，还是证明历史的排列本来就是一种符号的任性规定？

一部完整的词典是历史精华的压缩。词典是民族文化的标准贮存方式。按照结构主义者的奇妙构思，所有的思想都无法走出词典的牢笼。可以设想，一个人遇到了陌生的词汇之后，他将通过词典的查阅寻求解释；词典的解释是由更多的词汇组成，于是，新的查阅又接踵而来。这样，一个人的知识体系在词典之中穿梭交织，经过不断的查阅一步步后退着展开。在这个意义上，如果彻底摧毁——从书籍的物质形式到人类的记忆——词典，那么，所有的文化和传统都将陷于灭顶之灾。

马桥藏匿在一部《马桥词典》里面。不翻开这部词典，人们无法进入马桥的历史。马桥人将远处的任何地方都称之为"夷边"——"无论是指平江县、长沙、武汉还是美国，没有什么区别。弹棉花的，收皮子的，下放崽和下放干部，都是'夷边'来的人"。按照韩少功的考证，"夷边"这个词包含了马桥人"位居中心"的自我感觉。这里"夷边"与"中心"的差别体现于一批独异的词条——这批词条喻示了一个独异的世界。可以从《马桥词典》之中看到，许多词条的根须扎入马桥的历史，蜿蜒分布于马桥生活的每一个局部，在适宜的土壤里面壮大、繁衍；当然，也有另一些词条则可能在未来拔地而出，风干，枯死。人们可以经由那条"官道"进入马桥的地界，走上大街小巷，看到马桥的生活外观；可是，只有《马桥词典》才意味着马桥的文化生态学。这部词典保存着马桥人的一系列生活观念，诸如他们想象之中的政治，性，情爱，吃，社会，如此等等。换言之，这部词典是马桥人的精神地平线。词典里面的词条敞开了马桥生活的纵深，同时也成为马桥生活的囚禁之所。

也许人们要问，《马桥词典》是不是一部严格意义上的小说？在我看来，这个问题可以暂时悬搁——目前为止，这个问题至少不是那么重要。

语言的魔力

词典里面密密匝匝的词条纵横编织成一个庞大无比的网络。这个网络千变万化，伸缩自如。这不仅承载了现实的重量，并且决定了现实的结构。人们常常觉得，所有的词汇只是一些待命的工具；它们驯顺地隐藏在书籍里面，或者侍候在人们的口吻旁边，随时恭听主人的召唤。人们通常没有察觉到这些词汇的巨大魔力。人们不知道，这些词汇正不动声色地修剪他们的所有认识，为他们的意识整容。某些时候，这些词汇可能成为种种陷阱，等待人们的陷落；另一些时候，这些词汇甚至会一跃而起，牢牢地攫住可怜的猎物。《马桥词典》之中曾经出现过一个例子：一个电台播音员在现场直播中误将共产党要员"安子文"误读成国民党要人"宋子文"，这导致了十五年的徒刑。一个字眼足以吞噬一条生命，这是一种可怕的功能。是的，这些词汇究竟有多大的能量呢？韩少功不由地发出了一系列疑问："历史只是一场词语之间的战争吗？是词义碰撞着火花？是词性在泥泞里挣扎？是语法被砍断了手臂和头颅？是句型流出的鲜血养肥了草原上的骆驼草，凝固成落日下一抹一抹的闪光？……"

二十世纪是一个破除神话的时代。一切神秘的气氛正在烟消云散。经过诸多符号学家的破译拆解，种种的神话仪式均显出了符号的本质——一切强大的感召力和令人激动的迷幻无一不是符号的运作结果。这些运作是可以分析、可以模仿、可以复制的。所有的神话都将在这样的分析、模仿和复制之中暴露出人为的框架。然而，人们有没有能力将这样的框架弃置不顾？恰恰在这个过程，一个新的神话又不知不觉地出现——语言充当了这一神话的主人公。在结构主义符号学家的心目中，语言是一个不可突破的巨大结构。"不是人说话而是话说人"成为一个著名的结论。韩少功继续感叹地说："这个世纪还喷涌出无数的传媒和语言：电视，报纸，交互网络，每天数以万计的图书，每周都在出产和翻新着的哲学和流行语，正在推动着语言的疯长和语言的爆炸，形成地球表面厚厚积重的覆盖。谁能担保这些语言中的一部分不会成为新的伤害？"

九十年代长篇小说研究资料

其实，马桥人同样知道词汇的巨大魔力——他们有时称之为"嘴煞"。马桥人复查在某一天被太阳晒昏了头，咒了罗伯一句——"这个翻脚板的！"结果，罗伯次日就被疯狗咬死。从此，复查再也逃脱不了罪恶感。在科学主义者看来，这是明显的无稽之谈；然而，这恰恰是语言魔力所残留的痕迹。尽管每一个词在分析、模仿和复制的过程如同平凡无奇的机械零件，但是，词语聚合之后却出其不意地显示了难以抗拒的威力。这是荒诞的，同时也是神圣的。对待语言的时候，科学主义同样不可能完全取代信仰主义。没有必要否认马桥人的语言崇拜，《马桥词典》里面的许多词条确实居高临下地制定了马桥的现实。

如果马桥人所说的"嘴煞"多少有些难以置信，那么，"晕街"是一个更为生动同时也更为现实的例子。"晕街"是马桥人的特殊病症。它的症状与"晕船"相仿，只不过是由于街市引起的。马桥人无法接受城市，城市让他们感到了不可遏止的晕眩。但是，"晕街"并不是事实之后的命名，反之，这是一个由杜撰的命名所创造出来的二级事实。由于"晕街"这一词语的暗示，马桥人的前庭器自觉地在城市的环境之中开始过敏。可以说，如果没有这一词语，"晕街"的感觉将由于没有名称而无法凝聚——亦即不再存在。的确，人类创造了语言；但是人们还必须看到，语言随后又继续创造了人类。语言为人类的感觉和思想指定了不可逾越的界面，同时，语言也窒息了语言之外的一切可能。由于粗糙的饮食，马桥人将所有可口的东西均形容为"甜"，无论是米饭、辣椒、苦瓜还是猪肉。这是单调的味觉造成的词汇贫乏，也可以反过来说是词汇贫乏造成了味觉的单调。在这样的意义上，韩少功深刻地意识到了语言的意义："语言差不多就是神咒，一本词典差不多就是可能放出十万种神魔的盒子。就像'晕街'一词的发明者，一个我不知道的人，竟造就了马桥一代代人特殊的心理，造就了他们对城市长久的远避。"如同韩少功所追问的那样，这个社会之中的一些关键词——诸如"革命""知识""故乡""代沟"——已经创造出哪些相对的事实了呢？另一方面，某些领域的语言空白同样将成为一种意识的阙如。除了下流的谩骂，马桥人没有完善的性话语。这限制了他们对于性的认识水平。由于只有"打车子"这一类粗糙而又简陋的性词语，马桥人只能将性当成一个可笑的、下流的、不安全的同时又充满乐趣的活动。

语言的魔力还在于，马桥所拥有的这些词汇还将同声相应，互相攀缘，形成特定的语言共同体。生活于马桥的人不可能蔑视乃至反抗这部词典。如果为马桥的语言共同体所抛弃，一个人的社会地位将十分可疑——例如形同哑巴的盐早。韩少功还注意到，马桥的女性是这一语言的共同体之中的卑贱者。马桥的流行语之中缺乏女性的亲系称谓，称呼女性多半是在男性称谓之前冠以一个"小"字，例如"小哥"指姐姐，"小弟"指妹妹，"小叔"和"小伯"指姑姑，"小舅"指姨妈，如此等等。女人总是和"小"联系在一起。女性的无名化毋宁说是女性的男名化。这"让人不难了解到这里女人们的地位和处境，不难理解她们为何总是把胸束得平平的，把腿夹得紧紧的，目光总是怯怯低垂落向檐阶或小草，对女人的身份深感恐慌或惭愧"。

差异与背景

不言而喻，《马桥词典》是相对于通常的"普通话"而存在。"普通话"是一个权威称谓，它代表了一个标准而规范的语言体系，全面负责公共领域的语言交流。目前，这个体系不仅得到了政治和文化中心的完全肯定，并且在语言学领域象征了这两者。普通话拥有多种版本的词典，每一版本的重复和修订都意味着正统和威信。相对于数百万字的普通话词典，相对于这些词典所赢得的普遍认可，相对于这些词典端庄而厚重的外部装帧，《马桥词典》显出了渺小和单薄。

渺小和单薄时常成为人们忽略不计的理由。在普通话的强烈光芒之下，马桥人的词汇不可能走到前台，充当主角。如同许多方言一样，马桥人的语言只能蜷伏在多数人"无法进入的语言屏障之后，深藏在中文普通话无法照亮的暗夜里。他们接受了这种暗夜"。这个意义上，普通话的语言霸权主义——不论是有意还是无意——同时无形地将马桥的生活排除到中心之外，使之成为无名的存在。这时，《马桥词典》的出现不仅是一种语言的反抗，而且同时是马桥人进入公共生活的权利伸张。

人们不能仅仅将这一切看得过于简单——似乎这就是让马桥人在公共生活领域注册留名。《马桥词典》提交了一批马桥人的词汇，这立即隐藏了分裂和冲突的紧张。种种符号并不是中立的，公正不倚的；特定的价值体系、判断尺度潜在地凝固在符号之中，因此，符号的命名同时也包含了价值的定位。这个意义上，马桥的词汇与普通话之间的歧异并不是通过规范发音或者统一书写所能解决的。这毋宁说是两种生活观念的分歧。

也许，韩少功最初是从某些不太重要的经历之中察觉这样的分歧。例如，一些知青过渡罗江的时候想赖账。他们觉得自己腿快，下船之后不付钱转身就跑。不料摆渡的老信不觉得快慢是个什么问题，他扛上长桨慢慢地追来，三里、四里决不停下脚步，直至这批跑得东歪西倒的知青乖乖交了钱。"他一点也没有我们聪明，根本不打算算账，不会觉得他丢下船，丢下河边一大群待渡的客人，有什么可惜。"显而易见，这与其说是智力的差异，不如说是处世原则的差异。

这样的分歧可能在某些重要的词语上面突然暴露出来。譬如"科学"或者"模范"。在马桥人的心目中，"科学"也就是"学懒"。马桥人观察了村子里的一些懒汉之后得出了这样的结论——这些懒汉曾经用"科学"一词为自己的懒惰辩护；可是，马桥人却将这样的结论远远扩张到这些懒汉之外。他们从此不相信任何科学，并且用扁担将公路上的大客车——科学的产物——敲瘪。这是一个词语的误读所造成的普遍后果。不过，马桥人对于"模范"的解释却是一个精彩的讽刺。见识了形形色色的模范之后，马桥人将"模范"当成了一个工种，生产队的领导分配一个体弱而不能劳动的人去充当模范。马桥人更相信亲历的经验，于是，他们用马桥词汇对普通话进行了一次词义的置换。

《马桥词典》显出，马桥词汇更富于直观性。这些词汇主要源于直接的经验，而没有多少抽象的理论含量。这可以在马桥人的纪年方式之中看出来。马桥人弄不清楚公元纪年，他们心目中的1948年被分解为几个具体事件：长沙大会战那年；茂公当维持会长那年；张家坊竹子开花那年；光复在龙家发蒙的那年；马文杰招安那年。但是，进入特定的年代之后，仅仅依赖于直观的语言可能引致严重的后果。马疤子——也就是马文杰——不了解国民党内部派系之间的明争暗斗。他欣然接受了一纸委任状和八十条枪，从而进入一个可怕的圈套。他仅仅凭经验认定"穿制服的就是官军，都被他打怕了，不得不向他求和"。此后，在主持各路杆子的劝降工作中，他的直观经验仍然招架不住各种阴招、暗劲，辨不清各种各样来自不同立场的证词。在怀疑的目光、言不由衷的客套、女人和孩子的泪眼、兄弟们的抱怨中间，马疤子选择了自杀作为逃避的手段。自杀之前，马疤子已经急聋了耳朵——这仿佛是一个象征：他已经听不懂这个时代的话语了。

许多迹象表明，马桥词汇与普通话之间已经出现了两套相异的修辞。于是，这就成为一个问题：哪一种语言拥有扩张和征服另一种语言的权力——依据是什么？

话语权力

话语权力的基本含义是，话语主体的身份、地位、权力、声誉可能投射到他的话语之中，成为语义之外的附加因素。许多时候，这些附加因素的分量甚至超过语义的作用，从而使话语产生一种超额的影响。在这个意义上，话语权力同样是一个众目睽睽的争夺对象。当然，上述的解释多少有些通俗化——这些解释力图靠近一个马桥词语：话份。对于"话份"，《马桥词典》作出如下的阐述：

> "话份"……是马桥词汇中特别紧要的词之一，意指语言权利，或者说在语言总量中占有一定份额的权利。有话份的人，没有特殊的身份，但作为语言的主导者，谁都可以感觉得到他们的存在，感觉得到来自他们隐隐威权的压力。他们一开口，或者咳一声，或者甩一个眼色，旁人便住嘴，便洗耳恭听。即使反对也不敢随便打断话头。这种安静，是话份最通常的显示，也是人们对语言集权最为默契最为协同的甘心服从。相反，一个没有话份的人，所谓人微言轻，说什么都是白说，人们不会在乎他说什么，甚至不会在乎他是否有机会把话说出来。他的言语总是消散在冷漠的荒原，永远得不到回应。……握有话份的人，他们操纵的话题被众人追随，他们的词语、句式、语气等等被众人习用，权利正是在这种语言的繁殖中得以形成，在这种语言的扩张和辐射过程中得以确证和实现。"话份"一词，道破了权利的语言品格。

这是一个相当透彻的阐述。它的意义远远不限于马桥。然而，人们首先可以想到的是，马桥词汇和普通话之间，谁握有"话份"？这样，两种话语体系都将携带着它的所有背景材料——例如它与特定时代的政治、经济、文化、国防力量乃至领袖人物籍贯之间的关系——加入竞争。通常，一个论断的宣布，一条语录的解说，一份鉴定的发表，这一切并不仅仅是真理的考辨，同时——

某些时候应当说在更大程度上——还是话语权力的较量。这是谁、使用何种语言体系予以表述？这个问题上，语言与社会之间呈现出特殊的联系，两个领域之间出现了种种复杂的权力抗衡和权力兑换。这样的形势下，马桥词汇与普通话之间一旦产生分裂，前者将处于不利的位置上。的确，人们都承认真理是唯一的尺度，可是，此前人们还有意无意地考虑过一个问题：谁更有资格说出真理在马桥词汇与普通话之间，能有多少人更尊重马桥人的资格？

事实上，马桥词汇正在普通话的巨大声威之下节节败退。人们可以看到的一个显著的修辞学特征是，普通话词汇已经大面积地覆盖马桥词汇。这是一个不可逆转的演变。韩少功发现，九十年代的马桥出现了许多新词，诸如"电视""涂料""减肥""操作""国道""生猛""劲舞"等等。面对这些新词，马桥词汇黯然失色。马桥词汇源自古老的罗家蛮，亦即所谓的罗子国，源自罗人与巴人的久远合作，源自那些已经粉化的青铜器。这些词遥遥地传下一个不变的马桥弓。然而，如今这些新词却挟带着巨大的现实迫力，它们伴随着经济和文化的输入蜂拥而来，难以阻挡。难道"蛮人三家"这样的说法和"下里巴人"这样的古歌能够阻止"电视"或者"国道"这样的词驾临吗？

不过，从《马桥词典》之中看到，扭转马桥语言史的重大事件是政治话语的强制性进驻。在如火如荼的政治局面之中，马桥更像一叶飘摇的小舟等待着掌舵人；这时，来自政治中心的声音具有不可抗拒的威望。政治话语中的大字眼气势如虹，这些大字眼镶嵌在马桥人的话语之中，剥蚀刻镂，渗透改造，繁殖发展，并且逐渐取代了许多马桥词汇的位置。不知不觉之间，马桥人所喜爱的发歌被宣传队挤掉了，杨子荣或者大抓春耕的歌词赶走了马桥人听得津津有味的情歌。马桥人曾经习惯于用"同锅"作为社会群体的划分标准，这表明了吃在马桥人心目中的分量；然而，这样的标准如今已经改为"阶级"——人的政治成分同样在马桥上升为首位。马桥词汇之中有"公地"或"母田"之说，性、生殖崇拜和农业生产、丰收之间构成了古老的暗喻关系；可是，在"抓革命、促生产"的口号面前，这样的暗喻还能维持多久？这种气氛之下，马桥人也很快地学会了利用政治话语的权威，例如杜撰毛主席语录吓唬人。久而久之，这些政治话语成为一种不可避免的堂皇套式，真实的马桥词汇只能在这样的套式下面悄悄地活动。于是，如同许多地方一样，马桥人语言中的大量政治词语仅仅是一种点缀辞令。人们没有必要认真对待他们所说的"革命群众"

"全国形势大好，越来越好""在上级的英明领导和亲切关怀下""讲出了我们的心里话"等等，在某个颇为隆重的追悼会上，党支部代表如此发言：

> 金猴奋起千钧棒，玉宇澄清万里埃。四海翻腾云水怒，五洲震荡风雷激。在全县人民大学毛泽东哲学思想的热潮中，在全国革命生产一片大好形势下，在上级党组织的英明领导和亲切关怀下，在我们大队全面落实公社党代会的一系列战略部署的热潮中，我们的罗玉兴同志被疯狗咬了……

如果人们置身其中，那么，这幅语言漫画并不可笑。这幅语言漫画所显出的分裂表明，马桥人正被迫从他们所熟知的词汇之中出走，进入一个他们十分无知的文化空间。他们在这样的文化空间里面成为一群边缘人。更为深刻地说，这是另一种生活的强行介入。马桥人无法坚守他们的词汇，这首先追溯到话语权力的剥夺。当然，这个语言学事件后面积聚了无数重大的社会学事件。事实上，马桥人放弃自己词汇之时，也就是开放自己生活之日，这是"话份"丧失之后的必然结局。从话语权力的转让到交出主宰自己生活的权力，这是一个不可避免的过渡。

编纂者

"我"在这本《马桥词典》之中屡屡出现。"我"是何许人也？

"我"是《马桥词典》的编纂者，这似乎是个不言自明的事实。然而，这个编纂者不同于通常的词典作者。通常的词典编纂依托于相应的知识结构，例如辞书编委会；同时，这些词典还将由特定的知识机构审定，例如辞书出版社。这同样涉及话语权力——知识话语的权力。只有那些权威的知识机构才享有公正、全面和客观的信誉。这恰恰是一般的词典所标榜的。

《马桥词典》的编纂者是一个作家。作家的一个不成文的特权在于，他们天然是个体经验的写作者。显而易见，《马桥词典》充满了个人的智慧、体验和感触。某些词条似乎还保留着作家的体温，譬如"嗯"，或者"渠"。其实，"嗯"并不是马桥的公用词，这个字眼仅仅是经过某一个女性的使用从而对编纂者的耳朵显出了丰富的意义。这个女性曾经目睹过编纂者生命之中最为难堪的时刻，她只能用"嗯"表达她的全部心意："她的'嗯'有各种声调和强度，于是可以表达疑问，也可以表达应允，还可以表达焦急或者拒绝。'嗯'是她全部语言的浓缩，也是她变幻无穷的修辞，也是一个无法穷尽的意义之海。"的确，除了这个编纂者，还有谁能够如此准确地注释这个"嗯"字呢？"渠"在马桥词汇里面是"他"的近义词。"渠"与"他"的区别在于，前者指的是近处的他，而后者指的是远处的他。然而，这个词条的注释无疑和盐早这个人物分不开。如果没有深深钉入编纂者记忆的那一颗闪耀的泪珠，这个词条的注释又怎么能如此撼人呢？

事实上，《马桥词典》的成书是一个个性化过程。编纂者曾经深深地扎入马桥，他不仅逐渐通晓了马桥话语，并且用全部心血感知拖曳在这种话语背后的马桥生活。因此，这些词条的注释不是来自严谨的考据，而是来自内心久久的感动。当然，不管怎么说，韩少功是作为一个外来的他者编纂这部词典。"他者"的标志是，韩少功是一个普通话的写作者——"我已经普通话化了"。不仅如此，《马桥词典》的编纂还不时参照了英文或者法文，力图使马桥的面貌获得一个纵横交错的国际坐标。当然，韩少功并不是充当一个翻译，他的目的不是将马桥词汇翻译成普通话，并且顺便站在后者的立场上嘲笑或者讥诮马桥。相反，韩少功恰恰是将马桥词汇从普通话之中剥离出来，提示马桥话语的特殊之处，指出马桥如何隐藏在普通话的帷幕后面，不可化约。于是，马桥的生活通过这一部词典成为一种不可磨灭的永存。

这是一部重要的著作。这部著作流露出不可掩抑的智慧和洞察力，流露出丰富的思想和对马桥的久久眷念。这部著作制造了许多话题，批评家和理论家将有许多话可说：从人类学、历史学、社会学到语言学。当然，同样可以预料，肯定有人不喜欢这部著作：一些人会觉得这部著作趣味不够，缺乏他们所热爱的悬念和曲折；另一些人恰恰不喜欢这部著作所制造的话题，他们更向往那种动人心魄的著作，那种让人有了千言万语但是又临纸难言的著作。

我想必须承认，《马桥词典》是一部独一无二的著作。但是，我仍然无法说明，《马桥词典》是一部严格意义上的小说吗？现在，这个问题已经逐渐显出了迫力——它将迫使人们全面地追问小说的形态、定义和功能。

从《马桥词典》之争谈创新与模仿

何满子

去年以来的文场纠纷中，怕没有一件比韩少功的《马桥词典》是否剽袭塞尔维亚作家米·帕维奇的《哈扎尔辞典》之争更热闹的了。这有其原因，一段时间里投给《马桥词典》的玫瑰花很多，花团锦绣的赞颂盈耳，有人评为"当代最具先锋特色"，有人还以为"前无古人"，是"旷古未有的创新杰作"。人们耳熟于如此高的评价，忽然有人说它是"隐去了首创者名字和首创者全部痕迹的模仿之作"，还说是"极度的精神匮乏与极度的平庸"。这反差太大了，"旷古未有的创新"和"模仿之作"这两种评价是没有调和余地的。不能不唤起读者的关注，热点于焉形成。

辩论的文章不少，但反方似乎只有张颐武等一二人，正方即肯定韩少功的小说是空前创新者却是多数；这一拥而起就更添了议论的热闹。有些论者为了维护自己过去对作者和此书的肯定性评价，显得有些急不择言，不少还牵涉到韩少功答《中华读书报》记者问时所认为"无趣"的文学理论ABC的讨论，我说是"急不择言"，正是属于文学理论ABC的领域。有位论者还指责反方"拼命抬高一个什么塞尔维亚作家的水平一般的作品，贬低中国作家的创作"（见《〈马桥词典〉与〈哈扎尔辞典〉之比较》，刊《中华读书报》1月8日），俨然动了民族主义感情，而瞧其对帕维奇的不屑的口吻，则还是沙文主义感情。我们虽然无须向外国人拜倒，但卑亢之间也应该尊重一下外国同行，人家好歹是被法、英、美、俄等多国评论家归为文学大师行列的人。

文场里的事情是很复杂的，虽然在读到的有关文字中也约略察觉得出争论各方的畛域和情绪化的因素，但我这样信息不灵的背时的局外人无缘知道哥儿姐儿们的内部情由，也无意对《马桥词典》是否帕维奇小说的仿作问题来说三道四。再说，韩少功已在答《中华读书报》记者问中有把握地作了预言：那些说他模仿或剽窃的人"终将向我道歉，向读者道歉"。那么，再议论是否仿作已属多余。这里只想就若干辩论者的"急不择言"的一些论据，也就是文学理论ABC的问题谈点鄙见，来凑个热闹的意思。

一篇文章说，文学上某种"形式"的借鉴是正常的，但举的例证却是绝诗、律诗等韵文体式，说某位古人创造了七律，人人都按式吟诗，不能说谁模仿了谁，所以《马桥词典》用了《哈扎尔辞典》以列词条的辞典方法写小说也谈不上模仿，云云。这是偷换概念，上海话叫作"枉断"，四川方言叫作"扯横经"。绝诗律诗是诗歌的体式，逐渐完善起来而成定式的集体创造，成了诗人共写的体裁，属于公共财产性质，当然不能说苏轼写律诗是模仿杜甫，或陆游也写七律是模仿苏轼。正如交响乐是一种曲式，人人按曲式创作，不能说贝多芬模仿莫扎特，或舒伯特模仿贝多芬，等等。也正如散文文学中，小说、随笔、杂文，都是一种体裁，谁都可以写它们，不存在谁模仿谁的问题，这和作家的意象或结构之属于个体风格者是两码事，根本对不上号。

又有人振振有词地说，果戈理写了《狂人日记》，鲁迅也写《狂人日记》，岂不也是模仿吗？以此力争《马桥词典》不属模仿。同样的例子还可以效劳代举几个：圣·奥古斯丁写了《忏悔录》，卢梭也写《忏悔录》；我国的例子是丁玲写了《莎菲女士的日记》，老舍也写《小坡的日记》，不一而足。这是刘勰《文心雕龙》所说的"参体"，只是用其题目，各人所作的主旨、意象、构架、表述形态没有雷同之迹，怎么可以相提并论呢？若说题目相同，则柏辽士作了《悲怆交响乐》，柴可夫斯基也作《悲怆交响乐》，同名"悲怆"，但两人的乐思、曲趣、风格迥异，谁也不会说柴可夫斯基模仿了柏辽士。关于鲁迅的《狂人日记》，他自己还特作说明，不否认借题谋篇的渊源。《〈中国新文学大系〉小说二集序》中说："《狂人日记》……那时的认为表现的深切和格式的特别颇激动了一部分青年的心，然而这激动，却是向来怠慢了绍介欧洲大陆文学的缘故。一八三四年顷，俄国的果戈理就已经写了《狂人日记》；……但后起的《狂人日记》意在暴露家族制度和礼教的弊害，却比果戈理的忧愤深广，……以后虽然脱离了外国作家的影响，技巧稍为圆熟……"鲁迅不讳言自己受了外国作家的影响，至少是因题生发，但人们能说鲁迅的《狂人日记》是果戈理所写的一个小职员因单恋上司的女儿而发狂的《狂人日记》的模仿？在形象表述、意象所示乃至叙述构架，后起的《狂人日记》有剽袭之迹吗？日记体、回忆录体之如唐人所说的"破体"而被引入美文学领域，成为一种品种，也是一种公器。卢梭、鲁迅等顶多是借题作文，与《马桥词典》的用辞典的词条构成法和别的作品的建构方法相同，怎么能同例看待呢？

另有人以意识流、荒诞派等方法人人得以运用为据来辩解，也是走错了房间。意识流是一种表现技法，荒诞派是一种审美思潮膨胀而为创作方法，其性质和绘画艺术中的印象派、立体派之由技法提升为创作流派相似，是一种表现技法兼带着美学思潮的艺术倾向。同派同倾向的作家有共同趋向，但不能说福克纳模仿乔埃斯，马蒂思模仿了塞尚。思潮和创作方法不会吞没作家的独创性，独创性就排除了模仿，而模仿是照葫芦画瓢，纵有变化，模式是一个。

还有以布莱希特的疏离作用的演剧理论和中国京剧艺术的暗合，毕加索采撷中国画的意境和手法作辩解的，这就更和创新和模仿问题无关了。这是异域艺术的交流和借鉴，借鉴的对象不是某家某人某一作品，和这回的两部小说间的关系丝毫搭不上界。这些辩解都近乎没话找话，或曰是一些遁词。

说来又是文学理论ABC，所谓文学的创新，首先是内容的创新，也即开拓和发掘了前人所未曾表现过的生活和重大的人生问题，或前人虽已表现过却用新的视角新的境界别开生面地加以表述。由于黑格尔所说的"形式在内容里，内容在形式里"，新内容必须借与之和谐的新形式显豁出来，这才有叙述方法、色彩调声直到构建模式的创新。由于形式的相对独立性和固定性，突破前人的樊篱并非轻而易举的，因此有创新愿望的人每有"吾之所欲言，已出古人口；我之所欲书，已出古人手"的慨叹。锐意创新者往往惨淡经营，挖空心思，"语不惊人死不休"。文学上尤以叙述结构的创新最为耀眼，因为其新意一下子就能让人发现而不会和前人混同。现代先锋派因而特别着力于此，在市场竞争中出奇制胜，更有一种争奇斗异的时妆情结。但如果作家的底气不厚，也往往只落得时妆式的倏起倏没，短期内虽觉新颖可喜，虽技法上翻出点新花样，艺术品位上并不能营造出大气象来。只有生活基础丰厚、才力卓越的大家，朴朴素素，并不刻意求新，反倒水到渠成，自然地开创出了新境界、新格局、新构架、新模式，而不是形式主义的为形式而形式。这种例子，要举中国古代小说，则吴敬梓的《儒林外史》就是。吴敬梓为了展示自己生活的需要，一变传统小说的若干主要人物和基本情节为轴心的故事首尾连贯的格局，创造出了一种"全书无主干，仅驱使各种人物，行列而来，事与其来俱起，亦与其去俱讫"（鲁迅语）的新样式，也即吴组缃称之为"连环短篇的长篇小说"的结构。这一新结构为晚清的谴责小说所模仿，如《官场现形记》《孽海花》等就都仿照《儒林外史》的构造法，"集诸碎锦，合为帖子"。《海上花列传》的作者韩邦庆就不讳言结构方法之所出，说"全书笔法自谓从《儒林外史》脱化出来"，这是创新和模仿的很标准的例子。

晚清的几部谴责小说虽说比较浅露，笔无藏锋，但在当时仍是几部比较可读之书；而且，它们艺术上的荏弱也和是否模仿关系较少，而在于作家的才力。模仿得出色的作品也能成为杰作，莎士比亚的《错误的喜剧》不但是模仿，而且竟是根据罗马喜剧家普劳图斯的《孪生子》改编的，青出于蓝，得看作家才分如何。

但世人尊崇创新，王尔德所谓"第一个将花比作美人的是天才"是也。艺术上的创新亦如科学技术的发明和发现，人人争当第一个；同时不谋而合发明和发现者还要争一个先后，有时还争执不已，各尊各的第一。例如，无线电话的发明，意大利的马可尼和俄国的波波夫几乎在1896年同时实现。马可尼在西欧传播较快，被尊为发明人；但俄国人不认账，以波波夫为发明者。两人分居两地，不通信息，既系同时发明，一个模仿另一个的可能大概是不存在的，只能说不谋而合。时至今日，创新更关系到知识产权问题，和钱有关，利润情结比时收情结更诱人，自然更要争个先后。

以词典的词条形式作为展开形象构架，叙述一个民族、宗教、村社之类群体的人文景观和生活历史的小说，创新者大概应是米·帕维奇的《哈扎尔辞典》。有人说昆德拉的《生命中不能承受之轻》里也有《误解小辞典》一章，创造权应归于他；但在昆德拉的书中，不仅意义不同，而且这一章也不是泛盖全书，成为全体形象的总构架的性质，是两码事。以旁观者的常理看，读者要怀疑《马桥词典》的结构方法是《哈扎尔辞典》的模仿，怕是有道理的。用词条展开形象的模式相同得如此之巧，也真罕见。但韩少功答记者问时说，他在写《马桥词典》之前根本没有读过《哈扎尔辞典》，我们当然应该相信他的说法。可是，既有《哈扎尔辞典》在前，那么"前无古人""旷古未有"这类话就不合事实了。依我看，只要模仿得出色，也并不可羞。外电报道，有个十八世纪的画家所临摹的荷兰画家伦勃朗的《夜巡》，在拍卖行里也拍出八百万美金的高价，值钱得很呢！

原载《文学自由谈》1997年第2期

超越修辞学

——我看《马桥词典》

郜元宝

韩少功的《马桥词典》给我触动不小，它促使我换个方向，重新思考"文学语言"这个老问题。

中国作家以往并非不重视语言。批评界和一些作家圈子，已经不止一次大讲特讲过"语言独立的审美表现力"了。但这种"重视"，一般只在普通修辞学领域打转，没有超出工具论语言观。因为看到语言是表达工具，工欲善其事，必先利其器，这才想起要小心翼翼地使用语言，建立个人化的语言风格，达到某种修辞效果。80年代至今的语言意识大抵如此。

视语言为世界之外偶尔拾来包裹世界的工具，无论如何经营锻造，都无法消除先验的迷误。这种语言观不从根本上揭示语言的渊源所自，一味在修辞平面"完善"语言，恰如把游鱼拉出水面，逼它在岸上游出各种花样，非但不能"完善"语言，反而会日益拉大语言和世界的鸿沟。路头一差，愈行愈远，语言由此越来越离开它的根基，越来越疏远生活世界，濒临枯竭衰亡的绝境。

具有讽刺意味的是，恰恰那些语言资源极其匮乏的作家，整天嚷嚷着语言的重要，寻思如何恰当而优美地"使用"语言，效贫家巧妇勇为无米之炊。他们越看重语言，越追求美文，对语言的伤害越重（这正是许多令人啼笑皆非的"语言艺术"的正解）。往往不重视倒罢了，愈重视愈糟糕，愈修饰愈无生机，一切努力，终归南辕北辙，适得其反。在这意义上，抱怨当代文学语言"太水"或"太涩"，"太清"或"太混"，"太浅白"或"太看不懂"，都是不无道理的。

《马桥词典》的一项重要提示，就是如何消除现代汉语的无根性，如何弥合语言和世界、词与物的分离。作者不只把语言当作对象化工具，表演某种"语言艺术"，他也在工具意义上使用语言，然而不是"通过"语言，表现语言之外的世界，像"通过"云雾，察看被蒙蔽的真实。他做的比这要多。叙述人物故事的同时，他领我们"走进"了语言。语言的发生发展蜕化变异，真正作为活的事件，应和着各种权力关系的转移，情感命运的变化，由此构成"语言—存在"的一体化世界。

在"语言—存在"一体化世界里，语言透露了一切；写作活动，变成了不折不扣的关于语言的语言。作者退到词典编撰人的位置，"马桥弓"的奇人异事，都见于马桥人自己的语言，由"马桥话"自己"说"出来。词典编撰人只是努力让这个"说"说得更顺当些而已。他没有赶在这个"说"前面抢着说，也不是落在这个"说"后面代它说。首先是语言自己在告诉我们一切，是语言在说话。作者作为听话人，在听的方面有些优先，即最先见证了马桥世界和马桥话，这才充当了马桥和读者的中介。至于马桥和马桥话之间，并无中介。马桥话"说"马桥人，马桥人"说"马桥话。长篇小说的主要事件，就是语言的根本的"说"。作者的"说"只是基于有所听闻的转述，属于第一位的"说"，融入第一位的"说"。

如此变换主体、语言和世界的关系，是《马桥词典》最大的创意。在此之前，一些外国作家已经尝试过用词典形式结撰长篇小说了，我不知道这中间有多少模仿的痕迹，但倘若一定要说模仿，汉语典籍中，倒是可以找到更贴近的范本——《周易》许多卦爻的"系辞"，不就是用一个或多个生动的故事来注释，不就是词与物、语言和世界这样无中介的相互"说"吗？

《周易》以极朴素的方式揭示语言和事件、命名者和所命名者之间的源初联系，正是韩少功的努力方向。泰初有言，只因泰初有人，泰初有事。人言离不开人事，反之亦然。这是语言的历时性诞生，也是语言发荣滋长的共时性原则。用语言现象解释生活历史，反过来就是用生活历史解释语言现象。马桥等于马桥人使用的方言的总和（包括方言土语和"普通话"的各种奇妙嫁接）；马桥方言，也只有放到马桥人的生活史中才好理解。

"语言—存在"一体化的思路，不仅使讲述生活的语言更贴近生活，也使所讲述的生活有更恰当的语言来讲述。这就不止修辞学的"完善"语言了，而是企图让语言回到生活的大地，回到它从中不断涌出又不断寂灭不断兴起又不断隐伏的根基处。厄言日出，自有万斛泉水，"修辞"何为？

表现生活就是表现语言，回忆往事，就是在语言的隧道搜寻，就是回忆一种语言。不是有了现成的语言，你才去表现生活，有了工具，才去捉鸟。词与物，语言和世界，总在同一维度，要么一起触着，一时俱现，要么同时错过，同坠黑暗，不会容你先后获得，分别把握，像捕具和飞鸟，网罟和游鱼。

在这意义上我们也许可以说，《马桥词典》超越了工具论语言观所支持的写作修辞学，带着强烈的冒险精神，走在通往语言的道路上——目前这条道路显然还并不怎么宽广，所以我们从作者的步伐中看到某种踉跄迟疑，也是很自然的事。

原载《小说评论》1997年第1期

马桥词典：中国当代文学的世界性因素之一例

陈思和

    1996年中国文坛上最后一个热点不是戏剧大师曹禺的逝世，也不是那个热热闹闹的作家大会的召开，而是韩少功的长篇小说《马桥词典》引起的一系列争论。如果这场争论仅仅涉及一个作家的个人名誉，我想不应该会引起作家们那么广泛的参与热情，一部新问世的中国小说，因为其某种因素（或题材、或结构、或叙事方法、创作风格等）与某部外国作品相类似，是否就能怀疑其独创性的可靠程度？这种来自作家的疑虑，可以说一直笼罩着"文化大革命"后的当代文学创作，尤其是1985年以后，成为作家难以言状的心理障碍。这里将涉及比较文学领域一系列专业性的讨论课题，比如，在世界格局下的中文写作，是否有可能出现纯粹"独创"的个人风格？如何解释中国文学创作中大量存在的单纯性模仿与接受外来影响之间的不同价值内涵？影响研究的传统论证方法是否还能解释当代文学创作中的世界性因素？等等。自然，作家们在创作实践中所遭遇的相应问题引起的困惑要切实得多，也具体得多，越来越模糊的文化国境线已经使他们无法分辨自己的创作里哪些是属于纯洁的民族性，哪些是掺杂了外来文学的因素，所以，保卫《马桥词典》成了当代作家自我维护的集体无意识，即使他们面对的不是批评者"揭发"性的指责和大众传媒的商业性"炒"作，他们也想在接受外来影响的事实行为方面得到一种公正的说法。

    与这样一个理论背景相比，《马桥词典》名誉受损的问题并不显得重要，这场对《马桥词典》的诽谤背后有一个不言自明的原因，即指责《马桥词典》模仿或抄袭《哈扎尔辞典》并不是出于学术上的求真热情，而是出于文学观点分歧而发泄批评者的内心嫉愤，学术问题在这儿不过是一件批评道具。那篇题为《精神的匮乏》的批评文章里，真正表达批评者原意的是这样一句："在这位名叫帕维奇的塞尔维亚作家面前，中国作家韩少功无疑是一个模仿者。但遗憾的是，时常宣称自己有'理想'和'崇高'的韩少功先生在《马桥词典》的'编撰者序'和'后记'中，帕维奇的作用根本就没有被提及……"[①]前一句的指责只是为了后一句嘲笑韩少功的"崇高理想"才设计的，正像前两年有的批评者在嘲笑张承志的理想主义时指责他为什么不把自己女儿送到西海固去受苦一样，只能当作一种批评者不负责任的人身攻击，本是不值得去较真论辩的。但因为这种人身攻击是借用了学术的外衣，触动了上述困惑着当代作家的理论背景，才使这场辩论超越了"马桥"弹丸之地，引向一个更为广阔的理论天地。

《马桥词典》发表于1996年《小说界》第二期，《哈扎尔辞典》的中译本发表于1994年《外国文艺》第二期，两者除了都尝试用词条的形式写小说外，文本的展示上并无相似之处。所谓"模仿"，通常从比较文学专业的理解而言，是指作家放弃自己的创作个性，尽可能地迁就另一作家或作品的创作个性的创作行为。模仿对象可以是整个作品或只是其中一部分，也可能只是某个作家的主要风格及技巧[②]。模仿对象和模仿行为可以有多种多样，但鉴定是否模仿之作，主要标志是看其是否放弃了自己的创作个性而迁就他人。这对于一个较有成就，并且已经形成自己独创风格的作家来说，鉴定并非难事。《马桥词典》除了叙事形式上有所改变以外，其表现的内容未脱韩少功一贯的知青时代积累起来的生活功底，其展示的描写细节，无论平实还是怪诞，也都是从《西望茅草地》《爸爸爸》《昨天再会》等一路延续而来，《马桥词典》并不是一部从天而降的奇书，马桥也没有展示异域的民风民俗。从其选用的词汇、语言等特征来看，只要熟悉少功文体的人，不会对这部书的创作个性发生怀疑，因此，从这部小说的描写内容、描写细节甚至选用的词汇语言上来鉴定其模仿的可能性，基本上是可以被排除的。

唯一可以讨论的是两部小说在叙事的展开形式上有相似之处，即两者都使用了词条的形式来展开小说内容。我这里用"词条"而不用"词典"来限制两部小说的相似的叙事特点，主要理由是我并不认为《哈扎尔辞典》是一部用纯粹的词典形式写成的小说。我不知道这部小说的中译本是否完整，如果是全译的话，那么小说文本作为一部"辞典"是不完整的；我也不知道塞尔维亚语言里"词典"一词是否含有独特的理解，如果仅以中文理解，这部小说的文本不过是使用了一种三教合一的资料汇编形式，来描述一千多年来人类探寻某些历史神秘现象的冒险历程。小说中的《哈扎尔辞典》具有双重的意义。一重意义是作为小说情节枢纽的《哈扎尔辞典》，这是一部中文译名《科里斯辞典——论宗教》的拉丁文词典，书中记载了八至九世纪发生在哈扎尔王国的一场宗教大论辩有关史料，这本书相传是由当年哈扎尔大论辩的主要参与者阿捷赫公主遗留下来的史料，经过了各个教派的补充和篡改，终于弄得面目全非，真相难寻，1691年经出版商整理、编撰、诠注和出版。但一年以后又遭到天主教裁判所下令销毁，只有两本免于劫难。十七世纪三大教派（基督教、伊斯兰教、犹太教）的研究者几乎从各自宗教文献里都查阅到这部辞典的原始文稿，即这本辞典的雏形。但由于这本母本已经销毁，后来者无从寻找。小说写到二十世纪八十年代的三教学者苦心孤诣寻找《哈扎尔辞典》而终一无所获，其中一位学者相传已经获得此书，但只是一把古老钥匙，并未打开所有秘密。整部小说就是围绕着这部辞典的产生、编撰和寻求而展开，但这部辞典始终没有出现，就像是张承志的小说《金牧场》里的"金牧场"。第二重意义是帕维奇自称他的小说正是这部神秘文献《哈扎尔辞典》的子本，他不但补充了二十世纪三大教的研究者继续探索哈扎尔问题的过程，而且根据三大教派文献分门别类地编撰起三册内容互相矛盾的说法，可以提供读者各取所需地阅读。所以作家把这本书称作为"一本十万字的辞典小说"。可是我们必须澄清两点：其一，这部小说里真正涉及哈扎尔王国改宗灭国的史料很少，只占全书篇幅的四分之一，而且莫衷一是，大量保留的倒是后来研究者与魔鬼纠缠的传奇故事。这与小说里称这部《哈扎尔辞典》为"数百年积存下来的关于哈扎尔人的大量资料""把与捕梦术有关的一切事物，同那些最了不起的捕梦者们的传略和他们的卤获物的生平搜集拢来，编纂成《哈扎尔百科全书》""几十个按字母顺序排列的各种各样的名词"③的说法大相径庭。其二，这部小说所列的词条，一共为十八条，三大教派文献平分，每卷六条。其中只有一条是有关语言的词条，即绿书里的"库"（哈扎尔语：水果）。其他全是人物名字，其中三卷里重复出现的是可汗和阿捷赫，有一卷里介绍到大论辩中的一个人物基里尔。也就是说，真正涉及哈扎尔大论辩史料和传说的不过就是这八个词条。这似乎很难构成一部真正意义的有关哈扎尔历史的辞典，更准确些说，这是一部用词条形式来分章节，以三个不同的叙事视觉来展开文本内容的小说。

如果仅仅是以词条的方式来展开小说情节或者构成小说的一部分叙事内容，这样的写作技巧远不是从帕维奇开始的。太远的不去说它（已经有人把它的起源追溯到古代的《易经》或者明代笔记小说），中国新文学史上最杰出的小说《阿Q正传》，就不自觉地使用过词条展开的叙事形式，至少是一半的章节含有这样的性质，如第一章，就是一篇类似解释"阿Q正传"四字的词条。其下：优胜记略、续优胜记略、革命、不准革命等章节，其夹叙夹议的叙事方式，都可以作词条解。外国文学我并不清楚，但至少，韩少功译过的米兰·昆德拉的小说里，多次使用过词条展开的叙事方式。不管使用这些方式的作家有没有冠之"辞典"的名称，其基本形式是用词条展开的形式来叙事，基本特征是通过对某些名词（包括人名）的重新解释和引申出生动的故事作为例证，来表达作家灌注在小说里的特殊构思。如阿Q这样的典型，鲁迅自然可以像塑造华老栓、闰土、祥林嫂那样给予创造，但如果这样的话，似乎很难达到对阿Q精神特征的深刻剖析，作者想通过这个人物来挖掘国民沉默的魂灵，似乎也只能采用解释"精神优胜法"等名词来完成，由此而创造的夹叙夹议的理性叙事过程，也就显得自然而然。词条展开的叙事形式与作家在创作中发表某种议论的欲望是分不开的，当感性的艺术形象不足以表达作家对形象的特殊理解，他必须使用个性化的议论加以补充，而词条展开的叙事形式尤其适用于某些理性较强、希望通过对语言本身的重新解释以改变某些既定思路，从而改变读者对小说的常规理解的作家。

但帕维奇似乎并不属于这类作家的典型，因为我不了解西方各派宗教，无法对小说展开的三大宗教的知识发表意见，仅从他所选择的词条而言，大部分是小说中的人物名字，这就仅限于叙事功能而缺乏对语词本身作注释的机会。小说借助词条形式展开的是后现代的文本功能，即作家在"使用说明"里告诉读者，可以对这部小说作任意的读法。哈扎尔王国在小说里只是一个消失了的历史传说，一千多年来人们对这宗历史疑案的探寻受到了神秘世界的阻拦，先是三大教派各编了一套文献，来解释王国皈依宗教的结果，使历史真相变得充满歧义；在公元十七世纪和二十世纪，又有研究者企图重新清理这段历史，却受到了各教魔鬼们的干扰。那些研究者们虽然来自各大教派，但多半是本教具有叛逆思想的人，当他们打算越出本教的文献从异教中寻求真相时，他们都遭到了天谴。如果说，十七世纪的研究者们还仅仅受到魔鬼们恶作剧似的干扰，那么更神奇的是在二十世纪的现代国际学术会议上，三教魔鬼联合起来动了杀心，才阻止了三位现代学者的会师。小说似乎阐释了人类世代相承的对真理不屈不挠的探求精神所面临的可怕命运，仿佛是西绪弗斯的殉道之路。为了粉碎人类在这条殉道路上产生任何玫瑰色的梦想，哈扎尔王国的秘密将永远不可解，这就使作家放弃了传统的封闭式的叙事结构，将三大教派的文献资料汇编于一书，呈开放形态，读者不仅可以任意选读某个教派的文献而信其说，而且可以把其中的词条作任意拆解，选读其中感兴趣的片段。《哈扎尔辞典》设置的结构如下：

相遇时间 相遇地点	哈扎尔大辩论参加者 861年哈扎尔王国夏宫	十七世纪研究者 1689年9月24日 瓦拉几亚战场	十七世纪魔鬼	二十世纪研究者 1982年10月2日 帝城学术会议
基督教 （红书）	可汗 阿捷赫 基里尔	勃朗科维奇·阿勃拉姆	谢瓦斯特·尼康 （左撇子，喜画画）	以撒洛·苏克
伊斯兰教 （绿书）	可汗 阿捷赫 伊本·科勒	马苏迪·尤素福	贾·伊·阿克萨尼 （喜诗琴）	阿·卡·穆阿维亚
犹太教 （黄书）	可汗 阿捷赫 伊萨克·桑加里	合罕·撒母耳	卢·叶芙洛茜尼娅 （两个拇指）	多罗塔·舒利茨
尾声	阿捷赫		二十世纪魔鬼 范登·斯巴克（阿克萨尼） 斯巴克太太（尼康） 三岁的儿子（叶芙洛茜尼娅）	

现在我们手头的这本辞典是以纬线为线索编撰的，分别以红、绿、黄三书分卷，但认真的读者在阅读这部小说时不能不时时照顾到经线的思路，即从时间为序的事件中理解全书内容，这就必须将十八个词条顺序打乱，互相参照，甚至重新排列。这种开放型的文本形式与通篇人鬼纠缠的奇异故事构成了《哈扎尔辞典》的叙事特点。为了使这种特点让读者充分利用，作家使用了"辞典"一词来概括这部小说，如作家提醒读者的："你不一定要通读全书，可以只读一半或者一小部分，顺便说说，人们对待词典通常也是持这种态度。"作

家的提醒是为了让读者在阅读方法上参照词典的形式，以词条的间断性和互现性来暗示本书的阅读特点。所以，作为小说的《哈扎尔辞典》并非是文本意义上的词典，只是开放性阅读意义上的辞典。

如果从这样一个角度来比较，我们会发现，《哈扎尔辞典》所不具备的因素，正是韩少功在《马桥词典》里所追求，并以一种语言形式固定下来的。这部小说在其他方面都一如作家以往的创作风格，换句话说，在韩少功的创作谱系里，这部小说并没有太突出的探索意义，如果从艺术创新的角度看，它没有1985年的《爸爸爸》《女女女》来得尖锐。唯有在小说的叙事形式上，韩少功是花了大气力，处心积虑地要开创一种新的小说叙事文体——使用词典的语言文体来写小说。无论是米兰·昆德拉还是帕维奇，其自称的"误解小辞书""辞典小说"之名，只是代表了用词条形式来展开情节的叙事形式之实，并没有当真地将小说写成辞典；而韩少功则在这一基础上举一反三，以楼为珠，着着实实地写出了一本词典形态的小说。我们可以对于词典形式能否成功地表达小说的美学特征、"词典小说"这一艺术体裁能否成立等问题进一步提出讨论和质疑，但我们不能否认韩少功在小说形式探索上的独创性。

与《哈扎尔辞典》相比，这种独创性是显而易见的。首先，《马桥词典》以完整的艺术构思提供了一个地理上实有的"马桥"王国，将其历史、地理、风俗、物产、传说、人物等等，以马桥土语为符号，汇编成一部名副其实的乡土词典；同时，韩少功又以词典编撰者与当年插队知青的身份，对这些词条作诠释，引申出一个个回忆性的故事。故事的文学性是被包容在词典的叙事形式里面，读者首先读到的是一部完整的关于马桥的词典，其中才有故事的成分；而不似昆德拉，仅将词条展开的叙事形式夹杂在一般小说叙事当中，作为一般小说叙事的组成部分；也不似帕维奇，只是借助词条形式来展开小说情节。在后两种叙事中，虽然都使用了词条展开的叙事形式，但一个是用于补充一般小说叙事的不足，一个是服从于小说整体叙事的需要，而在《马桥词典》这本"词典"里，一切都颠倒了过来，小说的一般叙事服从了词典的功能需要。自然，以实的词典形式来编纂小说，我对其功能的再生性是抱有怀疑的，马桥是一个地理概念上的特定空间，这就与存在于文献与传说中的乌有乡哈扎尔王国有了很大的差别，后者是个若隐若现、人鬼纠缠的想象空间，关于它的本文只能是开放性的，无定本的，从而也带来了读者在阅读方式上的革命；而前

中国当代文学史资料丛书

者，由于地理位置的确定性使它成为一个封闭的文本，读者只能把它当作一部百科全书式的知识性词典，无法再生出更大的想象力。我无法想象，在《马桥词典》出版以后不久会出现一批诸如《牛桥词典》《高家庄词典》的模仿品。从这一点看，昆德拉帕维奇们将词条展开形态融入一般小说叙事，以丰富原有的小说叙事方式，虽然在"词典小说"的意义上是破碎的，但它比较适合多方面的应用和尝试，拥有了较大的活力；韩少功的创作只是这种活力的证明，他把作为词条展开形态的叙事方式推向了极致，并使其用小说形式固定下来，从而丰富了小说的形态品种，《马桥词典》无疑是个成功的特例。如果我们将词条展开的叙事形式作为一种小说叙事形态来观察，韩少功是将词条展开的叙事形式推进到词典形态小说的大胆的尝试者。其次，与完善词典小说形态的意义相比，韩少功在创立词典小说形态的过程中对小说语言的探索要更加成功些。在以往小说家那里，语言作为一种工具被用来表达小说的世界，而在《马桥词典》里，语言成了小说展示的对象，小说世界被包含在语言本身的展示中，也就是说，马桥活在马桥话里。其实这样的努力并非从少功始，在五十至六十年代，就有不少写农村的作家有意避开代表国家权力的"公众话语"谱系，从民间寻找方言土话来描述农村发生的故事，如周立波的小说里，东北方言和湖南方言被大量地使用，但因为他的小说本身描述的是一种国家权力行为，方言不得不加上大量的注释。现在韩少功把语言与描述对象统一起来了，用民间词语本身来展示民间生活。尽管他在讲解这些词语时仍不得不借助公众话语（这一点他在编辑者序里已经说明），但小说突出的是马桥的民间语言，文本里的语词解释部分构成了小说最有趣的叙事。如对"醒"的解释，在马桥人看来，醒即糊涂，他们从屈原的悲惨遭遇中看到了"众人皆醉，唯我独醒"的格言背后所包含的残酷现实，这与鲁迅笔下的"狂人"意象一样，既是对先驱者的祭奠，又是对国民性的嘲讽，也包含了民间以自己的方式对三闾大夫的同情……所有这些，不是通过人物形象，不是通过抒发感情，甚至也不是通过语言的修辞，它是通过对某个词所作的历史的、民俗的、文化的以及文学性的解释而得到的。即使在有些故事性较强的词条里，它主要的魅力仍然来自构成故事的关键词。像"贵生"一词的解释里叙述了"雄狮之死"，小说里雄狮、水水和志煌一家三个故事都颇有民间意味，但小说的叙事重点显然不是人物而是透过人物展示出来的下层民间情绪，这些情绪则是关键词表达的重点内容，雄狮本是个极有个性的孩子，他误碰炸弹惨死后，小说重点阐释了一个民间词：贵生，即指男子十八岁、女子十六岁以前的生活，在民间看来，人在十八岁以前的生活是最珍贵而幸福的，再往上就要成家立业，越来越苦恼，到了男子三十六岁女子三十二岁，就称"满生"，意思是活满、活够了，再往上就被称作"贱生"了。所以，乡亲们对雄狮的误死并不烦恼，他们用"贵生"的相关语言来安慰死者父母，数说了人一旦成年后就如何如何地痛苦，让人读之动容的正是这些语词里透露出来的农民对贫困无望生活的极度厌倦，雄狮之死仅仅成了说明"贵生"这个词的例子。从这里我们似乎看到了韩少功所做的努力。

从两部词典小说的比较研究中我们似乎能够看到，《马桥词典》词典体小说的叙事形式是在外国作家的词条展开的叙事形式基础上发展而来的，用简单的模仿之说来解释这种现象是不妥的。即使要说这种相似的词条展开形式里有模仿的可能，也只是作为词典形态的一般程式，诸如小说前面都有相似的"编撰说明"之类。这并不能说明问题。就如书信体小说一定会有收信人的称呼之类，日记体小说一定会有年月日期一样。但我们从这种叙事形式的发展角度来考察，韩少功的词典体小说不可能是从什么周易或者其他古代文献中获得创作灵感，他只能从外国小说中的词条展开的叙事形式中受到影响和启发，最直接的证据是他参与翻译了米兰·昆德拉的小说。这里我想再引入关于"接受影响"的概念，据美国的比较文学家肖对影响研究的表述是："一位作家和他的艺术品，如果显示出某种外来的效果，而这种效果又是他的本国文学传统和他本人的发展无法解释的，那么我们可以说这位作家受到了外国作家的影响。"④但比较文学研究中"接受影响"与"模仿"的概念是不一样的，据《比较文学小词典》解释："与模仿相反，影响的结果是受到影响的作家创作出自己的东西来。影响不限于个别细节或某些意象或'借用'或甚至材料来源，而是某种深入于结构中、弥漫于整个作品的组织内，而且经由艺术表现出来的东西。"⑤"接受影响"的概念显然要比"模仿"宽泛得多，它包括某种联想的作用，譬如：可以用编词典的方法来写一本小说，这一观念也许是来自对昆德拉小说中用词条展开情节的叙事形式的举一反三，也可以直接或间接地从《哈扎尔辞典》这样的辞典小说的信息中产生郢书燕说式的联想，但作家通过对这一信息的自由想象，并调动了自己的日常生活积累和知识结构，最终创作出与影响源的本体完全不同的作品。像这样具有独创性的作品，也不能排除接受外来影响的可能。

帕维奇的《哈扎尔辞典》比米兰·昆德拉的小说在词典形态上更接近《马桥词典》，所以我起先对韩少功声称他没有读过这部小说的说法是抱有怀疑的，但是当我读完这两部小说时，我有点相信了。因为这两部小说中最容易发生影响关系的地方却显得十分隔膜。如前所说的，《哈扎尔辞典》所不具备的因素恰恰是《马桥词典》里所追求，并以一种语言形式固定下来的；同时，《哈扎尔辞典》里最精彩的因素，也是《马桥词典》所缺少的。《哈扎尔辞典》最精彩之处就是它拥有的开放性文本，这一特征与词条展开的叙事形式相匹配真是天作之合，小说里三大教派的文献以不同的视觉和观点叙述同一历史事件，使每一个事件同时拥有三个阐释空间，在互现中展示出丰富的想象力。我想每一个读者在阅读这本小说时都会对这一点留下深刻印象，甚至会直接感受到以往阅读经验被挑战和轰毁。这种感受正是在词条的多义性和互现性的叙事特点里展开的。韩少功在过去的小说里一再强调打破小说叙事的确定性和因果性，不说像《爸爸爸》《归去来》等寻根派小说扛鼎之作，就在《马桥词典》里也一再地强调这一点，说明他一直在想方设法寻求一种适用于开放性文本的小说叙事方式。如果事先看过《哈扎尔辞典》，对叙事形式如此敏感的少功不会对这一点无动于衷。可是现在我们在《马桥词典》里看到的，所有的词条解释都围绕着词典规范下的准确性和知识性来展开的，小说里的人物故事表面上被词条分割得破碎无章，其实仍然是在严格的线性叙事顺序下展示。即使像希大杆子的结局那样具有不同的说法，也是在一条词条里作为多种说法存疑，而在整部词典的各词条之间则显示出高度的和谐与完整。本来，马桥的历史和风俗上并不缺乏神秘的现象，如果它通过词条的形式被特殊地展开出来，也不至于会产生与哈扎尔王国的雷同，反倒可说明两者之间存在着一种深层次的精神现象的影响与感应。但现在文本所呈现的《马桥词典》作者则明显地缺乏这一方面的灵感，这似乎有些可惜，由此也可说明作者对《哈扎尔辞典》在利用词典小说叙事方法上的最出色之处缺乏敏感，他没有读过这部小说，多少可以解释这一点。

　　但即使如此，我们仍不能完全排除韩少功受到过《哈扎尔辞典》的影响，这种影响的途径可能是多方面的，诸如曾听人口头上的介绍和推荐，或者间接地获知国外有人用词典的方法写一本小说，等等。聪明的作家能在这类道听途说中举一反三，凭借了自己的丰富生活经验与对词典形式的理解与想象，创造出一个与本民族文化血肉相关的艺术品。"接受外来影响"并不否定独创性，相反，从某一种文学间的接触引发出作家天才的创造力勃发，正是二十世纪中国文学史的重要现象。有的论者在讨论文学的模仿现象时举了鲁迅的《狂人日记》与果戈理的同名小说作为例子，这是错误的。第一，鲁迅并没有模仿果戈理，只是可能在用"狂人日记"的叙事形式来写小说这一点上有过后者的影响，这只要对照阅读过两者文本的读者都能理解，虽然两篇小说的结尾都用了"救救孩子"的呼吁，果戈理是通过弱者之口的呼救来表明小人物在社会上孤立无援的绝望，而鲁迅，则是站在启蒙的立场上呼吁着人类的自我忏悔和改造。两种"救救孩子"之间可能发生过创作上的启发，但与模仿完全是两回事；第二，鲁迅的《狂人日记》里包含了多种外来影响的痕迹，但并没有因此丧失了作家对本民族文化的最直接最独特的感受，对"吃人"意象的象征性应用正是鲁迅的独创，鲁迅没有因为接受了别人的影响而放弃自己的鲜明个性。仅凭着两者同是日记体小说，或主人公都是狂人就说鲁迅"模仿"了果戈理，实在是连文学史的基本知识都没有弄懂的外行话。但我们同样不能否认的是，鲁迅在创作《狂人日记》前确实受到过包括果戈理在内的外国文学的影响。二十世纪中国文学创作中确实存在某些中国作家对心仪的外国作家的模仿（如洪深的《赵阎王》与奥尼尔的《琼斯皇》），但更值得研究的是中国作家如何在接受了外来影响以后创作出充满独创性的作品。

我们在《马桥词典》里也得到了同样的信息。我们假定韩少功是从世界文学创作趋向中获悉到"可以用词典的方法来写小说"这一信息，他完全是用中国式的理解来编撰"词典"，并且以自己的生活经验来构筑起马桥的语言王国，小说所展示的"马桥"充满着作家对自己民族文化的历史与现状的思考和参与精神，这是任何西方文学意象都无法取代的。韩少功的小说理念因素一向很强，这作为小说叙事人来说并非全是好事，在他过去的一些小说里，人物尽可以怪诞，风俗尽可以荒谬，但总让人感到是作家有意为之说明他想表达的某些观念，《马桥词典》使语言本身成了一种叙事，作家作为词典的编撰者，他的理念性因素得到了合理的存放，许多关于语词的解释寄存了他的理念，包括对于马桥风俗中的一些非理性现象的认同，如关于"枫鬼"的词条，作家反复解释非因果性的意义，正是他的理性力量的证明。但语言对理念的概括力毕竟是有限的，所以他不得不借助许多民间世界的人物与故事来补充他的理性把握不足，原先被遮蔽的民间生活的展现虽然事先就受到了作家所选的词条限制，但它以自身的丰富性充实了语词概念的内涵。如对"格"一词的诠释中，作家展示出两种截然相反的民间对权力的复杂态度。如果说在明启的故事里反映了权力意识对民间的透入，使民间对象征着某种特权的"格"怀有敬畏之心，那么，紧接着对"煞"的诠释里，对万哥的无性称谓里，又体现出民间无意识里对"格"的疏离。我尤其喜欢词典里描写的一些真正被遮蔽的民间世界和民间人物，马桥人物的故事大致可分三类：一类是政治故事，如马疤子、茂公和盐早等；一类是风俗故事，讲的是乡间村里的日常故事，如志煌的故事、罗伯讲哲学的故事、本义晕街的故事等等；还有一类是即使在乡间世界也找不到正常话语来理解和讲述的，如铁香、万玉、马鸣等人的故事。我觉得比较有意思的是第二、三类，马桥本身就是个国家权力意识与民间文化形态相混合的现实社会缩影，各种意识形态在这里构成了一个藏污纳垢的世界，权力通过话语及对话语的解释，压抑了民间世界的生命力，风俗故事正反映出被压抑的民间如何以自己的方式来拒绝来自权力的庙堂文化，本义后来成了这个民间社会的权力象征，但他早年在城里的"晕街"，却非常有意思地展示出农民不适现代文化的心理状态；志煌的故事是通过"宝气"的词条来展开的，在其前面先有"豺猛子"一词，介绍民间的一种平时蛰伏不动，一旦发作起来却十分凶猛的鱼，可作象征性的暗示，而"宝气"作傻气解，这个词语背后则隐藏了民间正道和对权威的不屈反抗。第三类的被遮蔽的民间故事更有意思，像万玉、铁香、马鸣等人，他们的欲望、悲怆，以及生存方式，就连乡间村里的人们都无法理解，也就是说，在权力制度和民间同构的正常社会秩序里，无法容忍真正来自民间世界的生命力的自由生长，这些人只能在黑暗的空间表达和生长自己，在正常世界的眼光里他们乖戾无度不可理解，但在属于他们自己的空间里，他们同样活得元气充沛可歌可泣。这种含义复杂的民间悲剧性也许光靠几个语焉不详的词条或不完整的诠释是无法说清楚的，但这些语词背后黑暗空间却给人提供了深邃的想象力。

韩少功在《马桥词典》上取得的成功，给当代中国的比较文学研究领域提出一个新的课题，也许能再次唤起人们对这一国际文化间的创作现象的研究热情，改变传统影响研究的思路。以往的影响研究中，研究者的重点是放在考据两个文本间的"相似"之处，即构成"影响"的事实，而对于受影响者在接受与消化过程中表现出来的独创性缺乏应有的重视。尤其在世界进入了信息时代以后，思想文化间的影响可以通过无数有形迹和无形迹的渠道发生作用，人们几乎无时无刻不身处世界信息的喧嚣之中，类似追寻影响痕迹的做法越来越变得不可能或不可靠了。深深陷于世界文化和文学信息旋风中的当代中国文学创作，它的独创性并不是以其是否接受过外来影响为评判标准的，而是以这种影响的背后生长出巨大的创造力为标志。我把中国作家在创作中表现出来的这种创造力称作当代文学创作中的世界性因素。正如韩少功在《马桥词典》所作出的努力，不仅仅是小说的形式探索，他通过词典形态的叙事方式写小说，对语言如何摆脱文学的工具形态、弥合语言与世界、词与物的分离现象，以及构筑起"语言——存在"一体化等进行了一系列的实验，我们从中不难看到本世纪以来世界性的思想学术走向和文学的实验性趋势。在这项小说试验中，中国作家与外国作家至少建立起一种类似同谋者的对应结构，以往影响研究中"先生与学生"的传统结构被消解，被影响者只是有意或无意地被吸引到这个世界性的游戏中去，但作为中国的参加者，他为这个游戏也提供了新的规则和内容。模仿说在这儿是不攻自破了，如果世界文学中确认了"词典小说"这个品种，《马桥词典》与《哈扎尔辞典》应该是享有同等地位和代表性的。正如我一向认为我们探讨"散文诗"这一现代文学体裁时，屠格涅夫、波德莱尔和鲁迅的作品，是享有同等的代表资格。如果这个世界把华文写作排除在它的原创领域外，仅仅把它视为西方文学的接受者和派生物，那只能说明这个世界文学本身的不完整与不合法。

1997年2月2日于黑水斋

注释：

① 引自《为您服务报》1996年12月5日。

② 引自《比较文学小词典》，收入刘介民《比较文学方法论》，天津人民出版社1993年出版。

③ 引自帕维奇《哈扎尔辞典》，戴骢、石枕川译，《外国文艺》1994年第2期。

④ 引自《比较文学研究资料》，北京师范大学出版社1986年出版，第119页。

⑤ 引自《比较文学小词典》。

原载《当代作家评论》1997年第2期

对语言现代性的反思

——韩少功的《马桥词典》新论

方长安

20世纪中国语言现代性的追寻，由两大阶段构成，一是五四前后所进行的打破文言与白话旧的话语关系，完成白话取代文言的过程；二是在白话确立起支配地位后，对民族共同语的想象与追寻，上个世纪30年代有关大众语的讨论可视为起点，建国后对普通话的确立与推广，则是诉诸实践。普通话是现代性在语言维度上的体现，而《马桥词典》所检视反思的，我以为便是这一业已成为"公理"的语言现代性现象。

一

在《马桥词典·编撰者序》中，韩少功称自己在做"一种非公共化或逆公共化的语言总结"，而这种总结"对于公共化的语言整合与规范来说，也许是不可缺少的一种补充"①。这里的"公共化"指的是语言的普通化，即对民族共同语的追求，"公共化的语言整合与规范"就是《后记》中所谓的"共同的语言"②规范，即普通话规范。由此可知，作者是从逆普通话角度重审普通话现象。

普通话作为现代汉民族共同语，它的三条基本标准是：一、以北京语音为标准音；二、以北方话为基础方言；三、以典范的现代白话文著作为语法规范。前二者已清楚地昭示了普通话的北方话基础，而第三条"以典范的现代白话文著作为语法规范"，同样是以北方话为取向的。因为早在1918年，胡适就提出了建设新文学的宗旨："国语的文学，文学的国语"，认为文学革命"只是要替中国创造一种国语的文学"，而国语的文学就是"白话的文学"，它是"尽量采用《水浒》《西游》《儒林外史》《红楼梦》的白话"而做出来的③。这是胡适为新文学作者找寻到的一条创造现代白话文的路径，五四新文学就是沿着这一路径发展起来的。而《水浒》《西游》《儒林外史》《红楼梦》等的语言基础是北方话。1955年《人民日报》社论在谈到现代民族共同语书面形式的主要源头"白话"时指出："宋、元以来，用'白话'写的各种体裁的作品层出不穷，产生了许许多多的文学巨著。这些作品的语言虽然都或多或少地带有地方色彩，但是总起来说，它们的方言基础大多数是长时期在汉语中占优势地位的北方话。"④这表明五四以来的白话文，从总的情势看，是以北方话为基础发展起来的，这样普通话第三条标准"以典范的现代白话文著作为语法规范"表明，普通话的语法规范也主要取自北方话。

所以，普通话作为现代汉民族共同语，其语音、语汇、语法等均主要源自北方话，⑤而广大的南方方言则被漠视、舍弃。这一特征，使得普通话的推广与普及过程，变成了一个存在着内在隐患的过程，《马桥词典》所进行的"非公共化或逆公共化"的语言总结，也就是揭示以现代性形式出现的普通话的内在隐患，或者说所导致的困境。

二

困境之一：普通话的普及与推广一定程度地导致了南方方言文化的流失。

现代语言学认为，语言不只是交际的工具，它本身即是一种文化，语言中存留着无数种族文化历史的踪迹，它是种族历史文化的直接现实。这一现代语言学观点，是韩少功创作《马桥词典》，反思中国语言现代性追寻的知识背景。⑥"马桥"位于南方，湖南汨罗县境内，具有深厚的文化底蕴，在那里"随便踩一脚，都踩到汉代以前去了，脚下吱吱吱不知要踩掉多少文物珍品"，⑦语言上属湘方言区。湘方言分布在湖南省大部分地区，以长沙话为代表，使用人口约为汉族总人口的百分之五，属于中国南方典型的小语种。湘方言与普通话距离极大，如"吃"字，发上古的"qia"，而不用中古的"qi"，更不用近代以来即普通话中的"chi"。现代民族共同语的追寻，就是以普通话中的字词、读音、语法规范等置换方言字词、读音与语法规范，这意味着方言的大量消失。

韩少功深切地感受到了这一点，在《后记》中他不无忧虑地陈述了方言"绝大部分无法进入普通话"[8]的事实。在作品中，他所思索并着力表现的便是方言的消失意味着什么？为此，他从马桥方言中选择了一百多个词，逐一释义、还原，将目光投向词语后面的人，感受词义中的生命内蕴，将词语的形成过程作为一种文化积淀过程来表现，努力开掘词语所承载的文化内涵，将词的释义与文化叙述统一起来。如词条"醒"的描写，"醒"在马桥具有与普通话全然不同的含义，它不是普通话中的"觉悟""理智""梦觉"之意，普通话中"醒"字没有贬义；但"恰恰相反，马桥人已经习惯了用缩鼻纠嘴的鄙弃表情，来使用这个字，指示一切愚行。'醒'是蠢的意思。'醒子'当然就是指蠢货"。这种词义是怎样形成的呢？作者以为它源自马桥先人对屈原的"举世皆浊我独清，众人皆醉我独醒"的理解。屈原"在罗地的时候，散发赤足，披戴花草，饮露餐菊，呼风唤雨，与日月对话，与虫鸟同眠，想必是已经神智失常"，但他自以为众人皆醉而自己独醒，于是马桥人将这种神智失常称为"醒"，也就是蠢的意思。他们以"醒"字代用"愚"字和"蠢"字，在韩少功看来，"是罗地人独特历史和思维的一脉化石"[9]。"醒"字含义的生成与马桥人独特的思维方式、历史场景、生存观念分不开，它是一段历史的凝结，是历史文化的活化石。然而，遗憾的是，附着于"醒"的历史文化场景、要义却因"醒"的"蠢"义无法进入普通话而被无情地遗亡。又如"流逝"一词，形成于多水的南国，"表现了南国人对时间最早的感觉"，这种感觉与水相关，"子在川上曰：逝者如斯夫"，"流逝"中灌注着一种生命短促的紧张感、恐惧感，但普通话却取了北方方言中的"马上"一词，而"马上"形成于多马的北国，与"流逝"一词只能算是近义词，缺乏"流逝"一字所负载的南方人独特的生存体验。在韩少功看来，以"马上"取代"流逝"，实际上意味着南方人对水与时间关系的独特感觉的消失，这是一种文化场景、文化联想的消失。

他对马桥词语的阐释与还原，旨在向读者敞开每个词所承载的独特而丰富的南方文化。而这些南方文化，或者因其所依附的词语无法进入普通话而逐渐被遗亡；或者因其所附丽的词进入普通话后读音的改变而被扭曲、萎缩乃至消亡。[10]这对于中华民族来说，是一场潜隐的文化灾难，因为南方文化属于幅员广大的中华文化最重要的部分，是中华文化中极具生命力的部分，是民族现代性追寻中可以依靠的重要的文化基石，其潜在的积极性无可估量，然而它却随语言的置换一定程度地被遗弃，这无疑是语言现代性追寻的一大负面效应，一种难以摆脱的困境。

三

困境之二：普通话未能像它所许诺的那样，做到克服各种语言障碍，以实现全民沟通；特别是对人的精神世界而言，它并不具备一种普通交际的功能。

在《马桥词典》中，韩少功提出了"是否就可以找到一种共同的语言呢？"这一问题，[11]也质疑普通话的普通交际功能。他从普通话的推广与应用等角度进行了探讨。"你老人家（以及其他）"词条，描写了普通话在马桥的推广及马桥人对普通话语词的理解、运用。在马桥，诸如"革命群众""全国形势大好，越来越好""在上级的英明领导和亲自关怀下""讲出了我们的心里话""不获全胜决不收兵"等等，是"不可认真对待的"，它们失去了在普通话语境中的本义，变成了一些没有具体指涉的空洞能指。马桥人是在修水利、积肥、倒木、斗地主、学校开学、疯狗咬死人的追悼会等时候，使用这类普通话语的。普通话对他们来说是一种无实指的插入语，一种对于言说事实、抒发情感没有实际意义的多余话。他们发泄内在情绪、抒发真情实感所使用的仍是方言。如作品写本义在堂堂皇皇的追悼会上讲完那一大套普通话语后，颇感语言不适，于是回到方言，情不自禁地大骂了一句"我嬲起你老娘顿顿的呵……"，顿时"觉得周身血脉通畅多了"，似乎只有方言，他的私人体验才能得以表现，只有回到方言，他才有一种生命的自由感、安全感。这表明普通话在马桥失去了普通交际功能，更谈不上表达个人化情感。

普通话在马桥被肢解、误读，能指虚空化、自我指涉化，变成了远离生命存在语境的言说，这样，马桥人无法以普通话与普通话世界进行正常的交流，他们的言行由是无法被普通话世界所理解、接受，强行进入普通话世界里，他们也只能失语、寸步难行，如魁元到城里后，难逃进"民主仓"（坐监）的命运。即使在马桥，他们也常常做出"完全不是出自利益的权衡，而是出自他某种理解的惯性"的不合常理的事。如姓张的后生违背计划生育政策的超生行为，就是源自对"违法乱纪"的误读，而不是出自任何利益考虑，所以作者将之归结为"不过是一次语言事件，是一次词义错接和词义短路的荒唐作业。违法者最终使自己丢掉了饭碗，为一个或几个极普通的词付出了代价"。一切源于话语交流的错位，而错位又因为普通话词义的篡改。

不仅如此，一个普通话化的人，也同样难以接受马桥语，无法与马桥人沟通，进入不了马桥世界。因为马桥话作为一种典型的南方方言，有着自己独特的语法规范，如"栀子花，茉莉花"词条中所谓的"暧昧、模糊、飘滑、游移、是这又是那"，一种模棱两可性。马桥人"似乎很乐意把话说得不大像话，不大合乎逻辑。他们似乎不习惯非此即彼的原则"。有时不得已要将话说得明白一些，那只是对外部世界的一种"勉为其难的迁就"。与之相比，普通话遵循的则是科学化、逻辑化原则，追求的是清晰、澄明的境界。正是这种区别，决定了两种语言的不可通约，决定了一个普通话化的人进入马桥后势必出现心理不适，乃至情感冲突，也就无法真正走进马桥世界作自由交往。如"你老人家"一词，在马桥只是一种谦辞，对老幼均适用，"说多了，客套的意思也渐渐流失，相当于言语间咳嗽或哈欠的插入"，没有实际意义。如有人问供销社杀了猪没有，答者可回答："杀了你老人家。"然而，一个普通话化的人对此会不适应，如罗伯对一个普通话化的插队女知青友善地打招呼："担秧呵你老人家？"立即引起了女知青的反感。她因普通话无法进入马桥世界，在马桥她有一种因语言的不通而导致的恐惧感。

由是，韩少功对普通话的"普通"交际功能持怀疑态度，认为所谓"共同的语言"，"永远是人类一个遥远的目标"，认为"人们在寻找和运用一种广义普通话的时候，在克服各种语言障碍以求心灵沟通的时候，新的歧音、歧形、歧义、歧规现象"⑫正在层出不穷地出现，认为在推广、运用普通话的同时，"一个非普通化或者逆普通化的过程"，正在人们内心中同时推进。何以如此？在他看来，原因有三：

一是语言现代性建构的政治走向导致了普通话承受力、表现力的内溃。建国后政治运动频繁，普通话逐渐萎缩为表达政治革命的手段，整个词库中政治词汇使用频率最高，离开它们，人们甚至无法交流，无法描述出意义世界的秩序、图景。而那些北方社会长期以来形成的富有生活实感、指向私人经验的词汇，则被抑制以至于逐渐淡出人们的日常口语表达及书写的需求。普通话严重地政治革命化，造成了语言的单调无实指，不仅麻木了一代人的语言神经，使他们语言知识贫乏，以至心灵干枯，而且使普通话远离实际人生，无法叙述个人化的感受、经验，尤其难以满足南方方言区人们的语言需求。如马桥人就误以为普通话只是一种政治场合如"开会"时使用的"官话"，将普通话等同于一种公共场合的语言仪式，对它有种敬而远之的感觉。在这种情形下，一种"逆普通话的过程"也就在所难免。

二是将语言现代性的目的定位为一种简单的社会交际工具，不利于普通话向方言的渗透与融合。1955年《人民日报》社论称普通话"是人们交流思想的工具，同时也是社会斗争和社会发展的工具"。⑬这是建国后几十年来语言现代性追寻中对普通话合法性诉求的一种主流话语。它将普通话定义为一种工具，而非一种民族历史文化显现，本末倒置，于是推广过程中只追求工具效果，忽略了普通话语与方言话语的融合，没有意识到普通话应承担言说方言文化这一根本性的任务，导致了普通话面对方言文化时有种无可奈何之感，方言社群人们也不奢望以普通话表述个人内在思想与情感，充其量只将普通话作为不得已非与外界打交道时的一种途径，而将复杂真实的自我"深藏在中文普通话无法照亮的暗夜里"。⑭他们只将普通话作为一种外在的工具，一种附加物，而未作自觉地理解、运用，这样普通话就不仅未能真正地与方言融合，承担起言说方言文化的任务，而且其作为"社会斗争和社会发展的工具"的功能也无法真正地发挥出来。

三是赋予普通话这一语言现代性形式以真理的身份，造成了对方言尤其是南方方言的一种有意无意的讨伐。作者切身地感到，长期以来，普通话是作为一种权威语言被推广的，它控制着人们的公共言说行为，人们"一旦进入公共的交流，就不得不服从权威的规范"，⑮也就是按普通话规范言说，这是一种"个人对社会的妥协"行为，压制着人们真实的"生命感受"。⑯在"亏元"词条中，作者作了如此的反思："一旦语言僵固下来，一旦语言不再成为寻求真理的工具而被当作了真理本身，一旦言语者脸上露出自我独尊自我独宠的劲头，表现出无情讨伐异类的语言迷狂"，由语言引起的冲突就不可避免。这是作者从方言角度对普通话的"真理"化身的一种反思、质疑与反抗。被人为地赋予一种"真理"本质后，普通话不仅对南方方言构成了一种有意无意的讨伐，而且它也因此丧失了一种指向自我的反省与完善机能。它无意于与方言进行深层次交流和融合，阻塞了许多方言进入普通话的可能性通道，方言也由是关闭了与普通话交融的大门。于是，"语言篡改"事件也就不可避免，在推广运用普通话的时候，"一个非普通化或者逆普通化的过程"便自然而然地在人们内心中同时推进。⑰

四

困境之三：普通话当被作为一种文学语言时，无力表现南方方言社群的生活。

在《马桥词典》中，韩少功以小说家的姿态敞开了一个迥然不同于普通话的语言世界，它有不同于普通话科学化、逻辑化的模糊性原则，有历史长河中形成的特定的语词、发音和词语搭配方式，等等。马桥人是依据自己心中的词典生活的，而那些词语又规约了他们的心理乃至生存方式，这种心理、生存方式又只能在生成它们的语言情境中显现，就是说特定的语言是他们言说自我、敞开自我的决定性场景。所以，只有"我劁起你老娘顿顿的呵""宝气""醒子""觉"等方言，才能真实地表达马桥人的情感，呈示他们的个人感受、体验；而"公有制""私有制""科学""举国上下"一类普通话词语，则无论发音还是词义，均与他们的生存境况、心理情景相背离，对他们来说只是言实分离的空洞能指，无法激起他们内在的情绪与言说冲动，也就无法表现真实的马桥，无力书写出马桥人独特的精神世界。作者是借马桥来述说普通话对于表现南方方言世界是无力的。在《后记》中，他指出，为了进入现代社会，为现代世界所理解、接受，他"多年来一直学习普通话"，已经完全普通话化了，只能以普通话想象、描述故乡了，记忆中的故乡"也普通话化了"，正在"一天天被异生的语言滤洗"，变得"简略而粗糙"，或者说"正在译语的沙漠里一点点干枯"。语言是一种文化，以普通话表达南方方言社群生活，因文化的差异必然走样，"用京胡拉出来的《命运交响曲》还是《命运交响曲》吗？"⑱普通话语境中的故乡已不是真正的故乡，就是说，普通话无法满足作者表现南方方言社群生活的需求。

五

作为一位南方作家，韩少功并未狭隘地理解普通话，而是在现代性建构这一历史视野内进行取舍、判断。他深知普通话是中国知识分子寻求现代性的产物，是进行社会动员、形成民族认同，以建立统一的现代民族国家最重要的环节，而在当下则与全球化进程密切相关，所以它的推广、运用是一个不可避免、具有历史必然性与现实合理性的过程。个人要想进入现代社会，言说自我，必须接受、运用普通话，实现充分的普通话化。[19]然而，他又深切地感到普通话的推广普及过程，是一个方言文化不断流失的过程，一个普通交际神话破灭的过程。面对这一语言现代性追寻的矛盾，他没有作出"非此即彼的回答"。[20]对于语言现代性，一方面他称自己还未像某些人所说的那样进行简单的否定。[21]他坚信语言现代性在中国是一个尚未完成的方案，一个需要不断反思以促其健全发展的方案，所以对张颐武等称他"狙击""现代化"与"国际化"以及"排斥大众传媒"等等，他极为不满，予以否定。[22]而另一方面，在情感上他又对日益消失的南方方言，十分留恋，正是在这种情势下，他以方言词典形式创作了《马桥词典》。

他以方言词典形式写作，起码具有三层用意，而其中也包含着他面对语言现代性危机时的应对策略：

一是找寻通往南方方言社群的通道，也就是尝试着以方言形式更真实地表现方言社群的生活。马桥人的语言缺乏逻辑性、科学性，以模糊为准确，马桥人的生活虽然是连续性的，但决不是现代文学所叙述的那种逻辑严密、完整连续的故事，它是一种混沌的没有连续的连续，是似断非断、似续非续式的，正是这一特征使得科学性、逻辑性、工具性的普通话无力言说、敞开真实的马桥。"任何特定的人总会有特定的语言表现"，[23]马桥人生需要马桥语言来表现，马桥存在于马桥方言中，只有借助于个人性的方言，才"可以更接近马桥实际生活原貌"。[24]从这层意思上看，韩少功以方言词典形式写小说，不是一种艺术的好奇行为，不是如某些人所说的只是模仿、抄袭某人某作，而是为了以马桥的方式，更真实地表现马桥人生。

二是借马桥展示南方方言的丰富性与魅力，也就是敞开被普通话遮蔽的语言资源。《马桥词典》中的一百多个词，可以理解为作者对马桥方言的抽样解剖、还原。每一个词都有自己独特的言说功能，是普通话词语所无法取代的。如"渠"在马桥指的是"眼前的人，近处的人，相当于这个他"，而普通话中的"他"则是指"远处的人，相当于那个他"。㉕马桥人对于普通话"渠"与"他"不分，觉得不可思议。作者以为马桥人的区分是极为明智的，它"指示了远在与近在的巨大差别，指示了事实与描述的巨大差别，局外描述与现场事实的巨大差别"。㉖而普通话却没有吸收这一表现力极强的词语。显然，韩少功是通过诠释这些词独特的功能与魅力，通过揭示它们被普通话遮蔽以至于被遗忘的事实，以质疑语言现代性建构方式，寻求语言现代性危机的内在根源，即方言资源未被充分开掘、利用。

三是对俨然为真理本身的普通话的反叛。长期以来，普通话在言说现代性的同时，实施着一种语言霸权行为。作家们的各种探索只是在普通话范围内进行，没有人对这种语言质疑乃至反抗。建国后，周立波等创作中的方言试验，也终因方言的地方认同性不利于全民动员，而未能得到应有的肯定、倡导。况且，周立波等方言意识的萌动，并不意味着对普通话的一种反思，他是在完全肯定认同普通话的前提下，局部性运用方言，并未以方言为取向。而韩少功是沿着文化寻根的方向达至语言的自觉，走向对普通话这一语言现代性形式的反思的。他以方言词典形式写作，叙述人生，事实上就是对长期以来普通话逻辑性的一种挑战，对20世纪中国文学普通话叙事方式的一种反思、质疑，对普通话之外他种叙事方式的一种探索。

注释：

①㉓㉔韩少功：《马桥词典·编撰者序》，作家出版社，1996年版。
②⑧⑪⑫⑭⑮⑯⑰⑱⑲韩少功：《马桥词典·后记》，作家出版社，1996年版。
③胡适：《建设的文学革命论》，载1918年4月15日《新青年》第4卷第4号。
④《为促进汉字改革、推广普通话实现汉语规范化而努力》，《人民日报·社论》，1955年10月26日。
⑤还有一部分来自西方和日本。
⑥在《编撰者序》中，他严格区分了"语言""言语"这对现代语言学概念；在文本中又谈及了"话份"即现代语言学中的话语权力；在《语言的节日》（载《新创作》1997年第2期）一文中，他说："从严格意义上来说，我们并不能认识世界，我们只能认识在语言中呈现的世界。我们造就了语言，语言也造就了我们。《马桥词典》无

非是力图在语言这个层面撕开一些小小的裂口，与读者们一道，清查我们这个民族和人类处境的某些真相。"他这里所谓的"语言也造就了我们"，是一种与海德格尔、伽达默尔的观点相同的现代语言观。由此可见，《马桥词典》的写作与现代语言学的启示密不可分。

⑦⑨⑳㉕㉖韩少功：《马桥词典》，作家出版社1996年版，分别为第339—340页，第7页，第364页，第157页，第161页。

⑩索绪尔说过：语言"好比一张纸，思想是其正面，声音是其反面；我们切割一面的时候，不可能不同时切割另外一面。同样，在语言中，我们既不能使声音脱离思想，也不能使思想脱离声音。"索绪尔：《普通语言学教程》，巴黎，1965年，第3版，第157页。

⑬《为促进汉字改革、推广普通话实现汉语规范化而努力》，1955年10月26日《人民日报·社论》。

㉑㉒韩少功：《答记者问》，《羊城晚报》1997年1月13日。

原载《理论与创作》2002年第3期

日光下的魔影

—— 《日光流年》、《受活》、《丁庄梦》读后

孙　郁

当陀思妥耶夫斯基、安德烈夫这样的作家征服读书界的时候，他们似乎并未意识到自己文本的深层意义。因为对这样的作家而言，写作的过程并非炫耀的过程，而是内心焦虑、无助的过程。后来的卡夫卡、加缪都有类似的特点。他们燃烧在那里，精神的河任其流淌，至于意义，是不太顾及的。只是到了批评家那里，内在的逻辑才浮现在解析的文字中。但我想，这其实和作者已没有什么关系了。

那些久久地吸引和折磨我们的文本，唤起了我们对精神盲区的凝视，在此能够感到作者自己内心的忧郁。好像体内无法承受的不安的水，汩汩地流了出来。惊悸、彷徨、绝望，充塞在篇章里。文学的写作，有时是困惑的释放，因为生命的无法把握的惶惑，乃久久折磨我们的原因之一。五四以来的许多感伤的作家，其实就是这样的。

忧郁的文字多是知识阶层的内戕，象牙塔内外的苦楚是它的温床。但写乡间的故事，似乎大不合宜。中国的作家，除鲁迅之外，仅有乡愁和乡恋。土地里的清幽与温情，还是把黑暗的影子遮掩了。民国以来的乡间记忆，无论多么灰暗，还是残留着些许温情的。土地里的诡秘，谁能知道呢？

我第一次读阎连科的小说，忽如跌进冷窖里，被山野里的暗影所罩住。就想起鲁迅译过的安德烈夫、迦尔询、阿尔志巴绥夫的作品，都是暗暗的光线和窒息的空间。其间的死亡意识和虚无感，雾一般地蔓延开来，席卷着人心。这一些惨烈的意象的中国化，在乡土小说的夜色里流着，也许是自鲁迅开始的吧。以前，没有人这样描述过吃人的寓言，他之后，才有了一种宿命的笔调。

我们在莫言、刘震云、刘恒、刘庆邦的文字里，都多少嗅出一种压抑的气息。而阎连科在同代人里，走得还要远些。他几乎抛弃了士大夫的田园之梦，抛弃了小布尔乔亚的幻想，走进了另一类的荒原，一如陀思妥耶夫斯基的幻象，外在的精神之衣，一层层地剥落了。

我们现当代的作家，从乡下走出的时候，都有着复杂的心绪。要么自夸和神往，要么逃逸和厌恶。还有的腾越起来，在冲荡之中唤起神性的图景。萧红的呼兰河，爱憎相间；萧军的血色则弥漫着不安分的神往；台静农的泥土的记忆、乡愁的调子隐隐的；孙犁在苦难里还不忘美丽的打捞；赵树理的村落则由暗渐明。八十年代后，乡土的描述开始还原到鲁迅的起点上。《苍河白日梦》《故乡面和花朵》《酒国》都以悲壮和苍冷动人。刘恒、刘震云之后，乡土世界的记录被黑色涂抹着。阎连科的小说就是在这样的氛围里展开的。

从《日光流年》开始，每一部长篇的写作都是忧郁的果实。他在苦难里埋得太深，以至把体外的温暖的存在都舍弃了。对他而言，讲故事、谈传奇，都并不重要，那个在心灵中沉下的盐，才是自己关注的所在。就叙述的风格而言，我们的作者是个本质主义的瞭望者。他以感性的形式抽象历史，所以文字是诗性的。《日光流年》通篇是寓言体的，一种苦难套着一种苦难，一个悲剧接着一个悲剧，情节的离奇和意绪的幽微，超出了人们忍受的限度。《受活》的滑稽的寓言体，依然遮不住地狱般的阴冷，作品的结构就像寒夜里的冰谷，是无边的冷寂。作者在荒唐的故事中，进行着人间的一个偈语。暗示、象征、浓缩，把畸形的生活漫画化了。至于《丁庄梦》，现实的场景的抽象逻辑化，死亡记忆的铺陈，隐埋着不可思议的倾诉。既非赞美也非诅咒，生活就这样无情地展开着。文明的退化是纠葛着作者的一个永恒的难题，已不仅是乡村世界的葬曲，人性的诘难在这里显得比什么都重要了。

为什么如此地折磨着自己？连一点闪亮的暖色也不留下一分？阎连科几乎不在意读者的感受，在刺向心脏的笔端里，横在乡野里的诗意消失了。莫言在表现乡村的灾难时，学会了以狂欢的笔致释放不安，贾平凹在绝境中找到图腾的光影，以慰己身。这些乡土社会的描绘者，不是不知道存在的荒诞，但他们却从荒诞中找到了出离的大门，各自有着延伸的路，且从那里得到创造的快慰。可是阎连科没有这些。拉伯雷式的摇滚和曹雪芹式的繁复，对他都没有引力。对他而言，没有比赤裸裸的苦难和寓言、赤裸裸的内心的拷问更直接于内心了。他紧紧地拽住了黑暗的感受，让自己沉下去，沉下去，没有一点逃走的欲望。甚至渴望连同自己的肉身一起，与地狱般的黑夜一同消失。那是极为痛苦的选择，但也是销蚀内心焦虑的抉心自食。神经质的、被虐的痉挛，颤抖着一个世纪的绝句。所有的叙述几乎被一种声音所缭绕：我们应当回到那个黑暗的初始的记忆中去。

《日光流年》一起笔就是这样的句子：

> 嘭的一声，司马蓝要死了。

而《丁庄梦》的开篇，也几乎一个韵律：

> 庄里的静，浓烈的静，绝了声息。丁庄活着，和死了一样。因为绝静，因为深秋，因为黄昏，村落萎了，人也萎了。萎缩着，日子也跟着枯干，像埋在地里的尸。
>
> 日子如尸。

阎连科写死，是深邃的。人间的一切，均无法逃出这一劫难。而且人生的本然，在此表现得甚为实在。在阎氏眼里，人生繁复的存在太多，死亡才是唯一不变的。基于这样的理念，他的小说几乎没有恬静的诗意的描绘，古老遗存的审美价值也散落了。由于执着于此，他将自己逼向窄小的天地，可毫不使人觉得那是无意义的劳作，却因此走得很深，也很远，以致自己也几乎崩溃了。《丁庄梦》闪烁的死亡的光，是人间悲剧的极境。艾滋病这个神秘可怕的存在，象征着人类的宿命。死于自己挖下的坟墓，恰好联想起我们昨日的历史。在叙述那些乡间的故事时，日常的爱意的图景很少进入他的视野，一向逃避历史的叙述，有时在象征的情绪里偏偏最接近于历史。以往人们关注的琐碎的、热闹的生活，在作者眼里不过是表层的闪光，而背后那个冷寂的死灭，才是使人选择路向的根据。因了这个原因，旧的文学的表达手段，已经远远不够了。小说对入土的葬仪的描绘，死者与生者的对话，乡民世俗理念在棺椁纹饰上的表现，都有出奇之处。他冲进了思维的盲点里，撕开潜意识的外衣，人间的陋习和人性的劣根被诗意地嘲笑着，将生死间混沌的盲点打开了。

八十年代以来的小说家相信历史的神话，希望从母语和远古的图腾里找我们今天的病源。韩少功这样相信的，郑义这样相信的。然而我们的阎连科却淡化了这些。他是不会显示学问的人，也缺少李锐对文体的自觉，以及古魂的诗意的表达。阎连科的三部著作都是本色的书写。士大夫的幽雅、新学派的灵动在他的世界是一个空白。他以本能的谈吐，压抑的释放，使自己在不拥有哲学的地方拥有了哲学。他的小说读完后是窒息的沉重，那一瞬间的感受，丝毫不会想起儒道释的清浊，历史的恩怨隐到了非历史的长廊里。我想起了萧红的原生态的叙述，那些迷人的篇章都非来自学识和玄想，一切都流自生命的躯体。小说完全可以以心灵的对白坦对着自然和乡土。师法自己和土地，不正是初始艺术的起点？

描写乡野的文字里，刘恒、刘庆邦都有很惨烈的代表作。他们善于写实，且长于细节的勾勒，欧洲人的精致被他们很好地继承了下来。用传统的白描手段，似乎解决不了局部的真实，赵树理、孙犁都只是简约地写出黑暗的感受，马上就把笔端滑入到美的路径上去了。阎连科没有在上述的路上走下去，他选择的是自己的方式，以沉重的荒诞而带寓言的模式，直面着人生。《受活》的滑稽不堪的故事，是现代生活的反讽，他用带泪的讥语描述了中原大地的故事。荒诞不经的存在，其实折射的是农民的苦难。而人性的劣根是不是社会畸形的酵母？他在不可言说的文字里，昭示着一个乡村的生态。在韵律上显得比一般作家更隐曲、更多意、更无常，也更让人难以忍受。一般读者在这样凄惨的绝境里，被猛然地吓跑了。

我们这个时代的描绘乡村社会的作家，最终是跳出乡村的。李锐在《厚土》里，借着泥土里的故事，要隐含的是人类学家式的学问。成一的《白银谷》是长长的风俗图，背后乃一个史家的影子。贾平凹的《秦腔》是人类学的感性显示，在乡村社会的细节里，品出了诗意与学理的滋味。那么阎连科呢，只剩下了坟茔前的荒景。他既没有逃到学识的殿堂，也没有归入哪个精神的堡垒。阎连科一无所有，就那么在荒原里站着，赤裸裸地面对上苍与大地。对他而言，那些外在的理论和学说，不属于自己的世界，唯有生命的感受是自己的。所以在一个诗书消失的村落，不需要诗书的陪衬。在粗鄙横亘的乡下，只有粗鄙才是原色。在讲到《日光流年》的写作时，他说：

我不是要学习陶渊明，我活到五百岁，读到五百岁，也没有陶渊明那样的学识。最重要的，是没有陶渊明那样内心深处清美博大的诗境。我想实在一点，具体一点，因为今天我们生命过程就这么实在，具体，活着就是活着，死亡就是消失。我们来到尘世匆忙一程，原本不为了争夺，不是为了尔虞，不是为了金钱、权力和欲望。甚至也不是为了爱情。真、善、美与假、恶、丑都不是我们的目的。我们走来的时候，仅仅是因为我们不能不走来，我们走去的时候，仅仅是因为我们不能不走去。而这来去之间的人事物景，无论多么美好，其实也不是我们模糊的人生目的。我不是要说极终的什么话，而是想寻找人生原初的意义。

从作者的自白里，一个谜被拆解了。他清楚地和同代的许多作家隔离开来，也和历史的名流隔离开来。阎氏在静谧的独行里，穿越了时代抛给自己的形形色色的概念的枷锁，穿越了现代话语的种种迷津，返回到自己的世界。一个忠实于自己的感受，排斥外来经验暗示的独行者，能够建筑出自己特有的世界吗？当神话消失的时候，能否得到精神的抚慰？而没有被抚慰的世界，没有诗人光环的天地，是人类的本原吗？

一般读者认为他的叙述是反现实写真的寓言。因为许多作品都不愿讲完整的故事，也排斥流行的观念。小说的场景都有些荒诞，一看就是一种隐情的表达。可是这些元素的本质，在我看来依然还是写实的传统。理念的深度里流动着镜子般的光泽，反射着我们时代的精神一角。但是他意识到写实的手段是无助的，只有生存的意念的捕捉才具有快感的存在。所以在几部重要的作品中，他不仅故意远离赵树理、柳青的模式，也在避开刘恒、刘震云这些人的表达方式。他相信自己所进行的，正是别人没有的劳作。《受活》的故事和立意，完全是怪异、荒诞的，村庄里的上百个残疾人组成的"绝术团"上演的荒唐的故事，乃中国乡村社会的畸形梦想的一次聚焦。完全是不可思议却又是精神实质的摹写。作品在滑稽的反讽里，几乎亵渎了所有的虚假的意识形态和道德价值。人物情节的慢腾腾的演义被具象的场景和幽默的心绪所取代。任何一种不可能的想象中的片影，在小说里都变成了可能。它们在作者的眼里，都含着精神的真实。在写完《受活》之后，他感慨地写道：

真的，请你不要相信什么"现实"、"真实"、"艺术源于生活"、"生活是创作的唯一源泉"等等那样的高谈阔论。事实上，并没有什么真实的生活摆在你面前。每一样真实，每一次真实，被作家的头脑过滤之后，都已经成为虚假。当真实的血液，流过写作者的笔端，都已经成为了水浆。真实并不存在于生活之中。真实只存在于某些作家的内心。来自于内心的、灵魂的一切，都是真实的、强大的、现实主义的。哪怕从内心生出的一棵人世本不存在的小草，也是真实的灵芝。

　　使阎连科不断摆脱写实的叙述方式的一个原因，在我看来是来自本质化审美意识。现实主义的理论在中国流行多年了，已经成为窒息创作的僵死的模式。他的诅咒现实主义，其实是对流行的话语解释权的疏离，而本质上与传统的理念差异甚微。所以在阐释这一美学观时，他显得有点概念混乱。他的理论远没有其文本具有诱惑力，因为那些篇章流动的意象，实在是丰富的。他蔑视世俗逻辑呈现的人际之网和江湖之图。本真的东西从来都在事物的背后。在作者那里，人间上演的许多戏剧，都是虚幻的东西，人最终无法摆脱的是关于死的困惑。前面那个闪动着惊恐的丛葬的光，才是唯一实在。天灾、人祸、饥饿、死灭，乃困扰人类永恒的存在，逃离对它们的审视，是大的罪过。为了生存，人们选择了反人性的方式，美的陨落，爱的扭曲，成了这个世界的唯一的真实。他的众多作品，都以匪夷所思的方式，点染反人性存在的内蕴。用沉重的笔触写荒唐之事，既消解了滑稽的内涵，也加重了精神的负担。驱除美的光环，将乡野的静谧之美卷到尘洞中，使他陷入精神的单一化的绝境。在诸多的小说里，他残忍地咀嚼着丛葬里的苦味。一切生命的归宿都是死，有什么快慰可言呢？这种悲观的情绪，网一般罩在他的上空，乡村社会的诸种神奇的景观，从他的世界里消失了。

　　但他的悲剧故事的叙述，在美学的层面是有创造性的。那就是充满了原始的力量感。小说奇异的悲怆的力量感，使那些碎心的篇章没有滑入黑色的死寂中，或者幻灭的颓唐里。在阎氏的作品里，一直有着奔腾的气韵。写乡下的野鬼冤魂，几乎没有他那样的光与力的气脉。在天灾与人祸的写实中，叙述者把灭亡的过程冲荡地表现出来。一面是生命的凋落，一面是叙述者涤荡尘世的飓风的流转。即使那些死是可怖的与惨烈的，但是那种风卷残云的力量，却在阴晦里诞生了不安于死灭的地火的光。它照耀着贫瘠无声的大地。黑暗得酣畅淋漓，凋落得酣畅淋漓，挣扎得酣畅淋漓。在审美的记忆里，他将读者脆弱的灵魂一个个地拷问着，恍然进入到一个陌生却又诱惑的世界。

到目前为止，在他的作品里，《日光流年》是我印象里最好的。小说作为一种命运的暗示，几乎涉及了乡村社会所有的厄运。怪病、蝗虫、饥馑、淫行、恶权等等，一幅幅惨不忍睹的画面，述说着千百年的百姓摆脱不了的光景。不过有时作者的不动声色的勾勒，却显得异常刺激，比如蓝四十被主任占有的那场戏，就撼人心魄。一个为村民而牺牲了自己的女子的选择，没有被道德化的语序所袭扰。一切都在无声之中。小说不动声色地勾勒出村民的反应，静静的笔触溅着泪光。整篇作品显得含蓄，朦胧而肃杀。仿佛一切都缘于宿命。在死亡和寂寞中，那些为摆脱苦难的一切生命的进行，都无所谓光明与黑暗。为了爱而弃爱，为了活而苦活，为了生而逆生。在小说里，社会不过是一堵怪墙，把人围在笼子里，甚至是窒息的王国。自然乃无情的存在，荒凉与贫寒无所不在。人与人，吃与被吃扭在一起。阎连科的世界是悖谬纠葛的世界。在小说里，他写出了鲁迅式的寓言。其实这也无意中重叠了新文学的一个传统。

托尔斯泰讲到陀思妥耶夫斯基时说过这样一句话，意思是小说家在写出疯狂的人物时，是用来报复自己和人们的。我在读阎连科的作品时，感到了类似的倾向。但他的小说不是简单的报复，而是无情的折磨。既折磨了自己，也折磨着别人。我在他那里感到了无言的心痛。最美的人的光泽竟闪现在荒唐的、反人性的选择里。作者不愿意或很少描绘美的生长，而是关注于美的陨落。为善则恶，难道就失去了别的选择？五四时期人们对罪恶的解释，乃文化的惰性使然，是对旧有文明的控诉。而这位年轻的作者却从人类原点中，看到问题的实质。这和传统作家的写作拉开了距离。鲁迅与巴金在描述死亡时，是文化理念上的大烦恼。《野草》《毁灭》《死去的太阳》都是文明的碎片，显然受到了现代主义的洗刷。那都是知识分子的文本，个人的焦虑和宗教式的冲动渗透其间。小说有两个苦难的世界。一是作家的个性的内省，二是现实悲剧王国。叙述者与被叙述者是处于隔膜、冲突状态的。但我们看《日光流年》《受活》《丁庄梦》，作者将知识人的高贵的感受扬弃了。描写者与被描述者是一体的。混沌的精神，朦胧的梦，照着可怜的乡间的路。一切外在的乡村记忆的概念在他的世界都被无词的言语代替了。作者面对的，是一个鲜被叙述的世界，一个冥冥之中的未易显现的世界。他知道自己也恰恰在这个世界上。

我由此而想起卡夫卡这个怪异的天才，在致友人闵策的信里，他说每个人心里都有咬食他的魔鬼，说不上是好是坏，这就是生活。阎连科的创作就是一直与魔鬼为伴的，他知道外在的一切都是幻象，只有那个魔鬼是挥之不去的存在。这魔鬼在他而言是命，命不可抗，大家同在可怜的世间。在更大的范围来说，命是不可扭转的天意，人间的诸种努力都是徒劳的。在《日光流年》里是活不过四十的困惑，在《丁庄梦》里是艾滋病的死亡，这些都是横在乡民面前的山，拦住了人们的去路。而令人惊异的是，所有的有意义的选择，最终等于没有意义。司马蓝的率人修渠，看起来是神圣的，可是那过程却在消磨人性的光泽。丁庄小学校的患者的集聚，乃善良之举。在那样的绝望的环境里，没有比这样的选择更让人感动的了。但所有的人都知道这是无谓的欺骗，等待众人的不过是一个个面孔的消失。在窒息的环境里，所有的可能诗化的存在都被荒诞化。比如蓝四十的爱情故事，竟缠绕着残忍的肉体生意。玲玲病中的情感碰撞，一点美感的东西都没有了。爱这个美丽的存在，在作家的笔下染有恶魔般的死气，那些本可以典丽、神性的爱欲的闪烁，一点没有愉悦的空间。作者说在写这些作品时，压抑得几乎崩溃，那一定是绕不过的命运的魔鬼折磨所致。所以凡是喜欢柔软的读者，不会亲近于他，隐士和名士也与其颇有距离。阅读阎连科必须忍受酷刑的折磨。在那些文本里，较少学识的渗透，观念也是散发式的。缘于此，小说有时缺少变化，思想被囚禁在一个地方。持久地在一种方式里内戕自己，乃因为存在着一种信念。可是信念的发展，也会演变为固执。在我看来，我们的作者就是少有的固执的歌者。比如不求变化，在一种旋律里舞蹈。甚至堵住了通往晨光的路。我有时担心他被死亡的影子纠缠得过久了，无法瞭望天边的路。为什么不向另一个方向挺进呢？难道生活就没有除此之外的歌咏和创造的愉悦吗？

几乎所有的有批判感的艺术家都是有忧郁倾向的。人们在创作时时常也为了摆脱忧郁，制造出种种幻影。我记得读徐悲鸿的文章时，谈到己身之苦，悲凉之气，充塞四边。但一面绝望着，一面憧憬着，似乎在艺术的女神那里得到解脱。据徐悲鸿自己的观点，创作既要有写实的精神，也应有超出实体的别类的境界。而这别类的境界，就可以使人得以精神的升华。画家和小说家在根本的层面上，是要在心造的影子里解脱自己。沈从文写湘西，不是没有苦楚的情思，但他忍住了苦难的发泄，建起了淡雅的世界，不仅给那个蒸腾了凄苦的世界，也给自己带来了抚慰。可是阎连科那样的作家，残忍地告别了这一虚幻的存在，自己拒绝了腾飞，拒绝了一切可以使人自慰的方式。现代作家中悲观主义者很多，除鲁迅之外，许多人在作品中还残存着一丝的希望。巴金在极为虚无的笔墨后，还依稀留下安那其主义的影子，那是他活下去的动力。可是阎连科一无所有，就那么直面着上苍。一切存活过的生命都将过去，我们注定要进入到那个黑暗的洞穴里。想起那些存活过，和正在存活的一切，悲剧才是最后的真实。作者在袒露着这样的思想时会是什么心态，我们不好猜测，但我在其间读出了血泪之音。他搅动了我们木然的心，随着那黑暗的影滑入森然的空间。我记得鲁迅在《彷徨》和《野草》有过这样的心境，可那毕竟是知识阶层的呻吟，内中有玄学的召唤。在阎连科的世界里，知识阶级的自我意识被乡土社会的谶语代替了。那一切都缘于土地的体验，又不远离土地。在遍野的死魂里，我们有什么理由快乐起来呢？唯有溅泪的歌哭，方能释放出无量的悲哀。阎连科是一个有爆发力的作家。在描述极端化的情境时，他把阳刚之美梦幻化了。作者善写悲壮，在《日光流年》里有修渠的愚公式的知其不可而为的信念。在《受活》中有从俄国搬来列宁遗体的宏图。在《丁庄梦》中，爷爷的顽强和苦梦，依稀残存着乡民的不灭的幻想。在作者所写的梦中，有时残存着南阳汉画像的刚烈与朗然。那里是作者的心里隐含，我以为恰恰是这一点，对比出他内心美妙的一隅。虽然是空幻，也寄寓着失去的期待。《丁庄梦》中的那个象征性的梦境写道：

九十年代长篇小说研究资料

　　可是三天后，三天还不足，那墓又给人打开了。盗开了。叔的金棺被人抬走了。玲玲的银棺被人抬走了。官家墓的墙壁上，刻的城市繁华图，还有尼龙土麒麟，都被人用镢头和锨铲掉了。墓被盗的那一夜，爷做过一个梦，看见天上有一群红日头，五六个，七八个，烈烈的日光把地上到处都晒下了裂的口。平原上，世界上，所有的庄稼都旱死了，所有的河都枯干了。井都没水了。为了把天上的日头赶下来，有九个赶下八个来，各村各庄都在选汉子。每十个人中要选出一条汉子，集中起来用铁叉、铁锨和铡刀在平原上追着那一群日头跑，要把那日头追到天边去，然后把日头从天上赶下来，扔到汪汪洋洋的海水里，只在天上留下一个日头就够了。男汉子们就拿着武器把日头朝着天边赶，老人、女人和孩子们，就都立在庄头上，村口上，路边上，敲着锣鼓和脸盆，给男子汉们加油和助威，日头就在天上跑，汉子们就在那地上追，人群所到之处，烟雾腾腾，杀声震天，被那群日头烤焦了的树木和草地，土地和房子，到处都是腾起的烟，都是闪着光的火焰和灰烬。

阎连科就是在这样的独白和孤寂里，与当代人进行着对话。不是那些真理的占有者的炫耀，也非表演派的独舞。他自知知识结构无法与民国的作家相提并论，可所写的是前无古人的心得。只有经历了灾难、幻灭的人，经历了死亡般窒息的人，才能够正视乡村社会的深层隐语。愚钝的乡民不会高吼，他在替他们高吼；死去的灵魂不会去申诉，他在为他们申诉；一层层骗人的光环积郁得太久了，他在替认识和不认识的人一个个剥落。那些木然的乡民早已忘记悲惨的昨日了，可他把那些痛感统统压在了自己的身上，去为一个民族背负黑色的棺椁，并踩出一道道的墓志铭。在这样一个沉重之旅中，他把自己也刻到了酸楚的印记间。哪些是自己的，哪些是别人的，我们已不太清楚了。

二〇〇七年七月二十日夜于北京

原载《当代作家评论》2007年第5期

革命时代的爱与死①

——论阎连科的小说

王德威

阎连科（1958—　）是当代中国小说界最重要的作家之一。阎连科出身河南西部伏牛山区的农村。那里虽然是中原腹地，但穷山恶水，民生艰困。如他的自传式文字所述，少年时代的阎连科很吃了些苦头，到了二十岁上下，他选择从军，离开家乡——这几乎是当地子弟最好的出路②。但故乡的人事景物日后不断回到阎连科的笔下，成为创作的重要资源，而军中的所见所闻，也一样让他有了不得不写的冲动。与同辈作家如莫言、张炜、韩少功等相比，阎连科出道虽早，但并未得风气之先。八十年代的"寻根""先锋"运动一片红火之际，他谨守分寸，写着半改良式的现实主义小说。他几乎是以老家农民般的固执态度，只问耕耘，不问收获。他虽然也开辟了一个又一个主题，像"东京九流""和平军人"等系列，成绩毕竟有限。然而九十年代中期以后，阎连科仿佛开了窍，风格突然多变起来。他写家乡父老卑屈的"创业史"、"文化大革命"的怪现状，或是新时期的狂想曲，无不让我们惊奇他的行文奇诡，感慨深切。经过多年磨炼，他的创作有了后来居上之势。

平心而论，由于多产，阎连科的作品水平显得参差不齐；而他的语言累赘，叙事结构冗长，也未必入得了文体家的法眼。但小说创作不是作文比赛。在阎连科近年的作品里，他能将已经俗滥的题材重新打造，使之成为一种奇观，而他的语言和叙事结构恰恰成为这一奇观的指标。也因此，他的变与不变往往成为讨论的话题。或有论者认为他的新作已有哗众取宠之嫌③，但对一个已经创作超过二十五年的作家而言，这似乎小看了他的抱负。

我以为阎连科的近作之所以可观，还是来自他对自身所经历的共和国历史，提供了一个新的想象——和反省——的角度。传统革命历史叙事打造了一群群出生入死、不食人间烟火的工农兵英雄，阎连科却要将他们请下神坛，重新体验人生。他笔下的农村既没有艳阳天下的山乡巨变，也不在金光大道上往前跃进。那是一个封闭绝望的所在，生者含怨，死者不甘。他以军人生活为主题的"和平军人"系列则在思考没有战争的年代里，英雄还有什么用武之地？

阎连科不仅要让他的农民和军人血肉化，还更要情欲化。在后革命、后社会主义时代，他有意重返历史现场，审视那巨大的伤痛所在——无论那伤痛的本源是时空的断裂，肉身的苦难，还是死亡的永劫回归。他的世界鬼影憧憧，冤气弥漫。不可思议的是，阎连科看出这伤痛中所潜藏的一股原欲力量。这欲望混混沌沌，兀自以信仰、以革命、以性爱、以好生恶死等形式找寻出口，却百难排遣。死亡成为欲望终结，或失落的最后归宿。

论者每每强调阎连科作品中强烈的土地情结和生命意识。的确，从《日光流年》以来，他渲染身体的坚韧力量，由牺牲到再生，已经有神话的意义。《坚硬如水》等作品写革命语言的诱惑与革命身体的狂欢，极尽露骨之能事；而《受活》则不妨是一场又一场身体变形、扭曲的嘉年华会串。就此阎连科的作品充满激情与涕笑，堪称有声有色。

但在夸张的声色之下，阎连科真正要写的是欲望的盲动，死亡的无所不在。他所描写的土地，其实是以万物为刍狗的"无物之阵"，他所铺陈的嘉年华气氛，就是"死亡之舞"（dance macabre）的门面。阎连科摩挲枯骨，狎昵亡灵，情不自禁之处，竟然产生了非非之想。究其极，爱欲与死亡成为他辩证革命历史的底线。出现在阎连科作品里大量的尸恋（necrophilia）的场景和隐喻，不是偶然。

人民共和国的大叙事向来强调生生不息、奋斗不已的"雄浑"（sublime）愿景④。阎连科的革命历史故事却写出了一种缠绵凄厉的风格，引人注目。他的受欢迎和他的被争议足以说明一个以革命为号召的社会在过去、在现在，所潜藏的"历史的不安"。

一

《坚硬如水》的出版，代表"文革"记忆和"文革"叙事的又一重要突破，也已经引起热烈讨论。不论《为人民服务》如何闹得风风雨雨，小说的成绩只能说是平平，在议题的发展上，并未超过《坚硬如水》。有心的读者甚至可以指出《为人民服务》里的疯狂纵欲的场景，还有患难见真情的逆转，都似曾相识。我以为《坚硬如水》仍是阎连科到目前为止最好的创作。《坚硬如水》的背景是"文化大革命"时的程岗镇——宋代理学大儒程颐、程颢的故里。复员军人高爱军回乡闹革命，和当地妇女夏红梅一见钟情。两人不顾已婚身份，陷入热恋，同时他们的革命大业也堂堂展开。

高、夏的夺权斗争无所不用其极，但两人的真情也一样惊天动地。他们的性爱关系花样百出，无不和革命的成果相互辉映。小说高潮，高爱军为了一遂相思之苦，竟然挖通了一条地道，好与夏红梅夜夜幽会。他们有了名副其实的地下情。

对一代中国人而言，"文革"的残酷和荒谬是如此一言难尽，怎样不断地追记、诉说这场浩劫就成为后之来者的道义负担。阎连科选择的方式不是伤痕文学的涕泪交零，也不是先锋作家的虚无犬儒。他将"文革"看作是一场血泪啼笑交错的闹剧，任何人置身其中都要原形毕露，丑态百出。高爱军和夏红梅所以出人头地，因为他们不仅令人可怕，而且可笑。阎连科借用了三十年代"革命加恋爱"的小说公式，大写这两个造反派的斗争史加罗曼史⑤。但他笔下的革命和暴力难分难舍；恋爱和宣泄无非是一体两面。

《坚硬如水》以闹剧手法连接革命、暴力与性，在大陆小说传统中也许前所少见，但五十年代台湾的姜贵（1908—1980）其实已经作过示范。我曾经在他处讨论姜贵如何承袭了晚清小说嬉笑怒骂的风格，将二三十年代中国社会政治风暴作色情化的处理⑥。在《旋风》和《重阳》这样的作品里，姜贵将意识形态的狂热与性欲的扭曲相提并论。他的人物不分左右阵营，都陷在纵欲的诡圈里，从通奸乱伦到恋物癖、性倒错、虐待狂，不知伊于胡底。夏志清先生曾将《旋风》与陀思妥耶夫斯基（Feodor Dostoyevsk）的《着魔者》（*The Possessed*）相比，认为两者都算得上是"彻头彻尾的滑稽戏"。他指出两位作者都以轻蔑的态度看待"一群自私的、执迷不悟、走向自毁之途的人"，并点出"追求色欲享受的人，正如革命家一样，是会对人类的状况不满的，所不同的是，他们要求的只是官能享受上无限制的刺激而已"⑦。

当然，四五十年代左右翼文学以诋毁私生活——尤其是性生活——丑化敌对人物的手法，其实司空见惯。姜贵的笑谑尽管别有眼光，毕竟也未能免俗。另一方面，正因为姜贵抱着如此大的兴趣描写一群色情狂兼革命家，他也难掩自己暧昧的立场⑧。

我认为姜贵所曾探索的风格，半个世纪后由阎连科代为补足。高爱军与夏红梅是《坚硬如水》里两个头号坏蛋，他们的所作所为死有余辜。但阎连科对他们嘲讽之余，显然不无同情。在二程故里那样无趣的社会里，我们的主角不惜挣脱桎梏，无限上纲上线地搞革命、闹恋爱，其实有不得已的原因。我们可以批评他们的疯狂暴虐，但不能无视他们的激情渴望。他们爱到深处，视死如归，简直是"文革"文学中一对最另类的生死冤家。

论者多已提到《坚硬如水》写情欲的放浪形骸，或《受活》写残疾人的绝技表演，显示了巴赫金（Mikhail Bakhtin）式的狂欢冲动⑨。这样的看法忽略了巴赫金"身体原则"所隐含的厚生恶死的前提，似与阎连科的观点仍有距离。如果要卖弄理论，巴他以（Georges Bataille）所谓的"消融的色欲"（erotics of dissolution）或许更庶几近之。"暴力是社会排除禁忌的行动"，而革命就是暴力与禁忌间最匪夷所思的合流。革命必须以暴力和破坏为手段，它提供了一个场域，使得被禁忌所驱逐的暴力及其与理性对立的特质在此被颠覆。暴力不再是理性的对立面，反而是革命逻辑里的一环。不仅如此，革命的高潮带来"消融的境界"（state of dissolution），这高潮叫以来自纪律与死亡的折磨，也可以来自欲望与性爱的解放。身体或痛苦或狂喜的震颤成为最不可恃的分界。死亡成为最后的主体消融奇观⑩。

于是高爱军、夏红梅这对革命伴侣白天无欲则刚，晚上欲火焚身；人前狂暴嗜血，人后柔情似水。他们所献身的革命，与其说是以主体的建立为目的，不如说是以主体的消融为目的。革命的激情必须押上身家性命，销魂深处，正是让人欲仙，也欲死了。

论者对《坚硬如水》的政治寓意已经有相当掌握，但对高爱军这类人物的背景着墨仍然不多。而我认为这是理解阎连科创作的重要角度之一。高爱军是复员返乡的军人，因缘际会，赶上了"文化大革命"。从广义角度来看，他是阎连科常处理的"农民军人"的角色的一种再诠释。这类人物出身低微，因为生活所迫，文化水平往往不高，但他们不甘就此在家乡埋没一辈子，从军往往成为现成的出路。军队成员来自五湖四海，相对于农村，他们的集体生活、严格纪律和机动任务不啻有天壤之别。但军队是另外一种封闭的社会，有它独特的生态循环。禁欲的律令、机械的作息，牺牲的感召无不与肉身规范——不论是肉体的约束或捐弃——息息相关。

阎连科自己就曾是农民军人，对农村和军队两者间微妙的关联，显然深有体会。他的作品像《中士还乡》（1990）写回乡军人面对感情和出路的考验，平淡中有深情；《大校》（1997）写在军中有所成的军官，再回头已经难以面对故乡的一切，包括病入膏肓的老父和精神状态有异的妻子。军中日月长，但农村的生活更是地老天荒，枯燥乏味得很。家乡是归还是不归呢！《生死晶黄》（1995）中的军人在家乡和军中的拉扯间，经历了勇气和自信心的最大挫败，最后以一死完成任务作为补偿。阎连科笔下的军人在外边闯过，也懂得一些人情世故，但却不能抛开心中抑郁自卑的情结。家乡的风土人物没有什么好留恋的，但失去了这点凭借，他们更难以面向外在的挑战。他们是一群心事重重的军人[11]。

明白了这样的背景，我们对高爱军或吴大旺的造型和行径，也许就多了一份担待。高爱军在军中高不成、低不就，然而故乡的父老对外出参军的子弟别有期望，复员返乡的军人哪里能不有所表现？阎连科同时特别着墨高爱军的那桩几乎带有交易性质的婚姻，和他的性苦闷。因为见过世面，高的心思活络，一有风吹草动，自然顺势而起，何况是"文化大革命"。革命加恋爱原本不就是当初离开家乡的浪漫动力吗？

如上所述，《坚硬如水》可以看作是《为人民服务》的前身，两者最大的特色都是对革命话语的重写。如果《为人民服务》集中在"为人民服务"一句话的无穷欲力上，《坚硬如水》则是集合建国到"文革"的种种金玉良言，圣训诏告，颂之歌之，形成百科全书式的语汇奇观。不论我们是否经历过那个时代，阎连科经营的叙事形式都要让人惊讶语言和暴力的共谋，何以荒唐如此。高爱军和夏红梅一见钟情，但只有借革命歌曲歌词的豪情壮志，他们才能够互表衷肠。当地道挖通了，他们便可以痛快地成其好事，同时更展开了革命话语的精彩试验。上床做爱前为了掸掸灰尘，擦擦身体，引来如下对话：

> 我说：不怕灰尘不掉，就怕扫帚不到。
>
> 她说：要以防为主，要讲究卫生，提高人民健康的水平。
>
> 我说：要有勇气，敢于战斗，不怕牺牲，连续作战，前赴后继，只有这样，世界才是我们的。一切魔鬼通通都会被消灭。
>
> 她说：质变是从量变开始的。滔天大祸也是从萌芽升起。不把矛盾解决在萌芽状态，就意味着挫折和失败就在前边等你。
>
> 我说：晚擦一会身子，少洗一次澡，身上绝不会长出一个脓包。即便身上有了脓包，一挤就好，如"私"字样，一斗就跑，一批就掉。
>
> 她说：从短期来说，灰尘是疾病的通行证；从长期来说，灰尘是幸福的绊脚石。流水不腐，腐水不动。有了灰尘不及时打扫，成疾蔓延，到了灵魂，叫你后悔莫及，搬起石头砸自己的脚。⑫

在古典威权观念里，语言被视为清明的传播媒介，也是君父大法的化身。但阎连科另有所见。革命时代是如此无法无天，语言就像"灰尘"一样，散布、渗透到日常生活，身体肌理，"成疾蔓延，到了灵魂"。符号和所指涉的现实之间发生了诡异的变化，似非而是，借题发挥，声东击西，成了自我繁殖的怪物。高爱军和夏红梅必须在不断征引、诠释、争议革命话语的过程中，才能成其好事。他们"以土床上的白灰为题目、以扩音机和喇叭为题目，以稻草、被褥、水珠、箱子和头发、指甲、乳房、枕头、气眼、衣裤为题目"⑬，抒情咏物、会意形声，好不快活。

然而高、夏两人还有其他积极分子所炮制的革命话语不论如何出奇制胜，无非是一种伪托，一种拼凑。而阎连科在文本层次所刻意凸显的，更是伪托的伪托，拼凑的拼凑。相对于革命话语所曾追求的石破天惊的新意，《坚硬如水》所呈现的世界则是陈陈相因，它的新意吊诡地来自语意系统完全封闭式的排列组合。高夏两人的地下情是没有出路的爱情，他们的语言游戏是一种物化的仪式，而物化的底蕴没有别的，就是死亡。

不仅如此，高爱军、夏红梅言之不尽兴，更必须歌之咏之。他们将革命的声音政治发挥到极限。高夏两人的定情，是因为革命歌曲而起。而歌曲成为春药一般的东西，泛滥小说每一个偷情场面。在语言、歌曲形成的众声喧哗中，革命激情如狂潮般地宣泄。

但这样的众声喧哗只是假象。艾塔利（Jacques Attali）在论音乐与政治的专书《噪音》（*Noise*）里，曾指出资本主义制度下的音乐生产已经失去创造力，流于交换价值的重复演练。这样的声音体系听来若有不同，但又似曾相识。听众的喜悦来自他们的对号入座的归属感，他们自以为是的独立性其实建立在对权威的忠诚上。如此，音乐不带来创造力，而是死亡的化身[⑭]。

艾塔利的批评有其左翼立场，但是如果用在对"文革"时期，极左阵营所鼓动的语言／声音政治，居然有契合之处。最革命的歌曲和最狂热的口号曾经鼓动多少人的心弦，在亢奋的音符和飞扬的韵律中，小我融入大我，无限的爱意涌出，直到力竭声嘶而后已。

二

阎连科来自农村，在军中待了二十多年，农村和军队构成了他创作的重要背景，乡土题材尤其是他的强项。谈到乡土文学，我们不能不回溯鲁迅、沈从文以降所形成的庞大传统[⑮]。鲁迅的沉郁义愤，沈从文的敬谨宁谧，都曾为中国的原乡想象提出精彩示范。论者往往强调鲁迅反映现实、批判人生的立场。事实上，鲁迅早在二十年代指出"乡土文学"内蕴的矛盾：原乡的想象其实来自时空的暌违，所谓的乡愁只有背井离乡者才能够体会；写故乡因此总是以故乡的"不在场"为前提。另一方面，沈从文不是天真的牧歌作者。正因为理解现实生命的残酷，他反而拒绝以写实模拟手法，重复呈现故乡人事已然的命运。他以抒情笔触化腐朽为神奇，将文字化为一种对现实的干预，一种充满人文理想的承担。

四十年代以来，在革命现实主义的指导下，乡土叙事成为控诉不义、忆苦思甜的大宗，虽然也曾产生不少动人作品，毕竟有画地自限之虞。尤其当原乡的想象和原道的感召合而为一，现实一跃而成为真理，土地上所发生的血泪或涕笑反而变得无足轻重。从《李家庄的变迁》到《山乡巨变》，从《太阳照在桑干河上》到《艳阳天》，左翼乡土小说的转变不难看出。这也是为什么八十年代中期寻根文学出现，能得到如此热烈的回响。寻根文学一方面重启鲁迅、沈从文一代对原乡与中国现代性的种种辩证，一方面也开发土地所包含的多元象征可能；寻根文学与先锋文学因而有了密切关系。

阎连科对他所承袭的"土地文化"颇有自知之明⑯，他对老家爱恨交织的情绪也反映在八十年代的小说中。中原虽然是中国文明的发源地，千百年来却是如此多灾多难。生存从来是艰难的考验。但彼时的阎连科有太多话要说，无暇建立一套乡土视野。即使如此，他作品中所透露的那种自惭形秽的抑郁，以及无所发泄的委屈，已经让读者心有戚戚焉。到了九十年代，这种抑郁和委屈不再甘于在现实主义的框架内找出路。它必须化成一种感天撼地的能量，开向宇宙洪荒。于是有了把耙耧山区为背景的系列作品。在这些作品里，生存到了绝境，异象开始显现。现实不能交代的荒谬，必须仰赖神话——或鬼话——来演绎。

在《年月日》（1997）里，又是一个荒旱的灾年，村中十室九空，老农先爷是唯一留守的活口。天可怜见，他发现了一株脆弱的玉米秧苗，因此有了生存的期望。先爷仔细照顾他的玉米苗，无微不至，还是眼看不保。他最后不惜以自己的肉身作为玉米成长的养料，成了他要栽种的粮食的粮食：

> 那棵玉蜀黍棵的每一根须，都如藤条一样，丝丝连连，呈出粉红的颜色，全都从蛀洞中长扎在先爷的胸膛上、大腿上、手腕上和肚子上。有几根粗如筷子的红根，穿过先爷身上的腐肉，扎在了先爷白花花的头骨、肋骨、腿骨和手骨上。有几根红白的毛根，从先爷的眼中扎进去，从先爷的后脑壳中长出来……⑰

阎连科写他的老农和自然抗争，颇有海明威（Ernest Hemingway）《老人与海》式的架构⑱。他意在凸显先爷面对困境绝不服输的意志力，但描写得如此惨烈，以至让读者不忍卒读之余，发现了些别的。阎连科几乎是以歇斯底里的力气，不，怨气，写自然秩序的颠倒，万物成为刍狗的必然。在极致处，人定胜天的老话成了阿Q式的精神胜利法。身体的完成在于自我泯灭，成为土地的一部分。

在《耙耧天歌》（1997）里，尤婆子的四个儿女都有智力残疾，相传只有以亲人的骨头入药，才有治愈的可能。为了二女儿的归宿，尤婆子掘坟开棺、挖出亡夫骨头，作为女儿的药引。最后她又安排了一切后事，自杀而死，好让其他两个女儿也能有足够的骨头吃。

如果《年月日》写土地吃人，《耙耧天歌》则写的是人吃人——而且是至亲之人的尸骨。前者暗示自然生物链的裂变，后者暗示伦理秩序的违逆。《耙耧天歌》可以让我们联想到鲁迅的《药》。鲁迅感叹革命烈士的血救不了一个年轻肺痨病者的命，只能显出传统医疗的愚昧残酷，还有父爱母爱的徒然。阎连科笔下的世界是没有革命者的世界（或革命者来过了，却已经走了？），他的人物出入阴阳两界边缘，懵懵懂懂，以本能的反应对付死亡和疯狂的威胁。尤婆子的牺牲当然可以循例列入"勇气母亲"的队伍，但这恐怕难以说明阎连科的本意。在母爱的前提下，怀有病原的母亲以自己的死亡提供子女的活命的骨头，这是以毒攻毒的恐怖故事，而且是古典孝子割股疗亲的传说的颓废逆转。尤婆子之死与其说是舍生遗爱的壮举，不如说是死亡威胁下，文明全然溃退的演出。

夏志清先生论中国现实主义小说的发展，曾有"露骨写实"（hard-core realism）一说[19]。就此，夏指出作家如此"赤裸裸"地描写民生的困苦艰辛，以至任何美学的附会或思想、意识形态的诠释都显得贫乏无力。三十年代的"血与泪的文学"——柔石的《为奴隶的母亲》、吴组缃的《天下太平》等——无不让我们义愤恐怖，无言以对。值得注意的是，夏的"露骨"一词英文（hard-core）原有色情隐喻，容易引起误会，却有深意存焉。它触及了心理学施虐／受虐欲望（sadomasochism）的辩证。在对现实做最赤裸裸的暴露时，作家挑战人间苦难极限，但是否也在挑逗他自己和读者承受／想象苦难的能量？苦难的露骨描写可以凸显天地不仁，也可形成肉身伤痛的奇观，以至勾引出受虐欲望（masochism）[20]。受虐欲者以自我的恐惧、惩罚、剥离、延宕、失去来完成主体建构，在否定情境下演绎欲望的律动。如果苦难的极致是死亡，受虐欲望的极致就是助纣为虐，以（幻想甚或实践）死亡作为那欲望的出路——或没有出路。这样的欲望书写当然充满辩证意味。而我以为阎连科的作品游走苦难的暴露和苦难的耽溺间，"露骨"的程度尤其超过三四十年代的前辈。吊诡的是，由此形成的死亡剧场就是他对乡土叙事的贡献。

以上的讨论引导我们思考《日光流年》（1998）的意义。这部小说堪称集阎连科苦难叙事之大成。把耧山脉中的三姓村世世代代罹患喉堵症，患者肢体变形，无论如何活不过四十岁。一代代的村民在村长的领导下找寻治病的偏方，却毫无所得。到了村长司马蓝这一代，他断定村人的病因是水质不良，因此号召开山修渠，引进百里以外灵隐渠的活水。他发动村中的男人到城里为烧伤的人卖皮，女人到妓院卖淫，以此换来皮肉钱，作为村里开渠引水的资本。然而等到村人开通灵隐渠，引进的水源却是脏臭不堪，"黏黏稠稠"，"是一股半盐半涩的黑臭味如各家院落门前酵白的粪池味"㉑。司马蓝含恨而死。

以恶疾，以身体的病变来影射一个社群的颓废，是当代大陆小说常见的主题。《日光流年》尤其让我们想起了李锐的《无风之树》。李锐笔下的山西吕梁山山村里，所有居民都染上大骨节病，成年人也形似侏儒。他们生活在封闭的环境下，一筹莫展，世世代代忍受不可知的宿命，直到一个健康的女人逃荒来到山上，引发了一场骇人的公妻闹剧。作为叙事者，李锐写山村村民的无知与无助，喟叹之余，却也保持苍凉的抒情距离：所谓"念天地之悠悠，独怆然而涕下"㉒。与此相比，《日光流年》的喧闹与庸俗活脱是话本小说口气的延伸。三姓村民的意志力不能不令人瞠目以对。外面的世界无暇顾及他们的病痛，但他们不甘坐以待毙，在村长的号召下，他们展开自立救济。然而事与愿违，他们越是努力，越体验了一切尝试的徒然。

值得注意的是《日光流年》的倒叙形式。小说从司马蓝的死亡写起，上溯到他的出生，再上溯到三姓村其他世代的抗病努力，所以司马蓝的故事是一节节后退的方式，逆向发展，他的出生必须含蕴在他的死亡里——一切的生命都是倒退归零，都是生命的否定㉓。阎连科的实验未必完全成功，但他的叙事结构是他历史观点的重要线索。在司马蓝之前，蓝百岁带领全村村民翻地，企求改变土质。为此他的亲弟弟累死在田中，而他的亲生女儿也被送给了公社主任。蓝百岁之前更有司马笑笑不畏饥荒和蝗灾，发动村民广种油菜；还有第一代的村长杜桑则鼓励村民大量生育——人多好办事。凡此都不足以破解三姓村民四十岁死亡的大限。司马蓝死后，他们的命运想来仍是如此。

阎连科以工笔刻画三姓村各代的艰苦卓绝，他的叙事"黏黏稠稠"，本身就浓得化不开。三姓村村民在劫难逃，但是他们前仆后继，一辈又一辈地牺牲奋斗。《日光流年》读来几乎像是世纪末中国群众版的西绪弗斯神话。阎连科自谓借这样的描写"寻找人生原初的意义"。但已有评者指出，小说内里包含一个虚无的乌托邦逻辑。三姓村人故步自封，唯村长之命是从，他们进行一场又一场的抗争，注定堕入徒劳无功的轮回。叙事者越是要轰轰烈烈地渲染村人的惨烈事迹，反而越凸显了理性的消磨，救赎的无望[24]。

回到前述的露骨写实主义与受虐欲望逻辑，我要说这也许正是阎连科乡土叙述的美学本质：三姓村的故事说不尽，讲不完，因为他们的苦难还没有到头，也到不了头。他们与死神搏斗最大的本钱，就是不怕死。但故事的前提却是他们等待死亡的必然到来，还有延长等待的时间。是在这延长般的等待中，阎连科调着方法将同样的故事做不同的讲述。受苦，或是自虐，是叙事得以持续的原动力，叙事存在本身就是预知——也是预支——死亡纪事。

而放大眼光，阎连科的叙事法则哪能没有历史的光影？想想《创业史》《红旗谱》这样的经典，不都是描述穷乡僻壤的农民排除万难，将无情大地开辟成为人间乐土的故事？所不同者，这些经典不论如何描写苦难与死亡，都提供了一个天启的时刻。梁三老汉、朱老忠这些大家长率领他们的家人，一代一代坚持百忍，终能等到创业有成、红旗飘扬的一天。为有牺牲多壮志，敢教日月换新天。只要意志坚定，不可能必将变成可能。

尤有甚者，被三姓村村民视为延续命脉的重要工程，开通灵隐渠水道，不由我们不想到当年河南重要的红旗渠史话。六十年代林州红旗渠的开凿，曾经是红极一时的样板工程。这条渠道的开凿是在三年困难时期。在极度艰难的施工条件下，千百工人沿着太行山悬崖绝壁，架设了一百五十一个渡槽，凿通二百一十一个隧洞，干渠总长七十公里，分支共达一千五百公里。红旗渠在"文革"高潮中完工，曾被誉为是"劈开太行山"，建成了"人工天河"[25]。

贯穿在这样的信念之下的最重要的资源之一，应该是四十年代就已经被毛泽东钦点的"愚公移山"——也是发生在太行山脉——的神话。相传太行、王屋二山挡住了愚公的出路。他乃发动子侄，日夜铲土移山。河曲智叟质疑愚公自不量力。愚公回答："我死了以后有我的儿子，儿子死了，又有孙子，子子孙孙是没有穷尽的。这两座山虽然很高，却是不会再增高了，挖一点就会少一点，为什么挖不平呢！"[26]

九十年代长篇小说研究资料

五十年代小说中的现代愚公为数不少，他们都立志以时间换取空间，改变自己的命运。当神话化为历史，"超英赶美""大跃进""三面红旗"等运动应声而起。《日光流年》的背景相当模糊，但时代的印记毕竟隐约可见。我不认为阎连科有意批判"愚公移山"的寓言。但如前述，既然生长在一个毛语无所不在的环境，他的写作必然引发微妙的对话。

三姓村的百姓在大家长的带领下与宿命搏斗，然而把耧山区的土地不能带来生机，灵隐渠的水竟然是腥臭无比的死水。《日光流年》最后写了一则牺牲与代价之间的诡异交易。不论西绪弗斯式的存在主义，还是愚公移山式的毛记神话，都不能完整解释阎连科的受苦哲学。如《年月日》《耙耧天歌》所示，当人成为他所种植的作物的肥料，或是促进子孙健康的良药，生与死的秩序已经颠倒。"置之死地而后生"：阎连科的版本不折不扣是个诡谲的教训。这个教训在《日光流年》达到高潮。死亡是叙事的开始，而不必是结局。

三

《日光流年》《耙耧天歌》所演义的苦难叙事到达饱和点后，阎连科改弦易辙，在《受活》里写出个苦中作乐的故事。小说的焦点受活庄原是个三不管地带，居民非伤即残，却意外成了化外之地。受活庄的茅枝婆曾是红军女战士，负伤脱队，多少年后成了庄里的民意领袖。全国大办合作社的时候，她带领全庄入社，换来的却是无尽的天灾人祸。日后茅枝婆的唯一心愿就是使受活人集体退社，重过自由生活。为此她不得不向管辖受活庄的县长柳鹰雀妥协。柳县长满怀野心，想出了一条致富门路。苏联解体以后，列宁的遗体已经无从安置。柳希望从俄罗斯买进列宁遗体，在家乡建立列宁纪念馆，发展观光，好带领人民致富。

故事由此开始。受活庄的居民虽然身体有缺陷，却残而不废。柳县长看出了他们的本事，号召他们组成绝术表演团，巡回各地表演，一时轰动全国。断腿赛跑、独眼纫针、聋子放炮、盲人听物，外加瘫痪的媳妇能刺绣、麻痹小儿套着瓶子会走路，俚俗的把戏竟然让城里的人趋之若鹜。至于六十岁的拐子号称一百二十岁，和弟弟扮成祖孙两辈，九个侏儒化装成三天三夜生出来的九胞胎，哄得观众团团转，则是等而下之的骗术奇谈了。

阎连科不厌其详描写的绝术团的不伦不类，充满民间传奇粗犷的想象力。这样的表演正中了城里人的下怀。精致的娱乐看多了，何不来点土特产式的节目？绝术团演出有了经验，也越发懂得投其所好。如此乡下人和城里人各取所需，一种新的消费循环已经形成。

绝术团的行走江湖是《受活》最精彩的部分，阎连科写来显然也乐在其中。他的妙想天开，他的毫无节制，让我们想起了同样也是农民兼军人出身的作家莫言。在莫言最好的作品里，像是《酒国》《丰乳肥臀》，他夸张身体吃喝拉撒的丑态，欲望的荤腥不忌，笔锋所到之处，无不尽成奇观。在一个曾经厉行意识形态禁欲的社会里，莫言以狂欢的冲动，大肆揶揄礼教规矩，所形成的《巨人传》（*Gargantuan*）式的丑怪系谱，恰和主流的伪美论述，大唱反调。相形之下，阎连科的表现反而显得像小巫见大巫了。

但阎连科和莫言毕竟有所不同。莫言的小说不论情节多么血肉模糊，描写多么匪夷所思，总有一股元气淋漓的感觉。《酒国》里的婴儿肉盛宴，天下农户竞销"肉孩"的怪态，还有《丰乳肥臀》中的天上地下万乳争艳的奇景，不过是比较明白的例子。莫言的故事可以悲壮，但他的叙事姿态总有一股异想天开的青春期征候。即使在写庚子义和团事变的《檀香刑》里，在他种种惨不忍睹的刑罚大观之下，依然流动着昂扬激烈的活力。

阎连科的《受活》尽管也充满狂欢冲动，却并不像莫言小说那样地肆无忌惮。他还不能完全摆脱原道的包袱，不时提醒读者乡与城、"受活人"和健全人间的对比意义。他也忘不了苦难的代价，故事中的两个主角茅枝婆和柳鹰雀各怀鬼胎，总有抛不掉的委屈往事。更进一步，我认为阎连科、莫言对乡土的空间观照恰恰相反。莫言的胶东平原上红高粱四下蔓延，他的"鬼怪神魔"外加英雄好汉窜藏其中，不时扰乱人间。阎连科的耙耧山脉却有灵隐渠的恶水流过，一片荒芜，是生存本身逼出了种种恐怖现象。如果莫言的土地是植物性的（vegetarian），是物种孕育勃发的所在，阎连科的土地是矿物性的（mineral），不见生长，唯有死寂。

这引导我们思考《受活》最重要的情节。绝术团的一切都是为了积累本钱，好在地方上建立列宁遗体纪念馆，大发死人财。阎连科曾经提到这样的情节安排其来有自。在苏联解体时，他从《参考消息》看到了一则一百字左右

九十年代长篇小说研究资料

的小消息。有几个政党觉得应该把列宁的遗体——已经以化学药物保存了几十年——火化，而共产党觉得应该把它保留。争执的理由是当时的政府没有保存的经费。这一则新闻让阎的"心灵受到了非常大的震撼和冲击，因为是列宁的十月革命的炮声给中国带来了希望。一位革命鼻祖式的人物生前死后的命运，会令你想到很多问题"㉗。

革命伟人逝去，让信仰者怅然若失。为了让伟人长相左右，必须让他虽死犹生。这其实是先民图腾崇拜的现代翻版，木乃伊纪念仪式的一大跃进。列宁遗体的防腐技术如此高超，他的尸体竟能够抵抗时间的流逝，永保新鲜。

在一个以革命至上、打倒一切的时代里，伟人的身体却成为串联过去和现在的重要纪念物。列宁的尸体栩栩如生，提醒我们过去的并不真正过去，音容既然宛在，魂兮可以归来。马克思主义的一支一向有"招魂驱魅"（gothic）的论述㉘，由此可见一例。然而我们必须质问，肉身物故，我们的难分难舍，到底是意识形态上的矢志效忠，还是集体潜意识中面对爱与死亡的痛苦表白？那原初激情的对象已经不在，任何鲜活的事物都只提醒我们的失去难以弥补。我们的悲伤——还有我们无尽的爱欲——无以复加，最终导向那已经消亡的皮囊，不愿让它入土为安。爱，就是悼亡。这岂不是一种恋尸的征兆！

然而阎连科无意揭露的问题不止于此。在《受活》中，列宁的遗体已经因为苏联的解体而难以为继。更不可思议的是，它可以待价而沽，卖给识货的行家。柳鹰雀县长和受活庄的残疾人就是第一个买主。列宁不是号召过资本主义和殖民地半殖民地的无产阶级应该互通有无，鱼帮水，水帮鱼吗？改革开放后的中国，"发展就是硬道理"。受活人的如意算盘是在家乡陈列伟人遗骸，发展观光业。至此，列宁的遗体发挥最后的剩余价值，成为一种资本。这是残疾人绝术团的绝招了：死亡变成奇观，朝圣就是聚财。

资本主义真是阴魂不散，经过大半世纪的革命，它到底还是回来了。而对左翼评者而言，资本主义的第一课是什么？是以虚无的交换价值换取血肉凝聚的劳动价值；是没本的生意，却能利上滚利。换句话说，在象征数字快速的循环下，赢家全拿，却不事生产。这是阎连科悲观主义的底线。于是在魂魄山上，一座阴森的列宁纪念堂巍然矗立。受活庄人还有千百农民心目中的天堂，就建筑在列宁遗体大驾光临的美梦上。

千百年以来把耙耧山区的垦殖不易，在阎连科（或柳鹰雀）的狂想里，只要外国革命伟人遗体入驻，财源滚滚，过去的经济困境自然迎刃而解。由此我们回到阎连科所构想的土地与人的关系。农作物的生长太少太慢，比不得和死人打交道。这块土地的意义在于成为供养死神的地方。

《受活》的结局急转直下，等待列宁就像等待戈多。最后来的不是伟人，而是强盗。他们以最原始的"交换"形式，将绝术团抢劫一空。这群残疾人辛辛苦苦，到头来落得一无所有。《受活》成了后社会主义乐极生悲的寓言。

《丁庄梦》（2006）是阎连科《为人民服务》后的最新作品，在许多方面持续了阎这几年的小说，尤其是《日光流年》与《受活》的特色。值得注意的是，《丁庄梦》有相当明确的现实背景——它触及了九十年代中期以来，发生在河南省的"艾滋村"危机。话说回头，河南东南部的乡镇普遍贫穷，为了脱贫致富，出现集体卖血的现象。这一现象因鼓励输血而起，但"识货"的人士一旦发现有利可图，开始展开大规模的血液收集买卖。一时之间，农民趋之若鹜。殊不知因为采血过程草率，艾滋病毒经过交叉感染，深入许多卖血者的身体；他们将以生命付出代价。根据官方统计，截至2005年秋，河南已有超过三万人发现感染，一半以上已经出现症状，近四千三百人死亡[29]。

艾滋村的危机牵涉广泛，这一危机暴露不只是医疗卫生问题，也是国民经济问题，以及一个国家对人民身体的监控管理的问题。更耐人深思的是，它也可以成为后社会主义国际关系的隐喻。艾滋病毒起源于非洲，主要经过性交和毒品注射传染，四下蔓延，成为二十世纪末渗透全世界的瘟疫。河南乡下农民勇于卖血，为的无非是改善生活现状，他们把身体当作商品待价而沽，哪里料到如此这般，他们已经进入全球化的经济和病毒交易循环。

阎连科以小说探讨河南艾滋村危机，可谓用心深切。但在《为人民服务》之后再处理这样敏感的题材，想来费了一番周折。他笔下的丁庄民生艰困，自从卖血成为一种谋生方式后，迅速发展起来。然而死亡已经环伺左右，一旦爆发就不可收拾。丁庄不过两百来户人家，八百多口人，现在流行为死人送葬。如前所讨论，阎连科写恶病、写残废已经是行家。艾滋病提供了一个现成话题，落实他独特的历史观照。就像《日光流年》里的喉堵病，阎有意赋予艾滋一层寓言向度，在小说里多半以"热病"称之。的确，对丁庄老百姓而言，他们所遭受的不就是一种无名的天谴，一种诉诸身体官能迅速败坏的怪病！

阎连科的世界里，命运的赌盘不停转动，过去的主宰是土地庄稼，现在则换成了金钱，但农民的身体总是那孤注一掷的赌本。我们还记得阎连科《耙耧天歌》《日光流年》等小说里的农民身染恶疾，走投无路，他们以最素朴的方式对抗命运的诅咒，世世代代，形成一种苦难奇观。《丁庄梦》里的农民则是为了发家致富，不惜铤而走险。在这层意义上，阎连科看出了艾滋的现代性意义，并赋予相当批判。然而他对社会主义市场化以后的经济发展保持暧昧的看法。以往小农式或合作式的经济模式不再能够约束阎连科丁庄的农民。他们现在要的不是子孙香火（《耙耧天歌》）、不是宗族伦理（《日光流年》），而是实实在在的物质生活的日新月异。他们把卖血当作没本的生意，却落得血本无归。他们是一群失败的投资人。

就此，阎连科可以探问（因卖血采血所引发的）艾滋病下，复杂的政教腐化、经济投机、社会福利失控等问题。但这样写一定冒犯政治不韪，岂可轻易碰触！阎的做法是将丁庄的灾难放在更广阔的人性角度观察，而他的结论是丁庄的病不只是身体的病，更是"心病"，贪得无厌的心病。而在风格上，他运用已经得心应手的人物场景，甚至情节，变本加厉，务求烘托故事阴森怪诞的底色。

《丁庄梦》的主要角色是祖孙三代。丁家爷爷多年前响应号召，鼓励乡民卖血。儿子丁辉看出其中的好处，私设采血站买血卖血，大发利市。也正因为抽血过程草率，他成为造成地方艾滋病病毒交叉感染的元凶。丁辉十二岁的儿子则在故事开场前，已经被艾滋病患和家人毒死。小说是由这个死去的孩子的观点，看到爷爷的悔恨，爸爸的狡猾，还有丁庄艾滋病患者和家属种种惊慌失措的反应。

阎连科将艾滋病肆虐化为父子三辈间的道德剧。丁爷这个人物不会令我们陌生。像是《年月日》中的先爷，《受活》中的茅枝婆一样，他是阎连科理想的宗族长老式人物，敬天法祖，负担家乡的命脉。但他的敬谨谦卑只带来灾难。儿子丁辉既是灾难的始作俑者，也竟然是灾难的受惠者。卖血盛行时他懂得一针多用，用啤酒掺血，绝不浪费血袋。艾滋病患者大量死亡时，他已经摇身一变，成为代理政府的棺材买卖人。为了不让年轻死者身后落单，他又开辟冥婚中介事业，一时生意兴隆，供不应求。丁辉充满企业精神，简直和丁庄格格不入。他的作为让我们想起了果戈理（Nikolay Vasilevich Gogol）的名作《死魂灵》（Dead Souls）里种种发死人财的勾当。他横行不法，却能得到政府信任。当丁辉的冥婚脑筋甚至动到自己儿子身上时，他的老子丁爷忍无可忍，终于导致了杀子的结局。

一九三四年，吴组缃的《樊家铺》曾写出了一个女儿杀了母亲的故事。苦旱的农村，陷入绝境的夫妻，嗜钱如命、见死不救的母亲，终于酿成一场人伦血案。对吴而言，资本主义早已颠倒人间秩序；故事中的女儿被逼得失手杀了母亲，因为非如此不足以保持她道德的清醒，并预见革命的必然。七十年后的《丁庄梦》做了类似的安排。不同的是，这已经是后革命的时代。当已被毒死的孙子目睹爷爷杀了爸爸，弥漫在小说中的无奈（尤其是以"就……这样了"的句型一再呈现）气息，哪里是三十年代的左翼作家可以料到的？阎连科以天道伦常的违逆作为叙事基调，再次显现他民间说书人似的世故，也因此避开了更尖锐的问题。艾滋病的爆发毕竟不再只是"天作孽"；像丁辉这种人的所作所为，还有像中国农民的艰苦无知，究竟孰使由之，孰令致之？小说诚然不必是政治批评，但正因为艾滋村事件的起因和后果千丝万缕，阎连科将其融入已经熟能生巧的叙述模式里，难免使他的结局显得轻易。

阎倒是在描写丁庄艾滋病患的形形色色方面，扳回一城。这些病人多半为了物质需求卖血，但他们的下场和他们的动机不成比例。在痛惜这些患者和家属的无知无助的同时，阎也不假辞色，写出了他们的愚蠢和贪婪——不只在罹病前，更在罹病后。这群满身疮疱、散发恶臭的病患在丁爷的率领下，聚集一处隔离治疗。一开始他们各尽所能、各取所需，在最不可思议的情况下，竟然活出了人民公社式的理想生活。

好景当然不长，要不了多久，偷窃争产，夺权内讧，"正常"社会里有的毛病他们一样不少。阎连科行有余力，还安排了一段病危的已婚男女通奸偷情的好戏，把《坚硬如水》《为人民服务》里的禁忌之爱做了艾滋版的诠释。等到这群将死的病人为了争棺材，比葬礼，抢冥婚媳妇时，小说竟已经散发诡异的嘉年华会气氛：死生事大，如何成为这样的闹剧？

再回到吴组缃。三十年代吴也曾写了《官官的补品》（1932）。这是一则黑色喜剧：城里的少爷车祸重伤，输的是贫农的血，喝的是贫农的奶，最后要了贫农的命。吴的批判意图再明白不过，他却以嬉笑怒骂的笔触揶揄一切。到了九十年代中期，余华曾以《许三观卖血记》（1996）广受瞩目。余华的重点落在血缘和亲情的辩证关系上，笑中有泪，而以家庭伦理关系由疏离到和解作为结局。十年之后，阎连科的《丁庄梦》反其道而行。血液成为流动的资本，就算是骨肉至亲也不能挡人财路。

阎连科的政治寓言至此呼之欲出。正如《受活》所渲染的恋尸和狂欢情节一般，阎连科不只意在浮面的讽刺，他更夸张了一个社会里不请自来的邪恶诱惑，以及集体敢死欲望。《受活》写残废人为了活下去发死人财；《丁庄梦》写要死的人见了棺材还不掉泪。《日光流年》那污染灵隐渠的毒水现在是循环丁庄人体内的致命血液。

血，由补品到商品，由旧社会到新社会，由呼唤革命到告别革命，似乎仍然透露着神秘的象征意义：是活命的本钱，也是要命的消耗。将近一个世纪的现代中国革命，流了多少鲜血，凝成了多少爱与死的神话？在艾滋蔓延的时代里，阎连科借卖血故事为那逐渐模糊的革命时代、为爱与死的神话，添上了最荒凉的一笔。是的，中国社会历经灾难，"死人是经常发生的事"。《丁庄梦》里阎连科左右开弓，感慨不可谓不深。他未来要如何继续他的预知死亡纪事，提出更有思辨深度的议题，令人期待。

注释：

①此文删节约两千字，特此说明——编者。

②阎连科：《想念》，《阎连科》第532—567页，北京，人民文学出版社，2004。

③萧鹰：《真实的可能与狂想的虚假——评阎连科〈受活〉》，《南方文坛》2005年第2期。

④有关毛泽东主义和雄浑美学的功过，见Ban Wang, The Sublime Figure of History: Aesthetics and Politics in Twentieth—century China（Stanford: Stanford University Press, 1997），尤其是最后一章有关丑怪，狂想，精神分裂叙事美学的讨论。

⑤有关革命加恋爱的文学历史背景，见我的讨论《革命加恋爱》，《历史与怪兽：历史，暴力，叙事》第一章，第19—95页，台北，麦田，2004。

⑥见《历史与怪兽》的第二章，《历史与怪兽》，第97—153页。

⑦⑧ C. T. Hsia, "The Whirl Wind," A History of Modern Chinese Fiction（New Haven: Yale University Press, 1971），p. 561。

⑨如汪政、晓华《论〈坚硬如水〉》，《南方文坛》2001年第5期；南帆《〈受活〉——怪诞及其美学艺术》，《上海文学》2004年第6期。陈思和的讨论《试论阎连科的〈坚硬如水〉中的恶魔性因素》别有见地，见《当代作家评论》2002年第4期。

⑩ Georges Bataille, Eroticism: Death and Sensuality, trans. Mary Dalwood (San Francisco: City Lights, 1986), p. 42. 亦参见Sigmund Freud, Totem and Taboo (London: Hogarth Press, 1955)。也可参考陈晓兰《革命背后的变态心理——关于〈坚硬如水〉》，《当代作家评论》2002年第4期。

⑪参考朱向前的《农民之子与农民军人》，《当代作家评论》1994年第6期。但朱文的写作早在阎连科风格改变之前。

⑫⑬阎连科：《坚硬如水》，第171、172页，武汉，长江文艺出版社，2004。

⑭Jacques Attali, Noise: The Political Economy of Music (Minneapolis: University of Minnesota Press, 1985), chapter 4.

⑮见我的讨论，David Der—wei Wang, Fictional Realism in Twentieth—century China: Mao Dun, Lao She, Shen Congwen (New York: Columbia University Press, 1992), chapters 6, 7。

⑯阎连科：《仰仗土地的文化》，《阎连科》，第576—580页，北京，人民文学出版社，2004。见赵顺宏《乡土的梦想》，《小说评论》1993年第6期。

⑰阎连科：《年月日》，《耙耧天歌》，第102页，太原，北岳文艺出版社，2001。

⑱郜元宝：《论阎连科的"世界"》，《文学评论》2001年第1期。

⑲C. T. Hsia, "Conclusion Remarks," in Chinese Fiction from Taiwan: Critical Perspectives, ed. Jeannette L. Faurot (Bloomington: Indiana University Press, 1980), p. 240. 有关阎连科对苦难叙事的执着，可见姚晓雷《论阎连科》，《钟山》2003年第4期。

⑳Sigmund Freud, "The Economic Problem of Masochism," The Standard Edition of the Complete Psychoanalytical Works, trans. James Strachery (London: Hogarth Press, 1953), vol. 9, pp. 159—70. Gilles Deleuze, Sacher-Masoch: An Interpretation, trans. Jean McNeil (London: Faber & Faber, 1971).

㉑阎连科：《日光流年》，第142页，广州，花城出版社，1998。

㉒见我的讨论，《吕梁山色有无间——李锐论》，《跨世纪风华：当代小说二十家》，第215—235页，台北，麦田，2002。

㉓王一川：《生死仪式的复原》，《当代作家评论》2001年第6期。

㉔姚晓雷：《论阎连科》，第115页。

㉕http://www.jsdj.com/luyou/lyzy/hnhongqi100.htm.

㉖毛泽东：《愚公移山》。

㉗阎连科：《受活·前言》，第113页，沈阳，春风文艺出版社，2003。

㉘ Margaret Cohen, Profane Illumination: Walter Benjamin and the Paris of Surrealist Revolution（Berkeley: University of California Press, 1993）, pp. 2, 12.

㉙ 见新华网于2005年11月10日的报道http：//www.ha.xinhuanet.com / fuwu / yiliao / 2005-11-10 / content__5553877.htm："据河南省副省长王菊梅介绍，河南1995年3月发现了首例艾滋病人。由于既往有偿供血在上蔡等地农村局部地区引发的艾滋病疫情，使河南成为全国乃至国际社会关注的热点。截至2005年9月30日，河南累计报告艾滋病毒感染者30387人，已累计死亡4294人，现症病人19334人，其中血液途径传播感染27429人，占90.26％。HIV感染者和现症病人主要集中在农村，分别占总数的97.22％和98.37％。"

原载《当代作家评论》2007年第5期

行走的斜线

——论九十年代长篇小说精神探索与艺术探索的不平衡现象

陈美兰

恐怕人们都会接受这样的事实：二十世纪九十年代的长篇小说，无论是其创作阵势或是创作成果，在文艺领域中，在社会舆论中，至今仍是一个说不尽的话题，一个令人兴奋也令人焦灼的热点。

中国长篇小说从十九、二十世纪之交开始了向现代小说形态的转变，经历了百年步履，到了二十世纪最后一个十年，它行进的步伐似乎应该理所当然地变得更加稳健，艺术风采和精神风采都应该有新的展现。然而，今天当我们要对这个领域近十年的收获下一个断语的时候，就会觉得简单的一个词语难以担负这种功能。应该说，十年的收获是辉煌的，也是暗淡的，作为长篇小说的艺术探索，十年取得了辉煌的成就，作为精神探索，长篇小说并未现出其特有的光彩，犹如迈步的两腿，由于两边"力矩"的不均衡，形成了长篇小说发展中行走的斜线。本文正是想从这一角度出发，具体考察一下这种不平衡现象在创作上的体现，并对它的因由作些探讨。

1

要认识九十年代长篇小说在艺术探索上的历史价值，我们不妨将论述的笔墨稍稍拉开一点。长篇小说在中国的孕育与发展，并不比西方晚，历史事实说明，中国小说，包括长篇小说，是在中国历史文化土壤中自然生长的，是"自生型"的艺术形式。尽管十九、二十世纪之交中国小说在艺术上的主观性逐步加强，包括叙事时间的处理，叙事者身份的变化和情感的投入以及叙事结构心理线索的突现等方面，都显示了西方小说艺术经验的影响和参照，但其基本的艺术方式仍然是中国自生形态的延续。正如著名的捷克汉学家M. D. 维林切诺娃所说的："西方影响并未像预想的那样在中国文学现代化运动中起到重要作用——外来因素的吸取也只是本身进化的补充。"五四后长篇小说对西方小说艺术新潮的吸取，我以为更主要的是在活动场景描写的拓展以及对表现社会矛盾的总括力方面。三十年代初先后出现的以人物为中心组结社会各类矛盾线索的《子夜》，以家庭为纽带浓缩社会情绪的《家》，以民情风俗反射时代变动的《死水微澜》等作品，它们总括生活的艺术方式，几乎影响了中国长篇小说创作的大半个世纪。我们可以说，自三十年代后直至七八十年代之交，长篇小说反映生活的艺术方式，大体没有新的变化。而到了九十年代，长篇小说的文体创造意识是空前的增强，长篇小说反映生活的艺术方式有明显的变化。除了像寓言体、词典体、年谱体、笔记体等小说体式的创造外，许多现代流行的艺术手法如意识流、多角色第一人称、象征等被广泛吸取，这当中，我以为最值得我们重视的是长篇小说艺术空间形式的创造和长篇小说象征体的营建，这是九十年代长篇小说家们的一种带有探索性又带有开拓性的艺术创造，它给长篇小说带来一种全新的艺术风貌。

小说的空间形式是通过内容的涵盖和形式的营造从而诉诸读者的知觉与想象来得以实现的。长篇小说历来有追求广度与深度的本能，而九十年代小说家则在这种追求中作出了自己的新探索。在小说中建立起多重力的支架，从而营建起具有复杂层次的、多矢向力的盘绕的历史空间。这方面最突出的自然是《白鹿原》。支撑《白鹿原》艺术空间的中心支柱是农村宗法社嗣的繁衍力与来自不同方向（包括鹿兆鸣、鹿兆鹏、黑娃、白灵、白孝文等等）的瓦解力，这是一种来自农村传统社会内在的驱动力，这一支柱的确立，使廓大的艺术空间不仅具有生活的稳定性而且具有自我发展的律动性，而盘绕于其中的还有各种各样的力量，社会层面上的国共、兵匪、对日寇的抗与降的种种社会力量；精神层面上的则有儒家文化的影响力、人的生命自由、生命欲望的迸发力等等。而在这多重层次、多矢向的各种力之间，勾连与锁合得非常有机，以生活的内在脉理扭结成一个内涵丰富、充满历史动感的艺术空间，这是过去长篇小说所罕见的。

从结构的功能上寻找扩展小说空间的可能性，这也是小说家们的一种探索。长篇小说的结构功能历来为小说家们所重视，也是检验其艺术功力的一个关键因素。以往长篇小说更多考虑结构的严谨与完整，而九十年代的小说家则有意识地利用结构功能来扩展小说的艺术空间，以达到其所追求的精神意旨。王安忆在《纪实与虚构》中所作的试验是有艺术价值的。小说有两大情节板块，主人公"我"的现实经历和感受；由母亲姓氏而追溯的茹氏先人的血脉。两个板块并行交错，相互映衬，使现实的空间获得了历史的深邃，也使历史的溯源，有了现实的底座，这种板块交错的结构功能，在其艺术效应上比那种以现实为线索投射进历史音响或那种以历史为线索穿插进现实内容的作品，会显得空间更廓大。艺术空间的这种拓展，实际上也是为读者创造一个对历史—现实思考的精神空间。余华的《许三观卖血记》则是运用结构的重复来达到小说空间的拓展，小说最基本的"卖血"情节本是极为简单的：喝水、抽血、一盘炒猪肝、二两黄酒，而这个最基本的情节在小说中被重复了九次，以结构的有意味的重复，使一个普通人的人生空间得到巨大的拓展。艰难的环境，生命在艰难的生存空间的不断循环中被耗尽，人的尊严也在生命的不断循环中被耗尽。

利用透视的法则通过特定视觉的选择，创造空间的多维性和多向延伸性。这是作家们在探索中的又一种创造。余华《在细雨中呼喊》两种视角的采用为这部小说关于一个少年在缺失爱的环境中成长的故事，带来了多维度的表现。用童年的"我"透视了、逼近了那个阴暗的无爱的环境的最深处，使弱小的灵魂在颤抖中发出生命的呼喊；又用成年后的"我"的冷静的眼光将童年生存的空间拉开历史距离，从而获得了客观审视的可能。《尘埃落定》最受赞赏之处也是其叙事视角的智慧选择而带来了小说空间的非常规性、飘忽性和朦胧感。一个有着藏汉两种血缘的"傻子"，身为土司儿子却又无权继承土司权力的"斜门逸出"，他那种不确定的狐疑的目光，那种穿透生活周围表层性秩序、进入预想的冥悟的状态，把土司制度的瓦解置于一个非常规的飘忽的视域中展现，真切地体现了一种"前定"般的不可抗拒的过程。

九十年代长篇小说创作艺术的另一方面突出进展，体现在象征艺术在长篇小说创作中的创造性运用。九十年代初出现的《废都》《白鹿原》已明显体现出较之八十年代中的《花园街五号》等作品更强的象征化追求意向。"花园街五号"那座别墅在小说中无疑是一个象征体，它既是权力的象征，也是权力更迭的见证，但这个象征物与小说中人的命运、思想情绪和行为趋向并无特殊的内在联系，它更多是作为一段权力交替历史的载体；到了《废都》和《白鹿原》，象征艺术在长篇小说中则更突出了一种意象化的象征功能，如《废都》中的"埙"，《白鹿原》中的"白鹿"，它们的意义指向都带有多义性。埙的苍凉、幽怨的音响，既可以是发自历史深处的古旧都市对逝去的昔日华耀的哀鸣，也可以是目睹现代文明的物化带来人情失落的怅惘，还可以是人在城乡游荡中找不到生存位置的怨愤……这种交织着极为复杂而多义的、带有强烈情绪的意象，贯穿在整部长篇小说中，大大增强了小说的意蕴和艺术感染力。又像出没在白鹿原上的"白鹿"，这个意象也给小说带来了丰富的联想，它不仅有着吉祥的传统寓意，更含有体现在白鹿身上那种自由生命的象征，也可以作为一种文化精气的体现，朱先生仙逝乘白鹿升腾的景象，不能不使人联想翩翩。

除了意象化的象征功能的运用外，九十年代长篇小说象征化的追求还体现在整体情节的象征力的驾驭。《心灵史》的哲合忍耶教派七代传人为坚守自己的信仰而前仆后继的苦难足迹，显然有着强烈的象征意味。它既是几代教民们的生活历程，更是作为人追求自由心灵的历程。具象性的教派历史情节，实际上成了一个整体的象征：人为坚守信仰的象征。余华的《活着》写了主人公福贵身边一个个亲人的死亡，妻子、儿子、女儿……整个小说情节其实有着整体性的、深刻的象征意义：人的"活着"过程，也就是承受苦难的过程，面对死亡的过程。这样的小说，它所重笔描绘的社会具象，整体的生活过程，其实具有明显的超越性意向，读完小说，你可以不记得、不追究它的具体人物或场景的某些真实景象，但它由此所放射的隐喻性内涵，却会令你反复思索，反复沉吟。这正是这类小说的象征功能所产生的特殊魅力。

应该说，九十年代长篇小说家们在艺术探索上的自觉意识及其带给小说形态上的明显变化，真正使中国现代小说的历史翻开新的一页，我想，这已经是不容置疑的事实。

2

在承认这种事实的同时，我们还需要注意一种同样存在的事实：九十年代的长篇小说在进入社会大众生活方面，并不显得有太大的"轰动"之处，这种事实本身会令我们进一步思考这样一个问题：既然艺术上确有创新却又为何无法震动人心？长篇小说还缺乏什么？

从长篇小说的受众的角度来考察，一部几十万字的长篇小说值得人们花上十几小时以至几十个小时去读完它，自然不会仅仅是孤立欣赏它的某种艺术方式或手法的新异，而总是希望在这种欣赏中获得某种情绪上的感染和精神上的触动。而近些年来，长篇小说在社会上引起"轰动"的无非是两大类：一类是接触到社会尖锐矛盾的作品，像《苍天在上》《抉择》这样一些尖锐揭示当前社会反腐倡廉的感时之作；一类是以"惊世骇俗"姿态狂放闯开"性"领域的作品，像九十年代初的《废都》以及九十年代末的《上海宝贝》之类的大胆展示性的作品。前者无疑是因为直接地表达了社会大众对社会痛疽的痛恨，而后者，则是满足了社会某一部分人精神刺激的快感。但是，从大量的长篇作品来看，在面对历史、现实、人生时能给予人们新的感悟、新的启迪、新的精神导引的作品并不太多。应该看到，新时期以来，小说家们在创作中的精神建树是有过不少成就的，从《沉重的翅膀》最早揭示了改革步履的艰辛到《古船》对中国古老的历史沉积以及它在现代社会的泛现所作的深刻描绘，从《人啊，人！》发出的对人性、人道主义的呼唤到《玫瑰门》对人性变异、生命扭曲的窥视，等等，都曾经给人们的心灵以巨大的震荡，显示了作家精神性的思考的敏锐性、超前性。进入九十年代以后，也并非完全没有震动人心之作，像《白鹿原》中所体现的具有巨大繁衍力和凝聚力的中国农村宗法势力在进入现代社会后终于无法逃避必然瓦解的命运，显示了人类社会历史发展的无情力量。小说对儒家精神的现代价值所作的重新诠释，体现了作者精神思考的独创性，使小说除了以它丰厚的文化底蕴吸引人外，还唤起人们一种精神思考的欲望。即使像《废都》这样的作品虽然带有某些描写缺陷，但它在传递一些敏感的文化人在社会急剧转型时心理的失衡，宣泄他们那种迷惘失落情绪方面的淋漓尽致的描写，却是令人震惊的，能唤起人们关注，当旧的价值体系不可挽回地倒塌后，精神的顿然迷失会使人陷于多么可怕的境地。小说对一种人精神情绪的大胆揆入，在读者中引起的惊愕，对人们固有心理防线的撞击，不能否认正是作家在当时向精神领域的第一次涉足。

但是，在这十年间的许多长篇小说中，我们更多看到的是作家们在精神探索上的举步维艰。我们不妨通过小说家中的一个特殊的"代际"的创作作一些考察。这个特殊的"代际"是指那些经历过"文革"前后的社会生活，在新时期创作力最旺盛的一代作家。可以说，他们经历了中国近半个世纪的历史风云和现实的变化，这为他们对历史、现实的精神性思考提供了亲历性的丰富资源；而且，他们又都不是那些只热衷于"玩技巧"而漠视精神追求的浅薄型的作家，正因为如此，所以通过他们一些创作个案的辨析，可以从中发现一些值得我们研究的东西。

在精神价值的问题上，有一部分作家始终持一种彻底的颠覆性立场，也就是通过自己的作品对原有的种种价值观念进行彻底的颠覆。像莫言的《丰乳肥臀》、刘震云的《故乡天下黄花》等等，基本上是针对原有的价值观念，如战争的正义与非正义，阶级利益与个人利益孰轻孰重等等，进行"翻个儿"的颠覆。他们的目的似乎更多在于获得某种精神"狂放"的乐趣，而不在于要为人们重构什么价值理想。我们可以不去多谈它。

与其相反的另一种态度，则是要在某些已经或即将失落的传统的精神价值上显示自己的偏执与固守。这方面自然是以张承志、贾平凹为代表。张承志创作的精神历程已有不少研究者作过相当深入而精辟的论述，他的《心灵史》所表现的哲合忍耶的教民们为坚持自己的信仰，为了心灵的自由而前仆后继，确实有震动人心之处，因为"追求心灵的自由"这一命题很容易在现代人心灵中引起某种感情的回响，然而，《心灵史》的缺陷在于：它仅把牺牲、流血作为一种理想美，把对贫困、荒瘠、落后的忍耐与顺应作为一种与信仰追求并生的基础，这种偏执的态度自然也会受到当今小说受众在精神上的保留，因为"血脖子"行为，"安贫乐道"理想恰是当下人们逐渐抛弃的观念，因此，小说未获得广大读者心灵的全部认同也是必然的。贾平凹则又是另一种表现，自《废都》以后，贾平凹陆续创作了《白夜》《土门》《高老庄》以及最近出版的《怀念狼》，毋庸讳言，作家似乎仍然没有走出他的"废都情结"，这些作品无非是反复地体现一种相同的精神情绪：对现代文明的难以适从，对传统失落的无限追念。这种带有文化守成色彩的精神特征在社会现代化进程中无疑具有典型性、普泛性。但只要我们仔细体味一下他的作品，就会感觉到贾平凹对现代文明进行批判所持的精神立场更多是带有农民意识的精神特征，城市与农村是以对立状态出现的，这点在《土门》中表现尤为突出：城市制造着"肝病"病患者，而仁厚村则是医治肝病的大医院，因为它有一位被称作"土地爷"的神医，农村土地在贾平凹意念里始终是生命的依托，而人一旦离开它就会变成"丧家狗"。人在城市中始终有飘零感、迷失感，这与西方一些体现新人文主义精神作家的不同点在于，后者是从现代文明的立场去批判现代文明的弊端，希望从田园，从人的最原始本性中找回一些失落的美好东西，纯真、人性等，以补偿现代文明的缺失；而贾平凹则始终对城市现代文明怀有恐惧感、排拒感，对土地的偏执固守情感使他对商业流通、人际交往、社会物质生产的高度发展始终无法从情感上接纳。我想，这恐怕正是贾平凹近年陆续出版的长篇受到读者冷漠的重要原因。

如果说前面一类作家的精神探索是在颠覆与固守中表现出某种极端性偏执的话，那么，还有一类作家的精神探索则使人明显感到其精神矢向在两极间摇摆，最典型的莫过于张炜与王安忆。张炜在八十年代出版的《古船》从古老的洼狸镇的现实苦难中，促动人们去思考苦难的根源，小说对封闭、保守、封建性的土地王国上滋生在农民身上的劣根性：由私欲演化成的权欲，由狭隘演化成的仇恨，由愚昧演化成的残忍，揭示得令人触目惊心，对千百年来农村宗法制下的历史积淀在现代社会所呈现的恶性发展，抨击是极端无情的，反映了作家对摆脱农业文明、走出土地固守的强烈祈望和尖锐思考，小说明显地将未来寄托于新兴工业代表力量的重新崛起。可到了1993年出版的《九月寓言》，作家的精神矢向一下子转而为对土地的亲近感，对土地文明的重新向往，以至于有意地将那里的一切苦难都消解，把贫困、落后、愚昧所造成的苦难，变成一种精神享受。这一切说明作家正以对土地的膜拜来抵挡工业文明对农业社会冲击的轰隆脚步，显然，这是从《古船》的一极跳跃到《九月寓言》的另一极。诚然，孤立看待这两部作品，都有它各自的深度，但若想将它们构成作家的精神系统，却是困难的。人们无法由此看出作家精神探索的成熟过程，只会感到他精神立场的飘忽性、趋时性而影响了对它精神向度的认同。

以王安忆1993年出版的《纪实与虚构》与她1995年出版的《长恨歌》相比较，我们也可以感觉到作家在精神探索上这种两极式跳跃的明显迹象。《纪实与虚构》通过用"冥想与心智"将祖先的道路"重踏一遍"，体现了主人公"我"对金戈铁马的"争雄的世纪"历史的向往和对平庸现实的厌倦；可是在两年之后所写的《长恨歌》中，在那种精细传情的描写背后，传递给我们的似乎更多的是对那个一辈子寄寓于大都市且一辈子都满足于与男人周旋的女性命运的同情，和对她那种始终不变的靠闲聊天、嗑瓜子、喝下午茶、搓麻将以打发日子的生活的玩味。在这里，作者的精神价值取向好像已疏离于那种金戈铁马的向往，而跃变为对一种边缘性、平庸性生活循环的认同与品赏。有些评论者曾是那么热切地赞赏作家在这部小说中对上海这个大都市"城市精神"的精确把握，但令人疑惑的是，究竟是一种什么样的"精神"真正代表了上海？真正创造了上海的历史？是那种敢于"争雄"的进取抑是王琦瑶这种平庸的无奈？王安忆在前后两部作品中精神取向上的"移动"，恐怕只能说明作家的精神性思考尚未找到她自己的基点。

今天的长篇小说家们往往都是他所面对的历史或现实的思考者，而不仅仅是为了告诉读者一个历史故事或现实故事，这一点确实是一种进步，也正因为如此，所以我们对长篇小说的要求也就更关注它所体现的思想穿透力，而不希望它只在一个精神平面上反复滑行。但事实上现在我们看到的许多长篇，尽管内容或手法上也许确有新意，但在精神思考方面却表现出一种平面滑行的惯性，我们在大量作品中反复看到的是已经大量表现过的东西，诸如人性的异化，物质化带来人的孤独感、隔膜感，命运的轮回与历史的轮回等等。而我们都知道精神冲击力往往是以其独有的尖锐穿透性而显示其力量的，倘若它一再地被重复，就会变成一个平滑的精神平面，失去对人们心灵的冲击力。这种状况，即使在一些比较优秀的作品中也有存在。像我们前面提到的在叙事艺术上很有特色的《尘埃落定》，小说固然显示了作者对历史思考的巨大热情，但我们从那个土司部族的瓦解崩塌的历史过程中所感悟的基本上都是一些熟悉的问题，如关于专权、野蛮、固守造成的历史危机，关于武力征战的失去人心，一代一代复仇的无意义，关于商业流通带来的生机，以及关于人性、爱情、欲望，等等，这实际上都是一些已经成为普泛的道理。所以小说吸引人的更多是其叙述的智慧和生活的陌生化场景，而给人对历史新的感悟和精神性的力量却显得不足。史铁生的《务虚笔记》创作意旨是很明确的，它不在于写人和事，而是重于精神性的"务虚"，从一个个人的不同命运境遇，从人与人之间的社会交往和感情纠葛中，去思考人生所面对的种种问题：命运与机遇，道德与权力，崇高与卑下，爱情的追求与世俗的利益，生命的价值与死亡的意义，等等，总之，这确实是一部意在拷问灵魂的书。应该承认，小说在表现由于观念或利益的阻隔而使机遇擦身而过所带来的情感歉疚或命运的追悔，表现人在情感与欲望的旋涡中的痛苦与挣扎，无奈与抗争，这些方面是感人的，耐人思索的。但不难看出，作者的生活毕竟有其局限，因此他的思考还更多停留在道德、情感领域，一旦进入一些涉及复杂的社会历史问题，如叛徒问题、历史的创造者问题时，他的思路就会被缠绕，最多只是发出激越的慨叹，仍无法进入更高的理智性思考，因而，他的"务虚"实际上还是一种对情感伤痕的抚摸。拷问了灵魂，却未给予新的启悟。

3

长篇小说艺术探索与精神探索这种不平衡现象，使得九十年代声势浩大的"长篇热"始终未能获得其应有的社会效应。

历史常会出现某些耐人寻味的相似。在中国长篇小说的历史发展中，这种不平衡现象在十九、二十世纪之交也出现过。清末民初的一批长篇小说，在叙事艺术上已经开始发生一些变动，由于主观性的加强而带来了某些艺术新意，但其精神含量却未出现明显的新质，在社会的复杂变动面前虽有所感应却又难以发出精神的穿透力，所以正如鲁迅所评价的："其在小说，则揭发伏藏，显其弊恶，而于时政，严加纠弹，或更扩充，并及风俗，虽命意在匡世，似与讽刺小说同伦，而辞气浮露，笔无藏锋，甚且过甚其辞，以合时人嗜好，则其度量技术之相去甚远矣。"这种状况，终使这一阶段的长篇创作，只具有其过渡性特征而无法构成一个创作时代。一百年后的今天，从历史层次上来说，九十年代的长篇小说自然处在更高的水平线上，但从原因上来探讨却使我们想到某些相同的东西，这就是：作家对历史和现实的把握能力和理解能力。如果说，当年的长篇小说家们还不可能自觉地意识到这一点的话，那么，处在现代化历史潮流已经演进了近百年的当今的作家们，应该早已具有这样的理性觉醒。应该看到，文学与政治和文化一样，在历史和现实面前都应具有自己独立的把握和理解意向，具有自己独立的精神力量。作家的创作，应该是对历史的一种新理性精神的敏锐感应，是人类最新智慧之光的一种闪现。我想，如果能真正做到这一点，文学就永远不会走向社会生活的边缘，而会成为人类社会生活永远不可替代的精神之光源。

长篇小说家们近十年来在艺术上所作的有成效的创造，显示出对人类优秀的艺术经验具有很强吸纳能力和融会能力，只要我们对于人类丰富的精神遗产和先进的文化精粹也同样的主动关注，而不是被那种所谓远离历史、远离现实、远离意识形态的论调所蛊惑，我们的小说家们就一定会在精神探索上真正有所建树，真正使长篇小说创作的不平衡现象得以改变，并在稳健的前行中登上新的历史台阶。

原载《当代作家评论》2002年第2期

整体性的破解

——当代长篇小说的历史变形记

陈晓明

中国当代长篇小说是一种特殊的历史产物，准确地说，它是中国现代性发展到极富理想主义时期的产物。长篇小说以它宏大的结构与广博的内容，可以概括更为丰富充足的现实，表达人们更为深广的愿望，集中体现现代性的历史需求。尽管中国的现代性有着更为迫切的民族国家寓言诉求需要表达，但在中国早期的现代性进程中，在茅盾、萧军、萧红这样最典型的革命作家那里，民族国家的寓言与个人的经验还是相互渗透缠绕。到了1942年以后，特别是50、60年代，中国的现代性有了更为明确的历史目标，对历史与现实的认识更为坚定，个人的经验及其愿望被排除出写作领域。在50、60年代，几乎是突然间中国的长篇小说有一个繁荣昌盛的景象，关于中国革命历史的叙事展现了一幅又一幅壮丽的画卷。现实镜像被当成历史本身，并且成为现实存在的前提与保证。多少年来，文学成为现实存在的合理性的强有力的证明，它的形象与情感的功能令人深信不疑，可以有效地重建现实。关于现实的历史想象达到极致时，个人的经验、冲动被剔除了。

50、60年代的长篇小说作为"历史化"的宏大叙事而产生意识形态的作用[①]，这是我们讨论问题的起点。显然，人们依然迷恋这种状况，这是我们要关注的，而且这种迷恋依然成为对当下长篇小说生产的外在的或内在的规范性支配。问题在于：其一，人们只是从意识形态的意义上而没有从现代性的意义上去理解它；其二，人们以为抛弃了意识形态的外衣就能解决问题，事实上，现代性在美学上的支配作用是一种更为内在的和深刻的作用；因此，其三，它导致了人们对当下长篇小说生产的强烈不满，这种不满奇怪地是以在理论上被人们意识到的意识形态超量写作为标准的，也就是说，对当下的不满，经常下意识地援引那些过度历史化的作品为依据，以其强大的"思想性"为参照，来表达对当下思想性薄弱的否定；其四，实际上，作家们的表达也依然迷恋完整性和整体性的现代性美学规范，只有在完整性的表达中，当下长篇小说的审美表达才会心安理得，才能如鱼得水。

由此说明了当下长篇小说的生产处于一种表里不一的张力状态。一方面在逃离"历史化"，另一方面又渴望重新"历史化"。当然，这种逃离是一种有序的逃离，只是在某种阶段它无法前行，它看不清前面的道路。当然，文学的道路就只是写作的道路，理论是灰色的，理论所能做的，只是去看清历史真相，为未来提示可能性。

一、缝隙的开启：从超量意识形态到思想性

20世纪80年代的中国文学无疑秉承了50、60年代的美学规范，尽管"文革"后的文学以反思"文革"及十七年"极左"路线为其出发点，但这种反思是意识形态领域里的斗争，从"极左"到"反左"，其意识形态的意义是不容置疑的，但其思想方法则具有共通之处。在文学方面，"伤痕文学""改革文学"，都包含对"文革"和十七年的激烈批判，但其美学规范并没有改变。那时在文学观念上打出了"恢复现实主义传统"的口号，显然是要沿着现实主义的广阔道路前进。在"拨乱反正"的纲领下展开的反思，再次设想了一个"正"的历史，与其说回到了一种历史中，不如说重新建构了一种历史。而另一种历史（"极左"的历史）则被排除在这个重新建构的历史之外。这种历史恢复只是一种话语的恢复，只是在想象中完成了一种历史清除和一种历史建构，它只能是意识形态的话语实践结果。投射在文学方面，整个80年代上半期的文学实践，其美学规范并没有超出50、60年代的"现实主义"章程。它当然在"人性论"和"真实性"这两点上有所开掘，但这只是一项修复。

直到80年代中期，历史才敞开一道缝隙。整个80年代上半期，长篇小说的创作寥寥可数，周克芹的《许茂和他的女儿们》（1979）、戴厚英的《人啊，人！》（1980）、李国文的《冬天里的春天》（1981）、张洁的《沉重的翅膀》（1981），是这个时期比较出色的作品。和同期的中篇和短篇小说相比，

长篇小说的影响要小得多，前者与现实的紧密关系，使得后者更从容的历史含量变得无足轻重。除了戴厚英的《人啊，人！》与人性论和人道主义讨论相关，并且与反思"文革"的时代纲领相一致，引发强烈反应，其他的长篇小说并没有在现实中产生太大影响。但其小说观念与美学规范却可以清晰看出典型的现实主义特征，其思考的主题以及思考的方式也没有越出"超量意识形态"的边界。也就是说，一种相当明确和明显的"现实化"的意识形态主题贯穿作品的始终。

1986年，人民文学出版社的《当代长篇小说》发表王蒙的《活动变人形》，这显然是一部蹊跷的作品。但在当时，因为王蒙的特殊地位，人们并不觉得有什么特别之处，相反，它被作为当时的"现实化"的意识形态的佐证。王蒙一直处在时代中心，他被作为引导潮流的人物而纳入当时的潮流，这同样是一件蹊跷的事情。事实上，王蒙在"文革"后的写作与当时的"伤痕文学"有所不同，甚至有着深刻的歧义：《蝴蝶》里的秋文对张思远的拒绝；《春之声》中的结尾穿过那片乱坟岗，那并不是一个早晨，而是星辰寥寥的前黎明时刻；《夜的眼》中关于民主与羊腿的假模假样的矛盾统一关系的论辩；尤其是《布礼》中的那个叫作钟亦诚的人有着太多的怀疑……所有这些，都掩饰不住王蒙对"文革"历史的一种忧虑与怀疑。他与大多数对"文革"史的重述主要是表示"忠诚"信念的作家有着深刻的差异，他试图表达个人对历史的追问。也就是说，他是较早具有主体意向的作家，这使他在"文革"后还是要与意识形态的超量化的编码做出区分。但是，时代潮流需要王蒙，王蒙被卷入之后迅速被推到潮流的巅峰。王蒙的那种怀疑与追问只能被隐蔽，不能被消除。《活动变人形》当然也可以看出当时意识形态可识别的明显主题，例如，对人性的剖析，对中国现代的民族国家与个人命运关系的思考。但对于王蒙来说，这些主题的处理已经带有更为深刻的个人视角。这个对历史反思的主体，有着个人的意向。政治化的主题转向了思想性的主题，其重心从政治的指令转向了自我的思想。

80年代中期这样的历史潜在变化在迄今为止的文学史研究中并没有得到有效的说明，这使人们对于90年代发生的变化显得茫然无措。正是因为这些中间或过渡的变化没有被识别，人们不能理解随后的历史，也没有看清原来的历史。80年代中期，出现了"现代派"和"寻根文学"，关于个人自主性的思想已经在文学中滋长起来，并且作家的自主思考构成了小说叙事的思想性要素。作家（以及知识分子群体）思想与意识形态中心化功能的分离，这对于文学叙事的变化是极为重要的。长篇小说对社会历史的表现不再是经典现实主义规范之下的"本质规律"，不再是在民族国家背景上阐发的历史与阶级意识，而是开始融入了作家的主体意向性。其他文体因为与现实的思想演变关系密切，或者本身就是现实思想变革的前导，率先地游离出主导意识形态背景。但长篇小说以其规模和文体与民族国家的历史渊源，它显然不容易具有创新与变异。其内容的丰富与广博，决定了它的文本体制与民族国家的想象天然一致。

对于80年代中期的长篇小说来说，从意识形态给定的本质转向个人的批判性思考，这是一个值得强调的步骤。这种转向，由于其文本体制的关系，只能表现为视角方面的变化。那些长篇小说在文本体制，在思想内涵，以至于在结构和修辞方面都依然带着旧的宏大体制的印记，但其视角出发点具有了个人性，或者具有了作家的主体性意向。这一时期，数部长篇，张炜的《古船》（1986）、张承志的《金牧场》（1987）、铁凝的《玫瑰门》（1988）、王朔的《玩的就是心跳》（1988）等，相继出版。从这些作品可以看出，作者个人对历史、人性的探究占据主要地位。同时期还有贾平凹的《浮躁》，但贾平凹的这部长篇并未脱离当时的"改革"与思想解放的意识形态主题，贾平凹个人的文化底蕴这时并未显露出来。张炜的《古船》显然是一部宏大的历史叙事，两个阶级两条路线被颠倒了两次，它无疑在一定程度上呼应了主导意识形态设定的思想向度，但它坚定地提出自己的看法。书中对人性与宿命两个要点的表达，超出经典现实主义权威主题的范围。它的重要意义在于，如此在结构和历史观念上承继了经典历史叙事的作品，也可以融入作家的主体意向。张承志在80年代无疑是一个主导意识形态的作家，但他的《金牧场》从时代主题中滑脱出来，明显具有了形而上的更为抽象的属于作家个人的思想。当然，王朔的《玩的就是心跳》是过分之作，就是放在王朔的作品系列中也显得走火入魔。这是王朔对现代主义进行的戏谑，而他同时也被现代主义戏谑了。他稍后的《我是你爸爸》则率先表达了市民社会的个人情感。在80年代中后期，意识形态规范已经很难贯穿一致，这是历史多方合力作用的结果，作家则是以其个体敏感性率先拓展了个人表达空间。而在长篇小说这种历史化体制深厚的义本上表现出来，则可以看到最显著而深刻的历史变异。

中国当代文学史资料丛书

长篇小说显然是一个最保守最有力量的堡垒，它同时还是一个惰性十足的懒汉。其他的艺术门类和文体屈于时代的创新的压力，都要进行各式各样的变革实验，只有长篇小说，它要困守自己的规范，它的鸿篇巨制使它墨守成规就可以有所作为。这使它有可能以坐享其成的方式来应对变化：它只要适可而止吸取当时的已有的思想与艺术变革成果，就能获得成功。长篇小说无不是短篇和中篇的倒退，特别是在先锋派作家那里，余华、苏童、格非、孙甘露……所有在中短篇小说那里达到艺术高峰的作家，在长篇小说这里，不得不放低姿态，不得不采取掺水行动。他们仅仅是在语言这点上，才保住了艺术性的体面。长篇小说要么是意识形态化的，要么是大众通俗化的，这二者最容易磨合，留给艺术的则是有限的空间。所有在长篇小说那里可以达到的艺术水准，在中短篇小说那里都不过是雕虫小技。长篇小说仅仅是以其分量，以其对历史、现实以及人类生活的广度和深度的涵盖而居于文学的中心地位。其艺术性最容易又最困难。最容易在于：它只要有一定的容量就可以站住脚，人们对着几厚本用文字堆积起来的纪念碑很容易产生敬仰之情和宽容之心；其难处在于：长篇小说要达到艺术上的创造相当困难，它需要与传统与既定的规范妥协才能做得恰如其分。两相权衡，应该说，长篇小说的艺术性要达到相当高的水准十分困难。

正如我们前面论述过的那样，在意识形态充分活跃的时代，长篇小说只要符合主导意识形态规定的那种政治律令就能获得基本成功。在80年代中期，长篇小说开始降低意识形态的内容，转向了具有作家主体性意向的思想意蕴。这无疑是一个重要的根本性的转折，它使随后的历史不可避免和顺理成章。

二、历史理性的缩减：生活质感的呈现

现代性携带强大的理性力量支配着文学，在长篇小说这里，历史理性找到最合适的家园。理性与历史的合谋使长篇小说获得华丽的外衣和深厚的精神内涵，这种历史理性无疑也是一种使文学屈服的力量。当然，文学也并不那么容易屈服，它以语言和生活的存在可以抵御理性异化而保留文学品质。当语言与生活可以超出理性的支配，也就说明小说叙事更多可能地获得了文学性的表达。80年代后期的长篇小说受历史理性支配的程度在降低，而语言直接面对

生活的那种叙述方式在起作用，它使长篇小说主要不是依靠理性的思想主题来推动叙事，并且以此来获得阐释的意义，而是语言与呈现的生活使作品获得文学品质。问题的关键当然还在于，文学—社会共同体接受这种文学，并确认了它的存在价值。尽管在那个时期，人们对这些作品的阐释未提示明确的话语模式，但现在可以在综合的语境中去重新认定这些作品在当时的历史情势中的真正意义。

首先值得注意：迄今为止，莫言的创作依然保持旺盛的状态，多年来，莫言被人们过度阐释，但他依然显得难以捉摸。不是因为他有什么神秘感，或故作高深，而是他的存在明明白白，但却从我们现有的语境中滑脱出去。这么多年，很多作家都随时代潮流的撤退而退隐，只有莫言，依然故我，我行我素。根本原因，我以为就在于莫言不是跟着一种被给定的时代精神写作，而是以自身对人类生活存在的理解和感受写作，他只是用语言对准生活，一切都交付给直觉和语言，赋予他所表达的生活以最大的自由，一切思想都在自明中，或者无须表白。当然，并不是说莫言的作品就没有可归纳的主题，而是说在他的作品中语言透示出的生活质感，或者说生活呈现出的那种性状，显得更为重要。他的写作是直接面对语言和生活的质感，是语言与生活质感本身的碰撞与起舞。莫言自己就表示过对思想性的东西的逃避②，显然，仅仅用没有受过系统高等教育来解释莫言对思想理论的天然排斥是不恰当的，同样的原因可能会产生相反的结果。莫言的才能表达在对语言的敏感上，表现在他对生活的性状采取超常的幽默感和荒诞感加以处置。他无须求助思想性，更不用说宏大的历史理性和意识形态。80年代后期，莫言的《红高粱家族》被放在"寻根文学"的序列底下来讨论，但实际上，莫言没有那么明确的历史意图，也没有对"文化之根"或"民族性"之类东西的迷恋，他只是根据个人的经验、根据民间记忆来写作。他的那些作品是对乡土中国更为纯朴的生活样态的表现。在莫言所有的作品中，《丰乳肥臀》（1995）可能是他最好的作品，莫言可以凭着他的语言感觉、他对生活性状始终保持的那种幽默感和荒诞感来展开叙事。读读这部小说的开头部分，就会对他能以如此随意的方式把生活情境造得如此有声有色而感动不已。这个延续了整整十章的开头融合了上官鲁氏的生产、驴的生产、日本兵的残酷杀戮、游击队的覆灭，最后以日本军医的救治完成这个开头。

绝望与血腥，在莫言的叙事中就是生活本来的面目，他只关注语言往前推进，他是如此不动声色，甚至在冷漠中还透着一点快感来书写这种生活。这一切都是存在本身，都是发生着的事件，出生与死亡，希望与挣扎，开始与结束，是那么平常。莫言就是有这种本事，他把任何惊天动地的事，都写得无足轻重。可是生活就像一种稠密的水流，抹不开地存在在那里，既透明清澈，又不可理解。莫言的书写是一种光的书写，就是时间流向光亮中，一切都存在于此。他笔下的生活质感不是沉甸甸的那种，而是一种黏稠、透明和光亮。

因为历史理性的退场，文学叙事完成了对生活的直接呈现，没有理性作为构架，也没有更为深厚的思想性去探究，生活的事实和事物有一种更为纯粹的存在性出现于长篇小说中。90年代初的中国处于一个深刻的转型时期，之所以"深刻"，在于它如此轻易就完成，人们不知不觉，好像这一切只是延期到来的奖项，与其说这是历史的嘉许与恩惠，不如说是历史的债务，债权人已经麻木。历史的变异不再像80年代那么急迫，一切都是延搁的可有可无的债务。一切宏大的思想体系，被现实的功利与需要替代，这是自在自为的消解。90年代上半期，历史理性及其思想意向在文学作品中明显缩减，文学叙事依靠语言和感觉展开。80年代中后期形成的作家的主体意向也趋于弱化，作家依靠更好的语言感觉，就可以把握生活的状况。那个时期在理论界和批评界，对当下的文学作品的解释是"新状态"和"新表象"③。事实上，正如"新写实主义"的平民主义的日常化叙事已经先于理论概括存在多年，对这个时期的非深度化状况的描述，也早就露出端倪。回到长篇小说来看，长篇小说本来在艺术上就趋向于政治性和大众化，当政治性缩减后，大众化的阅读期待就会起到更有效的作用。既然历史理性已经难以起支配作用，那么作家只要在面对保守性的大众期待再加入必要的个人化的艺术经验就能解决难题。事实上，90年代以来的长篇小说在艺术上的主要困难，在于无法在艺术性与大众阅读期待之间找到平衡。其他的文学样式可以忽略这一问题，发表于文学期刊的作品主要面对文学界，而长篇小说则要直接面对图书市场，面对阅读。想象的读者经常成为写作焦虑的源泉。刚刚从历史理性中游离出来的作家群体，乐于把读者群想象成是从洪荒时代走出来的狮身人面的感官享乐主义者。如何降低艺术性则成为一个与读者沟通的简单草率的措施，就这一点，先锋派也不能幸免。只是这种对读者与市场的期待，无意中完成了（或者加深了）长篇小说与思想深度分离。通过对思想的逃避，当代长篇小说成为市场与读者的俘虏，这对于不同的作家，后果显然不可同日而语。最低限度的思想性，如何与语言叙述结合在一起，这成为当代长篇小说保证艺术性的赌注。

在这一转变的初期阶段，先锋派的长篇小说还是令人刮目相看。小说的难度在于，是否有一种富有文学品质的语言能把握生活的性状质感。余华或许率先意识到这一转变过程，使余华精疲力竭的《此文献给少女杨柳》没有激起文坛的响应，余华开始转向长篇小说，《在细雨中呼喊》（1992，以下简称《细雨》）是最初的成果。只要看看《细雨》到《许三观卖血记》的变化，就可以更清晰地看出这个时代的艺术轨迹。《细雨》从先锋派的语言实验破壳而出，但并未脱胎换骨。那种语言质感恰恰给生活的质感提供了家园，余华可以不再去考虑形而上的思想性存在，也无须过分注重语言表达。他关注生活的存在的状况，那种随时破裂的时刻，溢出边界的真实。《细雨》当然有可以归结的主题，甚至可以在萨特式的存在主义意义上读解相当丰厚的思想意蕴，那种无依无靠的孤独感，父亲的暴政与家的崩溃，怜悯与绝望中的欢乐等等，这些主题无疑可以在后现代哲学纲领底下加以读解。我们要看到的是，这些思想如何成为那种生活存在的遗留物，这里看不到思想硬性表达所需要的那些结构设置、反思性片段和主体意向。这部小说主要依靠语言与生活质感的完美结合，它使表达具有一种纯粹性。很显然，同样是余华的长篇小说，同时的《活着》（1992）与后来的《许三观卖血记》（1995）就包含了一些思想的阴谋，因为余华放弃了语言接近生活存在性的那种努力，其被表现的生活则要依赖一种预设的思想性来支持其存在性。我坚持认为《细雨》是余华最好的长篇小说，虽然这有悖于余华本人梳理的他的写作的无限进步史。

格非在同时期的长篇小说并没有获得预期的成功，《敌人》《边缘》在当时的历史境况中，思想动机的作用还是显得太重，格非没有在语言与生活本身的存在关系中，找到好的叙述方式。长篇小说毕竟与中篇或短篇不同，对于后者，格非无疑是最出色的，但长篇则要以更自由而又节制的方式去接近生活本身。《欲望的旗帜》几乎是力不从心的作品，在90年代中期，这部小说无疑是少数回答了当时精神混乱的作品，但格非在一个一元论思想崩溃的时期，偏执地要以他的思想来质问时代，他没有真正抓住这个时代生活的外形——一种没有本质的外形，一种外形的外形。他奇怪地试图回到现代性的本质主义家园，这在他的思想历程中有一种奇怪的恢复的格调，通过对后现代主义的嘲弄，格非试图使他的作品成为一个"后—后"人文主义的宣言。一个时期的作家有他给定的命运，曾经是子一代的叛逆的格非，突然间要充当起时代的精神之父——或者这个父亲的代言人。他被父亲的阴影所迷惑，他是父亲魂灵在场的替代者——不管是从思想上还是艺术上，这都不是格非所能胜任的。

90年代上半期出现贾平凹的《废都》（1993）和陈忠实的《白鹿原》（1993）这样的长篇小说。前者讲述了一个欲望化的生活现实，在回望传统典籍的写作中，身体赤裸地呈现，给生活的本真性提供了绝对的基础。后者则依然要写出一种史诗，对民族国家的历史进行重写和改写。《白鹿原》是最后的史诗，这就足以说明史诗的终结。随后同样的史诗式的作品阿来的《尘埃落定》（1999），则选取了一个白痴作为视点，这个史诗已经没有任何反思性意味，只有异域风光和一种生命存在的场景自我呈现。

90年代的长篇小说还有女性主义的探索。林白的《一个人的战争》（1994）与陈染的《私人生活》（1996）表达了女性对主流社会的疏离与逃逸。林白的小说依靠一种飞扬的语言与现实拉开距离，使她的女性生活史的呈现具有不可屈服的倔强性。陈染的作品则更偏执地回到内心生活，她只看到女性的身体，女性与女性的心理，以及丑陋的模糊不清的男性形体。不用说，她们的怪模怪样的写作承继了残雪当年的女性叛逆传统，逃离了父权制庞大的话语体系，日常、琐碎、怪戾的女性心理，不再需要深厚的历史理性作为依托，更不用说适应意识形态背景了。

三、无法告别的父爱：性格与命运

当代长篇小说跟随着文学从民族国家的历史叙事中走出来，它显得最勉强也最被动。作家的主体意向一度给它注入了思想基础，但这些思想经历后现代主义以及知识经济和全球化思潮的冲击，也难以摆脱"终极真理"的架构。尽管"历史终结"这种说法值得怀疑，但它不绝于耳地流传，至少使人难以坚持历史绝对在场的观念。90年代后期以来的文学场域被各式各样的话语碎片所覆盖，个人"力比多"开始起到更有效的推动作用，没有历史感和深度性的文本构筑成众声喧哗的当代现场。然而，这并不是一个文学崩溃的场景，个人化的话语成为这个时期主要的表达方式，个人的"力比多"比任何时候都充分而主动地得到表达，尽管压抑始终存在，但转向自我和身体的表达无论如何还是有变形的表达途径。

从整体上来说，当代文学并没有在一个"历史终结"（我们姑且透支这个概念）的时期找到最恰当和有效的表达方式：作为一种适应和直接的表达，它是卓有成效的；而作为一种更积极、更有效地穿透这个时期并且展开新纪元式的话语创造，当代文学显得缺乏创造的活力。对于长篇小说来说，更显得力不从心。仅仅从艺术表现形式来看，长篇小说的变化并不大，如果不是从更内在的深层的话语建构角度来看，长篇小说几乎岿然不动。当然，背景与内在的空虚无论如何也不是外在的艺术形式所能掩饰得住的，长篇小说依然要寻求新的内在性，寻求艺术表现的力度。当艺术表现的纯粹性力量不能支撑住艺术本身的伸展时，它依然要回过头来寻求内在思想作为支撑。

艺术表现力与内在思想性这两个并不一致的问题，在90年代后期以来的文学场域中被最大可能地混淆。本来个人的"力比多"的话语应该找到相应的表达方式，但创造性与生命底气的薄弱，使得个人的"力比多"话语流于表面和空泛。艺术想象力似乎已经枯竭，它不能拓展新的场域，只有责怪当下的现实和迷恋过去。在这样的场景中，人们除了怀念"父亲"的强大有力的统治没有别的想法，这依然是稚气未脱的想象。本来摆脱了历史理性的文学，可以在个人"力比多"的驱动下，找到新的话语，但空泛的表象没有真实的质感，人们止步不前，掉头寻找丢失的家园。"晚生代"作为一群离家的孩子，在90年代的历史空场中要夺取一条自己的道路显得困难重重。他们既不能沿着先锋派的踪迹，更没有能力与"美女作家"的时尚姿态对垒。在重重夹缝中循序渐进，"晚生代"不像先锋派那样是早熟和聪慧的一代，毋宁说他们是苦磨的一代。时间和经验使他们成熟，使他们更容易与传统和现实达成妥协。"晚生代"能坚持下来并且凸显出艺术实力，完全是以对传统小说的臣服为代价——尽管他们也加入了独特的领会和现实的需要。

这个群体也许称之为"中坚群"更恰当④，这里只举出他们在长篇小说写作方面颇有代表性的作家作品来分析。可以注意到，他们的长篇小说写作有一个回归传统现实主义的倾向。这个倾向既没有任何思潮与运动的背景，也没有个人的刻意的努力。它是先锋性创造姿态放低后文学常规化的必然后果。很显然，常规小说就是现实主义小说，只是当今的现实主义显然与经典现实主义有明显乃至深刻的区别，这个区别并不是创作者有意识的艺术行为，只是历史情境使之不得不如此的结果——它是"历史之手"完成的作品。回到常规的现实主义也依然是在个人的立场上来完成表达。这批作家当然要把希望寄托在艺术表达上，思想的穿透性（以及批判性）一方面被抑制住，另一方面也难以建立。艺术表达就成为文本唯一的支柱。语言接近生活的那种先锋性表达显然有相当的风险，有限的艺术性强调就落到在传统给定的要素上下功夫。因此，在荆歌、熊正良、鬼子、董立勃、艾伟、刘庆等人的小说中，可以看到人物的性格与命运成为小说的艺术表现用尽功力的地方。这种做法在中篇小说那里已经达到炉火纯青的地步，长篇小说也如法炮制，大有驾轻就熟之势。荆歌的《爱你有多深》（2002）、艾伟的《爱人同志》（2002）、刘庆的《长势喜人》（2003）、董立勃的《白豆》（2003）等等，这些作品大都发表于《收获》与《当代》，都是广受好评的上乘之作。

这些作品都是通过主要人物的命运发展推进故事，线性的时间是命运增值与力量呈现的必要通道。这些作品里的人物总是命运多舛，坎坷多变，一步步走向生活绝境，几乎所有的苦难都让主角碰上。苦难炼就了命运之不可抗拒的历程，造就了性格向着极端化的方向挺进。在这里，苦难、性格和命运是三位一体的一种力量，它们在互相碰撞和铰合中凝聚在一起，使小说叙述变得坚韧有力，使语言显示出了品质。因为叙述行进在不断被强化的苦难和命运境遇中，人物的性格也变得越来越怪异和极端，它除了把事件推向最坏的境地、迎来生活的崩溃外，别无选择。当然，也可以利用外部环境，像刘庆的《长势喜人》和董立勃的《白豆》，因为写作年代具有历史的强大压迫机制，可以通过历史环境给人物命运施压。但荆歌的《爱你有多深》和艾伟的《爱人同志》就面临困难，在压抑机制不那么明显的年代，外部历史的力量没有强大到成为绝对的压力（也许存在这种压力，但这两部作品，以及现在所有的作品都没有能力去发掘），只有借助于人物性格，通过把人物性格扭曲，使生活朝着非理性的方向发展，导致命运失控而走向极端。在命运崩溃的时刻，使文本获得力量。也是在这样的推进中，小说叙事和语言始终处于一种紧张的状态，即使是表面上松弛自如的叙述，也因为内在隐含着走向生活绝境的那种趋势，从而有一种整体性的力量。在这里，对生活的表面、对存在真理的追踪，实际上变成对艺术表现力、对小说叙事的力度的追求——这里以美学的形式重现了伟大

"父亲"的身影。性格与命运成为小说艺术表现的同谋，而不是像经典现实主义那样，成为政治信仰或历史思辨的助手。但它对时间线性发展的依赖，它寻求的整体性和单方面不断强化的艺术手法，它的叙述主体在场的那种目的论，都表明它是对现代性美学的回归和强调，它是在美学上对"现代性之父"的重新臣服。那种命运的力度达到极端，这是我们所熟悉的美学规则和趣味，关键是把握住结构、整体和方向。这是对由来已久的父爱的眷恋，也是以美学的形式对"现代性之父"的虔诚颂扬——它是美学意义上的父爱的欢乐颂。艾伟的《爱人同志》最后让刘亚军放火烧了那幢房子，他也完成了自我终结，而文本也完成完整性的终结，张小影也解脱了，一切都解脱了，一个完整的结束。真是圆满啊，无懈可击的圆满——在父亲的圆满怀抱里，子一代成熟了。当然，没有任何理由认为对完整性的认同就是当今长篇小说叙事的天敌，仅仅是说，过分追求完整性，形成完整性的惯性，这就抑制了当代长篇小说写作的更多的可能性。它本来可以破壳而出，但它没有。

尽管在当代长篇小说发展到这种状况的前提下，这种小说叙事卓有成就并且也推进了常规现实主义的发展，但它的驾轻就熟和老到，只能表明常规现实主义走到顶端，而不能表明当代小说叙事已经无路可走。事实上，这几位作家的几部长篇小说已经处在冲破整体性的边缘：荆歌对荒诞感的把握，对语言的那种欢乐般的张力的寻求；艾伟可以对性格心理进行多方透视，他能穿过生活的不可能性，能够把绝望的时刻写得淋漓尽致；刘建东对多元视点运用得相当自如，把生活的荒诞性与反讽结合在一起，让生活变形和变质，看到存在的局限性。只要往前走一步，就可以预计更有冲击力的东西出现。

四、转向逃逸：文本敞开的可能性

有必要看到的是，另一部分作家向经典现实主义提出挑战。长篇小说并不是单纯恢复历史存在，而是重新给历史编码，给语言提供更大的场域。90年代依然出现了当代长篇小说最极端的作品，这就是刘震云的《故乡面和花朵》（1998），这个人倾注了六年时间，写作了一部四卷本的长篇小说。一次对经典的冲动和梦想，却转变为对经典的全面颠覆。刘震云的反抗同时带有胡闹的嫌疑。但整整六年，一个如此智慧的作家的行为，不能不看作是深思熟虑的结果。这部作品对乡村和城市进行了双重解构，不再是单向度地批判城市或现代文明，而且对乡土中国也进行了无情的嘲弄。这部作品令人惊异地以最彻底的方式解构了父权制文化，"父亲"在这里被完全戏剧化了，他是欺骗、无耻、无赖的综合体。同样包含着对整体性和历史理性的嘲弄，刘震云的叙述颠三倒四，没有时间的自然行程，父权制的强大的线性时间被任意割裂，置放进杂乱的后现代场域。在这里，语言的快感、反讽和幽默、戏谑与恶作剧构成叙事文本的主要元素。当然，在这部作品中依然有一种肯定性的价值，那就是"姥娘"所表征的母系文化的人伦价值，那是一种来自传统深处的"孝道"之类的精神家园的根基。对于刘震云来说肯定性的价值并不明确，也不刻意求证，那是回到乡土中国生活本真性的一种有限价值。没有理由认为刘震云的如此过分的行径可以为中国当代长篇小说创作夺取一条宽广的道路，但作为实验性的文本，它的意义是重大的，它表明什么道路可行，什么不可行。在刘震云之后，没有人走这样的弯路。

张炜在新世纪之初出版《能不忆蜀葵》，以强烈的抒情意味和对现代主义场域的迷恋展开叙述，一种灵魂和肉体的撕裂也撕扯着文本的叙事，但张炜能凭借过人的才华做到游刃有余，他的批判性或反思性已经不再是障碍，而是叙述的动力机制，在这个意义上，张炜的虔诚几乎愚弄了现代主义。

河南人在当代小说方面的大胆，直到阎连科的《受活》（2003）才让人幡然醒悟。事实上，两年前李洱的《花腔》（2000）就令文坛吃惊不已，那是一部相当结实的作品，对历史真实性的怀疑，导引着对历史的重新书写，小说叙述以如此自由而有穿透力的形式推进。阎连科的《受活》对现代性的革命史进行了独到的描写，使这段历史的呈现显示出极为复杂的意味。很显然，这部小说在文本结构、叙事方法以及语言方面，显示出倔强的反抗性。这个文本是怀着对乡土中国，怀着对革命与乡土中国的现代性命运的宿命式的关切来展开的，因而，阎连科试图回到乡土中国残缺不全的历史中去。在这里，革命史与乡土史是同样破碎的地方志。小说不断夹杂"絮言"于正文叙事中，这些"絮言"是对正文的补充与解释，然而，这本身说明，一旦回到乡土中国的生活状态，回到它的真实的历史中，那些东西是如何难以理解，没有注释，没有说明，现在的阅读完全不知其所云。这是对被文化与现代性培养的阅读的极大的嘲弄。乡土中国是如此顽强地自我封闭，它的语言，它的那些说法，难以被现代性的叙事所包容。当然，更重要的是，阎连科的这部小说中大量使用了河南方言，特别是那种叙述语式。这种文本带着强烈的乡土气息，带着存在的倔强性向当代社会扑面而来，真是令人措手不及。很显然，"絮言"同时具有文本结构的功能，对一个正在进行完整性叙事的文本加以打断，插入另外的表达。阎连科的这部对残缺生活书写的作品，也使之在结构上变得不完整，变得残缺不全。那些"絮言"的补充结构，并不说明把遗漏的遗忘的和被陌生化的他者的历史全部补齐。相反，它意指着一种不完全的书写，无法被概括和表达的乡土中国的历史。尤其令人惊异的是，小说采用中国旧历来作为叙事的时间标记，所有的时间都在中国古旧的皇历中展开，现代性的时间观念，革命史的时间记录，在这里都消逝在古老的皇历中。诸如"阴农历属龙的庚辰年，癸未六月……"，"庚子鼠年到癸卯兔年……"，"丙午马年到丙辰龙年……"，甚至柳县长在回答地委书记关于列宁的生卒年时，也用"上两个甲子的庚午马年家历四月生，这个甲子的民国十三年腊月十六日死"这种老皇历加以表述。这些莫名其妙的时间标记，顽强地拒绝了现代性的历史演进，革命历史在这样的时间标记里也无法被准确识别。

过去，现代主义或后现代主义的文本，只有在写城市或者写历史时才能促使文本开放，其语言则是在现代主义的审美感知的氛围中来加大修辞的表现力。现在，阎连科居然在回归乡土，回到方言和口语中，文本却具有极大的开放性，文本洋溢着顽强的解构活力。就这一点而言，阎连科的这部小说为当代小说的本土性所具有的先锋意义，开创了一条崭新的道路。最具本土特征的小说，也有可能具有强烈的后现代性，具有解构历史及其现代性象征体系的顽强的力量。

这里勾勒的只是当代长篇小说历史变异的一个侧面，这是一个并不富有诗意的历史变形记，毋宁说它充满苦难、狡诈和诡异。当代长篇小说还有另一种历史，还有宏大的历史叙事在展开——那可能是一部完整的历史保存史。对于我来说，更愿意看到一种可能性——一种逃离的可能性，一种始终创造和逃离的可能性。看到这种可能性，于是，我们可以豪迈地说，汉语长篇小说依然具有创新的活力，逃离了"现代性之父"，子一代有自己的出路，在历史破碎的间隙，他们灵巧的身姿可以躲闪，可以诡异多变，因为不再被一种力量支配，也不再向一个目标进发，长篇小说的叙事可以有无限多样的可能性，这正表明，本文的探讨只是一个开端，一种历史的终结和写作零度的开端。这是一个重新写作的时代，一个写作全面更新的时代。

注释：

①有关"历史化"的论述可参见拙著《表意的焦虑》"结语"部分，中央编译出版社2002年版。

②莫言在接受记者采访时多次作过这样的表述。

③这个时期有关的说法可以参见张颐武、王干、张未民和笔者的论述。1992年左右的《当代作家评论》《文艺争鸣》可见一斑。

④仅仅是为了把一批年龄和实力相近的作家放在一起概括，而称之为"晚生代"。经历过90年代不温不火的磨炼，他们在艺术上趋于成熟。由于这个群体已经步入（或接近）中年，并且也有泛化的趋势，他们已经成为当下小说创作的中坚力量，因此，不如把他们称作"中坚群"——这个群体现在是那么壮大，已经无法也没有必要在这里开列名单。

原载《文艺研究》2004年第4期

附录
九十年代长篇小说研究资料索引

一、《心灵史》研究资料索引

王锋：《读张承志的"心灵史"》，《民族文学研究》1993年第3期。

韩子勇：《难言的〈心灵史〉》，《读书》1994年第9期。

容本镇：《〈心灵史〉：辉煌壮烈的民族史诗——张承志小说论之八》，《广西民族学院学报（哲学社会科学版）》2001年第3期。

白蕊：《文化皈依中的艺术收获——〈穆斯林的葬礼〉和〈心灵史〉之比较》，《西南民族学院学报（哲学社会科学版）》2002年第9期。

黄忠顺：《非虚构——抒情历史小说——〈心灵史〉文体论》，《中南民族大学学报（人文社会科学版）》2006年第1期。

古大勇：《张承志"后〈心灵史〉"阶段的鲁迅"参照"》，《民族文学研究》2007年第1期。

赵勇：《〈心灵史〉与知识分子形象的重塑》，《南方文坛》2007年第4期。

张中复：《历史民族志、宗教认同与文学意境的汇通——张承志〈心灵史〉中关于"哲合忍耶门宦"历史论述的解析》，《青海民族研究》2011年第1期。

苏涛：《一部知识分子的心灵之史——重新理解〈心灵史〉》，《西北民族大学学报（哲学社会科学版）》2012年第5期。

杨继国：《民族情结与人类情结——读张承志的〈心灵史〉》，《回族研究》2012年第4期。

陶娥、邓峰：《理想主义的高蹈与悲壮——解读张承志的"心灵史"》，《吉林大学社会科学学报》2013年第6期。

二、《曾国藩》研究资料索引

李文海：《谜一样的作者　谜一样的小说——唐浩明和他的历史小说〈曾国藩〉》，《图书馆》1992年第2期。

蒋静：《略谈长篇小说〈曾国藩〉》，《理论与创作》1993年第2期。

唐浩明：《〈曾国藩〉创作琐谈》，《文学评论》1993年第6期。

刘起林：《论〈曾国藩〉的审美价值及当代意义》，《湖南师范大学社会科学学报》1994年第6期。

林为进：《人与历史的悲歌——浅说〈曾国藩〉》，《当代作家评论》1995年第1期。

李树声：《几度哀歌向天问——评〈曾国藩〉》，《当代作家评论》1995年第1期。

龙长吟：《形丰神活　干振枝披——评长篇历史小说〈曾国藩〉》，《当代作家评论》1995年第1期。

邹琦新：《封建末世理学名臣的悲剧形象——评长篇历史小说〈曾国藩〉》，《小说评论》1995年第4期。

骆玉明：《〈曾国藩〉及其作者唐浩明》，《上海档案》1996年第4期。

姜铎：《关于曾国藩的评价问题——从小说〈曾国藩〉读到曾国藩的一生》，《社会科学战线》1996年第3期。

吴金宣：《读历史小说〈曾国藩〉随笔二则》，《当代文坛》1997年第5期。

朱东安：《再论天津教案的起因与性质——兼评长篇历史小说〈曾国藩〉津门篇》，《近代史研究》1997年第6期。

余安娜：《从历史研究到历史文学创作——以历史小说〈曾国藩〉为例》，《理论与创作》2011年第3期。

三、《白鹿原》研究资料索引

李星：《〈白鹿原〉：民族灵魂的秘史》，《理论与创作》1993年第4期。

白烨：《史志意蕴·史诗风格——评陈忠实的长篇小说〈白鹿原〉》，《当代作家评论》1993年第4期。

陈忠实：《〈白鹿原〉创作漫谈》，《当代作家评论》1993年第4期。

陈忠实：《关于〈白鹿原〉的答问》，《小说评论》1993年第3期。

小雨：《一部展现民族灵魂的大作品——〈白鹿原〉研讨会综述》，《小说评论》1993年第4期。

《一部可以称之为史诗的大作品 北京〈白鹿原〉讨论会纪要》，《小说评论》1993年第5期。

阎纲：《〈白鹿原〉的征服》，《小说评论》1993年第5期。

张颐武：《〈白鹿原〉：断裂的挣扎》，《文艺争鸣》1993年第6期。

孟繁华：《〈白鹿原〉：隐秘岁月的消闲之旅》，《文艺争鸣》1993年第6期。

雷达：《废墟上的精魂——〈白鹿原〉论》，《文学评论》1993年第6期。

朱寨：《评〈白鹿原〉》，《文艺争鸣》1994年第3期。

董之林：《神谕中的历史轮回——论〈白鹿原〉》，《文艺评论》1994年第2期。

艾斐：《在焦渴与沉滞中对生命的艺术体验——关于〈白鹿原〉的思想与创作》，《理论与创作》1995年第5期。

《贾平凹谈〈白鹿原〉获奖》，《当代作家评论》1998年第2期。

张志忠：《怎样走出〈白鹿原〉——关于陈忠实的断想》，《当代作家评论》1998年第4期。

《〈白鹿原〉评奖内情》，《文艺理论研究》1998年第2期。

朱水涌：《〈红旗谱〉与〈白鹿原〉：两个时代的两种历史叙事》，《小说评论》1998年第4期。

梁鸿：《性与族权——论〈白鹿原〉的性文化意蕴》，《河南师范大学学报（哲学社会科学版）》1999年第6期。

毛崇杰：《"关中大儒"非"儒"也——〈白鹿原〉及其美学品质刍议》，《文学评论》1999年第1期。

孙绍振：《什么是艺术的文化价值——关于〈白鹿原〉的个案考察》，

中国当代文学史资料丛书

《福建论坛（人文社会科学版）》1999年第3期。

张林杰：《〈白鹿原〉：历史与道德的悖论》，《人文杂志》2000年第1期。

何西来：《关于〈白鹿原〉及其评论——评〈白鹿原〉评论集》，《小说评论》2000年第5期。

蓝溪：《一部严肃而有学术品位的评论集——〈白鹿原〉评论集研讨会纪要》，《小说评论》2000年第6期。

何西来：《文章千古事——关于〈白鹿原〉评论的评论》，《中国文学研究》2000年第3期。

李星：《走向〈白鹿原〉》，《文艺争鸣》2001年第6期。

高玉：《论〈白鹿原〉对阶级模式的超越》，《理论学刊》2002年第3期。

付民之：《〈白鹿原〉中的建筑意象与儒家文化》，《河南大学学报（社会科学版）》2004年第5期。

袁红涛：《简论〈白鹿原〉的修辞艺术》，《修辞学习》2005年第1期。

南帆：《文化的尴尬——重读〈白鹿原〉》，《文艺理论研究》2005年第2期。

冯希哲、张雪艳、赵润民：《多维视野下的文本批评——〈白鹿原〉近期学术研究综述》，《小说评论》2006年第6期。

洪治纲：《民族精魂的现代思考——重读〈白鹿原〉》，《南方文坛》2007年第2期。

陈忠实：《寻找属于自己的句子——〈白鹿原〉写作手记》，《小说评论》2007年第4期。

陈忠实：《寻找属于自己的句子——〈白鹿原〉写作手记（连载二）》，《小说评论》2007年第5期。

陈忠实：《寻找属于自己的句子——〈白鹿原〉写作手记（连载三）》，《小说评论》2007年第6期。

陈忠实：《寻找属于自己的句子——〈白鹿原〉写作手记（连载四）》，《小说评论》2008年第1期。

陈忠实：《寻找属于自己的句子——〈白鹿原〉写作手记（连载五）》，

《小说评论》2008年第3期。

陈忠实：《寻找属于自己的句子——〈白鹿原〉写作手记（连载六）》，《小说评论》2008年第4期。

陈忠实：《寻找属于自己的句子——〈白鹿原〉写作手记（连载七）》，《小说评论》2008年第5期。

陈忠实：《寻找属于自己的句子——〈白鹿原〉写作手记（连载八）》，《小说评论》2008年第6期。

陈忠实：《寻找属于自己的句子——〈白鹿原〉写作手记（连载九）》，《小说评论》2009年第1期。

王鹏程：《戴着镣铐的舞蹈——对于〈白鹿原〉修改问题的实证研究》，《当代文坛》2009年第1期。

陈忠实：《寻找属于自己的句子——〈白鹿原〉写作手记（连载十）》，《小说评论》2009年第2期。

陈忠实：《寻找属于自己的句子——〈白鹿原〉写作手记（连载十一）》，《小说评论》2009年第3期。

陈忠实：《寻找属于自己的句子——〈白鹿原〉写作手记（连载十二）》，《小说评论》2009年第4期。

陈忠实：《寻找属于自己的句子——〈白鹿原〉写作手记·后记（续完）》，《小说评论》2009年第5期。

袁红涛：《宗族村落与民族国家：重读〈白鹿原〉》，《文学评论》2009年第6期。

宋剑华：《〈白鹿原〉：一部值得重新论证的文学"经典"》，《中国文学研究》2010年第1期。

刘川鄂：《当好作家遇到好评论家——陈忠实〈白鹿原〉创作手记的手记》，《小说评论》2010年第5期。

盐旗伸一郎：《站在"鸡卵"一侧的文学——今读〈白鹿原〉》，《小说评论》2011年第2期。

张国俊、王晓音：《追寻理论与艺术的双向高度——试论陈忠实〈寻找属于自己的句子——《白鹿原》创作手记〉》，《小说评论》2012年第1期。

陈忠实、舒晋瑜：《我早就走出了〈白鹿原〉——陈忠实访谈录》，《中国图书评论》2012年第10期。

李云雷：《〈白鹿原〉：如何讲述中国故事》，《文艺理论与批评》2012年第6期。

白烨：《当之无愧的"民族秘史"——陈忠实与〈白鹿原〉漫说》，《艺术评论》2013年第1期。

任美衡：《〈白鹿原〉：二十年研究的回顾、反思与展望》，《小说评论》2013年第2期。

段建军：《革命叙事与生活叙事——〈创业史〉与〈白鹿原〉历史观比较》，《当代作家评论》2013年第2期。

段建军：《为历史而烦——〈白鹿原〉的乡土生命哲学及其叙事价值》，《南方文坛》2013年第6期。

李杨：《〈白鹿原〉故事——从小说到电影》，《文学评论》2013年第2期。

程光炜：《陕西人的地方志和白鹿原——〈白鹿原〉读记》，《文艺研究》2014年第8期。

李延玲：《小说语言形态及其文本意义的阐释——以陈忠实的长篇小说〈白鹿原〉为例》，《河南师范大学学报（哲学社会科学版）》2015年第1期。

吴秀明、章涛：《"获奖修订版"生成与当代主流文学话语的规范／妥协机制——以〈沉重的翅膀〉和〈白鹿原〉的修订为例》，《清华大学学报（哲学社会科学版）》2015年第1期。

四、《废都》研究资料索引

宋遂良：《我读〈废都〉》，《小说评论》1992年第5期。

王盛华：《废都大爆炸》，《图书馆》1993年第5期。

雷达：《心灵的挣扎——〈废都〉辨析》，《当代作家评论》1993年第6期。

李洁非：《〈废都〉的失败》，《当代作家评论》1993年第6期。

陈骏涛、白烨、王绯：《说不尽的〈废都〉》，《当代作家评论》1993年第6期。

张法：《〈废都〉：多滋味的成败》，《文艺争鸣》1993年第5期。

吴亮：《城镇、文人和旧小说——关于贾平凹的〈废都〉》，《文艺争鸣》1993年第6期。

《贾平凹〈废都〉创作经验谈》，《文艺理论研究》1993年第5期。

扎西多：《正襟危坐说废都》，《读书》1993年第12期。

林肯·凯基、小雨：《外国人眼里的〈废都〉》，《国际新闻界》1994年第1期。

钟良明：《自我作践的艺术——评〈废都〉的创作策略和得失》，《江汉论坛》1995年第6期。

旷新年：《从〈废都〉到〈白夜〉》，《小说评论》1996年第1期。

党圣元：《说不尽的〈废都〉——贾平凹文化心态谈片》，《小说评论》1996年第1期。

赖大仁：《创作与批评的观念——兼谈〈废都〉及其评论》，《小说评论》1996年第4期。

邢小利：《〈废都〉获奖：上帝的微笑》，《文学自由谈》1998年第2期。

章克雷：《有感于〈废都〉居然获奖》，《文学自由谈》1998年第2期。

李继凯：《论秦地小说作家的废土废都心态》，《文艺争鸣》1999年第2期。

夏茵英：《一个问题　两种结局　简评〈查特莱夫人的情人〉和〈废都〉的性爱问题》，《江西社会科学》2001年第2期。

李建军：《随意杜撰的反真实性写作——再评〈废都〉》，《文艺理论与批评》2003年第3期。

李建军：《草率拟古的反现代性写作——三评〈废都〉》，《文艺争鸣》2003年第3期。

张新颖：《重读〈废都〉》，《当代作家评论》2004年第5期。

陈国恩、王俊：《中国乡土知识分子的心路历程——〈浮躁〉、〈废都〉、〈高老庄〉的精神症候分析》，《文艺评论》2004年第5期。

陈晓明：《本土、文化与阉割美学——评从〈废都〉到〈秦腔〉的贾平凹》，《当代作家评论》2006年第3期。

　　王尧：《重评〈废都〉兼论九十年代知识分子》，《当代作家评论》2006年第3期。

　　鲁晓鹏、季进：《世纪末〈废都〉中的文学与知识分子》，《当代作家评论》2006年第3期。

　　贾平凹：《安妥我破碎了的灵魂——〈废都〉后记》，《当代作家评论》2006年第4期。

　　黄平：《"人"与"鬼"的纠葛——〈废都〉与八十年代"人的文学"》，当代《作家评论》2008年第2期。

　　肖佩华：《痛苦而孤寂的天国魂灵——从文化视角看〈废都〉庄之蝶形象的出现》，《名作欣赏》2008年第10期。

　　王金霞：《江湖寥廓，何处安归——对〈废都〉和〈沧浪之水〉的互文解读》，《名作欣赏》2008年第10期。

　　王鹏程：《一件拙劣的仿制古董——由读〈金瓶梅〉对〈废都〉艺术性的质疑》，《名作欣赏》2009年第22期。

　　孙桂荣：《个人性·时代性·文学性——重版之际再话〈废都〉》，《南方文坛》2009年第6期。

　　严英秀：《从方框框到省略号——论〈废都〉再版事件及其他》，《南方文坛》2009年第6期。

　　王立世：《废都不废——评贾平凹的长篇小说〈废都〉》，《名作欣赏》2010年第21期。

　　谷鹏飞：《从〈废都〉〈金石记〉到〈后花园〉——"陕派"都市文学的现代性嬗变》，《小说评论》2010年第6期。

　　高旭国：《精神生态危机的悲凉写照——重读〈废都〉》，《中南民族大学学报（人文社会科学版）》2011年第2期。

　　陈波：《论〈废都〉的哲学思辩主题》，《小说评论》2011年第S2期。

　　赵丽妍：《洄溯与重置——〈废都〉的再解读》，《兰州学刊》2011年第12期。

　　竺建新：《沉沦与救赎——贾平凹〈废都〉与阎连科〈风雅颂〉合论》，《文艺争鸣》2012年第1期。

九十年代长篇小说研究资料

彭在钦、杨经建：《〈废都〉的存在主义解读》，《小说评论》2012年第5期。

魏华莹：《文变染乎世情——"〈废都〉批判"整理研究》，《文艺研究》2013年第2期。

丁帆、傅元峰：《贾平凹：〈废都〉等》，《当代作家评论》2013年第6期。

张涛：《错位的批评与知识分子话语重建——重评"废都现象"》，《文艺争鸣》2014年第1期。

郭冰茹：《〈废都〉与中国古典小说的叙事传统》，《文艺争鸣》2014年第6期。

丁帆：《动荡年代里知识分子的"文化休克"——从新文学史重构的视角重读〈废都〉》，《文学评论》2014年第3期。

魏华莹：《〈废都〉的故事周边》，《文艺研究》2015年第2期。

五、《九月寓言》研究资料索引

程麻：《〈九月寓言〉解读》，《当代作家评论》1993年第1期。

王彬彬：《悲悯与慨叹——重读〈古船〉与初读〈九月寓言〉》，《当代作家评论》1993年第1期。

王光东：《还原与激情——读张炜的"九月寓言"》，《当代作家评论》1993年第1期。

独木：《苦难命运的诗性隐喻——读〈九月寓言〉兼论张炜小说的艺术转向》，《小说评论》1993年第4期。

郜元宝：《"意识形态"与"大地"的二元转化——略说张炜的〈古船〉和〈九月寓言〉》，《社会科学》1994年第7期。

《〈九月寓言〉一解》，《当代作家评论》1997年第3期。

程亚丽、吴义勤：《痛失前现代乐园的怀旧性神话——重读〈九月寓言〉》，《南方文坛》2006年第3期。

房伟：《另类的乌托邦——张炜〈九月寓言〉的新民族文化想象》，《文艺争鸣》2010年第19期。

吴培显：《"小村"的挽歌与"融入野地"的理性突破——关于张炜〈九月寓言〉的两点辨析》，《中国文学研究》2012年第4期。

六、刘震云"故乡系列长篇小说"研究资料索引

唐云：《离析与解构——〈故乡相处流传〉叙述研究》，《当代文坛》1994年第2期。

葛胜华：《沉重的轻佻　泣血的玩耍——评刘震云长篇新作〈故乡相处流传〉》，《当代作家评论》1994年第3期。

李万武：《强化昏暗：一种"削平价值"的小说智慧——评刘震云的〈故乡相处流传〉》，《高校理论战线》1994年第1期。

张新颖：《乱语讲史　俗眼看世——刘震云〈故乡相处流传〉漫评》，《小说评论》1994年第4期。

董之林：《向故事蜕变的"历史"——刘震云的〈故乡天下黄花〉及其他》，《当代作家评论》1995年第1期。

程光炜：《在故乡的神话坍塌之后——论刘震云九十年代的小说创作》，《文学评论》1999年第5期。

姚晓雷：《故乡寓言中的权力质询——刘震云故乡系列小说的主题解读》，《文学评论》2002年第1期。

王光华：《刘震云〈故乡相处流传〉的"游戏"精神》，《中南民族大学学报（人文社会科学版）》2004年第S2期。

七、王蒙"季节系列长篇小说"研究资料索引

独木：《爱情、历史与"五十年代情结"——读王蒙〈恋爱的季节〉》，《当代文坛》1993年第5期。

杨劼：《"五十年代"的悲喜剧——谈王蒙近作〈恋爱的季节〉》，《当代作家评论》1993年第2期。

王干：《重写的可能与意义——关于王蒙的〈恋爱的季节〉》，《小说评论》1994年第3期。

王春林：《话语、历史与意识形态——评王蒙长篇小说〈失态的季节〉》，《小说评论》1994年第6期。

王培元：《以新的方式"和自己的过去诀别"——王蒙〈失恋的季节〉的喜剧类型和语言》，《文艺争鸣》1995年第2期。

张志忠：《对文学的轻慢与失态——评王蒙近作〈失态的季节〉》，《小说评论》1995年第4期。

王安：《从"恋爱"到"失态"——王蒙〈恋爱的季节〉〈失态的季节〉研讨会纪要》，《小说评论》1996年第2期。

王春林：《政治·人性与苦难记忆——王蒙"季节"系列的写作意义》，《小说评论》1999年第3期。

贝佳：《王蒙"季节"小说研讨会在京举行》，《文学自由谈》2000年第4期。

《雷达专栏：长篇小说笔记之五——王蒙〈狂欢的季节〉》，《小说评论》2000年第5期。

张志忠：《追忆逝水年华——王蒙"季节"系列长篇小说论》，《文学评论》2001年第2期。

李晶：《王蒙语体：理性的诉求与颠覆——系列长篇小说〈季节〉论略》，《小说评论》2002年第3期。

陈晓明：《"胜过"现实的写作：王蒙创作与现实的关系》，《河北学刊》2004年第5期。

孙先科：《复调性主题与对话性文体——王蒙小说创作从〈青春万岁〉到"季节系列"的一条主脉》，《福建师范大学学报（哲学社会科学版）》2006年第2期。

张岩泉：《激情与苦难：历史记忆的沧桑——王蒙"季节系列"小说论》，《福州大学学报（哲学社会科学版）》2008年第6期。

徐仲佳：《王蒙"季节"小说的性权力文化逻辑》，《齐鲁学刊》2008年第1期。

赵勇：《在语言狂欢的背后——从〈狂欢的季节〉看王蒙言语反讽的误区》，《当代文坛》2009年第4期。

八、《许三观卖血记》研究资料索引

余弦：《重复的诗学——评〈许三观卖血记〉》，《当代作家评论》1996年第4期。

《关于〈许三观卖血记〉的对话》，《当代作家评论》1996年第4期。

张闳：《〈许三观卖血记〉的叙事问题》，《当代作家评论》1997年第2期。

张柠：《长篇小说叙事中的声音问题——兼谈〈许三观卖血记〉的叙事风格》，《当代作家评论》1997年第2期。

常江虹：《我们缘何而笑——〈许三观卖血记〉的新喜剧倾向》，《小说评论》1998年第2期。

吴义勤：《告别"虚伪的形式"——〈许三观卖血记〉之于余华的意义》，《文艺争鸣》2000年第1期。

赵思运：《以短篇手法写长篇的成功尝试——读余华〈许三观卖血记〉》，《小说评论》2000年第4期。

陈乐：《从"注视"到"对话"——谈余华从〈现实一种〉到〈许三观卖血记〉的转变》，《浙江社会科学》2000年第5期。

史娟：《叙述方式与作家风格——评余华小说〈许三观卖血记〉》，《小说评论》2005年第4期。

高卫红：《文本结构与现实世界——从〈金光大道〉、〈许三观卖血记〉话语模式看小说文体变迁》，《当代文坛》2005年第6期。

王达敏：《民间中国的苦难叙事——〈许三观卖血记〉批评之批评》，《文艺理论研究》2005年第2期。

申霞艳：《血的隐喻——从〈药〉到〈许三观卖血记〉》，《文艺争鸣》2009年第8期。

张均：《柔弱者的哲学——〈活着〉、〈许三观卖血记〉阅读札记》，《文艺争鸣》2010年第3期。

宋剑华、詹琳：《〈许三观卖血记〉：荒诞而真实的苦难叙事》，《齐鲁学刊》2012年第2期。

朱中方：《从叙述修辞谈〈许三观卖血记〉的喜悲剧效果》，《小说评论》2012年第4期。

李今：《论余华〈许三观卖血记〉的"重复"结构与隐喻意义》，《中国现代文学研究丛刊》2013年第8期。

郑晴和：《像生活那样实实在在——探析〈许三观卖血记〉中人物情感表达方式》，《当代文坛》2014年第5期。

九、《一个人的战争》研究资料索引

王春林：《自我指涉的欲望世界——评长篇小说〈一个人的战争〉》，《当代文坛》1994年第6期。

唐云：《飞翔的女性神话——读林白的长篇小说〈汁液·一个人的战争〉》，《小说评论》1995年第3期。

张振梅、韩晓玲：《穿越时空的女性主义——〈简爱〉和〈一个人的战争〉的比较》，《名作欣赏》2006年第22期。

寿静心：《林白：从〈一个人的战争〉到〈妇女闲聊录〉》，《河南社会科学》2007年第3期。

冯华、梁复明：《抗拒和逃离——论林白〈一个人的战争〉的女性意识》，《小说评论》2010年第S2期。

邓敏：《缺席的审判——浅析〈一个人的战争〉中的男性形象》，《名作欣赏》2011年第33期。

程光炜：《八九十年代"出走记"——林白〈一个人的战争〉和〈北去来辞〉双论》，《当代作家评论》2014年第5期。

十、《私人生活》研究资料索引

孙绍先：《一个女人的心路历程——读〈私人生活〉》，《中国图书评论》1996年第7期。

林金荣：《陈染〈私人生活〉研讨会发言纪要》，《博览群书》1996年第7期。

邓晓芒：《当代女性文学的误置——〈一个人的战争〉和〈私人生活〉评

析》，《开放时代》1999年第3期。

何春华：《男权中心话语压制下的陈述与突围——谈〈私人生活〉中的女性情谊》，《华南师范大学学报（社会科学版）》2001年第2期。

徐珊：《私人生活——欲说还休的女性故事——论陈染的〈私人生活〉和林白的〈一个人的战争〉》，《北京教育学院学报》2003年第2期。

张丹：《女性心理世界的隐痛——解读陈染〈私人生活〉》，《安徽文学（下半月）》2008年第6期。

李梦：《〈私人生活〉的存在与虚无》，《齐鲁学刊》2009年第1期。

郭少周：《论身体写作的真正内涵——以〈私人生活〉为例》，《传奇·传记文学选刊（理论研究）》2010年第4期。

梁春华：《女性私人体验的书写——比较分析陈染的〈私人生活〉和林白的〈一个人的战争〉》，《学理论》2010年第34期。

卢衍鹏：《从"私人生活"探究中国20世纪90年代文学的现代性》，《河南师范大学学报（哲学社会科学版）》2013年第2期。

程海燕：《〈私人生活〉研究综述》，《安徽文学（下半月）》2014年第1期。

十一、《丰乳肥臀》研究资料索引

莫言：《〈丰乳肥臀〉解》，《光明日报》1995年11月22日。

楼观云：《令人遗憾的平庸之作——也谈莫言的〈丰乳肥臀〉》，《当代文坛》1996年第3期。

彭荆风：《视觉的瘫痪——评〈丰乳肥臀〉》，《文艺理论与批评》1996年第5期。

彭荆风：《〈丰乳肥臀〉：性变态的视角》，《文学自由谈》1996年第2期。

唐韧：《百年屈辱，百年荒唐——〈丰乳肥臀〉的文学史价值质疑》，《文艺争鸣》1996年第3期。

张军：《莫言：反讽艺术家——读〈丰乳肥臀〉》，《文艺争鸣》1996年第3期。

刘蓓蓓、李以洪：《母神崇拜与"肥臀情结"——读莫言的〈《丰乳肥臀》解〉》，《文艺评论》1996年第6期。

金衡山：《影响和汇合——〈丰乳肥臀〉的解构主义解读》，《国外文学》1997年第1期。

谭桂林：《论〈丰乳肥臀〉的生殖崇拜与狂欢叙事》，《人文杂志》2001年第5期。

赵奎英、莫言：《一个可逆性的文本——〈丰乳肥臀〉的语言文化解读》，《名作欣赏》2003年第5期。

牛殿庆：《〈丰乳肥臀〉的艺术建构》，《苏州大学学报》2005年第6期。

张春喜：《语言的自由和权利与叙述人的语态和策略——试论莫言〈丰乳肥臀〉的话语霸权》，《河南社会科学》2005年第S1期。

何国瑞：《学术争鸣应遵守学术规范——答易竹贤、陆耀东教授为〈丰乳肥臀〉的辩护》，《武汉大学学报（人文科学版）》2006年第1期。

张立：《浅论〈丰乳肥臀〉中的乳房意象》，《名作欣赏》2010年第12期。

阎浩岗、李秋香：《"反着写"的偏颇——〈丰乳肥臀〉对"革命历史小说"的彻底颠覆及其意味》，《河北大学学报（哲学社会科学版）》2012年第1期。

赵勇：《莫言的两极——解读〈丰乳肥臀〉》，《文艺理论研究》2013年第1期。

朱德发：《"里比多"释放的悲歌和欢歌——细读莫言〈丰乳肥臀〉有所思》，《中国现代文学研究丛刊》2013年第4期。

朱永富：《论莫言小说的叙事策略与审美风格——以〈红高粱家族〉〈丰乳肥臀〉〈檀香刑〉中英雄形象为中心的考察》，《甘肃社会科学》2013年第12期。

段宇晖：《现代性之隐忧——结构主义视野下〈丰乳肥臀〉新读》，《当代作家评论》2014年第3期。

宋德伟、尹太辉：《〈百年孤独〉与〈丰乳肥臀〉的母亲形象比较》，《河南师范大学学报（哲学社会科学版）》2014年第4期。

十二、《茶人三部曲》研究资料索引

葛红兵、周羽：《论王旭烽〈茶人三部曲〉》，《小说评论》2000年第5期。

孙明龙：《关于茶与江南的一次对话——"茶人三部曲"在京研讨会纪要》，《南方文坛》2000年第3期。

曾镇南：《茶烟血痕写春秋——读〈茶人三部曲〉（一、二）》，《百科知识》2001年第2期。

杨素娜：《苦涩、执着、平和与爱——〈茶人三部曲〉的一种读法》，《西南民族大学学报（人文社会科学版）》2003年第12期。

周双红：《家族主义——"侠"文化——女性意识——对"茶人三部曲"的三种解读方式》，《中国当代文学研究会：中国当代文学研究会第十三届学术年会论文集》2004年第10期。

王旭烽：《"茶人三部曲"与龙井茶》，《时代文学》2005年第6期。

费团结：《〈茶人三部曲〉："缺点"的克服与文体的自觉》，《陕西师范大学学报（哲学社会科学版）》2006年第S1期。

张咏宸：《论〈茶人三部曲〉的轮回与恒常不变》，《新文学评论》2013年第2期。

十三、《长恨歌》研究资料索引

海崴：《太阳光里有歌有舞的灰尘——自问自答读解〈长恨歌〉》，《当代作家评论》1998年第3期。

《〈长恨歌〉的成就与不足》，《文艺理论研究》1998年第2期。

余岱宗：《反浪漫的怀旧恋语——长篇小说〈长恨歌〉的一种解读》，《小说评论》2001年第2期。

吴俊：《瓶颈中的王安忆——关于〈长恨歌〉及其后的几部长篇小说》，《当代作家评论》2002年第5期。

王艳芳：《被复制的文化消费品——论〈长恨歌〉的文学史意义》，《当代作家评论》2002年第5期。

郑文晖：《王琦瑶身后的文化说明了什么——评〈长恨歌〉里的海派文化文本》，《文艺争鸣》2004年第6期。

牛也：《欲望之死——对〈长恨歌〉人物形象的一种解读》，《西南民族大学学报（人文社科版）》2006年第2期。

荒林：《重构自我与历史：1995年以后中国女性主义写作的诗学贡献——论〈无字〉、〈长恨歌〉、〈妇女闲聊录〉》，《文艺研究》2006年第5期。

王黎霞：《对〈玫瑰门〉、〈长恨歌〉的女性主义对读》，《东岳论丛》2006年第4期。

李玲：《以女性风情阉割女性主体性——对王安忆〈长恨歌〉叙事立场的反思》，《扬州大学学报（人文社会科学版）》2007年第1期。

陈瑜：《上海故事的讲法：〈长恨歌〉的弄堂叙事》，《人文杂志》2007年第3期。

刘艳：《女性视阈中历史与人性的双重书写——以王安忆〈长恨歌〉与严歌苓〈一个女人的史诗〉为例》，《文艺争鸣》2008年第6期。

赵淑琴：《王安忆〈长恨歌〉的陌生化语言分析》，《云南民族大学学报（哲学社会科学版）》2008年第4期。

白晓华：《论王安忆小说〈长恨歌〉中王琦瑶的悲剧命运》，《小说评论》2010年第5期。

孙绍振：《谈〈长恨歌〉的"恨"》，《名作欣赏》2010年第25期。

张冀：《论〈长恨歌〉的叙事策略与海派承传》，《文学评论》2010年第6期。

于哲霏：《诗性的语言表达与诗化的日常生活——试析王安忆〈长恨歌〉女性诗学特征》，《名作欣赏》2011年第8期。

沈喜阳：《论〈长恨歌〉的半截性》，《当代文坛》2012年第1期。

崔志远：《寻找上海——解读王安忆的〈长恨歌〉》，《河北师范大学学报（哲学社会科学版）》2012年第1期。

陈晓明：《在历史的"阴面"写作——试论〈长恨歌〉隐含的时代意识》，《文学评论》2013年第6期。

房伟：《"旧传奇"的变异与"新神话"的危机——重读〈长恨歌〉》，《扬子江评论》2015年第1期。

十四、《马桥词典》研究资料索引

南帆：《〈马桥词典〉：敞开和囚禁》，《当代作家评论》1996年第5期。

墨哲兰、陈家琪、张三夕、萌萌、鲁枢元：《〈马桥词典〉的语言世界》，《当代作家评论》1996年第5期。

张新颖：《〈马桥词典〉随笔》，《当代作家评论》1996年第5期。

《韩少功谈〈马桥词典〉》，《当代作家评论》1996年第6期。

朱珩青：《"怀疑论"者的收获——读〈马桥词典〉》，《小说评论》1996年第5期。

周政保：《〈马桥词典〉的意义》，《当代作家评论》1997年第1期。

陈思和：《〈马桥词典〉：中国当代文学的世界性因素之一例》，《当代作家评论》1997年第2期。

朱珩青：《独特的〈马桥词典〉》，《文学自由谈》1997年第1期。

何满子：《从〈马桥词典〉之争谈创新与模仿》，《文学自由谈》1997年第2期。

叶舒宪：《文学与人类学相遇——后现代文化研究与〈马桥词典〉的认知价值》，《文艺研究》1997年第5期。

柳建伟：《关于〈马桥词典〉的若干词条》，《小说评论》1997年第1期。

郜元宝：《超越修辞学——我看〈马桥词典〉》，《小说评论》1997年第1期。

朱珩青：《民间社会及〈马桥词典〉》，《小说评论》1997年第6期。

陈剑晖：《记忆：重建世界的一种方法——〈马桥词典〉解读》，《文艺评论》1997年第3期。

杨春时：《语言的命运与人的命运——〈马桥词典〉释读》，《文艺评论》1997年第3期。

宋剑华：《特定语境中的文化阐释——〈马桥词典〉阅读随想》，《文艺评论》1997年第3期。

《〈马桥词典〉评上一等奖》，《文艺理论研究》1998年第6期。

王炜烨：《消解"词典"式书面语的找寻——由〈马桥词典〉兼论小说语言口语化》，《宁夏社会科学》1999年第5期。

陈乐：《〈马桥词典〉和个人词典》，《当代文坛》2000年第4期。

《关于〈马桥词典〉的对话》，《当代作家评论》2000年第3期。

文贵良：《〈马桥词典〉：话语与存在的沉思》，《中国文学研究》2002年第4期。

刘学明：《〈马桥词典〉的文化解读》，《西南民族大学学报（人文社会科学版）》2003年第8期。

陈润兰：《〈马桥词典〉"主流话语"的文化解读》，《学术交流》2003年第5期。

陈润兰：《〈马桥词典〉的叙事声音》，《学术界》2005年第4期。

张柱林：《差异：〈马桥词典〉的诗学和政治学》，《南方文坛》2006年第2期。

王舒：《〈马桥词典〉和〈暗示〉的文体变革与小说新范式》，《扬州大学学报（人文社会科学版）》2006年第2期。

陈乐：《书写历史与历史书写：〈马桥词典〉与新历史小说之异同》，《中国文学研究》2007年第3期。

王再兴：《抵达"无名"的批判——重读韩少功的〈马桥词典〉》，《名作欣赏》2009年第30期。

朱周斌：《〈马桥词典〉：重新定义"小说"的努力》，《名作欣赏》2010年第33期。

张伯存：《抵抗现代性的寓言——重读韩少功的〈马桥词典〉》，《文艺评论》2010年第6期。

孔英：《〈马桥词典〉：关于集体传记的元小说》，《文艺研究》2011年第8期。

徐仲佳：《论〈马桥词典〉的"思想"与叙事之裂痕》，《中国现代文学研究丛刊》2012年第6期。

陈晓红：《在"部分"中发现"整体"——从西方哲学认知视角解读韩少功的〈马桥词典〉》，《当代文坛》2013年第4期。

十五、《务虚笔记》研究资料索引

周政保：《〈务虚笔记〉读记》，《当代作家评论》1997年第3期。

张柠：《史铁生的文字般若——论〈务虚笔记〉》，《当代作家评论》1997年第3期。

李林荣：《〈务虚笔记〉：讲述人生的真实》，《小说评论》1999年第2期。

周国平：《读〈务虚笔记〉的笔记》，《天涯》1999年第2期。

陈翠平：《绝对的孤独体验和永恒的沟通欲望——论〈务虚笔记〉》，《小说评论》2000年第6期。

黄忠顺：《思索的小说——昆德拉的小说学与史铁生的〈务虚笔记〉》，《荆州师范学院学报》2000年第3期。

王宏图：《超越于真实幻觉之外——兼论〈纪实和虚构〉、〈务虚笔记〉》，《当代作家评论》2001年第6期。

黄忠顺：《论〈务虚笔记〉的思想对话形式》，《泰安师专学报》2002年第4期。

陈朗：《因为追问所以信仰——〈务虚笔记〉中的基督教思想》，《当代作家评论》2003年第1期。

李永中：《走向审美路——谈〈务虚笔记〉》，《文艺理论与批评》2005年第2期。

刘奕：《论〈务虚笔记〉的宗教意识》，《作家》2010年第14期。

乔以钢、吴丛丛：《史铁生的两性观及其〈务虚笔记〉》，《当代作家评论》2012年第3期。

陆丽霞：《论〈务虚笔记〉的叙事时间策略》，《文艺评论》2012年第9期。

郭传梅：《走进"写作之夜"——读史铁生〈务虚笔记〉》，《名作欣赏》2013年第33期。

张少程：《〈务虚笔记〉研究综述》，《乐山师范学院学报》2014年第7期。

何怀宏：《命运与爱情——重读〈务虚笔记〉》，《东吴学术》2015年第

3期。

十六、《白门柳》研究资料索引

邢沅：《当代现实主义历史小说的新探索——试论〈白门柳〉的艺术追求》，《小说评论》1986年第4期。

刘斯奋：《他为〈白门柳〉倾注了心血——记与邢富沅同志的一段文字交往》，《出版工作》1987年第6期。

吴观澜：《艺术地掌握历史——〈白门柳〉在历史文学意识上的创新》，《学术研究》1988年第1期。

刘斯奋：《〈白门柳〉的追述及其他》，《文学评论》1994年第6期。

蔡葵：《艺术复活思想——评〈白门柳〉第一、二部》，《当代作家评论》1996年第4期。

刘斯奋、程文超、陈志红、林建法：《历史、现实与文化——从〈白门柳〉开始的对话》，《当代作家评论》1996年第4期。

西篱：《读〈白门柳〉》，《文艺理论与批评》1998年第5期。

张炯：《读〈白门柳〉》，《学术研究》1998年第11期。

敏泽：《诗之与史——〈白门柳〉三题》，《文学评论》1999年第2期。

牛玉秋：《〈白门柳〉与中国文化的内在矛盾》，《小说评论》1999年第2期。

刘起林：《论〈白门柳〉的文化批判意识》，《长沙电力学院学报（社会科学版）》2001年第1期。

傅修海：《〈白门柳〉的结构创新及当代意义》，《南方文坛》2011年第2期。

廖四平：《晚明文人叙事的艺术探索——论刘斯奋的〈白门柳〉》，《渤海大学学报（哲学社会科学版）》2013年第1期。

杨光祖：《人还是不能写比他高的东西——〈白门柳〉论》，《新文学评论》2013年第1期。

十七、《日光流年》研究资料索引

南帆：《反抗与悲剧——读阎连科的〈日光流年〉》，《当代作家评论》1999年第4期。

阎连科、侯丽艳：《关于〈日光流年〉的对话》，《小说评论》1999年第4期。

冯敏：《死亡与时间——长篇小说〈日光流年〉主题揭示及其它》，《小说评论》1999年第5期。

葛红兵：《骨子里的先锋与不必要的先锋包装——论阎连科的〈日光流年〉》，《当代作家评论》2001年第3期。

聂伟：《日常叙事：由"特性"到"个性"——〈日光流年〉阐释一种》，《当代作家评论》2001年第3期。

王一川：《生死游戏仪式的复原——〈日光流年〉的索源体特征》，《当代作家评论》2001年第6期。

祝东平：《生命的意义——读阎连科的〈日光流年〉》，《文艺争鸣》2002年第4期。

张瑜：《现代现实主义：阎连科〈日光流年〉》，《西南民族大学学报（人文社科版）》2004年第12期。

张连义：《阎连科写作关键词：恐惧与愤怒——以〈日光流年〉、〈受活〉为例》，《当代文坛》2006年第1期。

刘兰玲：《浅析〈日光流年〉对民族生存问题的探讨》，《社会科学战线》2006年第3期。

梁鸿：《"乡土中国"象征诗学的转换与超越——重读〈日光流年〉》，《南方文坛》2007年第5期。

孙郁：《日光下的魔影——〈日光流年〉、〈受活〉、〈丁庄梦〉读后》，《当代作家评论》2007年第5期。

谢有顺：《极致叙事的当下意义——重读〈日光流年〉所想到的》，《当代作家评论》2007年第5期。

程光炜：《阎连科与超现实主义——我读〈日光流年〉、〈坚硬如水〉和〈受活〉》，《当代作家评论》2007年第5期。

王海燕：《试论阎连科小说中的死亡意象——以〈日光流年〉和〈丁庄梦〉为例》，《名作欣赏》2008年第18期。

肖莉、高志明：《从审丑走向审美——〈日光流年〉中通感的叙事功能》，《小说评论》2009年第S1期。

吴国如：《建构与表征：苦难中的人文诉求——〈圣经〉与〈日光流年〉互文性解读》，《名作欣赏》2010年第20期。

薛丰艳、朱丽娟：《直面宿命，考问生命——关于〈鼠疫〉与〈日光流年〉的思考》，《文艺争鸣》2011年第17期。

朱静宇：《胡安·鲁尔福"神性之作"的启悟——以阎连科的〈日光流年〉为例》，《当代作家评论》2013年第5期。

十八、《尘埃落定》研究资料索引

廖全京：《存在之镜与幻想之镜——读阿来长篇小说〈尘埃落定〉》，《当代文坛》1998年第3期。

周政保：《"落不定的尘埃"暂且落定——〈尘埃落定〉的意象化叙述方式》，《当代作家评论》1998年第4期。

贺绍俊：《说傻·说悟·说游——读阿来的〈尘埃落定〉》，《当代作家评论》1998年第4期。

黄书泉：《论〈尘埃落定〉的诗性特质》，《文学评论》2002年第2期。

栗原小荻：《我眼中的全球化与中国西部文学——兼评〈尘埃落定〉及其它》，《西南民族学院学报（哲学社会科学版）》2002年第5期。

秦敬：《论〈尘埃落定〉的复调小说特征》，《西南民族学院学报（哲学社会科学版）》2003年第3期。

张劢：《穿透"尘埃"见灵境——为〈尘埃落定〉一辩》，《民族文学研究》2005年第2期。

王璐：《〈尘埃落定〉的史诗性》，《西南民族大学学报（人文社科版）》2005年第3期。

康亮芳：《〈尘埃落定〉：母语文化与诗性语言》，《当代文坛》2007年第6期。

李建：《〈尘埃落定〉的神秘主义叙事与藏族苯教文化》，《齐鲁学刊》2008年第5期。

寇旭华：《〈尘埃落定〉的象征性分析》，《文艺争鸣》2009年第9期。

王丽：《个人史与民族史的融合——论阿来〈尘埃落定〉》，《名作欣赏》2010年第32期。

曹起：《独特的视角　睿智的思考——〈尘埃落定〉中傻子的内心对话解读》，《小说评论》2010年第6期。

剑华：《〈尘埃落定〉中的"疯癫"与"文明"》，《民族文学研究》2011年第1期。

王一川：《旋风中的升降——〈尘埃落定〉发表15周年及其经典化》，《当代文坛》2013年第5期。

黄丹青：《阿来〈尘埃落定〉在英语世界的译介研究》，《当代文坛》2014年第1期。

乔以钢、景欣悦：《民族传统与现代文明纠葛下的性别叙事——以〈尘埃落定〉和〈额尔古纳河右岸〉为例》，《求是学刊》2014年第5期。

黄云霞：《阿来笔下的"异"文化形态及其意味——以〈尘埃落定〉中的"异域"想象为中心》，《当代文坛》2015年第2期。

十九、《羊的门》研究资料索引

张宇：《打开〈羊的门〉》，《当代作家评论》2000年第3期。

刘思谦：《卡里斯马型人物与女性——〈羊的门〉及其他》，《当代作家评论》2000年第3期。

丁增武：《"批判"的恢复——析〈羊的门〉的主题意向》，《小说评论》2000年第1期。

李伯勇：《"村妇性生存"的全息裸示——〈羊的门〉阅读笔记》，《小说评论》2000年第1期。

赵卫东：《"村支书"和他的反抗者"——〈羊的门〉等五部乡村叙事文本解读》，《小说评论》2002年第6期。

陈宣良：《"我们"的道德意识结构——从小说〈羊的门〉说起》，《开放时代》2004年第3期。

赵秀莲：《评李佩甫小说〈羊的门〉》，《长城》2009年第4期。

邵燕君：《画出中原强者的灵魂——李佩甫和他的〈羊的门〉》，《中国作家》2010年第5期。

洪治纲：《"人场"背后的叩问与思考——论李佩甫的〈羊的门〉》，《名作欣赏》2010年第27期。

赵丽萍：《〈羊的门〉中呼天成形象分析》，《青年文学家》2012年第3期。

申霞艳：《乡土中国的权力结构及其变迁——〈生命册〉与〈羊的门〉对照阅读》，《扬子江评论》2013年第2期。

二十、九十年代长篇小说总体研究资料索引

曾军：《贾平凹与九十年代长篇小说》，《小说评论》1998年第5期。

徐肖楠：《繁华中的透视——俯瞰九十年代长篇小说》，《创作评谭》1998年第2期。

王一川：《我看九十年代长篇小说文体新趋势》，《当代作家评论》2001年第5期。

雷达：《九十年代长篇小说述要》，《电影艺术》2001年第3期。

李运抟：《九十年代长篇小说：个人言说与历史浮现》，《文学评论》2001年第4期。

王红：《穷形尽相写人生——贾平凹九十年代长篇小说的现实主义品格及意义》，《柳州职业技术学院学报》2001年第1期。

陈美兰：《行走的斜线——论九十年代长篇小说精神探索与艺术探索的不平衡现象》，《当代作家评论》2002年第2期。

王光东、李雪林：《张炜的精神立场及其呈现方式——以九十年代长篇小说为例》，《当代作家评论》2002年第3期。

王素霞：《另类播撒的空间形式——九十年代长篇小说文体革命之一种》，《当代作家评论》2003年第3期。